人民文学出版社

秋天的女人不离婚

王慧艳 著

图书在版编目(CIP)数据
秋天的女人不离婚/王慧艳著.—北京:人民文学出版社,2014
ISBN 978-7-02-009779-1

Ⅰ.①秋… Ⅱ.①王… Ⅲ.①长篇小说—中国—当代 Ⅳ.①I247.5

中国版本图书馆 CIP 数据核字(2014)第 209963 号

责任编辑 刘 鑫
装帧设计 赵 迪
责任印制 苏文强

出版发行 人民文学出版社
社　　址 北京市朝内大街 166 号
邮政编码 100705
网　　址 http://www.rw-cn.com

印　　刷 三河市鑫金马印装有限公司
经　　销 全国新华书店等

字　　数 391 千字
开　　本 880 毫米×1230 毫米 1/32
印　　张 15.25 插页 3
印　　数 1—5000
版　　次 2015 年 5 月北京第 1 版
印　　次 2015 年 5 月第 1 次印刷

书　　号 978-7-02-009779-1
定　　价 33.00 元

楔　子

清晨的第一缕晨曦刚从窗缝中挤进来，就把陆婧婷晃醒了。她望了一眼熟睡的丈夫，嘬起嘴抛了一个飞吻，然后轻手轻脚地起床，提起拖鞋赤着双脚就下了楼。

陆婧婷住的是一套一百五十平方米的复式结构的三居室，她一直说羡慕外国人有楼梯的居室，于是丈夫田翼飞就买了这套房子，并按陆婧婷的心思住到了楼上。

楼梯不宽，也不长，陆婧婷像只猫似的下了楼梯，把拖鞋穿上，来到厨房。她想给田翼飞做点西红柿鸡蛋面，这是丈夫早餐里的最爱，田翼飞总说，一看到那红红的西红柿油和黄黄白白的鸡蛋，他的食欲就来了。

厨房的地上有两个垃圾袋，是每天上班时必须带下去扔的。但今天陆婧婷起早了，她看了看墙上的闹钟，便提上垃圾袋，关好大门，走到电梯前，刚要伸出手去按电梯键，突然又改了主意，走下去吧，顺便锻炼一下身体，她常这么做。于是陆婧婷又离开电梯门，进入楼梯间，开始从二十五层往下走。

许是真的起早了，许是楼房建筑的水泥墙把各家各户的声音隔绝在那一个个铁门里，整栋楼静悄悄的，静得发出了一阵空气的嗡嗡声，这令陆婧婷多少有些恐惧，但她还是硬着头皮往下走，陆婧婷穿着拖鞋的声音轰然响起在空洞的楼梯与楼梯之间，踢拉趿拉……

踢拉趿拉，踢拉趿拉……由慢变快，由快变成急速，陆婧婷觉得自已像只受到惊吓的猫，有些慌不择路地冲到楼下。当她终于走到一层时，她吁出一口气，左右环顾了一下，有一缕阳光从前门窄窄的玻璃上照进来，陆婧婷的心放松了些，看一眼那束并不耀眼的阳光，背转身走到楼的后门，她知道后门的垃圾筒离楼最近。

陆婧婷拧开后门的门锁，使劲儿拉开门，就在她右脚刚要迈出的瞬间，突然发现一个穿白底浅蓝色碎花睡衣的中年女人，仰面朝天地躺在台阶上，僵硬的躯体，散乱的头发，惨白的肌肤，还有她头下和她身边漾着一摊已经干涸的黑红的血迹，使她的面容看起来有些狰狞。

呆呆的几秒钟时间，陆婧婷认出了她，昨天下班等电梯时，陆婧婷还和她谈了些什么，已经想不起来了，依稀记得她絮叨了很多话，她喜爱的歌曲、她爱做的菜肴，可是不过一晚上的工夫，伴随着太阳的升起，她却坠入了黑暗……

陆婧婷懵了，垃圾袋从她的手中滑落到地上，她的手不自觉地捂住了嘴，“啊——”陆婧婷的恐惧是在瞬间爆发出来的，她的惨叫声震动了整座楼……

第一章

1

当田翼飞把一张飞机票摊放到陆婧婷面前时，陆婧婷轻轻蹙起了眉，“又要出差啊！今天清晨那个女人……”

田翼飞笑着一把搂过陆婧婷的腰，“又不是不回来了，不过十来天的时间，在家乖乖地等着我啊。”田翼飞顺势在陆婧婷腮上亲了一口，又嘱咐，“不用怕，睡觉时把门锁好，早了晚了的，别一个人下楼就好。”

“你们单位的差事怎么那么多啊？三天两头的。”陆婧婷推开田翼飞，斜了他一眼，“让那些年轻的干吧，总你自己去。”

“没办法，有些事年轻人干不好，我不干谁干哪！再说了，这挣钱的事……”田翼飞从陆婧婷身后抱住她，懒兮兮地说：“好啦——给我包饺子吃吧，这滚蛋饺子是一定要吃的。”

“真真个饺子肚。”

田翼飞乐，“我就爱吃你包的饺子，一辈子都吃不够。”

“等我退休了就让你天天吃，顿顿吃，吃得让你以后连饺子二字都不愿意听。”

“怎会有够？”

“这一辈子没见过比你更爱吃饺子的人了……”陆婧婷说着，手就忙活开了，和面、揉面、醒面，然后洗菜、调馅，包着饺子时再把水烧上，等饺子端上桌时，不过一个来小时的工夫。

陆婧婷给两人各倒了一杯干红，在一种颇有情趣的气氛中和田翼飞吃了晚饭，然后利索地收拾完碗筷，就一头钻进了卫生间，打开了那个出水很冲的花洒，这已经成为她的惯例。陆婧婷是个有条不紊的女人，工作起来有条不紊，生活起来有条不紊，连和丈夫做爱，她都有条不紊，她喜欢一切成为习惯成为自然的东西。

“翼飞，帮我把浴巾拿来。”陆婧婷的声音从卫生间里飘出。

“你每次洗澡都不拿浴巾！如果我不在家时你怎么办？”田翼飞嗔怪着找出一条浅黄色带浅绿色花朵的浴巾，走进浴房，把浴巾挂在门后的挂钩上。

“总会有办法。”

田翼飞斜睨了浴房一眼，透过弥漫着雾气的浴房，他看到了站在花洒下的妻，朦胧的裸体给人一种想入非非的欲念，田翼飞的心怦地跳了一下，他打开浴房的门，男人的原始野性驱使着他。

“噢，还有睡衣呢。”陆婧婷就在田翼飞的手不老实地伸进浴房的瞬间又发号施令了。

“你真是一个陆半句，为什么不一起说呢？”田翼飞的眼神有些恋恋不舍，可他还是乖乖地又去拿来睡衣，他知道，妻就像插在自家花瓶里的一朵花，随时都可以采来享用。

女人最有女人味的时刻，大概就是出浴的时刻，但是，出浴的美妙姿态和意境不是每个做丈夫的都可以欣赏的，尤其是四十五岁的女人，早已过了一生中最引以为傲的年代，胖女人是不敢在丈夫面前大胆地赤裸着身体的，聪明的她们知道，肥大的臂部，再加上那两条比瘦男人的腰还粗的双腿和那个快比胸部还要高的肚皮，都不会成为丈夫欣赏的条件；而瘦女人，别看她们受用于那些窈窕魔鬼身材的美誉，但明智的她们也知道，瘦骨嶙峋的身躯直条条地挂着细瘦四肢，一道道肋骨的缝隙像荒原沟壑，平坦的前胸尚不如那些健硕的男人，这样的身材只能隐藏在华丽的外衣下，若去了这层包装，她的瘦她的干瘪只会让丈夫无端地生出一种怜悯，她们不会傻到让丈夫来怜悯自己吧。陆婧婷是自豪的，她不属于这两类女人，她的丰腴、她的曲线，足可以让她和那些年轻女人媲美，她会把自己最美妙的身姿毫无顾虑地展现在丈夫面前。

田翼飞对妻子的身姿是大加赞赏的，他认为自己是个会欣赏女人的男人，尤其是妻子出浴的时候，田翼飞都会痴痴地在一旁观望，二十年的婚姻，他早已了解妻身上每一寸肌肤，他很能领会那句握着老婆的手就像左手握右手的感觉，但他对妻的裸体仍旧有着一种熟悉的迷恋。

陆婧婷先用一条长毛巾擦干头发，把它优美地包起来，然后用浴巾从前胸至下身开始一点一点地擦干，她时而挺起胸部，时而俯下身子，四十多岁的身材保持得很好，结实的臀部丝毫没有下坠，性感地翘着，柔软的胸部更因为略为下垂勾勒出美妙的弧度曲线，虽然已进入中年，但这种成熟的体态更透出陆婧婷吸引人的魅力。

陆婧婷把田翼飞最喜欢的那件日式天蓝色丝质睡袍穿到身上，任凭睡衣的一肩悄然从饱满的肩头滑落下来，有意无意间露出肩头光滑的肌肤。她系上睡衣的腰带，一迈腿走出了浴房。

望着妻两条纤长的腿婀娜着交替朝卧室走去，田翼飞呆呆地跟出了浴房。

“做什么？还不快洗去？”陆婧婷回头嫣然一笑。

这是女人的性感瞬间，这个镜头已经深刻在田翼飞的脑海里。

田翼飞自嘲地摇头笑着进了卫生间。

当田翼飞披着浴巾回到卧室时，陆婧婷已经脱去睡衣，掀开了被子的一角……

暗黄的台灯有一种迷人的情调，陆婧婷那张被浴室热气蒸红的脸庞在倾泻而下的秀发中半掩半露，她伸出双手去搂田翼飞的颈项。就在这时，一道强烈而炫目的闪电划过长空，闪电从窗帘缝中挤了进来，照亮了陆婧婷微红的脸庞和丰腴的身躯。陆婧婷惊恐地尖叫一声，猛地搂住田翼飞，她想起了那个自杀的中年女人，怕不是她的行为惹怒了天庭？

“别怕。”田翼飞本能地抱住陆婧婷，有些担心地望了窗帘一眼。

“但愿明天雨能停！”陆婧婷的话音刚落，一声巨大而持久的惊雷，猛地从天而降，激响了整个大地和屋宇，吓得陆婧婷一头扎进了田翼飞的怀里。

“不要紧，如果飞机起飞不了，我岂不是还能晚走一天吗。”田翼飞的手已经游弋在陆婧婷的躯体上……

雷声轰隆隆地渐渐远去，春天的雷总是来得神速，走得匆忙，有风的呼啸声擦着窗外的玻璃一掠而过，窗外下起了雨。

二十年的婚姻，经历了花前月下卿卿我我的浪漫，品味了相夫教子甘苦里的醇厚，田翼飞能够体味走到中年的女性该是她们最丰润的年华，更舒展的芬芳。他轻吻着陆婧婷眼角飞起的几丝浅浅的皱纹，知道那是岁月漂洗过的雍容；他的目光停留在陆婧婷云鬓散落的几根银丝上，清楚那是生命感悟后的收藏。陆婧婷永远是这样的淡雅与从容，而且她从来都在这种淡雅与从容中不失情致袅袅，浴后的她卸去了白天的妆容素面朝天，但怡然里仍旧曲韵悠扬。

窗外的风雨声越来越大，雨声不但清脆，而且震耳。雨滴打在玻璃上发出噼噼啪啪的响声，像是阵阵鼓点。而陆婧婷已经完全沉醉在田翼飞的爱抚中，她微张着嘴，喘息声越来越急促，越来越大，与窗外的风雨声合成了一部爱的交响曲……

陆婧婷把与丈夫的做爱看得很神圣，每次，她都会把“灵性”这个词与性爱联系在一起。伴随着窗外的风雨声，伴随着滴答的雨水击打窗户声，她感到了两个人的灵魂融合在一起时的愉悦，她能够体味出丈夫的爱就像一阵暖流般温暖而强烈地撼动着她的情感和肉体，越来越浓烈，越来越浓烈……她觉得这是要把两个人共同的灵性结合到一起才可以创造出的奇妙感觉，这种灵肉交融、合而为一的感觉使她飞上了天堂。

在天堂里，陆婧婷的内心有一种说不出的轻松，她的灵魂像天使的翅膀一样舒展，她的思绪像脱了缰的野马一样狂奔乱跑，她的心已经跟着天使的翅膀和狂奔的乱马去了，她看到了整个世界在垂耳恭听她的呻吟，整个世界都在遥相呼应她的喘息，甚至，她还看到了无数双妒忌的眼神在注视着她，她幸福地笑了，轻轻地用嘴含住了田翼飞滚烫的舌头。

急雨强风终于过去了，像天上的一颗流星，来得快，去得也快。陆婧婷的灵魂终于栖息在田翼飞的臂弯中，她紧闭的双眸缓缓张开，微热的脸庞放出光彩，闪着一丝妩媚，是那种带有满足的妩媚，带有快感过后娇艳的迷人。

田翼飞在陆婧婷的额头上轻轻地吻了一下，突然间把她紧紧抱住，脸上闪现出一丝异样的神色。

2

田翼飞这种出差不在家的日子，对陆婧婷来说，早已成了家常便饭。陆婧婷知道田翼飞是个对工作拼命的男人，否则他也不会有今天的业绩，陆婧婷理解。她常常这样诠释田翼飞的出差：小别胜新婚，老夫老妻，有些不在一起的日子，感情反而更加深厚。再说，现今的科技如此发达，不还有电话和手机嘛，那些多情的短信，正好可以通过两人不在一起的日子来回传递。

> 好吗老公？还要等五天哪，我想你，办完事早些回来！
> 好的婷儿，我也想你，耐心等我，吻你！
> ……

像两个痴情的恋人，像新婚后分别的小两口，陆婧婷每天上班的第一件事就是给田翼飞发短信，然后再开始处理桌上那些报上来的全市药品质量检查报告，陆婧婷在市医药局监督管理处工作，工作非常烦琐，不过，她的有条不紊使她能够很轻松地处理好各项工作，并把剩余的精力用在丈夫和儿子身上。儿子田原上高二，平时住校不回家，所以陆婧婷就对丈夫的衣食住行格外上心起来，这不，马上就要到田翼飞的生日了，对啦，就是田翼飞出差回来的那天，陆婧婷决定给他一个小小的惊喜！

陆婧婷审完桌上的质检报告就开始策划起田翼飞的生日来。每每家人的生日，三口都会去市中心那家优雅的西餐厅享用一番，这已经成为一种惯例。通红的蜡烛、半生的牛扒、外焦里嫩的法式猪排，都是全家人的最爱。这次，怎么过呢？田翼飞的生日没赶到周末，儿子回不来，只有单独和田翼飞一起过了，其实这也是件不错的事。

陆婧婷策划着，她要等田翼飞一到家，就和他一起去西餐厅，就像谈恋爱时，他第一次带她去时那样，两人面对面，中间燃一支红蜡烛，眼神穿过蜡烛的火苗变成了爱，田翼飞送她的一条浅黄色纱巾，因了这种气氛成了终身的信物。这次，她也要送田翼飞点什么，因为一家三口不知何时形成了一条不成文的规定，每次陆婧婷和田原过生日时，田翼飞要送他俩礼物，每次田翼飞过生日时，他还要送陆婧婷和儿子礼物，这已经成了一家三口的笑谈，连田翼飞每次都半真半假地埋怨："什么世道啊？你们两个过生日要我送礼，我过生日还要为你们俩送礼。"说是说，田翼飞初期非常喜欢自己生日时为妻子和儿子送上礼物，至于妻子和儿子给他送什么，完全不重要了，他喜欢体验陆婧婷和田原抱住他时，送上他们吻的那种感觉，很幸福很温暖。

这次田翼飞生日，陆婧婷决定打破这条不成文的规定，好好斟酌一次丈夫的生日礼物，送什么呢？平时该买的都买了，能作为生日礼物的东西实在是不好想。

就当陆婧婷为丈夫的生日礼物苦思冥想时，办公室主任马悦来了，他把三百元超市购物券放到陆婧婷手里，"买些好吃的去，单位后面那个超市最近来了一批川味腊肠,味道很不错呢。"

"哈,就喜欢看到你的身影飘进来,只要你一来,就知道财神爷到了。"陆婧婷嘻嘻笑着,翻着购物券,"我吃过的,麻麻辣辣的有一股香香的腊味,我们家的人都爱吃。对啦,我记得你说过你媳妇也特爱吃的。"

马悦笑,"我媳妇可不像你,天天想着如何侍候好丈夫和孩子,什么东西到她嘴里都那样,只要能吃,她就能活下去。"

"什么话呀?"陆婧婷白了马悦一眼,"一定是你抠门,不给我嫂子买好吃的。女人哪有不馋嘴的。"

马悦苦笑,"我这么忙,哪有时间给她调理饭菜。"

陆婧婷知道马悦忙,办公室的活儿,来得最早,走得最晚,医药局里从一把手领导到扫厕所的临时工,哪样活儿都离不开办公室,也就是说哪样活儿都离不开马悦,所以她很是同情地说:"让她自己做啊!其实做饭的过程也是一种乐趣呢。"

马悦深深地叹气,问:"平时都是你回家做饭吗?"见陆婧婷点头,便沮丧地摇头,"你嫂子和你可不一样,她家里的活儿什么都不干。"

"都是你干?"陆婧婷不信,"那她回家做什么?"

马悦嘲笑地哼了一声,"看电视,她就喜欢看电视,连那广告片都看得津津有味。"

"她是影视编导?"

"编导?她连给人提鞋人都不要。"

陆婧婷乐了,"别损我们嫂子了。"

马悦的眉头紧皱起来,"真的,她真的是这样的。"说着摇头,"她和你可不一样!"

"瞧你说的,"陆婧婷敛了笑,有些训斥的口吻,"别身在福中不知福了。"见马悦缄默不语,又故作认真地说,"你们男人啊都是这样,这山望着那山高,永远没有满足的时候,老婆都是人家的好,其实,是你没看到人家老婆的缺点，若是看到了，你再不会说人家的老婆比你家的老婆好。”

马悦突然偏过头细细地打量着陆婧婷，把个陆婧婷看红了脸，直嚷：“看什么看什么？我说错了啊？”

马悦呵呵地笑，“你有什么缺点，我怎么看不出来？”

“我呀，”瞧着马悦一副认真滑稽的模样，陆婧婷扑哧笑出声，掰着手指头一条一条地数着，“不爱收拾屋子，不爱洗碗，不爱……”

陆婧婷说一条就送马悦一个白眼，把个马悦白得打断了陆婧婷的话问：“那你爱干什么？”

“我呀，”陆婧婷歪头朝天翻着白眼，“爱让老公带我逛商场，爱让老公天天回家来陪我，爱让老公……”

马悦忍俊不禁，“好啦好啦，知道了，你是个黏糊虫，时时刻刻离不开你老公，只要你老公在，你做什么都喜欢。”

“是——啊！”一提起田翼飞，陆婧婷自是一番得意的表情。

马悦却哭丧着脸，带着深深的妒意，边往外走边戏谑道：“瞧你，幸福得满脸直冒鼻涕泡！”

“咯咯咯……”陆婧婷的笑声跟着马悦飘出很远。

3

陆婧婷自是无法理解马悦那副哀怨的心情，她所有的心思都放在了田翼飞身上。

十天的时间像一头拉着破车的老牛，慢腾腾地终于过去了，终于到了田翼飞出差回来的日子。陆婧婷就像当年谈恋爱时去火车站接他从外地回家探亲时的情景一样，中午，吃了饭她就请了假，先去蛋糕房订了一个蛋糕，然后去超市买了两斤麻辣肠，她又特地为田翼飞选购了一块单人床单大小的盖毯。

田翼飞有个睡午觉的习惯，陆婧婷多次嘱咐他，午休时一定要盖点东西，可是她知道，不管田翼飞如何答应，他总像个孩子般，睡了就那么睡了，什么也想不起来。陆婧婷怕他睡着了不盖东西会感冒，他要是感冒了，烧过三十七度就会难受得要死要活。所以，陆婧婷特意选了这块珊瑚绒的毯子，用纸盒装好，又专门去买了一条长长的蓝丝带系在纸盒外，作为丈夫的生日礼物送他。

好不容易把一切都忙活完了，陆婧婷发现已是下午两点多了，田翼飞说过，飞机是两点多到达，说不定他已经从机场往回赶了呢。

陆婧婷打了个出租车，提着大包小包地赶回家，从柜子里找出田翼飞最喜欢的那件绿格毛衣换上，在脸上略略地施了一点薄粉，画了淡妆，又往身上喷了一点点香水，然后打开田翼飞最喜欢的那盘CD——外国电影经典插曲，凄婉的音乐随即就回荡在这所他们搬进来不到一年的复式跃层里……

陆婧婷的耳朵像一个监听器似的监听着楼道里电梯的声音，她知道田翼飞会随时按响门铃。

电梯一次次爬上来的声音，可是并没有田翼飞按响门铃的声音。那盘外国电影经典CD，已经来来回回放了三遍了，陆婧婷终于耐不住这种煎熬般的等待，她拨了田翼飞的手机。

对不起，您拨叫的用户已关机，请稍后再拨。

难道是飞机误点？陆婧婷打开手机查看短信，并没有田翼飞通知晚点的短信，他最后的一个短信告诉她，飞机马上就要起飞了，下了飞机再联系。不会是飞机……呸！陆婧婷轻轻打了右脸一巴掌，暗暗骂了自己一句乌鸦嘴。

陆婧婷关了CD，把手机放到桌面上，就那么怔怔地坐在水族箱前呆望着。

水族箱里的鱼见到了陆婧婷，嬉戏地聚过来，摇动着尾巴，不停地向她表示亲热。

陆婧婷把脸贴在水族箱的玻璃上，鱼儿们就把一个个亲吻送到她隔着玻璃的腮上。陆婧婷满足地笑了，她喜欢小动物，刚搬进这座大房子时，她曾撒着娇对田翼飞说："我想养条小狗。"

田翼飞严肃地摇头，"谁带它去遛啊？早晨晚上的，等你退休了，再养好吗？"

陆婧婷不死心，"那我就养只小猫吧，小猫不用遛。"

"可是小猫每年春天会掉毛，掉得满家都是，你忘了？"田翼飞提醒着陆婧婷，"去我们单位老张家，沙发上床上都是猫毛，坐下去起来满屁股都是猫毛，门都出不了。再说猫总喜欢在沙发上挠，瞧老张家的沙发都是破破烂烂的，想当初，那套沙发还是我帮他去挑的，现在都成什么样子了！"

陆婧婷假装不高兴地噘起嘴，其实她也知道田翼飞说得在理，可是那颗喜欢小动物的心总是蠢蠢欲动着促使她想养点什么，于是她又退了一步要求道："儿子住校每周末才回来一次，你的应酬和出差又那么多，经常就我自己守着这套大屋子，很无聊呢！要不然我们去买两只鹩哥回来？鹩哥还能跟我学说话呢。"

"不能养鸟，天天你还没起床，它就先叫上了，我看还是……"

"我看还是你自己过吧，老婆也很烦人呀，天天要督促你洗脸洗脚，天天要提醒你换衣服换袜子，天天要……"陆婧婷真的不高兴了。

"我话还没说完你就急，等着吧，我一定会让你大吃一惊。"田翼飞神秘兮兮地拉过陆婧婷，在她耳边大声说。

吓得陆婧婷猛地推开田翼飞，揉着耳朵嗔怪道："吓着我！有你就够烦的啦！"

果不其然，那天周末，陆婧婷一进家门就发现立在墙边的这个一米二长的水族箱，她吃惊地望着田翼飞问："我们是不是要养鱼？"

田翼飞笑着点头。

陆婧婷激动了，猛地抱住田翼飞，也不顾儿子在场，可着嗓子嚷起来："老公，你真好！"

"妈，少儿不宜呢！"儿子田原假装用手捂了一下眼，然后帮着田翼飞添油加醋地渲染起来，"妈，你不知道爸怎么把这缸弄上来的呢，费老鼻子事儿了！"

陆婧婷才不关心鱼缸弄上来的过程呢，她打断了田原的话，急急地问："我们马上灌水，然后就去买鱼。买什么鱼呢？"

"你也太着急了吧。"望着陆婧婷风风火火的样子，田翼飞摇头，"先得给鱼缸消毒，然后再晒一个月的水，再然后……"

"那得等到什么时候啊？"陆婧婷恨不能当时就灌上水买来鱼，看到鱼儿在缸里游来游去才踏实。

"等我说可以养的时候就去买。别着急，给你养一大堆的鱼，让你天天看个够。"田翼飞爱怜地安慰着陆婧婷，这样，他不在家的日子，她就有事可干了。

鱼终于买来了，有四十多条神仙呢！它们那千姿百态的曼妙身姿果然让陆婧婷天天留恋在鱼缸前，鱼儿们也和她熟悉了，每当她走近鱼缸，即使不喂食，它们也会很快地游过来，在缸前摇头摆尾，对陆婧婷表示亲热，陆婧婷就用手指慢慢地在缸前划动，鱼儿们就会列队欢迎她。接着陆婧婷又朝鱼缸噘起嘴，鱼儿们就过来和她接吻。

"翼飞，你不知道咱家的鱼儿多有灵性呢！它们会和我接吻，它们会来欢迎我，它们……"每次田翼飞回家，陆婧婷都会迫不及待地把自己的欢乐告诉他，"那种感觉真是太美妙了！"

孤独的日子、等待的日子因为有了这些神仙鱼，陆婧婷变得不再难熬了，她经常在鱼缸前一坐就是半天，直看得眼睛再也睁不开时才独自上楼去睡觉。可是今天，她已经无心去留意她的鱼儿们了，她的眼睛一会儿看看闹钟，一会儿看看手机。

墙上闹钟的指针嘀嗒嘀嗒已经走到了五点，陆婧婷隔一会儿就拨一个电话，丈夫的手机里永远是那句话：

对不起，您拨叫的用户已关机，请稍后再拨。

快六点了，陆婧婷已经很不安了，这种焦急的等待，简直是一种心理承受能力的考验。其实陆婧婷不是那种没有耐力的女人，四十五年了，她曾在无数个等待中度过，她的忍耐力早已经磨炼得非常发达，因为，这种等待，一生都会有，小时候，她等待长大能够上学的那一天，上学的时候，她等待着自己能挣钱的那一天，挣钱的那一天，她等待着有梦中情人早日出现的那一天，热恋的时候，她等待着与男朋友每一次相见的那一天，婚后，她等待着做妈妈的那一天，孩子大了，丈夫忙得顾不了家了，她又每日每夜地等待着他归巢的时刻……

陆婧婷早已习惯于默默地在这种无止境中等待了，她甚至一直都认为等待是一种美德，是一种美丽，虽然有时候，她在无奈的心情下，不得不等待，但有时候，她又庆幸自己有等待的机会，人生丰富的情感好像都在这等待中得以体现。

但是今天，陆婧婷的内心有一种躁动，有一种不好的预感，她想起了那个自杀的中年女人。这些天，她自杀的事情在楼里传得沸沸扬扬，什么情感不和啦、什么被鬼魂附体啦等等等等，各种恐怖的传说像她无形的魂灵，从一层蹿至二十五层，又从二十五层滑下一层，陆婧婷一直不肯相信，她曾那样地自信美丽，怎会走这条路。无论她的鬼魂是否存在，那死后躺在台阶上的模样，已被陆婧婷深深地刻在脑海里。

陆婧婷晃了晃头，想甩去那个中年女人死后的脸部表情，想把思绪继续牵拽到田翼飞身上，但是，这种等待田翼飞的过程又宛如等候判决。陆婧婷心中充满了焦虑与不安，一颗心悬在半空，七上八下，就像坐在一辆破旧的马车里，饱受颠簸之苦。

就在陆婧婷等得快要崩溃时，门铃终于响了起来，陆婧婷看看墙上的闹钟，六点三十分整。

4

当看到田翼飞笑眯眯的脸庞出现在门外时，陆婧婷一颗悬着的心终于放下，她把田翼飞拉进家门，像个十五岁的少女，猛地扑到田翼飞身上，勾住他的脖颈就是一顿狂吻，边吻边嘟嘟哝哝地埋怨：“飞机误点了？这么晚才回来？我还以为飞机出事了呢！打你手机也不开，急死我了，就差去派出所报案了……”

“对不起，婷儿，是飞机误点了，快做饭吧，饿死我了。”田翼飞呵呵笑着拍陆婧婷的后背，“飞机上的饭那么难吃，我就讨厌吃飞机上的快餐。”说着，在陆婧婷额头上使劲地亲了一下，然后拖过箱子，“看我给你买了什么礼物。”

“吃了饭再看吧。”陆婧婷离开田翼飞的怀抱，埋怨着，“本来想拽你一起出去吃西餐的，可你这么晚回来，只能吃面条和蛋糕了。”说着扭过头问，“知道今天是什么日子吗？”

田翼飞不打磕巴地回答：“我的生日啊！”

“我还当你忘了呢！”说着陆婧婷拿出那条盖毯，“这是我送你的生日礼物！”说着在田翼飞腮上轻轻地吻了一下，“祝生日快乐！”

田翼飞乐了，“今天太阳从西边出来了，居然送我礼物！”

“是啊，你的每个生日都是你送礼物给我和儿子，今天我送你。”陆婧婷有些歉疚地递上盖毯。

“谢谢老婆！”田翼飞打开盖毯的盒子，“儿子没回来？”

“得周末呢。”陆婧婷说着去了厨房，她迅速地做了两碗荷包蛋盖浇面，又切了香肠和咸鸭蛋，找出两个高脚杯，倒了两杯干红。

待两人在桌前坐下，陆婧婷首先举起杯，“来，老公，祝你生日快乐！”

“谢谢老婆！”田翼飞跟着举杯，和陆婧婷碰了杯，慢慢地呷了一小口。

还是老习惯，田翼飞和陆婧婷开始分别说起这十天发生的新闻逸事，一顿饭，两人一杯酒喝了半个时辰，一碗面又吃了半个时辰，要不是陆婧婷一个劲儿地看墙上的闹钟，两人不知要吃到什么时候。

这是一种焦躁的等待，陆婧婷的等待。

终于把一切收拾停当，陆婧婷催着田翼飞洗澡，催着田翼飞上床。当陆婧婷迫不及待地把头拱进丈夫的怀里后，这才轻声地问："想我了吗？"

"怎能不想！"这句话田翼飞已经说过无数次，他总是很奇怪陆婧婷对这句话的百听不厌，"想得肝儿疼！"

"骗我！"陆婧婷满足地闭上眼，把自己的唇送到田翼飞嘴边，"我也想你……"

做爱的前戏已被陆婧婷有意无意间拉开了，她在等待着田翼飞的抚爱，她在等待着那个步入天堂的时刻的到来。今晚的田翼飞格外卖力，他的吻那么地长久，他的抚摸那么地热烈，他就像一头在森林里独处了多年的野兽，把陆婧婷的性欲挑逗到了极致。

四十五岁的女人正是性欲如虎的年龄，十天的时间对陆婧婷来说已是蓄势待发的利箭，她早在盼着这个时刻了。可是，她似乎感觉到一些不对的地方，因为此刻的田翼飞，不管他是如何努力地表现着自己，那个令他骄傲的雄性却像被霜打了一般地疲软，这是从未有过的，不禁令陆婧婷生出一些担心，莫不是丈夫太累了？所以她轻轻地问："翼飞，是累了吗？要不然今天就算了？"

"哦，没有！"田翼飞并未停止他的努力，他不愿意让妻子失望。

但是，陆婧婷却推开田翼飞的手，努力使自己燃烧起来的欲望平息下来，她喘着粗气，第一次感到一个女人的情欲会如此难以抑制。

"出什么差错了吗？你从来没有这样过。"

田翼飞像个做了错事的小孩子，一声不吭，唯有紧紧地从一旁抱住陆婧婷。

陆婧婷感觉到田翼飞的身子在轻微地颤抖，一丝不祥的预感渐渐地从心底往外冒出，她长长地呼出一口气，“你是不是出差时找小姐了？”

田翼飞把脸贴在陆婧婷的右肩上摇了摇。

“那就是你不爱我了？”陆婧婷感觉到田翼飞的反应有些异常。

田翼飞仍旧摇头。

“要不就是和另一个女人上床了？”这种话不是陆婧婷想问的，她觉得田翼飞不会做这种对不起她的事，因为他们相亲相爱了二十年，她很了解丈夫对待女人的态度，她知道田翼飞会冷言相讥，反过头来把她责备一通。

可是田翼飞并没有像陆婧婷想的那样，他沉默着，一句话也不说。

陡然间，就有一种不祥的预感从天而降，它蛮横地穿越了陆婧婷的心脏直灌到她的脚尖然后再返回到她的头顶。

“你说话！你真的在外面有了另一个女人？”陆婧婷提高了自己的嗓门。

沉默，半分钟的沉默，突然，田翼飞抱住了陆婧婷的身子乞求道：“婷儿，原谅我！”

5

先是沉默，许久许久的缄口不语，像两尊多年的雕像，就那么一动不动地保持着原样，田翼飞把脸贴在陆婧婷的右肩上，而陆婧婷就那么呆呆地望着天花板没有一丝动静。

初春的风拂动着窗帏发出低沉的声音，屋子里的气氛如同一枚重磅炸弹落在空中，只等待着落地的瞬间。周围的气氛都被凝固了，陆婧婷只感觉到田翼飞的话像一把剪刀狠狠插在心上。身与心怎么可能那么轻易剥离？她有一种要从天空掉下来的感觉，就像那枚等待落地的重磅炸弹。

炸弹终于落地，陆婧婷突然间干号了出来，她的号声穿越了夜空，那是一种令人心碎的声音。

“对不起婷儿，其实我是爱你的，我也不想那么做，可是在这个物欲横流的社会，男人都逃不脱这种命运，我不会去爱她，我……”田翼飞说着用嘴去吻陆婧婷的眼泪。

陆婧婷冷冰冰地推开田翼飞，她望着田翼飞不敢抬起的脸庞，无论如何也不相信他能说出这种令人心惊的话，他能把他们这二十年从容淡定温馨美好的关系看得这么轻淡，把她一颗热爱丈夫热爱家庭的心打击得七零八落，令她再也直不起腰抬不起头来面对这个世界了……

陆婧婷没少看过那些花里胡哨的休闲杂志，也没少从网上看那些奇形怪状的出轨新闻，这个世界有太多关于外遇的故事，仿佛全世界都在搞婚外恋一样。那时的她，有一种隔岸观火的感觉。但是现在，她却猛然发现这个满街流行的词语却和她的丈夫联系在一起了，她有一种欲哭无泪的感觉，因为在这之前，她一直以为，她的婚姻牢不可破，可如今她的婚姻也出现了裂痕。恐慌和无助像沙尘暴似的将她的心搅得灰蒙蒙的，她虽然躺在床上，仍旧感觉得到天旋地转，她忍着内心的伤痛又问了一句："多长时间了？"

“五年了。”田翼飞小心翼翼地回答。

陆婧婷不信，“田翼飞，你是个混蛋！”陆婧婷真正地感觉到丈夫是个骗子，她情真意切地守着自以为是的婚姻认认真真地生活了这么多年，回转身时却发现它原来是一个空壳，这个壳子用田翼飞不动声色的谎言编织，这让她寒心不已。

眼泪，终于从陆婧婷的眼眶里掉下来，成了她这个委屈无助的女人唯一能够宣泄的方式。

“对不起，原谅我。”

田翼飞想去搂抱陆婧婷，想去安慰这个自己守了二十年的妻子，可是，陆婧婷却狠狠地推开了田翼飞。

女人，在失落无助的时候，可以伏在男人的怀抱里，寻找一丝安抚；女人，在饱受委屈以后，可以扑在男人怀抱里肆意地哭泣；女人，在害怕在恐惧的时候，可以躲在男人怀抱里，寻求一份安全感；女人，把男人当作依靠，当作堡垒。可是，这个陆婧婷平时用来投靠的怀抱，她再也不想靠了，因为它已经被另一个女人靠了，那么她呢？她能够依靠的怀抱呢？陆婧婷觉得自己就是被田翼飞砸碎的一块玻璃，碎得成了一小块一小块，小得让她找不到自己。

陆婧婷哭着穿上衣服，头也不回地冲下楼，只听到大门哐的一声被关上了。

整个世界停止了。

第二章

1

“婷儿——婧婷——”看着陆婧婷头也不回地冲出家门，田翼飞大声地喊着，穿上衣服拿上钥匙紧跟着出了家门，电梯显示已经从二十五层走到了二十四层，并继续朝着二十三层、二十二层……跳动下去。田翼飞已经顾不上去按电梯了，他一步蹿进楼梯，顺着二十五层的楼梯匆匆跑下去。

当田翼飞跑到一层时电梯又往上爬去了，他急忙走出楼道大门左右环顾。

黑黢黢的夜里只有小区昏暗的路灯在发着惨淡的光亮，光亮下没有一个人影。田翼飞觉得陆婧婷走不远，又追到小区的大门口，顺着大门口那条路往前探寻，虽然路灯不够明亮，但仍能看清路的前方有没有人影，没有！说明陆婧婷没有出小区的大门，田翼飞问了保安，保安怀疑地摇头。田翼飞只好在小区里寻找，可是他在小区里转悠了近一个小时，仍没找到陆婧婷，他想她也许已经回家去了呢，只好讪讪地回去。

家里没有陆婧婷的踪影。田翼飞的心忽地就提了起来，他不知道陆婧婷有没有带手机，拨了一个，手机关机，田翼飞的思维也突然像被关住了一样，他不知道该如何是好。他默默地走上二楼，卧室里一片狼藉，有陆婧婷洗完澡扔在椅子上的衣服，有陆婧婷上床前脱去扔在五斗橱上的丝质睡袍，有陆婧婷气愤时扔在地上的被子，还有陆婧婷……屋里的每一件物品都充满了陆婧婷的气息，都带着陆婧婷受伤害后的愠怒，田翼飞的心满了，他闭上眼睛，一扭头上了那个宽大的露台。

早春三月的风带着寒凉顿时就吹透了田翼飞的肌体，他禁不住打了个寒战，将身子靠在围栏上，习惯性地从衣袋里掏烟，才发现兜里空空的。他忙回屋拿来了烟，从中抽出一支，缓缓点上。略微颤抖的手轻轻把烟放到嘴边，深深用力地吸上一口，慢慢地把烟雾从肺里吐出来。透过萦绕的烟雾，田翼飞看到烟头不时地闪着诡异的红光，在他唇间闪烁。

吸烟对此时的田翼飞来说，是一种解脱，正如同在教堂里的忏悔，能够令他的心情好受一些。不过，抽烟的瞬间，田翼飞还是有一种想哭的冲动，他不知道自己该做什么，他的大脑似乎陷入了迷茫。面对着暗黑的天空，他突然有种疲惫的感觉，好像整个世界所有的负担都承担在他的身上。

从二十六层俯视着周围的马路。十点左右的夜晚并不寂寥，街上车来车往，田翼飞调整了视线，仔细在马路上搜寻陆婧婷的身影，可是白费。此时此刻他才后悔为什么要向陆婧婷坦白他和吕贞的事。

田翼飞不是傻子，他知道说出这个秘密的结果会是怎样一种情景，但是，每每望着妻子那不知情而坦诚对待他的眼神，每次在骗妻子要加班或是要出差的谎言后，他的心里都会有一种深深的愧疚，这种愧疚驱使着他道出了他和吕贞的关系。

2

四十过后的中年男人，正是花样年华、不幼稚不狂热、既拥有才干与学识，又能从容理智地审时度势，若再加上有一官半职，有车有房，他就成了众多女人为之动情倾倒的对象。

田翼飞就是这样一个男人。四十一岁时就已经升为司局级干部，他已经做了六年的局长，他总对陆婧婷说，是自己的无欲则刚给他带来的好运，他从没有想过要有外遇，他也从没把那些年轻漂亮缠他缠得死烂的女人放在眼里。陆婧婷算得上是女人中的佼佼者，聪慧，气质好，虽无出人的长相，但也曾几次被单位里几个闲来无事的老职员们评为“局花”，二十年的婚姻没有销蚀掉两人坚实的爱情，每当别人说婚姻是爱情的坟墓时，他都会给以反驳，每当那些年龄不一的女人拥在他身边时，他都会自如地应付。他觉得外遇这个词是写给别的男人的，他想都没想事情就发生了。

那是他五年前与一个公司有个合作，需要他来谈判，对方经理是个三十五岁的女人，之前已经有过两轮谈判，结果都败下阵来，不服输的性格使田翼飞做了第三梯队，他不相信前面几个大男人如何会败在一个女人的嘴下，他奋勇地挺起了胸迎了上去。

他的口才使他赢得了这场谈判，当他拿着合同离开谈判席时，那个叫吕贞的女经理说：“田局长，为庆祝你的胜利，也祝我们的合作顺利，晚宴我请了。”

田翼飞没料到吕贞竟然是个爽快的女人，她在“蓝幽酒吧”里请他吃的晚饭，他不知道那些精致的菜肴是从哪里来的，酒吧本不该有饭菜，只看见吕贞对着服务员一个眼神、一个手势，那些上档次的菜就很有秩序地送了上来。

“喜欢这个氛围吗？”吕贞面带微笑问。

田翼飞悠闲地用右手的食指和中指夹着一支烟，漫不经心地眯着眼凝视着吕贞。

“没有什么特别好吃的，您将就着点。”

吕贞的谦虚让田翼飞摇头，他一脸疑惑地盯着那些只在高级饭店里才会有的菜肴，心里直犯嘀咕。

吕贞却笑了，笑得坦然，“来来，田局长，请动筷子！”吕贞先拿起筷子，像个体贴的女人似的把菜一样一样地夹到田翼飞的碟子里。

菜很好吃，田翼飞的味觉这晚发挥了最好的作用，他不停地吃；酒很好喝，田翼飞的眼神被适度的酒温柔成一种多情，使他和吕贞一次次地碰杯，一次次地一饮而尽；吕贞很睿智活泼，她的话语恰到好处，从平时喝什么茶叶，到平时怎么跟人谈生意，既显出她生活的情趣，又显出她女强人的优势；尤其是对田翼飞的夸赞，不庸俗，不虚假，没有半点刻意，一下子便博得了田翼飞对她的好感。

离开酒吧时，吕贞借着酒劲把嘴贴在田翼飞耳边，悄悄地说："上帝一定是疏漏了，怎么会把所有的优点都集中到你身上呢！"吕贞嘴里喷出的酒气哈到了田翼飞耳朵里，痒痒的，却舒服着。

3

如果爱可以很简单，生活就不会这么复杂了。人最初的欲望就是这样，只要自己没有的，得到了会很满足。一旦确定是自己的了，又会心生不足。田翼飞觉得自己就是这样的男人，他有一个贤惠温柔对他忠贞不渝的妻子，但是他并未满足，因为，自从认识了吕贞，他渐渐地对吕贞有了惦记，田翼飞常常拿吕贞和陆婧婷比较，陆婧婷不是一个活得有"野心"的女人，在事业上，平平常常就满足，在家庭经济上，知足就常乐。而吕贞就不同了，她长得并不漂亮，但却充满活力和自信，她智慧敏锐，她总有许多追求的目标，田翼飞觉得吕贞和自己有着那么多不可思议的相似之处，他欣赏她，他喜欢和她交往，也就是在他们相互了解和不断获取惊喜的过程中，他们的心走近了。

那晚，吕贞约田翼飞，吃完饭她硬拉着田翼飞进了歌厅，一进歌厅她就点了两瓶红酒。

田翼飞感觉出吕贞有些异样，但并没去劝阻，他认为一个女人想要把自己灌醉一定有她想灌醉的理由，他觉得只要让自己保持清醒就可以了。

吕贞一杯杯地把红酒灌进嘴里，然后用话筒指着田翼飞，“田局，你不真诚。”

“我怎么不真诚？”田翼飞喜欢看到吕贞回归到自我时的状态，没了白天的锋芒，没了谈判时的锐利，她像个女人了。

“你喝了几杯？你连一点醉意都没有。”吕贞不依不饶又是一杯。

田翼飞给吕贞倒满酒，“我不能喝醉啊，我喝醉了谁送你回家呢？”

“我们不回家了！”吕贞微乜着眼，那眼神里有一丝挑逗。

田翼飞只是呵呵地笑，把酒杯送到嘴边，一小口一小口地嘬着。

吕贞一手拿着话筒，一手拿着酒杯，东倒西歪扯开嗓门唱了起来，田翼飞终于发现吕贞也有让人倒胃的时候，她唱歌很走调，不过她很卖力地唱，很用情地唱：“我和你缠缠绵绵翩翩飞，飞越那红尘永相随……”

田翼飞实在不敢恭维吕贞的嗓音，所以他拿起了另一个话筒，“亲爱的，你慢慢飞，小心前面带刺的玫瑰……”

吕贞把头靠在田翼飞肩上，田翼飞用手轻轻环住吕贞。

两人就这样一起唱着，一起喝着，最后是田翼飞扶着吕贞离开了歌厅，田翼飞把吕贞送到她家的楼下。

田翼飞帮吕贞打开右侧的门，扶她下车，轻轻地在她后脑勺上拍了拍，“好了，回家洗个热水澡，然后盖好被子，做个好梦吧。”

吕贞还在哼哼着，伸开两臂，顺势抱住田翼飞，“飞哥，抱抱我。”

田翼飞很自然地抱住吕贞，使了一下劲儿。

突然间，吕贞的双臂勾住了田翼飞的脖子，在他脸上亲了一口，然后仰起脸，“亲我一下。”

今晚的吕贞被红酒染得漂亮了许多，让田翼飞忍不住想亲近她，他没有丝毫犹豫，把嘴往吕贞唇上贴去。

想不到吕贞却躲开了，她把身子靠在田翼飞身上，嘴贴着田翼飞的胸，喃喃地说：“不，不在这里，去那里好吗？”吕贞仰头指了指楼上。

田翼飞想都没想就跟着吕贞上了楼，进了屋。这是一套非常豪华的公寓，只是没有一丝人气，屋里显得冷清、寂寞和凌乱。田翼飞听吕贞说过，她已经离婚，孩子被前夫带走，所以她是自由身。

在大门关上的刹那，两个人自然地拥抱在一起，当田翼飞觉得全身膨胀得要失去自我时，他猛地抱起吕贞，朝着卧室走去……

吕贞和陆婧婷的感觉是不一样的，陆婧婷属静，吕贞属动，陆婧婷喜欢一点一点地挑起田翼飞的情欲，喜欢被田翼飞一点一点地抚摸动情，而吕贞则喜欢快速地把一个赤裸裸的自己送到田翼飞面前，容不得田翼飞想，容不得田翼飞看，容不得田翼飞有半点私心杂念就云里雨里地呻吟了起来。

一直当田翼飞筋疲力尽地躺倒在吕贞身边时，他这才能够仔细地斜眼打量吕贞的裸体。说实话，吕贞不如陆婧婷身材修长，乳房也不如陆婧婷大，还不到四十岁就已微微发胖的身材使小腹明显地隆了起来，不过，她速战速决的作风却使他的心有那么一种悸动。再者，不管怎么说，这是一个和陆婧婷不一样的女人，她长了一张绝对禁欲主义的脸，却似乎被注入了一个纵欲主义的灵魂。在谈判的场合，她的犀利让男人绝对望而生畏，而一旦离开那个场合，她的放肆又让男人为她神魂颠倒。她常常会出其不意地给田翼飞一个惊喜，比如在车里，在公共场所，她会忽然趴在田翼飞耳边说："想要我吗？"然后不怀好意地咯咯乱笑。

当田翼飞觉得吕贞是个大大咧咧的女人时，忽而又会发现，她实际是那种绝对细致到家的女人，她用最短的时间和精力研究了田翼飞，她清楚田翼飞的各种爱好和习惯，每当田翼飞就一些事情问她的想法时，她总能一下子说到田翼飞心里去。就这样一个女人，让田翼飞在飞快的时间里佩服上了她，喜欢上了她，田翼飞甚至感觉到，自己爱上了她！

4

田翼飞知道自己对不住陆婧婷，可是吕贞那强大的磁场又在紧紧地吸引着他，两人的交往越来越频繁，游泳，骑马，郊游，听音乐会，然后共度销魂的夜晚。每次有约会时他都会对陆婧婷说他要出差，或是有饭局，抑或是和同学聚会，反正陆婧婷从来不问，她相信田翼飞胜过相信她自己，就是因为她天真无邪的目光，使田翼飞对陆婧婷的愧疚越来越大，越来越强。所以他会更殷勤地对待陆婧婷，连平常的做爱都显得更加耐心了。不过他已经强烈地感觉到，他和吕贞谁都离不开谁了。这让他的心里也越来越矛盾，他有家庭和孩子，肩上有一份责任，他不敢想象这段婚外情会对陆婧婷造成多大的伤害。

这次，他是真的出差，否则他也不会把机票拿给陆婧婷看。他只是在今天下午做了一个小小的手脚，不到两点他就从机场进了城，本可以直接回家的，他却给吕贞打了一个电话。

“飞哥，请立刻来我这里一趟！”吕贞的话音透着不可商量的坚毅。

田翼飞犹豫了，他知道陆婧婷在家等他，整整十天的时间，陆婧婷给他发了几十条短信，他知道妻子会在他每一个出差归来的日子等他，等着他给她的爱抚，给她的思念，给她的……

吕贞突然在电话里哭了起来，“哥哥，来啊，快来啊……”

“宝贝，你怎么了？快告诉我你怎么了？”田翼飞的心立刻急了。

吕贞只是在电话里不停地哭。

“别哭了，我马上过去。”田翼飞想也没想就去了吕贞家。

吕贞喝醉了酒，蜷在沙发的一角泪水横流。

田翼飞坐到吕贞身边，“我的乖乖，你到底怎么了？”不等田翼飞问完话，吕贞就猛地冲进卫生间大口大口地呕吐起来。田翼飞只好跟进卫生间，看着吕贞抱着马桶痛苦不堪的表情，眼泪鼻涕和吐出来的脏物糊在她脸上，使田翼飞心疼不已，他立刻拿来毛巾替她擦脸把她安置在床上。

“好啦，你睡吧，我要回去了。”

田翼飞转身的工夫，吕贞噌地坐起来，目光迷离地盯着田翼飞，泪水哗哗地流下来，“能不能留下来陪我一会儿，就一会儿？”

吕贞开始呜呜地哭，身体止不住地倾倒在床上。田翼飞只好坐回到床边搂住她，她却顺势倒在田翼飞怀里，“我不让你走，你不要走……”

田翼飞就这么被吕贞留了下来，这种偷偷摸摸的情欲，这种从另一个女人身边夺过来的情欲更激发了田翼飞和吕贞的爱，他们颠鸾倒凤，忘我地做爱，直到田翼飞看了一眼墙上的挂钟，他才紧张地从床上一跃而起，“宝贝儿，我要回去了，老婆还在家里等我。”

吕贞笑了，笑得十分爽快，刚才的悲哀瞬间消失得无影无踪，“快回去吧，回去晚了该挨老婆骂了。”

田翼飞不再年轻，四十七岁的男人，已经无法从肉体上隐瞒陆婧婷什么了，旅途的疲顿、在吕贞那里消耗掉的体力，使他无论如何也不能再欺骗陆婧婷了，看着陆婧婷失望的表情和那应该得到而无法得到的眼神，田翼飞知道纸里再也包不住火，他坦白了，交代了，可是他不知道这种坦白交代和警察与罪犯的坦白交代根本不是同一个性质，警察与罪犯是坦白从宽抗拒从严，而他对陆婧婷的坦白却是给两个人的感情挖下了一道深深的壕沟。

5

夜色越来越浓，寒风已经彻底吹透了田翼飞的身子，他觉得除了思维是自己的，身体的所有部分都已经不是自己的了。半盒烟已经被他一支接一支地抽完了，脚旁横七竖八地躺着十来支烟蒂，他深深地吸了口气，满嘴都是苦涩的烟味，他用舌头舔了舔牙齿，舌头已经被烟熏麻木了。这时，只有耳朵还是灵便的，他竖着耳朵仔细倾听，他总觉得陆婧婷会随时偷偷地来到他身后，像往常生气那样，会趁他不备把头贴在他背后，然后嘟囔着说恨他，只要他扭转头在她额上轻轻一吻，一切不快都会烟消云散。

夜的静谧终于洗刷了田翼飞的思维，他拖着沉重的步子回屋和衣躺到床上，满脑子都是陆婧婷和吕贞的影子，她们俩交替着在他眼前晃来晃去，他能想象到此时的吕贞一定在做着一个美丽的梦，那陆婧婷呢？那悲痛欲绝的面孔、那哀伤的眼神，这么晚了，她会去哪里呢？

田翼飞整理着自己的思路，想着陆婧婷平时和他说起过的她的那些朋友，她会不会去朋友那里了呢？他很想给陆婧婷的那些朋友打个电话，可是，却很快被田翼飞否定了。第一，陆婧婷那些朋友的电话他没有；第二，陆婧婷是个要面子的女人，她不会把这种事告诉她的那些朋友。

那陆婧婷会去哪里呢？

田翼飞很快想到了陆婧婷的两个姐妹——陆毓姗和陆叶红。

陆婧婷姐妹仨平时走动不少，或许，陆婧婷去了大姐陆毓姗那里？抑或是去了小妹陆叶红家？

不如先去大姐陆毓姗那里瞧瞧。

第三章

1

陆毓姗四十八岁，才熬到可以竞聘报社副总编的职位。

老总编退休了，腾出一个总编的位置，原以为会从外边调一个总编来，但上级领导说了，坚决不信“外来的和尚好念经”，这次就从报社里选拔。

一时间，报社里怀有各种欲念的人就蠢蠢欲动起来。

陆毓姗的副刊部主任已经做了许多年，许多编辑给她打气，“陆主任，我们坚决支持你做总编！”陆毓姗没那个野心，但副总编刘玉华却偷偷对她说，“我要竞聘总编，副总编的位置就由你来竞聘，我支持你，我们搭档，一定能把报纸办好。”

刘玉华顺利地当上了总编，而陆毓姗就面临着被选上报社副总编的机会，竞选前，她得加班加点把竞聘演讲稿写完，还得把第二天的核红样看完，当她好不容易拖着疲惫的脚步回到那个天天要走的楼道时，突然听到包里的手机传出了短信声，她刚拿出手机，还未来得及打开，就突然听到从自家门里传出的女儿的哭声，带着一丝恐惧，带着一些凄哀。陆毓姗全身一个激灵，把手机扔进包里，迈开双腿，一步两级台阶，直奔三楼三〇二室。

陆毓姗急急地用钥匙捅开门，一眼就看见女儿果果正坐在卫生间的马桶上，眼泪已经流满了她的脸，她用左手背不停地擦着脸上的泪，捏了饼干的右手颤颤地抖着。再看小客厅的地上，两把圆椅四脚朝天，餐具的碎片到处可见，像是经过一场浩劫，令人心里升腾起寒意。

陆毓姗大门都未顾得上关，踩着满地的碎片直奔卫生间，一把抱住女儿的头，急切地问："怎么了果果？他打你了？"

果果见妈妈回来，扔了手里的饼干，仰起头抓住陆毓姗的衣襟，哇的一声，放开嗓子大哭起来。

"快告诉妈妈，他是不是向你动手了？"陆毓姗快被女儿急死了。

"没……没有！"果果终于在号哭中说出话来。

陆毓姗这才松了一口气，赶紧湿了毛巾擦净女儿的脸，再拿过扫帚把地扫干净，然后开始做晚饭。女儿就围在她身边，期期艾艾地絮叨着她爸爸沈川的事。

"爸爸把我接回来，一看家里没你，他就急了。我告诉他，学校要开家长会，让他去参加，结果他的嘴好脏，他骂你是混蛋，他骂你不顾家，他还骂你不要脸，然后……然后他就踢凳子，踢完凳子又摔碗，还不让我吃饼干，说让我饿死算了，我饿死了你就能改邪归正了……"

陆毓姗气愤地把手里的油菜恨恨地一拧，使劲扔进盆里，水溅了起来，溅到了果果脸上，果果抬起头来看着陆毓姗，"妈，我爸好坏，我们不给他饭吃，让他饿死！"

一丝由心开始的痛楚嗖地蔓延至全身，陆毓姗揽过女儿，用湿答答的手捋了一把女儿的头发，深深地吸了一口气，那口气就憋在胸口，久久吐不出来。她不知如何向女儿解释她与沈川的矛盾，但无论如何她觉得不应该让女儿掺和到大人的矛盾中来，她不想在女儿幼小的心灵上留下任何阴影，可是沈川……一想到丈夫沈川，陆毓姗就感觉到胸口憋闷，她努力把那口闷气吐出来，被带出来的怨恨使她忍不住也说了句气话："对，我们把他饿死！"接着陆毓姗又摇摇头，紧抿着嘴苦笑了一下，"果果，饿死你爸可就没爸了，你舍得吗？"

果果转了转眼珠，不忍地摇摇头。

看着女儿稚气的模样，陆毓姗欣慰地笑了，“你爸脾气不好，他发脾气时你就躲着他点，等他脾气过了他就后悔了，他高兴时不是总带你去玩，还给你买漂亮衣服吗？”见果果诚恳地点头，陆毓姗这才松开搅着女儿的手，“好了，把筷子碗拿出来，我把这个菜炒一下就吃饭。”

2

陆毓姗结婚并不晚，可一直没生孩子，起初是她不想要，后来想要时却生不出来了，她吃了很长时间的中药，才生下这个宝贝女儿果果。所以夫妻俩对果果很是宠爱，见果果受了委屈，自然心疼。她打发果果吃饭做作业睡下后，才坐在被窝里拿出自己的副总编演讲稿细细地看起来。

丈夫沈川一直没回来，望着墙上的闹钟嘀嘀嗒嗒走到了十一点，陆毓姗不知该不该睡下，她有一搭无一搭地翻着演讲稿，眼睛却不时地瞟一下闹钟。她实在坚持不住了，两个眼皮沉得抬不起来，她把头靠在床帮上，刚进入梦乡就听到了敲门声。

陆毓姗一个激灵坐起来，嘴里小声地喊着“就来了就来了”，急忙去开门。

“咦，怎么是你？”陆毓姗有些惊讶，门外站的不是沈川，而是妹夫田翼飞，“有事吗，翼飞？”

田翼飞有些不好意思地苦笑一下，点头。

“那你进来说。”陆毓姗把田翼飞让进客厅，忙去沏茶。

“不用了，几句话就走。”田翼飞说着朝两间卧室探去。

陆毓姗的目光随田翼飞往两间卧室望着，不知道他在寻找什么，“你这是……”

“我想问一下，就是……就是……”田翼飞支吾着站起身，走到一间卧室门口。

“你到底在找什么啊?”陆毓姗的眉头都皱起来了,“莫不是在找婧婷?”

田翼飞很尴尬地点头,意欲推开这间关着的卧室。

“这是果果的屋,婧婷不在里面。”陆毓姗说着把果果卧室的门打开。

果果已经睡着,屋里关着灯,不过借着客厅的灯光,田翼飞还是能够看到睡在床上的果果,他轻轻地带上门。

陆毓姗望着田翼飞憔悴的脸,疑惑地问:“婧婷怎么了?”

田翼飞很失望地嗯了一声,又走到另一间卧室门口,边看边说:“她要是给你打来电话,你立刻通知我一声好吗?”

陆毓姗推开她和沈川的卧室,带田翼飞走了进去。

“你和婧婷怎么了? 吵架了?”

田翼飞又嗯了一声,摇摇头,想走,却被陆毓姗一把拉住。

“你是不是欺负她了?”

“唉——”田翼飞叹气,挣开陆毓姗的手,“两口子的事是说不清的,以后有时间了慢慢告诉你。你如果有婧婷的消息一定立即告诉我,算我求你了。”

陆家三姐妹的关系都不错,电话从没断过,常常地,她们会把个电话粥煲得热热乎乎,偶尔,碰到两家的男人都不在家时,陆婧婷晚上也会跑来和姐姐陆毓姗有滋有味地聊上一晚。所以陆毓姗听到田翼飞说陆婧婷找不到了,也十分着急,“我会的,如若她回家了,也告诉我一声。”

“好。”田翼飞话音刚落,就响起了门铃声。

“你等一下,大概是大川子回来了。”陆毓姗去开了门。

“又喝……”酒字尚未出口,陆毓姗就看到沈川的右手带着呼呼的风声抡了过来,她本能地躲开,但那一巴掌来得太快,快得让她躲闪不及就扇到了左脸上。

“大川子，你……”陆毓姗的眼泪顿时就顺着脸颊摔落下来，被打肿的左脸火辣辣地疼痛。

“老实说，下班后和哪个男人野去了？花前月下浪漫够了，这才知道回家？告诉你……”

“又胡说八道什么啊？”陆毓姗忍着疼痛，想到还在屋里的田翼飞，带着哭腔去阻止沈川的胡言乱语，“最近报社不是正忙吗，要竞聘，要加班，我是副刊部的头儿，我总不能把活儿留给编辑们干吧！”

“别找托词了，你那点活儿还叫活儿吗？”沈川说着又抡起右手。

陆毓姗也是个要面子的女人，她快速地往后退了一步，指着卧室，“翼飞在这儿呢！”意思是让沈川给她留点面子。

“谁来了？翼飞？他来做什么？”沈川却突然来劲儿了，他乜斜着眼，嘴里不停地打着酒嗝，边说话边往卧室里闯去。

“大川子！”陆毓姗实在是怕沈川闹出什么更丑的事件来，她欲去拉沈川的衣袖，没想到沈川飞起一脚踹在了陆毓姗左小腿上，陆毓姗当场就蹲坐在地上。

陆毓姗已经感到了自己的无能，她无能把沈川拉住，就那么眼巴巴地看着沈川骂骂咧咧地推开卧室门走进去。突然，她听到了沈川暴跳如雷的喊叫声：“你这个色鬼，玩女人玩到我家来啦？看我今天不好好收拾你！”接着，就听到丁零咣啷的拳脚声传出。

吓得陆毓姗大叫起来：“大川子，你疯啦——那是翼飞呀——”

3

当田翼飞从屋里走出来时，鼻子流着血，眼睛也被沈川一拳打乌了。当然，沈川也没捡着便宜，他也挨了田翼飞几拳，田翼飞的一肚子烦恼正没地儿出呢，有人找碴正好也让他出了口气。

“翼飞，对不起……”陆毓姗不知如何向田翼飞解释才好，眼里的泪水完全模糊了视线。

田翼飞在陆毓姗面前停了停，摇摇头，一句话没说，就那么走了。

陆毓姗听到田翼飞下楼的声音，一直等到他的脚步声消失，才撸起裤腿看了看，她的腿上已经有了好几块瘀青，从青到紫深浅不一，刚踢的那块才泛出青色。陆毓姗在小腿上轻轻地胡噜了一下，站起身关上大门，然后走进卧室，沈川已经和衣倒在了床上，伴着他的鼻翼一张一合，呼噜声就从那两个鼻孔里流出来。

"混蛋——"陆毓姗恨恨地握紧了右手的拳头，在空中舞动了一下，她真想在那张四四方方的脸上砸下一拳，但她恨恨地叹出一口气又把拳头收了回来。她悄悄地走出卧室，进了女儿的屋。不料，她却发现果果把被子紧紧地裹在身上，缩在墙的角落里，瞪着的大眼睛在黑暗里闪着极其恐惧的光芒。

"果果，怎么醒了？"陆毓姗坐到床边，一把搂住女儿，她的心悲凉到极点。

"妈妈，我好怕！"果果的身体在颤抖着，把头紧紧地贴在陆毓姗怀中。

"别怕宝贝，有妈妈呢。"陆毓姗不知道该如何安慰果果。

果果在陆毓姗怀里缓缓地抬起头，"我爸是个坏蛋，等我长大了，有了力气，就帮你去打他。"

"果果！"一股凉气从陆毓姗的脚底涌至心头，这是怎样的一种恶果啊！她把脸紧贴在果果脸上，泪水就那么顺着她和果果的脸流下来，她不知道自己该如何对果果解释沈川是好人还是坏人，为了孩子，她一忍再忍，一直忍到了今天，她不想把自己的情绪传染给果果，于是她说："果果，你爸不是坏蛋。"

"那他就是坏人。"果果坚持着自己的看法。

"也不能说他是坏人。"可是陆毓姗绝不想对果果说沈川是个好人，因为他的拳脚相加已经无法说明他是个好人了。她只能模棱两可地对果果说："你爸平时对你怎样？他是不是老给你买好吃的？还给你买了那么多你喜欢的娃娃，你说他是好人还是坏人呢？"

果果很坚决地点头，"我爸不是坏人为什么老打你呢？"

果果的疑惑很正常，陆毓姗能够理解，成人的婚姻总会影响着孩子，她不想让沈川暴力的阴影笼罩在果果头上，她抚摸着果果的头，"不管你爸是好人坏人，他都爱果果，所以果果不可以打他的。"

"那他是不是不爱你了？"

陆毓姗苦苦地笑了一下，摇头，"你爸爱我，只是他的爱有些扭曲了。"

"什么是扭曲？"

陆毓姗实在不知道如何对果果解释这个问题，她的日子是在一天天的惊恐中度过的，她的忍气吞声并没有换来暴力的减轻，她摸着腿上被沈川踢疼的部位，感到了一种心理上的疼痛，她忍住即将掉下来的眼泪，努力露出一丝微笑对果果说："这个问题小孩子理解不了，等你长大点妈妈再告诉你好吗？"说着把被子打开，让果果躺下，然后她和衣躺在果果身边，扯过果果身上的被角，盖在自己的身上。

有妈妈在，果果很快就入睡了。可是陆毓姗却久久都不能入眠，一想起沈川的酒后失态，她的心就像针扎般地隐隐作痛，这种日子她再也不想过下去了。

陆毓姗一点困意都没有，她小心地用手抚摸着刚才被沈川打肿的脸，心里对他的恨意又增加了一些，当初若知道他体面的外表下隐藏着这么不为人知的暴力倾向，打死也不会嫁他，当初他们能走到一起，也是冲破了双方家庭的阻力。在外人眼里，他们曾是恩爱有加，而现在居然会想到走上一条分手的路。

其实这个问题，陆毓姗想过很多次，每次当她真正面对时，她就会发现自己是多么的无助和柔弱。结婚前的沈川是个优秀的男人，虽然他在橡胶厂工作，可他斯文的举动一下子就俘获了陆毓姗的心，她毫不犹豫地就嫁给了他。在结婚典礼上，沈川曾不顾一切地抢过司仪的话筒，激动地对着来参加婚礼的陆毓姗家人和全场的来宾发誓："我沈川会珍爱姗姗一生一世！"陆毓姗以为幸福人生就从那场婚礼上开始了，可没想到，婚后上演的却是一场场家庭暴力剧。

沈川喜欢喝酒，见酒就喝、每喝必醉，起初醉酒后回家只是追问陆毓姗有没有男人勾引她，后来就逼问她是不是在勾引别的男人。为这事，她没少和沈川吵架，吵着吵着，沈川就动起了手，他先是把一肚子怨气都撒在东西上，后来，他就借着酒疯对陆毓姗施加拳脚，甚至深更半夜把果果从梦中吓醒，吓得直哭。

开始陆毓姗都是忍气吞声，总想着家丑不可外扬，可她越是忍让沈川，沈川就越是变本加厉，尤其是工厂改革后，他的年龄和那平平的工作能力一直使他处在一个动荡的工作环境中。而陆毓姗在报社的地位却越来越得到领导的赏识，他的火气更是越来越大，把所有的怨气都撒到了陆毓姗身上！那时，他天天出去买醉，回家后不是摔东西就是拿陆毓姗和果果撒气。而每次醉酒后打老婆就成了沈川的一项必修课，她已经不止一次地向沈川提出离婚，可是酒醒后的沈川每次又忙不迭地忏悔发誓，跑前跑后猛献殷勤，结婚稍早于陆婧婷的陆毓姗，几乎天天都生活在提心吊胆之中，不知道沈川今天会不会在外头喝酒？不知道喝完酒后回来又要演什么戏？

陆毓姗真是有些够够的，她觉得这个家庭真的就像一场战争，二十年的打砸摔已经无法让她说得清是否有结尾，望着别人家的日子，她总是不解，难道这就是自己的生活？她为什么不能过一种平稳安定的日子呢？二十年不是个短日子，她伤心，她愤慨，她不甘心被沈川只当作一个酒后发泄的"工具"，她更不希望自己身上的那些疤痕在她的生命里留下永久的烙印。

离婚，这是陆毓姗觉得能够解脱自己的唯一方法。

可是果果怎么办？陆毓姗扭头看看熟睡的女儿，轻轻地在她细嫩的脸蛋上亲了亲，从她内心来说，她是不愿意给女儿带来任何影响的，一个才十二岁的小女孩，就开始品尝因为父母离婚造成的一切后果。可是，陆毓姗早就感觉到果果小小的脆弱的心灵已经受到沈川暴力的影响了，她的眸子里总会忽现出恐惧，在她笑的时候，眼睛里都留有忧郁的色彩，从她还在妈妈的肚子里起，大概就已经先从母亲那里感知到那种被打的痛苦了。虽然陆毓姗一再地告诉果果，爸爸爱她，可她也有她的观察力，她敏感的神经早已察觉出发生在父母身上的变化，因为她总问陆毓姗，我爸是好人还是坏人？

“你爸是好人。”陆毓姗总是这样回答女儿。

可果果并不买妈妈的账，她瞪着疑惑的双眸又问：“好人还要打你？”

陆毓姗语塞，她不知道该如何回答果果。

果果却还在追问：“妈妈，你是不是不爱我爸爸了？”果果对沈川的暴力行为只能解释成爱与不爱的结果，所以才招致了爸爸对妈妈一次次的动手。

陆毓姗只能苦笑着向果果解释：“你妈不爱你爸怎会嫁给他呢？怎会生了你呢？”

“那就是你有外遇啦？”这话是果果从沈川的嘴里听来的。

“你爸胡说！”陆毓姗很生气女儿也会这样看她，她叹着气拼命地冲果果摇头，“你不要听你爸胡说八道，妈妈爱果果，妈妈在拼命地工作，想多挣些钱，将来果果要上初中，上高中，上大学，果果是个女孩子，还要穿许多漂亮衣服，都要花钱啊！”

果果懂事地点头，她相信妈妈的话，可是她的眼神里仍旧有一种淡淡的忧郁，这种忧郁，常常会划伤陆毓姗的心，她真不想让大人的是是非非泯灭了孩子天真纯洁的心灵。

陆毓姗每次想起沈川来都会深深地吸进一口长气，然后再长长地吐出来，似乎只有这样，才能把心中的怨恨吐出去一些。

果果翻了个身，把一张脸对着陆毓姗。

陆毓姗看不清果果脸上的表情，只能摸黑抚摸着果果的脸，然后把嘴贴在果果的脸上轻轻地亲上一口，她觉得自己就是为女儿活着，如果不是因为想给女儿一个完整的家，她早就离开沈川了……

离开沈川，离开沈川……陆毓姗就是在这种朦胧的意识中渐渐入睡，梦就像一个循环的电影般闯进她的大脑，她就是那梦里的主角，不停地和沈川吵架，看着沈川把家里的东西砸光，她的心疼得难受，她倒下了，怎么也起不来，沈川却像个渐渐飘远的树叶一样从她的梦中消失了，她在呼喊，可是谁也听不见她都喊了些什么，她终于把自己喊醒了。

窗外黑漆漆的，陆毓姗瞧了瞧床头柜上的闹钟，已经深夜零点，她不想再犹豫了，她给果果和沈川各留了张便条放在餐桌上，便悄悄地离开了家。她知道沈川只要起来就能看到这张纸上留下的文字。

4

陆毓姗深更半夜地敲开了陆叶红家的门。

是陆叶红的丈夫陈翔来开的门。

“对不起，这时候了还来打扰你。”陆毓姗歉疚地说。

陈翔脸上没有露出一丝不高兴的神色，他把陆毓姗让进屋子，问：“又和大川子吵架了？”陈翔知道沈川在家庭中的暴力，也劝过他，但人家两口子的事，只能劝。他同情陆毓姗，却又帮不上任何忙。

陆毓姗缄默地点头。

陈翔知道陆毓姗不肯把她家里的事跟他多说，于是指了指里面，“叶红在书房呢，你去吧，说不定还没睡，在搞她的创作呢。”

陆毓姗苦笑一下，径直朝小书房走去。

陆家三姐妹中，陆毓姗和小妹陆叶红关系最好，再加上陈翔是个老好人，从不因为陆毓姗的早晚打扰生气，不管何时，他都会高高兴兴地来为她开门。

陆毓姗轻车熟路地走到小书房门口，连门也不敲，就轻轻地推开小书房，她发现陆叶红已经睡下了，顿时不好意思起来，于是放轻声音说："叶红，我来了，今晚在你这儿挤挤了。"

陆叶红似乎睡着了，没有一丝声响。

"叶红，你睡得可真死，来个坏人你大概都听不见。"陆毓姗说着视线往被子上一扫，却发现不对劲。因为半铺半盖在陆叶红身上的那床白色被子旁洇着一大团红色的血，并且，那团红色的血在慢慢地往外蔓延着。

陆毓姗有些紧张地走过去掀开陆叶红身上的被子，一声惨叫——

当陈翔听到惨叫声跑出卧室时，陆毓姗已神经质地跑出书房，冲陈翔恐惧地喊叫起来："快来呀陈翔，叶红自杀了！"

陈翔不顾一切地跑进书房，他看到陆叶红安详地躺在床上，流着血的手腕旁有一把水果刀。他慌了神，颤抖着双手抱过电话，就拨了120。为了抢时间，陈翔又用那床白色的被子裹着陆叶红把她抱到客厅，用一块毛巾压在陆叶红的手腕上。

120很快就来了，仿佛自杀的人是陈翔，只见他的脸煞白，他的嘴唇一直在打着哆嗦，他跟着担架上了救护车，然后对陆毓姗说："大姐，你看家吧，我把叶红送到医院。"

"我……我跟你一起去！"陆毓姗跳上救护车，坐到了陈翔身边。

120响着催人的鸣声风驰电掣般地朝医院驰去。

一切都是乱哄哄的，乱到陆毓姗丧失了记忆，她只能像个跟屁虫似的跟在陈翔身后跑东跑西，一直到把陆叶红送进急救室。

陆毓姗这才和陈翔两人长长地吁出一口气，然后傻呆呆地坐在急救室门外的长条椅上。他俩没有瞌睡，他俩的目光总是一致地看向急救室的大门。

清晨，直到窗外透起亮光来，一个大夫才走出急救室，他看了陈翔和陆毓姗一眼说："没事了，她脱离了危险！你们可以进去看看她了。"

5

当陆叶红睁开眼时，她看到了陈翔和大姐陆毓姗疲惫焦急的脸色。陆叶红不知道自己躺了多久，但她依稀记得那床雪白的被子，还有染红被子的鲜血，她有片刻的眩晕，她又闭上了双眸。

陆叶红听到了陆毓姗和陈翔的激动的叫声。

"醒了醒了……"是陆毓姗的声音，陆毓姗冰凉的手在陆叶红额前轻轻滑过。

"天哪，终于醒了。"是陈翔有些沧桑的声音，他似乎把嘴凑到了陆叶红耳边，他的呼吸打在陆叶红的脸旁，声音随着那呼吸响起来，"你总算没事了！你吓死我了，以后不能再这样吓唬我啦！我哪里做得不好，你尽管说，我改就是了。"话语温柔，又带着恳求。

陆叶红把头扭向一旁，或许陈翔能骂她两句，她都会觉得心里舒服些，可她偏偏就是不喜欢这种讨好她的话语。

是陆毓姗解了陆叶红的围，她一把拉起陈翔，"走吧走吧，快回去睡一觉吧，你守了这大半夜，也该回去休息一下了，你不是说下午单位里还有会吗？是领导点了名要你参加的。"

"哦，对了，我差点忘了。"陈翔拍着脑袋，苦笑着摇头，"这脑子，不够用了！"

"好了，这里我守着，忙你的去吧。"陆毓姗冲陈翔挥挥手，把他推出了病房。

陆叶红换到了普通病房里。

陆毓姗坐到陆叶红床前，用热毛巾替陆叶红擦了脸擦了手，然后在她身旁坐下，拉起她的手，望着她惨白的面庞责备着，"你真是个傻瓜，有什么想不开的，非要做出这等傻事。"

有一滴泪珠顺陆叶红外眼角淌下。

陆毓姗用餐巾纸帮陆叶红擦去那滴泪珠，埋怨道："就算和陈翔的日子不喜欢过，也不能用这种方式来报复他呀！"陆毓姗叹气，"再说，陈翔对你这么好，吃的喝的都照顾得细心，就连家务事都不让你做，他爱你爱得那么专心，你还不知足，你想要什么样的男人啊？"

陆叶红睁开双眸，嚅动着嘴唇，有气无力地，"一个我爱的，一个有感觉的男人。"说着，瞟陆毓姗一眼又闭上了双眼，她的嘴角仍在嚅动，"如果活了三十几年，连个自己爱的有感觉的男人都碰不到，活着还有什么意思？"

陆毓姗紧张起来，"你的意思不会是说，你还要做傻事吧？"

"总得有一个让我活在这个世上的理由吧！"

陆毓姗有些怕了，"就算是你不爱任何一个男人，可是你总爱你的老爸吧！就算你谁都不爱，可是你知道这个世间还有很多人在爱你，陈翔在爱你，爸在爱你，婧婷和我，我们都在爱你，你有什么理由抛弃这些爱而给我们伤害？"

陆叶红紧抿着双唇不语。

如果陆叶红还能和陆毓姗争执点什么，陆毓姗都不会紧张，就是因为她不再说一个字，这倒让陆毓姗真正地担心起来，她不停地劝导着陆叶红，陆叶红却紧闭了双眼，仿佛睡着了。

其实陆毓姗守着陆叶红，心却飞出了医院。到了沈川和果果起床的时间，陆毓姗不知道沈川看到那张离婚协议书了没有？如果沈川还在睡觉，果果起来有没有吃早饭再去上学？另外，今天的版面一早就会送到单位，她得找总编刘玉华帮自己审审，可别有什么错误。

想着陆毓姗给刘总编拨去了电话。大概他刚起，说起话来嘴里像含了一口水，不过他很痛快地答应了陆毓姗帮她审版。陆毓姗想给果果打个电话，可是想了想，还是把手机关掉了。

第四章

1

沈川清晨醒来时天已经大亮，他口渴得要命，他喊了一声姗姗，没有回应，屋里静得只听见闹钟在嘀嗒嘀嗒地走着，没有任何声响。他又喊了一声果果，果果推开了卧室的门，“爸爸。”

“你妈呢？”

“走了？”

“去哪里了？”

“不知道！”果果把陆毓姗留在桌上的纸条拿给沈川看。

沈川歪头看了一眼，是陆毓姗留给他的离婚协议书，另一张便条上写着：

沈川，不要再食言，签下你的名字，我们下午就去办离婚手续。

很冷的语言，没有丝毫可值得商量的余地。

沈川有片刻的愣怔，立刻走到电话机旁，拨了陆毓姗的手机，关机；他又拨了陆毓姗单位的电话，没人接听。他看看闹钟，还没到上班的时间。沈川只好打开自己的手机，给陆毓姗发去一个短信：

姗姗，对不起，昨晚又喝醉了，没伤着你吧！看到你的离婚协议书了，可是你知道我是爱你的，我不能没有你，你再想想好吗？原谅我这一次，再也不会有下一次了。晚上我给你买你最爱吃的荠菜馅馄饨，等你回来吃晚饭。

整整一上午，陆毓姗没给沈川回话，沈川不得不在午饭前又给她单位打去电话。明明听到了陆毓姗在电话里的声音，接电话的小编辑却偏偏说她不在，气得沈川真想揍那个小编辑一顿。

打一巴掌塞颗枣的把戏沈川已经上演过多次，他知道陆毓姗最吃这套把戏，所以这次他仍旧不例外，他请了假早早地离开单位，从超市买了两袋速冻荠菜馅馄饨，又买了一袋芝麻酱花卷，交钱时沈川不无得意地对收款员呵呵一乐，“瞧，麻酱花卷为干，馄饨为稀，晚饭全解决了！”

独自一人在家等老婆孩子回来，沈川有些茕茕孑立的感觉，除此之外，他还有一种不踏实的感觉，他不得不点上一支烟，狠狠地嘬上一口，给陆毓姗发上一条短信，然后再狠狠地嘬上一口，再给陆毓姗发上一条短信，烟对他来说，纯粹是一种精神依赖，每每当他没了主意和对策时，香烟就是他最好的灵药，他觉得没有任何工具像香烟这么神奇。

老婆，今天我没喝酒，等你快点回来啊！

老婆，还没下班呢？我等得头发都要变白了，能早些回来吗？

老婆，我快没有耐心啦，你是不是已经在路上啦？

……

沈川吸掉了两支烟，每支烟也就吸了两三口，他才给陆毓姗发完短信，可是，一直没有回音，直到六点，沈川才终于接到陆毓姗的一个短信，这个短信差点没把他气晕过去。

沈川，果果我接走了，我和果果今晚不回家吃饭，希望你明天能和我按时去办离婚手续。

“妈的，什么东西？别给你脸不要脸，别以为离了你我就活不了！”沈川气得把速冻馄饨和芝麻酱花卷摔到地上，连桌子上的那盒烟都拽到了墙上。他一把拿过电话拨了起来。

“喂，是果果吧？叫你妈听电话。”沈川努力压抑着自己的怒气。

“我妈不在，我妈说她今天很忙，今晚她不回姥爷家吃饭。”果果的话在电话那头响起。

“不回家吃饭她干吗去了？”这是沈川最关心的话题。

“我妈说她有事，今晚不回来睡了，让我自己照顾自己，早些睡。”果果老实地回答着沈川的问话。

一听说陆毓姗连觉都不回去睡了，沈川的脑子就噌地大起来，他气愤地嚷了一句：“她真是个不负责任的妈！”

没想到果果听到这话，立即反问沈川：“你和我妈离婚了吗？”

沈川似乎能从电话里听出女儿害怕的心情，也似乎看到了果果楚楚可怜小心翼翼的模样，果果那可怜兮兮的口吻，似乎她马上就要变成孤儿了。沈川的心紧紧地抽搐了一下，忙说：“宝贝儿，爸妈没离婚，只是爸妈都忙，你妈便把你放到姥爷家代管一下，等我找到你妈，便立刻接你回家。”

果果立刻喜笑颜开，“好的，爸，你快点把我妈找到啊。”

唉——沈川长长地叹了口气，女儿哪知道大人的苦衷啊！

沈川挂上电话，将电话旁的一摞报纸猛地掀到地上，然后又开始拨电话。

2

“喂，是梦阳吧？”沈川的眉头拧在一起，上牙紧紧地咬在下嘴唇上，看得出来他在努力压抑着自己的愤怒。

“吃饭了吗？”

“没哪！怎么，哥，今天要请我吃饭？”

沈梦阳是沈川同父异母的妹妹，平时两人关系不错，每次沈川碰到棘手的事都会找她帮忙，这次当然也不例外，他顺着沈梦阳的话哄她："是啊，看你好久也没给哥打电话，哥想你了，请你出来吃顿饭聊聊。"

"不会这么简单吧？我不去，我还有事呢。"沈梦阳一语道破了沈川的小把戏。

沈川在电话里嘿嘿地乐了，"我说梦阳，哥请你吃个饭还这么难啊？来吧，不是马上就快到你生日了吗？哥要送你一样礼物呢。"

"哎呀，哥，我真的有事。"沈梦阳一百个不情愿，她才不上沈川的当呢。

"好了，梦阳，就在那家好客来羊蝎子店，你不是最爱吃羊蝎子吗？"沈川不容沈梦阳反驳，立刻挂了电话。

沈川知道如何哄住这个心地善良，为人热情的泼辣妹妹，他骑上自行车先去了大世界商城一趟，然后才来到那家好客来羊蝎子店。沈梦阳早已到了，正气呼呼地坐在那里把眼神使劲地往店外瞥。

"梦阳……"

不等沈川说话，沈梦阳已经像蹦豆子似的埋怨起沈川来了，"干吗去了？就这么一里地的路还骑了老半天？蜗牛也爬到了！再不来我就走了，谁有闲工夫老陪着你啊。"

沈川笑着把手里两个一模一样的塑料袋拿出一个送到沈梦阳面前，"喏，看看喜不喜欢？这可是我送给我老妹儿三十岁的生日礼物！"

"什么便宜货？又拿这小恩小惠来贿赂我，不要！以后不超过一百块钱的东西坚决不要！"沈梦阳看都不看就把塑料袋推回到沈川面前。

"告诉你梦阳，不要别后悔啊！这可是名牌，世界名牌！"说着从塑料袋里掏出一个橘红色的包递到沈梦阳面前，"POLO，法国的。你嫂子盯了好久了，没舍得买，瞧，哥今天高兴，一买就俩，一模一样，你和你嫂子一人一个，不偏不倚。"沈川叼着烟，笑眯眯地斜眼瞅着沈梦阳。

沈梦阳的眼睛顿时亮了起来，她接过包。橘红的颜色很时尚，她一层层地拉开拉链看着，她知道沈川买的这包绝不会是正宗的法国 POLO，那一个包就得上千元哪！沈川不会舍得，就连她这个在外企工作的白领也不会舍得花上千元钱去买这包，这是法国与中国合资生产的，价钱也就是二百元左右，她见过，很喜欢，想不到沈川这次真揣摩对了她的心思，她不禁咧开嘴角笑了，“谢谢哥，生日时请你来喝酒。”

“瞧，还是我妹知道疼我。”沈川说着拿过菜谱，向服务员摆了摆手。

服务员下单子去了，这时沈梦阳把包放进塑料袋里，将手轻轻地往桌上一拍，突然放大声音毫不客气地问：“老实交代吧，哥，是不是又动手了？”

沈川脸上的笑容瞬间就逃逸得无影无踪，他把吸得只剩下过滤嘴的烟头狠狠地往烟灰缸里一捻，先是叹气，后是摇头，再然后才把陆毓姗留下的那份离婚协议书拿出来拍到沈梦阳面前，“看看吧，你嫂子又要和我离婚。”

“我说，哥，你不能不动手吗？你的手是闲着啦还是痒啦？”梦阳猛地把 POLO 包放回到沈川面前，“真是无功不受禄啊，你打完人又让我当说客去？”

“梦阳，哥就这点小忙你还不帮吗？”沈川把包又推回到沈梦阳面前。

“不是我不帮你，哥，是我已经没脸再到嫂子那里求情了，早知道会有今日，你不能不动手啊？”沈梦阳又把那个包再次推回到沈川面前，“要说你自己说去，我不去。”沈梦阳说着站起来，一副立刻要走的样子。

“梦阳，我已经痛下决心了，再也不打你嫂子了，你这是最后一次帮哥的忙好不好？”沈川一把把沈梦阳拽坐在椅子上，又把包放回到沈梦阳面前。

“你已经说过多少个‘最后一次’了？可是你总记不住你的承诺。”沈梦阳甩脱了沈川的手，又站起来。

这时服务员端上了羊蝎子，还有一瓶高度的二锅头。

“看吧看吧，一看到你喝酒，我就知道你狗改不了吃屎。”沈梦阳拿过那瓶酒，看了看，塞进服务员手中，“拿走！”

沈川两眼一瞪，又从服务员手中一把抢过那瓶酒，“梦阳，这也是你哥今生最后一瓶酒了，喝完它我再也不喝了，从此戒了。”

沈梦阳拉下了脸，“你敢喝！你今天要是把这瓶酒喝下去，告诉你，你的事我绝不再管。”

“我只喝一点点，就一点点。”沈川可怜巴巴地把那瓶酒紧紧地抱在怀里，生怕被谁抢走，说着就要开瓶盖。

“一点点也不许喝！”沈梦阳迅速从沈川怀里抢过酒，交给了服务员，“快拿走好不好？”

沈川的目光一直盯在服务员拿着二锅头的手上，目送着服务员把那瓶二锅头放回到酒柜上，这才收回眼神，然后无奈地咂巴着嘴对沈梦阳说：“听你的，不喝就不喝，不过你得想法把你嫂子找回来。”说着拿过烟，从里抽出一支，在手里敲着，眼睛却在寻找着打火机。

沈梦阳叹着气摇头，“我要是不找呢？”沈梦阳把打火机扔到沈川面前。

“梦阳！”沈川哭丧着脸，点着了手里的烟。

“我真的不愿意再管你的屁事了，你已经是狗改不了吃屎了。”沈梦阳恨恨地说完，站起身就往餐馆门口走去。

“梦阳，吃了饭再走！”沈川喊着。

“哼！”沈梦阳头也没回，一步跨出餐馆的门。

“梦阳，你嫂子的事怎么办？”看着沈梦阳的身影消失在门外，沈川自言自语着，“完了，看样子这次是真的离了。”沈川颓丧地将只吸了两口的烟扔进了烟灰缸里。

沈梦阳离开饭馆实在不好意思直接去找嫂子陆毓姗，每次都是好话说尽，脸皮糊得很厚，赔满了笑脸才让她和这个可恶的哥重归于好。虽然在哥眼前要骂他，但背着他，她又心疼哥，在这个离婚横行的当下，她不希望自己的哥也演这出悲剧。沈梦阳想了想，直接去了陆叶红家，她也知道陆毓姗和陆叶红最好。

沈梦阳手都敲疼了，也不见有人来开门。她无奈地叹着气，只好给陆毓姗拨去电话。

“梦阳，别再为你哥当说客了，我这次是王八吃秤砣，铁了心要离婚的。”陆毓姗在电话里冷冰冰地说。

“嫂子，你听我说……”

“我忙着呢，没时间听你说。”

“叶红姐姐哪里去了，她家里怎么没人呢？”沈梦阳只好拿陆叶红说事。

陆毓姗本不想跟沈梦阳说的，但想了想，还是说了，“她在医院呢。”

“你是不是在医院陪着她？”

陆毓姗默认。

“是离叶红姐家最近的那家医院吧？”

“医院里乱哄哄的，你就别再来添乱了。”陆毓姗知道沈梦阳的目的，所以拒绝了她。

沈梦阳倒也没再缠着陆毓姗，她挂了电话就给沈川打去了电话。

“哥，把那两个包都给我！”

“干吗呀？我只能送你一个！”

“我只留一个，那个我是拿来给嫂子的，叶红姐病了，住院了，嫂子在陪着她，我下午去医院里找嫂子。”

沈川似乎一下子明白了沈梦阳的意图，突然在电话那头嘎嘎地笑起来，“哎呀，还是我妹聪明，好，你等着，我这就给你送过去。”

3

中午，陈翔匆匆地赶去了医院，他身后跟着一个陌生的男人。

望着陈翔身后的男人，陆叶红和陆毓姗的目光都落在他脸上。

“哦，好些了吗？”陌生男人走上前把一束白色的百合送到陆叶红面前，从她目光里，陌生男人能够看出陆叶红喜欢这束花，于是笑盈盈地走上前。

陈翔忙介绍：“他是我的好友李昱铭，我下午开完会有个急差要走，怕大姐一个人盯不过来叶红，所以让他来帮忙盯几天。”

这是个长相很有些特色的男人，高高的个子，白净的皮肤，一双鹰一样的眼睛泛着炯炯的光芒。

“麻烦你啦。”

陆毓姗客气地接过李昱铭手中的花，刚要杵在床头柜上，就见李昱铭从包里拿出一个花瓶来，呵呵乐着，“我知道这花肯定没花瓶插，所以从家带了个来，如此这花就能多活几天。”

陆毓姗眼里露出赞许，看得出来，这是个很会用心的男人，肯定会比自己细心，于是她把陆叶红的情况细细地向李昱铭交代了一下，说：“晚上我会来替你的，下午就交给你啦。”说完便离开了医院，单位里家里还有许多事等着她来处理呢。

陆毓姗是到单位后才发现陆婧婷的短信的：

大姐，在家吗？我能在你家住一晚吗？

陆毓姗看了时间，昨晚发的，就是在田翼飞到她家之前。如此说来，他两口子真的吵架了，而且吵得很凶，要不然那么好面子的二妹绝不会提这种要求，她不是那种愿意给别人添麻烦的女人。而田翼飞更是个要面子的男人，他怎会让别人知道他两口子吵架的事，竟然还找到她家来。到底为什么？陆毓姗想不出来。如果昨晚她能及时发现陆婧婷的短信，一切也就一目了然了。可是，昨晚……陆毓姗不愿意去想昨晚的事，仿佛那是发生在上个世纪的事，又似乎是刚经历了一场刻骨的灾难。

唉……真是误事！陆毓姗忙给陆婧婷拨去电话。陆婧婷桌上的电话没人接听，陆婧婷的手机又关机。她只好拨了田翼飞的电话，"翼飞，找到婧婷了吗？"

田翼飞沮丧的声音，有气无力，"没有，一上午都没找到她，家里、单位里。"

"翼飞，你俩到底怎么了，会闹成这样？"

"唉——"田翼飞叹出的气都带着萎靡。

"晚饭一起吃吧，下午请了假去给小缓开家长会，时间不会太长，早些吃，晚上我还得赶去医院。"陆毓姗一来想为沈川打他的事向田翼飞道歉，二来也想问问他两口子的事。

"怎么了？谁住院了？"

"唉，一言难尽。"陆毓姗支吾着。

"瞧，你这么忙，饭不吃也罢，有什么事你就在电话里说吧。"

"不，有些事我想还是当面说好。"陆毓姗坚持着。

"嗯——好吧！"田翼飞有些勉强，不过还是同意了，"我找你去吧，就在你单位旁边的那家小饭馆随便吃点吧。"

小饭馆不大，却很幽静，田翼飞带陆婧婷来过一次，所以他记住了。当他找到小饭馆时，陆毓姗已经到了。陆毓姗专门挑了个靠墙角的桌子，一直等到田翼飞坐定，她才和服务员要了菜单。"翼飞……"陆毓姗的话被包里的手机铃声打断了，"不好意思。"陆毓姗抱歉地笑笑，拿出手机，不过她只看了一眼就按了拒收键。

当陆毓姗再次拿过菜单时，手机又响了起来。

田翼飞见陆毓姗无动于衷的样子，以为她没听见，于是提醒道：

“好像是你的手机。”

“不接！”陆毓姗的表情有些恨恨的，一副斩钉截铁的样子。

“是大川子打来的？”田翼飞猜测，想起他俩昨晚动手的事，恐怕也是像他一样，丈夫找妻子。

“他打的就更不接了！”陆毓姗乱翻着菜谱，没有接电话的意思。

“别这样，大姐，男人有时总会做错点什么，原谅他吧！”田翼飞有意无意间就在为自己开脱了。

陆毓姗的手机继续响着，打电话的人很有一股执着的劲头。若陆毓姗手机铃声是一首动听的音乐，听听倒也无妨，但她手机的铃声偏偏就被她设定成一个急促的越来越快的催促声，令人的心有一种被谁抓住了往上揪的感觉。

“接吧，大姐，恐怕你要是不接，这饭都吃不好。”田翼飞真的被那铃声催烦了，他主动帮陆毓姗拿过包，塞进她手里。

“我真是够了！”陆毓姗拉下脸，拿出手机接通了电话，没好气地大声嚷着：“沈梦阳，你要干什么？！”

“嫂子……”

田翼飞听到一个年轻女性的声音从陆毓姗的手机里传出。

“我正和朋友谈事，回头给你打过去。”陆毓姗毫不客气地挂了电话，再一次拿过菜单，深深地叹了口气，“想吃点什么？”

一天了，田翼飞没有任何食欲，昨晚被沈川打过的那几拳，脸上留下了难看的瘀青，尤其是在餐馆日光灯的照耀下，苍白的脸、黑色的眼圈使他显得更加憔悴。他应付地答道：“随便吧，我不饿。”

“人是铁饭是钢，不管发生什么事，这饭总是要吃的。”瞧着田翼飞落魄的样子，陆毓姗不好意思地苦笑，“昨晚的事真是对不起，让你跟我挨了打。”陆毓姗自责地摇头，随便点了两个菜，把菜单还给服务员。

田翼飞只是缄默地咧咧嘴角。

“昨晚是不是和婧婷吵架了？”陆毓姗装作不经意地问。

田翼飞先是长长的叹息，然后将红红的眼珠望向天花板，那里有灯的暗影，暗影里有他想倾诉的东西。

“唉——翼飞，”看到田翼飞欲言又止的样子，陆毓姗开导地说，“清官难断家务事，两口子的事谁也说不清，你是个男人，有些事你多包涵着点，多担待着点；有些事，你根本就别往心里去。婧婷是个贤惠的女人，但贤惠也不见得不会耍小性子，耍过了就好了。”见田翼飞的眼神仍在彷徨，一会儿盯着天花板看上半天，一会儿又游移到眼前冒着热气的茶水杯上，陆毓姗觉得事情似乎没她想的那么简单。

“翼飞……”陆毓姗的手机又响了起来。

“这个沈梦阳！”陆毓姗不耐烦地拿出手机，气不打一处来地吼着：“我说沈梦阳，你有完没完啊？”声音很是凶巴巴。

“嫂子，”沈梦阳的声音从手机里传出，不急不恼，“我有急事要见你一面，立刻！”

陆毓姗太清楚沈川的这个妹妹沈梦阳了，每次她和沈川吵了架，或是沈川闹事，都是她来撮合。陆毓姗不知道是该表扬她还是该批评她，她起到了陆毓姗和沈川之间感情桥梁的作用，她也起到了把两个冤家生生地捏合到一起的效果。这次，陆毓姗铁了心，坚决要和沈川离婚，所以她毫不客气地对沈梦阳说：“别再来这一套了，你和沈川说，让他在离婚协议书上签字，签完了来找我。”

沈梦阳在电话里咯咯笑得很爽朗，“嫂子，这次我可不是去当说客的，哥让我把一件东西交给你，他说是重要的东西，是你想要的。送完了我就走，绝不耽误你的事。”

“是离婚协议书？”陆毓姗的大脑嗡的一下，有瞬间的空白，虽然是她一次次地向沈川提出离婚，但一旦沈川真的在离婚协议书上签了字，她却突然感到心中有一丝意料不到的失落。

“我不清楚，你看了就知道了。”沈梦阳很干脆。

“好吧，我在单位西边的那个天天新饭庄。”

4

“你要和沈川离婚?”这对田翼飞来说,是个意外的消息。他并不喜欢这个姐夫,好在是不常见面,所以两人相安无事,谁知昨晚第一次去他家就挨了这个鲁汉的拳头。田翼飞不喜欢对女人施暴的男人,他觉得这种没理性的男人从来都被他瞧不起,从昨晚沈川的行为他就感觉到陆毓姗生活在怎样一种境地了。平日里他听陆婧婷说过这个姐夫喜欢动用武力,但喜欢到什么程度,他没有想过,昨晚总算领教了,他同情地望着陆毓姗,“这种男人,离了也好。”

提起离婚,陆毓姗便垂下头闷闷地叹息,“不提也罢,”是的,一想起沈川酒后的暴行,陆毓姗的心就痛得能抽搐成一团,不过,她不想让田翼飞怜悯她,于是说,“两口子的事说不清……”

“两口子的事是说不清,可也不能动不动就出拳头啊!”

“这已经是家常便饭了。”

“为什么?”

陆毓姗苦笑着咧了咧嘴角,“我这个人个性比较强,大川子属于那种没什么主意的男人,每次遇到重大事件,需要做决定时,都是我说了算,因为这事,他心里一直愤愤不平,可他实在是没什么主见,有时他不愿意听我的,最终结果总会错。”

“夫妻两口子,谁对就听谁的。”

“谁说不是呢!和他结婚时就发现他是个没主见没追求的男人。我这样说,并没有鄙视他的意思,只是我们之间的差距的确很大。我对凡事都好奇,爱学爱琢磨,可他不,只要有一份安稳不需要操心的工作,他就满足了。这些年来,我从一个小编辑做到一个部室主任,现在,又在竞聘副总编,一路过来都挺难的,他不但不帮我一把,反而是不管我做什么,他都泼冷水。我说我要参加一个新闻培训班,他说:你是副刊部的，学新闻管屁用？果果喜欢跳舞，我就让她去学舞蹈，他却在一旁冷嘲热讽说：我们女儿长大了又不当舞蹈家，学这个干什么？然后就把我给果果买的舞蹈服又给卖了。”

陆毓姗的话匣子一打开就有些收不住，嘴里的话说得越发快起来，“这种不求上进的男人，你说嫁了他能不生气吗？经常地，他也知道自己没理，可他就不愿意服输，所以最开始就用酒来壮胆，喝了酒，他就失去了自我，不管不顾地打我，把平时积攒的那点不顺全撒出来，挺让我伤心的。唉，一个男人，不追求上进也罢了，可为什么要阻止我进步呢？那种自卑的自私真的很让人瞧不起。”

陆毓姗眼里闪出一种很无奈的神色，并且还带着一些对沈川的鄙夷，“我不是那种贪图享乐和安逸生活的女人，我也不指望着他能当官挣钱，但至少能给这个家带来平安快乐吧，可是我得到了什么？他的暴力、他的拳脚……”

陆毓姗的眼眶里含满了委屈的泪水，田翼飞把餐巾纸递给她，“找他深谈一次。”想想那个不管不顾的鲁汉，田翼飞又摇头，“从结婚起就一直这样待你吗？”

“怎么会呢？平时我哥挺疼我嫂子的！”是沈川妹妹沈梦阳来了，她听到田翼飞的问话，立刻接了过去。

“梦阳！”陆毓姗斜了沈梦阳一眼，显然，她不愿意在这个大吐“苦水”的节骨眼儿上见到这个小姑子。

田翼飞很是同情陆毓姗，所以也不管是否是第一次见到沈梦阳，立刻面露愠色地责骂起沈川来，“疼你嫂子还会下这样的毒手？且不问青红皂白地就乱挥拳头，不要因为是你哥，连他的暴力都是优点。”

沈梦阳一进饭馆就望到田翼飞脸上的瘀青，来之前也从沈川嘴里知道他打了这个妹夫，此时见他和嫂子在一起，立刻就感到了自己的势单力薄，于是就替人受过地向田翼飞鞠了一躬，“对不起，我替我哥向你道歉！”说完又替沈川往回找补，“其实我哥人挺好的，就是醋劲儿太大，不过醋劲儿大才说明他爱我嫂子啊。”沈梦阳说完瞟了陆毓姗一眼。

“这种爱?”田翼飞实在是有些不解,“如果这也叫爱的话,那的确是一种扭曲的解释。”

沈梦阳当然不会被田翼飞的这句话顶回去,她呵呵笑着继续为沈川辩解:“唉,他就是爱喝口白酒,谁不知道爱喝酒的人常会失态。”

“喝醉了酒就该打人啊?”田翼飞有些愤愤不平。

陆毓姗冷笑着摆摆手,“算了,翼飞,每次和大川子吵完架,梦阳都是这样来劝我的。”说完又问沈梦阳,“你哥是不是又让你当说客来了?”

沈梦阳模棱两可地笑笑,把一个塑料口袋往陆毓姗怀里一推,“你自己看吧。”

“一份协议书要用这么大的口袋?虚张声势!”陆毓姗厌恶地瞪了那个塑料袋一眼,把手伸进去。结果她没有掏出什么离婚协议书,却掏出了一个橘红色的POLO包,她的眼睛亮了一下,随即又将眉头深深地锁了起来。

陆毓姗的这个飞速的表情变化没有逃过沈梦阳的眼珠,她扑哧一声笑了起来,“嫂子,你不是早就想买这么一个包吗?瞧我哥有多细心,他给你买啦,他说他错了,保证以后再也不会动手了,再动手他就是……”沈梦阳学了两声狗叫。

沈梦阳是想缓和一下气氛,可是田翼飞和陆毓姗谁也没笑。陆毓姗板着脸不依不饶地说:“他每次都说是最后一次,可总改不了。”

这时的沈梦阳却像一条小狗了,她觍着脸凑到陆毓姗面前,“嫂子,就算狗改不了吃屎,说到底还是个忠臣,饶过他这一次吧,再有下次我决不来当说客,我保证。”沈梦阳举起了右手。

“你保证?”陆毓姗一巴掌打下沈梦阳那只手,“你也保证过多次了,你们两个我谁也不信!”

看着陆毓姗和沈梦阳为一个沈川的保证争来争去,田翼飞的心里不知为什么竟有一丝莫名的感动。他从桌上拿过POLO包,放在眼前细细地看了一下，然后把包放到陆毓姗面前，“大姐，珍惜大川子对你的爱，回去吧，有时间我们再聊。”

“翼飞……”很显然，陆毓姗已经被沈川送的那个 POLO 包动摇了，但她没忘田翼飞在找陆婧婷的事，“要不你给爸打个电话问问，看看婧婷在不在他那里？”

“不会去了叶红家吧？”田翼飞问。

这一问，陆毓姗不得不说：“昨晚叶红想不开，用刀割了手腕，幸亏我去了她家，要不叶红就真的流血过多死去了，整整抢救了大半夜，现在还在医院里呢。”

“怎么会这样？我去看看她吧。”

“她的事你就甭操心了，还是先找找婧婷吧。”

看着这姐妹仨的乱劲儿，田翼飞深深地叹息着，“算了算了，或许婧婷已经回家了呢，我早些回去看看吧。”田翼飞不想把事情弄得尽人皆知，于是站起身，买了单，又让服务员打了包，推到陆毓姗面前，“大概大川子还没吃晚饭呢，拿回去凑合凑合吧，省得做了。”

“这……”陆毓姗有些为难，“把你拉出来，半道又要离开，赶明儿一定要请你吃这顿饭。”

“好啊，你欠我一顿饭，我忘不了。”田翼飞冲陆毓姗和沈梦阳摆摆手，“快回去吧。一会儿大川子急了又该去喝酒了。”

“是啊是啊嫂子……”沈梦阳接过田翼飞的话，拉着陆毓姗就往饭馆外走，边走边回头，“不好意思了，赶明儿请你和嫂子一起吃饭，专门向你赔罪。”说着推开饭馆的门，两人的身影瞬间消失在门外。

5

离开饭馆，田翼飞不知道自己该去哪里？又想去哪里？因为他不知道陆婧婷回家了没有？从昨晚起她就不见了踪影，今天他打过无数个电话，她都不接，他不知此时的她会是怎样的一种状态，他也不知自己该如何面对她，一旦面对又该说些什么。

田翼飞打开手机，先拨了家里的电话，没人接听，又拨了陆婧婷的手机，还是没人接听。田翼飞想了想，只好拨了吕贞的电话，也许今晚可以到她那里踏踏实实住一夜？享受一下另一个女人的温情？但是当电话接通的瞬间，他又挂了，他的心里有一种悔疚的不安，这是他认识吕贞以来第一次产生出这种背叛一个人的感觉，很不舒服。说老实话，陆婧婷在田翼飞眼里，一直是个很温柔很贤惠的女人，一杯热茶、一个关心的眼神、一句特别能够打动他的话，几乎天天都有，但田翼飞已经麻木了，二十年的妻子已经熟悉得不能再熟悉，就像空气，每个人都需要，但是天天都呼吸的时候就会忽略它的存在。他也不知道自己究竟是怎么了，竟会被来自吕贞的关心感动，想想，来自吕贞嘴里的那些关心其实就是陆婧婷在他身上用过的千遍万遍的东西，可他真的没了感觉，大概是日子过得太平淡无奇了吧！

田翼飞就那么站在饭馆的门口，看着马路上换上了春装的男人女人在雨后的寒风中轻松地从他眼前走过，可他心里沉重得抬不起脚来，连思维都沉重得回不到他的脑海里，他慢慢挪向自己的车，坐了进去。

上了车，田翼飞仍不知道自己想去哪里。“往前开吧，走到哪里是哪里。”田翼飞嘟囔着，猛地踩下油门，车一下子就蹿上了马路。

车的收音机里正放着一首某歌星的新歌，平时，田翼飞是不大喜欢听这些新歌的，可今天不知为什么，那首歌忧伤的调子深深地打动了他的心，他耳听着歌曲，眼瞅着车窗前。

车窗外是流动着的夜色，灯火阑珊，玻璃做的城市从车窗里看出去就像幻境一般迷人，而从歌星嘴里吐出来的歌词却道出了他心里说不出的烦躁。

“婷儿，你到底去了哪里？”田翼飞在心里念叨着，想想刚才陆毓姗的话，是应该去老丈人家看看，或许她就在那里。

老丈人陆子义家是过去那种老式的房子，挺大一个四合院住了好几户人家，他自己就占了一半，他一个人住，不需要那么多的面积，于是就把曾经盖厨房盖仓库的地方拆了去，整出三分地围上护栏种上各种各样的蔬菜，正值开春季节，地里尚未种上菜，但等不及的他早就把三分地翻了个透，只等着天一暖和就下种。

田翼飞绕过菜地径直来到陆子义的屋门口，轻轻地敲了敲。屋里黑咕隆咚的，没有一点声响，田翼飞扒着窗户看了看，不像有人的样子。咦，这吃饭点，老丈人跑哪里去了？不会被陆婧婷拉出去了吧？

就在田翼飞失望地要离开时，邻居家一个老头走了过来，先是眯了眼打量着田翼飞，然后突然笑起来，“你是老陆家的二女婿吧？”

“是啊，您是隔壁的刘大爷吧？”田翼飞认了出来，“我爸出去了？自己出去的还是和……”田翼飞希望刘大爷说陆子义和陆婧婷一起出去的，这样他的心就踏实了。

“一个人去股市了，他每天都去的。”刘大爷张嘴就来。

田翼飞抬起手腕看看表，“不对吧，刘大爷！这都六点了，股市三点就关门了。”

“那……”刘大爷偏着脑袋想了想，那他就是去超市了。

“这点去超市，他不怕人多啊？”

“他不买东西，他只是去看看行情。”

“超市还能有什么行情？”田翼飞不解。

“当然喽！”刘大爷嘿嘿乐着拉了一把田翼飞，“去我家坐会儿，他一会儿就回来。”

田翼飞有些后悔坐在了刘大爷家，他简直像个话篓子，根本用不着田翼飞开口，他就絮絮叨叨地说开了：

“这个陆老头啊，真是活得仔细，一个月挣那么多退休金，到死也花不完，可他就是抠门，你不知道他是我们这院里有名的老抠，邻居家钱大妈给他起外号陆老抠……”刘大爷说着不停地拍着田翼飞的肩，

"你不知道他逛超市都逛出技术来了，每晚六点去超市看行情，每晚赶超市关门前半小时去超市买特价货，还经常拉着我们这一带的老头老太太一起去逛超市，货比三家，研究各家超市的价格高低，现在他都成这方面的行家了。"刘大爷啧啧着，"别看一次省几毛几块，一个月下来能省出几十到上百块钱哪……"

田翼飞的耳朵并未放在刘大爷的话上，他仔细听着门外的动静，只要四合院大门一响，他就往外瞟上一眼。

刘大爷根本不在乎田翼飞的心不在焉，他自顾自地说着：

"知道吗？我们买水果更是买出门道来了，还是陆老抠的点子，我们每周都坐公交车去批发市场一次，我们找最会砍价的谈价，最有眼力的挑选水果，然后把水果批回来，几家子再分，那种热闹的场面……"

刘大爷早已是说得眉飞色舞，可田翼飞的心却更沉了，他不停地看表，见刘大爷并没有收嘴的意思，只好站起来，"刘大爷，我不等了，他回来后你告诉他，我来看过他了。"说着从口袋里掏出钱包，把一千元钱交给刘大爷，"请把这钱转给我爸，告诉他别天天去挤公交车，一来给上班的人增加麻烦，二来七十多岁的人了，别摔着磕着，我来得匆忙，让他用这钱买些水果和蔬菜吃。"

"不等了吗？"刘大爷只好跟着起身。

"不等了，我还有事。"田翼飞刚走出刘大爷的家，就见陆子义从院门外进来。

"爸！"田翼飞忙走上前接过陆子义手里的东西，然后跟他一起进了屋。

"喏，这钱你直接给你老丈人吧。"刘大爷把钱还回田翼飞手里，和陆子义开了两句玩笑走了。

"吃晚饭了吗？"陆子义回头问了一句，不等田翼飞回答，又说，"在我这里随便吃点吧。"

"不了，回去吃吧。"

“别急着走，我还有事要问你呢。”

田翼飞刚才和陆毓姗一起，一口饭都没顾上吃就被沈梦阳给搅了，此时，见老丈人留他，他也真的觉得肚子饿了，“那爸，我来做吧，就下点面条吧。”

“不用，你坐吧。”陆子义径直去了厨房，接水，开火。

田翼飞闲着，便站起身来往墙上看去，好久没来老丈人家了，他家的墙上到处贴着用报纸写的书法字，有行体的，有草体的，还有篆体的，虽然是报纸，仍能看出老丈人扎实的功底。

面条很快就出来了，是绝对的清水面，里面一点点油水也没有，连个鸡蛋青菜都不见，就在田翼飞犹豫着这面怎么吃时，陆子义却魔术般地从门后抱出一个罐子，用筷子从里面夹了些泡菜出来，然后又从一个柜子里拿出一瓶辣椒酱放到桌子上，“这是我自制的辣椒酱，里面有蘑菇有木耳，还有牛肉，就用它拌面，味道好着呢。”

田翼飞打开瓶子闻了闻，的确不错。再看看端上桌的泡菜，那白菜上泛着红红的辣椒的颜色，田翼飞的食欲来了。他夹了一块泡菜往嘴里送去，却闻出了一股说不出的味道，“爸，这酱做得地道，这泡菜的味道可有些不正宗。”

陆子义就呵呵地笑，然后神秘地把头凑近田翼飞，“还别说，你真行，能吃出别人吃不出的味道，实话告诉你吧，这泡菜里可是放了东西进去的。”

“什么东西？中药？”田翼飞很好奇。

陆子义继续笑，笑容里冒出了几分得意，“是药三分毒，怎么能放中药呢？告诉你吧，是……”陆子义卖了个关子，把嘴凑到田翼飞耳边，“童子尿！”

就在陆子义刚说出那三个字时，门突然被谁给推开了。

第五章

1

一个四五岁的小男孩径直走进屋里，轻车熟路地跑到床边，双膝一跪，从床底下拖出一个尿盆，掏出小鸡鸡就往尿盆撒。

听着小男孩哗啦哗啦的尿声，想起刚才咬进嘴里的泡菜，田翼飞“呕——”了一声，差点吐出来。

“爸，你怎么能用童子尿来淹泡菜呢？”田翼飞觉得嘴里有些臊臊的味道，有些咸咸的味道，还有些……总之，他无论如何也不想再继续吃眼前这面条了。

“没听说童子尿能治病啊！”陆子义瞥了田翼飞一眼，不满意他的无知。

“那只是古人的一些说法和做法，现在的医学这么发达，谁还会用童子尿去治病！人尿治病或者大补显然毫无科学道理。再说了，人尿基本上都是水分，含少量无机盐，有点咸味。顶多可能含有极微量的性激素和肾上腺皮质激素或身体其他成分的代谢物。”

“不对吧！”陆子义撇着嘴，“别当我不识字，对于童子尿治病的原理李时珍在《本草纲目》中就说过了，小儿为纯阳之体，代表着无限生命力的阳气、元气充满全身，尿液是肾中阳气温煦产生的，虽然已属代谢物，但仍然保留着真元之气。”

“即便李时珍说过这话，童子尿也不是随便乱用的，那是有讲究的，童子要忌食五辛热物；男用童女便；女用童男便，童尿斩头去尾等。”

见陆子义不语，田翼飞苦笑了一下，解释道：“第一，泡菜属辣，用童子尿来泡是绝对不可取的；第二，童尿只留中段，头尾是绝对不能用的。”

“没你说得那么复杂！”陆子义显然不想听女婿的解释，他冲田翼飞摆了摆手，“你不知道，这些泡菜都成了左邻右舍的抢手货了，他们都拿着钱来买。”

见和老丈人无法沟通，田翼飞只能告辞。走出门前又劝诫了一遍，“爸，别再吃用童子尿淹的泡菜了，尤其不要再卖给左邻右舍了，真吃出什么问题，那就犯法了。”

陆子义不耐烦地答应着：“知道了知道了……”

田翼飞一走出四合院，心就又吊了起来，他是来寻陆婧婷的。陆婧婷没寻到，他又没了方向。他猜不出陆婧婷是否回家，即便是回家了，她还能够接受自己吗？田翼飞心里只想朝着一个方向走，走到哪里是哪里，永远也不要回来。

就在田翼飞随心所欲地把车开到一个黑胡同里时，手机响了。不会是陆婧婷打来的吧？田翼飞想起这一天给她拨过的无数个电话，心里突然很想听到她的声音，哪怕是一句骂他的话。所以他看也没看来电显示就接通了电话。

“喂，大哥，是我，小周。”是单位里的周潇阳。周潇阳三十好几了，却一直独身，他扬言要孤独一辈子，他和田翼飞关系处得不错，在单位叫田局，一离开单位就大哥长大哥短地喊着。

“有什么事吗？”田翼飞有些失望。

“请你喝酒。”

田翼飞咳了声，“请我喝酒？有什么事要求我吧？”

“没什么事就不能请你喝酒啦？”周潇阳呵呵地笑，“大哥，就给小弟这个面子吧。请你几次了，你总推辞，今天若再不答应我，往后我可就不认你这个大哥了。”

"哦——"田翼飞拖着长长的腔调,"威胁起我来了!"

"不敢大哥,来——吧,我跟嫂子请个假。"周潇阳在哀求。

其实田翼飞正不知道今晚该如何打发呢,两顿饭他都没吃成,他的肚子饿得真有些难受了,于是顺水推舟,"行了行了,我去就是了。"

"我等着。"周潇阳高兴地说了地址。

周潇阳要了四个凉菜,要了几瓶啤酒,然后把一盒写着外文字母的烟放到田翼飞面前,"尝尝,一个朋友从国外带回来的,味道不错。"

田翼飞看看烟的牌子,从中抽出一支,点燃衔在嘴唇的中央,慢慢地品了一口,点点头。

周潇阳嘿嘿地乐,"当然,要不怎么给你留了一包尝尝呢。"说着很神秘地冲田翼飞挤挤眼儿,然后把酒杯往田翼飞的杯子上碰了碰,喝了一大口,"大哥,有件事小弟得请你帮我参谋参谋。"

田翼飞陪了一口,"什么事儿?"

"我想让你帮我参谋一个女孩儿,看她值不值得我娶。"显然是个周潇阳喜欢的女孩,因为一说起那个女孩,周潇阳脸上立即就泛起了灿烂的笑容。

"咦?"田翼飞开着玩笑,"我记得你告诉过我,你这辈子不娶老婆的啊。"

"我改变主意了还不行!"周潇阳一歪头,挑着左眉,"我想结婚了。"

"什么?结婚?你也太快了!什么女孩能有这种幸运,让你想要和她结婚?"田翼飞感到意外。

"那肯定是一个我爱的女孩了。"

"你父亲不是也不主张你结婚吗?"田翼飞转动了一下眼珠,嘴里感慨了一句,"有意思的父子俩!"

"干吗要让他同意啊,又不是他找老婆。"周潇阳振振有词。

田翼飞挑不出这句话的错误来,他用怪异的眼神望着周潇阳,"可你说过他好像很早就和你妈离婚了不是吗?"

周潇阳顿了一下，“其实我爸我妈的关系挺好的，他们的婚姻离得实在是毫无意义。”

田翼飞呷着啤酒望着周潇阳，看他脸上的表情在瞬间地变化着，他想起了他和陆婧婷的关系。他和陆婧婷的关系也挺好的，陆婧婷不会提出和他离婚吧？想到这里，田翼飞的心嗖地紧了一下。

“我妈是个很贤惠的女人，打我记事起，我就知道我爸挺喜欢她，他常当着我们的面吻我妈，每次我和姐姐都偷着乐，觉得我爸好坏，不过我们喜欢家里的这种和谐的气氛……”

田翼飞实在想不起陆婧婷会如何对待他出轨这件事，她这次的躲避，是再也不回来了，还是只是图一时之气？他希望她是图一时之气，最好今天晚上就能回来，那么，他会向她解释。可是，这种事情怎么能解释呢？

周潇阳的话断断续续飘进田翼飞耳朵里。

“可是后来我们就发现，我爸妈总在吵架，在他们的卧室里吵，我和姐姐就趴到我爸妈的卧室门口偷听，原来是我妈因为我爸又和哪个女人说话了，又因为哪个女人给我爸打来电话了而吵，吵得我爸总是嚷着要和我妈离婚。”

“离婚？”田翼飞想，陆婧婷会不会提出离婚呢？他从没想过，娶了陆婧婷，他会爱她一辈子，他会和她生活一辈子，他绝对不会和陆婧婷离婚的。田翼飞瞟了周潇阳一眼。

周潇阳或许是因为忆起小时候的事，他年轻的脸上多少带着一些忧郁的神色，“开始我们一直以为我爸在开玩笑，因为一直都等到我们参加工作了，爸妈退休了，还在为这些事吵，有一天，我和姐姐下班回家后，我爸终于把一份离婚协议书拿出来给我和姐姐看，我们才知道我爸是动了真格的，真的要离婚了。”

田翼飞轻轻地摇头，如果陆婧婷也执意要离婚呢？她太有理由和他离婚了，可是他不会舍得让她走，这个跟她生活了二十年的妻子，他已经习惯了她的一切，他会把他不离婚的理由告诉陆婧婷。那么他不离婚的理由是什么呢？

周潇阳的话灌进田翼飞的耳朵里，“我们问我爸要离婚的理由，他说是被我妈管得太死了，死得连出去遛个弯也要被她追问是和哪个老太太搭伴去的，我爸说他这些年来就像一只被囚禁在家里等死的老鸟，天天和我妈不停地吵着嘴，吵得他的心都死掉了，他渴望在有生之年有自由自在的生活，现在我们都大了，都能自食其力了，所以他不用再顾及什么，他一定要和我妈离婚。”

自由自在的生活？田翼飞有自由自在的生活，因为陆婧婷对他太放纵了！田翼飞轻轻地叹气，若不是陆婧婷对他的信任，他怎么能和吕贞做情人做了五年，她都没发现呢！陆婧婷给他的自由太多了，这能算是不离婚的理由吗？田翼飞摇头，他把视线定格在周潇阳脸上，看着他有些麻木地说着父母的事。

“其实那些年，我和姐姐也烦了我妈，所以我们俩想也没想就同意我爸和我妈离婚，看着我妈伤心地在离婚协议书上签下的名字，看着我爸解放了似的走出我们家，我似乎也有一种解脱感。”

“真的是解脱吗？”田翼飞终于把思路从陆婧婷身上拽回来。

“大概是吧。不过等我妈病危前我才知道，其实我妈很爱我爸，她总怕我爸被别的女人抢走才死死看住我爸的，最后她也是为了爱，才同意和我爸离婚的。”

“这是怎样的一种爱呀！”田翼飞感叹，“那你父亲获得自由后很幸福吗？”

周潇阳苦笑，“他没有和任何一个女人在一起，他自己在外另租了一间小屋，过起了自由自在的日子，我妈病危前，他去医院看我妈，他说他对不起我妈，他很爱我妈，他向往的那种自由比起我妈对他的爱来，太微不足道了。”

周潇阳把杯子里的啤酒一仰脖灌了进去，然后又倒满一杯，“当我妈真的去世了，我爸和我妈的遗体告别时，我爸才抱着我妈的遗体放声大哭，说他后悔了，说他宁愿天天被我妈说，天天和我妈吵。”周潇阳的声音有些哽咽，“为什么一个人非要等到另一个人死去时才能悟过来呢？我觉得我爸和我妈的离婚没有任何意义。”

“真的是毫无意义。”田翼飞感慨。

周潇阳摇摇头，用筷子夹着花生米一粒一粒地吃起来。

“我一直记着爸妈吵架的那些日子，总有一种东西压抑在心里，爆发不出来，所以我从小就暗下决心，永远独身，永远不找老婆，永远……”

“不要被自己没有任何意义的决心左右一生！”田翼飞说。

周潇阳点头，“我不能再蹈我爸我妈的悲剧啊！”

2

周潇阳是在招聘会上认识的沈梦阳。从来不相信一见钟情的他却真的遭遇了一见钟情，当他见到沈梦阳后，就再也不愿意不去想着她念着她了。

周潇阳从没有这种牵挂得失去了自我的感觉，他的心每时每刻都黏附在沈梦阳身上，只要一想起沈梦阳，他的心就会战栗，那是怎样的一种感觉啊！相思的痛苦，相恋的甜蜜，牵挂一个人和被一个人牵挂的感觉，幸福！

周潇阳太想把这种感觉抓到手里了，可是，他又觉得自己需要一个给予点拨和支持的人，他想到了这个大哥——田翼飞。周潇阳显得羞涩地从钱包里拿出沈梦阳的照片，递给田翼飞，“你帮我看看，这个女孩值不值得我娶？”

田翼飞一愣，这个三十岁左右，有着一脸灿烂笑容的女孩不就是沈川的妹妹沈梦阳吗！“是她啊！”

“你认识她？”周潇阳开心了，“那你快把她的情况告诉我！”

“这……”田翼飞实在不知道怎么说,“就是见过几次,他是我老婆的姐姐的丈夫的妹妹。我可以回去问问老婆的姐姐。”

“见过几次,总有个大概的印象吧?”周潇阳不死心。

“唉,说老实话,我没怎么在意过这个沈梦阳,只记得她是个泼辣的女孩,聪慧,脑子转得快。”

“是啦是啦,不知道这种女孩值不值得我娶?”

“我怎么知道这个女孩值不值得你娶呢?”

见田翼飞也说不出个一二三来,周潇阳只能宽容地笑笑,“她是那种很大度的现代女孩,热情善良、喜欢交际,她也讨厌那种天天被对方拴在身上的婚姻,她……”

“哦,有这么好,”田翼飞故意地问。

周潇阳笑,使劲地点头,“那是肯定的,否则我也不会有如此想娶她的欲念了。”

“可是你才认识她几天啊! 怎么知道她就真的那么好,结婚后不会有那些束缚呢?”田翼飞很冷静地盯着周潇阳。

“我直觉告诉我她不会是那样的女孩……”

田翼飞打断周潇阳的话,“如果没有一两年的了解,你不能肯定一个女孩的性格,说不定她就是那种,结婚前,温柔得如同依人小鸟,她疼你爱你,对你有着几乎不重样的让你觉得新鲜的昵称,可是婚后呢? 她不仅变得又懒又馋,而且,凡事不肯让着你了,而且动不动就无理取闹,显出原形。”

周潇阳摇摇头,肯定地说:“沈梦阳不会是这样的女孩。”

“你怎么就能肯定?”田翼飞故意给周潇阳泼着冷水,“如果你娶回一个喜欢给男人戴绿帽子的女人,风险系数可就更大了,你会提心吊胆地过日子……”

“不会的,”周潇阳有些急赤白脸起来,他瞪着被啤酒醺红的双眼,冲田翼飞嚷着,“沈梦阳绝对不是那种给我戴绿帽子的女孩。”

田翼飞笑起来，算是自己说给自己听的话，“想好了，算好了，结了婚最好就不要再离婚，如果男人第一次进坟墓是因为好奇，那么第二次进坟墓就等同于自己把自己给活埋了。”是的，这是田翼飞最真实的想法，他认为，聪明的男人不会傻到把自己给活埋了，就像他自己，他绝不会傻到要和陆婧婷离婚，而去和吕贞结婚的地步。

“大哥，你也相信结婚是爱情的坟墓？”周潇阳偏着头问，“可我觉得结婚就是一个男人的新生！当然，过不下去也可以离婚嘛！”周潇阳大概又想起了自己的父母，他深深地叹息着，“离婚也没什么可怕的，不就是老婆的那几招，吵架威胁加自杀。当初我妈就这样，先是吵，天天吵，然后威胁我爸说她要自杀，可我并没见我妈自杀去啊，她……”

自杀二字就像周潇阳拽出去的一块硬石头，猛地撞到了田翼飞的额上，田翼飞突然站起，心里猛地就想起了陆婧婷，他有一种忐忑不安的预感，“对了，我突然想起一件要急着办的事，不能陪你了，你自己喝吧。”说着就往外走。

“哎，大哥，你这是做什么？刚喝到兴头上，你就要走？”周潇阳想去抓住田翼飞的胳膊，田翼飞却一闪身匆忙走出了饭馆。

在车子开上马路的瞬间，田翼飞犹豫了一下，是去医院看看陆叶红，还是直接回家？他不知道陆家姐妹们都是怎么了？一个在闹离婚，一个在搞失踪，还有一个在玩自杀，这些东西都是好玩的吗？他叹息着摇头，把车开到了医院，不管怎么样，他总是陆叶红的姐夫，该去医院探视一下的，反正也用不了多长时间。

3

其实在陆叶红眼里，谁来看她都已经成了多余。

当陈翔把李昱铭带到陆叶红面前时，陆叶红的心突然有了加速的感觉，她就那么偷偷地把目光一直停留在李昱铭脸上。

“好了，你有什么事，或是有什么想法就和我说，陈翔不在，我就权当替他负起一些责任来。”李昱铭的手在陆叶红头上轻轻地拍了拍，这让陆叶红的心腾地跳了一下，活了三十几年，从未有过这种感觉。

其实当陆叶红见到李昱铭的第一眼，心里便悄悄地像揣了个小兔子，再也安分不下来。尤其是看到那束她最最喜爱的百合插在那个他从家里带来的花瓶里，陆叶红的心就已经跟着李昱铭走了。她被这个男人感动了，她开始有意无意地悄悄地打量这个叫李昱铭的男人，细细地品味着他的一颦一笑，眼神追随着他的身影在病房的门口进进出出。

不知道为什么，陆叶红的心突然快乐起来，她觉得是自己的绝望感动了上苍，是上苍派来了这么一个能打动她内心的男人来照顾她。她不再逆反，她不再固执，她听话地吃着李昱铭喂她的银耳红枣羹，她配合地听从着他的小小的支使，她开心地听他为她讲的各种笑话，她甚至跟他开了个不大不小的玩笑，“铭哥，做我老公吧？你这种男人太可爱啦！”说着去看李昱铭的脸。

李昱铭只是无声地笑笑，尚未回答陆叶红的话，就见田翼飞提着一大纸袋补品走进了病房。

“姐夫！”陆叶红惊讶，那么忙碌的二姐夫居然也会来看她。

田翼飞把纸袋放进陆叶红的床头柜里，瞟一眼李昱铭，然后问陆叶红，“怎么样了？没事了吧？”说着狠狠地剜了陆叶红一眼，“你这个傻丫头，怎么净做傻事呢？”

陆叶红自责地笑，“没事了，姐夫。”

陆毓姗也提着饭盒来了，见到田翼飞，自是惊讶，“怎么又见到你了？真不好意思，晚饭你吃了吗？要不在这里吃点，我给叶红炖了红枣小米粥。”

“不用了不用了，吃过了来的。”

陆毓姗走近田翼飞，放低了声音问了一句：“找到婧婷了吗？”

田翼飞摇头。

陆毓姗这才把视线移到李昱铭脸上，“好了，你可以走了。”

李昱铭点头，去看陆叶红，“听话哟！要好好吃饭，要快快乐乐，要……”

听着李昱铭哄了又哄的声音，看着他的背影和田翼飞一起消失在病房门外，陆叶红突然感觉到自己的心空了起来。

“来，吃晚饭吧，我给你炖了红枣小米粥。”陆毓姗把粥盛出端到陆叶红面前，可陆叶红却没了一点食欲，她机械地张口吃着陆毓姗送来的小米粥，思维却跟着李昱铭走了。

陆叶红一直等陆毓姗把一切收拾停当，这才对陆毓姗说：“大姐，你回去吧。”

陆毓姗瞪了陆叶红一眼，“我能放心吗？”

“我知道你的意思，你是怕我再次想不开。”说着很委婉地笑了笑，“不会的大姐，我保证明天你见到我的时候，我会比今天好。”

其实陆毓姗的心早就飞回了家，整整一天，她要处理版面的事，她要把果果接到父亲家，她还得牵挂着医院的陆叶红，最烦的是沈川不停地给她发短信，还有沈川的那个妹妹，又来当和事佬，她的心都烦死了，七上八下、没着没落的。

陆叶红似乎看出了陆毓姗的心思，说：“你回去照顾果果吧，我真的没事，另一个世界并不欢迎我。”说着指指床头上的紧急按钮，“万一有事了，我会叫护士的。”

陆毓姗半信半疑地盯着陆叶红的脸看了几秒，终是敌不过对果果的不放心，于是她帮陆叶红把水倒好放在床头柜上，这才千叮咛万嘱咐地离开了。

陆叶红的心早就飘到了李昱铭的身上，她拿出手机，开始给他发短信。

铭哥，下午和你玩笑开得有些过分，别生气别见怪啊！看你待我那么好，便有些开心忘形了，欠批评啦！

没事，哪的话呀！

李昱铭的短信立刻就回来了。

但愿如此！不喜欢的人从不开这样的玩笑，我是见鬼啦！

明天给你带点黄酒去，喝点黄酒就好啦。

李昱铭的话里有着戏谑的成分。

喝了酒你就遭殃啦！我是不是很让你烦呢？现在我在反省自己，不过我想明天见到你后还会嘴不由己！

我一点也没有这个感觉，我们下午不是处得很好吗！女诗人是不是比一般的女人更敏感呢？我这个人很粗心的。

陆叶红佩服李昱铭的机灵，

哦，铭哥，你真聪明，一句“粗心”把问题全解决了！我们还像今天下午那样好好相处吧！把我说过的话都让大风吹走吧！

云动风动心动你别动！一笑。

明白啦！可是我明天怎么见你呢？

陆叶红为自己感到了害羞，似乎是她在单相思一个男人，一个丈夫的朋友。

今天下午已成为过去，只要明天早上太阳一出，让我们觉得回忆是一件多么美好的事呀！

李昱铭只用一句话，就轻而易举地化解了陆叶红的忧虑。

失眠对陆叶红来说是常事，但以往的失眠都带些心浮气躁的感觉，唯有今晚的失眠，令陆叶红感到了一种甜蜜沉静，她闭上眼，细细地想着李昱铭的眼、李昱铭的鼻，细细地体味着李昱铭的笑、李昱铭的言语。

突然，从陆叶红的床底传来一阵蛐蛐快乐的歌声。

有些意外的惊喜，陆叶红竖起了耳朵。那圆润动听的歌喉，一下便打动了她的心，望着窗外幽静的夜晚，繁星点缀的夜空，陆叶红感到了自己是在蛐蛐的歌声里独坐着，并在冥冥之中寻觅着一种生命的状态和感悟。

蛐蛐并不知道陆叶红在偷听它的歌声，它的快乐在张扬着。

而陆叶红，呼吸在慢下来，心却飞扬起来，白天的倦怠渐渐隐去，侧起耳，闭上眼，陶醉在蛐蛐的歌声里。虽然她不知道蛐蛐在唱什么，但蛐蛐的歌声伴着她的思绪在月光里飘荡，在微风吹起的薄纱帘中游弋，不想，一只小小的蛐蛐的歌声就能泛起她心中层层的涟漪。

陆叶红在黑暗中偷偷地笑了，这是一种久违的来自于大自然的歌声。她不记得上次听它唱歌是什么时候的事了，在这个蓝天越来越少的城市，蛐蛐的歌声已经被各种现代化的嘈杂声掩盖得无影无踪。很意外能在医院，在这样的夜里听到蛐蛐的歌声，她惊喜无比。她甚至想，是不是李昱铭怕她孤单，而化成一只蛐蛐来陪伴她呢?

陆叶红的眼皮越来越沉重，枕着李昱铭名字入睡是那样的香甜。

4

清晨一睁眼，陆叶红就感觉到了阳光的灿烂，这种灿烂是从未有过的，太阳像个调皮的小男孩拿着一面镜子，不停地把光芒照在陆叶红的脸上，陆叶红笑了，用手挡住窗外照进来的光线。

护士走进来，把一个小包交给陆叶红，“昨天半夜时，一位男士来送的，他让我一早就交给你。”

“什么东西?”陆叶红接过小包，翻来倒去地看。

“打开看看不就知道了。”

护士的话提醒了陆叶红，她连忙打开小包，竟是一小包牛轧糖，有十几颗。这是陆叶红爱吃的糖类，她昨天下午似乎和李昱铭说过这个话题，那么这糖就一定是李昱铭送来的喽！只是，陆叶红清晨起来没有吃糖的习惯，她把糖放进床头柜的抽屉里，无声地笑了一下，不明白这十几颗糖的含义会有多重。

上午陆毓姗给陆叶红打来一个电话，说单位有个急事不能来医院看护她了，她已经跟李昱铭说好了，午饭前会让他给陆叶红送去粥房的八宝粥。

一想起李昱铭，陆叶红的心就有些急速地跳动，她想给李昱铭发个短信，但又觉得自己会不会让李昱铭觉得她太主动，于是陆叶红把昨晚和李昱铭的聊天细细地看了一遍，她有一种陶醉的感觉，她偷偷地在李昱铭的名字上吻了一下，然后把手机塞进枕头下。

思念就像那根在风中摇曳的细细软软的羽毛，不停地划过陆叶红的心坎，令她舒服，又使她受不了那种细痒，她从抽屉里拿出了那包牛轧糖，把糖摊在床上，一颗一颗地摆着玩起来。陆叶红一会儿把糖摆成一个男人的头，一会儿又把糖摆成一个心，一会儿又把糖摆成一个太阳……摆够了，陆叶红拿起一颗糖剥开，吃一块吧。

陆叶红很欣赏魔术师刘谦的那句话：见证奇迹的时刻。真的，陆叶红见到了奇迹，因为她剥开的那颗糖中掉下了一张小纸片，小纸片上有两行秀气的小楷：

你忧伤而美丽的面容，是我一辈子都读不厌倦的诗。

这不是一颗糖，这是一首诗歌。

陆叶红被这句话打动了，她看了看剩下的那些糖，突然像疯了一样地统统剥开，她发现每一颗糖里都有一张小纸片，每张小纸片上都有两行用小楷写的句子。

没有你就没有晴天，没有你就没有秤砣，没有你就没有欢乐，没有你就没有许多！

……

陆叶红掉泪了，这些美好的句子就像她写就的诗歌，她总是能在自己的诗歌里感受自己的温情，但现在，有了李昱铭的诗歌，她突然感觉到，她的生命里有了真实的悲欢。

陆叶红小心翼翼地把那些小纸片又包回到牛轧糖里，然后用自己的绣花手帕包好，藏到了她的包里。

中午，李昱铭送来了八宝粥，还有杭州小笼包，虽然陆叶红一再坚持要自己吃，但李昱铭还是用勺一口一口地喂进陆叶红的嘴里。

吃完饭，李昱铭拿出一张小纸片，说要考陆叶红一下。

陆叶红接过小纸片一看，是一首诗：

> 如果你爱我，请你在我心房，随我主动脉一起跳动；如果你不爱我，请让我吻着你的背影，在地平线上，直到永远……

李昱铭嬉笑着问："你猜猜，这两句诗出自于哪位诗人？"

陆叶红自然答不上来，就在陆叶红绞尽脑汁地猜测是哪位远古诗人时，李昱铭却说："是我这个蹩脚诗人呢。"

盯着李昱铭黑亮灼热的眼睛和坏坏的笑容，陆叶红心里溢满了喜悦，一种异样的感觉在心中悄悄荡漾开来……

李昱铭怔怔地盯着陆叶红看。

陆叶红用巴掌挡在李昱铭脸前，"看什么？"

李昱铭陶醉地笑，"我就喜欢你这种稍有羞涩腼腆的笑容，很温柔。"

"骗我呢！"

"真的，我发现你和别的女人不一样，你的笑就像雨后初晴的天空，清新自然，纤尘不染。"说完，目不转睛地看。

陆叶红避开李昱铭的眼神，心里感觉他就是她熟悉的那个梦中人，他令她像少女般脸红心跳，手足无措，她从未有过的感觉，大概就是恋爱的感觉吧。

陆叶红用下巴抵着前胸，"昨晚我听到了蛐蛐的叫声！"

"啊？我昨晚也听到了蛐蛐的叫声！"

"真的？"

"或许那是同一只蛐蛐吧？它把我对你的思念带给了你，又把你对我的思念送给了我？"

陆叶红笑，竟扒着床去看床底下那只蛐蛐还在不在。

也许有了这只蛐蛐，陆叶红和李昱铭的话题多起来，不管怎么说，话题都是从那只蛐蛐开始。

陆叶红闭口不提牛轧糖的事，她像个听话的小女孩，被李昱铭侍候着，李昱铭要她喝粥，她就喝粥，李昱铭要她睡觉，她就乖乖地躺在床上，听凭李昱铭为她盖好被子，她很喜欢这种感觉。她的手被李昱铭拉着，她感受着一个有情调的男人的照顾，她闭上了眼睛，享受着李昱铭带给她的梦境。

整个下午是快乐的，陆叶红和李昱铭共吃了一个苹果，共喝了一杯饮料，陆叶红还趁机用手机给李昱铭拍了几张他开心大笑的照片。

晚饭是陆毓姗送来的，她惊讶于小妹的精神状态会如此地好，怎么看也不像一个想不开自杀的女人。

"叶红，你的身体似乎恢复得很快呢！"陆毓姗歪头打量着陆叶红，两道眉紧紧地蹙了起来。

"是啊，大夫说，我很快就可以出院的。"陆叶红的口气轻松。

陆毓姗瞥了李昱铭一眼，她能感觉到这个男人给了陆叶红一些什么，就是这些什么才是令陆叶红精神振作起来的良药。不知为什么，陆毓姗心里有一种不太舒服的感觉，一个男人，轻轻松松就能使一个女人振作，随随便便就能使一个女人萎靡，他可是研究过振作与萎靡背后的女人的心理吗？她有些不屑地斜着李昱铭，"你可以走了，明天也不用来了。"语气冷得能把人冻成冰。

许是察觉出陆毓姗的冷淡，陆叶红连忙笑着对李昱铭说："谢谢你的照顾，明天大姐可以陪我，有事给我发短信。"说着会意地抿了抿嘴唇。

李昱铭走了，陆叶红就陷入了沉思，她的心再一次地随着李昱铭去了。

5

见陆叶红只顾玩弄那个手机，陆毓姗也不多说什么，她拿起一本书假装看起来，她在想她的心思，她在想她和沈川关系的结局。

而陆叶红，她把白天和李昱铭自拍的那张合影照片用手机发到了李昱铭的邮箱里，然后给了他一条短信：

把照片发到你的邮箱里了，别让别人看到！

明白啦！心里有数的。

李昱铭立刻回了短信，仿佛就在等待陆叶红的短信似的。

看完删掉！别笑我痴啊！

看啦，删不掉了，在心里存着，一万年！

陆叶红笑，开了个玩笑，

一万年怕成木乃伊啦！还有一双手在召唤着……

李昱铭回：

那就变成天上的星星吧。

今天的陆叶红，文如泉涌，

我做星星，你就做天空中那片云吧！让我随时随刻感受你的亲近，云儿不散，星星永恒！

但愿今夜大晴天，看星看得脖子酸！

但愿今夜云儿柔，伴我入眠相思多！

我住长江头、君住长江尾的相思远不及白日相见的相思痛苦。这句话是不是很有哲理。

嗯，深深地体验了！在别人目光中的煎熬，魂躯不一，情思翻涌，不过我知足……

陆叶红真的知足，虽然相识很短，但李昱铭带给陆叶红的感觉却是陆叶红从未体验过的，她想，或许这就是作家笔下的爱情？或许这就是她诗歌中的浪漫？

陆叶红发短信发累了，就闭上眼静静地回味着下午她和李昱铭共历过的点点滴滴，她突然想起了昨晚那个会唱歌的蛐蛐。她静了呼吸去聆听。

病房里并不嘈杂，病人们似乎都已入睡，连趴在陆叶红床边的陆毓姗也一动不动。但是，床底下没有丝毫的声音传出，仿佛李昱铭一走，把蛐蛐的歌声也带走了。陆叶红不甘心，屏住呼吸等待着，等待着蛐蛐的歌唱，可是，蛐蛐的歌声再也没有出现。

本想在蛐蛐的歌声里寻找一根古藤，让古藤的枝蔓爬满病房的灰墙，让古藤的触角伸进李昱铭的心房，可是蛐蛐的魂儿被李昱铭带走了，而陆叶红的魂儿被蛐蛐带走了。

夜里，温热的风又起了，像一个急着要赶回家的旅人，陆叶红似乎听见他踩在瓦上的脚步声，一如踩在蜿蜒的山间青石路上，带着匆匆的风声，带着蛐蛐热情的催促声。

黑暗中，陆叶红瞪大了双眸，望着天花板。

人生，是由生存、向往、回忆、思考组成的，爱情，是组成内容中最为重要的东西，它给人们或欢悦、或忧伤、或惆怅，或夜深人静里累重的叹息。抑或，自己也是一缕蛐蛐儿的歌声？在自己心灵的秋夜啾啾歌唱，在时雨春风中一展歌喉。铭哥，可曾听见我的歌声了吗？

陆叶红感觉到空气中飘浮着蛐蛐的歌声，而她，就在这歌声中找寻李昱铭给予的爱。

第六章

1

田翼飞停好车立刻仰起头往自家的窗口看去。

窗口里黑黢黢的，没有一丝光亮。此时此刻的田翼飞心里有一种近乎疯狂的渴望，渴望家里的窗口在瞬间能闪出灯光，可是他仰到脖子都酸了，那个窗户仍旧冷漠地不理他的渴求。他急匆匆地坐上电梯，当他进到家里时才发现卧室的灯开着，不过是被厚厚的窗帘挡住了。他有些迫不及待地走进卧室，不见陆婧婷的影子，他又走进卫生间，没有，他有些不甘地找遍了每一间屋子，都没有！

人呢？去了哪里？屋里开着灯就一定有人！

田翼飞想了一下，推开了通往露台的门，果不其然，他看到了脚踩花盆趴在护栏上的陆婧婷，风吹动着她的衣袂，有种飘飘欲仙的感觉，田翼飞害怕了，他想喊，可是话到嘴边又被他猛地咽了下去，他不敢惊动陆婧婷，他怕她真的会在他喊的瞬间做出傻事，于是，他悄悄地走过去。

陆婧婷似乎并没有发现田翼飞的到来，她趴在护栏上一动未动，眼睛空洞地望着远方。

田翼飞不敢有二心，他蹑手蹑脚地走到陆婧婷身后，猛地一下抱住陆婧婷的腰。陆婧婷没有任何挣扎，任凭田翼飞紧紧地抱住她，把她拉进屋里。

陆婧婷的身子被风吹得冰冷，表情似乎凝固了一般。

“婷儿，不要做傻事！”田翼飞不知道该怎么劝导陆婧婷，他心疼地把她脸前的头发捋到她脑后，在她脸上轻轻地吻了一下。

陆婧婷表情呆滞地望着眼前的田翼飞，大脑却在复杂地斗争着，田翼飞不在的那一刻，她感觉到自己是多么的需要他，趴在护栏上，她闪过一丝欲念，爬上去，跳下去，但她不忍，因为她舍不下他，舍不下儿子，可是当田翼飞来到她面前的时候，她却突然感到自己是那么厌恶他。她伸出手，像个垂暮的老人般缓慢地擦着被田翼飞吻过的地方。

田翼飞有些不知所措，他在床边静静地坐下，看着陆婧婷的侧影。

不过一晚上的工夫，陆婧婷就仿佛大病过一场似的，晦暗的脸，无神的眼，那张本就不多言的嘴闭得更紧了。

田翼飞的心有些紧张起来，他的手试图伸出去，却又在半道收了回来，这场因为自己而起的战争，他不知道该如何收场，他咽了一口唾沫，说着平时那些人们都爱说的托词，“婷儿，请相信我，我真的是爱你的……”

陆婧婷的眼皮抬了一下，瞥了田翼飞一眼，又垂下了。此时此刻，陆婧婷的心好痛，隐隐地痛，一阵一阵地痛，她有种一夜老去的感觉。

“知道吗，婷儿？在我心中，你的位置是任何人都无法取代的，你是我的好妻子，一生的伴侣。”

田翼飞说着，看到陆婧婷冷漠的脸，又补充了一句：“看到你这样，我的心几乎都要碎了。”

陆婧婷终于回过头来，话语沙哑，“我只想问你一句，你爱她吗？”

“不爱！”

“不爱还会在一起五年？不管怎样，你们总是有感情的对吧？”陆婧婷顿了一下，有泪流下，她似乎要为自己这话辩解，“不是我想问得那么清楚，我只是想知道而已，想知道自己该怎么做而已。”

田翼飞拉住陆婧婷一只手，“你别这样。你知道我心里唯一的位置仍然是留给你，过去是，今天是，以后也是。”

陆婧婷抽出自己的手，摇摇头，“除了唯一的那个位置，你仍然保留有给别人的位置。”

田翼飞觉得陆婧婷似乎不是生活在这个社会的女人，她总是固守着那些传统的东西不放，所以他想告诉她一些这个社会中存在的、只要是人就避免不了的东西，所以他继续说：“我对你的爱毋庸置疑……”田翼飞想解释自己的行为：这些年，我身边不乏这样那样投怀送抱的女人。她们对我的崇拜和认可让我找到你无法给予的满足感。田翼飞还想解释自己的出轨：再美的爱情一旦走进婚姻里，都会失去美感，再深厚的爱情最后也只剩下亲情，少了恋爱的感觉！人是高级动物，人是需要感官刺激的。但是田翼飞只说了半句话就不敢说下去了，他知道，这些对陆婧婷坦诚的话会使陆婧婷更加害怕，虽然他的话道出了人性中最基本的观点，但是这些观点陆婧婷能接受吗？

其实从田翼飞的眼神中，陆婧婷就已经读懂了这些观点，二十年的夫妻，眼神里的东西是藏不住的。果不其然，陆婧婷真的恐惧起来，就像排山倒海而来的海啸般，顷刻间就把陆婧婷压倒了，她恐慌地把眼神落到田翼飞脸上，嘴唇不动地说：“别再欺骗我了，你的感情取向已经发生了改变。”

田翼飞叹了口长长的气，“听我说，婷儿，我是个男人，一个正常的男人在另一个女人主动的献媚之后无法做到坐怀不乱……”

“可是我是你的妻，你欺骗了我五年！”泪水像个不争气的水娃娃，唰地就从陆婧婷脸庞上滚落下来。陆婧婷侧过脸去，用肩膀上的衣服蹭了，她不想发出悲哀的哭声，她忍着，用婆娑的泪眼盯着田翼飞的脸，想找到一点她熟悉的地方，可是田翼飞就像个陌生的男人般坐在她面前。

陆婧婷听人说过，世界上有三样东西不能相信：男人的承诺、男人的感情、男人的理由。因为男人在承诺的时候固然是真心，在背叛的时候也是实意，明明是他变了心，不再爱你，但他总会找出理由来说是你当初吸引他的那些特质消失了。田翼飞虽然曾是她最信任的丈夫，但他是个男人，所以说他是不可信的，既然不可信为什么还要共同生活在一起？

陆婧婷已经思考了整整一个昼夜，这种事情发生在自己身上，除了深深的痛苦与悲哀之外，想离婚的念头不停地不停地充塞着她的整颗心脏。是的，她没有办法容忍以后互相猜疑、整天提心吊胆的日子。可是离婚那两个字，她怎么也吐不出口，她更决定不了自己的心。她知道自己仍然爱田翼飞，很爱，尽管他背叛她，但是他是她的丈夫啊。

陆婧婷感觉自己现在是在一个悬崖上，手脚都在流血，上也不是，下也不是。因为陆婧婷不想做那个悲哀的女人，她紧咬着下唇，沉着嗓音说："田翼飞，如果你不爱我了，如果你对我厌烦了，你尽可以告诉我，我不会缠着你，我会让你去寻找你的幸福，我会给你自由。"

"别胡说八道，我爱你，我不能没有你。"田翼飞搂过陆婧婷的腰，把她紧紧地拥在自己的怀里。对田翼飞来说，承受是责任，是义务，当他第一次抱陆婧婷的时候，就已经许下的诺言，他对陆婧婷说过，他的怀抱能够包容陆婧婷的一切，多少伤、多少痛都会在这里化为乌有，风风雨雨，都会有他的肩膀来挡，留给陆婧婷的，是他最温暖的胸膛。

"可你也爱她……"陆婧婷的眼泪此刻又挤满了整个眼眶。

"那不是爱！"田翼飞就像在劝解一个不明事理的小女孩，他抚摸着她的脊背，轻声轻语地，"婷儿，我这一辈子爱过的女人只有你，那个女人只不过是男人寻求浪漫和刺激的调味品。"见陆婧婷沉默不语，田翼飞感觉到有必要把自己和吕贞的关系解释给她听，"她有求于我，我也有求于她，我是靠着她的公司才升为今天的局长，不过我明明白白地告诉过她，我有妻有子，感情很好，我不会离开我的妻子，她也是个很懂事的女人,她不会逼我离婚。”

陆婧婷陡地推开田翼飞的手,扭过头来望他,“这就是爱,你对她的爱!所以你会说她的好,你会和她好上这么多年,我退出来。”陆婧婷突然觉得自己倒成了一个第三者,似乎是她在破坏着丈夫和那个女人的爱情,她的泪流得更凶了。

横在两人之间的陌生感在慢慢地升腾着,这种陌生感是陆婧婷有生以来感到最恐惧的东西,从昨晚听到田翼飞有外遇开始,不论陆婧婷在哪里,不论田翼飞在哪里,这种陌生感都能给陆婧婷一种膨胀的错觉,她时时刻刻地感觉到它膨胀到了一定程度就会爆炸。

“你怎么这么傻呢?她只是我经历过的女人,而你才是我心里爱着的女人。”田翼飞觉得陆婧婷有些不可理喻,他把自己的耐性放到最大限度,“我知道我做了对不起你的事,可是我在家里做得不好吗?你能说我不体贴你吗?我把发的每一分工资都交给你,为你花钱我从不吝啬,你想要怎样我就怎样,我从不想委屈你。”

“是啊……”陆婧婷不知道自己该如何反驳丈夫,结婚二十年来,和他辩论时,她总是说不过他,不管有理无理,她最终都会败在他的说服下,此时,她明明觉得是自己有理的事,可却不知道用什么语言来阐述自己的想法,她只能嘟嘟囔囔地自语着:“是啊,要不你骗了我五年我会不知情,我真的很傻,怎么能傻到这种程度,怎么会傻到如此相信你,怎么可以傻到……”陆婧婷再一次地哽咽。

田翼飞动容地吻着陆婧婷脸上的泪花,把她的头搂进自己的怀中,“婷儿,你只要记住,不管发生什么事,我爱你,疼你,这一辈子都不会离开你。”

陆婧婷的泪水又滑下了脸庞,“可是昨天我在家等了一下午,你却跟那个女人幽会去了,在你心中,那个女人比我重要。”

田翼飞实在不知该如何解释昨天下午的事,“不说昨天的事好吗?来,我们上床睡觉,瞧你昨晚熬的,让老公搂着你,好好睡一个觉好吗?”

陆婧婷的泪水始终没有停过,她把头埋进丈夫怀里,像一个受了莫大委屈的孩子,呜呜地哭出了声。

田翼飞的脸紧紧贴在陆婧婷的发上,嗅着那股熟悉的味道,心里是又酸又痛的感觉,原以为陆婧婷会和他死闹到底,想不到所有的战火在他的怀抱里烟消云散,他也有了一种疲惫的感觉。他在体验着陆婧婷颤抖的躯体里散发出来的悸动,体验着陆婧婷痛苦的心里所能感受到的恐惧。

慢慢地,陆婧婷恢复了平静,田翼飞把她抱在怀里,就像战火平息后的寂静,高高的山冈上只有他们相依为命拥抱在一起的身影,旁边静静地飘扬着他们爱情的红旗。

2

终于,陆婧婷的抽泣声越来越小,她抱住田翼飞的胳臂越来越紧。

田翼飞从心底里知道自己愧对陆婧婷,他想找到一种方式,能够弥补自己对陆婧婷的愧疚,所以他抱起陆婧婷的头,将自己的舌头送至陆婧婷的嘴里。

“不,不……”陆婧婷压抑地闭紧了嘴。

“婷儿,我爱你,我真的爱你,你知道,我不能没有你。”田翼飞不顾陆婧婷的小小反抗,竭尽全力地去挑起陆婧婷的欲望,他觉得只有这样才能弥补自己欠陆婧婷的。

可陆婧婷的心一直在痛,不管田翼飞如何地极尽温柔,她的眼泪总是不自觉地顺着脸颊悄悄流下来,一想到田翼飞的背叛,她的心就一抽一抽的,越是抽得紧越是需要来自田翼飞的抚摸,她感觉到自己对田翼飞的愤怒和妒忌似乎催化出一种疯狂的欲望,需要通过田翼飞激情的性来弥合,来缓解自己内心的伤痛。

陆婧婷是流着眼泪和丈夫做爱的，因为痛苦所以更加投入、忘我。她有一种想把失去的都弥补回来的渴求心理，她大声地呼喊着田翼飞的名字，她疯狂地呻吟着，当她从有史以来最为兴奋的高潮中回到现实中时，她疲惫地蜷在了田翼飞的怀里，像个无助的婴儿。

看着陆婧婷微闭的双眸、微张的嘴唇，还有那发自内心的呻吟，田翼飞终于觉得绷得紧张的心有了一点点的松弛。虽然身体有些透支，但他愿意看到妻快乐。

“婷儿，好吗？”每次房事后田翼飞都会问这句话，其实陆婧婷好不好田翼飞都一清二楚，可是他喜欢听到陆婧婷眼含羞涩地说出“好”那个字。

“好！”陆婧婷刚说完这个字，眼泪又止不住唰唰地流出来。

“别哭了，是我不好，原谅我好吗？”田翼飞用左手把陆婧婷紧紧地拥在怀中，腾出另一只手点燃了一支烟，每当他的心产生悸痛时，他愿意吸上一支烟。

陆婧婷把右半边脸紧紧贴在田翼飞胸前，两臂紧紧环住了他，似乎怕他再次地投入到别的女人怀里。

陆婧婷的无语也让田翼飞跟着无语，屋子里寂静了。

陆婧婷就那么一动不动地紧贴在田翼飞怀里，她可以听见田翼飞嘶嘶地把烟吸进肺里的声音，她眼的余光看到了缕缕的青烟，她能想象出田翼飞紧锁眉头的样子，她不知道他的大脑里在沉思什么，也许在想那个女人，女人和香烟，真的就是一个男人不可少的东西吗？那么这个怀抱呢，也是另一个女人的栖息之地吗？

陆婧婷真的想累了，她闭上了双目。

田翼飞轻轻地用手拍着陆婧婷的脊背。

陆婧婷的身体渐渐放松，从她的鼻腔里终于呼出均匀的呼吸。

田翼飞却久久不能入睡，虽然他觉得自己做了对不起陆婧婷的事，可他又觉得自己没有任何差错，他不抛妻弃子，他对家庭的责任、义务一件也未放弃过，围在他身边的女人很多，他只选择了吕贞，因为他觉得吕贞是个好女人，一个和妻子一样的好女人，他告诉过吕贞，他爱自己的妻子，但无论发生什么事，他都不会离婚，因为他和妻子有很深的感情，因为他还有孩子。对此，吕贞默默地接受了，而且也从未要求过田翼飞离婚，吕贞说过她不想拆散田翼飞的家庭，她不愿意看到另一个女人因她而失去丈夫。田翼飞觉得吕贞是个有情有义的女人，她的良知使他爱了她这么多年，他曾多次幻想着，如果妻和吕贞能够和平共处，那他会是世界上最幸福的男人，他曾自私地想过许多次，把吕贞介绍给陆婧婷认识，让她俩成为朋友，当然他没这么做。现在他更不可能这么做了。

因为田翼飞清楚地知道，陆婧婷对他的感情不会大度到让他鱼和熊掌都占有的程度，这可是他当前最为难办的一件事，他从没想过要和陆婧婷离婚，也从没想过要和吕贞结婚，他觉得就这么维持着家庭和情人的关系是件不赖的事。

陆婧婷突然梦呓般地叫起来，田翼飞吓了一跳，仔细听了听，是“我恨你翼飞！”田翼飞无声地笑了，没有爱哪儿来的恨，陆婧婷对他有多恨，就会对他有多爱，这种爱与恨的交替使他心里产生了另一种感情，他轻轻地在陆婧婷的额头上吻了一下，轻轻地拍着她的头，“你恨吧，我值得你恨。”言外之意，他也值得她爱。

田翼飞很满足地闭上了眼，他也要睡了，他很疲惫，尤其是今晚和陆婧婷的做爱，不是他这个年纪的男人能够承受得起的，可是他必须得做，这是他唯一能够给陆婧婷安慰的东西了。

就在田翼飞迷迷糊糊刚要睡着时，他的手机突然响了起来，是一条短信！每天晚上田翼飞都会早早地关上手机，他知道谁会在这个时候发来短信。他连忙起来，看了短信后关掉手机，再看看陆婧婷，她睡得很死。田翼飞长长地吐出一口气，他不希望陆婧婷发生什么意外，尤其是他不希望陆婧婷做出陆叶红做出的那般傻事。

3

其实,陆叶红在见到李昱铭的那刻起,她就决定,再不做傻事,永远不做!

陆叶红出院的第一天,李昱铭就提着补品来探视她。

“这是一些即食海参,对人最补,记着每天给叶红吃一个。”

陈翔接过海参,不禁哟出了声,“这很贵的呢,你买这么贵重的补品做什么?还一买就是几盒,这得上万块钱呢。”

“只要叶红早早地好起来,花点钱算什么!”

“你帮我去医院照顾了好几天叶红,我已经感激不尽了,你还要买这么多钱的补品。”陈翔说着带李昱铭来到卧室,未推门声音就先喊了起来,“叶红,昱铭看你来了,还给你买了有上万块钱的即食海参呢!”

陆叶红正躺在床上似睡非睡中,忽听得昱铭二字,便一个激灵坐了起来,当门被陈翔推开的瞬间,她首先看到的就是李昱铭那张笑意盈盈的脸。“昱铭!”陆叶红飞快地送过一个会意的微笑,把被子往床里拽了拽,为李昱铭腾出一块地方。

但李昱铭并未在床上坐下,他从一旁拖过一把椅子,坐下后才问:“怎么样?回家来伤口没疼吧?”

陆叶红摇头,目光里流露出感激,有陈翔在,她并不好多说什么,她只能趁陈翔和李昱铭说话的工夫,偷偷地去瞟李昱铭的脸,那是一张严肃的脸,一张看不出任何温情的脸,和在医院的李昱铭的脸完全不同。但陆叶红偏偏就能从这张脸上看到爱,一种来自于一个男人内心的爱。这种爱使陆叶红找到了不再轻生的理由,因为李昱铭给了陆叶红一个又一个的第一次的爱。

陆叶红第一次被一个不是丈夫的男人约会。

“出来一起吃个午饭好吗?”李昱铭给陆叶红打来电话。

陆叶红的心就扑腾扑腾地跳，“好的，我在哪里等你呢？”

“我去接你好吗？”

“不要，我自己会去的。你只告诉我在哪里等就好。”

“在餐厅里等我吧！”

陆叶红上了出租，赶往约会的餐厅。

路上，李昱铭的短信就迫不及待地来了，

> 快点来吧！

陆叶红悄悄地笑，

> 已经在车上了！一会就到啦！
>
> 亲一个！
>
> 怎么亲？让风送来？

陆叶红戏谑地问。

> 让电波送上。
>
> 今天停电！
>
> 什么时候来电呀！我等不及啦！

陆叶红扑哧笑出了声，她觑了出租司机一眼，和李昱铭开起了玩笑，

> 不会吧！你是个有定力的人，怎会等不及？
>
> 再有定力的人也会有七情六欲。

岂用李昱铭来说，陆叶红早就感到自己那情那欲的到来，她催促起出租司机，“师傅，能把车开快些吗？”

“是去约会吧？”出租司机是个明眼人，一下就猜中了陆叶红的想法，他冲陆叶红笑笑，加大了油门。

当陆叶红刚从出租车上下来，她就看到了李昱铭，他开着一辆越野吉普，一身酷酷的装束，中分的短发。四目相对，他们在彼此的目光里

深陷。

“知道吗？见到你的那一刻，我就知道我遇上了克星，我爱上了你。”李昱铭用眼神凝视陆叶红。

陆叶红的心就怦怦地乱跳。她被李昱铭紧紧地抱住了，不顾来来往往的人，李昱铭在陆叶红的腮上使劲地吻了一下。

这顿饭吃得蹊跷，陆叶红完全不知道都吃了些什么，她只知道李昱铭不停地往她的碟子里夹菜，李昱铭不停地在她耳边说着一些让她心跳加快的情话，李昱铭把干红端到她嘴边喂她喝下，饭吃完了，李昱铭说：“要不要去我家看看？”

陆叶红想也不想地点头，她的直觉告诉她，会有故事发生，但她愿意把这故事续写下去。

李昱铭家有些凌乱，但却干净。且有着一些小小的情调，如床头挂着一幅彩墨荷花，夏韵夏景，给人清新的感觉。再如窗帘，薄如蝉翼的纱帘上绣着大朵大朵的水仙花，令人心境自然就沉静下来……

“夫人上班去了？”陆叶红猜想李昱铭的妻子一定很忙。

李昱铭笑着摇头，“不怕你笑我，去年刚离的婚。”

“一个人岂不是很孤寂？没再找一个吗？”

“这不是找到你了吗？”李昱铭说着把陆叶红揽进怀里，“我不知道陈翔有这么一个可爱有情趣的妻子，只是朋友的妻，我只能远远地看。”李昱铭用一双迷离的眸子去打量陆叶红。

许是喝了大半瓶干红，李昱铭的脸庞泛起了红色，眼神能够看出他微微有些醉意，但他的意识还算清醒。

陆叶红迎着李昱铭的目光，手在他脸上轻轻地抚着，“知道吗？我最喜欢的是微醺的男人，有一种非常本色的魅力。”

“那你喜欢我吗？”

陆叶红点头。

李昱铭满足地闭上双眼，嘴里却发出了呢喃，“我醉了，原谅我躺一会儿好吗?”说着在沙发上躺下。

陆叶红就那么坐在李昱铭身边细细地看着他。

“能帮我倒杯水来吗?”

陆叶红在李昱铭的唇上轻轻地吻了一下,去接了杯不冷不热的温水,但她不知道如何把这水倒进李昱铭的嘴里,她想了想,便含了一口,送进李昱铭的嘴里。

陆叶红这辈子第一次想去疼一个男人,她喂李昱铭喝了水,然后扶他去床上躺下,帮他盖好被子,轻声地问:“要我陪你躺一会儿吗?”

李昱铭闭着眼睛掀开了被子。

陆叶红就那么和衣枕在李昱铭的臂弯中,并没有肉体的相触,但陆叶红却能感觉到李昱铭的躯体在微微颤抖,那种颤抖刺激着陆叶红的神经,使她第一次有了一种想要和男人,不,是和她身边这个男人交媾的欲望,且越来越强。

4

“铭……”

李昱铭听到了陆叶红的呼唤,他的下巴抵在她的额头上,他似乎在坚持着一种定力,一种朋友妻不可逾越的定力。

陆叶红紧紧地贴着李昱铭,她的脸藏进李昱铭的怀里,她能听到自己的呼吸声越来越重、越来越粗。

在陆叶红的性爱中,她觉得应该有烛光,有花影,有月华,有一切浪漫的东西,她喜欢大的窗户,每逢西窗有月的晚上,她都会撩开窗帘,让柔柔的月光透过纱帘洒得一床都是蜜意。月光下的“故事”便会充满了浪漫与神秘……把文学作品中描述的性爱搬到现实中,那么性爱就会变成诗一般的境界。

陆叶红不喜欢和陈翔做爱,她无法从陈翔身上找到浪漫的成分,所以她宁愿去想象性爱，也不愿意委屈自己去迎合陈翔。而此时此刻，她却看到了，或许是感觉到了那种浪漫的气氛——纱帘外的月隐约可辨，床头上的白荷泛着荧光，仿佛置身于凤凰传奇里的荷塘月色。陆叶红想把自己融进李昱铭的生命中，她把李昱铭抱得更紧。

李昱铭却突然推开陆叶红，通红着眸子望着她，不过几秒钟的瞬间，他突然又像个疯子般地把陆叶红紧紧搂进怀中，他的吻暴风雨般地落在陆叶红的脸上、颈上，他的呼吸吹进了陆叶红的耳朵里……

陆叶红战栗起来，她能听到李昱铭加快的心率，而她的心也随着李昱铭心跳的速度跳动起来。

酒，搅浑了李昱铭的思维；女人，点燃了李昱铭的性欲，所有的东西都被李昱铭统统抛在脑后，他不顾一切地除去了自己和陆叶红身上所有的衣物，他的唇在陆叶红身体的山川和幽谷里漫游，他用自己的热情去点燃陆叶红的情欲。他唯一看到的，就是眼前这个他爱的女人——那头秀发铺在整个枕头上，像一堆有生命的海藻，带一丝妩媚、一丝朦胧、一丝慵懒、一丝开放，还有一丝不设防的迷茫。

披头散发演绎着性感的陆叶红完全不同于高悬发髻体现着高贵和矜持的那个陆叶红，她令李昱铭冲动，她让李昱铭忘记了自我，她使李昱铭现形了最原始的本能。

哦，爱我吧！

让我们充满激情的躯体，碰撞出浪漫的火花！

让那爱的火焰，把我们燃烧，把我们融化！

陆叶红在欲火中开始燃烧，慢慢沸腾，她的指甲深深地嵌入李昱铭的后背，她的呻吟像一首诗歌那么美妙，她感到她的肉体已经与李昱铭的合为一体，她的灵魂在暴风骤雨的天际为她祝福着什么。她在心里默默感叹：是眼前这个男人让自己血脉贲张，当自己被他热吻拥抱的时候，她会震颤晕眩；当自己被他吮吸爱恋，她会飘飘欲仙；她知道了作为女人的生命价值，她也知道了自己内心真实的需要，是这个男人让她的心灵与身体觉醒了。她的爱，如荒原上的野草在夏季里疯长。

当陆叶红从暴风骤雨中回到这个世界时，风雨已经平息。她和李昱铭的肉体紧贴，两腿交缠，一种宁静安详的幸福感悄悄地爬满他们。这是人间最美妙的时刻，陆叶红企盼这个时刻能停留——永恒！

陆叶红在李昱铭耳边喃喃自语，“我的魂丢了，不，是被你活生生地拽走了！”

李昱铭不语，他的脸埋在陆叶红的发丝中，他嗅着发的馨香，他在享用着身边这个女人的爱。

“女人的一生不会有多次爱，但是来了，便是幸福，如此年龄，冲击心灵的东西少而又少了，所以不想放弃也许是一生中最后的这一点点爱，愿意让它陪伴我的后半生。”

李昱铭终于抬起脸庞，他的唇印在陆叶红的唇上，“我会永生永世地爱你。”

“说个时间。”

“爱你一万年。”

陆叶红笑，“其实我索要的并不多，有你的一个眼神，有你的偶尔抚摸，有你时常的陪伴，足矣。”

一个跌入爱河的女人怎么会满足男人的一个眼神和偶尔的抚摸？陆叶红爱上了李昱铭，对李昱铭的思念每天都灌满了她的思维，她每天要做的事就是给李昱铭发邮件，写短信。

陆叶红独自坐在阳台的躺椅上，她的短信如同诗歌一般地传到李昱铭的手机中：

> 天未暗，已经发现了天上第一颗星，浅浅的，却明亮，望着星儿，遐思就被暖暖的风拽得到处游荡……

白天正襟危坐在电脑前，陆叶红的心总是乱乱的不能自制，她的情感就通过电脑流进李昱铭的电脑中：

不知自己中了什么邪，像个十五岁的少女，被亚当的红苹果砸得失去了自我。又感到了一个三秋之隔，也许多几个三秋能把一颗浮躁的心冷却下来？让理智重新回到身上？我怕！怕自己把你拽进一个温柔的深渊。其实，我更怕的是你会烦了我，把我看成一个坏女人。

陆叶红相信自己不是坏女人，一想到李昱铭会怎么看这三个字，她就忍不住笑出声，于是她很严肃地告诉李昱铭：

铭，不许这样看我，感情的事情不是我想要就能有，我不想要就会走的东西，女人一生中会真正爱上几个男人？我不知道！只是我有了这种感觉，我不想放弃！我愿意让这种感觉伴我到老，伴我到死！我知道，你不属于我，我也不属于你，但我不会放弃任何一次可以享受的幸福和甜蜜，那是属于我的，可以珍藏在心里的，像你说的，一万年！

李昱铭上班很忙，他没有及时给陆叶红回短信，他也没有看到陆叶红的邮件，于是陆叶红又发短信：

你躲到哪儿去了？沉沉的一天，可是忘记了我？我明明听到了你的声音，是否是你把我的魂刮得满世界飘散，却找不到可以落脚的基点？也罢，就随着风儿去吧！何处不是归宿？有你的声音，就有快乐的幸福，我陶醉我怡然，我庆幸上帝把这样一个你赐予了我，让我有了一片灿烂！

李昱铭终于回短信：

很美好的文字，令心怦动，无暇回信，还望见谅。念你！

笑又回到陆叶红的脸上。

不打扰啦！让你好好地工作。我在作诗，作得伤感，心便又飞到了你身上，本想年底前完成的诗歌，看样子不能啦！爱情很浪费时间，不过值得！

李昱铭回：

爱情刺激灵感，写吧！亲一下宝贝！

白天的日子总算还过得去，因为李昱铭再忙，他总有休息的时候，他会和陆叶红煲一个长长的电话粥，为陆叶红送去温暖的话语。但一到晚上，陆叶红就难过了，她开始失眠，她就坐起来为李昱铭写诗：

我又失眠了/想必你打着小鼾睡得正香/不公平的世道/多想把脸儿贴在你的脊上/听你的鼾声入眠/多想拱在你的怀里/听你的心跳进入梦乡

李昱铭因为陆叶红的失眠，心疼地劝她，“为了你自己，也为了我，好好睡觉，好好吃饭！”

陆叶红躲进李昱铭的怀里拼命地摇头，“我不，睡着了岂不是就想不成你了。那会浪费多少能够想你的时间。”

李昱铭捧起陆叶红的脸，细细地望她，“我给你讲个童话，要不要听？”

陆叶红点头。

“有一个男人，他曾很任性，也很淘气，他天天努着嘴，生着气，东蹿西跑。终于，有一天，他停息在一个很不起眼的草坪上，那里有成片的水，有摇曳的草，有五颜六色的花，男人的心突然间平息了，他想在此好好休息一下了，因为，漂泊了这些年，他累了……”

陆叶红笑着接过李昱铭的童话，“可他忘了他的责任，甚至是这个世界，他蜷进了草坪，一歇就是十年，而草坪外的世界，没有了他，种子不再发芽，雨丝不再飘逸，雪花不再起舞，整个世界停止不动了……”

李昱铭紧紧抱住陆叶红，“你真聪明，想不到写诗的女人也会写童话。”

陆叶红推开李昱铭，望着他的眼睛，“十年不是个短日子，三千六百五十天，那么男人的枝叶岂不发了芽？”

李昱铭摇头，“男人不会发芽，男人四海为家。”

“是啊！”陆叶红敛了笑，“男人留不住，男人会在一个女人身上印下痕迹又去寻梦另一个她。”

李昱铭的吻印在陆叶红的脸上，他的喃喃声响起在陆叶红耳边，“我不会，我不会……”

5

陆叶红终于体验到什么是爱情了！她告诉李昱铭，“和你煲电话粥的感觉真好，像另外一个你，我喜欢这个本色的你，相思是痛苦的，相恋是甜蜜的，被你牵挂的感觉是幸福的。见不到你的日子，我总是懵懵懂懂，浑浑噩噩，这就是恋吗？这就是爱吗？似乎知道，又似乎浑然不知，愿意抓住这种感觉，给你一个十年的草坪，让整个世界停止……”

这每天飞来飞往的短信，这每天不间歇的思念，还有，两个人每次的抬杠，陆叶红真正地意识到，她爱上李昱铭了，因为她脑子里每天只盘旋着他的话：我会爱你一万年。

陆叶红不是傻瓜，一万年这个数字只是诗人们、作家们，还有那些自欺欺人的自恋者们自我安慰，或是安慰他人编撰出来的，她不会相信。人能活多少年？撑死一百岁，一般七十多岁，八十多岁，她现在三十六岁，就算她还能活四十年，或是更长一些时间，五十年，李昱铭能爱上她这么些年吗？她不知道，她把嘴埋在李昱铭的怀里问他：“告诉我，你能爱我多久？”

李昱铭吻着陆叶红的发丝回答：“一万年。”

陆叶红淡淡地笑，摇头，“不实际，一万年后，怕是连骨灰都找不到了，就算有来生，那孟婆汤也早就让你忘了我是谁。”

“那就一生一世吧。”

“也不现实，从古至今能有几个男人会爱女人一生一世的！”

李昱铭在陆叶红那噘起的唇上轻轻地吻了一下，“那就十年吧。”

陆叶红的脸沉了下来，有些幽怨地说：“十年，不长哟，很快就过去了。”

“不要生气，我们是朝朝暮暮又是长长久久！”

“能长久吗？网上都说，女人不过是男人的调味剂，腻了就甩开了。”

“不会，你听过屠洪刚的一支歌吗？里面有句歌词，我心中你最重，我的爱向天冲。”

陆叶红点头，抱住李昱铭，嘴里喃喃着：“真想抱住你一辈子不放手，可歌手李圣杰唱了，手放开，因为我不是你的最爱！”

“可我这辈子只爱你！”

陆叶红仰起脸，轻声地问：“你会笑我的痴吗？”

李昱铭摇头，“我喜欢你的痴。”

陆叶红满足地叹息，“一个女人一辈子会迷失自己几次呢？要从泥沼中走出来吗？告诉我！因为我已经辨不清自己的路该怎么走了。”

不等李昱铭回答，陆叶红继续说：“有时听着窗外的雨声，听着远去的雷声，心里总有一种不祥的预感，我们的情感，不会很快就夭折了吧？心里有些喘不过气来，总觉得自己太多情，太过分，吓住了你！其实你也吓住了我！”

“是不是因为我工作一忙，没有及时给你打电话，或是回短信？”李昱铭手抚着陆叶红的脸，望着她。

“我总在反思自己……”陆叶红垂下头，声音变得低沉，“我不知道我们该不该有这么一段情。每天的傍晚，我都会想，我今天已经不想你了，再有几天，我就完全不想你了！”

李昱铭有些赌气地接了一句:“天知道!”

陆叶红斜了李昱铭一眼,“地也知道啊,就是不想啦!”

李昱铭呵呵地乐,“苦海无边回头无岸呢!”

陆叶红笑,“游回去啦。其实我是个挺有理智的人,不信你看,我能不能回头!”

李昱铭无奈地眨了一下眼睛,“只要你好只希望你好!”

陆叶红点头,“嗯,很严肃的话语。”

李昱铭也笑,知道陆叶红在和他开玩笑,他回了句:“说的时候心里冷冷的。”

陆叶红答:“回的时候心里拔凉拔凉的。”

“真节能啊!”

陆叶红噘起嘴在自己的中指和食指上亲了一下,然后贴到李昱铭的唇上,“回家了! 不再想你啦!”

李昱铭敛了笑,“生离死别得很悲壮。”

陆叶红把脸贴在李昱铭的脸上,在他耳边悄声地说:“无言的思念,不借助任何工具,只是心和心。”

李昱铭也把嘴贴到陆叶红的耳边,“只要有了开始就什么都不会变。”

“不管变与不变,这段美好的记忆,我会回味到死。叫我一声宝贝吧,让我把你的专利灌满浑身每一个细胞,即便情没了缘绝了,我还会让每一个细胞来回味这两个字。我爱你,即便是死了,那个爱字仍在!”

陆叶红把诗歌改成了信件,她常常望着窗外的雨丝给李昱铭写信。

整整落了一天的雨,整整刮了一天的风,风雨交缠,很令人伤感,举伞在雨中坐了很久,感受着风和雨缠绵,心里便点点滴滴地涌起那许多的记忆……那是怎样一个充满着矛盾而又心怀期待的日子! 它在我心中已经定格成一篇很浪漫的爱情小说……

每天都有那许多思潮翻涌的东西从脑子里冒出来，我想有一天我会建一个爱情博客，把我和你的故事统统写上去，可是，有时又很自私，为什么要让别人来分享我们的甜蜜呢？不写了，就让这些情愫留在记忆中，若想，可以拿出来细细享用，若抛，不留下只言片语。

陆叶红知道自己出轨了，自己对不起陈翔了，虽然她不爱他，但仍旧觉得对不起他，尤其是当她每次和李昱铭约会回来，她都会感到一阵阵自责，她不知道怎么面对陈翔。有时，她会狠心地想，不如就为李昱铭放弃这个没有爱情的家？每次做这样的决定时，她便会立刻想到陈翔无辜的样子。

许是为了赎罪，陆叶红开始学习做家务，并为陈翔做难吃的晚饭。却把个陈翔激动得抱住陆叶红一个劲地亲她，"叶红，你真好！"

陆叶红推开陈翔，白他一眼，"别酸了！"

"哟，我的叶红什么时候变得不酸了？"陈翔知道陆叶红常给他朗读她写好的诗歌，在他眼里，那些诗歌就是酸溜溜的。

陆叶红就瞪陈翔，然后把那些难吃的饭菜端上桌。

望着陆叶红的身姿在厨房和餐厅穿梭，陈翔心里甜，他的目光就再也不从陆叶红身上离开了。

今天的陆叶红穿一条白底紫花的棉质连衣裙，合体的裁剪，桃形的领口，衬得她的瓜子脸越发妩媚。

"叶红，你真美！"

陆叶红瞥陈翔一眼，走进厨房，一首梁祝小曲从陆叶红的嘴里哼出。

"叶红，你真有女人味！"

陆叶红从厨房里探出头来，蹙起了双眉，"你能不能说点别的？"

陈翔就笑，心里却在想，莫不是太阳打西边出来了？陆叶红要和我好好地过正常的日子了？他不会像沈川那样去暴力自己的妻，他更不会让自己的妻三更半夜去敲别人家的门。

第七章

1

田翼飞游弋在两个女人中间，他不仅仅是在体力上感到了透支，他也从精神上感到了一种前所未有的疲惫，他觉得自己该找个时间，把吕贞约出来告诉她自己和陆婧婷的事。

"宝贝，我那天出差回来去你那里的事，被婧婷知道了。"一个不起眼的小饭馆的角落里，田翼飞和吕贞面对面地坐着，田翼飞不停地往吕贞的碟子里夹着菜，尽量把事情说得轻描淡写。

"哦?"吕贞常来找田翼飞一同出去吃午饭，她知道自己无法让田翼飞天天陪她，但她却可以常常来找他。这是她最幸福快乐的时间，所以她并未往心里去，"这是你们的家庭矛盾，和我没有关系。"

田翼飞盯着吕贞的脸，很惊叹她的沉着，她在任何时候都能表现得异常平静，他不知道她心里是真的不在乎，还是说给他听的，所以他措着词说："最近我得多陪陪婧婷，晚上大概少有能出来的时间了。"

"哦?"吕贞疑问地挑着眉头望着眼前的田翼飞，他精瘦干练的脸上，有一丝微笑不时地在他的眼角嘴角处跳跃，一点都看不出他有烦恼萦绕于心。这些年来，田翼飞和她的关系就像两个来去自由的恋人，很少听到他有拒绝她的话，想不到，一向随心所欲无所羁绊的他也会说出这种伤她感觉的话来。吕贞觉得自己一下子没了自尊，脸上的笑容也瞬间消失了。

爱上已婚的男人，吕贞并没有觉得自己有什么错，她觉得自己这个第三者并不是自己去刻意寻求的，她只是偶然地发现了一个可以和她在谈判场上不分上下的男人，一个值得她尊敬的男人，当然最主要的是一下抓住了她心的男人，她一下子就爱上了他，遗憾的是他有家有口了，不过，吕贞并不怨恨什么，这个年龄的男人，除了离婚的死了老婆的，基本上都有家，再说有家的男人也不见得人人可爱，田翼飞却是一个倜傥风流的男人，虽在国家机关里挣不了那么多钱，但他那中年男人成熟的魅力，一下就成了她心中的白马王子。

吕贞是被丈夫抛弃的，为争一口气她开始经商，她从来就没有败在任何人的手下，她的打拼使她成了一个在商场上小有名气的女强人，当她获得了经济上的安全感后她最需要的就是爱情了。当她遇到了田翼飞后，她当下就在心里决定了自己的肯定，田翼飞就是那个她爱情上追求的目标了。她坚信自己可以俘获田翼飞的心，她达到了目的，她和任何女人的要求一样，希望田翼飞能经常到她家里陪她聊天陪她去参加一些娱乐活动，希望田翼飞多给她创造一些惊喜，喜欢被田翼飞牵肠挂肚，喜欢被田翼飞关注被呵护被宠爱，尤其是当她与田翼飞第一次身体的交合给她带来的巨大愉悦时，她便开始想方设法争取第二次、第三次……有过性的人就如同吸了大烟一样，无法戒掉这种心瘾，在与田翼飞的灵肉交合中，吕贞对田翼飞再不肯放手，她明明知道自己受不了这种爱情不能见天日，受不了自己爱的男人的家庭光明正大的幸福，而她却只能够在角落旁观，继续爱着自己爱的人并矛盾和痛苦着。她觉得人的一生中大约是有定数的，要不然自己怎么会如此地不理智地解脱不了这份痴尽无挽的情感？虽然她看得很明白，想得很清楚，却依然要朝着这条死胡同走去，即便没有退路，她也还是不肯回头。她总是想，今生能拥有田翼飞这样一个出色的男人，夫复何求。

不过在刚认识田翼飞时，她并没有想过去拆散田翼飞的家庭或者伤害他的妻子，她自己就是被前夫抛弃的，她懂得这种痛。在同情田翼飞妻子的同时，她觉得自己也应该被同情，爱是一个人的权利，爱一个男人没有错，要说到痛苦，她认为她才是三人中最痛苦的那个，因为她要忍受着田翼飞每个节假日回去陪他妻子，要忍受着田翼飞一次次的不回电话，还要忍受着……

田翼飞给吕贞的时间并不算多，但吕贞觉得田翼飞是爱她的，且这种爱的比重是很可观的，所以她可以忍受，然而却想不到田翼飞会突然为了他的妻子要减去这不算多的时间，吕贞的心里感到很不舒服，她觉得自己是不是高估了爱情的分量，也高估了自己的分量。即使自己怀了最真挚的情感对待田翼飞，可到了关键时，也还是无法胜过和田翼飞生活了多年的陆婧婷。

一股怨恨悄悄地从吕贞的心底涌起，她抬起脸看了一眼田翼飞，从包里拿出一张百元，拍在餐桌上。

“你这是干什么？”田翼飞不解。

吕贞只是咧了咧嘴角，没有说一句话，站起身，头也不回地走了。

望着吕贞的背影，田翼飞恨恨地在心里骂了一句。

当田翼飞从饭馆里追出来时，吕贞已开着车跑远了。田翼飞不知道该不该断了和吕贞的关系，他猜，吕贞不会让他断，他也不可能断，男人的野心需要吕贞这样的女人托举。

2

自从和田翼飞有过第一轮的哭闹挣扎后，陆婧婷和田翼飞的关系进入了一种很奇妙的平静中，只要田翼飞回家，他都会殷勤地帮着陆婧婷做家务，过去，陆婧婷很少让田翼飞做家务，她认为男人就是要在外面忙事业，而女人，她愿意承揽家里所有的家务事，让丈夫能有更多的精力用在事业上。但是，自从知道了田翼飞外遇以来，她的神经开始变得麻木了，她常常会木木地坐在椅子上，看着田翼飞把饭做好，把菜做好，端上桌，然后给她盛好放在眼前，她吃不了几口，吃不下，就那么搁在桌子上，再看着田翼飞收拾桌子，洗好碗，然后给她打开电视，换到一个她过去喜欢的节目让她看。

陆婧婷根本不知道电视里播的是什么，她眼睛盯着电视，脑子却在胡思乱想着，她知道丈夫在讨好自己，但凭女人的第六感觉，她知道丈夫仍在和那个女人来往着，因为他仍旧会找借口不回家吃晚饭，或是说出差两三天，她不知道那是真的还是假的，她不想打电话去田翼飞单位证实，毕竟，她和田翼飞已经有过二十年的婚姻，她对他的爱，不是一两天就可以消失的，虽然他做了背叛她的事，可正是因为她在意他，她才不想让他陷入一种被单位同事非议或是被众人指责的境地，但是，陆婧婷又不甘于这种被欺骗的痛苦，所以她会乜斜着眼睛问："真的出差去？"

"这还有假？"

"去哪里？"

"哎呀，都告诉你五六遍了，你怎么还问？"

"……"

每次的追问都会引来一场冷战，使陆婧婷常常陷入一种不知所措的境地中。

"婷儿，不要胡思乱想，我爱你，我早就和那个女人断了！"田翼飞不厌其烦地一遍又一遍地对陆婧婷说着同样的话。

陆婧婷从鼻子里发出轻轻的哼声，摇摇头，她不信。

"你听我说……"

每次陆婧婷都是在田翼飞的苦口婆心劝说下，才会从一种焦躁的类似于癔症的恍惚中走出来。而只要田翼飞不回家吃饭的晚上，或是出差不在家的晚上，陆婧婷都会独自徘徊在灯火通明的大街上，久久不愿回家。

那天下班前，田翼飞来电话说陪客户吃晚饭，很快就会回家。

田翼飞不回家吃晚饭的晚上，陆婧婷不愿意早回家，她挨个办公室转了转，希望能看到有不想早回家的同事，好和她聊聊天。可是，已经到了下班时间，所有的人都在急匆匆地收拾东西准备回家。陆婧婷扫兴地往自己的办公室走去，在走廊里她故意慢慢地踱着小步。

“婧婷，等一下。”

陆婧婷巴不得这时有人来找她说话，所以她迅速地扭转头，是马悦从身后喊她。

“还没下班？”陆婧婷问。

马悦并不说话，一直走到陆婧婷身边，这才压低嗓门问：“你这里有备用的裤子吗？”

“做什么？你想借着穿？”陆婧婷的一侧嘴角斜着往上挑去，目光里有一丝不解。

“你真傻！我能穿得上你的裤子吗？”马悦埋怨地白了陆婧婷一眼，继续小声地说：“你上卫生间看看你的裤子就知道啦。”

陆婧婷一下子便明白了，她突然变得惊慌起来，“这可怎么办？”然后不好意思地问马悦：“很多吗？”

马悦眨眨眼，点点头，“嗯。”

陆婧婷很难为情地突然命令马悦，“背过身去，我要回办公室了。”

马悦很听话地背过身去。

陆婧婷却边往办公室里走边絮叨着，“真倒霉，这可怎么回家啊？”

“要不然我送你回去吧？你这样子是没法回家的，再说，外面还在下雨。”

马悦的声音突然在陆婧婷身后响起，吓了陆婧婷一跳，她转过身，“怎么，你没有背过身去？你在我身后看我的洋相？”陆婧婷有些生气。

“你可别冤枉我！”马悦赶紧澄清自己，“我只是听到你的自言自语在替你着急。”见陆婧婷不再说话，他很不在意地说：“算了，都是过来人，没什么不好意思的，我妻子也常这样，我送你回家吧，你赶紧收拾收拾，先拿个包遮着点，等上了车就好了。”

马悦的表情沉着而随意，像个疼爱妹妹的大哥哥。

陆婧婷也实在是没有办法解除自己的尴尬，她只好听话地一手拿伞，一手用包挡着臀部，冲向马悦的车。

无巧不成书的事经常会发生，陈翔开着车来找陆婧婷。

“怎么？要走？有约?”陈翔从车上下来，诧异地瞧着陆婧婷。

“是啊，下雨了，我这……”陆婧婷不知道该如何向陈翔解释这种尴尬事。

“你不是要回家吧?”

“我就是要回家的。”

陈翔立刻发现陆婧婷遮住臀部的包，笑笑，“走吧，我送你回家。”

陈翔开着一辆个头较大的SUV，他左手接过陆婧婷的伞，右手往陆婧婷的腰部轻轻一托，陆婧婷轻飘飘地就进了他温暖的车子里。

当陆婧婷坐上陈翔的车才发现，陈翔的确是个很细心的男人，他在陆婧婷要坐的副驾驶座上放上了一个棉垫。

“谢谢你，还要耽误你的时间。”陆婧婷很感激陈翔体贴入微的照顾，却不知道这么体贴入微的丈夫，为什么妹妹就总和他过不到一起去。

“没什么。”陈翔说得很随意，说完转了一下头，“二姐，你和姐夫闹矛盾了?”

“过去了，两口子，哪里有不闹矛盾的。”陆婧婷不想把家里的丑事告诉任何人。

陈翔点头，“是，两口子哪有不闹意见的，互相包容一下就过去了。”

陆婧婷同意陈翔的话，但她却包容不了田翼飞这种出轨，她不知道该如何接陈翔的话，于是她无声地笑笑。

今天陈翔的话显得尤其多，他淡淡的笑充满着阳光，有着春天的温暖和热烈，同时又不失明朗和活跃。他歪过头看看陆婧婷，说：“天这么冷，这种特殊的日子，你怎么穿这么少？”

拉得上亲戚，但陆婧婷也不愿意对一个男人随随便便说这种事，于是她换了个话题，“叶红恢复得怎么样了？你回家晚了岂不是要挨她的骂？”

陈翔摇头，“怎会？叶红从来不挑我的毛病，反正早晚给她把饭做得了就行。”

陆婧婷想起了马悦的妻子，不禁同情地说：“你别总那么宠她，瞧把她宠成什么样子了，她又不上班，怎么就不能为你做个饭呢？”

陈翔笑笑，不知道该如何回答陆婧婷的话。他先是点头，然后又摇摇头，脸上有一种很自卑的神色，“我怎么能让她做呢？”

陆婧婷一时未能理解陈翔这句话，她眨着眼望着陈翔。

陈翔侧过头瞟了一眼陆婧婷，然后目光有些游移地望向前方，“其实我并不怕辛苦，我怕的是来自于你妹身上的那种东西。那是一种无法向外人提及的东西。”

“什么东西？”陆婧婷问。

“想知道？”陈翔歪过头，眼睛里有一丝灰色的光在闪烁。

陆婧婷点头，眼神只轻轻地瞟了一眼陈翔，便迅速地移到了车窗外。

还差几天清明节，老天爷就憋不住开始抽抽咽咽上了，淅淅沥沥的雨滴落在车窗玻璃上，迎着窗外的灯光折射出湿湿的流光，在氤氲的雨汽和迷离的雨意之中泛滥开去，烘托出一片温馨静谧的夜……

满世界都是轻盈的雨声，偶尔有急刹车的恐惧声碾过陆婧婷飘忽的思绪，将她的心也碾在了陈翔低沉而又忧悒的话语中。

3

陆婧婷知道陆叶红和陈翔的婚姻有些疙里疙瘩的东西在里面。陈翔快四十岁了才娶了陆叶红，陆叶红比陈翔小整整八岁，陈翔很爱陆红叶，陆叶红不喜欢上班，陈翔就答应养着她，陆叶红不想生孩子，陈翔就依了她，陆红叶喜欢写诗，陈翔就专门为她配置了一台电脑供她使用。她创作的诗歌有几大本之多，虽然并未出版，但她都把它们一本本整理起来，然后找人装订成册，她说那是孤本，不可以给别人看的，因为里面都是她用情感写出来的诗句。

“找了个写诗的女人，就断定这辈子要苦了。”陈翔不止一次地这样向陆婧婷诉苦。

“那是你把她惯的，健健康康一个人，为什么要待在家里？既然不上班，为什么还不要孩子？”陆婧婷十分不满陆叶红的做法。

“你妹妹可是个浪漫有情调的女人呢！她写诗啊，那可不是一般人能写出来的，要有跳跃的思维，要有浪漫的情节，要有……”

“哼，要有你这种人去宠她，可是你把她宠成什么样了？连点女人味都没了，连点女人该有的本分也都丢了。”

陈翔明白陆婧婷指的什么，每当陆婧婷反驳他时，他就会像个泄气的皮球，说到底，他并没有多少兴趣看妻子的诗集，他所喜欢的是陆叶红身上那股诗人的气质，他总戏称她为“小妖女”，每天愉悦地看着他的小妖女在电脑前写啊写的，从来，他都不知道她晚上什么时候睡的觉，每当她创作出一首诗歌来，她都会在半夜三更把他叫醒，然后让他听她创作的诗。陈翔不知道她写的都是些什么，但每每看着她那兴奋的脸，他就开心。为了能让他的小妖女多些时间创作，所有的家务事陈翔都包揽了，做饭、洗碗、洗衣、收拾屋子，甚至，连陆叶红清晨的洗脸水和晚上的洗脚水都打好了放在她面前，小妖女会对陈翔笑笑，然后继续她的创作。

刚结婚时，陆叶红还能够接纳陈翔的这些殷勤，久而久之，她就厌烦了陈翔的这些体贴，她总是蹙着眉头对陈翔说：“算了，天天这样烦不烦啊？”

"不烦,给自己的老婆打洗脚水有什么烦的呢。"陈翔很快乐地回答。

可小妖女却老大不乐意了,她下了命令,"以后不要再给我打洗脚水了,别让我心里有压力。再说,我不喜欢男人这样。"

"那你喜欢我怎样?"陈翔像个乖巧的大男孩,他喜欢被陆叶红支使来支使去。

"我喜欢……"瞧着扎着围裙的丈夫,陆叶红突然一蹙眉,"算了,说了你也不懂,你愿意做什么就做什么吧,反正我不做。"

陈翔不指望陆叶红会像别的女人那样来打理家务,在他身边像个缠人的小姑娘般缠他,他只盼着他的妻子会有清闲的一晚,尽一个妻子该尽的义务,可是,陆叶红似乎忘了世界上还有夫妻之事,直到有一天陈翔实在耐不住这种煎熬,他又帮陆叶红打了洗脚水,待他帮她洗完脚,擦干后,抱住她的双脚说:"我的小妖女老婆,晚上陪陪我吧。"

陆叶红推开陈翔说:"哦,不行,没看我正在创作高潮中吗?"

陈翔像个受气包似的低头站在陆叶红面前,"你光要你的高潮,那我的高潮呢?"

"你的高潮?"陆叶红没听懂。

陈翔只能明说,"完了事你就继续你的创作行吗?"

陆叶红的眉头紧皱着,浑身上下显出不舒服的样子,"非得今晚吗?"

陈翔很无奈地说:"咱们俩已经有两个多月不曾……"

"哎呀你们男人啊,就想这种事。"陆叶红打断陈翔的话,情绪突然间低沉起来,脸上显出不耐烦的样子,"再过十天吧。"

陈翔不知道陆叶红是如何得出这个十天的,不过,总是有盼头了,陈翔高兴地答应了。他就像一个盼着过年的孩子,天天拿着红笔在日历上画着,一天、两天、三天……

十天的时间终于过去了,陈翔那天的心情格外好,他早早地去市场买了陆叶红最爱吃的黄花鱼，还买了陆叶红最爱吃的基围虾。忙忙碌碌很快就到了晚上，陈翔洗了澡，并在身上撒了陆叶红喜欢的香水，然后就早早地上床开始等待小妖女的“召见”了。

可是时间已经过了十点，陆叶红还不进卧室，陈翔不得不去催她，“老婆，忘了我们今晚的约会了吗？”

“约会？”陆叶红头都不回，她的视线紧紧地盯在屏幕上，手指在不停地敲着。

陈翔从陆叶红肩上把两只手环过去，在她的乳房上轻轻揉着，“你说过今天晚上给我的。”

“哦，你可真烦人，我今天来例假了，再过十天吧。”陆叶红在推诿着。

陈翔知道陆叶红在骗人，她什么时候来月经他最清楚，她总会打发他去给她买卫生巾，再说，女人来月经得用十天的时间吗？他真想扇陆叶红一耳光，可是他没有，他的情绪一下子低落起来，默不作声地回到了卧室。

后来，又过了好几个十天，陈翔终天清楚了小妖女老婆的十天时间是个什么概念。这几个十天的时间已经把陈翔的火磨了起来，终于在一天晚上，陈翔憋不住心头的怒火，冲进书房，就在书房的小床上，他强行和他的小妖女老婆做了爱，也就是从那天晚上开始，他的小妖女把他赶出了书房，并且再也不回卧室与他同床共枕了。

4

每次一提起这段事，陈翔就抬不起头来，不过，他仍旧处处维护着陆叶红，“唉，她比我小嘛，让着她点。也许，我也有做得不够的地方。”

“你呀，她都这样了，你还护着她。”陆婧婷不满意地瞪了陈翔一眼，又不得不同情地劝他，“哪天你和叶红好好谈谈，再不行，我找她聊聊也行。”

“别了，别让她以为是我让你来帮我的。”陈翔对陆婧婷摇摇头，换了个话题，“姐夫做饭吗？”

一提到田翼飞，陆婧婷的心忽地就沉了下去，“说不好！”然后陆婧婷就不再想说什么，就那么眼睁睁地看着车窗外，让陈翔一直把她送到小区门口。

“要不要到家里去坐一会儿？”

陈翔摇了摇头，“不啦，下次吧，我还得回家去给你妹做饭呢。”

“那你快些去吧！”陆婧婷一直看着陈翔的车消失得无影无踪才慢慢走进小区，她有一种被人抛弃的感觉。

陆婧婷没有撑伞，只是用包挡着臀部跑进了楼里。

田翼飞不回来吃晚饭的日子，陆婧婷总是凑合，她先匆忙换掉脏裤子，扔进洗衣机里搅着，然后从冰箱里拿出一个苹果，有一口没一口地啃着。望着空寂的屋子，她把厅里和楼上卧室里的两个电视都打开，放到不同的频道，听着不同的声音传出，不知什么时候起，她突然喜欢起这种乱糟糟的环境来，然后她又把电脑打开，把电脑的音箱也打开，再放着一些忧伤的歌曲，鼠标在电脑的屏幕上乱窜着。

整座屋子就像在开一个派对，陆婧婷也不知道自己究竟想做什么，她看了一会儿电视，又坐在电脑前将鼠标一通乱点，突然想起没有喂鱼，又连忙拿出鱼食把鱼喂了，然后就那么呆呆地坐在鱼缸前看着那些鱼儿。

缸里的鱼被分成了两派，有两条黑白神仙鱼亲密地待在一起，并占据了半个缸的位置，它们那可爱的红色小圆眼贼溜溜地盯着被挤到缸的另一头的那些鱼，若是有一条鱼一不留神闯了过来，那条大一些的神仙鱼就会毫不客气地上前去用嘴把它们啄走，然后再回到那个小些的神仙鱼身边，摇头晃脑摆着尾巴，一副自豪得意的样子。

莫不是一对夫妻？陆婧婷想，大的那条是丈夫，小的那条是妻子。

真是一对霸道的小夫妻，恩爱的小两口，爱情的力量居然令勇敢专情的丈夫赶走了任何一条想博取“美人”一瞥的雄鱼，可是田翼飞呢？他把陆婧婷孤零零地抛在家里，自己去找那个女人快活。

陆婧婷呆呆地盯着那两条亲密靠在一起的恋爱中的鱼，觉得自己似乎也有了鱼的特性，她也渴望着像那条雌鱼一样被雄鱼呵护着，可是呵护她的雄鱼呢？他的鳍已经成了另一条雌鱼的保护伞。

陆婧婷紧紧地咬住自己的下唇，一层雾蒙蒙的东西遮盖了双眸。

陆婧婷的心里又开始烦躁起来，她什么也做不下去，她就那么开着电视电脑，又锁上门来到了大街上。

雨不知道什么时候停了，四月初的春，没有了凛冽的风，整个空气都显得湿漉漉的。雨前的那几天，走在大路上，杨树上的花絮慵懒地从树上飘下，像一个个温柔的仙子，拍拍这个路人的脸，拥抱拥抱那个路人的胳臂；路边的柳条在不经意间娇嫩嫩地绿了，出来跳舞遛弯的人越来越多，而这场小雨，却给人们造成了不便，不过，那些早早走进春天的女孩子们，即便是雨天，她们的裙裾早就飘逸在大街上了。

陆婧婷深深地呼吸着，她很想把这些美好的东西吸进自己的身躯里，把满身的不愉快都吐出去，可是，被划伤的心就是那么难以愈合，她甩了甩没有扎起来的长发，想找到那种潇洒的感觉，没有！她的心似乎布满了荆棘，而不是伤口，因为伤口可以治愈，荆棘却越斩越多，长成森林一样茂盛的寂寞。

过去的多少个春天，陆婧婷总是会被春天带来的快乐幸福着，她常会蹲下身子去体味小草穿透土块舒展着身体的幸福感觉，她也常会望着一只不知名的小虫和它们喃喃私语，而如今，春天仿佛是过去的那个冬天的延续，她找不到自己想要的东西。陆婧婷多么希望雨能继续下着，她喜欢听雨水敲击地面的声音，喜欢和雨水亲密地接触，喜欢那种雨丝带来的冰凉透彻的感觉，尤其是雨中的世界总是透着几分朦胧、几分诗意，让她看不清自己，让她有一份朦胧的心情，这样，就可以让她的眼泪和雨水混在一起，掷地有声，让她疼痛的心能够在像雾像雨又像风的世界里流浪。

而今天，雨不给面子地终止了施予，它只用那张潮湿的脸承受着芸芸众生的喜怒哀乐。

陆婧婷的心也被雨后的空气潮湿了，她就像一片潮湿的雾气，漫无目的地徘徊在灯火通明的湿漉漉的大街上，马路上折射出来的光耀着她的眼，她努力不看地面，只将眼神望向斜前方。

汽车嘈杂的声音灌进了陆婧婷的耳朵里，陆婧婷没听见，熙熙攘攘的行人不时地挤着陆婧婷的肩膀，陆婧婷没感觉，她的眼神一味地看着斜前方那片被城市灯光映照的微黄色的天空，她觉得自己在走向一个不知深浅的天堂。

天堂的路很长，从天堂回来的人络绎不绝，摩肩接踵，挤挤挨挨，陆婧婷逆着人流往前走，走得很艰难，她不知道自己走了多久，走了多远，走到了哪里。当她的目光触及一个高高的天桥时，她突然被眼前的情景震呆了！

一个女人舒展开双臂从高高的天桥上快速地飘下来，虽然只是瞬间的工夫，可陆婧婷却清楚地看到了那个女人飘起来的长发和微闭着的双眼，白色风衣优美地被风兜起，像一个仙子扯动着白色的裙袂飘然而下，她美妙的身姿美妙地匍匐在冰冷坚硬的马路上，很快，血迹在她的周围蔓延成一大片鲜红的花朵……

5

陆婧婷不知道是不是自己的幻觉，反正她看着那个女人像自家楼前那个自杀的女人，只是她换了一套衣服而已。她被一种说不出的感觉逼回了家，田翼飞仍旧没有回来。

家里的两台电视里有男人女人冒出的尖叫声，吓得陆婧婷跑进楼上的卫生间，把门紧紧地关上了。她坐在马桶上，快速地拨了田翼飞的手机号。

一首光良的《童话》响了起来："我愿变成童话里，你爱的那个天使，张开双手，变成翅膀守护你……"

田翼飞没有接听电话，陆婧婷又拨，她的眼睛紧紧地盯着手机上不断跳跃的阿拉伯数字，耳朵里听着光良的那首歌曲，田翼飞不知道是没听见还是不愿意接，总之每次的电话都是自动冒出了忙音。

陆婧婷更加烦躁不安，蓦地感到有一种被人狠狠抛弃的愤慨与感伤，整个人仿佛掉进了深渊一样，她的脑子里有成堆的乱七八糟的思绪徘徊在濒临绝望的边缘，整整五年的谎言，陆婧婷不知道该不该相信田翼飞的话，她相信，那是她为自己对田翼飞的爱构建的理由，可心里，她不信，已经骗了她五年，他会在乎这一次谎言吗？她甚至能想象得出，田翼飞和那个女人约会，见面，言谈的内容。

陆婧婷觉得自己很悲哀，她必须得与那个女人平起平坐，享受同一个男人。记得她曾和田翼飞开过一个玩笑，"如果我们婚后都遇见了一个让自己无法控制的人，那该怎么办？"

田翼飞说："不会的，我怎么会去爱上另一个女人呢！"说得铿锵有力，掷地有声。

陆婧婷却说："要是你跟别的女人有染，我就一脚把你踹了，钱不给你，房子也不给你，车也不给你，孩子也不给你，让你一辈子见不到我。"

田翼飞的话那么不值钱，说完就像一阵风似的飘走了。

而陆婧婷却真的想把田翼飞一脚就踹了，此时此刻她就有了这种冲动。她努力使自己冷静下来，想想自己到底要什么。思来想去，得到的回答只有一个，就是从前那种互相信赖、互相关爱的感觉，但她知道这种感觉肯定是回不去了。五年的欺骗，她不知道田翼飞和自己还有没有感情，但她知道他和那个女人一定会有感情，她心寒的大概就是这个吧。为什么五年时间一点都没看出来呢？是田翼飞太狡猾还是自己太愚昧。她想到了离婚，但这个词，太沉重了，沉重得让陆婧婷感到了自己的不理智。

陆婧婷开始觉得心像一只猫爪在撕扯着，一下一下地疼，这种疼迫使她一口咬住自己的胳膊，肉体的疼痛渐渐压住了心的疼痛，等她松开嘴时，胳膊上已经被她咬出了两排红红的血印。陆婧婷望着那两排血印，泪水不由自主地掉下来，她哭着推开通往露台的门，迎着风，任凭风将她脸上的泪抛洒到最不值钱的地方。

四月天的夜晚很凉，一个穿着大红外套的女人在楼下仰着脸往上看，不知道她是在看天空还是看高楼，无论她是在看天空还是高楼，都有什么可看的呢？陆婧婷想，不都是空洞无物吗？

陆婧婷忽地又想起了刚才幻觉到的那一幕，一身蓝色的碎花睡衣，一件白色的中长风衣，不过是换了装，鲜血将白色的风衣和大地染得殷红，殷红的血渐渐化成一片血花，黏稠地停止了流动。

陆婧婷心里涌动着一种莫名的激动，她的身子全部埋在浓浓的阴影里，只有黑暗的颜色，空气中飘浮着痛苦的饭菜味，她伸出头望着楼下星星点点的灯火，看着楼旁的大马路上亮着灯的汽车来来往往地奔驰着，陆婧婷有一种冲动，一种想跳下去的冲动。她不知道生活还有什么意义，她也不知道有什么可以让她活下去的理由，从那天晚上起，她就感到自己已经万念俱灰。田翼飞的外遇来得如此突然，就在她认为她和田翼飞感情最好的时候，就在她对婚姻感到最满足的时候，就在她觉得田翼飞的事业已成为人们嘴中的六六大顺的时候，就在她觉得她们的爱情经过这么些年的磨合，终于修成正果了——孩子已经高二就快要高三了，她没想到田翼飞却出轨了。

陆婧婷静静地将身子靠在冰冷潮湿的水泥围栏上，脑子里混乱地想着田翼飞，还有那两具合二为一的美丽尸体变成的花朵。

宁静的城市，寂静的屋顶，空气中有咝咝的响声，仿佛一个临死的女人在倒抽着冷气，使陆婧婷感觉到了自己在触摸着死一样的寂寞。他在做什么？和那个女人面对面地凝视？和那个女人亲昵地打情骂俏？抑或是携手去到哪个宾馆开房？……他不在乎她被伤害后的痛苦吗？

屋顶上的水被风打散了飘下，像个肆无忌惮的魔鬼，把它的邪恶撒向这片寂静的土地，陆婧婷伸出手掌在眼前轻轻地挥动着、阻挡着，仿佛只有这样才能把心中的伤痛驱赶走，在这个孤寂的屋顶上，她感觉到自己在渐渐沉没。

陆婧婷把手机放到了冰冷的水泥护栏上，眼神凝固了似的落在上面。

被陆婧婷手心的温度暖过的手机又凉了，像个被主人抛弃的无用之物，依旧没有电话，没有短信传进来，陆婧婷的心越来越沉，她恨田翼飞，可在心里却对他说了一万遍：我爱你。她多么希望田翼飞能在她如此孤寂的时候，从身后抱住她，向她道歉，让她原谅他，可是，有了外遇的田翼飞似乎没有一点悔意，今天，他不都是不在乎地还要去和那个女人约会吗。

不知从哪家的窗户里放出了贝多芬的《命运交响曲》，那激昂宏大的音乐，富有强烈的艺术感染力，一下子就冲击了陆婧婷的心，她从中听出了凄怆与悲凉，她感觉到了人在命运面前的渺小、怯懦、卑微和无奈，她深深地感到了自己的身体在寒冷的风里瑟缩发抖，心也在一片冰凉中颤抖不已。瞬间，她感觉到自己的灵魂从大脑里走了出来，走进了夜的黑暗里，像一个黑色的幽魂在慢慢游荡着，在俯视着她的肉体。

夜，风越来越大，像是一场沙尘雨，在窃窃私语着把爱传达到每一个簇拥在角落里放肆地没落着爱情的男男女女。那些男男女女如此幸福，这种幸福却使陆婧婷深切地感到有一股凉意从心底涌起，她萌发了一个强烈的希望——希望田翼飞永远平凡，永远卑微，永远只是一个普普通通的男人，就像那些平庸的男人。可是她却悲哀地知道，田翼飞不平庸，他的身材他的脸他的智慧他的性格，都是女人向往追求的，所以他才会有今天，所以她也才有今天。

陆婧婷突然意识到，一纸婚姻书能保证什么？没有时间，没有期限，有谁会因为有一纸婚姻书就不去外遇了呢？它只是为了禁锢那些遵守婚姻道德的男人女人的。

陆婧婷的心已经被风吹得潮湿冰冷，她觉得人活着就是自己折磨自己，何苦？想着，陆婧婷一弓腰爬到了高高的护栏上，平时，她绝不敢上这护栏的，可今天，她却出奇地大胆，她站了起来，没有任何怯意，她伸开了两臂，想象着飞的快感。

风把她的衣摆吹得卷了起来，陆婧婷有一种冲动，一种要一冲上天的冲动！

这夜风像极了和田翼飞第一次约会的那个夜风，二十年的婚姻，不过眨眼间。记得田翼飞约陆婧婷的第一个夜晚，她和他在一个土坡上相拥，灵魂互相渴望着温暖，嘴唇触碰着信念。

“我爱你。”陆婧婷第一次把这三个字送给一个男人。

“我也爱你。”田翼飞的手环抱着陆婧婷的躯体，那也是他第一次抱紧一个女孩的躯体。

陆婧婷的身子紧紧贴在田翼飞的胸前，他看黑暗中她的脸，她透过他的眼睛看天上的星星，她希望他们的爱情像这些天上的星星，永远不会消失，永远在天上发光闪闪。

她看着星星向他许愿，“我这一生只爱你。”

他看着她脸向她许愿，“我这一生只爱你。”

瞬间的愿望倾诉在了一个叫希望的地方，希望像一块厚实的蒙布，蒙住了她的双眼。

那时候陆婧婷知道，田翼飞是她最爱的人，她也是田翼飞最爱的人。她相信他们的爱情，因为他把永远常常挂在嘴边。

为爱，陆婧婷留在了田翼飞所在的城市，在这个地方，他们相爱，他们生子，他们过着平凡普通的生活，这一过就是二十年。

陆婧婷在一次《拒绝毒品，珍爱生命》的展会上看到过一种花儿，叫罂粟，这种花儿，很美，从尚未成熟的罂粟果里取出的乳状液体，干燥后变成淡黄色或棕色固体，叫阿芙蓉，也叫大烟或鸦片。

陆婧婷觉得罂粟花美，美得像爱情，罂粟果美，美得像性爱，难怪会引得男人女人为之涎水横流，魂牵梦萦。而田翼飞就是那个发现了罂粟花，并找到了罂粟果的男人，他忘记了他曾许下的诺言，他忘记了他曾多次提及的永远，他陶醉在罂粟花中不能自拔，他流连在罂粟果里谎话连篇。

田翼飞欠她五年的情爱和性爱啊。

冰冷的泪顺着陆婧婷的腮流下来，陆婧婷不想擦去，她就想让泪水流在风中，留在他看不见的这个漆黑的露台上，这里，尚且叫它痛苦的回忆吧。

她就在这痛苦的回忆中，一次次地把视线定格在被扔弃在护栏的手机上。

没有任何声响，手机仿佛死去了一样。

陆婧婷的心也跟着手机死去了，她扭头看一眼屋里，又抬头看一眼眨着眼的星星，她决定跳下去，就像楼门前那个穿蓝色碎花睡衣的女人，像那个展开双臂从高高的天桥上跳下来的女人，美妙的身躯在冰冷坚硬的马路上蔓延成一大片鲜红的血花……

就在陆婧婷的心已做出决定时，她的手机突然间振起了那首《香水有毒》的歌曲……

第八章

1

电话是陆叶红打给陆婧婷的，陆叶红怎么也想不到，她的这个电话竟救了二姐陆婧婷的命。

“姐，你没事吧?”陆叶红问。

“我还没问你呢，你倒问起我来了。”陆婧婷说。

陆叶红就咯咯地笑，那笑声，陆婧婷怎么也看不出她会有割腕自杀的企图。

“我什么事也没有，只是那天烦了，吃水果时不小心割破了手，就被陈翔大呼小叫地送到医院，哪里有那么严重呢!”

“哦，这就好，不管碰到什么事，都要想开些。”其实这话也是陆婧婷安慰自己的话。

“知道了，姐。两口子吵架也是正常的事，你也别往心里去啊！姐夫那么好一个男人，让你逮着了。”说完陆叶红又咯咯地笑起来。

陆叶红为什么不笑呢?！出院后的陆叶红真真正正地变了一个人，这令陈翔惊诧。陈翔真的以为陆叶红要和他好好地过日子了，她对他的好令他兴奋不已，于是晚上睡觉的时候，陈翔怯怯地像个小男孩般地推开书房的门。

陆叶红皱着眉看着陈翔。

“叶红，回大床上睡吧!”陈翔不由自主地就坐到陆叶红身边，一把拉过她的手,“自己一个人睡好孤独的。”

陆叶红并未抽出自己的手,她细细地看着陈翔的脸庞,居然微微地点了一下头。

陈翔有些按捺不住地想疯叫,想以最快的速度抱起陆叶红,把她放到大床上。但陆叶红却轻轻地抽出自己的手,抱起被子,径自走到大卧室,把被子整齐地铺到空出的那一边。

仿佛是一个无声的信号,陈翔立刻跑进卫生间,打开花洒,把自己洗了个干干净净。当他回到卧室时,陆叶红已经穿着睡衣靠在床帮上了,她在看一本诗集。许是久未与陆叶红同床的缘故,陈翔感觉到陆叶红的美不是别的女人可以比拟的,一套普普通通的粉色碎花睡衣,穿在陆叶红的身上就格外地妖娆,那垂下的根根发丝,每根都透着灵性,就像她写就的诗歌。

陈翔觉得浑身的血液有些沸腾,他去除了全身所有的衣物,小心翼翼地掀开陆叶红的被子,话语放得极尽温柔,“红,我觉得我就像那个被皇帝宠幸的妃子。可是我喜欢做这样的妃子,我喜欢有被你宠幸的感觉,我……”

陈翔的话未说完,就见陆叶红的脸色忽地沉下来,陈翔的话断在舌尖上。

不过陆叶红并未发脾气,也未说难听话,沉下的脸很快就浮上一抹笑意,她轻描淡写地看了陈翔一眼,任凭陈翔钻进了她的被窝。

陈翔把脸贴在陆叶红的腿上,有些受宠若惊地建议:“我们要个孩子吧。”陈翔觉得,如果他和陆叶红有了孩子,那么陆叶红就不会再冰冷得像根冬日里的树桩了,有了孩子的女人就有了母爱,有了母爱的女人,就不会再拒绝自己的丈夫了。

陆叶红瞥了陈翔一眼,语气淡得不能再淡,“你觉得我这么大的年龄还能生孩子吗?”

陈翔噌地坐起来,激动地瞅着陆叶红,“你不大,三十六岁生孩子的多的是，上个月，我们单位四十二岁的老沈还生了个丫头呢，什么事也没有。”

陆叶红撇着嘴角，算是笑，“那是拿自己的生命开玩笑呢！”

陈翔拉过陆叶红的手贴在脸上，“我不会让你拿生命开玩笑的，我会让你有最满意的孕期，我会让你过最舒服的产期，我要让你和我们的孩子过上最舒服的日子。”

“你做梦呢？”陆叶红抽出自己的手，关了床头灯。

陈翔呵呵地笑，“不瞒你说，从结婚那天起，我就想着有个孩子，天天看着他屁颠屁颠地跑过来叫爸爸，喊妈妈，那种幸福，会陪我一辈子。”说着猛地抱住陆叶红，就去褪她身上的睡衣。

陆叶红却突然像头狮子般地推开陈翔，两个眸子瞪得滚圆，“你会心疼人不会啊？”见陈翔愣怔地瞬间，又说：“不知道我来例假了！”

就像一个被钉子扎破瞬间瘪了气的皮球，陈翔全身那点勇气，那些激动顿时就消失得无影无踪。

不过陈翔满足，因为无论如何，陆叶红主动地回到大床上来睡了，这就是说，他有希望劝陆叶红为他生孩子了，也就是说，他可以和陆叶红行使他做丈夫的权利了。

陈翔坐起来，讨好地抱住陆叶红，“下个月一号就是你的生日，我要好好地为你过个生日。”然后把嘴贴近陆叶红的耳边，“能在你生日那天给我一次吗？”

陆叶红把手里的诗集扔到枕头旁，推开陈翔，钻进了被窝，然后甩出一句话，“再说吧。”说完把一个后脊梁给了陈翔。

陈翔没有骨气地把脸贴到陆叶红的后脊梁上，幸福地闭上了眼睛。

2

陆叶红清清楚楚地知道自己心里的想法，但她不敢说这是一种赎罪的心理，若是放在和李昱铭认识之前，打死她，都不会依着陈翔去大床上睡,但今天晚上,她突然觉得她欠陈翔很多,她甚至有一种不敢直视陈翔目光的胆小。

结婚七年了,她会想尽一切理由拒绝和陈翔过性生活,她真希望她天天都来例假,这样她就不用心虚地躲着他了。

此时看着陈翔满足的睡容,陆叶红的心仿佛是两块不相容的物质组成,一半是冰,一半是火,她受着冰与火的煎熬和烘烤,对陈翔对家庭,她知道自己有错有愧,可对李昱铭对爱情,她又是很理直气壮。她不明白自己为什么要听从父亲的话,嫁给这个她没有感觉的陈翔。她看得出来陈翔对她的好,陈翔是个善良的男人,不管陆叶红如何待他,他待她却总像在待一个公主,在这七年几乎可以说是很少有性生活的婚姻中,他对陆叶红没有过多的责备。

大概也是由于陈翔待陆叶红好,所以陆叶红从未提过离婚。第一,她狠不下心来对如此疼她爱她的一个男人说分手。第二,就算是她向陈翔提了离婚,而陈翔也同意了离婚,那么她还能嫁给谁?沈川那样的男人,不如不嫁;田翼飞那样的男人,事业腾达,没有安全感。她不爱的男人里,或许还是陈翔最好。第三,她不会回到父亲家去看父亲的脸色和听父亲的絮叨,她也没有经济能力去为自己建一座公主住的小小宫殿。

鉴于这三个原因,陆叶红绝口不提和陈翔离婚。大概陈翔也是鉴于陆叶红的这种死心塌地,也就原谅了她的性冷淡。

其实如果不是老天作弄人,让陆叶红觉得活着了无生趣,她不会那天着了魔似的用那把小水果刀去割自己的腕脉。令陆叶红欣慰的是老天的这种作弄还是给了她一个惊喜,让她认识了李昱铭。

这些日子,陆叶红总在想,如果不是认识李昱铭,她和陈翔的日子大概会像其他大多数夫妻一样生活得波澜不惊,没有爱情的平淡,也会让他们相伴到老。但是,她认识了李昱铭,她开始有了惦记,那种被男人牵挂着、被男人宠着的滋味很甜蜜,那种思念他人的感觉更是幸福,她很喜欢这种感觉,她开始为一份小女人的报纸写起了专栏文章,她把自己的感受写出来，先从邮箱发给李昱铭看。

李昱铭的回复总是能给陆叶红带来窃笑。

“不得了呀！我的小叶猴要超过余秋雨啦！”小叶猴是李昱铭给陆叶红起的昵称。

陆叶红觉得通过邮箱发电子邮件比发手机短信更能令人感到刺激，因为邮箱是需要等待的，等待的日子就是盼望的日子，有期盼才会刺激人的心灵，于是陆叶红就常常守着电脑给李昱铭写信。

陈翔上班后，家里静悄悄的，是陆叶红想要的氛围。她喜欢这种静谧的世界，它可以让她思想，让她灵魂出窍，让她漫无目的地在家里随意漫步。陆叶红喜欢趿着重重的拖鞋从一间屋走到另一间屋，从一扇窗前走到另一扇窗前，她最喜欢站在鱼缸前认真地看那些鱼儿。

这个鱼缸是陆叶红无意中听说二姐家有个热带鱼缸，陈翔就也为她买了，并为她养了一缸她喜欢的接吻鱼。

陆叶红喜欢这些接吻鱼，她常常站在缸前看它们，她觉得她的灵魂常常附在它们的身上，因为她常常能感到是她在这个鱼缸里静静地游着，望着，想着，沉默着……

有时，会有诗句从陆叶红的嘴里吐出：

> 假如我是鱼，我看到了什么
> 有爱从鱼缸上飘过
> 有爱从水中穿过
> 有爱拖起我长长的鳍
> 把我置到一个荒凉的沙漠
> 我希冀着那星星点点的水
> 可以滋润干渴的心田
> 可是沙漠中有水吗
> 那一片无际的漠原
> 有荒芜的爱滋润水中的鱼

有炙热的吻轻触鱼的唇
那鱼就能活出它的幸福
说一个吻字很容易
只是要让思想跟着这个吻字到达你的唇边却似乎很遥远
可是，我感觉到了这个吻字会印上你的唇
带一片芬芳弥漫你的睡眠……

自从认识李昱铭以来，李昱铭这三个字是陆叶红在心里叫得最多的三个字，每一个清醒的日子，她想的都是这三个字，像是被魔法咒住了一般，她知道，她已经被李昱铭的情深深地埋住了，不愿意爬起来，她只想躲在李昱铭的情中让自己毁灭……

陈翔有饭局的晚上，陆叶红就常常站在窗前，看漆黑的夜里。

对面的那些楼已是万家灯火，陆叶红猜测着那扇扇的窗子里是怎样一个世界，幸福的？硝烟弥漫的？不管是什么样的世界，她多希望有一个是她和李昱铭两个人的……

不过，想到这里，陆叶红心里就充满了一种罪恶感，她在背叛陈翔。有时她也会想，不如放弃这个在她生命里百转千回的男人。有几次她还试过，但是她做不到。她所有的努力不及李昱铭一抹温暖的眼神，一句动听的甜言，一个诱惑的拥抱。每次见到李昱铭的眼神放肆地亲近她时，她的灵魂就开始沉沦。她喜欢他冷峻的外表，更喜欢他坏坏的霸气，打从牛轧糖里看到了那些短短的情话，她就知道自己逃不出李昱铭的情网了。但是她的爱，爱得被动爱得沧桑，爱得痛苦爱得彷徨，爱得她想抛弃整个世界找一个无人的地方躲藏起来。

3

陈翔在一个大饭店为陆叶红办了一场小小的生日宴，他请了十多个朋友，包括李昱铭在内。

其实陆叶红对生日宴没有任何兴趣,她唯一有兴趣的是因为李昱铭会来,她的心只在他身上。

"祝生日快乐!"

朋友们一个一个地走进包间,把生日礼物送到陆叶红怀里。

"谢谢!"

陆叶红微笑着,眼神却一直瞟着包间外。那个她渴望见到的身影始终没出现,倒是陈翔的手机响了起来。

陈翔把李昱铭的意思转达给陆叶红,"昱铭不来了,他单位有点急事,他把礼物托快递送来了。"

陆叶红的心仿佛一下子掉进冰窟窿里,所有的人,所有的物,餐桌上的饭菜全都失去了意义。她托词去了卫生间,她给李昱铭打去一个电话。

"为什么不来?"陆叶红的话里有深深的埋怨。

"我怕我控制不住自己。"

"可是我要你来,你不想见我吗?"

"我把想深深地藏在了心里。"

"可是我藏不住。"

"下一次我一定为你过一个浪漫的生日。"

"下一次?会有下一次吗?我不敢想,我总是把这次当作最后一次,所以我很珍惜这一次。"

李昱铭呵呵地笑出了声,"这就是男人与女人的不同,我考虑未来,你关注现在。"

"因为今天的事我可以把握,而明天的事我预测不了,所以我只相信现在。"

"这种思维方式当不成好的散文作家和诗人,只能是字匠。"

"就当我是个字匠吧!一个没追求没理想没欲望没希望的字匠,认识我是你的悲哀,现在撤还来得及!"

陆叶红不再想听李昱铭会说些什么，她武断地挂了电话。

陆叶红觉得自己的心碎成千万片，其实她知道和李昱铭的情是一种错爱，错爱带来的苦果总是难以下咽的，可是即便知道了结果，她还想如此走下去。

陆叶红的闺蜜找到卫生间，把李昱铭的快递交到陆叶红手里，她看到了陆叶红脸上的不快，“你没事吧？”

陆叶红勉强地笑笑，“没事，你回去吧，我肚子有些不舒服。”

“哦，你快些来，大家就等给寿星佬敬酒呢。”

“好的，很快就回去。”

闺蜜又啰嗦了几句才离开。

陆叶红坐在马桶上除去了快递的外包装，里面有一个精心包装好的礼盒。打开后陆叶红呆住了，礼盒里有一枚价值万元左右的相思钻戒，还有李昱铭写的一封信：

矛盾了很久，也喝了不少的酒，终于决定不去。把一枚永留传的戒指作为礼物送你，希望你喜欢！

呵呵，酒的魔力真的很大，让一个不是诗人的我也写出了诗。也把这首不算诗的诗送你，作为你生日的作料，笑纳！

如果你爱我
请你在我心房随我主动脉一起跳动
如果你不爱我
请让我吻着你的背影在地平线上
直到永远……
永远有多远
它在我心间
也许十万光年
也许一瞬间

阳光离我近了

灼伤了我的爱

月光离我远了

抚平我心的伤

我在日月间的大地游荡

用寂寞赶走孤独

我追求　我寻觅

你在哪里

怎会有如此伤感的心怀呢？陆叶红觉得这不像李昱铭的性格，不过很能打动她，她似乎看到了李昱铭心底里藏得深深的那块柔弱的地方，被思念被爱的藤蔓紧紧地缠绕着，偶尔被酒的魔手轻轻地拽出来，诗性就开始在这个世界上漫延横流。

陆叶红哭了，坐在马桶上哭了，且哭出了声。她边哭边给李昱铭发短信：

礼物收到，非常喜欢！亲亲。诗歌写得极好，我会珍藏起来。你不会孤独，你也不会寂寞，因为我的爱时时陪伴着你。

回到餐厅，也许是陈翔看出了陆叶红藏在眼里的伤感，他当着一桌朋友的面，把一枚戒指戴到了陆叶红手上，并使劲地搂住陆叶红告诉大家："各位朋友作证，我会一辈子爱她，我会给她一辈子的幸福。"

大家起哄，非要陈翔当众吻陆叶红。

陈翔很诚挚地在陆叶红的腮上使劲地吻了一下。

但大家不肯罢休，非要陆叶红还陈翔一个吻不可。

陆叶红假装地笑，真心地推辞，却敌不过众人，她在大家的起哄中飞快地在陈翔的腮上蜻蜓点水般地触了一下，心中却有一股说不出来的厌恶，因为她满脑子想的都是李昱铭，她知道她对不起陈翔，可是她没有办法,她爱的人是李昱铭,爱到不可救药。

陈翔喝多了酒,一个劲儿地笑,这笑一直被他带到家,带到床上。

4

“叶红,今晚高兴吗?”

陆叶红强忍着对李昱铭的思念,违心地点头。

“昱铭给你送了什么礼物?”

陆叶红本不想告诉陈翔的,但她知道,这种事是藏不住的,于是从包里拿出戒指,轻描淡写地说:“一个普通的戒指。”

“不会吧! 昱铭不是个小气的人,给我看看。”

陈翔打开首饰盒,他的心慌张了一下,再去看陆叶红的脸色,有那么一些不自然流露在脸上,但他没有多想,他把首饰盒还给陆叶红,想问:“他为什么要送你一枚戒指呢?”但陈翔没有问出口,好不容易今天陆叶红高兴,他怕这句问话会破坏今晚的气氛。

一度,陈翔倒是庆幸自己没有问出那句会破坏气氛的话,因为陆叶红的脸上也一直挂着微微的笑容,她钻进自己的被窝里,仍旧微笑着对陈翔说:“谢谢,我今天很开心。晚安。”说着,陆叶红就关了床头灯,闭上了眼睛。

陈翔却把手伸进陆叶红的被窝,“睡得着吗?”

这话,不用陆叶红猜,她就知道陈翔要做什么,她把陈翔的手推出被窝,推诿地说:“我累了,让我早些休息好吗?”

“可是,你答应我的……”

陆叶红歪了一下头,“我什么也没答应过你。”

“给我一次好吗?”

陈翔简直是在哀求,但陆叶红并不为其所动,她的声音变得冷冰冰的,“我没兴趣。”

"叶红……"陈翔尽量把声音放得温柔,"我觉得你生理上有些不对头,要不我明天带你去趟医院找个大夫看看好吗？真的,我觉得性冷淡是一种病。"

陆叶红突然开了床头灯,瞪着陈翔,"你才有病呢!"

也许是借着酒劲儿,陈翔猛地撕扯起陆叶红的睡衣,陆叶红没有动,就那么愤怒地看着陈翔。

陈翔呜咽了,"叶红,为什么要这样对我？我做错了什么？"

陆叶红从牙缝里蹦出几个字,"你就不该娶我。"说着扒开陈翔的手,乜斜着眼瞧着陈翔,一个字一个字地往外吐,"不过,你可以强暴我!"

陈翔咬着下唇,那里流出了鲜血,他瞪着通红的眼睛,使劲地摇头,"我做不到,我不会强暴你,因为你是我爱的女人!"陈翔痛苦地闭上了眼睛,脸朝着天花板,"告诉我,我该怎么办！我该怎么办啊!"说完,陈翔开始撕扯自己的头发,咬破手指把血抹到下身上。

仿佛陈翔撕扯的不是他自己的头发,而是陆叶红的头发,陆叶红感觉到头皮有阵阵的疼痛,她不知道该如何安慰陈翔才好,其实她也不想去安慰陈翔,她的身心都给了李昱铭,可却又要与陈翔生活在同一屋檐下,她也想逃离这样的生活,可是,"离婚"二字她说不出口。此时,她倒希望这两个字能从陈翔嘴里说出,虽然她觉得自己很自私、很残忍,但这的确是她最真实的想法。

陈翔绝不会说这两个字,因为陆叶红嫁给他时就是这样,现在,虽然她肯搬回大床上来了,但他得给她时间,他得允许她在思想上,抑或是生理上有所转变,能回到大床上来,已经是陆叶红给了陈翔极大的面子,是质的变化。

陈翔仍旧疼陆叶红,爱陆叶红。

陆叶红也继续哼着小调为陈翔做着那难吃的晚饭。

在陆叶红快乐的背后,陈翔隐隐约约有一个不好的感觉,但他又说不出是什么感觉，他无法诠释陆叶红突然而至的快乐，他只是发现了陆叶红身上的一些明显的变化。

首先，是陆叶红的情绪有了极大的变化，似乎是自杀给她带来了对生的渴求，她的笑容多了，她嘴里的歌声多了，她会情不自禁地哼起那些过去被她看不起的肉麻的情歌。或许是因为情绪好，陆叶红的诗歌突然间有了一个突飞猛进的突破，她经常在小书房动情地诵读那些小情小资的诗。

窗外没有星星也没有风
只有远处汽车的咆哮声急驰而过
碾碎了我零乱的梦
又听到窗外布谷鸟的歌声了
你听到了吗
至少在梦里会听到
哦对了，你不做梦的
没有梦的睡眠多单调
少了另一个世界的斑斓
体验不到另一种心境的悸动
不过也好
没有情的叨扰自有一番惬意
睡吧
让我的梦进入你的心里
让你的脊感觉我脸庞的温暖

陈翔常在小书房门口把巴掌声送进屋去，然后不无赞赏地说："嗯，这诗写得好！把一个女人的情和爱统统地表现出来了。"

陆叶红就甜滋滋地笑，然后继续创作她的诗歌。

不管陆叶红的诗歌里写了什么，陈翔都不会多想，令他唯一感觉不对的是陆叶红的短信多了起来。每次陆叶红手机里的那声清脆的短信音一响，她就急急地去看短信，看时，她脸上会情不自禁地露出一种令陈翔嫉妒的笑容。陈翔明白，这笑不是因为他。

或许是她有了新的特别聊得来的诗友？陈翔知道陆叶红有个QQ群，那里都是她的诗友，不过，和她特别聊得来的没几个。大概是他多心了。

陆叶红的表现不能不让陈翔多心起来，因为她开始频频外出，不仅如此，她开始喜欢买服装了，都是些价格不菲的时尚服装。陈翔不是傻瓜，一个普通的约会有必要穿那种露肩膀的吊带装和那种细高跟的皮鞋吗？

"叶红，有约会？"那天傍晚，见陆叶红又精心地打扮好要出门，陈翔小心翼翼地问。

陆叶红瞥了陈翔一眼，反问："不可以吗？"

"出去走走聊聊当然好！"陈翔把目光落在陆叶红的前胸上，因为陆叶红穿了一件低胸小衫，她的乳沟性感地裸露出来。

"那还问什么？"陆叶红有些不耐烦，她回头看了一眼厨房，"你的晚饭我已经做好了，你自己吃吧，我大概会晚些回来。"

"和谁约会去呢？"陈翔假装不经意地问。

"诗友。"

陈翔还是憋不住地问："是男诗友吗？"

"诗友非得是女的吗？"

陈翔哑口无言。

也许是见不得陈翔的窘迫，陆叶红补了一句："有男有女啦。"

陈翔觉得他该放心，但看着时髦的陆叶红扭动着性感的臀部走出家门，而后，她打电话的声音传进屋里。

"我出家门了，就下来！"

陈翔立即跑到窗边，打开窗户，伸出头去看楼下。

一辆越野吉普停在楼下，因为住在十层的缘故，他看不清那辆吉普的牌子和型号，但他觉得这辆车有一点点眼熟，仿佛在哪里见过，他想不起来了。

5

自打认识李昱铭后，陆叶红的生活，尤其是她的情感就像山涧流水，时而叮咚作响，欢快跳跃，风光无限；时而曲折蜿蜒，跌宕起伏，永难安宁。

尽管河流的改道打破了陆叶红以往的宁静，改变了她的生活，但是，她的生命里充满了刻骨铭心的情感体验和心灵感悟！她从心底里感谢生活给了她机会，感谢李昱铭给了她这么多生命体验！

虽然陆叶红和陈翔的关系一直不算好，但却因为认识了李昱铭，她想努力维系好和陈翔的关系，她知道自己对不住陈翔，过去，她一直以为自己是性冷淡，但跟李昱铭在一起后，她才发现根本不是，因为她有那么多的激情需要释放，她有那么多的潜力需要一个她爱的男人来开发。

陆叶红不记得是在哪本书上看过，说人的思想会出错，但是身体不会出错。陆叶红否认了这句话，因为她不爱陈翔，但鉴于她是陈翔明媒正娶的妻子，她应该在肉体上满足陈翔，但是她做不到。而李昱铭，她明明知道自己的爱错位了，她也愿意把自己的一切都给他，没有丝毫保留。

有时，陆叶红会觉得自己真是一个情场上的白痴，她觉得自己活在别人的目光里像极了智商为零的傻瓜，可她依旧昂着头说自己无怨无悔。可是有谁能理解她这般的痴情女子呢？是的，她不管不顾了！

陆叶红下了楼，直接坐进了李昱铭的车里，立即，就被李昱铭抱住了，他的吻印在了陆叶红的脸上、唇上、鼻上、双眸上……

“好啦好啦，快走吧，这里可不是亲热的地方。”陆叶红推开李昱铭，假装嗔怒，看着李昱铭拉手刹、踩油门，但等车开出去，他的右手又来拉过她的左手，在手心里捏着。

没有蜡烛的西餐厅，对陆叶红来说，少了许多的浪漫，但陆叶红心里的浪漫却溢满整个西餐厅。

“来，张开嘴，吃掉这块牛排。”望着李昱铭像个小男孩般地吃着她勺里的食物，陆叶红真的想给李昱铭许多许多的爱抚，把一个女人温暖的怀和心里的情都给他，让他做一个全世界最最幸福的男人。

“你真好，又温柔，又浪漫……”李昱铭抓住陆叶红的手，在唇上贴着。

肌肤与肌肤的相贴，心与心就贯通了几千个来回，陆叶红不舍得拿开自己的手，她眯着眼望着李昱铭，“你怎么这么轻而易举地就把我的魂盗走了呢？”

“不是我盗走了你的魂，而是你把我的心装走了。”

望着李昱铭格外含情脉脉的眼神，陆叶红醉倒在李昱铭的眼神中，那是怎样的一种幸福，她忘不掉，抹不去，它时刻闪现在陆叶红的眼前，让她悸动着李昱铭的情、李昱铭的爱，她把脸贴在李昱铭的手背上，嘴里喃喃着：“本是一个走向死亡的女人，却因为有了你的陪伴，我的心笑出了声，仿佛可以活上千年万年，看到我们的那缕魂魄从坟墓中冒出，变成一双蝴蝶翩翩起舞在人间……”

“吃完饭，我带你去一个地方，将来我们死了，都埋在那里，我相信我们的魂会从那里一起变成一双蝴蝶，像梁山伯与祝英台一样被人们传颂。”

“会有这么一个地方？”陆叶红陶醉了。

“你去了就知道了。”李昱铭送给陆叶红一个肯定的眼神。

饭后，当李昱铭驱车带陆叶红来到郊区的一片湖水前，陆叶红不禁被眼前的景色迷住了。

"哦,这是哪里? 莫不是仙境?"

映入眼帘的是一片粼粼波光,汽车在星光点点中穿行,在湖面的桥上忐忑而过,眺望咫尺的河面,色彩斑斓的夜景灯把湖面映照得如同蓬莱仙境一般,于是,绿树更绿,红瓦更红,整个围绕着湖面的建筑皆因这惹眼的灯光沸腾了。

"快看!"陆叶红微微仰头,立刻被天空中那一弯孤月深深吸引。

清幽幽的夜空中,飘浮着一朵浅浅的淡云,那半弯的月,掩映在云影中,如同一个有着长长卷发的女人披一袭轻柔的肩纱,将清冷的面容时隐时现。

月的不远处,有一颗异常明亮的星星挂在空中,如月亮的守护神,紧紧跟着行走中的月亮。月亮在云层中轻轻地穿行,动得那么自如、坦然、潇洒,而星星伴着月亮,跟得那么深情、无怨、怡然。

月亮骄傲,星星孤傲,就像一对深情的恋人,不求耳鬓厮磨、相偎相依,只求遥相对望、相互为伴,用默默的眼神互诉衷肠……

那一刻,陆叶红的心颤栗了,痴痴地仰望着静谧的夜空,聚焦在那弯月亮和那颗孤星上……

此时,美丽的夜景已不再令陆叶红陶醉,新的牵挂唯有天空中那弯明亮的月和那颗闪闪的星。她默默注视着孤星与孤月,让自己的思绪翱翔,仿佛那首《梁祝》的曲调,成了她凝望夜空的背景音乐,而她,便在这凝望中忘了自己,忘了周围的一切,沉浸在孤星伴月的遐思中……

"太美了!"李昱铭把陆叶红紧紧地拥在怀中,他感动地吻着陆叶红的秀发。

起风了,那风吹动了陆叶红的裙袂。

陆叶红张开两臂,像是要拥抱那弯孤独的月亮,又像是要感受风的抚摸和亲吻。

李昱铭把头架在陆叶红的左肩,问:"爱我吗?"

陆叶红答:"爱!"

李昱铭问:“为什么爱?”

陆叶红转过身来,在黑暗中瞧着李昱铭的眸子,“有一大堆的理由,都让我爱,可仔细想想又没有任何理由,爱需要理由吗?”

“当然,世间没有无缘无故的爱。”

陆叶红点头,“或许是。我等了三十六年才等到这爱。我不知道经过三十几年的磨砺,这爱来得如此强烈,如排山倒海之势,若不是自己有意控制,真的会给人疯的感觉。”

“我喜欢这疯狂的爱。”李昱铭的唇贴在陆叶红的唇上。

陆叶红低沉着嗓音,“每每入睡,是枕着你的名字入眠,每每醒来,第一个想到的便是你。这些年了,不知道牵挂一个人会如此强烈,更不知道,一个男人为何会在自己心里占如此分量,这缘来得虽晚,却来了,也算是一个女人一生中的大幸,爱,不是随随便便就可以生出来的,所以,我不会放弃。”

李昱铭拉着陆叶红来到一棵大银杏树下,抬头向上望去,“就让这棵千年的老银杏树作证,活着,它就是我们爱的象征,死了,我们就共同埋在它的脚下,春天,我们就变成一对蝴蝶,嬉戏在他的身边。”

陆叶红把头埋进了李昱铭的怀里,肯定地说:“我愿意!”

李昱铭拥紧了陆叶红,那话就响起在她的发丝中:“我也愿意!”

当李昱铭把陆叶红送回她家楼下时,陆叶红看了一下手机上的时间,整整半夜零点。陆叶红抬头看到自己家窗户上还亮着的灯光时,她的心里突然间不好受起来。

第九章

1

自从陆毓姗被沈梦阳劝回来后，沈川最近特别殷勤，每天下班早早地去菜市场买菜，然后回家做饭。

今天，他早早地骑车来到菜市场。昨天他信誓旦旦地向陆毓姗保证，今天，他要给她包饺子吃，让她早些回家。

陆毓姗没按时回家，沈川不知道她干什么去了，本来他并没有猜忌什么，可是一个男人打进家里的电话又让他起疑了！

“我找陆毓姗。”

“你谁呀？”

“不在就算了。”

沈川久久才把电话搁下，他脑子里一直在猜测，这个男人是谁？为什么听到他的问话却说算了？沈川越想越起疑，他坐在沙发的扶手上，肚里的气就像癞蛤蟆的肚子，一鼓一鼓地越来越大。

“妈的，什么东西！”

“妈的，不告诉我你是谁？”

“妈的……”

看着早上留在水池里的脏碗，看着床上未叠的被子，看着东一摊报纸西一堆纸袋的家，沈川心里的无名火嗖的一下就冒了出来，他扯着嗓子吼：“这还有个家样吗？”

寂静的家没有丝毫回声。

“什么加班？别以为我不知道，又和哪个男人鬼混去了！”没有了对手，沈川也索然无味，他拿起碗池里的一个脏碟子，使劲地摔在地上，碟子顿时七零八落地散开了，有一块碟片崩在地上，又弹到了沈川的脸上，气得沈川用脚狠狠地在那几块碎碟片上踩了几脚，然后又使劲地踢向一边。

沈川二十岁进橡胶厂，工作了整整二十五个年头才混上一个科级小头头，领导总说他有勇无谋、有力无智，如果他能够多一点智谋，今天当厂长的人就是他了。当然，今天当厂长的不是他，不仅仅如此，连目前的这个科级小头头，也开始不保了。

前些日子，一个消息传入沈川的耳中：橡胶厂因效益不好，要裁员了，最关键的是，要让一些老职工提前“退休”。

至于多大年龄是老，得看领导的意思。

沈川虽然装作心不在焉，但心里一时一刻也没有放松过琢磨。

终于有一天，厂子里召开了全厂大会，竞聘上岗文件出台了，厂党委书记戴着老花镜，传达了厂领导的决定：“为了科学合理地配置人力资源，厂领导决定推行因需设岗、以岗定薪的改革办法实行竞聘上岗。这次实行公开、平等、择优的原则，具体是厂长一票五十分，员工投票占五十分，下岗的员工实行买断工龄给予补偿。”

整个橡胶厂炸开了锅，顿时人心惶惶起来。

沈川更是如坐针毡，他拨拉着手指头算着谁能裁谁不能裁，算来算去，好像该裁的就是他，论年龄，他算是老的，论文凭，他是最低的，论能力，他在领导眼里是不看好的，连妻子陆毓姗都说他是个没有创造力的男人，常常自己的事还得妻子来帮他想点子。论后台，他没有，和大部分工人一样，都是泛泛之辈，一个字“悬”。

竞聘上岗会后，每天中午吃饭的时间，大家都会三个一群，五个一簇，拿着饭盒把勺放在嘴里咕噜着，或是在互相打照面时，将手插在裤袋掩饰自己的忐忑不安。

一时间，厂子里那些年轻有为的小伙子都在不停地向厂长呈递工作方案与策划书，以显示自己的才能。

买断算了。沈川不止一次地这么想过，也曾决定把这个想法告诉陆毓姗，但每每看到陆毓姗牵着女儿果果的手回家时，他就暗自摇头，心里说："我不能下岗，老婆孩子还等我养活呢！再说了，我一个大老爷们儿，若是下岗了，岂不是被老婆笑死！"

沈川对陆毓姗说的那句"他是个没有创造力的男人"实在是不服，他不相信自己真的就是个无能的男人，这次面临着厂子的竞聘上岗，实则是下岗裁人，他一定要在这场浴血奋战中，搏出一个样子来给陆毓姗看看。可是回到家里，他却来气了！

他也知道自己的创造力有多低，可他很欣赏自己的想象力，这不，他极其出色的想象力又开始发挥出潜能了：陆毓姗一定是和报社那个长相特酷的新总编约会去了！听说那个新总编特好色，只要是女人，不管年龄大小，通吃。沈川一直怀疑陆毓姗在外有不端行为，那天他下班早，就守在了陆毓姗的报社门口，结果就发现陆毓姗和一个年龄相当的男人有说有笑地从报社的大楼里走出来，脸上那份愉悦，那份幸福，是和他在一起时所没有的。当时沈川就冲了上去，非让陆毓姗说清那个男人是谁，陆毓姗尴尬地一个劲儿地解释说那是报社的刘总编，因为刘总编的儿子考上了重点高中，他兴奋地逮谁和谁夸耀自己的儿子。

沈川才不相信陆毓姗的话呢，他认为那只是妻子的一种托词，瞧他们俩当时那眉来眼去的样子，打死他都不信。而今天，说不定妻子就是和他约会去了呢！

一种无来由的自卑顿时就袭击了沈川，他觉得一股怒火从脚底迅速升上大脑，总编怎么啦？就算我只是个小科长，可我是你的丈夫！你嫁的人是我！

不管沈川如何发怒，如何安慰自己，他已经感觉到陆毓姗正在和那个刘总编手拉着手走进报社附近的公园里，两人亲昵地坐在长椅上，他们互相凝视，他们互相拥抱，他们甚至接上了吻……

沈川越是这样想，自卑的包袱就越沉重，他再一次感觉到自己被一种从未见过的东西击溃。

“妈的！”沈川凶巴巴地骂了一句，飞起一脚踢翻了餐桌前的一把椅子，然后从橱柜里拿出一瓶尚未开封的五十六度二锅头，打开盖，咕嘟咕嘟就是半瓶进肚。每次沈川心情不愉快时，他都会用酒精来麻醉自己，他不愿意被妻子的事搅得心情不好，他也明白凭自己的脑袋是赢不过妻子的，他只有用酒来征服妻子。

一瓶五百毫升装的二锅头没有任何下酒菜，沈川就那么两口气灌进了肚子里，他咂巴咂巴嘴，一屁股坐在被他踢翻在地的椅子腿上，瞪着两只通红的眼球盯着大门。酒精像一团增加能量的火球在沈川肚子里冲来撞去，欲寻找一个能够释放的通道，可是沈川紧闭的嘴唇，压住了那团火球。

沈川不知道自己坐了多久，终于听到了那熟悉的不重的脚步声，还有一个紧紧跟随的零碎的杂乱无章的脚步声，他知道那是妻子带着十二岁的女儿果果回来了。压在肚里近一个小时的火球终于看到了冲出的希望，顶上了沈川的喉咙。

2

随着门开的声音，沈川就像一座压抑了千年的火山般爆发了，他噌地起身，抄起一把扫帚，打向陆毓姗身上。

“大川子，你……”“混蛋”二字尚未吐出，陆毓姗失手扔下手里的包，防卫地去护自己的头，另一只手去夺沈川手里的扫帚，她知道如果不夺下丈夫手中的扫帚，他会继续打下去的。

果果吓得站在门外不敢进家，而沈川却掰开了陆毓姗的手，抢下了扫帚，继续往陆毓姗的身上一下一下地打去，边打还边骂："是不是和那个刘总编约会去了？是不是被那个臭男人迷住了？"

"沈川……"沈川的扫帚打在陆毓姗的嘴上，有一丝咸滋滋的液体沿着嘴角流出，沈川从来都不允许陆毓姗回嘴的，越回嘴越打。

这种日子陆毓姗已经熬了二十多年了，她只能躲开沈川手里的扫帚，快速地退出家门，跑下楼。

"妈妈，别扔下我——"果果哭着想追下楼，却被沈川拉了回来。

女儿的哭喊声唤醒了沈川，"果果，让她走，没了她咱们一样活！"沈川咬牙切齿。

"可是我要我妈妈！"果果哭得更厉害了。

"果果……"沈川压低着嗓音，"你再哭，可别怪你爸狠心揍你。"

沈川手里的扫帚挥了一下，果真把果果给吓住了，果果瞪着惊恐的眼睛望着沈川。

也许是父亲的天性，沈川扔下了手中的扫帚，用手背擦净女儿脸上的眼泪，拉着战战兢兢的女儿锁上门来到街上，走进家附近的一个小饭馆，点了两个菜。

望着满脸委屈、受到惊吓的女儿，沈川的心软了，他抚摸着女儿的头，轻声地问着："果果，饿了吧？瞧，爸点了你最爱吃的虾仁和木樨肉，多吃点啊。"说着，往果果碗里夹着虾仁和肉片。

也许是看到沈川露出了慈祥的一面，果果的胆子也大起来，她嘴里嚼着虾仁，喃喃地问："爸，你为什么老打我妈？"

沈川苦笑了一下，"果果，是爸爸不好，爸爸脾气不好，爸爸总爱喝酒，喝醉了就控制不了自己，不过你爸真的很爱你妈妈。"

"那爸以后就别再喝酒了，我不想看到你总打我妈。"果果咽下了嘴里的虾仁，补充道，"佳佳的爸爸就不喝酒，佳佳妈妈从来不跑。"

沈川在女儿面前有些汗颜，可又不知如何向女儿解释自己的行为，于是叹气说："果果，别管爸妈的事，你只要好好上学，将来能考上大学，你爸就很幸福了。”

果果点头，往嘴里使劲地扒着米饭。

沈川把吃剩下的饭打了个包拿回家，就搁在餐桌上，他想一会儿陆毓姗就会回来，她饿了准会吃，因为她也喜欢吃清炒虾仁。

已经二十一点了，陆毓姗还未回来，沈川先打发果果上床睡觉，然后自己在厅里把电视机开到最小的音量，边看边等陆毓姗。

电视里在播放着一个冗长的言情连续剧，那是陆毓姗爱看的，虽然沈川没有一点耐性能够看下去，但他还是想着陆毓姗回来时能够看到她喜欢的电视剧。拖沓的剧情终于像催眠曲一样使沈川打起了呼噜，就当沈川睡得正香时，却突然被什么声音给惊醒了。“姗姗，等着，我就来开门。”沈川忙起身去开门，却发现门外空空的。

已经二十二点了，沈川不知道陆毓姗会去哪里，他先是往陆子义家打了个电话，陆子义说没去。沈川又拨了陆毓姗的手机，关机。沈川不死心，他又拨了陆叶红的手机，陆叶红回答她在外面和朋友一起吃饭呢。沈川想了想，抱着希望地拨通了陆婧婷家的电话，没人接听，他想，陆毓姗会不会和陆婧婷在一起呢？于是便拨了陆婧婷的手机。

“是翼飞吗？你为什么还不回来？我怕呀！”陆婧婷的话音带着恐惧的哭腔。

“喂，婧婷，我不是翼飞，我是大川子。”

“对不起，大川子，我以为你是翼飞呢。”

“翼飞还没有回家吗？”沈川有些羡慕地说，“他是个领导啊，他的事情多，所以应酬也多，不像我，天天连顿饭都没人请，连姗姗都看不起我呢。”

“怎会！”陆婧婷吐气的声音，然后劝导地说，“姗姗不会是这样的，她的工作忙，你要尽量支持她才好。”

“是啊是啊……”沈川知道陆毓姗不和陆婧婷在一起，于是转了个话题，“不要着急，婧婷，翼飞一会儿就回来了，说不定他已经在回家的路上了呢。”说完，他挂了电话，继续琢磨陆毓姗此时会在哪里。

这么晚了，她能去哪里？不会是趁机和哪个男人约会去了吧？沈川心里那根嫉妒的神经又开始发挥作用了。

所以她不开手机，她不接电话！沈川的心里就像打翻了五味瓶，酸甜苦辣一下全涌上了心头，他把电视一关，就冲下了楼。

3

二十二点后的舞厅刚进入高潮，迪斯科的咚咚声和嚓嚓声刺激了每一个来这里的年轻人，他们像吃了摇头丸似的闭目摇头乱跳，周潇阳和沈梦阳面对面，大汗淋漓地在扭着，两人开心地大声说着什么，可是因为听不见，两人每当说完一句话就会假装明白似的会意一笑。

终于一曲终了，周潇阳和沈梦阳手拉着手走回桌边，周潇阳把嘴贴近沈梦阳的耳边说：“梦阳，我想告诉你一句话。”

“什么话？”沈梦阳眼里闪过一道彩虹，把耳朵贴近周潇阳的嘴边。

“我爱你，爱死了你！”周潇阳的目光游弋在沈梦阳身上，今天的沈梦阳穿了一条紧身的仔裤，镂空的长衫露出了俏皮的肚脐。

“可我没见你死啊？”沈梦阳俏皮地咯咯笑着，那笑声绚烂了周潇阳的心。

“怎么？你盼着我死？”周潇阳假装拉下脸。

“我为什么要盼你死？我是不相信你的爱。”沈梦阳也假装拉下脸，一个字一个字地从嘴里说。

“为什么不相信呢？知道吗，我们的名字里都有一个阳字，你叫沈梦阳，就是盼望着生命里有一个叫阳的男人来爱你的。”周潇阳脸上显出了郑重其事的神色。

沈梦阳撇撇嘴，“我也告诉你，你那个潇字可是要让我经风雨的，我们的日子不会特踏实哟。”

“怎会不踏实？我就是要给你一份安定的生活，我就是要让你做我一颗踏实的种子，让我在你温暖的怀抱里直到老死。”周潇阳趁机吻了沈梦阳脸一下。

沈梦阳淘气地用手擦着，很不屑地说：“没门，别想着死在我前面，把我孤独地扔下。我要好好地待你，让你活个一百多岁，看着我死在你的怀里。”

周潇阳突然哈哈大笑，仔细地盯着沈梦阳的眼，像要读出她的细小心思，“哈哈，有你这么疼我，我肯定能活一百多岁！”说着捧过沈梦阳的手，宝贝似的贴到自己脸上，“我们明天就去领结婚证，后天你就嫁给我好吗？”

沈梦阳的睫毛忽闪了一下，微红了脸，“没这么快吧？总得有个恋爱的时间让我好好享受一下吧。可别恋爱还没享受，就进入婚姻，等我们打成一团时，你才觉得我是个恶人，我才不做这样的恶人呢！”

“怎么是恶人呢？你知不知道你在拯救一个掉入深渊的人啊，你就是那个掉入深渊的人的救星。”周潇阳放开沈梦阳的手，却抓住了沈梦阳的双肩。

“谁是你的……”沈梦阳的话尚未出口，包里的手机就响了起来。她拿出手机看了一眼，眉头立刻皱了起来，她起身走出迪厅，“喂，哥，你又犯老毛病了？”

周潇阳也跟出迪厅，悄悄地用手环住了沈梦阳的腰。

“什么？嫂子又躲出去了？”沈梦阳的另一只手一把抓住周潇阳的胳膊，“她走了多长时间？”

“你呀哥，准是喝醉了酒又打我嫂子来着！”沈梦阳气得眉毛挑得高高的，脸色通红，“跟你说了多少次你就是不改，你活该！我再也不管你的事了，你就打吧，最好我嫂子和你离婚你再去找后悔药！”说着猛地挂断手机。

手机铃声再次响起，沈梦阳拒绝接听，她把手机往包里一塞，拉起周潇阳的手，“走吧，跟我一起去找找我嫂子吧。”

“你不是不管吗？”周潇阳见沈梦阳的脸又要拉下来，立刻换成一副笑脸，“Yes madam，你就是女皇，我就是您的仆人，仆人随时听候女皇陛下的吩咐。”周潇阳把右手放在脸前，左手背到身后，做出一副谦恭的样子，在沈梦阳的面前低下了头，可脸上掩饰不住滑稽的表情。

沈梦阳假装生气地打了周潇阳头一下，“别耍贫嘴了，我哥打过了所有他认识的人的电话，都没找见，他说我嫂子失踪了，他都要急死了，你还有心开玩笑。”

“哦？你哥的女皇丢了，咱们当然得帮着去找，别等她跳河了，可就来不及了。”周潇阳立刻做出一副慌张的样子拉起沈梦阳来到了大街上。

4

等两人一起来到大街上，周潇阳才冲沈梦阳大摇脑袋，“梦阳，这么大的城市，我们到哪里去找你嫂子？就算有点踪迹，也被这雨水冲刷掉了。”

“废话，我要知道我嫂子在什么地方还要你跟我一起找啊？我直接把她带回到我哥面前就行了。”沈梦阳没好气地顶了周潇阳一句。

周潇阳无奈地晃晃头，“好了，豁出去今晚不睡也要跑遍整座城市把你嫂子找出来，否则你还不把我吃了。”见沈梦阳的脸色有些阴转晴，又开口骂起来，“你这个哥也真欠你嫂子和他离上几次婚，这种爱打老婆的男人就该自己过一辈子……”

沈梦阳三天两头地被沈川折腾，她也总想找个机会好好地骂骂他，于是她解气地望着周潇阳猛地点头，“我觉得也是，就让他自己一个人过日子，看他打谁去。”不过说完又觉得欠公平，于是摇摇头道，“你知道什么呀，其实我哥爱死我嫂子了，否则他才不会一天到晚跟侦探似的盯着她，虽然过分了些，但这种爱不是每个男人都有的。如果我能遇上这种男人，我会幸福死呢。”

“梦阳……”周潇阳紧紧抱住了沈梦阳，在她耳边喃喃地说：“只要你嫁给我，我也会这么爱死你，我会把你像宝贝似的含在嘴里捧在手里。”

沈梦阳斜过眼，“这话你跟几个女人说过？”

“就跟你一个人说过！”周潇阳在沈梦阳腮上使劲地亲了一口，“因为你就是我梦里的太阳，你的光和热永远照耀着我。”

沈梦阳从鼻腔里重重地哼了一声，撇着嘴，“别以为我会信你这张三寸不烂之舌，我……”话尚未说完，包里的手机又响起来。

沈梦阳接通电话，话音一下子挑高了，“哥，我上次就告诉过你，那是最后一次！”

沈梦阳不耐烦地把手机贴在耳朵上，像只不讲理的小母老虎，“你有本事你就打啊！说不帮你找就不帮你找！”

“你怎么会有错？你是全世界最爱老婆最疼老婆的男人，越打越亲越打越爱，你就把嫂子照死里打吧，反正打跑了一个嫂子你不是还可以再娶一个吗？”沈梦阳连讽刺带挖苦，话像连珠炮似的往外蹦，刚才在周潇阳面前的夸言早就不知飞到哪儿去了。

“你后悔？你永远后悔！永远不改！”

“你这次是真心改悔？谁信呐！”

这次沈梦阳是真的逮着了机会，不管不顾地训斥起沈川来了，一直等她骂够了，这才嚷了一句，“告诉你，哥，要不是看在那份生日礼物上，我才不会再帮你这一次，不过我也断然地告诉你，绝不会再有下次了，绝不！！！”说着猛地挂断了手机，一副气咻咻的样子。

周潇阳佩服地点着头，“瞧我的小梦阳，简直就是一只母老虎啊，把她哥训得跟三孙子似的。”说着截了一辆出租车，等两人坐上去后这才问：“我们往哪里去找？”

沈梦阳看着窗外沉思了一下,指着东边说:“去城东最高的那个天桥吧。”

司机一打轮,车往东去。

周潇阳却瞪着莫名其妙的眼珠问沈梦阳:“你嫂子在那里?”

“不知道,我只是猜想。”沈梦阳不自信地眨着长长的睫毛,“有一天加班很晚回家,我在那里碰见过她,问她做什么,她说和哥闹不愉快在那里散散心。她当时对我说,只有站在那个高高的天桥上面,才能找到被风吹的感觉,只要有风吹,她才会把心里的痛苦让风带走。”

“你这个嫂子还挺浪漫的呐!”周潇阳感叹。

“她就要是报社的副总编啦! 她都出了好几本书了,语言当然带着美感啦!”沈梦阳有些自豪地抬了抬下巴。

“这种喜欢浪漫的人就喜欢做浪漫的事,你嫂子说不定还真的又去那里吹风了呢。”周潇阳说着立刻用手指捅了捅出租司机,“师傅,快点,绕近道走。”

5

出租车尚未到达天桥底下,眼尖的沈梦阳就看到天桥下围了一圈人,因为是晚上,又刚下过雨的缘故,围观的人还不算多,但因为距离远,并不能看清围观的是什么,“潇……潇阳,快看,出……出事了!”沈梦阳的脑子有一种不祥的预感,她紧张地抓住周潇阳的手,语气结巴起来。

“别紧张梦阳!”周潇阳说这话时也有些结巴,不过男人的镇定在这时就明显地表露出来,他安慰地搂过沈梦阳,对司机说:“师傅,就在这里停吧。”

付了钱,周潇阳搂着沈梦阳下车,立刻朝围观的人群跑过去。

近点了,沈梦阳看到,一双黑色的皮鞋孤零零地躺在地上,稍远一点，还有一个橘红色的包，和自己身上的那个一模一样。沈梦阳惊恐了，泪水立刻就掉了下来，“潇阳，潇阳……”沈梦阳有些泣不成声，她推开一个围观的男人往里挤去，她看到一个左脸部紧贴地面的女人，散乱的头发盖住了她的右脸，她胸部以上的位置，都浸泡在血泊之中，女人身上的衣服已经被血染成了红色。

沈梦阳傻了，一屁股坐在地上，颤抖着拿出手机，递给周潇阳，“快，快给我哥打电话！”

周潇阳蹲下，让沈梦阳的上身靠在自己身上，然后给沈川拨去了电话，电话一通，他立刻把电话放到沈梦阳手中。

“哥，你快……快点来，嫂子出事了！”说着就开始哽咽起来，“我在……”沈梦阳说了自己所在的方位，然后又扭身去看陆毓姗。

“世界上有一种鸟没有脚……”陆毓姗曾对沈梦阳讲过鸟的故事，“它只能够一直地飞呀飞呀，飞累了就在风里面睡觉，在雨里面打盹，这种鸟一辈子只能下地一次，那一次就是它死亡的时候。”陆毓姗总说她自己就像那种没有脚的鸟，工作和生活的累让她永远也停不下来，当她停下来的时候就是她离开这个世界的时候。

想起了陆毓姗的话，沈梦阳似乎看到了她那颗被沈川折磨得快要疯掉的心，她飞累了，她想歇了，可是她才四十八岁啊！她不知道她的死会让果果失去母爱，让哥失去爱妻，让喜欢她爱着她关心着她的人伤心吗？这一切的罪魁祸首就是哥，难道非要用暴力才能表现他对嫂子的爱吗？这是怎样的一种爱，一种被扭曲的畸形的爱！此时此刻，沈梦阳恨死了哥，一会儿见到他，她不仅要狠狠地骂他一顿，她还要狠狠地扇他两个耳光。

想着，沈梦阳站起身，走到陆毓姗跟前，解下头上的白纱巾，轻轻地盖在陆毓姗头上，她不想让陆毓姗披头散发的脸被外人看见。

周潇阳忙去拉沈梦阳的胳膊，这时，传来了警车呼啸的声音，又看到人群自动闪开一条道，警察法医直奔圈中心冲进来。

沈梦阳刚闪开，就突然听到沈川的声音惨叽叽地从圈外传进来，“梦阳，梦阳……”

周潇阳连忙拉着沈梦阳向圈外挤出去。

沈梦阳看到了沈川，沈川的脸有些吓傻的样子，沈梦阳的心跟着酸起来，“哥，你别太伤心了，是我不好，我来晚了，没有阻止嫂子的……”

沈梦阳的话尚未说完，沈川就突然放大嗓门哭了起来，嘴里喊着“姗姗……”不顾一切地往圈里冲去。

众人给沈川让开一条路，却被警察拦住了，“你是死者什么人？”

“她是我老婆啊！”说着沈川挣脱开警察的阻拦，扑向陆毓姗的尸体。

“姗姗，都是我不好，我不该怀疑你，我不该打你，我不该……”沈川已经哭得昏天黑地，众目睽睽之下，抱住了陆毓姗的尸体。

警察和法医都去拉沈川，“不要破坏现场，不要破坏现场……”

就在这一拉一扯中，沈梦阳盖在陆毓姗脸上的那块纱巾被扯飞了，沈川看到了陆毓姗的脸，他突然一把放下尸体，停住了哭声，却把目光定在沈梦阳脸上，满面愤怒至极地骂道：“沈——梦——阳！你这个坏东西，你拿我耍着玩呢？”不等沈梦阳弄清沈川为何骂她，便见沈川猛地站起身，伸过手就去抓沈梦阳，边抓还边骂，“你不想找你嫂子就直说，找个自杀的女人来充你嫂子，你这是在咒你嫂子呐！”

什么，不是嫂子？沈梦阳的心一块大石头落地，落地的同时迅速躲开沈川抓过来的手，然后拽起周潇阳就朝一辆出租车奔去，“师傅，快开，千万别让那个男人追上！”沈梦阳催着出租司机。

出租司机机灵，见沈梦阳和周潇阳上了车，猛地一踩油门，车就蹿了出去。

沈川只来得及摸一下车屁股，他跟在出租后面猛追，一边追还一边骂……

第十章

1

陆毓姗接到沈川的电话时，正为父亲陆子义生气，当听到沈川的那句“姗姗我错了”时，气更是不打一处来：“混蛋！你还打来电话做什么？”

“姗姗，你听我说，姗姗……”

沈川的话语极尽柔和，但陆毓姗的话还是像连珠炮似的打断了他，陆毓姗的话有些咬牙切齿，“我什么也不听，离婚协议上签字了吗？”陆毓姗冰冷的声音里透着烦躁。

沈川的口气就像一条京巴似的温顺，“姗姗，别这样，我错了还不行吗？”

“你何错之有？”一想到这些年来挨过的打，陆毓姗的心就疼得钻心，她平静了一下情绪，尽量不使自己显得像个泼妇，“告诉你沈川，我已经不止一次地向你解释过我的工作了，我们每个人都有我们自己的事业，只是为了更好地生存，我必须面对我工作的性质，我不能像其他女人那样天天回家来为你做三餐饭，像个鼻涕虫似的天天守在你身边，我……”陆毓姗的眼泪流了下来。

趁着陆毓姗擤鼻涕的工夫，沈川连忙插话，“姗姗，你说得一点没错！就是因为你的工作性质，我才包揽了那么多的家务，我不怕做饭，不怕接孩子，不怕为你做这做那，因为我爱你。”

陆毓姗使劲地吸溜了一下鼻子，“我感激你为我所做的一切，可是，你不觉得你的爱来得太可怕了吗？人生真的是不能往回想，一想就流泪。”

“姗姗，原谅我！人都说爱是自私的，我是个凡人，我不愿意我的爱与别的男人共享。”

“可是爱也是高尚的，爱的最高境界不是占有，是尽一切可能让对方感觉到幸福。”

“唉，姗姗，我错了！我知道男人女人，再好吃的鱼肉，吃多了也还是想尝尝大白菜的味道；再好的老公处久了，也还是想知道别的男人的滋味，我不怪你，你也是个凡人，你也经不起诱惑，尤其是比我好的男人的诱惑。”

“什么乱七八糟的！”陆毓姗的语气提高了几个分贝，语气仍旧冷冰冰的，“你有什么错？是我错了，我这辈子就不该找你这样的男人！”

“姗姗，咱不说这种气话好吗？回家来，我好好侍候你。”此时的沈川像一条抽了脊骨的京巴。

“不回去！”陆毓姗毫不松口。

沈川仍旧没有一点气恼，“老婆，我的宝贝老婆，没有你的日子我过不下去啊，再说，没有你的日子果果也过得不好啊。”

“过得不好也是你的女儿，别理我！”

陆毓姗打算挂了电话，却还是被沈川的一句话挤了进来：“明天我带果果去接你啊。”沈川霸道地先挂断了电话。

“混蛋！”陆毓姗气呼呼地骂了句就把电话一扔，一屁股坐在床上生闷气。

“姗姗，你最近的火气怎么这么大呢？”陆子义敲了一下门把头伸进了屋里，“是不是更年期啊？你妈就是不到五十岁时更年期的，当时把我折腾得够呛。”

陆毓姗瞪了陆子义一眼，“别咒我，我正在竞聘报社的副总编，要是让人知道了我更年期,谁还敢投我的票啊!"

"好好,我不咒你,可你的脾气也要改改,动辄就和大川子闹啊吵的,要不就离婚啊什么的,让孩子怎么过?"

"爸,我和大川子的事你别管。"陆毓姗没好气地顶了父亲一句。

陆子义苦笑了一声,"可你怎么却偏要来管我的事?"

不等陆毓姗开口,就听见门外几个老头老太太在招呼陆子义。

"老陆,快来看看老刘给你找的这个老太太,准保你喜欢。"

陆子义飞快地带上门,嘘了一声,悄声地说:"没瞧见我家大丫头回来了吗?瞎嚷嚷什么呢!走走,到我那屋说去。"

几个老头老太太叽叽喳喳地去了陆子义的屋,而陆毓姗就更加生气了,她有些不管不顾地跟着来到父亲的屋门口,刚要推门,就听到刘大爷的话从门里传出来。

"你这个大丫头也忒不懂事了,她日子过得行五行六的,怎么就想不到自己老父亲的孤寂呢?我去找她谈谈。"

"算了吧老刘!"陆子义的话带着苦涩,"她也有难处。"

"不管她有什么难处也不该阻止你找老伴啊!不行,我非得和你这个大丫头好好聊聊不可……"

听到这儿,陆毓姗猛地推开了门,把目光定在刘大爷脸上,"刘大爷,我来了,有什么话你就直接对我说。"

刘大爷和几个老头老太太没料到陆毓姗能直接闯进来,一时间气氛显得有些紧张,而刘大爷,此时倒缄默了,不知道话该从哪里说起。

陆毓姗先是冲刘大爷笑笑,然后走到父亲身边,显得异常温柔地说:"爸,不是不让你找老伴,是老年人再婚失败率非常高,我们报纸上就有一组数字,十个再婚的老人中就有六个以上离婚的,还有四个处在一种互相都不幸福的感觉中,再婚婚变的概率太大了,与其再受一次伤害,不如自己过得舒服。"

"可是……"一个老太太接过陆毓姗的话,"可是你知道你父亲的孤独吗？每每我们晚上在一起聊天时，他都不愿意让我们走，因为我们一走，他只能一个人在家转磨了。"

陆子义感激地瞟了那个老太太一眼。

陆毓姗笑笑，下了一个决心，把眼神移到陆子义脸上，"那好，我带着果果回来住，既可以解决你的孤独问题，也可以好好地照顾你。"

"哦，你饶了我吧！"一听说陆毓姗要回来住，竟吓得陆子义脸都变了色，"你一回来大川子也得跟你回来，我清净惯了，我不要天天心惊肉跳地听你和大川子打架，我不要你们再把这个清静的四合院闹得鸡飞狗跳，我……"

陆毓姗瞟了陆子义一眼反问道："你以为你找个老伴就能安静地过日子了吗？你想想，如果你也找了一个和大川子一样的老伴，那么你的日子会比我轻松吗？"

陆子义垂下头，脸拉得老长，一口不顺畅的气从他的嘴里长长地吐出。

2

沈川如同陆毓姗所说，他不是个能让人过安静日子的男人，他说到做到，第二天清晨天一亮，他就叫起果果，到街上吃了早点，然后买了一塑料袋水果，急匆匆地赶到陆子义家。

沈川和果果刚走进四合院，就听到陆毓姗恼怒的大嗓门。

"爸，你都七十多了，你不觉得你是在给自己找累受吗？"

"毓姗，我知道你和你妹妹她们都对我挺孝顺的，可是你们都忙，每周来那么一两趟，待个两三小时，一走还是我老头子孤独在家，我连饭都不想做。"陆子义回答。

陆毓姗的嗓门里更是透着不满，"那是你不让我们跟你住，也不愿意来和我们一起住，那次翼飞把车都开来了，你硬是把他赶走了。你说你想清闲,我们就让你清闲,你说你……”

“我理解你们的心意,可我知道你们都忙,把我接到婧婷家,她和翼飞哪里有时间来陪我?”陆子义的声音里透着无奈。

“大川子有时间啊,他正发愁没人可以孝敬呢。”陆毓姗飞快地插了一句。

“对,大川子是有时间,可你们俩动不动就吵得天翻地覆,动不动就打得稀里哗啦,我老了,胆子小,经不住这种事啊!”不知不觉中,陆子义的嗓音大了起来,“再说,我身上的毛病多,我不愿意招你们烦,我还是自己住着畅快,想写几个字就写,想做点什么就做点什么。”说着看看墙上那些写着书法字的报纸。

陆毓姗的嗓门降了一层火下来,“爸,不是我和婧婷她们对你刻薄,我们都希望你能有个好的晚年,可是你有没有想到,你把一个老太太娶回家,会有怎样的后果吗?经济问题,生活习惯问题,再说了,就算你们俩感情不错,可你们毕竟都是七十来岁的老人了,身体状况一天不如一天,我们要照顾的不仅是你一个老人。如果老太太的子女来看她,你夹在中间不觉得别扭吗?这明明是你的家,可那时的你却像个局外人,你瞧前院的赵大爷,他都后悔死了……”

说起前院的赵大爷,沈川再清楚不过,赵大爷的第二个老伴就是他张罗帮着介绍的。赵大爷六十多岁了,老伴因病在他前头去世了,赵大爷悲伤孤独,几次来和陆子义说不想活了,沈川看他可怜,便把自己单位退休的五十多岁的老袁介绍给了他。赵大爷看老袁身体健康,性格开朗,当即就敲定了婚事。不出一月,赵大爷就和老袁结了婚。婚后的头一个月里,感情还不错,老袁对赵大爷的起居也照顾得很好,老袁的儿子要结婚,老袁问赵大爷能不能支援点儿,赵大爷慷慨解囊,一下子就掏了三万元,算是一份结婚礼物。老袁的儿子刚结完婚,老袁的女儿又要买房,老袁又向赵大爷要求经济援助,赵大爷不情愿地又掏了三万元。后来,赵大爷发现,老袁已经开始隔三差五地以各种名义要起钱来，而对他的起居照顾，也完全由他给的钱数多少决定了。赵大爷再也不愿意把自己那攒了一生的辛苦钱用来填补这个无底洞了，便提出离婚，可老袁打死都不同意，两人就那么僵持着。

为这，陆毓姗没少责怪沈川，可沈川怎么知道老袁是这种女人，要是早知道的话，他才不会去干这种缺德的事呢。

沈川还在后悔时，却听到陆子义说："别说了，毓姗！"说完这句，陆子义再不作声。

沈川走到门口，看到陆子义垂头丧气地坐在床边，陆毓姗满脸无奈地站在陆子义面前，看那模样那神色就像在训斥一个小孩子。他趁机拉着果果进了屋，冷不防从陆毓姗身后抱住她，就像看到了一件失而复得的宝贝，"姗姗，看到你我太高兴了！"

陆毓姗吓了一跳，一扭头，见是沈川，气得一把推开他，刚有些晴的脸又拉了下来，"你来做什么？"

"妈！"果果跑上前一把抱住陆毓姗。

陆毓姗搂着女儿，在她的脸上亲了亲，脸上呈现出慈祥的母爱。

沈川就在陆毓姗亲女儿的工夫，嗵的一声跪在陆毓姗面前，并拉住她的手，"对不起，姗姗！"陆毓姗忙抽手，但没有抽出来，沈川抓得很紧。

"放开我！"陆毓姗往后退了退，仍旧在抽自己的手。

"姗姗，对不起，真的对不起！你骂我吧，打我吧，我再也不这样了，我会好好爱你，好好和你过日子，我……"

每天生活在这样的婚姻里，毫无尊严，毫无价值，陆毓姗的心里很痛苦，每天睁开眼的瞬间都会有一种心悸的感觉，她咬着牙，冷冷地将字一个一个地从牙缝中迸出："沈川，我们离婚吧，这种日子我过够了。"

"姗姗，我爱你，我爱你呀！"沈川站起身抱住了陆毓姗。

"这就是你的爱对吗？"陆毓姗伸出两只胳臂，上面被扫帚打出的一条条的印痕已由红变成了浅浅的紫，望着两条伤痕累累的胳臂，郁积了一晚上的委屈又决堤了，陆毓姗眼眶里的泪水正顺着眼角一滴一滴地滚落下来，是伤心，是绝望，是对丈夫沈川的恨。

“原谅我，是我喝多了酒失去了自我，我知道你恨我，再给我一次机会吧。”沈川的眼睛里有一种无助的色彩，很暗淡，但却很明显，“我给你和爸买了早点，快吃吧，我和果果已经吃过了。”

不等陆毓姗回答，陆子义突然从床边站起来，一步冲到沈川面前。

陆子义用手推搡着沈川，“谁要吃你买的早点？你出去出去，跑到这里来撒什么野？告诉你，我坚决支持毓姗和你离婚，像你这种喜欢打女人的男人，就该没老婆。”那股气势汹汹的劲儿，完全没了刚才被女儿训斥时的模样，他眼里闪着愤怒的光，开始帮着陆毓姗数落起沈川来，似乎要把从陆毓姗那里受来的怨气全部回敬到沈川身上，“像我女儿这么好的女人哪里找去！偏你不珍惜，常常不是打就是骂，就凭她一个报社的领导，什么样的好男人找不到，偏瞎了眼找你这么一个窝里横的臭男人……”

陆子义的话骂得沈川鼻子不是鼻子眼不是眼的，尤其是那句“凭她一个报社的领导，什么样的好男人找不到”的话，更是沈川心里最忌讳的，要不是因为陆毓姗是报社副刊部的主任，有那么多的男人围着她，沈川怎会因为妒火而一次次地打她呢！可此时，因为骂他的人是陆毓姗的父亲陆子义，而他正在向陆毓姗求情，所以他用上牙使劲地咬着下唇，斜眼白了陆子义一眼，然后想着怎样让陆毓姗熄火，怎样让陆毓姗回心转意。

就在沈川左右为难时，突然门外传来了叫门声：“嫂子，在家吧，我来啦！”

话音未落，就见沈梦阳拉着周潇阳风风火火地挤进了屋。

“叔叔好！”沈梦阳把一个口袋塞进陆子义手中，“叔叔，路上给您买了一些点心，您慢慢吃。”说完又像个孩子似的一把抓住陆毓姗的手，也不管陆毓姗想不想听，就快人快语地把前天晚上发生的事情添油加醋地叙述起来，尤其是讲到沈川抱着那个自杀的女人忏悔，感动了在场观看的路人时，沈梦阳居然还掉下了几滴眼泪。

就是沈梦阳的这几滴眼泪，一下子就化解了陆毓姗对沈川的恨意，她嗔怪地瞥了沈川一眼，嘴里轻轻地哼了一声，"我才不信呢！"

沈梦阳赶紧接话，"嫂子，这种事是能装出来的吗！"说着偷偷地给沈川使了个眼色，然后斜仰着脸看沈川，"哥，告诉你，如果你再敢打嫂子一次，我坚决支持嫂子和你离婚。"

沈川会意地走上前，不顾众人的眼光，一把抱住陆毓姗的头，"再也不会打你了，我会好好疼你的。"

沈川打妻子的时候够狠，抓起什么用什么，可他忏悔赎罪的时候又是那么真诚，真诚得令陆毓姗不忍心再拒他于千里之外，只好假装恼怒地说："你再打我，我一定要和你离婚。今天罚你给大家做午饭和晚饭，今天我们要好好地陪一下爸爸。"

"是啦老婆！我现在就买菜去。"说着就拉着果果走了。

沈梦阳却高兴地拉起周潇阳的手跳起来，"潇阳，我们今天一天都有地方蹭饭啦。"

热闹的午饭和晚饭，尤其是午饭时间，陆子义不停地给果果夹菜，沈川又不停地给陆毓姗夹菜，看得沈梦阳一个劲地嚷着要周潇阳给她夹菜。

晚饭时间，大家终于从中午热闹的场面中走出来，大家吃着饺子，沈川挨着陆毓姗，殷勤地为她倒醋拿蒜，陆毓姗也心安理得地接受。

"嫂子……"沈梦阳坐在陆毓姗的另一边，她用肩膀轻轻顶了陆毓姗一下，有些不好意思地说："潇阳让我嫁给他，到时我想让你和哥来做我们的伴郎和伴娘。"

"啊，你要结婚啦？这可是件大好事！"沈川高兴地拿起酒杯，"来，我敬你们小两口一杯。"说着咕咚一口把酒喝了下去。

周潇阳和沈梦阳也跟着把酒杯里的酒喝干。

陆毓姗却回绝了沈梦阳和周潇阳,“让我和大川子当伴娘伴郎?这可不行,现在的伴娘伴郎都是年轻人,哪有我们这么老的。不过到时可一定要好好地把你打扮得漂漂亮亮,要让你成为全世界最幸福的新娘。”

沈梦阳幸福地笑歪在周潇阳的怀里。

午饭后,陆毓姗和沈川骑着自行车带着果果,周潇阳和沈梦阳打出租一起离开了陆子义的小四合院。

3

“我们去小妹家看看吧!早晨打她电话时,看她情绪好像不高。”路上,陆毓姗提议。

“没问题,走勒!”许是陆毓姗又饶过他一次,沈川高兴得一应百应。

到了陆叶红家门口,陆毓姗的手尚未敲到门上,就听到了屋里传出的吵架声。

陆叶红说:“你把菜里放那么多的油做什么?只有那些农村里出来的人才会大鱼大肉大油地吃,我要吃的是那种淡淡的炒菜,不是你这种民工菜。”

陈翔说:“我不是一直这吗炒菜的吗?你不是一直也吃得很好吗?没事了就要挑剔挑剔,我怎么总是令你不满意呢?”

陆叶红:“咱们俩根本就不在一个档次上,你怎么会令我满意?我爸我妈当初怎么就会放过那么多优秀的男人,偏偏让我嫁给你,一个把自己等同于民工的男人!”

陈翔:“叶红,不要不满足,你嫁给我,我让你受过苦吗?你不想上班,我就让你在家歇着,你不喜欢下厨房,我就亲自做给你吃,你不想……"

陆叶红打断了陈翔的话，"我要的不是你这种男人做丈夫！没有一点男子汉的气势，除了进厨房，你还会做什么？"

陈翔的嗓音有些高起来，"可是一个家不就是由柴米油盐组合起来的吗？你不喜欢下厨房，我再大男子汉一些，那我们吃什么？"

不等陆叶红回答，陆毓姗就把巴掌使劲地拍在了门上。

屋里的争吵声戛然而止，门被陈翔打开了，陆毓姗看到陈翔的脸色很不好，再看陆叶红，她静静地坐在沙发一边拉着脸，似乎有满肚子的委屈。

陆毓姗走到陆叶红身边坐下，捅了她一把，故意地问："怎么了怎么了？这又是为什么？"

陆叶红的眼一瞥，眼泪突然吧嗒吧嗒地就掉下来，"天天和他生不够的气。"

"小姨你别哭，小姨夫不是坏人。"果果跑过去，用小手擦去陆叶红脸上的泪珠。

陆毓姗却笑起来，揽过果果，瞪了陆叶红一眼，"哪有两口子不生气的，舌头还有被牙齿咬到的时候呢！算了算了，互相谦让一点就过去了。"

在陆毓姗面前，陈翔就不显得那么不要面子了，他深深地叹着气，望着陆毓姗，无奈地摇头，"其实天天为这点子琐事吵来吵去真的很没意思，不是嫌菜淡了就是嫌菜咸了，有时我也想一走了之，给叶红一个空间，让她感受一下这个社会，让她知道什么是家。"

陆叶红从鼻腔里轻轻地哼了一声，"真想离开这个家。"

陆毓姗摇头，"你别以为爸会欢迎你回家去。"

果果插了一句，"姥爷不愿意让我们回去陪他住。"

陆叶红有些豁出去的感觉，"我就不能住宾馆啦？"

沈川接过陆叶红的话说："宾馆很贵呢，这季节，最低的价也要几百元，你自己孤独地住在那里，没有人说话，吃不到自己喜欢的饭菜，哪有自己家实惠和温暖！”

陆毓姗不失时机地跟了一句，“就是啊，像点样的宾馆都得上千元呢！这上千元的钱，买什么不好啊，扔到宾馆里，太不划算了，这是咱们老百姓住的吗？”

“是啊是啊！”沈川的话跟得恰如其分，“就算陈翔能够挣些钱，也还是回到家来两个人的小日子好！有什么可吵的，感情上的事没有根本上的过不下去，互相谦让一些就好啦。”说着坐到陆毓姗身边望着陆叶红说，“你瞧我们两口子，虽然也常吵架，但你姐就不往心里去，两口子又没有什么大原则的问题，生生气嘛，一会儿就过去了。”

陆毓姗瞪了沈川一眼，又去看陆叶红，见陆叶红垂着头不说话，笑着拉过陈翔的手塞进陆叶红的手心里，“好了，叶红，两个人在一起时多担待对方，人家陈翔疼你疼得像个什么似的，含在嘴里怕化了，捧在手里怕摔着，不管他哪里做得不好，就为他对你那片心，也得原谅他对吧？”陆毓姗说着又给陈翔使了个眼色。

陈翔是个明白人，他连忙拉起陆叶红的手，语气极尽温柔，“好啦好啦，都是我不好，炒菜时油放多了，下次一定做得清淡些，让老婆满意。”

陆叶红咧着嘴角斜了陈翔一眼，“姐，都听见了吧，不读书不学习，连话都说得那么粗俗，什么老婆老婆的，我最不爱听这些粗俗的语言。”

陈翔丧气地叹出一口气，但碰到了陆毓姗鼓励的目光，只好振作起来，换上一副笑脸，“嗯叶红，吵架归吵架，这周末是咱爸的生日，正巧大姐大姐夫来，咱商量一下给他老人家买点什么礼物吧。”

看在大姐的面子上，陆叶红也不好做得太过分，只好半带怒气地埋怨陈翔道：“亏你还记得你老丈人的生日。”

“那当然，”陈翔见陆叶红的气已经有些消了，立即顺水推舟地说，

“你爸就是我爸啊，不孝顺哪行？”说着瞟了陆毓姗一眼，“爸喜欢吃奶油蛋糕，我去订一个，周五时直接带过去。”

“我也喜欢吃奶油蛋糕，我也要周五去给姥爷过生日。”

“小馋猫！”陆叶红疼爱地轻轻戳了果果鼻头一下，“到时让你小姨夫给你另买一块大蛋糕，专门留给你吃好吗？”

“谢谢小姨！”果果开心地抱住陆叶红的颈项，在陆叶红脸上重重地亲了一下。

4

从陆子义家出来，沈梦阳把头靠在周潇阳肩上，喝的那点酒此时已经作用了她的大脑，她喃喃着在周潇阳耳边说：“潇阳，我爱你！”

周潇阳笑，偷偷地在沈梦阳通红的脸蛋上亲了一下，悄悄地说：“梦阳，你知道你有多可爱吗？你知道你有多漂亮吗？我会一辈子都把你当成手心里的宝。”

沈梦阳满足地笑，然后突然指着路旁一个小冷饮店说：“我热，我想吃冰激凌。”

周潇阳让出租车司机停了车，拉着沈梦阳下了车，刚走到冷饮店门口，他突然发现了一辆熟悉的轿车，不禁嘀咕起来：“这车不是田局的吗？怎么会在这儿呢？”周潇阳看看四周，透过一家高级餐馆的玻璃窗，他看到了田翼飞，田翼飞正和一个背对着玻璃窗的女人在吃饭，桌上点着一根红色的蜡烛。

田翼飞正情意绵绵地望着那个女人，周潇阳对沈梦阳说，“来，我带你认识一下我的领导加同事加大哥，他和他夫人在吃饭。”说着拉起沈梦阳就走进了餐馆，朝着田翼飞走过去。周潇阳脚快，先沈梦阳走到桌前，不等田翼飞的目光瞟过来，他却突然把沈梦阳的身子扳过去，拉起她就往外走，边走边小声说：“走，梦阳，别回头，千万别回头。”

因为周潇阳看到的那个女人不是陆婧婷。

如果只是看到领导在和一个女人吃饭，周潇阳并不会有一点点诧异，所有的应酬对田翼飞来说都是正常的，不会令周潇阳感到任何的不自在。令周潇阳尴尬的是，他发现了田翼飞的手被那个女人抓着含在嘴里，并轻轻噬咬着，显然，不是个一般的女人。周潇阳不是傻子，仅从这种超乎常人的亲昵上，他就能够领会田翼飞和那个女人的关系。他紧张了，他害怕了，于是他不顾一切地拉着沈梦阳走出餐馆，边走边说："看错了看错了，走，我们买冰激凌吃去。"

其实，在周潇阳带沈梦阳走进饭馆的瞬间，田翼飞就看到了他俩，他很是紧张了一番，因为和他吃饭的女人不是妻子陆婧婷，而是他的情人吕贞，若两人都规规矩矩地吃饭，田翼飞也不会如此紧张，因为吕贞对他从来都是过分的亲昵。

这个饭馆无论离田翼飞家还是离单位都很远，他和吕贞的约会从来都是非常谨慎的，这种事情绝对不能让任何人知道，一传十十传百的，他田翼飞的名誉就完了，谁知越怕鬼就越碰上鬼，在看到周潇阳的瞬间他睿智的大脑甚至都想好了怎么圆他和吕贞约会的话，却不料周潇阳连话都未和他说，满脸的惊讶和坏笑，拽着那个沈梦阳扭头就走了。

这比落落大方地和他说上几句话要糟糕得多，田翼飞一时无语，看着周潇阳和沈梦阳的背影上了出租，远去了。他瞪了吕贞一眼，"告诉你在外面要小心行事，你瞧你，不管到什么地方，就不管不顾地亲热。"

吕贞遇事不慌地松开田翼飞的手，白了他一眼，安慰道："有什么怕的？男人和女人就不能在一起吃顿饭啦？"

田翼飞瞧一眼自己的手，上面还沾着吕贞的唾液，他摇摇头，有些心不在焉了，"是吃个饭这么简单吗？他是我的部下，让他看见我们在一起亲昵的镜头总是不好。"

"你不用多虑啦！见了他面就告诉他我们在谈合作的事。"吕贞一语双关地说完，哧哧地笑起来。

田翼飞脸上一些笑意也没有，他心里在忐忑不安，他草草地吃完饭，结完账，拉着吕贞的手就站起来，“走吧宝贝儿，回家睡个好觉。”

“可这瓶酒还没喝完呢。”吕贞不情愿地举起那瓶五十六度的白酒给田翼飞看。

“这也喝了八两啦，我六两，你二两，剩下二两就留给服务员们喝吧。”说着从吕贞手里夺过酒瓶，放到桌上，拉着吕贞走出了饭馆。

吕贞并未醉，却装出一副不胜酒力的样子紧紧靠在田翼飞身上，田翼飞紧搂着吕贞上了自己的车，“我把你送回家。”

当车停到楼下，吕贞却一把抓住田翼飞的手不放，“我不让你走，我要你晚上陪我。”

“下次好吗？”田翼飞有些为难，若放在以前，他会痛快地答应，可是今天，他想早些回家。尤其是刚才被周潇阳撞见后，他的心又开始沉起来，他拒绝着吕贞，在她脸上轻轻亲了一下。

“不，我就要你陪我嘛！”吕贞撒着娇，双手死死地抱住田翼飞。

“今晚绝对不行，过两天我来找你。”说着田翼飞上了车。

不料，吕贞紧跟着挤进了驾驶座，双腿骑到了田翼飞腿上，她抱住田翼飞的头，就像永远也见不到他似的蹭着亲着，满脸的不舍。

“好了回去吧，睡个好觉，做个好梦。”田翼飞在吕贞脸上亲了又亲，这些日子里，他和吕贞的来往少了很多，已经很久没有上她的床了。

吕贞一听到田翼飞这话就不高兴地抓住他的手，“我不要你回去，你不是说好今晚给我的吗！”

“我也不舍得你呀……”田翼飞和吕贞又开始了亲热的缠绵，要不是儿子田原打进来的一个电话，田翼飞真找不到离开的理由。

“家里有点事，真的要回去了，有时间再来看你。”说着在吕贞脸上长长地吻了一下。

吕贞识相地挥着手下了车，田翼飞一直从反光镜里看着吕贞的身影越变越小，最后消失，他才松了口气。

田翼飞从车里出来，没有立刻回家，他还沉浸在刚才和吕贞亲昵的气氛中。他将身子靠在一棵大树上，把整个身影埋在树的阴影里，阴影里没有任何颜色。他就是从这个没有颜色的阴影里望着街旁房屋阔大的窗子涌出恣肆的空虚，望着暗黄的路灯拉长了树的影子。田翼飞深深地吸了一口气，空气中弥漫着花和草的气味，这种气味带动着他的步子，沿着鹅卵石的小路向楼道门口慢慢走去。他看到黑暗中有一对男女站在草地上，头对头在一起哧哧地笑着，那个男的笑够了，就不停地说着什么，话音很清晰，可田翼飞强迫自己一个字都没听到，他眼睛的余光偶尔掠过那对头碰头的男女的侧脸，想起吕贞，也曾这么亲热地和自己站在她家的门口，没有丝毫新奇。

田翼飞出了电梯走到家门前，做了一个深呼吸，镇定了一下自己的心境，这才打开门走进去。

“我回来了！”田翼飞环视着客厅，因为儿子田原和妻子陆婧婷都在，只是空气中弥漫着一种很怪异的气氛。

“爸！”田原看一眼田翼飞，唤了一声，一头钻进自己的屋里再也不出来。田原大了，爸妈之间发生的事，虽没有对他说过，但他感觉得出来，爸妈感情上出了毛病，爸爸和妈妈都是他的亲人，他不知该向着谁该背对着谁，索性就躲开。他认为爸妈之间的事就该由爸妈自己去解决。

“婷儿，我回来了，你吃饭了吗？”田翼飞走到陆婧婷身旁问。

陆婧婷坐在沙发的犄角上，眼神空洞地盯着田翼飞的脸。

“怎么了婷儿？”田翼飞被陆婧婷的眼神吓坏了，他一把抓住陆婧婷的双臂，使劲地摇着她，“你快说话啊，到底怎么了？”

陆婧婷的眉头越蹙越紧，眼神闪出了一种迷离的状态。

田翼飞真的被陆婧婷的这种眼神吓坏了，他担忧地搂住陆婧婷，看着她的脸，“你到底怎么了？别吓唬我。”

陆婧婷一把推开田翼飞，口气有些恶狠狠的，“你是不是刚从那个女人那里回来？”

田翼飞的心里一震，“别瞎说，刚跟一个朋友在一起吃过饭，这不刚吃完饭我就赶回来了。”

“是吗？”陆婧婷的脸上布满了鄙夷，“你去照照镜子，你脸上的银粉哪里来的？你身上的香水味哪里来的？”

“别瞎想好不好？香水味是今天司机班的司机拿车里的香水往我身上喷的，银粉大概是在哪面墙上蹭来的吧。”田翼飞故作镇静地回答着，心里却在责备着自己的不慎。

若这事放在过去，陆婧婷绝不会往别处想，可眼下，她觉得自己再不会相信田翼飞这些骗人的谎话了，她厌恶地瞥了田翼飞一眼，“这种银粉只有化妆的女人脸上才会有，这种香水味道，也不是男人用的，别把我当傻瓜看。”

“我怎么会骗你呢？”田翼飞脸上写满了无辜，他信誓旦旦地保证，“我爱你婷儿，我已经和她断了来往。”

“撒谎！”陆婧婷的情绪开始狂躁，“你走吧，去找那个女人吧。”

“婷儿，别这样，你知道我爱你，你知道……”

“我什么都不知道，如果是我束缚了你的自由，那我放手。”陆婧婷喊。

“婷儿……”

陆婧婷根本就不给田翼飞说话的机会，她像个疯子似的咆哮起来，“不想过就不过，我们离婚吧，现在就离！”说完，突然双手捂住脸呜呜地放声大哭起来。

在陆婧婷的心里，似乎有一杆秤，她现在的出路无非两种，一个原谅，一个离婚，在她心中的这杆秤，偏向的是离婚。

田翼飞大概不会料到陆婧婷会说出这样的话，他猛地抬头，看陆婧婷的表情很是吃惊。不过，不等他回复，陆婧婷转身就走开了。

陆婧婷知道自己是在逃避。那一刻她不想听到田翼飞说任何的话，不论是挽留还是感谢还是吃惊还是……什么都不想听到。她噔噔噔地跑上楼，躲进卧室，一个人哭倒在床上。

遥控器就在床上，正巧被陆婧婷的胳膊压住，电视机自动打开，里面的台正在放着谁的歌，那忧伤的曲调掩住了陆婧婷的哭声，"心是如何慢慢在凋谢……"

此时此刻，陆婧婷觉得这首曲子对她来说，再恰当也不过了，她泪眼婆娑地去望电视，看到一个影影绰绰的男歌手在声嘶力竭地吼着，她不知道这首歌为什么这样贴合她的心。

陆婧婷的眼泪掉得更加厉害，她不知道这是不是这辈子眼泪掉得最多的一次，哭到最后竟连声音都哭不出来了，她只能在心里一遍又一遍地喊，坚决不能容忍自己深爱的男人同时徘徊在两个女人之中，绝不能让自己的妥协来纵容田翼飞的心安理得，爱人只能有一个，一个！其实，陆婧婷知道自己提出离婚不是为了成全她和田翼飞，而是为了成全她自己的尊严，田翼飞以后的幸福与否都和她没有关系了。

5

田翼飞终于上楼进了屋，他在床前跪了下来，但什么话都没有说。他只是攥着陆婧婷的手，不停地在手里捏着。

对陆婧婷来说，那一刻有很恍惚的感觉，就像一切都没发生过一样，她看着田翼飞的脸，听他声音颤抖地说："以后别再提离婚好吗？一听到这两个字，我的心都在打抖。"

陆婧婷瞟了田翼飞一眼，话说得断断续续，"你以为我想离婚吗？"

田翼飞把脸贴在了陆婧婷的手掌心，嘶哑着嗓音，"我真的没想到事情会发展到这一步，从娶了你，你就是我永远的妻。身边那个女人，她会为我做什么事，我都不会和你离婚再去娶她，你知道她有多羡慕你吗?”

那一刻陆婧婷真的很想扑到田翼飞怀里说她不想离婚,但她忍住了。她知道田翼飞肯定是在撒谎,想到从他出轨到现在,他穿梭在两个女人的肉体当中,间接地玷污了她的真诚与信赖,觉得很痛苦也很肮脏。想到这里,她就愤慨起来,“你有没有想过这件事里最无辜最受伤的是谁呀?”

田翼飞抬起了头,“其实每个人都很受伤。”

陆婧婷有些愤怒了,她真想拿起压在胳膊下的那个遥控器砸在田翼飞头上,但她忍住了,她流着泪问:“所以你要付出均等的力量去安慰这每个受伤的人对吗?”

田翼飞摇头,他去抚陆婧婷的脸,“你不要这样,我们都冷静下来好吗?”

不等田翼飞说完,陆婧婷就急了,“你觉得我这些天还不够冷静是吗?”说着下到地上,对着田翼飞质问,“如果我不冷静我能还回到这个家吗? 如果我不冷静,我能让你至今还天天上班下班吗? 如果我不冷静,我还能让那个不要脸的女人活到今天吗? 如果……”陆婧婷说不下去了,她已经确定,田翼飞在爱着那个女人,他对她有着深厚的感情,可以说他已经离不开那个女人了。

突然地,陆婧婷觉得自己这一生很失败,她有些不管不顾地在田翼飞面前伤心地痛哭了起来,不管田翼飞如何劝她,她什么都听不进去,她只感到心里很惘然,爱情真的很脆弱,容不得半点背叛。可是她又没有任何办法去挽救这种背叛,她只能以哭来示威自己痛心。所以她坐在了地上,哭得很失态,很伤心,很窒息。以至于田原跑上楼来,推开门看了一眼,但他确定妈妈没事,又猛地缩回头关上了门。

田翼飞感到慌了,忙去拉陆婧婷起来,可是陆婧婷却像只受惊了的小猫似的缩成一团,恍恍惚惚地责骂着自己:“我错了,我怎么可以嫁给你呢? 我嫁了谁都不会受到这样的待遇,可是我错在哪里呢? 我不知道，飞，你告诉我，告诉我，我错在了哪里……”

田翼飞坐在陆婧婷身旁，他的心里有一阵痉挛，他轻轻地抚摸着陆婧婷的头，“你没错，是我错了，我对不起你，原谅我好不好？”此刻田翼飞的心里真的感到懊悔，看着陆婧婷变化无常的情绪，他真的想从这场婚外情的游戏中撤出来，他不能把好端端一个陆婧婷给毁了，把好端端一个家给毁了，他内疚地把陆婧婷搂进怀中，轻轻地拍着她的后背，“我不会再做对不起你的事了，原谅我这一次好吗？”

陆婧婷使劲地摇头，“你走吧，我错了，我不会再嫁你了……”话未说完，陆婧婷又一把抱住田翼飞，“别离开我，我不要你离开我，我不要……”眼泪再一次迷蒙了她的双眼。陆婧婷自怨自艾的悲伤心境，似乎很难让她绕过这些心结，她总感到自己很容易就被眼泪出卖，因为爱情就是这么不公平，很多时候，付出得不到对等的回报。而爱情中的眼泪，多半都是伤心人为负心人而流。

田翼飞的心像刀割一般，他紧紧搂着陆婧婷，“这一辈子我都不会离开你，二十年的婚姻，谁也不会把我们分开。”

“可是你却背叛我去找另一个女人！”陆婧婷又声嘶力竭地吼了起来。

“我是个男人啊！”田翼飞有些挣扎地说。

“男人就要有婚外恋吗？”陆婧婷仍旧在喊。

“好了，咱们不闹了，来，我给你洗脸。”田翼飞极尽温柔地把陆婧婷拉到卫生间，帮她洗漱，又拖她上床，帮她脱去衣服。

陆婧婷的情绪似乎已经慢慢恢复正常，她像只乖巧的小猫，任凭田翼飞为她做着一切，然后把头紧紧地贴在田翼飞的脸前。

田翼飞搂紧陆婧婷，他不知道此时自己该怎样来安慰受到伤害的妻子，他只有使出男人的看家本事，把自己对陆婧婷的爱一点一点地通过手传递给陆婧婷，他的抚摸，他的亲吻，可是陆婧婷没有丝毫反应。不论田翼飞如何努力，陆婧婷的身体都像一块石头一样冰冷，到最后田翼飞不得不放弃了一切，他紧紧抱住陆婧婷，感觉陆婧婷的眼泪不停地掉在他手上。

陆婧婷觉得自己的心已经被田翼飞掏空了，现在她是鱼是鸟是虫是草都不重要了，她只是愣怔地盯着田翼飞的脸一句话都不说。她心里觉得很悲哀，即使不离婚，那个女人都会成为田翼飞心中一块永远都不能抹去的印记，她不想自己丈夫心中留出一个位置给别人。所以她不得不想，如果她走了，或许她能横亘在田翼飞和那个女人之间的一个地方，她需要这种尊严。

田翼飞的亲热没有任何结果，他不知道陆婧婷怎么了，他不得不压抑着自己的冲动，把陆婧婷紧紧地搂在怀中。

陆婧婷的眼泪顺着脸颊滴落到田翼飞的胸上。

“怎么了？”

陆婧婷的泪水流得更多，她用泪水做了回答。她双目紧闭，拱在田翼飞的腋窝中一动不动。

陆婧婷觉得自己已经丧失了走下去的勇气，她总是感到有一种绝望的青烟悄悄潜入她的灵魂里，令她头发散乱地狂奔于田翼飞怀抱的边缘，在他那黑暗的腋窝里倾听他呼吸的声音，倾听他从胸腔里发出的话语声，这些声音似流淌在陆婧婷全身的一篇极其伤感的音符，她就在这些音符中把自己受伤的灵魂放纵在想象的深林里，痛楚而且恐慌。

田翼飞发现了陆婧婷身上的一丝颤抖，他把陆婧婷抱得更紧。

以往，陆婧婷很是沉迷于田翼飞的怀抱的，她总对田翼飞说：“你的怀抱就像春天里刚刚返青的麦苗，洋溢着绿的气息；你的怀抱还像秋天里散发着麦香的田野，使我可以任着自己的性子赤着双足坦着胸怀飞扬着红色的长发一路欢歌一路奔忙。”她喜欢他那健壮的胸膛，她更是喜欢一点点抚摩、悉数那充满男人气息的肚腩上的毛发，她会用手指在上面绕啊绕，边绕边说：“一个男人应该给他最心爱的女人提供一个可以依靠的肩膀，一个闭上眼睛就可以瘫痪的怀抱。”

田翼飞总是很满足陆婧婷这些诗意十足的话语，他满足地笑，他满足地伸出一只手去抚摩陆婧婷的全身。

而此时，陆婧婷的头埋在田翼飞的腋窝中却不时地颤抖，她几乎不敢去想她离开田翼飞的怀抱是否还有生存在阳光下的勇气。她睁开了双眸，哀伤地望着田翼飞的脸。

田翼飞一动不动地盯住陆婧婷的眼神仍是那种秋天里落日的深沉，他的手轻轻从妻子眼角划过，那浅浅的皱纹，还有那紧皱的眉心，都像一把利刀从他的心中划过，他暗暗地叹了一口气，他的心在痛着，他的良心在深深地斥责着自己，他从心底里感觉到自己对不起陆婧婷，夫妻俩二十年的婚姻，经过了多少磨难和风风雨雨，才走到了今天，他知道自己不会离开陆婧婷，两个人熟识得就像一个人似的，对方的脾性、习惯、爱好和厌恶都像知道自己的那样清楚，找老婆就得找陆婧婷这样的女人，因为会有一份踏实与稳定。可是和吕贞的感情呢？田翼飞不知道该如何去看待他和吕贞的关系，吕贞只能做他的情人，并且是个不错的情人，他常常会感到自己是个幸福的男人，有两个好女人都摆在自己的眼前，他多么希望她们能够平安相处，他多么希望陆婧婷能够接受吕贞。因为他平静的生活太需要吕贞这种女人来调节一下了，可是他又不忍心看着妻子在自己造成的灾难中一步步走向深渊，他矛盾，他痛苦，可是他觉得自己无能为力，他哪一个都不想放弃。

陆婧婷躺在田翼飞的怀里睡着了，梦中，那脸上的委屈也能看到，田翼飞心疼地轻轻地在陆婧婷脸上眼睛上吻着，然后把她搂抱得更紧，他也怕她会因此离开自己，这个跟了他二十年的妻子已经成了他生命中的一部分。

陆婧婷躺在田翼飞的臂弯中，只是睡了很少的一小会儿，因为总会有一个恶魔在她的梦里肆虐地紧抓着她的灵魂，把她从噩梦中甩出来，她不想睁开双眼，想继续睡下去，但她又害怕继续她的梦，因为她梦里的世界没有阳光照耀。黑暗，就像地狱。天空是灰色的，黑压压的，梦里的气氛很压抑，沉闷。她总是痛苦地行进在黑暗的树林里。所以她还是努力地睁开了眼睛。

从知道了田翼飞的私情起，陆婧婷就开始失眠。她常常睡一会儿就醒，然后就在黑暗中望着天花板胡思乱想，她总会先想田翼飞的背叛，接着再想丈夫会如何跟那个女人在一起缠绵，这些想象渐渐就变成了现实存在于生活中，把陆婧婷折磨得心力交瘁，她却不知该如何是好，因为，这种移情和外遇的现象似乎已经在这个社会任意滋生、到处蔓延，女人这个“弱者”已经到了不再被同情、被支持、被声援的地步，没有能力看住自己的丈夫和挽回自己在婚姻中的败局，就别指望会有他人和社会来替自己打抱不平。这些在生活过程中被男人抛弃的女人所面临的痛苦，陆婧婷已经深深地体验到了，自强自立能找回失去的青春吗？残酷的现实使这些中年女人失去了重新选择爱情的最佳时机，她们需要一个道德法庭来替她们申述啊！为什么这些“强者”得到了越来越多的理解、宽容、欣赏乃至锦上添花似的支持和帮助？为什么在忠贞不渝的爱情面前，在苦尽甘来的婚姻当口，男人们都变得那么没良心？

陆婧婷越来越想不透该如何看待田翼飞的外遇了！常常，她都在自家那个大露台上望着楼下人来人往的马路发呆，看着马路上汽车像小甲虫一样窜来窜去，她想象着自己如果从这座二十六层高的楼上跳下去会是什么样子？一定会比那个从天桥上飘逸下来的女人更美，陆婧婷甚至在朦胧中看到了自己张开双臂从高高的空中坠落，像一个美丽的仙子，然后幻化成一片血花，一片美丽的血花。

第十一章

1

这几天，陆婧婷感到胸前区有闷压感，心悸，她甚至发现自己面部、颈部突然发热、发红，冒起了汗，常常，她的眼泪就这样不知不觉地掉了下来。

田原问她："妈，你怎么了？"

"妈不舒服。儿子，你知不知道女人什么时候更年期？"

"妈，你真逗，这种事你来问我？"田原说完呵呵一乐，然后戏谑地对陆婧婷说，"妈，你不是更了吧？"

陆婧婷对儿子摇头，不过她真的觉得自己很难受，她想哭，使劲地哭，她恐惧，无来由地恐惧，她就那么坐在沙发的一角，将自己变成一只恐惧得直哭的猫。

陆婧婷不知道该如何解脱自己的恐惧，她找出田翼飞的烟，一根一根地吸起来，没有血色的脸在弥漫开的烟雾中变得模糊。她站在沐浴着春风的露台上，不愿意进屋，她从窗子玻璃上看自己的脸，玻璃里的影子划伤了她的希望，希望的影子早已飘落在温暖的风中，随风掉进了护城河散发着臭气的水里。

"怎么会这样？瘦了黄了！"这一阵子，见到她的同事朋友都这么说她。

"我是瘦了黄了！我也疯了！"她在心里默默地对同事和朋友说。

“注意身体，善待自己！”马悦拍拍她的肩，无比爱怜。

她点头，落魄地转身离去。

这些日子来，陆婧婷奇怪自己总会想起田翼飞，想到那些美丽的罂粟花和罂粟果，每想到这些时，街上每一个她不认识的女人顿时都化为了罂粟花和罂粟果，而每一朵罂粟花和罂粟果似乎都在急匆匆地朝着田翼飞在的方向奔去。

陆婧婷觉得自己的心被这种思维扰乱了，她随处都能见到田翼飞的痕迹，可却什么都触碰不到，她常常把田翼飞的一根烟放进嘴里使劲地嚼，仿佛在嚼碎罂粟花和罂粟果，她的脸被这种咀嚼重重地扭曲了。

应该遗忘的时候而不能遗忘，陆婧婷就强迫自己的大脑停顿下来，不再思想，不再面对，因为那触碰过的东西刺碰陆婧婷的感觉好像抽上了瘾的阿芙蓉，它会让陆婧婷沉迷让陆婧婷发疯让陆婧婷一步步地走近死亡。

露台外的城市突然黯淡无光了，犹如一个疲倦的幽魂在城市的角落里蜷缩。陆婧婷常常想，也许该遇到一个和她一样的男人，一个不被罂粟花和罂粟果诱惑的男人，一个对爱情坚贞的男人，这样她就永远不会被失望掳掠，不会被伤害划得遍体鳞伤。

可是田翼飞怎么办呢？她知道自己剥夺不了自己对田翼飞的爱，可她又被田翼飞的爱伤得体无完肤。她觉得田翼飞已经从心理上不跟自己产生任何关系了，而把这种心心相通链接到那个女人的身上。

陆婧婷渴望寄居在田翼飞的怀抱里，因为她是鱼缸里的鱼儿，因为她需要水，而田翼飞就是那从天而降的水，她每天奢望着他给予的温暖，似乎只有那样才能无声地触摸对方还深爱自己的灵魂。

可田翼飞却向往罂粟花的美丽，渴望罂粟果的芳香。他常常把鱼缸打破，只留鱼儿躺在冰冷的水泥地上呜咽哭泣。

陆婧婷的哭泣，田翼飞没有看到，因为他正和那个女人在一起。当他回来的时候，看到的只是一只疲倦的猫。

夜，总是悄无声息地来临，陆婧婷听到了丈夫的鼾声时响时弱，她强迫着自己赶紧入眠。可是，当陆婧婷觉得自己仿佛马上就要睡着时，却突然感觉整个身子下坠，猛地惊醒。

窗外有噼噼啪啪的雨声，接着雨似乎越下越大。

陆婧婷在黑暗中下了床，走到窗边，轻轻撩开窗帘。

又是一个被暴雨肆意冲刷的夜晚，只有昏沉沉的路灯还无精打采地亮着，延伸向疲倦的远方……雨声中夹杂着两只猫凄厉的叫声，像两个小孩子在哭，一高一低一唱一和，令陆婧婷身上顿时起满了鸡皮疙瘩，她赶紧关上窗帘。

陆婧婷坐回到床上，她常常在黑暗中这么端坐着，看着田翼飞熟睡的脸，像在看一个陌生人。她怎么也想不出这个与她共同生活了二十年的男人会钟情于另一个女人，过去的日子，陆婧婷一直很相信丈夫，她觉得丈夫会跟她一样对待爱情坚贞，她甚至相信他更甚于相信自己，从来没想过他除了自己之外还会对其他女人产生感情或者做出越轨的事情。他对她说过的话又对另一个女人说了一遍，做过的事又对另一个女人做了一遍！从心理上，陆婧婷无论如何也接受不了这种现实，丈夫的出轨使陆婧婷原本平静的生活发生了错位。

陆婧婷已经不知道下面的路该如何走了，过了今天，明天的路又该如何去走，她就这么定定地看着田翼飞的鼻翼一张一合，看着他宁静的睡相，看着这个她爱了二十年的男人。

突然，田翼飞的手机里传出了短信的铃声。

陆婧婷想叫醒他，可是看到田翼飞酣睡的模样，陆婧婷伸出的手又收了回来，她下床拿过田翼飞的手机，打开，如果是条要紧的事，再叫醒他也不晚。

“飞哥，睡了吗？有没有想我啊？我好想你，没有你在身边好孤独，没有你的抚摸我睡不着。”

陆婧婷一惊，这样暧昧的短信，不用猜就知道是谁发过来的，她又打开了田翼飞的所有短信，田翼飞发出去的短信没有存储，但这个女人发过来的所有短信都保留着，全部都是这一类的调情的短信。

顷刻间，陆婧婷的精神又彻底崩溃了。

陆婧婷扔下田翼飞的手机，赤着脚跑进了厨房，她拿出一把菜刀。

“妈，你要干什么？”大概是听到了陆婧婷的声音，田原跟着走进了厨房。

一看到儿子，陆婧婷的心忽的一下就软了，她含着泪摇摇头，“没什么，妈在找水果刀，想吃个苹果。”

田原笑了，“妈，你真是杀猪焉用宰牛刀，你拿错啦。”说着拿过水果刀换下了陆婧婷手里的那把菜刀。

陆婧婷伸出手揽住儿子，在儿子脸上亲了一下，“睡去吧宝贝，别在网上聊一夜。”看着儿子回了屋，陆婧婷睡不着，她找出一件衣服穿上，蹑手蹑脚地出了家门，她想去黑暗的大街上走走，她想在黑暗中让眼泪自由地在脸上横流。

二十三点的夜，电梯已经无人看守，陆婧婷靠在电梯的一角，呆呆地盯着楼层由二十五楼一层一层的下到一楼，她来到了楼外。周末，二十三点的时间并不算晚，陆婧婷望着一幢幢楼里的住户窗户上映出的灯光，她的脑子里突然有一时的空白，她突然怔怔地停止在一幢高楼前，抬头仰望，虽然是黑夜，她却看到了一个女人张开双臂从高高的空中坠落下来，然后幻化成一片血花，美丽异常。

陆婧婷紧紧地盯住那个女人坠落下来的位置，茫然不知所措，呆滞中，她进入了一种状态，她看到自己用水果刀把丈夫的那个情人杀了，从她身上流出的血染红了马路，而不回心转意的丈夫就是不愿意放弃那个女人，她不得不自己从空中坠落下来，是自己的自杀让丈夫醒悟了过来，她似乎看到发了疯的丈夫紧紧抱住自己的尸体忏悔不已，令人感动……

陆婧婷觉得自己终于找到了解脱的希望，那就是先杀死田翼飞，然后自己也从楼上跳下去，开成那一片美丽的血花。

陆婧婷又轻手轻脚地回了家，她从厨房里拿出那把水果刀，悄悄地上楼，走到卧室的门口又顿住了，她听到了熟悉的鼾声，这鼾声伴了她二十年，刚结婚时，她曾为这鼾声要和田翼飞分居，她睡觉轻，有一点声音就睡不着，可后来，没有这鼾声她却睡不着了，这鼾声就成了陆婧婷的一首催眠曲，给她安宁，给她踏实，给她一份平静的幸福。她实实在在地不想毁掉这份幸福，可是，田翼飞却在一点一点地把这份幸福毁掉。陆婧婷的鼻腔一酸，泪水又涌到了眼眶里。她把那些泪水生生地压了回去，然后轻轻开门，赤着脚不发出一点声响，走到了床边。

2

陆婧婷没有发出任何声响，可是田翼飞却被吓醒了，他恐惧地喊出了声，然后打开台灯。

陆婧婷一动不动地看着田翼飞恐惧得有些变形的脸。

“你要干什么？”田翼飞坐起来，盯着陆婧婷手里的水果刀。

陆婧婷面无表情，只是在心里鄙夷田翼飞居然也会害怕。

田翼飞猛地夺过陆婧婷手里的水果刀，扔到了床头柜上，一把拉过陆婧婷搂进自己怀里，“不要做傻事，没有我，这几十万的房贷你怎么还？儿子上大学的费用谁来付？还有，你以为你还能找到比我对你更好的老公吗？”见陆婧婷不吭声，田翼飞摇头，“睡觉前你不是还好好的吗？怎么这一会儿你就像变了个人似的？”

陆婧婷仍旧缄默，把田翼飞的手机扔到他怀里。

田翼飞顿时明白了，他再一次暗暗责怪自己的不谨慎，每天一回到家他就会把手机早早地关掉，可今天，他实在是忘了，他不知道陆婧婷会偷看他手机，有些不高兴，“人都有自己的隐私和空间，你是否也能给我一些空间呢？”

“你的空间?”陆婧婷突然发话，愤怒的脸有些走形，“你的空间就是和那个女人偷情！如果这是一个人的空间的话，我是不是也可以有这样的空间？你会不会在乎?”

“偷看别人隐私不是高尚的事……”

陆婧婷不等田翼飞把话说完，立即接了过来，“我是做了卑鄙的事，可是如果你是坦荡的，还会怕我看吗？再说，如果夫妻还要互相隐瞒着什么，你觉得还有必要过下去吗?”陆婧婷深深地吸了一口气，吐出来，坚定地吼道，“你觉得这种有第三者插足的日子很开心是吗？你觉得有情人的生活很幸福是吗？行，我让你开心，让你幸福，我退出，我不想再和你过同床异梦的生活了。明天，我们就去离婚。”

陆婧婷说得是那样决绝，令田翼飞丝毫没有想到，平日里随和柔弱的妻子，此时用母老虎的绰号封她绝不为过。可是这只母老虎的威风仅仅瞬间，因为发过威之后，陆婧婷的眼神里又充满了忧郁，那种无助的、被伤害后的泪水在眼眶里打着转，可陆婧婷就是不让它流下来。

田翼飞的心碎了，他有些不明白自己究竟都干了些什么，他爱陆婧婷的心依旧，不过是在外有个女人来弥补陆婧婷身上所欠缺的东西而已，可是陆婧婷却如此不容，如此绝情。不，田翼飞绝不会和陆婧婷离婚，他很清楚妻子与情人之间的区别。

妻子带给田翼飞的是一个安稳的港湾，她和他没有一点血缘关系，却会为他深夜不回家而牵肠挂肚，有了好吃的要留给辛苦工作的他回来慢慢品尝，即便她也在外面辛苦工作，却仍把心放到他的身上。生活中家里洗衣烧饭，拖地擦窗，每天他出去之前要把他穿的衣服鞋子放在床前，事无巨细，全部打点好；工作上的事有时她还得发挥她的聪明智慧给他建议，她是他的经纪人外加保姆。

而情人，她也是一个和他没有一点血缘关系的女人，但他也知道，她只是他生活中的一种补偿，补偿他想从妻子那得到却又无法得到的激情。男人需要被更多的女性肯定、欣赏、喜欢、爱慕，希望自己总有恋爱的感觉，那种新鲜、刺激、上进的感觉会时时刻刻地诱惑着他。

田翼飞觉得妻子就像空气，而情人就像香烟，空气无色无味，但人没了空气活不下去，而香烟虽能提神，但长久吸食等于慢性自杀，撩人的烟雾随意地在男人身前身后游走，用那绵长的玉臂扼住男人的脖颈，直到他窒息而亡，手指一松，半盒香烟重又落入万丈红尘，不多时日，她们又轻跳于他人的指间唇边了。

所以，不管田翼飞有多喜欢吕贞，他从来没有将吕贞等同于陆婧婷，从未将她俩放在一个水平面上看待。妻是他的空气，而情人，就是他手中的一盒香烟了。他怎会让香烟来陪伴自己的一生？他有些胆战心惊地看着陆婧婷的冷酷，恐惧陆婧婷的这种选择。田翼飞无论如何也想象不出自己失去陆婧婷后的日子将怎么过，他猛然抱住陆婧婷，"我不让你离开我！"

平时，每当田翼飞工作累了，每当田翼飞在外心情不畅时，他回到家总会像个孩子似的拱在陆婧婷的怀里赖一阵子，而那时的陆婧婷，那颗母爱的心会得到充分的发挥，她会像母亲搂着儿子般地搂过田翼飞，抚摸他，安慰他，在他耳边絮絮叨叨地说着悄悄话，要不就看着田翼飞在自己怀里打着小呼噜傻睡。田翼飞总对陆婧婷说他幸福得要死，陆婧婷则总是满足地笑。

今晚，田翼飞又拿出了他的撒手锏，他把头拱进陆婧婷的怀里，嘴里嘟嘟囔囔，"我不离开你，我不能没有你……"说着，田翼飞竟掉下了豆大的眼泪，"我知道自己错了，但是我绝对不想伤害你，你知道我不会和你离婚的，你给我时间，我会处理好这件事。"

看到田翼飞掉泪，陆婧婷也禁不住跟着掉泪，她说不出自己心里是怎样一种感受，她心痛得如刀割一般，她抱着田翼飞，让他的头窝在自己胸前，听他说那些她已经无法相信却偏偏想听的话。

"婷儿，我最爱的女人是你，我最疼的女人也是你，这一辈子，我都不会离开你，我绝不和你离婚。那个女人只是我生活中一剂调味品，我不爱她，现在不爱，将来也不会爱，一个可以随便跟男人上床的女人，有哪个男人会真正去爱她呢？”

陆婧婷感到田翼飞在为自己的婚外情狡辩着，她抽了一下鼻子，“不爱能和她好了五年吗？”

田翼飞把自己的眼泪在陆婧婷的胸上蹭了一下，很委屈地说：“不想说出心里真实的想法，说了你会瞧不起我。”

“可是我想听你亲口说出来。”陆婧婷的眼泪里有一股不可抗拒的东西。

田翼飞的话音放得很低，“我是在利用她，利用她在为我做事。”

有一个词叫“卑鄙”，陆婧婷从来不想让它出现在田翼飞的生活里，但是它偏偏出现了，尤其是利用一个女人为自己做事，这是陆婧婷不能理解的，也是她不相信的，她觉得这不像田翼飞的为人，望着躺在自己怀里的丈夫，她忽地觉得他陌生起来，这么多年共同的生活，她不知道两人之间还有没有爱情，抑或是仅仅是命运连在一起的两个人，彼此习惯了对方，彼此离不开对方。陆婧婷看着田翼飞的脸一把推开了他，“也许，分开后会活得更好，我不想要一个心里想着别的女人的老公，我不要一个同床异梦的丈夫。”

田翼飞的头歪到了床的一边，他坐起来，“难道我不知道哪头重哪头轻吗？我会好好地爱你一辈子，等我们老了，我会把我这些年来的思想一一暴露给你听。”

“我现在就要听。”陆婧婷的口气很坚定。

“现在说了你不会理解的，你什么都不要想，就记住你老公爱你这个事实就行了。”

陆婧婷的泪水又哗地流下来。她不知道该如何控制自己，该如何控制自己不去想这件事，不去怀疑田翼飞所做的一切。她只有用泪水来冲洗心灵上所受到的创伤。

“婷儿，你是个贤惠的好女人，我们二十年建筑起来的这个家庭谁都无法攻破，我所做的一切都是为了这个家，为了你，为了儿子。相信我，我不会再让你伤心，像结婚那天说过的，要给你一辈子的幸福。”田翼飞紧紧拥着陆婧婷，不停地在她的前额上吻着。

“我不相信，我不想相信你……”尽管陆婧婷在嘴上硬着，可心里已经感动得把眼泪逼了出来。

3

一觉醒来，陆婧婷觉得阳光又重新回到了生活中。她已经发现自己有些分不清梦与现实有什么区别了，昨天夜里经历过的事，哪些细节是真的？哪些只在梦里出现？她狠狠地拍一下自己的脑袋，很痛，她知道她的躯壳是真的，但仍旧感觉到灵魂还没有完全回来。梦里的情境跟现实中是那么相像，但又有很大的不同。

接下来的一个星期，日子过得平静而又甜蜜，每日，田翼飞按时下班回家，晚饭后，田翼飞又会陪着陆婧婷去散步，他们会走很远很远，他们尽量避开有关田翼飞和那个女人的话题。

那是个周末的晚上，早早地吃罢晚饭，送走了上学的儿子，田翼飞拉着陆婧婷的手来到了那条他们最喜欢走的马路。

马路的两旁有两排长了多年的银杏树，扇形的叶子组成了一棵棵浓密的大树，像一排漂亮的大伞遮住了夏日的夕阳。

“单位里来了个小伙子，性格脾气都好，刚试用期转正，谁想到一转正，才发现他是个油盐不进的家伙，肉死了。”

陆婧婷的脸上这些日子来，第一次有了笑容，“是吗？什么叫油盐不进？”

看到妻脸上的笑容，田翼飞的心似乎也豁然开朗了许多，他轻轻揽着陆婧婷的腰，看着她的脸说：“不管我布置什么工作，不管我交代什么事情，他都答应得非常干脆，可是每次我都等了好长时间，才发现，他什么事情都做了一半，你批评他，他诚恳接受，可是，没做完的事情总也做不完，你再布置新的工作，他仍旧痛快答应，我真是拿他没办法了。”

“男孩子可不能这样。”

“是啊，你瞧我们单位的那个小周，做事就麻利，又有眼力，很讨领导欢心。”田翼飞的脸也露出喜欢的神色，“他和沈川的妹妹好上了，听说已经商量着要结婚的事了。”

陆婧婷瞥了田翼飞一眼，“结什么婚呐？现今这个世界，动辄就离婚，离婚都成家常便饭了。”

田翼飞也是个敏感之人，他听出了陆婧婷的话外之音，他不知道该如何回答陆婧婷，是一条短信解了田翼飞的围。

田翼飞拿出手机，看着。

陆婧婷的心却倏地一下就提了起来，“是谁来的短信？”过去，陆婧婷从不过问田翼飞的短信，可现在，她的神经已经敏感得像一张强风中的蜘蛛网，随时都有可能被风刮破。

“哦，是条广告。”田翼飞的脸上闪过瞬间的慌乱，动了动手指，删掉了那条短信。

看到田翼飞躲躲闪闪的样子，陆婧婷的心再一次痛起来，说出一句她自己最不愿意承认的事实，“是那个女人来的吧？”

“不要胡思乱想，真的只是一条广告。”田翼飞举起手机笑笑，装入口袋里。

“我看一眼行吗？”陆婧婷实在不愿意说出这句话，她知道这是自己对丈夫的不信任，可是，她从心底里真的不相信田翼飞。

“我删了。”田翼飞很坦然地回答。

“有必要删那么快吗？”陆婧婷觉得自己变成了一只疯猫。

“你是不是有些过分啦？”田翼飞的脸色变得难看起来。

陆婧婷觉得田翼飞简直就是在演戏，她恼了，猛地横在田翼飞面前，“田翼飞，你比演员演得还像！”

有路人走过陆婧婷面前，看她。

陆婧婷深深地吐出一口气，浊气，然后压低着嗓音对田翼飞说："分开吧，用不着这么躲躲闪闪的，用不着这么偷偷摸摸的，回家拿上你的衣服走吧。我不想再见到你猥琐遮掩的样子了。"说完，陆婧婷头也不回地往远处走去，把田翼飞扔在了街上。

田翼飞拿出手机，咬牙切齿地举起来，往地上做了一个要抛的姿势，但最终没摔。

那天晚上，田翼飞没有拿任何衣物，就那么走了。

家是什么，家是饿了有吃的，累了有躺的，是男人在外面劳累后歇息的"窝"，是女人在外受了气后可以向丈夫撒娇的场所。家是实实在在的巢，是任何外在的形式替代不了的。一个家仅有男人，少了温馨，一个家光有女人，多了寂寞。陆婧婷在走进家的瞬间，她一下子就感到了一种凄楚的悲凉，她猛地扑到床上，泪水无声地渗进了被罩里。

空洞寂寥的家，冰箱像只伤心的老狗般发出一阵阵启动的呜咽声，电视机也会像个小偷似的不小心发出咔的一声响，还有，鱼缸里的鱼像个缺少氧气的病人，大张着嘴扑扑地呼吸着，这些响声如同多层蛋糕那样重重叠叠地沉淀在一起。

陆婧婷觉得自己与空气郁结在一起，房间里荡漾着一股死沉沉的气氛。处在这种气氛中的任何一样东西都像死前一样地做着最后的挣扎。陆婧婷挣扎着起来，她把严实的窗帏拉开少许，半掩着，只让一种暗晦的光线透进来，照着她左半脸和左半床。

那种暗晦的光线让陆婧婷感觉到肋下有一股气，老往心口顶，令她有种窒息的感觉，有种喘不上气来的感觉，她突然开始厌烦这个家。陆婧婷站起来，推开卧室的门下了楼，穿上鞋，拿着钱包来到了大街上。

陆婧婷不知道自己要去哪里，她跟着前面一个胖身子的老太太进了一个小超市。她不知道自己进超市要买些什么，吃的？用的？她的脑子真是不好用，怎么也想不起家里缺什么，自己想吃什么，她像个木鸡似的在琳琅的货架间转了一圈又一圈。直到一女服务员冲她喊："嘿，下班了。您不买东西的话就请回吧。"陆婧婷这才发现超市里只有她一个人了。

陆婧婷走到商场门口时问了女服务员："请问现在几点了？"

那个女服务员态度蛮好的，"已经九点半了。您慢走啊！"

陆婧婷确实是在慢走，钱包已经在她手里捏出了汗，她慢腾腾地走回家，空空如也的家没有一丝生气，可是家里却到处充塞着田翼飞的影子。

陆婧婷知道田翼飞会去哪里，罂粟花的美丽，罂粟果的芳香是他的归宿，可今天的归宿，是她逼去的。被泪水浸湿的被罩散发出无声的孤寂，并把这种孤寂撒向空荡无声的屋子，使这个原本快乐宁静幸福的家失去了一种气息、一种情结、一种思绪、一种可以触摸到的情境。

夜已经很静很静了，静得仿佛全世界的人都死净了一般，陆婧婷从床上来到穿衣镜前，望着镜中憔悴的脸庞，心里不禁一阵酸楚，泪水又噼里啪啦掉下来，她不愿意再看到镜中的自己，离开镜前，走到厨房，拿出菜刀，在脖子上比画着。

冰凉的刀刃接触到皮肤，使陆婧婷产生了一种欲望的快感，她真想在这种快感下不再醒来，不再让自己的心灵这么伤痛累累地思维着什么，可就在她想用力时，她突然听到了儿子的一声呼唤："妈，你是不是更了？"更了？陆婧婷的手松了，刀掉在地上，发出了当啷的响声，这响声震醒了她的魂，儿子那心无城府的笑脸，总会令陆婧婷停止自己的欲望。

陆婧婷离开厨房，打开了通往露台的门，她想找一个能看到天空的角落。

夜风拂在脸上很是惬意，可陆婧婷没有丝毫感觉，她在想象自己被情束缚的心灵，想象着田翼飞和另一个女人调情的镜头，陆婧婷的心又开始乱起来，并隐隐地痛着，这时候，那种潮热的感觉又猛地从心底涌起，陆婧婷突地产生了一种冲动，她抱住头，冲着门外大声地喊叫起来：“啊——田翼飞，我恨你——”

陆婧婷喊完，就一屁股坐在地上，她觉得自己累死了，快要撑不下去了。她孤独而绝望的眼神透露了她内心深处的伤痛。

4

陆婧婷给田原发了个短信：

儿子，在上晚自习吧！妈妈想你。

田原很快就回了短信：

妈，又不开心了？千万别做傻事啊！在家乖乖地等我，周五放学了我就回家。抱抱，亲亲！

陆婧婷把田原的短信翻来覆去看了好几遍，甚至在那条短信上亲了好几遍，她的心情感到了一丝丝慰藉，她给田原又回了一条短信：

儿子，好好上学，周末等你回来，妈妈爱你。别回了！

陆婧婷在沙发上坐了一会儿，猛地站起，换了衣服，出了门。

陆婧婷打了个车，去了父亲家。

这么晚了，见到女儿愁眉不展地回来，陆子义担心地盯着陆婧婷的脸，“这么晚回来有事吗？”

陆婧婷挤出一些笑容，摇头，“没事，听大姐说你一个人待着有些闷，我过来看看。再说，也快到你生日了，问问你想要点什么。”

“哎哟婧婷，我一个人待着也不是一两天的事了，你们才想起啊！我没别的要求，就想找个老伴……”

陆子义话未说完就被陆婧婷打断，“爸，你真的觉得找个老伴会开心吗？”陆婧婷想起了她和田翼飞、大姐陆毓姗和沈川，还有小妹陆叶红和陈翔，两口子不管谁对谁错，生活中的坎坎坷坷会把一个人折磨疯，与其如此受情感的折磨，不如一个人平平淡淡地过。

陆子义看了陆婧婷一眼，“你不开心吗？翼飞对你那么好。”

陆婧婷的心一颤，此时她真想扑到老父亲怀里告诉他，田翼飞是怎样一个男人，他居然不顾夫妻那么多年的恩爱出轨找了女人，而自己过得有多么不好，连死的心都有了。但是，陆婧婷不能说，她皱着眉头打量着父亲那张日渐苍老的面庞，她不想把自己的不幸让父亲来替她分担，于是她淡淡地笑了一下，幽幽地说：“开不开心是相对的，如今这个社会的人都变了，你能肯定你就能找一个让你开心的老伴吗？”

“可是我总要试了才知道啊！”陆子义苦笑。

陆婧婷哑口无言，她只能推诿地说：“那等大姐小妹过来时，一起商量商量吧。”

陆婧婷突然想回家去，她总觉得田翼飞会随时回家，如果看到她不在家，他会不会又离开呢？陆婧婷从包里拿出一个小瓶，里面有一些丝瓜种，“爸，这是我和同事要的，你明天就种下吧。我回去了，有事周末再说。”陆婧婷不等陆子义开口就往外走，却和一个人撞上了。

“哎哟！”陆婧婷退了一个趔趄，站定，“是你啊！”

见是陆婧婷，陈翔一把抓住她，“你怎么这么晚过来了？”说着看看陆子义，“怕不是也是为爸的生日吧。”

陆子义看一眼二人，大嗓门地嚷了一句：“我不过什么生日，你们也别瞎操心！”陆子义从来不愿让女儿们给他过生日的，他觉得那是在浪费钱，这一生，他最怕的就是浪费。

陈翔也不反驳，他从陆婧婷身边挤过去，把嘴贴在陆子义耳边嘀嘀咕咕说了句什么，居然让陆子义高兴地喊起来，“真的？真的？太好了！生日就这么过！”说着兴高采烈地跪到床前，从床底下拖出一个木箱子，又从里面拿出一堆写好的书法字，从中挑选了十幅，交给了陈翔。

“这是……”陆婧婷不明就里地看着陈翔。

“你是不是要回家？我送你。”陈翔说着和陆婧婷一起出了四合院。就像是怕被人听到似的，陈翔把嘴贴到陆婧婷耳边，悄悄地说了几句。

“哦，这个主意太好了！我还正想着该怎么给爸过这个生日呢！贵了不好贱了不好，他永远没有满意的时候，想不到你一句话就让爸投降了。”

“好啦，就这样了，你到时给爸买……”陈翔又神神秘秘地把嘴凑到陆婧婷耳边，说了句。

陆婧婷赞赏地注视着陈翔，“你真成了爸肚里的蛔虫了。”

“嘿，不是哄老爷子高兴嘛，也哄你妹高兴嘛！”

一听陈翔提起陆叶红，陆婧婷忙问：“叶红最近没犯‘神经病’吧！”

陈翔摇头，“最近我们过得挺好。她就是那么个人，其实也没什么坏心眼儿。”

“都是小时候被我妈我爸宠坏了。”说着瞥一眼开车的陈翔，“嫁给你，你也宠她，就把她宠得没了个样。”

“女人嘛，就是要被男人疼的。”陈翔说完哧哧地笑起来。陈翔很敏感，他甩甩头，脸上说不清是幸福还是痛苦的神色，“只要她高兴，她还是很会做一个可爱的小女人的，我已经很满足了。”

“很满足？”这话陆婧婷是在心里说的，她不明白人与人的欲望为什么会不一样。对陈翔来说，只要陆叶红开心，他就满足，陆叶红偶尔地跟他睡一次，他就会笑得合不拢嘴，他把他的整个身心都给了陆叶红，他却从来未曾想过要背叛她一次，这种男人，不是每一个女人都求之不得的嘛！

5

周末，田翼飞仍旧没有回家，不知道他是怕陆婧婷继续撵他还是他住在了吕贞家乐不思蜀，反正他连个短信也没有。

陆婧婷恨恨地在心里咒骂着田翼飞，然后带着田原来到了字画市场，她为父亲买了一刀四百多元钱的宣纸，并千嘱咐万嘱咐田原，“千万别告诉你姥爷这宣纸四百多元啊！他若是问起来，就告诉他四十多元钱买的，打折的。”

“妈，我姥爷写了几十年的字了，他怎么会看不出是多少钱的纸呢？那他也太低智商了。”

“你就说是妈在朋友店里买的，只收了成本费。”

“成本费有这么低吗？”

“不知道，反正你姥爷也不会知道，你若说贵了，他又该唠叨上一年了。”

“好吧，反正我一口咬定，就四十块钱。”

陆婧婷笑了，儿子虽不是妈的小棉袄，像女孩那样和妈妈亲昵，但男孩子有男孩子的好，关键时刻他总是能够做自己小小的顶梁柱。

陆子义的四合院因为几个女儿女婿和外孙子女的到来，显得热闹起来，而陆子义头一次像小孩一样地盼着生日早些来到，一早，他就站到了大门口，眼巴巴地等着女儿女婿们。

陈翔和陆叶红早到了两个小时，陈翔从车上扛下一个纸箱，从里面拿出陆子义那二十幅装裱好的书法，打开给陆子义看。

“这……这，这是我写的吗？”陆子义瞪大眼珠张大嘴巴惊呆了。

“当然是你写的啦！”陆叶红抱住陆子义的胳膊，瞥了陈翔一眼，很骄傲自己的建议，她也知道老父亲抠门，可为了让老父亲高兴，她让陈翔为老父亲装裱出十幅书法来。

陆子义无论如何也不敢相信这是他写的书法，他转过来掉过去地看，又把盖着印章的地方放到阳光下透视着看。

“爸，没听说过三分画七分裱吗？”

陈翔加了一句，不料陆子义却突然拉下了脸，“我的字全靠裱才好看的?”

“这……”

陈翔不懂书法,这句话完全是他把老丈人的书法拿去装裱时听装裱工说的,不料就这一句话还被老丈人给咽了回来,倒是陆叶红平时喜欢写诗写书法,对装裱还算有个一知半解,于是她瞪了陈翔一眼,连忙劝慰陆子义。

“爸,凡是沾艺术的东西,都是供人欣赏的,书画艺术也是如此。装裱就像一个人穿了一件衣裳而已,人再漂亮也得穿着得体才耐看,书画装裱也是这样,所谓的‘三分画七分裱’并非是给画作定为只占‘三分’的地位,不过是强调了装裱艺术的重要性而已。”

“嗯,这还差不多。”陆子义高兴了,把自己的作品一一地展开来看,并冲着院里大喊起来,“老刘,快来看,叶红他们把我的字都裱了起来,跟大书法家的一样一样啊!”

陆子义的大嗓门一下子唤来好几个老头老太太,他们挤到陆子义身边叽叽喳喳地夸奖起来,陆子义的嘴就一直咧着,呵呵的笑声没断,连多少钱裱的他都忘了问。

很快,陆毓姗和沈川带着果果来了,他们给陆子义买了一个蛋糕,果果迫不及待地就把蛋糕盒里的寿星纸帽给陆子义戴了上去,并跟陆毓姗嚷着,“妈,快给姥爷照相,照完相咱们就可以吃蛋糕了。”

陆毓姗疼爱地抚摸着果果的头,瞧瞧四合院大门,“你二姨一家子还没到呢,不急,等你二姨到了,咱们照个全家福,然后就可以开始做午饭了,等吃完饭再吃蛋糕。”

“哦,那得等多长时间啊?”果果失望地瞅瞅四合院,却突然喊叫起来,“妈,妈,二姨他们来了!”果果跑出去迎接。

陆毓姗连忙跟出去。

陆婧婷跟在田原身后,田原抱着那刀宣纸走进四合院。

陆毓姗抻头等着,却未见田翼飞进来,她的眼神落在陆婧婷脸上,

"怎么就你们娘儿俩?"

陆婧婷咧着一侧的嘴角挤出一丝笑容,"他单位里有应酬,就不过来了,他给爸买了一刀好宣纸。"说着看一眼田原,"去,把宣纸送给你姥爷,别忘了说句吉利话。"

"哥哥,我帮你拿。"果果帮倒忙地抓住田原的手,往屋里走去。

趁院里没人的工夫,陆毓姗悄悄地问陆婧婷,"你们两个最近怎么了?"

"没怎么呀!"家丑不可外扬,陆婧婷再清楚不过,她苦笑着摇摇头。

"还说没怎么,瞧你这个憔悴劲儿!"陆毓姗疼怜地瞪了陆婧婷一眼,劝解道,"两口子千万别养成吵架的习惯,否则就会越吵越凶。"说着看一眼屋里的沈川,"就像大川子,打惯了,不打他还难受。"

"真的没事,大姐!"陆婧婷振作了一下,努力使自己的笑容灿烂些,然后挎着陆毓姗的胳膊一起走进屋里。

田原正在假模假式地告诉陆子义宣纸的价钱,可陆子义的脑袋却摇得像个拨浪鼓似的不相信,"小子,你蒙谁呐?四十元钱的宣纸我买过,比你这差远了,我看这宣纸得有个三四百元。"

"真的姥爷,不信你问我妈去。"

陆婧婷会意地冲陆毓姗使了个眼色,大声地说:"叶红,走,我们和大姐去厨房看看做什么好。"

沈川不识相地挤过来,"做饭的事还用你们操心,包给我和陈翔了,你们只管在这里陪着爸聊天就行。"说着一拽陈翔的衣服,"走,咱俩先去看看厨房的东西够不够。"

沈川和陈翔进了厨房,陆毓姗就往墙上钉钉子,陆婧婷和陆叶红就负责递裱好的书法。

陆子义却迫不及待地冲四合院里喊开了,"陆子义2013年春季家庭书法展开幕,欢迎四合院居民前来参观题字拍照留念。"

一时间,大人小孩叽叽喳喳拥进了陆子义家,小孩子看热闹,大人们就开始赞不绝口,刘大爷提议,要为陆子义做个匾,挂到四合院的门口。

这是一顿热闹的生日餐,碰杯声、祝贺声、生日歌,都快把陆子义弄晕了,他在嘈杂声中和陆婧婷讨论起谁占三分,谁占七分的事,并把刚才从陆叶红那里听来的话郑重其事地告诉陆婧婷,“装裱就像一个人穿了一件衣裳而已,所谓的‘三分画七分裱’并非是给画作定为只占‘三分’的地位……”

第十二章

1

陆婧婷已经明显地感觉到身体的不适,更年期的症状越来越明显,她开始害怕每一个独自在家的夜晚,她常常六神无主地在屋里转着圈,然后把目光停在一个没有目标的地方,一动不动地看上半天,脑子里却一片空白。

田翼飞不在,陆婧婷也不愿意待在家里,她总是手捏着钱包去逛那家不太大的超市,每次都是不知道该买些什么,每次都是等到那个女服务员喊着关门了她才离开。然后她就在大街上晃荡,像个木乃伊般的幽灵,一直晃到她走不动了,她才回家。回到家后,她又蹿上露台,她喜欢走进黑幕中,她在追寻被黑掩盖的一切,因为有黑的夜掩盖着,她的泪水静静地滚落在大地上才无人发现。陆婧婷的眉蹙成了一个深深的川字,也无人看见,她的上牙把下唇咬出了咸咸的血滴,她悄悄地抿进嘴里品尝着,那血带着苦涩,带着悲痛,悄悄地融入她全身的每一个细胞。

陆婧婷开始一整夜一整夜地失眠,过去,她只喜欢做美梦,常为自己做了噩梦而拱进田翼飞的怀里诉说自己的恐惧,如今,她却巴望着自己能做上一个梦,甚至是一个噩梦,因为只有进入梦境的时候才能证明她已经入睡,可是,陆婧婷似乎发现自己再也找不到那种梦的感觉了。这种几秒钟就能跨入的梦境,对陆婧婷来说,是如此的艰难。她记不清自己已经躺了多久。

打开台灯看看墙上的闹钟，时针已经指向十二点，家里一点点细微的声音她都能听得到，这足以证明她还未进入梦乡。陆婧婷在床上辗转反侧了许久，心里的惊恐不觉慢慢袭来。今晚，她恐怕又要一夜不能入睡了。

白天，她昏沉的大脑仿佛夜晚，夜晚，她清醒的记忆仿佛白天，她渴望睡眠，像猪一样地睡，像死人一样永远沉眠不醒，可是睡眠像一个讨厌她的精灵，远远地躲开，不想与她亲近。

陆婧婷睡不着时，就会打开卧室的门，听着楼下水族箱里过滤器发出的噗噗的响声，想象着那些鱼儿们此时是否睡着了，或许也正和她一样失眠着，想着，陆婧婷就起身下楼，打开水族箱里的灯，木木地看那些鱼。

因为疏于照顾，那对恩爱的夫妻神仙鱼孵的卵早已被别的神仙鱼们偷吃光了，得不到"美人"的芳心，那些神仙鱼们采取了最为狠毒的报复手段。

望着那对小夫妻忧伤的眼神，再看其他鱼们得意悠闲的模样，陆婧婷内疚得什么似的，她知道，神仙鱼之间产生爱情是很难的，它们是一种自由恋爱的鱼，和人一样，选择余地小了，互相挑选不到合适的伴侣，选择余地大了互相就会挑花眼，最后成了老姑娘、老光棍没人要。只有雌雄双方相互对了眼才能结合，结合以后就是一对非常恩爱的夫妻，没有特殊情况他们会一直白头到老，不弃不离，没有二心。

人不如鱼！此时此刻，陆婧婷多么想跳进水族箱，变成一条鱼，享受着世人得不到的始终如一的幸福爱情。可是，她不知道自己会不会有那么幸运，变成那条被雄鱼呵护的雌鱼，如果她一辈子找不到爱她的鱼，或是她爱的鱼，那么她也会变成老姑娘孤独一辈子。突然间，潜藏在自己世界里的那种孤独让陆婧婷几乎绝望。

陆婧婷的心又开始绞着似的痛，她慢慢地站起身，找出一截尼龙绳，把它绕在自己的脖子上，然后一点一点地使劲，直勒到自己喘不上气来为止，她多羡慕那些思维简单的傻子，不知道伤害，不知道忧愁，她常常想，如果自己也是个傻子就好了，可惜她不是，她不知道怎样控制自己不去想田翼飞和那个女人的事，她已经完完全全跌入一种怀疑不能自拔了，她很怀念以前平静的日子，搞搞卫生，做做家务，听听音乐，做做美食，取几样零食，找一本好书，蜷曲在软软的床上，让心灵沉浸在书的世界里，那种感觉真好。不过，陆婧婷觉得自己的世界里不会再有这种美好的东西了，她时时感到自己的思维像一只疯狂的猫，死也不肯停下疯狂地奔跑。

陆婧婷几次拿起电话，可是她觉得她和田翼飞已经隔阂得像一张厚厚的绵纸横在了两人之间，她犹豫，她又把电话搁下，一个人走上露台。潮热的感觉再一次袭来，陆婧婷觉得自己有瞬间的恍惚，她轻轻一跃，坐到了露台的护栏上。她总觉得她会翻身越过护栏，让肉体坠入深渊，逃避尘世的眼睛，享受那最后一瞬的迅疾下坠。

二十六层楼房的高度，使陆婧婷有片刻的眩晕，她把手撑在了身子两侧。透过楼下路边浓密的杨树叶，爬虫似的车在脚下流淌，这种视觉感非常好，让陆婧婷的心开始怦怦乱跳，她想象着如果这一瞬间这堵护栏的墙突然坍塌，她张开四肢从二十六层往一层坠落，白色的塔裙开成了空中一朵白色的花，她甚至都能听到自己尖声的喊叫，和感觉到那飘忽的失重的快感。然后落地的白花渐渐被血洇红，变成一朵美丽的血花。她睁着双眼，幸福地笑着在这片血花中愉快地死去。

其实生与死的距离就在陆婧婷的身前与身后。她在眩晕中思忖着自己。

电话嘈杂的铃声使坍塌的墙又回复了原状，陆婧婷跳下墙头，快步跑回屋，拿起了电话，她知道是谁打来的，她一直在等着这个电话。

“婷儿，还好吗？”田翼飞沙哑的声音在电话里响起。

“嗯！”陆婧婷的语气平淡得让她的心几乎死掉。

“不管你相不相信，我都要告诉你，我爱你，直到永远！”

陆婧婷能感觉到田翼飞的脸上挂着疲倦的神情，从他的语言里就能感到，可陆婧婷的心在挣扎，她不信。

“婷儿，你在听我说话吗？”

陆婧婷不语。

“你要是不想说就别说了，等想说的时候再和我说好吗？”田翼飞沙哑的声音有一种无奈的恳求，“我挂了，你要好好保重自己。”

就在田翼飞挂上电话的瞬间，陆婧婷突然大声地哭了起来。

2

“翼飞，你回来，我要你！”陆婧婷知道自己爱田翼飞，哪怕自己痛苦，哪怕心被划得一道道伤痕，她也爱他。

身边没有田翼飞的日子，陆婧婷的孤独达到了极致。这一周，七个冷清的夜，只有几间空寂的房子和那些不会言语的家具陪伴着陆婧婷，那种使人烦躁的孤独和无聊时时刻刻充塞着她的心，那是一种无法言语和抗拒的感觉。就算白天在单位里有同事们在大声说笑，孤独还会像个幽灵似的侵袭着她。她知道，那是心灵的孤独，因为她已经习惯了田翼飞在身边的日子，即使是生气，即便是吵架。

这种习惯早已变成了陆婧婷每天生活的必需，整整二十年的习惯，陆婧婷改变不了！尤其是这次，她主动把田翼飞赶走，似乎就像田翼飞把她生生地抛弃了一般，七个夜晚，如同七个周年，她对田翼飞的思念一夜比一夜加重，她终于深深地明白了魂牵梦萦这个词的含义，也彻底地知道了思念是一种怎样地折磨人的滋味！在这七个孤独的夜晚，陆婧婷静静地回想他们这二十年来在一起的点点滴滴，这种回忆，如同那串挂在玄关的风铃，轻轻拨动就有长长的回响，回响中有甜有酸，有苦有辣，但是不管陆婧婷如何想把那些美好的回忆拉扯进自己的大脑中，想把那些不快的回忆挤出脑际，但是，思维就像那漫天飞舞的风筝，无论如何也无法挣脱她心中那根痛苦的孤独的线。

有人说，只有爱和魔鬼才能震撼心灵。陆婧婷觉得这句话说得千真万确，因为她已经被自己对田翼飞的爱，被自己爱的这个魔鬼般的男人重重地攫住了，不能自拔。她内心深处存有的那份浪漫，她的潜在欲望在寻找的那种完美，统统被现实生活给击得粉碎。

陆婧婷就是在这种无法承受生命中的重与轻中把田翼飞给唤了回来。

一个家有了男人女人，一个家就有了生气。陆婧婷有了出门前丈夫深情的拥抱。

“好好上班，下班我去接你！”田翼飞在陆婧婷的前额、左腮、右腮，最后在她苍白的唇上各吻了一下。

那一刻，陆婧婷感到了温馨，可是温馨过后，陆婧婷那脆弱的心理又面临了考验，她已经对田翼飞的电话、短信异常地敏感起来，只要电话一响，田翼飞的短信一来，她就会猛地惊觉，眼神一动不动地盯着田翼飞的脸，观察他接电话时的表情，其实不管田翼飞告诉陆婧婷是谁来的电话和短信，陆婧婷统统都不信，因为她已经偷偷地查看过田翼飞的短信和来电显示了，田翼飞已经养成了随时删除短信的习惯，连那些来电显示都会在下班回到家前统统删掉，不给陆婧婷留下任何起疑的把柄。

“没有鬼何必要删除短信，删除来电显示?”陆婧婷的眼神有一种厌恶在里面。

“这你也要怀疑？我就是怕你胡思乱想才删掉一切的。”有一种狡猾后的胜利流露在田翼飞的眼神里。

陆婧婷怎会不清楚田翼飞的心思，可是她厌倦了争吵，厌烦了田翼飞那死不认账的无辜表情，陆婧婷用短时间的沉默表示了自己的心情，她已充分感觉到了她和田翼飞的爱情的扭曲，她恨田翼飞，却离不开他，田翼飞爱她，却沉迷于另一个女人的怀抱。

陆婧婷的沉默中有思维在飞翔，她在努力找到一个平衡点来释放自己心理的不平衡点，她觉得自己找到了。

那是田翼飞又一个出差的日子，陆婧婷不知道他是真出差还是假出差，反正不管他是真出还是假出，她都不会相信。

田原看到陆婧婷六神无主，在屋里像无头苍蝇似的来回走着，便问："妈，是不是闲得无聊？"田原也不是小孩子了，从这半年多里发生在爸妈之间的争吵里，他已经听出了大概，尤其是他放暑假后，爸妈的言谈举止都在他眼里。他不知道自己该偏向哪头，爸妈都是自己最亲的人，他恨爸爸有了外遇，可是他也知道爸爸爱妈妈，所以他会更关心妈妈，更注意观察妈妈的心情。

陆婧婷走到儿子身后坐下，把头贴在儿子的脊背上，点头。

"妈，教你上 QQ 聊天吧。"田原说着打开了自己的 QQ，把自己的 QQ 好友一一点给陆婧婷看。

望着那一长排各色各样的男女 QQ 头像，看着那些稀奇古怪的网名，陆婧婷好奇了，"这些人都是你的朋友？"

"算是吧，准确点说是网友。"田原解释着，"不过，有些网友可以成为朋友，有些网友不能。"

"交这么多网友不累吗？"陆婧婷问。

"不会累的，当你无聊时，寂寞时，就找网友聊聊，你会很开心。"

"可是我到哪里结交这么多的网友呢？"陆婧婷想象不出来。

"你可以先去聊天室，在那里寻找你喜欢的朋友，然后再把他们加到你的 QQ 里啊。"接着田原不厌其烦地帮陆婧婷注册了 QQ 号，然后教她如何进聊天室，教她如何和网友打招呼。

"就这么简单？"陆婧婷虽然会打一手快捷的五笔，但她从来没上网和任何人聊过天，她兴奋地看到有两个人同时来找她聊天。

"儿子，我能和他们聊吗？"陆婧婷有些激动，也有些畏惧。

望着妈妈像个小姑娘般的恐慌表情，田原呵呵地乐，“初始阶段你可以统统把他们加为好友，等过一段时间你就会有鉴别了，哪些人是聊得来的，哪些人是聊不来的，聊不来的你就把他们踢走。”

“会不会狠了点？”陆婧婷问。

“不会啦，网友们都这样的，你就好好聊吧，我看书去啦。”田原懂事地把电脑让给了陆婧婷。

陆婧婷开始与每一个与她搭讪的网友聊着，她忘记了时间，忘记了田翼飞，同时也忘记了自己和儿子，当她终于再也睁不开眼睛时，她才发现墙上闹钟的指针已经指向深夜两点了，儿子早已在客厅的沙发上睡着了，书扔在了地上。

3

陆婧婷终于找到了可以忘却田翼飞和那个女人的方法，她开始漫游在各个聊天室里，那些聊天室的门为陆婧婷敞开着，那些聊天室在那里闪烁着星星点点的诱惑，陆婧婷可以在那里面开心地笑，也可以放心地哭，因为没有人真正想知道她为什么这样，也没有人真正关心她是谁，她不会给任何人留下牵挂，别人也不会给她留下思念。

常常，陆婧婷在每个聊天室待不够十分钟就出来了，然后再进另一个聊天室，她也不知道自己出来又进去进去又出来到底是要做什么。

孤独是孤独者的天堂，寂寞是寂寞者的华衣，一台电脑亦成了陆婧婷的一个世界，当黑夜降临，繁星点点，当田翼飞不在家的日子里，陆婧婷就穿着她的华衣在她的天堂独舞……

渐渐地，陆婧婷在网络世界中找到了自己的天堂，她有了新的感觉，这里没有应酬，不需要刻意奉承，不用看人脸子，最主要的是，这里人与人之间都隔着一道屏幕，所有的网友之间毫无利害冲突，毫无经济纠葛和面对面的针锋相对，这道屏幕隐藏了陆婧婷所有的羞怯和不安，她可以用文字释放出自己所有的激情和智慧，那些不同的网友、不同的语言、不同的心理，使陆婧婷像一条在浩瀚海洋里畅游的鱼儿，很快地她就交了十几个网友，当然，她听从了儿子的话，她只留下了五个认为最聊得来的网友，其他的全部打入了黑名单。

陆婧婷从不喜欢和三十岁以下的网友聊天，她觉得他们太小，没有思想，可她偏偏留下了一个叫"阳光灿烂"的网友，那是个只有二十五岁的大男孩，是他先闯入到陆婧婷的QQ里来的，一进来他就问陆婧婷的年龄。

陆婧婷很诚实地回答："我可以做你的妈妈。"

阳光灿烂贴了一个哈哈大笑的图片，"开国际玩笑！喜欢说自己比别人大的女孩，一般都有好脾气，你的脾气一定很好，你是个很温柔的女孩吧？"

陆婧婷无声地笑了，女孩？这个称谓离她已经很久远了，不过很受用，那种久别了的回忆慢慢地通过网络传递给她，尤其是当她知道田翼飞外遇的那个女人比她小时的那种失落，也在阳光灿烂的询问中慢慢恢复，她避重就轻地问："你喜欢温柔的女孩？"

阳光灿烂回答："哪个男人不喜欢温柔的女孩子呢。"

如果阳光灿烂的话不概括所有的男人，陆婧婷觉得自己没有必要去拿一个二十五岁的大男孩开心，可是阳光灿烂概括了所有的男人，所以陆婧婷突然间生起气来，也就是说，阳光灿烂的话里也概括了田翼飞。陆婧婷不知道田翼飞喜欢的那个女人是怎样的性格，但田翼飞喜欢她，就说明她有自己身上没有的优点，陆婧婷不知道那个女人身上有什么样的优点，田翼飞不会和她说。但是，阳光灿烂的话却深深地刺痛了陆婧婷的心，她突然觉得天下所有的男人都不可原谅，包括这个阳光灿烂。她想骂他一顿，可是觉得这样并不解气，那就捉弄捉弄他吧。

一想到可以解气地捉弄一个大男孩子，陆婧婷不由得乐了，她的手在键盘上飞快地敲着:“温柔的女人就是水,水做的女人能把任何男人淹掉。”

阳光灿烂相当同意陆婧婷的说法,他说他就愿意做那个被水淹掉的男人。

陆婧婷已经是四十五岁的女人了,感情的事经历了二十年,和一个二十五岁的大男孩周旋太绰绰有余了,直到她下线,那个阳光灿烂仍旧恋恋不舍,又是拥抱又是亲吻地送上一大堆图片。

陆婧婷和这个二十五岁的阳光灿烂聊得很热乎,直到有一天,阳光灿烂在网上对陆婧婷说:“我想和你见一面。”陆婧婷才发现,阳光灿烂已经完完全全地被她罩进她无意间布下的情网里了。陆婧婷只是鄙视地一笑,“不可以。我不会见你的。”

阳光灿烂贴出了一个哭脸,“不要如此狠心,我从来没有爱过一个女孩,可是我觉得我爱上了你,因为我一天见不到你,就会觉得六神无主,就会茶饭不思,就会睡不香,我从来没有这样的感觉,我想,这大概就是恋爱的感觉,请让我爱你吧。”

“你知道我多大了,你就敢来爱我?”陆婧婷不是存心想把阳光灿烂毁掉,一个没有谈过恋爱的大男孩,陆婧婷有着一种像对待儿子般的感觉,她不想伤害他,也不想再捉弄他了,她直截了当地说:“我真的可以做你的妈妈了,你如果想和我做个朋友,咱们还可以继续聊下去,如果你想来做我的情人,或是所谓的恋人,我想我应该把你踢出我的 QQ。”

“不要,我不管你有多大,反正我是爱上你了,我会去找你的,我一定要你做我的女朋友。”阳光灿烂真是个固执的大男孩。

可是陆婧婷的心里却受不了了,她觉得自己在把这个单纯的大男孩引到一种歧路上,可是虚拟的网络,他怎么就敢相信呢!现实中的东西还有许多虚假的,网络里就更少了实在的东西了。她不想再见到这个阳光灿烂的痴情了,她用田原教她的方法,点击着鼠标,把阳光灿烂拖进了黑名单里。

虽然后来阳光灿烂又硬要加陆婧婷为好友，但都被陆婧婷给生生地拒绝了。她不想再去捉弄这个二十五岁的大男孩了。为了能找个聊得来的网友，为了能使自己忘记田翼飞对她造成的伤害，她又去了“四十温情”聊天室。

一个叫秋水天长的三十五岁的男人来“应聘”聊天。

“你好像不该来这个聊天室？”陆婧婷不解。

“这没什么，纯属个人爱好，我喜欢和比我大的女人聊天。”秋水天长说，“而且我还喜欢视频聊天。”

视频的含义，陆婧婷不太懂，她就按着秋水天长的话，加入了他的好友里，然后又照着他教的，打开了视频。

多少年前，陆婧婷就听说了视频电话一词，可惜她从没见过，所以对这个词没有任何感觉，今天，陆婧婷觉得自己长了见识，因为她不仅在视频中看到了一个陌生的男人，她还在视频里看到了自己，自己的一颦一笑，自己可以把握。她先是冲秋水天长笑笑。秋水天长噘起嘴送了陆婧婷一个长长的吻，陆婧婷有些不好意思，但她接受了。因为秋水天长是陆婧婷喜欢的那种男人，一米八一的个子，一副和善英俊的脸庞，略黑的皮肤使他有一种很男人味的气质，他的眼睛不大，目光却闪烁着一种灼人的光芒。陆婧婷一下就被他的眼神吸引了。

“你三十几了？为什么喜欢跑到这个聊天室里来充大个？”秋水天长发出了疑问。

秋水天长的问，对陆婧婷来说无疑是一种心理上的欣慰和满足，也是一种精神上的愉悦和调节，她的心境顿时就被秋水天长俘获了。

这些日子来，陆婧婷的心由于田翼飞已经紧紧地封闭了，一种被伤害后对自身的封闭，一种失落后对男人情感的封闭。但是今天却由于秋水天长的这句话突然打开了。她骨子里的那种纯净、那种幽默的调侃和俏皮的天性又回到了她的身上。她迎合着秋水天长的话语，她和秋水天长感受着彼此心灵上的那种愉悦的交流。有时候虽不说一句话，但两个人的眼神却会通过视频，知道各自在想什么。

一阵沉默后，秋水天长终于问："喜欢我吗？"

陆婧婷回答道："喜欢！"

秋水天长又问："天热，可以让我脱件衣服吗？"

陆婧婷说："那是你的权利，我不会剥夺。"

秋水天长的脸始终笑意盈盈，他脱去了上衣。

陆婧婷看到了秋水天长那浅古铜色的肌肤，有一种男人的粗犷的美，使她不禁想起了美国动作片里的施瓦辛格。其实，若放在平时，陆婧婷对大街上那些光着膀子的男人不会有任何感觉，可是她今天晚上却实实在在地被秋水天长那野性的美攫住了。

秋水天长一定是看到了陆婧婷那渴望的眼神，他频频地向陆婧婷送来了一个又一个热烈的长吻，并说："为什么不吻我？"

陆婧婷笑了，她点击了那片红唇，并噘噘自己的嘴。

这种回应，激起了秋水天长的情绪，他猛地站起身，陆婧婷惊讶地张大了嘴。

秋水天长已是赤身裸体，并扬起那展示雄性的家伙。

就在他的野性不停地膨胀时，陆婧婷的手机械地敲出了"不不不！"三个大字。

秋水天长的目光一下子暗淡下来，"好的，我不勉强你。"秋水天长的脸上流露出痛苦和失望，他慢慢地坐下了。

就像抓到手的一件东西又被不小心弄丢了似的，陆婧婷突然想重新找回来，她瞪圆了眼睛，一个字一个字地敲出："给我点时间。"

秋水天长那自信的光彩又重新回到了脸上，他缓缓地站起来，一个男人最原始的飞翔就展现在陆婧婷的眼前，像一座喷薄而出的火山，那从火山里喷出的岩浆，炙热了陆婧婷的双眼。

4

陆婧婷似乎从虚拟的境界中找到了一种心灵的释放，可是静下来后的心情却糟糕透了，只是这种糟糕的心情她不知向谁倾诉，几次坐在田翼飞身边，话到了嘴边又咽了下去。

“周末咱们去郊外走走?”田翼飞察觉出陆婧婷最近的情绪变化得有些怪异，她常怔怔地盯着一个方向，目光散乱，眼神茫然，仿佛进入了另一个世界。他知道这是由自己给她带来的痛苦，他很内疚，他希望陆婧婷能开心起来。

“不想去。”陆婧婷断然拒绝。

“那咱们去逛逛商场，今年流行那种薄薄的小花衫，配上你那条带珠片的塔裙，很漂亮的。”田翼飞怎会知道街上流行什么服装？这个年龄的男人，只买自己喜欢的，不会去买流行的，他是从吕贞嘴里听来的，吕贞几次穿着不同款式的小花衫让田翼飞欣赏，所以田翼飞知道了那种淡淡浅浅的小花衫是今年女人们的最爱。

“不想买。”陆婧婷继续拒绝着。

“婷儿，你能开心一些吗?”田翼飞拉住陆婧婷的手，有些焦虑地看她。

“怎么开心?”陆婧婷看也不想看田翼飞的脸，那脸上曾经热爱过的熟悉的东西此刻却让她反感着。

田翼飞轻轻在陆婧婷的眉心处抚摸着，“别这样，看着你这么不开心，我也很难受，我希望你能像过去那样，天天像只小麻雀似的叽叽喳喳告诉我你一天的所闻所见。”

“那是你的自私。”陆婧婷拂开了田翼飞的手，“我明明心里不高兴，而且你也知道我不高兴的原因，可你偏偏要我笑，你不觉得你挺残忍的吗?”

田翼飞不再吱声，他似乎也感觉到了陆婧婷说的那种残忍，不再强迫陆婧婷为他送上笑脸，他只能以沉默来静待陆婧婷的沉默。

陆婧婷表面沉默，可内心却仿佛静水下面的暗流，她觉得自己已被秋水天长的激情击垮了，不上网的日子，她很想看到那张热情带有野性的笑脸和那具有浅古铜色肌肤的躯体。对待秋水天长的欲望，陆婧婷从心底里又有一种排斥，她觉得自己对不起田翼飞，可是她有什么理由要对得起田翼飞，田翼飞想过要对得起自己吗？常常，她会在这种矛盾的心境中突然关闭 QQ，然后双手捧住自己的头，心中暗骂自己的堕落。

这是一种欲罢不能的堕落，明知道是不应该做的事，明知道是深渊，却闭着眼睛往下跳，明知道是在游戏感情，明知道只是一种变异的欲望，却欲罢不能，一次次的堕落，使陆婧婷的心被划得更深，她感到了自己是个罪孽深重的女人，她更加觉得自己不配活在这个世上，那种平衡的心理支点早已被秋水天长击得粉碎。陆婧婷不仅仅是沉默，她背着田翼飞悄悄为自己备下了一截麻绳、一把锋利的水果刀，还有一满瓶安眠药。

在田翼飞不回家的晚上，陆婧婷常示范性地把绳子缠住自己的脖子，然后闭上眼，体味着另一个世界的美好，抑或是把那把水果刀的刀背在自己的脖子上轻轻地抹着，感觉着那种金属带来的冰凉的惬意，惬意之后的血会开成一片艳丽的血花，再不，陆婧婷会叉开双腿坐在床罩上，把那瓶安眠药统统倒出来，一粒一粒地数着，足足有五十粒呢，据说五十粒是可以让人长眠不醒的，就像睡着了一般。

其实陆婧婷能想到的死不止这些，她想过，过马路时，猛地钻进飞驰而来的车轱辘下，她还想过，走到大马路上，随随便便地爬上一座高楼的顶层，轻轻地往下一跃……

这一阵子，死亡已经像个影子般地缠住了陆婧婷，她常常不知道自己是活在现实中还是活在一个童话故事里，抑或是活在一场梦里。她常常听到黑暗中呼呼的风声，在风声中有穿流的人车声；又时时看到通红的天空有长着翅膀的天使来来回回地飞翔着；当然，她还频频从沉睡的梦中听到水有节奏的嘀嗒落下声，就像死神悄然的脚步。

陆婧婷常常被这种白色惨淡的恐怖击倒，她觉得自己就躲在自己的坟墓中透过黑暗的缝隙，惊恐地看着外面苍白的光亮，看着那个死亡的影子一步步地向自己走近。此时此刻，陆婧婷又会长长地大叫一声，那喊声被死亡拉得老长老长。

有一天，陆婧婷终于不堪一击地蜷缩在大衣柜和梳妆台中间空出的角落里，她抽紧双腿，用膝盖抵住这种恐惧。

“走吧，我带你走。”一个声音很轻柔地响起在卧室。

“不——”陆婧婷用双手环抱于胸前，把头深深地埋进去。

“跟着我，让你感受飞翔的美丽。”那个声音很有磁性，“张开你的双臂，你会像鸟儿一样飞起来。”

在这样的傍晚走上露台，陆婧婷觉得应该不会跌跤，她偷偷地抬起脸，瞪大眼珠寻找那个声音。

“闭上眼，血就不会流出来。”那个声音仿佛从她身后传出。

陆婧婷紧闭上了双眼，她看到自己踮起脚尖，像个芭蕾舞演员，倒着碎步跟着那个声音走向露台。

明明天已黑了，可露台上依旧阳光灿烂。陆婧婷感到一种冰冷的温暖，她像那个通红天空下的天使，飞到了护栏上，踮起一只脚尖，旋起来。

旋着旋着，陆婧婷就觉得自己真的飞起来了，她找到了一种解脱，一种轻飘飘的、没有重心的飞翔。

“可是我就要飞不动了。”陆婧婷的脚很涩，她朝着那个声音说。

“你能的，飞吧，勇往直前地飞，别往下看。”那个声音有着怎样的魔力，可陆婧婷偏偏想往下看，她看到了万丈深渊，她终于停止了扇动的翅膀，她惊恐地看着自己像一块沉重的铅砣狠狠地摔入漆黑的深渊里。

陆婧婷感觉到身体的某个部位被撞了一下,她看见了黑红色的血蔓延在自己的身子下,她猛地睁开双眼。

台灯仍旧散发出橘红色的光,田翼飞不在的时候,屋里总会咝咝地发出一种死亡的声音,陆婧婷倾听着这种声音,看到了几个月不来的月经又来了,屁股底下洇着一团红,像一朵初春的花蕾。

第十三章

1

陆婧婷不知道哪里会是自己想待的地方，在家，她有一种莫名的孤独。周末，她把田原交给田翼飞，独自去了父亲家，或许，在那里她的心情能够忘掉一些什么。

见到二女儿回来，陆子义很高兴，三个女儿中，他最喜欢的就是这个二女儿，从小乖巧聪慧，漂亮懂事。

“婧婷，怎么是一个人回来的呢？翼飞呢？原原呢？”望着陆婧婷脸上的憔悴，陆子义担心地皱起了眉头。

“翼飞要写个策划，原原有两个补习班要去。”

“也好，正巧今天在西河公园那里有个相亲会，本来约好和前院的老崔一起去看看的，你来了，你就陪我一起去吧，你跟着一起去玩玩，看个热闹吧？”陆子义说这话时很小心，他既告诉陆婧婷他的目的，又不得罪女儿地拉着陆婧婷一起去，若陆婧婷肯陪他一起去，就说明了陆婧婷的态度。

陆婧婷何尝不知道父亲心里的小九九，但父亲说了是去看看，玩玩，图个热闹，那么就陪父亲走一趟，也给自己解个闷。

大多数时间，西河公园不过是闹市中一片小小的绿洲，但在周末，这座长满了茂盛的花花草草的公园就成了中老年人的约会中心。一片小小的广场，有许多老人坐在广场边的石凳上，喝着自己带的茶水，相互聊着一些苦乐参半的家常话。广场中央，有许多中老年男女在跳着交际舞，搭配凤凰传奇的歌声，给人一种冲动快乐的感染力，走到这里的人们，都会情不自禁地驻足观看。

陆子义不会跳舞，但他却踮着步子从跳舞的人中穿过，然后扭头去看陆婧婷，并冲陆婧婷笑笑，那笑，有些羞涩，也有些开心，引得陆婧婷也不得不回应一下父亲的笑，“爸，进去跳吧。”

“呵呵，我哪里会跳，等有时间学会了再来这里跳。”陆子义摆摆手，却反问陆婧婷，“要不你跳会儿？”

正说着，一个六十多岁的老头走到陆婧婷面前，他先冲陆子义笑笑，然后一只手背到身后，一只手向陆婧婷伸出，做了一个邀请的动作，“我请你跳怎么样？”

“哦不不……”陆婧婷吓得往后退去，“我……我只是来转转的。”

老头笑眯眯地走了。

陆婧婷却拉起陆子义的手连忙往前走去，“爸，快走，多尴尬啊。”

陆子义嘿嘿地笑，“没关系的，不跳就不跳呗，那些跳舞的老头老太太都大方得很，或是听了我的话，又见了你这年轻漂亮的女人，当然要邀请一下试试了。”

“我可不会跳舞，也不想去出洋相。”

“其实也不见得都会跳，只是大家来这里，为的图个乐子呗。”见陆婧婷不语，陆子义便紧走了几步，“走吧，一会儿还有得瞧的。”说着带陆婧婷来到了一个树林里。

这片树林是个天然的小舞台，树林中间有一片空地，树林四周有人工搭建的木条椅，许多中老年男女坐在木条椅上，看他们的表情，似乎还有些不好意思。

陆子义为自己和陆婧婷找了个座位坐下，然后东张西望了一下，又看看手表，“嗯，没晚，就要开始了。”

陆婧婷有些纳闷，不是来相亲的吗？可看这样子似乎是有什么演出，她随着父亲的目光看去，先是听到了一阵《太湖美》的音乐，然后立刻就看到一群中老年妇女挥舞着桃红色木兰扇，扭动着腰肢走进了树林中间，权当那是舞台。

气氛立刻活跃起来，有叫好的，有跟着唱的，还有人举起双手在空中舞着，一直等广场舞跳完，这才走上一个像是组织者般的老头，他毫无目标地把眼神在四周转上一圈，然后非常有底气地说："我们不甘心单身，我们也不在意门当户对，我们和年轻人没什么两样，因为我们也相信一见钟情，也相信缘分。然而缘分是靠行动创造的，用你们最美好的舞姿打动他（她）吧！"他的目光在人群中扫视着。

陆子义的目光也在人群中搜索着，他的目光定格在一个看起来只有五十多岁的女人身上。那个女人大大方方地走上舞台，她的衣着打扮引起了一阵骚动，有人嚷："这是老年相亲会哩！"

立刻有人跟着起哄，"就是，你跑这里来凑什么热闹啊？"

那个女人并不生气，只是开心地笑着，并解释，"多大才算老人呢？我都六十岁了，算不算老人呢？"

"哦，长得可真年轻，像四十多岁。"陆子义夸了一句。

陆婧婷去看父亲的脸，陆子义并未察觉到女儿的注视，他的眼里放着光。

"爸，你喜欢这个阿姨？"

"再看看，再看看。"陆子义瞥都未瞥陆婧婷一眼，他的眼神直勾勾地盯着台上那个女人。

那个女人丝毫不怯场，她捋捋头发，清了清嗓子，笑吟吟地对大家说："老，虽然老了，但心态不能老，我愿意用我的嗓音为大家高歌一曲《青藏高原》。"

掌声响起，那个女人面带微笑，声音婉转地唱起来，虽然她不是专业歌手，但她自如的嗓音却感染了大家，掌声不断，当她快要唱到歌曲末尾的最高音时，大家突然都屏住了呼吸，可她却十分轻巧地就唱上去了，一阵热烈的掌声再次响起。

那个女人很会利用机会，她敛了笑，突然有几滴眼泪从眼角流下来，“我有过一段失败的婚姻，所以一直不愿意再婚，我怕万一再婚，对方不能像看待亲人一样照顾我女儿，就一直没有考虑个人问题，一晃十五年过去了，女儿大了，结婚了，她见我一个人孤独，一直劝我再找一个。是啊，我喜欢唱歌，喜欢跳舞，可那些歌伴舞伴不是我的老公，回到家后，我仍旧连个说话的伴都没有，我想找个知心人，好好折腾折腾我们的晚年。”

立刻就有老头开始打听起台上女人的情况，而且还不是一个人。

陆子义回过头来，把嘴凑到陆婧婷耳边，“这个女人固然不错，但她肯定很折腾，这种女人不是我的菜！”

陆婧婷扑哧笑出声，这时髦的语言，可不像初次来这里的人说的，她憋着笑问陆子义，“什么样的女人是你的菜？”

陆子义听出陆婧婷在戏谑他，他自嘲地笑笑，“会过日子的女人呗。”

“你怎么知道这个阿姨不会过日子？”

“瞧她的打扮就知道她是个喜欢花钱的人。”

陆婧婷想起了父亲的节俭，心里暗暗地笑，别看他找老伴找得急，却也有着自己的标准，于是就说：“也许人家是专为来找老伴才如此打扮的呢！”

“不会！”陆子义没有白活这七十多年，“她穿的那衣服，一看就得好几百块钱一件。”

“现在的女人，不管多老，谁没件几百块钱的衣服！”

“可是你看她从头到脚，并不像其他女人那样，哪一件都精致。”

陆婧婷不得不佩服父亲的眼力，想想自己身上的衣服，就算是田翼飞每月的工资能拿近万元回来，她还是舍不得去买那些高档的衣物，除了不舍得，还觉得不值，顶多穿上两三年就淘汰了……

就在陆婧婷胡思乱想着,突然响起一阵掌声,那个女人被一个老头牵下去了,而此时,她却看到父亲被他身旁的人推上了舞台,舞台上不知什么时候多出个六十多岁的女人,她有些窘迫地捂着嘴羞羞地笑着。

陆婧婷右边有个老头看了她一眼,会意地说:“这可是老陆头的菜。”

老父亲喜欢的女人?陆婧婷立刻去看台上的女人。

2

台上的女人一看就是个有文化的老太太,一件黑色中带着一些淡淡紫色的连衣裙衬托了她匀称的身材,一副紫框眼镜与连衣裙搭配得天衣无缝,陆婧婷最喜欢这个老太太羞涩的笑容,有着一种迷人的魅力,她不禁对父亲投去了鼓励的目光。

也许是看到了陆婧婷的目光,陆子义自信地一笑,然后对那个老太太说:“我今年七十六岁,中共党员,性格开朗,脾气随和,喜欢书法,热衷创新,生活中没有不良习惯。”

陆子义的话引来场下一片笑声,他似乎从这笑声中得到启发,于是又补充了一句,“每次体检,医生们都要对我竖起大拇指,说我身体好得可以活到一百二十岁,其实我要求并不高,能活一百岁就可以啦。”

掌声随之而来,陆子义眼巴巴地去看那个老太太。

老太太的脸上一直不曾失去笑意,她看了看陆子义,问:“你有子女吗?”

“有啊!喏——”陆子义指了指陆婧婷,“那是我二女儿,今天是她陪我来的,瞧我女儿的长相,你就能知道,我年轻时帅不帅了。”

大家的眼神集中到陆婧婷的脸上,陆婧婷的脸都发烫了,她皱着眉瞪了父亲一眼,却听到了一片议论声。

“女随父,没说错。”

"好漂亮的女儿!"

甚至有一个五十多岁的男人冲着陆子义喊,"你女儿也是来相亲的吗? 我牵了,毫不犹豫!"说着竟走到陆婧婷面前,笑眯眯地说,"你看我怎么样?"

陆婧婷抬起脸,和这个五十多岁的男人打了个照面,她慌乱地摆着手,"你误会了你误会了……"

"我姓沈,你叫我老沈就好……"老沈的话接得很紧,并不给陆婧婷一点插嘴的机会,"我今年离六十岁还差五年,有车有房,我和前妻离婚有十年了,因为女儿不喜欢后妈,所以一直独身,今年,女儿嫁走了,每天一个人住在一幢两百多平米的房子里,寂寞的滋味很不好受……"

大概因为插不上话,陆婧婷只能去打量眼前这个老沈,一身笔挺的西装,一个挺拔的身材,一张渴望的脸庞,一副巴不得立刻把陆婧婷牵走的神态。陆婧婷几次摆手想打断老沈的叙述,但老沈都不喘一口气地自顾自往下说去。

"就算女儿常来看望我,可是毕竟她有自己的生活,不能天天陪着我。我多么希望有一位你这样漂亮的女士可以与我进行心灵上的沟通,可以陪我说话,和我一起逛公园,看电视,和我一起……"

"说完了吗?"陆婧婷终于大过老沈嗓门地吼了一句,把老沈吓了一跳,就趁老沈激灵的工夫,陆婧婷摇头微笑着说,"不好意思老沈同志,我不是来相亲的,我是陪我爸来的,你找别的女人去吧。"

"哦……"老沈支吾着,眼里顿时露出失望的神色。

也许是听到了陆婧婷拒绝的话,立刻有几个四五十岁的女人走过来,围住了老沈,"沈先生,你看我合适吗? 我今年……"

显然,老沈很抢手,几个女人纷纷询问他对女性的要求。

陆婧婷终于摆脱了老沈的纠缠,她去看舞台上的父亲。

父亲和那个老太太似乎聊得不太好,只见父亲双眉紧皱,两只手的手指凌乱地绞在一起,连话语都说得有些结巴起来。

“哦哦,这个这个吗……”

老太太还在问:“你会上网吗?你会聊Q吗?你有微博吗?”

“嗯,嗯……”陆子义完全哑了口。

那个老太太始终是一脸的微笑,“我们虽然老了,但我们的心不能老,与时俱进的心不能老,我希望能找一个和我心态相当的老伴,我……”

陆子义的脸色完全变了,那个脸上不露丝毫愠色的老太太彻彻底底把陆子义打败了。陆子义知趣地冲那个老太太摆摆手,然后讪讪地走下来,走到陆婧婷面前,“走吧。”然后看一眼台上,小声地说,“其实这种老太太根本找不到老伴,这年纪了,眼也花了,脑也慢了,谁还去上网聊球找围脖呢!”

陆婧婷差一点笑喷出来,她知道父亲要面子,于是安慰地说:“这不是你的菜,这年纪了,想要吃到自己喜欢的菜,很难!”她忽地就想起了田翼飞,谈恋爱时或许是你的菜,可是过着过着,就吃腻了这道菜,抑或是成了别人的菜了,“走吧爸。”陆婧婷起身挎起父亲的胳膊,她又看到了老沈,老沈在用一双羡慕渴望的眼神看她。

陆婧婷避开老沈的目光,拖着父亲快速地朝树林外走去。

“现在的老太太啊,唉——高不成低不就的,还当自己是当年的黄花大姑娘呢!”陆子义耸着鼻子不开心地嘟囔。

陆婧婷只好安慰父亲,“是啊,人老了,要求不一样了,找回家来生气,不如不找呢。”

陆子义斜了陆婧婷一眼,“你们姐仨都不希望我找是不是?”见陆婧婷不说话,他长长地叹出一口气,“老大不让我找是她怕了男人,老三不让我找是她烦了男人,你呢?你和翼飞过得幸福,总该知道一个家有男有女才成为一个家对不对?”

幸福?过去,陆婧婷很为这两个字骄傲,她认为自己是幸福的,可这些日子来,她怕听到这两个字眼,田翼飞早已把这两个字转化成一种表面的、虚伪的东西了,她甚至认为自己是全世界最不幸的女人,哪里还有幸福可言。但这种话她不能对父亲说出来,她只能冲父亲苦笑一下,“爸,不要去管别人怎么说,你决定了,是一定要找个老伴对吗?”

也许是陆子义想起了刚才的尴尬,他摇头,“不是那个意思,只是想看到面前有个人在围着我转就行。”

“那你……”

“我知道你想说让我去你那里,可你们都有工作,我去不去有什么两样?白天还不是只剩下我一个人?再说,我也不想成为你们的累赘。”

陆婧婷盯了父亲几秒,“那好,我周末就去家政公司给你找个保姆,她的工作内容就是围着你转。”

“看看吧。”陆子义泄气地点头。

3

当陆婧婷把保姆阿莹送到父亲家时,父亲却病了,屋里有一股空气混浊的味道,父亲躺在那里直咳。

“爸,你怎么了?”吓得陆婧婷抓住陆子义的手使劲地摇。

“哦没事,感冒了。”陆子义有气无力的样子。

“怎么不给我打个电话,我好来照看你一下?”

“我哪能耽误你的工作呢!”

“小妹不有时间嘛!”

“唉——总得麻烦你们,我不愿意。”

“爸——”

就在陆婧婷不知道该对陆子义说什么时,阿莹热情地走上前,她用手掌贴了贴陆子义的额头,“还好,没发烧。”然后对陆婧婷说,“把你爸交给我吧，我来照顾他，我先去厨房烧点开水。”

看着阿莹的背影出了屋，陆婧婷欣慰地安抚陆子义，“爸，这是我给你找的保姆阿莹，看她手脚挺勤快的，以后有什么事，你就支使她好了。”

陆子义闭上了眼，嘴里却喃喃着，“唉，你以为是个女人就能安慰我吗？等你们到了爸这个年纪，就知道自己想要什么了。”

陆婧婷怎能不知道父亲想要什么！但她更清楚现在的女人要的是什么，爸能满足那个女人吗？如果不能满足，那么她能把父亲想要的东西给他吗？如果不能给，那么要那个女人有什么用？难道非得等伤害来临后再去后悔再去反省自己吗？陆婧婷不希望父亲受到任何伤害，他老了，受不起了，她希望父亲能够平平静静地度过他的晚年，而不是去经历那说不清道不明的幸福，抑或是灾难。陆婧婷不知道该如何来安慰父亲，她心疼地抓起父亲的手，“别急，等我碰到合适的阿姨，一定介绍给你。”

陆子义只是轻轻地叹息着，陆婧婷猜不出他是信还是不信。

阿莹端着一杯开水进来，她走到床边，轻轻去扶陆子义。

“不用你管，我死不了。”陆子义有些倔地把头扭到一边。

“爸——”

陆婧婷有些生气，但阿莹却一点气的模样都没有，她把水先搁到桌上，然后笑嘻嘻地去陆子义耳边说：“大哥，给小妹一点面子吧，不就是喝杯水吗？我在水里放了一些白萝卜片，很去火的，喝了你的病就好得快了。”

阿莹的话说得极尽温柔，别说陆子义，就是陆婧婷也差一点被阿莹那语调融化。她刚想随着阿莹的话劝父亲几句，想不到陆子义突然睁开双眼，足足盯了阿莹几秒，然后一皱眉头，“那就快扶我起来吧。”

阿莹像哄小孩子一样地哄着陆子义去喝萝卜水，几次陆子义都在咳嗽时把水喷到阿莹身上，但阿莹没有丝毫生气的意思，一直等陆子义把水喝完，阿莹这才扶陆子义躺下，并问他中午要吃什么，她会去做。

陆婧婷暗暗庆幸自己找了一个好保姆，她放心地跟阿莹交代了几句便离开了。但是，陆婧婷怕阿莹会是那种两面派的保姆，于是第二天，她又来到了父亲家。

今日和昨日已经截然不同，几间屋子都被阿莹打扫得干干净净，而父亲已经坐在四合院的树荫下和几个老头在聊天呢。

而阿莹，她就坐在父亲身边，一只手里端着一杯水，一只手里端着一碗草莓，不时地举到父亲眼前，让父亲一个一个地捏着吃。

显然，陆子义已经接受了这个阿莹，他心安理得地吃着草莓，然后指着身后的几分地夸耀着："瞧我那些菜，长势真好，等成熟了，我一定以比农贸市场便宜一半的价卖给大家。"

刘老头立刻接上陆子义的话，半正经半戏谑地说："乡里乡亲的，还要钱？你真是个陆老抠。"

陆子义便呵呵地笑，"那当然，每斤种子都要花钱的啊，每天还要浇水，半价不过是我的成本钱啊。"

另一个老头便指责起刘老头来，"别说人家老陆头抠门，你比老陆头还要抠门，净想拿不花钱的东西，殊不知，这个世道，哪里有不花钱的东西，除非空气。"也许是觉得自己的话有意思，说完便哈哈地笑起来。

陆婧婷被几个老头的话语感染着，走到父亲身后，拍了拍父亲的肩，"爸，病好啦？"

陆子义回头，满脸笑意，"有阿莹的照顾，今早醒来就觉得好多了。"然后又有些诧异地问，"你怎么来了？"

刘老头的话接得紧，"当然是不放心你啦！"说完看着陆婧婷说，"老二，你不知道你爸有多喜欢这个阿莹呢，今早起就夸了阿莹好几次了。"

陆婧婷笑，"喜欢就好，阿莹能帮着我们好好照顾我爸，我们也能踏实地上班了。"

刘老头嘎嘎地乐，“我看踏实不了，你不知道你爸今早就开始研究上什么吃青草的事。”

“吃青草？”陆婧婷疑惑地看着陆子义。

“啊，没什么！”陆子义很轻描淡写地拍拍陆婧婷的手，“那天我听隔壁院的老张说，鲜青草可以榨汁喝呢。他的一个堂哥就在做榨草汁生意，听说许多人喝了他的青草汁，发现自己的牙不痛了，咽喉也不干了。我一想，这是个好主意，马路边，野地里，青草还不多的是，若真能榨汁喝，这成本可就是空手套白狼啦！”

“爸，你都这把年纪了，折腾什么呀！”

陆子义瞪了陆婧婷一眼，“这怎么叫折腾呢？你不知道，老张的堂哥那家青草食品工厂，专门出产青草饮料和青草饼干等绿色食品，有的产品还出口到国外呢，他用这些青草买了房和办公楼，还买了两辆奔驰呢。”

“爸，你不会也想去开青草食品加工厂吧？”

陆子义看着陆婧婷的脸哈哈大笑起来。

看着父亲开心的笑脸，陆婧婷心里不禁也变得开心起来，不管怎样，只要父亲高兴，她就可以少为他操一份心。

4

陆婧婷高兴得早了，不过一周的时间，大姐陆毓姗就打来电话。

“婧婷，你找的什么保姆啊？”陆毓姗的话里透着火气。

“怎么了，大姐？阿莹不是挺好的吗？”那天看到阿莹对父亲的体贴，陆婧婷对阿莹是相当满意的。

“好什么呀？我已经把她辞了。”陆毓姗真不愧是个说话干脆、做事也干脆的女人。

“到底为什么呀？”陆婧婷疑惑。

“你如果没事就来趟爸家，听听邻居的议论就知道了。”陆毓姗似乎不想多解释，她挂了电话。

陆婧婷却急上了，她打了个出租就去了父亲家。

陆子义坐在床沿上，一脸的沮丧。陆毓姗站在父亲的对面不说话，一脸的怒气。

陆婧婷看看父亲，又瞧瞧大姐，“到底是怎么了？”

陆婧婷的一句问话，立刻惹来了四束怨恨的目光，陆子义怨恨地避开陆婧婷的目光，去看门外。陆毓姗却什么也不解释，只对陆婧婷说：“你先去问问刘大爷吧。”

“咱们家的事，我为什么要去问刘大爷？”陆婧婷觉得陆毓姗有些莫名其妙，“是阿莹对爸不好吗？”

陆毓姗叹了口粗气，用眼瞥着陆子义，“怎会不好！”

“对爸好辞她干吗？”

“是好过头了！”

“好过头了？”陆婧婷不懂。

“阿莹不就是帮我洗了个澡吗！”陆子义插了一句。

陆毓姗白了父亲一眼，“你没病没灾的让阿莹帮你洗什么澡？”陆毓姗皱着双眉对陆婧婷气愤地说，“你知道院里的人都怎么说爸和阿莹吗？”

陆婧婷在猜测着和阿莹给陆子义洗澡的闲话，陆毓姗就不管不顾地说开了，“今天一来，刘大爷就把我堵在四合院门口，他半开玩笑半认真地说你给爸找了个三陪女，陪吃陪住还陪洗澡。”说着又去看陆子义，“爸你也真是的，洗就洗了吧，还要把洗澡的事拿到四合院里传播，你当这是什么好事呢？真是老糊涂了，这种事也能告诉别人的？你这不是往自己身上抹黑吗？让我们做子女的如何抬得起头来？”

陆婧婷去看陆子义，“爸，这是真的？”

陆子义委屈地抬头看陆婧婷，“唉，其实也不是我有意要让阿莹给我洗的，那天病刚好，阿莹说我身上有股子出汗的臭味，便让我洗个澡，我懒得动弹，阿莹就好心地要帮我洗，我开始也不让，阿莹就笑话我这老头子还有什么怕看的，想想也是，于是就让她帮我洗了。”

“那你也不能把这事告诉左邻右舍的呀！”陆婧婷埋怨着。

“其实这也是我无意间说出来的，那天跟刘大爷他们下象棋，他们都说阿莹好，我就顺带说阿莹真的好，还帮我洗澡，谁想到他们会把三陪女这种话说出来，唉，冤枉人家阿莹了。”陆子义大概是想起阿莹的好来，眼里竟然流下一滴眼泪来。

见到父亲伤心，陆毓姗心软了，她坐到陆子义身边，“算了吧，别难受了，爸，让婧婷再帮你找一个就是了。”

“我不要！”陆子义干脆地拒绝。

“可是你孤单一个人……”

陆子义有些绝情地哼了一声，“我能行！”

见陆子义固执的样子，陆婧婷给陆毓姗使了个眼色，“姐，你回去吧，我陪爸一会儿。”

一直见陆毓姗的身影走出四合院，陆子义这才凄凄哀哀地长叹一声说：“阿莹真的不错，这种保姆真是可遇不可求的，可是……”陆子义看一眼门外。

陆婧婷接过父亲的话，“爸，人心隔肚皮呢，有些话可以告诉别人，有些话自己知道就行了，羡慕之心人人都有，但嫉妒心也不是就没有的，有些人希望你能过得好，有些人就喜欢张家长李家短的，就喜欢拿别人的事当事说，别理他们了，我再帮你找个吧。”

陆子义看看陆婧婷，脸上终于露出些许微笑，“好吧，你看着办吧，只要你觉得合适就行。”

接下来的日子，陆婧婷为父亲连续找了五个保姆，陆子义都不喜欢，每个干不到一周就被陆子义辞退了。

“爸，你选秀呢？”陆毓姗生气地冲着陆子义嚷。

“你看那都是些什么人啊！一点眼力见都没有，连洗脚水都得我自己打。”陆子义气愤地耸着鼻子。

“爸，保姆就这样，连老伴都做不到的事，保姆怎能做到呢？你将就着点吧。”陆叶红劝着父亲。

陆子义不满地一声一声哼着，“我花了钱，还不帮我做事，这种保姆要她做什么？”

陆婧婷突然笑了起来，她瞅一眼父亲，对大姐说：“大姐，我觉得还是把阿莹给叫回来吧，我看爸只喜欢阿莹，我即使找一百个保姆来，都会被爸辞走，他现在是除了阿莹，哪个保姆都看不上。”

“可是这阿莹……”陆叶红也从陆毓姗那里听说了四合院里的闲话，她有些担心地望着父亲。

一听陆婧婷说要把阿莹给叫回来，陆子义的眼里顿时冒出了亮光，他顶了陆叶红一句：“听蝲蝲蛄叫，还不种庄稼了呢！”

陆叶红笑起来，“爸，怕不是你喜欢上阿莹了吧？”

陆毓姗立刻瞪了陆叶红一眼，“可别乱说，被院里的老头老太太们听到，又不知会传出什么难听的话来呢。”

陆婧婷看着陆子义，“好吧，爸，不知道阿莹有没有被人领走，如果被人领走了，那就请不回来了，你做好两种准备吧。”

“她肯定还在家政等工作呢。”陆子义自信地笑。

“哼，这次可记住了……”陆毓姗教训地说，“不管阿莹对你怎么好，都别和院里的人说去，自己知道就行了。”

“就你话多。”陆子义不满地瞪了陆毓姗一眼。

陆婧婷和陆叶红被父亲的模样逗笑了。

幸运的是阿莹还在家政等工作，当陆婧婷走到阿莹面前时，阿莹竟激动地拉住了陆婧婷的手，不停地问：“大哥还好吗？找的人好用吗？别忘了告诉那个保姆，大哥的胃不好，怕凉，别让他吃凉东西，每天让他用热水泡泡脚，对他的胃有好处。还有，别让他喝那些青草汤子，喝得他直拉肚子。”

陆婧婷有瞬间的感动，这些，她想过吗？她的大姐和小妹想过吗？陆婧婷决定了，以后不管左邻右舍说什么，她也不会让任何人把阿莹赶走了，父亲有这么个能疼他的保姆，是他的福气。

当陆婧婷把阿莹带到父亲面前时，父亲竟哽咽了，他拉住阿莹的手，“你回来了？你真的回来了？”

“大哥，这一阵子你还好吧？没有吃凉东西吧？胃疼过没有？”阿莹也是关怀连连。

“以后不会吃了，胃就不会疼了。”陆子义像个乖巧的孩子般地笑着。

而阿莹却像个责备孩子的母亲，“你呀，真像个不听话的孩子，以后再不能吃凉东西了，也不要喝那些青草汤子了，否则我可就真的不来侍候你了。”

“不会了不会了……”陆子义说着，走到门后，把一捆青草扔到了门外，以示自己不再喝青草汁的决心。

阿莹笑得咯咯的。

望着二人有说有笑的样子，陆婧婷的心终于放下来。

在陆婧婷的心里，保姆就是保姆，不管父亲说阿莹如何好，她总还是有些不放心，于是她偷偷地回家看了几次，父亲和阿莹的日子过得有滋有味。她去邻居赵姐家问过，赵姐是陆婧婷的发小，一直未嫁，她羡慕地对陆婧婷说：“你妈都比不上阿莹好呢！阿莹又勤快又体贴，每天，他们俩一大早就出去散步，然后回来吃早饭，阿莹就给你爸熬杂粮粥喝；白天，阿莹就帮你爸弄他那几分自留地，两人说说笑笑的好不开心；晚上，阿莹就陪你爸去河边欣赏风景，她给你爸讲他们农村放木排的故事，听得你爸哭着喊着要阿莹带他去趟他们老家；好几个退休的老头看见阿莹这么好，都出高价请阿莹去他们家做保姆。可是阿莹不为所动，她总说，就喜欢给你爸做保姆，因为你爸人品好。”

看到年迈的父亲越来越精神焕发的样子，陆婧婷默默地为父亲祝福，她希望父亲的晚年能够过得愉快。

然而，事与愿违的事情总是接二连三，陆婧婷再次被陆毓姗的电话嚷到了父亲家。

5

尚未进屋，陆婧婷就听到了陆毓姗对父亲的大吼大叫。

陆婧婷好不容易推门挤进了屋里，陆毓姗用屁股顶着门，陆叶红坐在一旁的椅子上，父亲仍旧坐在床边上，低着个头，像个犯了错误的小男孩。陆毓姗和陆叶红两个人脸上都有些怒不可遏的样子，似乎是不数落够了父亲决不罢休的感觉。

陆毓姗看见陆婧婷，嘴里的话并未停下，“爸，你真是越活越没起子了，上次我怎么对你说的，你全忘了！”

陆叶红不屑地冷笑，看着陆婧婷说：“咱爸是真的没救了！”

“怎么了？”陆婧婷瞅瞅陆子义，又看看陆毓姗和陆叶红，“又让阿莹给洗澡了？”

“要光洗澡还是好呢……”陆毓姗恨恨地瞅了陆子义一眼，对陆婧婷说，“你不知道，婧婷，爸和保姆睡到了一起。”说着又去数落陆子义，“你是豁出去了是吧？真不在乎左邻右舍的闲话啊！早知道你这么需要女人，还不如让你找个老伴，省得被人背后骂难听话……”陆毓姗似乎已经被陆子义气得浑身都在颤抖，她的脸也白一阵红一阵的。

陆叶红接过陆毓姗的话继续数落父亲，“爸，你都这么大年纪了，先不说你和阿莹年龄相差二十来岁，就说这文化层次，也是一个天一个地，你怎么能做出这种事？”说着她看看陆毓姗和陆婧婷，断然地说，“爸，把保姆辞了，从今天起我来照顾你的晚年。”

“别啊叶红……”陆子义欲言又止，他像个小偷似的抬头看看姐仨，不知如何向女儿解释自己的行为。

“怎么，爸？你还是想和阿莹睡在一起？”

陆子义垂下眼帘，动了动嘴唇。

陆毓姗唉声叹气了一会儿，突然放大嗓门，“爸，我这说得嗓子都冒烟了，你能说个明确的想法出来吗？”

陆子义仍旧不吭声儿。

陆婧婷看着陆子义窘迫的样子，很是心疼，她走到陆子义床边，抱住了他的胳膊，“爸，不管你有什么想法，说出来让我们听听好吗？”

陆子义抬头看看陆毓姗和陆叶红，摇头。

陆婧婷的目光随着父亲的目光看向两人，无奈地笑笑说：“大姐，小妹，你们先出去，我单独和爸谈谈好吗？”

“好吧，你好好劝劝爸。”陆毓姗和陆叶红出去了。

陆婧婷把头靠在父亲肩上，她不想说话，她要让父亲感觉到被人靠的那种责任。

陆子义揽过陆婧婷的肩，有些幽幽地叹了口气，就像是在说别人的故事，讲得平淡，却也不乏感人之处。

“婧婷啊，你妈活着时，我们的关系并不好，吵架是我们的家常便饭，我和你妈有的仅是一种纯夫妻间的关系，你妈走了有五年了，这五年里，我也想念过你妈，但回忆更多的是我们吵架的过程，这种过程是随着你妈的去世才彻底结束的。这五年里，我似乎才发现，吵闹已成为我和你妈一种最正常的生活习惯，没了你妈的叨唠，对生活的激情一下子便随着你妈的去世断了。”

其实在陆婧婷的回忆里，她也是总听见父母在吵，为了一个鸡蛋在吵，为了一个馒头在吵，甚至是为了一片油菜叶子在吵，陆婧婷不知道他们为什么总有那么多的精力在吵。因为父母不间断地吵，陆毓姗迫不及待地把自己嫁给了沈川，而她，和田翼飞只认识了半年就结婚离开了家，只有小妹，却是因为父母的争吵，她怕了婚姻，久久不愿意出嫁，要不是陈翔的许多个承诺，或许，迄今她都会守在这个四合院里，就像邻居家的赵姐一样。

陆家三个女儿嫁走了，父母的争吵仍在继续，一直等到母亲去世，这个家才安宁下来，本来，陆婧婷以为父亲会平平静静地过他自己的日子，却不料他却为这个阿莹做出这等不符合道德的事情来，她离开父亲的肩，去看父亲的脸。

陆子义的目光有些散乱，不知他是在看墙上去世的老伴的照片，还是在看墙角那里的一个小小的蜘蛛网，他的嘴仍旧在喃喃自语着："也许是没了争吵，这日子就变得寂寞，漫长得无边无际。虽然我有那一大堆的宣纸可以书写书法，虽然我有那几分地供我劳作，但是，晚上，一个人躺在偌大的床上，总有些寂寥得发虚，我得谢谢你，女儿，是你把阿莹带到了我的身边。"

而此时，陆婧婷倒真有些后悔，她为什么会把阿莹带到父亲身边来呢？她从未想过阿莹会和父亲产生什么亲昵的关系，但，他们却有了男女间总会发生的故事。

"阿莹是个好女人，她勤劳温柔，贤惠能干，她很知道自己的地位，她说过，她不配我喜欢她的，但我真的想给她一纸婚书。不过我知道，一旦再婚，难免要涉及住房、钱财的归属和将来的继承问题，我怕她会在这些争议中受到伤害。我想我和她就是一种超越朋友的关系，我们互相照料，不管谁先走，另一个都不会因为这些引起矛盾而伤神。"

陆婧婷抱紧了父亲的胳膊，他把三个女儿最担心的问题解决了，这种明事理顾大局的父亲，陆婧婷有何理由去阻止他对一个女人的喜欢，真的，保姆也是女人。

"阿莹的丈夫是在一场车祸中走的，她有个上大学的儿子，她要为儿子挣学费，她还要为自己挣养老费，我知道我会比她先走，但我愿意在我能帮助她时，多帮助她一些。"

陆子义似乎在征求陆婧婷的同意似的看了她一眼，突然脸上挂上了一丝笑容，“真的，阿莹是个讨人喜欢的女人，她会让我多走走而拉着我去陪她买菜；下雨时，她会为我撑起一把伞，而她却淋湿了一半的身子；吃西瓜时，她会把一块块去了子的西瓜送进我的嘴里。我从未有过这样的享受，我想是老天眷顾我这一辈子的可怜，才把阿莹送到我身边的，我为什么不去好好享受自己的人生呢！”

陆婧婷觉得自己已经被父亲的话语征服了，她能够想象出阿莹挎着父亲胳膊去买菜的路上两人快乐的神态，她也能够猜出两人在一把雨伞下的亲昵，她更能感受到吃进父亲嘴里的那些去了子的西瓜的甜蜜，那是在母亲身上找不到的东西，或许在大姐身上，在小妹身上也不会发生的事情，那么，一个活了七十多年的男人如果找到了，你有什么样残酷的理由去阻止这种享受呢！

陆婧婷决定找陆毓姗和陆叶红好好地谈一下，她要让她们同意父亲的选择。

不料，当陆婧婷刚说出自己的想法，就遭到了陆毓姗和陆叶红的反对，陆毓姗皱上眉头，一副气愤的样子，“你看咱们这个爸，越老越没出息了，竟和保姆睡到了一起，这像什么话呀？整个一个老不正经！”

陆婧婷笑笑，“姐，现在的老人可跟咱爷爷辈奶奶辈的老人不一样了，他们最怕的就是孤独和寂寞，他们需要精神的东西多了，什么上大学、学国画、学跳舞等，其实说穿了是咱们太忙，顾不上他们，尤其是像咱爸这样有文化的老人，他还能做什么，不就是希望自己身边有个伴，能每天和他说说话，一起遛遛弯儿，只要他觉得开心，就随他吧。”

“可是……”陆毓姗的眉头都拧到一块了，看了门外一眼，扯着嗓门说，“随便一男一女的就同居，这可是咱年轻时他们教育咱们不能干的事，不道德的事，可现在，他们倒比我们先赶起这个时髦来了。”陆毓姗长长地叹着气。

“就是的！”陆叶红接过陆毓姗的话，“同床保姆，多难听的一个词，偏就让咱爸摊上了，真是不知道让我说什么才好，社会的道德底线再一次被咱爸踩到了脚下，这同赤裸裸的卖淫和嫖娼行为有什么本质的区别呢。”

陆婧婷不喜欢听陆叶红这种怪里怪气的话语，她瞟了陆叶红一眼，冷着声音说：“这是时下的一种风气，谁不知道有个合适的老伴好，可是这个合适的老伴到哪里去找？每次爸提出要找个老伴，都是你和姐拼命地阻拦，这爸才答应找个保姆，好不容易有了一个合适的保姆，你和姐又开始找这样那样的理由辞她。”

“什么叫合适？难道她和爸睡到一张床上就算合适吗？”陆叶红不客气地反驳着陆婧婷，“这种同床保姆属于非法同居。”

“你以为咱爸喜欢非法同居吗？他活了七十多年，难道不知道什么叫合法吗？你知道咱爸怎么想的吗？他怕真的找个不合适的老伴，将来会为财产分割发生矛盾，所以他虽然嘴上说找老伴，可是实际他一直在孤独地生活着，好不容易喜欢上阿莹，阿莹又不提结婚的事，就让他们俩过他们的日子去，凭什么我们要去干涉他们？”

陆毓姗使劲地摇头，“不是这样的，婧婷，我们干涉了他们还要同床，如果我们不干涉，他们是不是就真的会像夫妻那样出入各种场所呢？说不定哪天就成了我们的继母呢，更说不定还要让我们叫她一声妈呢！”

陆婧婷苦笑了一下，“不会的，大姐，阿莹不是那种女人，再说爸也不是那种糊涂的老头，他知道如何处理家产的分配和遗留，要不是因为落寞的心情和不便的生活起居，他不会让我们帮他找老伴或是保姆，再说了，其实同居比再婚好，省去了许多麻烦呢。”

陆毓姗叹息着，“我怎么也不能接受爸和阿莹的同居。”

陆叶红撇着嘴，“我也是，这叫我们以后怎么来看他？”

陆婧婷摇头笑，“睁一只眼闭一只眼吧，爸已经这把年纪了，就让他赶一回时髦吧，至少等他闭上眼的瞬间不后悔啊！”

陆毓姗再一次叹气，“已经这样了，不随他去又能怎样？”

“好了,说说你的事吧,昨天听小妹说,你坚持要和大川子离婚?”陆婧婷终于把话题引到陆毓姗身上。

陆毓姗一听到她和沈川的事,眼睛立刻就红了,“不提也罢,我和他实在是过不下去了,这婚,我离定了。”

第十四章

1

一想起沈川的暴力行为,陆毓姗的眼泪就止不住地往下掉。她撸起袖子,让陆婧婷和陆叶红看她胳膊上的伤痕。

“哦,这都是新伤啊!旧伤未好,又添新伤。这个该死的沈川!”陆婧婷气愤地骂。

陆叶红也不知道用什么语言能够表达她的愤慨,她骂了句:“这个混蛋,早该和他离了!”说着去看陆毓姗胳臂上已结出的薄痂和新打的伤痕,咬牙切齿地说,“他怎么下手这么狠?”

“我真的已经想好了,这种日子我一天也过不下去了。”

陆婧婷和陆叶红是一百个支持陆毓姗和沈川离婚,二人还为陆毓姗出了许多招。

抑或是有两个妹妹的支持,陆毓姗下定了决心。

晚饭后,陆毓姗把果果安顿睡下,就故意与沈川拉开了距离坐下,然后偷偷地去瞥沈川的脸。

今天的沈川虽然没有对陆毓姗实施暴力,但也像是吃了耗子药般地苦着一张脸。

陆毓姗说:“我们离婚吧!”陆毓姗的表情很是严肃。

沈川敏感地扭过头来,先是冷笑,然后耸了一下鼻子,“怎么?又爱上了哪一个男人?”

这种变态的猜忌使陆毓姗尝尽了苦痛，她已经不止一百次地对沈川解释过了，“我的工作那么忙，哪来的闲情逸致和别的男人谈情说爱。”

可沈川的话也振振有词，“感情这种东西还需要时间吗？一个眼神，一个触碰，都会撞击出火花，瞧你们总编对你的那种传神的眼神，再瞧你跟他走在一起时开心的笑脸，鬼才会相信你们之间没有任何事情发生。”

“大川子，你能不能不胡思乱想？”每次的争吵，陆毓姗的心里都要承受着这种被猜忌的压力。

“是我瞎猜吗？你说，那天给你打电话的男人是谁？瞧你眉飞色舞的样子！还有，那天给你发短信的男人又是谁？瞧你扔了手里的活儿，什么都不顾了。”或许是沈川又喝了酒，他借着酒劲儿，说着说着伸出手就是一巴掌，这一巴掌正巧打在陆毓姗的脸上。

陆毓姗手捂着疼痛的脸，气得不甘心地回击着沈川，“那是新上任的总编打来的电话，我竞聘上了副总编，我们总得谈工作的事吧。你不要无风无影乱猜疑。嫁了你这种男人算我倒霉，自己没多大本事，还天天来管我的事，有本事你在单位里横啊，干吗天天揪着我不放？你有点男人的尊严吗？你像个男人吗？你要还算是个男人你就在单位干出一番成就，你就把这个家顶起来。”

沈川就不爱听这话，本身在陆毓姗面前就有一种不如她的感觉，加之这种话里带刺的讥讽更是令他邪火上升，那酒精真是一种能够壮胆的药水，他噌地一下蹿到陆毓姗面前，他常常就是这样，若身边有物，管它是什么，抓起来就是武器，若没有物，他的手就成了武器，打陆毓姗已成为沈川发泄肚里不满的方式了，他希望能听到陆毓姗的求饶声。

可是陆毓姗偏偏不是这种女人，她咬着牙，不但不求饶，还会把沈川的老底一一揭露出来……

此时，陆毓姗的言语反抗又一次激起了沈川的冷酷无情，他一把揪住陆毓姗的头发，劈头盖脸地用拳头打起来。沈川没重没轻的拳头打在陆毓姗的鼻子上，当即血就流了下来。直到看到那滴滴答答流下的血，沈川才住手。

陆毓姗任凭那鼻血流到衣襟上，只用那冷得吓人的目光逼视着沈川："离吧，我再也不想过这种非人的日子了。"说完，陆毓姗蹿进卧室，拉开大衣柜，上上下下翻找着不知扔在哪个犄角旮旯里的结婚证。

果果已经被爸爸妈妈的吵架声惊醒，她赤着脚站到沈川身旁，惊恐地瞧着满脸血迹的妈妈，从嗓子眼里呜咽着。

沈川边听着陆毓姗在卧室里的动静，边哭丧着脸对果果说："果果，妈妈不要我们了，妈妈要和爸爸离婚了。爸爸没有能耐，也挣不来钱，你只好跟着爸爸受苦了……"

陆毓姗根本不去理会沈川的表白，她撅起屁股把头拱进大衣柜里，费了好大事才把两本红色缎面包封的结婚证找出来。她就势坐在地上，翻开了其中的一本，二十多年前她和沈川年轻的面容上浮现着灿烂和幸福的笑意，如今，照片依旧，那灿烂的笑靥却令人心碎。陆毓姗心一横，牙一咬，拿着结婚证走到客厅，把属于沈川的那个结婚证扔到了沈川的怀里。

沈川抬起眼，一副可怜兮兮的模样凝视着陆毓姗。他发现，陆毓姗的嘴巴咧出一抹令他胆寒的惨笑。沈川不得不低下头，用颤抖的手抚摸着结婚证，哑着嗓子说："这么说，我们的缘分到头了……"

陆毓姗心头滑过一缕绝望的失落，很快，她又异常愤怒："你以为我们真的有缘分吗？二十多年了，我被你打得太惨了！"

沈川仍旧不敢抬头，他把那个结婚证打开，合上，再打开，再合上……然后呼噜着嗓音说："对不起，姗姗，我错了，你再给我一次改过的机会好吗？我真的离不开你，我不知道离开你我的日子会过成什么样子。"

陆毓姗的眼窝肿得青紫，目光冷得吓人，但说出口的话却异常平静："不可能了！这句话你已经说了二十多年了，可是你改过吗？我不会再相信你的话了，我们离婚吧。"

"可是……"此时的沈川显得那样软弱与无助，他用可怜巴巴的眼神瞅着陆毓姗，"可是，如果离婚了，谁替你买菜、做饭、带孩子……"

"这些不用你管！"陆毓姗把一口血吐在了沈川面前。

沈川也不示弱，他冷冷地笑着，"这么说，你是真的爱上另一个男人了！"

"你管我爱上谁了？"

沈川这才敛了脸上的冷笑，努力沉住气地问："什么时候？是谁？"

"不告诉你。"

"有多爱？"

"十分爱！"

沈川没有再问下去，问得太细似乎只会让他伤得更深，不如给自己留点颜面。他就那么看着陆毓姗拉起果果，走出了家门。

陆毓姗真的下定了决心，她在电话那头咬着牙对陆婧婷说："我这次是真的铁心了，无论如何也要离婚。"

别看平时陆婧婷很气愤沈川的暴力，经常也是恨恨地劝大姐和沈川离婚，但当陆毓姗真的提出离婚时，陆婧婷却犹豫了，"可是……"

"没有可是！我们应该学会放弃，因为放弃是一种积极的生活态度。放弃，就意味着重新开始，放弃，也是一种自我解脱，离婚亦是如此。"陆毓姗斩钉截铁。

陆婧婷却沉思了一下问："你也快五十岁的人了，离婚的利弊你思考过吗？"

"我想先自己过一阵子，如果有合适的就再嫁一次，没合适的，我就独自过一辈子！"陆毓姗凄惨地笑，话说得一点分量也没有。

"其实凭你的条件，再嫁没问题。"陆婧婷顿了顿，又说，"可是现在的男人，你想过没有？他们再婚的条件是小十到二十岁啊！五十岁以内的男人不会要你，六十岁的男人你还不想要。听说现在时髦小男人找大女人，可是三十多岁的男人可靠吗？等你五六十岁时，他会携着你的老手走过你的晚年吗？再一个就是再婚能够有真正的感情吗？”

陆毓姗显得很无奈地说：“其实我知道大川子打我的主要原因是什么，可是爱一个人是用暴力解决的吗？没有最起码的信任，我们不会走到头，这种没有人格没有信任的日子使我们都活得很疲惫。”

陆婧婷沉思了，因为她自己也已是淋在暴风雨中的泥菩萨了，她目前的处境也够让她为难的，于是，她只能模棱两可地对陆毓姗说：“大姐，离婚的事，你最好再考虑考虑，这绝不是儿戏的事。”

“我已经决定了，明天就把离婚协议书送去，不管沈川离不离，我离意已定。”陆毓姗的口气生硬，有些沙哑。

整整一个晚上，陆毓姗都没睡好，一会儿想着明天要和沈川离婚的事，一会儿又想着父亲和阿莹的事，不知什么时候思维又转到了陆叶红和陈翔的身上。

直到天亮，当陆毓姗穿衣服的时候，沈川打来了电话。

“姗姗，你真离啊？能不能再给我一次机会？”

“我已经给过你 N 次机会了，不会再给了！”陆毓姗的话说得嘎嘣脆，“我九点等你！”

2

沈川提前半小时就到了法庭外，他前后左右找了个遍也没发现陆毓姗的踪影，心里不禁一阵高兴，他感觉陆毓姗没那么绝情，否则这婚早就离了，不会等到她都快熬到五十岁了再离婚。他正琢磨着要不要偷偷地开溜时，却发现陆毓姗从远处气喘吁吁地跑来。

“你是不是改变主意了？”沈川脸上露着灿烂的笑，迫不及待地一把抓住陆毓姗的手问。

“怎会?”陆毓姗甩开沈川的手，横了沈川一眼，从鼻子里轻轻地哼了一声，“我到商场里买鞋子去了。”陆毓姗伸出右脚，把一双锃亮的皮鞋展示给沈川看，“你不是说过，婚姻就像鞋子吗？喜欢的不喜欢的，只要买回来了都得穿，我就不信，我就一定要去买双自己喜欢的穿，那双不喜欢的，我就把它扔进垃圾桶里了。”陆毓姗很得意地笑。

沈川尴尬地跟着笑，“穿新鞋也是走老路啊。”

“谁说我走老路，我偏要走一条新路给你看看。”

在陆毓姗强硬的态度面前，沈川蔫了，他像个小孩子似的扯了一下陆毓姗的衣服，悄悄地问:“姗姗，你真的要离啊?”

“这还有假?”陆毓姗冰冷地扭过头。

沈川长长地吁了口气，心情异常地苦涩，他沙哑着声音问:“你是不是从心里特别恨我?”

“不，我只恨我自己。”陆毓姗说着眼睛又红起来。

沈川惊异地望着陆毓姗闪着泪水、泛着青紫血印的眼睛，心里突然间不好受起来，此刻，他觉得陆毓姗在他面前是那么地无助和楚楚可怜，一个被男人打怕了的女人难道不值得他去呵护和关爱吗？可是，他给了陆毓姗什么？他每月的工资从来不交老婆，陆毓姗说男人身上不能没有一千元的零花钱，买个烟啦，请个客啦。客，沈川很少请，可是烟，他倒没少抽，烦闷时，打过老婆后，他就会拼命地抽烟，每个月的工资几乎都被他抽掉了;他身上的衣服从没有穿过三载的，陆毓姗说一个男人的外表显示了他老婆的素质，她愿意把丈夫打扮得鲜亮些……

想起陆毓姗的种种好处，再望着她眼窝、脸颊那杂乱的青紫，沈川的心就胀满了悔恨。他突然呜呜地哭起来，拉住陆毓姗的手向自己的脸上抡去。

陆毓姗用力将自己的手从沈川的手中挣脱出来，轻声吼道:“早知今日，何必当初!”话说得决绝。

沈川看出，他的的确确把陆毓姗的心伤透了，可是他仍旧不死心，

“姗姗，想想我们已经有了二十几年的婚姻，难道就这么说离就离了?”

“你以为我愿意离吗?”

“再给我一次机会!”沈川恳求。

“不!”陆毓姗头也不回地走进了法庭。

法庭上的气氛很严肃，陆毓姗看着沈川的脸，觉得他既可怜又可悲，一个不知道如何爱护妻子、整日只知道用武力解决那些疑团的男人，马上就会和她没了任何关系，看着他那悔疚的眼神和痛苦的表情，陆毓姗有一丝丝的心软，不过，她很快就把心理做了调整，她不需要这样的日子，也不需要这样的丈夫，也许，分离对他们两个都好吧。这样她还有机会去寻找属于她自己的那份幸福。

当法庭宣判时，沈川不得不在离婚协议书上签下了自己的名字。一场婚姻经营了二十多年就这样无奈地瓦解了，沈川心里感到一阵凄凉，他清楚地知道，是他亲手将一个恩爱的家庭毁掉了，当初他们是相爱的，由于他的猜忌，最后变成了这个样子，真是世事难料啊。

陆毓姗有一种解脱了的感觉，她长长地出了一口气，大步流星地走出法庭。

沈川跟在陆毓姗屁股后走出法庭时，他狠狠地在自己右脸上扇了一个耳光，然后红着眼对陆毓姗说:“姗姗，我真的是爱你的，虽然我做了许多违背我意志的事，但是我爱你的心不变。”

陆毓姗听到了沈川自己打自己耳光的声音，停下了步子，扭过头，“不管你违背谁的意志，家庭的暴力行为，结果就是各行其道，希望你今后好自为之。”

“你真的不想要我了?可我怎么总觉得你是在惩罚我，给我一点教训，我知道你还会回来的。”沈川拉住了陆毓姗的手，看着她的眼。

陆毓姗甩开沈川，表情冷淡，“从今往后我们没有任何关系了，不过你可以来看果果，也可以带果果去度周末。剩下的，你什么都不要想。”

说着陆毓姗就要走，却又被沈川拽住了，他从包里拿出一个请柬，放到陆毓姗手里，“这是一张结婚请柬，后天的，希望你能参加。”

“结婚请柬？”陆毓姗的脑子有一阵发蒙，今天刚办的离婚，想不到沈川就要结婚了，怪不得他这次如此痛快地在离婚协议书上签下自己的名字呢。她狠狠地把请柬扔到沈川怀里，咬牙切齿地说：“我不会贱到要去参加你的婚礼。”

看着陆毓姗气咻咻跑走的样子，沈川知道她误解了，他紧追了两步，但没有追上，他不得不给陆毓姗拨了一个电话。

“姗姗，你听我说，不是我的结婚请柬，是梦阳的，她希望我们全家能去参加她的婚礼。”沈川生怕陆毓姗会拒绝，所以他一口气把话说完，“梦阳在这儿没有亲戚，她很看重我们，我已经答应了她。”

“你另找人吧。”陆毓姗的口气能冻成一根冰棍。

“算是你给我一个面子吧，也算是我求你的最后一件事。”沈川的话语里可怜巴巴地透着哭腔。

陆毓姗的心软了，她在手机那头沉思了一下，“好吧。”

不等陆毓姗挂机，沈川又说：“可是我还想求你一件事……”

“你有完没完？”陆毓姗有些火了。

“姗姗……”沈川不敢犹豫，立刻说，“既然我们已经办了离婚，看在果果的分上，我请你吃顿饭总可以吧？”

想想还有个女儿需要爸爸，陆毓姗只能答应，她又返回来，跟着沈川进了一家挺气派的酒楼。

结婚二十余年来，沈川第一次大气得像个男人，他不问价格，一下子就点了好几道名菜，还有一瓶干红。

陆毓姗有些惊讶，她睁大眼瞪着沈川，“不用如此奢侈，你不过啦？”

沈川苦笑，“结婚二十多年了，从来没有带你来过中档以上的饭馆，都离婚了，就让我大气一回吧！”

陆毓姗知道这话沈川是冲着她说的，因为过去，她总说沈川小气，连个中档饭馆都不带她去，虽然当时说者无意，想不到沈川就深深地记住了。陆毓姗有些嘲讽地笑笑，“何必赌这个气呢？婚都离了。”

沈川很自责地摇头，“我不是赌气，我是真心诚意地想给你幸福，结果我们还是离了，可是我总觉得我们离婚好像是个错误。”

陆毓姗忙打断沈川的话，“都离了，还说这些做什么？来，今晚你可以把整瓶干红都喝掉，我绝不拦你。”

沈川为自己和陆毓姗每人倒了一杯干红，两人碰了一下，沈川就一口干了。也不问陆毓姗是不是喝了，他开始闷头不语，只顾一杯接一杯地往自己的酒杯里倒，并喝一杯就看陆毓姗一眼，很快那瓶干红就底朝天了。

“来，服务员，再来一瓶白的。”沈川打着酒嗝招呼着服务员。

“算了，别喝了！”陆毓姗有些担心地制止着。

“怎么着，离婚了你还要管我喝酒？”

陆毓姗不吭气了，是啊，为酒，她怕了他二十几年了，今天，不管沈川喝多少酒，她不用再怕了。

3

沈川醉了，但他脑子里却有一个意念，就是不能再对陆毓姗实施暴力了，所以他龇着牙，有些死皮赖脸地笑着恭维陆毓姗，“其实今天才发现你的好和你的美，我不舍得呀！”

陆毓姗不屑地笑，“许多人往往都这样，等到失去了才知道珍贵。”

“是啊，回忆一下我们在一起的日子，其实我们还是很幸福的。”沈川说着去瞅陆毓姗那张冷冰冰的脸，话转得快，“不过，既然你已经喜新厌旧，我干吗死不放手呢，我允许你去寻找你心中的泰山。”

陆毓姗知道沈川不是一个心胸豁达的男人，于是损了他一句，“你平时把我看得轻如鸿毛，就别指望你在我心中是一座泰山。”

沈川嘎嘎地乐，嘴里喷着酒气，“我本来也不是泰山，我不过是你不用付工资的男佣而已。”

陆毓姗哼了一声，“这就是你的自卑之处。”

沈川继续在笑，“从今以后，我不再是你不用支付工资的男佣，我可以不用怕为你洗衣服洗不干净，熨衣服熨不平整而提心吊胆了，我可以节省下为你洗衣服熨衣服的时间来打扮我自己，我就不信找不到比你好的女人；我可以不用怕做菜不好吃而去绞尽脑汁地搜索鱼的N种做法，我可以不用再讨好你的胃了，我想什么我就做什么，不想做，我可以去吃快餐；我可以不再怕你去爱上谁而拼命地抽烟喝酒安慰自己，我可以不用怕喝醉了酒时不敢回家而睡在街边某个角落，因为我怕我回家又控制不住自己的手；我可以不用再怕你的父亲你的妹妹和你的妹夫们而小心翼翼了，那种瞧不起我的眼神从此可以不再见到；我可以……”沈川突然泪如泉涌，可他还居然在笑，“是啊，从今以后，我什么都可以不用做不用怕了，因为我们离婚了！哈哈……离婚，真是太他妈的好了！”

陆毓姗头一次知道沈川怕的东西有这么多，她突然有些可怜他了。生活了二十几年，自己给他的居然是一个怕字，她更加明白了，正是因为这些怕，他才拼命地喝酒，用他的醉来满足那种不怕的感觉。

不知为什么，陆毓姗突然想起了沈川的种种好来。

沈川是个很容易满足的男人，一点点小事都能让他感到满足，跟他去购物，抽奖得了一块儿童小毛巾；跟他去饭馆，送他一块五元的赠券；参加新闻发布会，带回一件刻着企业名称的T恤给他，他都会欣喜若狂。除了暴力，沈川还是个很疼老婆的男人，不管陆毓姗多晚回家，她总能吃到最热乎的饭菜，不管陆毓姗想得起想不起女儿，他总会在第一时间把果果从学校接回，然后帮她复习功课，不管……陆毓姗觉得自己平时忽略了沈川的这些优点，而此时却统统地想了起来，她同情地望着沈川，真心地说："希望你以后能找个在她面前你不会自卑的女人，也希望能找个有时间疼你的女人才好。"

沈川斜了陆毓姗一眼，用手背抹去了脸颊上的眼泪，垂下头轻轻地说："你不知道，和你在一起，我干什么都充满力量，别的女人，会给我这些吗？"

陆毓姗盯住沈川的脸，她不知道，她从来没有研究过这些东西，她也没有时间去思考这些东西，但唯有此时，她觉得自己似乎才有些开始了解沈川，不过，她不想为离婚感到后悔，于是她加重了口气，"你怎么知道不会？"

那瓶白酒已经被沈川喝去了大半，但今天的他似乎格外清醒，他歪着脸看着陆毓姗，"你的意思是说，你找的那个男人会给你你想要的东西是吗？"

陆毓姗被沈川的话气着了，她狠狠地瞪了他一眼，"离婚前，我不会找任何男人！但离婚后，就不见得了。"

"不用骗我，我知道你心里肯定是有另一个男人了，否则你不会这么坚决地和我离婚。"沈川重重地吐出一口气，"离吧！离了看你能得意多久！不要以为别的男人都比我好，等你们走到一起，再一起生活若干年，你就知道他能给你的或许都是我曾给过你的，或者是，他给你的还不如我给你的多。但不管你想如何折腾，等你折腾够了就会发现，你只是把我们走过的路又重复走了一遍而已。"

"不管你怎么想，如果他是你的另一个翻版，那我宁愿一辈子不嫁。"陆毓姗说得坚决。

可沈川并不信，他不时地从鼻子里轻轻哼一声，"就算不是我的翻版，你以为会有哪一个男人能容忍你身上的缺点，等着你来向我提离婚？没有任何一个男人能像我这样始终站在你生命最低谷的边缘来守护着你。"

"沈川，你身上最致命的两个缺点……"

“什么?”

“就是自卑和自以为是!”

“是吗?”沈川把白酒瓶底那点酒全部倒进了自己的杯子里,并且还使劲地用右手拍了拍瓶底,生怕漏下一滴。等酒瓶再也滴不出一滴酒,沈川把杯子里的酒一仰脖灌进了嘴里,然后冷冷地笑着看陆毓姗,“从此后我可以不再自卑和自以为是了。”说着突然干呕了一下。

“你醉了?”陆毓姗突然有些害怕地问了一句,下意识地往身后退去。

沈川哈哈地笑,“别怕,送我回家,我想回家,我要回家……”

陆毓姗立刻到门口截了一辆出租,她搀扶着摇摇晃晃的沈川坐车一起回到了那个即将留给沈川居住的两居室。

沈川第一次没有对陆毓姗动手,他被陆毓姗扶进了大屋,安置在那张他们曾睡过的双人床上,他嘴里说着一些前言不搭后语的话呼呼地睡去了。

陆毓姗给父亲打去一个电话,询问了一下果果的情况。便回到果果睡过的房间,她从包里拿出那张寓意自由的离婚证,眼泪终于掉下来,她不知道这婚离得到底对不对,可是她希望它是正确的,所以她不停地历数着离婚的理由,数着数着,她就迷迷糊糊地睡着了。

4

沈梦阳和周潇阳的婚礼选择在十月八号那天,因为那天也是阴历的九月二十八,两个八字凑在一起,据说吉利,还会发财。结婚的那天,沈川早早地起来,穿上那套带条纹的深灰色西服,在路上买了把花,就赶到了陆子义家。

“姗姗,结婚多年,从没给你买过花,瞧我,离婚了,却突然想给你买把花。”沈川有些不好意思地把花递到陆毓姗面前,那姿态哪里也找不到一个喜欢打老婆的男人的影子。

陆毓姗心里一酸，默默地接过花，找了个宽口瓶子，放进去在自来水龙头上灌了水，然后放到餐桌上。

沈川想说什么，可是却不知道该说什么，那些怨恨的话，那些空穴来风的话，那些不用负责任不用琢磨不用顾及陆毓姗情绪的话，似乎再也难从嘴里吐出。沈川只是默默地看着陆毓姗屋里屋外地忙乎着，然后从衣柜里拿出衣服，刚要脱下身上的衣服，又突然想起了什么似的拿着衣服走出门去。

这就是离婚后的举动？沈川突然感到一阵悲哀从心底涌起，他紧紧地咬着牙齿，感觉到眼眶里有泪想流出来，不过他忍了回去，他仰起头，看着平房顶上的梁，那梁已经过岁月的磨蚀，变得黑漆漆看不出颜色来，他把目光又移向屋里墙上的贴画和桌子上的摆设，贴画还是头春节时陆毓姗让他陪着上街一起买的，陆毓姗说她父亲喜欢那种胖娃娃抱大鲤鱼的画，所以沈川一下就买了三张，把陆子义的三间屋里各贴了一张。

那个笑容满面的胖娃娃仿佛要从画里走出来，那尾抱在他怀里的鲤鱼也似乎要从他怀里蹦出来，给人一种动感，一种把生活搅幸福了的动感。

可是沈川却离婚了！不过，他没有看重那一纸离婚证书，他觉得他还可以把陆毓姗再娶回来，那一纸离婚证书不过是陆毓姗一时性起而吓唬他的，她终会在某一个天未亮的清晨，给他打来电话，“大川子，咱们再领一张结婚证去。”

沈川蔫蔫地乐了，偷偷地斜眼看着门外，直到陆毓姗的脚步声响起，他才立刻摆出一副正人君子样，收回目光，很郑重其事地问：“换好衣服啦？”见陆毓姗点头，这才冲着院子里喊了一声：“果果，走啦，去参加梦阳姑姑的婚礼去啦。”

果果蹦蹦跳跳地从陆子义屋里跑过来，先看看陆毓姗的脸色，见无异常，又看看沈川的脸色，这才一副开心满足的样子，笑眯眯地问陆毓姗："妈，新郎是周叔叔吗？"

"那天不就告诉你了吗？"陆毓姗摸着果果的头，爱抚地对她笑。

沈川憋不住拉起果果的手，"是周叔叔，不过以后得叫姑夫了。"

"为什么要叫姑夫？"果果不明白。

"因为梦阳是你姑姑，梦阳姑姑和周叔叔结了婚所以就得叫周叔叔为姑夫了。"沈川拉起果果的手先出了屋。

看着父女俩嘻嘻哈哈一路笑着，陆毓姗心里有一股说不出来的滋味。当出租车终于停在亚洲大酒店门口时，陆毓姗再次叮嘱着沈川："在婚礼上不要喝太多的酒，喝了酒后千万别胡闹。"

"放心，姗姗，我已经喝酒喝得丢了老婆，怎么还敢再胡闹呢！"沈川故意地抓住陆毓姗的手捏了捏，然后跟在陆毓姗身后，拉着果果走进了酒店大厅。

周潇阳和沈梦阳的婚礼很热闹，他们在这个五星级酒店里摆了几十桌酒席，所有的亲朋好友都来了，周潇阳见到每一个人都要说："谢谢您的光临，我要让您亲自见证我和沈梦阳的爱情。"

这时，沈梦阳就会从周潇阳背后闪出来，一脸幸福的笑容，她说和周潇阳一样的话，"谢谢您参加我们的婚礼，我要让您成为见证我和潇阳爱情的证人。"

今天的周潇阳和沈梦阳可以说是整个酒店最出众的人物，周潇阳笔挺的西服左兜插了一枝红艳艳的玫瑰，衬托得那张脸儿更加英俊。当然，最最抢人眼的应该是沈梦阳了，粉红色的粉底霜，紫罗兰色的眼睑，长长翘翘的睫毛在脸上投下深邃的阴影，玫瑰色的口红涂在唇上，像一朵盛开的蔷薇花瓣，加上玫瑰色的颊红，再配上雪白的婚纱，使今天的沈梦阳简直就是一个下凡的仙女。

"梦阳，你真漂亮啊！"沈川从口袋里掏出一个信封塞到沈梦阳手里，"祝贺你们喜结良缘，美满幸福，白头偕老。这是我和你嫂子的一点心意。”说着扭头拉过陆毓姗。

陆毓姗悄悄地甩掉沈川的手，微笑着对沈梦阳点头，“祝贺你，梦阳，希望你幸福。”接着又对周潇阳说，“小周，要好好地爱梦阳，能把梦阳娶回家是你的幸福，希望你们永结同心，早生贵子。”

沈川也呵呵地笑，拉着果果跟在陆毓姗身后进了酒店坐在了酒桌前。

有认识的人上前打招呼，陆毓姗和沈川都是微微一笑，寒暄着：“嗯，好久不见，在忙吧？要不是周潇阳的婚礼，大概近来是无缘相见啦！”

“还有我呢！”果果一下子站起来，她急赤白脸地向客人介绍自己，“我是我爸爸和我妈妈的女儿。”

同桌的人一起笑起来。

陆毓姗斜了沈川一眼，很给他留足了面子，在这种场合，她觉得自己不便把已经离婚的事说出来，她只是揽过女儿，很疼爱地抚摸着她的头发，和邻桌的客人说着话。

几百位亲朋好友悉数到场祝贺，然后各就各位坐定，周潇阳和沈梦阳的婚礼开始了。整个仪式并没有逃脱俗套的过程，但很温情，周潇阳单膝跪地向沈梦阳表白自己对她的爱，令在场所有的来宾感受到了一种快乐的幸福。当然，和所有的婚礼一样，来宾们没有放过让这对新人“肉麻”一下的机会。大家一致要求周潇阳和沈梦阳去叼一个小苹果，然后要新郎抱着新娘左转三圈，右转三圈。

周潇阳出尽了风头，他用舌头把苹果推进沈梦阳嘴里，当众亲热地吻着沈梦阳，然后很轻巧地抱起沈梦阳。

沈梦阳的两只手紧紧搂住周潇阳，把脸儿贴在周潇阳的肩上，咯咯笑着，听凭周潇阳在原地转起了圈。不知道左转了多少圈右转了多少圈，直到周潇阳觉得自己已经晕头转向时，他才放下沈梦阳。

幸福过程感染了大家，大家继续不停地要求着新郎和新娘做这个做那个。

沈川坐在那里，眼神不时地偷偷地去瞟陆毓姗，见陆毓姗没有一些要理他的意思，只好端着酒杯不停地和同桌的客人碰杯，大家都是微微笑着，没有一个人真的去喝桌上的酒。

沈川觉得自己郁闷到家，他闷闷地喝了一通酒，又抽起烟来，深深地吸一口，咽下去，脸上显示出来的是一种辛酸苦辣的表情，这种滋味直冲沈川的肺腑，回荡在他的胸间，说老实话，沈川有片刻时间在默默体味这种无人诉说的心情。

终于，沈川憋不住了，“妈的，没有一个人看得起我！”沈川骂着，心里有股子怒气，想发泄出来，于是他索性把酒瓶子拿到了自己面前，独斟独饮起来。

“别喝了，你已经喝了不少了。”陆毓姗皱着眉头把沈川面前的酒瓶拿开，放到了另一边。

“干吗？你管得着我吗？”沈川噌地站起来，去抢那瓶酒。

“来之前和你说过的话你都忘啦？”陆毓姗紧紧地攥住那瓶酒不放手。

沈川见抢不到酒，把下颏一撇，眼珠子一斜，翻着白眼盯着陆毓姗，“你管得着吗？我不是已经在离婚协议书上签字了吗？”说完不管不顾地从陆毓姗手里抢过那瓶酒，手一歪，就把自己眼前的一个饮料杯倒满白酒，然后一仰脖，只看到他的喉结上下蠕动着，满满一杯酒一口折进了嘴里。

一桌人都惊讶地望着沈川和陆毓姗。

“大川子……”陆毓姗已经气得不知如何是好，她揽过果果，再也不想去理睬沈川。

沈川呵呵一笑，笑得有些苦涩，他继续往自己的杯里倒着酒，然后朝着一桌人举举杯，又是一口折进了嘴里。这时候的沈川已经是眼斜嘴歪了，他指着陆毓姗，醉眯着眼对桌上的客人说：“别听她的，她曾是我的老婆，可现在不是了，知道她是个什么吗？狐狸精，一个专门勾引男人的狐狸精。”说着哈哈大笑起来，笑得周围几桌的客人都歪过头来看他。

沈川的自尊心似乎得到一些平衡，他继续指着陆毓姗说：“她嫌我打她，和我离了婚，可是这种女人不打，就会上房揭瓦，你们男人都记住了，对待老婆，该打时就得打，要往痛里打，往死里打，往……”

“沈川！”陆毓姗气得站起身把杯里的饮料泼到了沈川的脸上，“你丢人不丢人啊！”说着拉起果果，不顾桌上客人的挽留，穿过一桌桌酒席，向大厅外奔去。

沈川的酒杯举在空中，望着陆毓姗的背影也喊着，“姗姗……”

5

沈川推开眼前的酒瓶，眼里闪着疑惑的神色望向大厅门外，嘴里嘟囔着：“又怎么啦？我又怎么得罪你啦？不是说好来喝梦阳喜酒的吗？怎么说不高兴就不高兴了？”

“你太过分了！”同桌一个女客人指责地说了沈川一句。

不料沈川听到这话却走到那个女客人身边，赶走她身边的男客人，然后一屁股坐下，哭丧着脸求情道：“这位姐姐，帮帮我吧，我真的很爱姗姗的。”

“爱老婆还把老婆打跑？”女客人替陆毓姗打抱不平。

“我知道我配不上姗姗，可是我爱她，我在乎她的一切，所以才怕她被别的男人勾引了去，你不知道我的心病，我这个人嫉妒心特强，自己不行，可见不得别人比我好……”

女客人气愤地翻着白眼，“就像你这样爱打老婆的男人，没有女人会嫁给你。”

“我改，我改还不成？”沈川很后悔地低下头。

“改？刚才你还在说女人不打，就会上房揭瓦，对待老婆，就得往痛里打，往死里打，你就痛快地打吧，有女人会嫁给你真是见鬼了！”女客人狠狠地瞪着沈川。

“我真的向天发誓。”沈川突然跪到女客人面前，举起了右手。

“嘿，你别这样啊，你去跪你老婆啊！”女客人慌了神，忙闪开。

此时，同桌的客人似乎都明白了沈川和陆毓姗刚才那一幕的缘由，也开始给沈川上起“政治课”来，这个说陆毓姗好可怜，怎么嫁了个这样的丈夫，她早就该去法院告沈川家庭暴力，判沈川刑了；那个说沈川素质低，娶了这样有文化层次的老婆还要打，就该打光棍；还有的说让沈川每天给陆毓姗家去做家务，天长日久，她就会动心，就会答应沈川复婚……

沈川像个弱智似的一一点头，嘴里不停地念叨，“谢谢，谢谢，我一定照办，一定照办……”

直到婚礼结束，沈梦阳才听说沈川在酒席上撒酒疯的事，并知道了陆毓姗和哥哥离婚的事，她把沈川叫到了她家。

刚进门沈梦阳就冲沈川嚷嚷上了，“哥，你活该！你真是伟大得可以，这么些年，我给你做了多少工作，都白做了，你除了打嫂子你还会做什么啊？”

“梦阳，哪有这样和哥说话的？”周潇阳上前来阻止沈梦阳。

“别护着他！”沈梦阳不满地瞪了周潇阳一眼，“早就和他说过了，别再打别再打了，他就是不听，这不，离了吧，老实了吧。”

沈川本想来寻求沈梦阳帮助的，没料到刚进门就被沈梦阳劈头盖地脸地淋了一顿，他垂着头，甭提有多丧气，一句话也不说，闷闷地坐到椅子上，拿起桌上的桃子，吭哧吭哧地就啃了起来。直到把那个桃子啃完，这才沉着嗓子说：“潇阳，别怪梦阳骂我，我真的很混，不是人，这几天我冷静下来好好地想了想，是我错了。”

“就是的，人要多找自己身上的毛病。”周潇阳附和了一句。

沈梦阳却还在穷追不舍，“错在哪里？你得深刻找出自己错的根源才行。”

“是啊，我找了。”沈川重重地叹息着，“一个男人在社会上可以是个无足轻重的小角色，无权无势也罢，囊中羞涩也罢，可在家里，男人的尊严绝不允许他做个小角色，我知道姗姗比我强，她说出的话，她做出的事都显出了她的能耐，瞧她单位的那个总编都对她笑脸相迎的。”

“那是嫂子努力的结果。”沈梦阳戗了沈川一句。

周潇阳从身后悄悄地捅了沈梦阳一下。

沈川假装没看见，苦着脸点头，“是啊，所以她就看不起我了。她常常对我说，某个男人如何如何，谁家的老公多么多么能耐，我听得出她话里的音，她是嫌弃我。可我就这么贱，我爱她，我又恨她，我的心胀满了对靠近她的每一个男人的嫉妒，她是我一生中唯一爱的女人，我不能让她跌入别的男人怀里。”沈川每说完一句话就长长叹一口气，然后轻轻摇头，“我只有喝了酒，才觉得能在姗姗面前挺起腰来。”

“你这是酒壮㞞人胆，自己为自己找理由呢。”周潇阳呵呵一乐，一把拉过沈梦阳，“梦阳，记住啦，如果我哪天喝醉了酒打你，你可别怨我，我不是故意的啊！”

沈川苦笑，拿出一支烟点上，深深地嘬了一口，看着那烟圈袅袅升起，慢吞吞地说：“其实每次打完姗姗，等我酒醒来时，我的心都突突地跳，有时心底也揪着似的疼，法院判离婚的那天晚上，我连饭都没吃，一个人躺在孤寂的床上，哭得枕巾都湿了，我想我是要复婚的，这一辈子我不会去爱另一个女人的。”

沈梦阳毫不客气地质问，“既然这样，那天我们婚礼上你干吗又对嫂子说那么多难听的话？”

“都是酒闹的，一喝了酒我就管不住自己的嘴。”沈川后悔得低下了头，觉得自己的心沉甸甸的，“我真的愧对姗姗，我不会再喝酒了，我真的要和姗姗复婚，这一生，我不能没有姗姗和果果。”

周潇阳有些被沈川感动，他坐到沈川身旁，攀着沈川的肩，“哥，我支持你，只要是自己喜欢的女人，就要拼了命地去追，哪怕追一辈子，都是一种福气。”

沈川的眼里竟含了泪，猛地点头。

第十五章

1

陆毓姗的离婚给陆婧婷带来了极其消极的影响，陆婧婷感觉到自己似乎也在面临着这种危机，一想到离婚，她立刻就会陷入一种懵懂的状态中，虽然她不止一次地对田翼飞提起离婚二字，可一想到自己若真的和田翼飞离了，她立刻又会感到人跟傻了一样满脸发白，顿时，大脑就变得恍惚起来，似乎有一种灵魂被某种东西从脑壳里拽出来的感觉。

陆婧婷知道自己的勇气，二十年的光阴，她和田翼飞早已是融为一体、相依为命的两个人了，若是婚姻的那一半突然间就没了，人好像都站不稳了，她会猛然产生一种躯体飘在天上的感觉，这对她来说无疑是一生中最大的挫折。试想，以前习惯的生活没有了，她依赖和信赖的人跟自己没有关系了，面对这样的生活，陆婧婷可以肯定自己会手足无措的，对婚姻寄予的希望，她已经把它构建成一个童话城堡，不允许它的崩溃，它的崩溃是对她价值观念的挑战，这种打击可能是致命的。

为了排解田翼飞外遇给她带来的打击，陆婧婷想为自己寻找一些能够忘掉创伤的聚会，她在手机的联系人名单里一一地查找，"刘娜，最近有没有聚会啊？"刘娜是陆婧婷高中的同学，两人关系最好。

"咦，你是最不爱参加聚会了，怎么突然间想聚会了呢？"

刘娜的口吻让陆婧婷不舒服，"没什么想法，就是突然间想起了你。"

“哦，是不是你老公高升了，陪你的时间少了？”刘娜在电话那头毫不客气地笑着，然后又怕陆婧婷不高兴，“别生气，婧婷，开个玩笑。最近大家好像都特别忙，好久都没聚会了呢！等有了聚会，我第一个通知你。不过你可不能再找借口不来啊。”

“谢谢。”陆婧婷失望地又给另一个同学挂去电话。

“郑海，最近忙什么呢？连个饭局也不组织！”郑海是陆婧婷初中的同学。

“谁啊？”郑海只是停顿了片刻便恍然大悟，不容陆婧婷回答，机关枪似的扫过来一梭子，“婧婷啊！怎么，嘴馋了？那我请你吃饭，明天晚上吧，今天晚上不行，和老婆说好了要去丈母娘家吃饭的，这个老婆啊，总说我做的饭不好吃，她自己又不爱做，这不，隔三差五的就去丈母娘家蹭饭，好在是丈母娘家……”

陆婧婷后悔给郑海打这个电话，他本就是个话篓子，你只要开一个头，他就会没完没了地接下去，你要是不打断他的话，他会像个上满发条的机器人，永远不停。陆婧婷可不想听那些无聊的废话，她忙打断郑海的话，“没有就算了，我只是问问。拜拜。”也不管郑海的继续废话，陆婧婷径自挂断了电话。

陆婧婷不信她认识的朋友今天都有事，她又连续打了几个，结果不是已经有饭局，就是忙得顾不上，陆婧婷沮丧地把电话搁下，趴在桌上直唉声叹气。

“怎么了？”

一个男声在陆婧婷耳边响起，陆婧婷抬头，原来是马悦，她苦笑了一下，“没什么，人人都在忙，好像就我闲着。”

“有什么事要帮忙吗？”马悦关切地问。

“哪里有事要人帮忙，就是想找朋友聚聚，谁知道打了一圈电话，一个人也找不到。”陆婧婷的精神有些萎靡。

“去我家里吧？”马悦征询地盯着陆婧婷的脸。

“你家?”陆婧婷问。

“是啊!”

“我去你家,你妻子会怎么想?”陆婧婷讥讽地干笑。

“她出差了。”马悦没有一丝为难的表情。

“不好吧,就我和你?”陆婧婷可不想第三者插足,再说,她对马悦根本就没有过那种想法。

“瞧你多心的,”马悦立即解释,“我已请了办公室的几个同事来我家喝酒,你就来一块儿坐坐吧。”

陆婧婷松了一口气,有些巴不得地点头。

“那就六点半到我家吧,我早些回去准备一下。”马悦脸上有一种喜悦在闪着光芒,他离开的脚步很轻盈。

陆婧婷终于也有不回家吃晚饭的理由了,她给田翼飞打去一个电话,不说做什么,更没提去谁家吃饭,只说:“我晚上不回家吃饭。”

田翼飞很知趣,只问:“吃完饭要我去接你吗?”

“不用,我会打的回家。”陆婧婷的回答很有些冷肃。

陆婧婷实在是有一种想报复田翼飞的心理,她想让田翼飞也猜忌她一次,就像她猜忌田翼飞的感觉一样。

马悦的家既不条理,也不整洁,看得出来,马悦妻子不是个善于理家的女人,马悦天天忙成那样,陆婧婷知道他没有工夫去打理家,而他妻子又懒得干,所以她在心里便原谅了马悦家里的凌乱。倒是马悦不好意思地嘴里絮叨着没个家样,然后忙里忙外地又是拿水果,又是沏茶倒水。

“女人嫁了你这样的模范丈夫,那就是她一辈子的福气啦。”

马悦瞅了陆婧婷一眼,也跟着戏谑了一句:“那男人娶了你这样的女人,可就是两辈子的福气啦!”

陆婧婷的心像被什么东西蜇了一下,她努力掩饰着内心那块疼处,回击道:“男人都是这样,得到的永远不如得不到的好。”

尚未结婚的小冯不明就里地说："我要是能娶到像马主任嫂子这么漂亮的女人，我也愿意为她当骡子做马啊。"

马悦笑，很有内涵地笑。

大家起哄，快退休的老杨意味深长地说："马主任不易呢！结婚这些年了，家里家外的，都是他一个人在操劳。恐怕要不是他自己张罗着还有个生日，他老婆才不理会呢。"

"什么？今天是马主任生日？"陆婧婷惊讶，"怎么不早说一声？好歹给你买个蛋糕啊。"

"不用，我已经买好了。我就是不想让大家麻烦才不说的。"马悦指了指厨房。

"可是……"陆婧婷觉得终归不妥，哪怕是一束花、一件小小的礼物，她的眼神停在自己手腕上那个浅黄色的东陵玉手珠上，那是她一年前出差时买下的，当时她买了两个，一个送了田翼飞，一个自己戴着，可此时，不知为什么，她被马悦感动着，所以她想也没想就从手腕上摘下手链，送到马悦面前，"真不知今天是你生日，就把这个手链送你吧，算是一份小小的生日礼物，它会保佑你幸福，保佑你健康。"

"这……"马悦愉快地接了，嘴里却说，"这怎么好呢，夺你所爱。"

陆婧婷抿嘴笑笑，"除非你不喜欢。"心里却有些自责，这个手链连自己的幸福都不能保佑，又怎会保佑马悦的幸福呢？可是，她希望这个手链能给马悦带去一些吉祥，哪怕一丁点的幸运。

"喜欢，太喜欢了。"马悦立刻把陆婧婷送的手链戴到手上，欣赏地举起左手细细地瞧着，眼神里有些异样的东西在闪光。

2

从马悦家回来，陆婧婷发现家里仍旧是空无一人。大概是见陆婧婷不回家吃饭，田翼飞也没有回来。没有人气的屋里，静得让人起鸡皮疙瘩。

陆婧婷目光呆滞地走到沙发上坐下，脑子里混混沌沌，她在马悦家喝了些酒，她本想让自己醉一次，可是那酒的度数不高，却怎么也不能醉，她只是觉得大脑有些要裂开来，她记不住在饭桌上都说了些什么、笑了些什么。

陆婧婷就那么呆呆地坐在沙发上，觉得自己很孤独很落寞，就像一粒被丢弃在宇宙一隅的碎石。足足有半个多小时，陆婧婷才长长地吐出一口气。

陆婧婷走到饮水机前喝了一杯凉水，没有进食的胃里机械地咕噜着，可她不想吃任何东西，她走到儿子的屋门口，并不知道自己想做什么，她推开了门，突然，她被吓住了！

不是周末，也不是儿子田原该回来的日子，可是田原却哼着小曲悠闲地坐在电脑桌前。

"原原，是你吗？"陆婧婷吓得往后退了几步，目光死死地盯住田原的脸。

田原猛地回头，突然嘎嘎地乐，"妈，吓着你啦？你是不是以为是鬼在这里坐着呀？"

"什么时候回来的？今天才星期四。"陆婧婷慢慢地走进屋，站在田原身后，她闻到了儿子身上那股特殊的气味。

"今明两天，学校被人占用，所以就提前过周末了，周末两天提前返校上课。"田原的笑戛然而止，他蹙了眉头，"妈，你的脸色不太好，怎么了？"

陆婧婷勉强地笑了一下，"没什么，大概是妈妈太累了。"说着，陆婧婷用手抓了抓了儿子有些长的头发，把脸在上面贴了贴。

"那就早些歇着吧。"田原站起身，像个懂事的大男人似的搂住陆婧婷，欲送她上楼。

"不想睡，原原，和妈说说话好吗？"陆婧婷恳求地问。

田原点头，拉着陆婧婷坐到了床上。

“原原，妈妈总觉得人活在这个世上特没意思，瞧你大姨，她和你大姨夫离婚了，瞧你小姨，又和你小姨夫过得那么疙里疙瘩，我呢……”陆婧婷不知道该不该把自己和田翼飞的事告诉儿子，她犹豫了一下，觉得还是不说的好，于是她揉了揉儿子头，“算了，妈跟你说这些做什么。”

陆婧婷的为难被田原感知了，“别怕，妈，有我呢！”田原紧紧地用右手揽过陆婧婷，用左手在陆婧婷的头上轻轻拍着，“有我在，这个世界就会有意思，你不要胡思乱想。”田原说着用脸在陆婧婷脸上轻轻地蹭了蹭。

田原的话就像一颗定心丸，陆婧婷顿时就觉得心里放松了许多，她疼爱地看了田原一眼，一下子抱住了他，“儿子，知不知道，你就是妈的命根子，有你，妈妈就会活得很好。”

田原呵呵地笑，望着陆婧婷使劲地点头，然后岔开话题问：“妈，有个女生想和我交朋友可以吗？”

陆婧婷一怔，突然仔仔细细地打量起儿子来，刚上高三就一米八的个头了，眼睛酷似她，鼻子和嘴巴如同田翼飞，是个很帅气的大男孩了。可她总把他当小孩子似的呵护着，想不到他已经长大了，有了想交女朋友的欲望，她笑了，为了儿子长大的缘故，她点点头，“妈不会反对你交女朋友，但上高三是一生中需要拼搏的一年，妈不希望你因为交女朋友而影响学习。”

“不会的，妈。”田原的眸子里闪着坚毅的光彩。

陆婧婷释然了，她相信田原，他是那种说得出来也做得出来的男孩，于是便问：“她叫什么名字？”

“梅子。”

“你喜欢她吗？”

田原点头。

“和我说说她的事?”

一提起梅子,田原的神经就兴奋起来,他饶有兴致地绽开笑容,从他的表情就能看出,他十分喜欢这个女孩,连他的声音都放得柔柔的,“梅子是个很独立的女孩,她会做饭,她会自己洗衣服,她会督促我好好学习。”

“很有眼力啊。”听到田原这样说,陆婧婷觉得自己也很喜欢这个女孩,“他们的父母很会教育他们的孩子呢!”陆婧婷觉得现在会做饭会洗衣的女孩太少了,一个会做饭会洗衣的女孩,她的父母要下怎样的狠心才舍得让她做这些。

田原有些遗憾地叹气,“她父母离婚了。”

“单亲家庭?”陆婧婷有些意外。

“不是的,”田原摇着头,“梅子说,她爸再婚了,娶了个很厉害的继母,她继母很财迷,因为钱的缘故总和她爸爸吵,梅子爸爸挣的钱不多,差不多都被她继母要去了,所以梅子的零花钱很少,她从不乱花钱,有时我给她,她也不要,我觉得她是个很懂事的女孩。”

陆婧婷油然而生怜悯,“哪天叫她来咱们家玩,怪可怜的孩子。”

“我怕你和爸爸不同意,所以不敢。”田原老实回答。

“不过你记住了,”陆婧婷嘱咐着,“你现在最主要的任务是学习,高三毕业后能考上大学,妈妈不反对你交朋友,能有女孩子喜欢你,说明你是个讨人喜欢的男孩子,但是,朋友就是朋友,不可越过一些不能越的界线,懂吗?”

“懂的,妈妈。”田原不好意思地垂下头。

陆婧婷欣喜地拍着儿子的肩,“想不到我的儿子也开始找女朋友啦!”

“好啦,妈,不说了。你用电脑吗?”田原再一次岔开陆婧婷的话。

“嗯!”陆婧婷答应着,“等我困了就上楼去睡觉,你先看一会儿书。”

田原抱着一本书去了客厅。

3

这些日子来，陆婧婷的网友已经很多了，且一个个都“爱”她“爱”得要死，陆婧婷经常被这些关心着她的网友感动着，因为感动，她也把自己的手机号大方地告诉他们，此后，她的短信也会在每一个傍晚争气地传递进田翼飞的耳朵里。而陆婧婷也会故意当着田翼飞的面打开那些情意绵绵的短信，一个字一个字地仔细阅读着，无非都是些宝贝长宝贝短的问候语。但是就是这种根本表示不了什么诚意的称呼却让陆婧婷感到了一种心理的平衡和安慰，她常常在看着短信的同时抬头瞥一眼田翼飞，心里说：你可以唤那个女人为宝贝，我就可以做许多男人的宝贝。也许是因为做贼心虚，田翼飞从不过问陆婧婷是谁的短信。

这种不闻不问的姿态再一次激起了陆婧婷的愤恨，她曾仰着小小的下颏斜眼瞅着田翼飞问：“你不在乎是谁给我发来的短信吗?”

田翼飞大度地笑，“谁都有自己的空间，我会让你有你自己的秘密。”

陆婧婷恼了，“你根本就不在乎我。”

“我在乎你，可不会去偷看你的短信。”

田翼飞的话是有所指的，陆婧婷怎会听不出来，她哼的一声冷笑，“连夫妻间都有秘密，还成什么夫妻？这样的日子不如分开。”

“我岂能没有你，你知道的，我不会离开你。”田翼飞真诚的眼神显示了他心里最真实的想法。

“爱一个女人会做伤害她的事吗?”陆婧婷永远不信。

“信不信由你。”田翼飞坚定地回答。

陆婧婷就是不信。但是，为了田翼飞那真诚的眼神，陆婧婷心里又常常烦躁不安，今天晚上，她生气田翼飞的不在家，虽然有儿子，但儿子和丈夫的感觉是不能同等的。

陆婧婷骂了田翼飞几句,心情又开始烦躁起来。

陆婧婷把这种烦躁的怒气撒到了一个闯进她 QQ 里的叫“相遇相知”的网友身上。

“你比我儿子大不了几岁,竟敢唤我宝贝?”陆婧婷先是看了相遇相知的资料,然后不高兴地指责起这个才二十几岁的冒失鬼。

相遇相知回击,“宝贝能用年龄区分吗?你虽然比我大,可你在我心里就是宝贝一样。”

陆婧婷仍旧不高兴,“我从不做比我小的男人的宝贝。”

相遇相知呵呵大笑,“你就把我当作比你大的男人,要不你就把自己看作比我小的女人,这样,你这个宝贝就可以做得理所当然。”相遇相知发一串龇牙咧嘴的笑脸过来,“我觉得你应该是个很聪明的女人,现在姐弟恋可是时尚啊。”

陆婧婷哭了,和田翼飞结婚二十年了,他从未唤过她一声宝贝,他可以千百次地唤那个女人宝贝、娇娇、乖乖,可是对她呢?她不知道自己在他心里到底是什么,保姆?性工具?聊天的伴侣?就算是保姆、性工具、聊天的伴侣,难道对她说出这几个词就如此之难吗?女人是多么好哄的一种动物,有几句甜言蜜语就乐得把自己的全部感情都奉送给男人,难道所奉献的感情连一句宝贝都换不来吗?陆婧婷常常悲哀得掉眼泪,觉得自己和田翼飞的距离越来越远。而此时,这几个被任何女人都向往的词儿却从那些素不相识的网友嘴里吐了出来,陆婧婷觉得自己对网友有了一种比丈夫更亲近的感觉。

过去,陆婧婷对网友这两个字并无太多的感觉,从别人嘴里听到的定义就是:网络是个虚幻的东西,网络中的骗子很多,现在,陆婧婷却觉得这种定义下得太浅薄了,因为她已经从这种虚幻的网络中找到了一种最真实的东西,就是释放自己。她不知道这些唤她宝贝的网友心里的真实想法,她也不知道他们说的话是真是假,她已经全都不在乎了。

真话如何?假话又如何?陆婧婷反而觉得和这些不认识的网友在

一起，会来得更加真实。大家不需要应酬，不需要刻意奉承，不需要假仁假义，谈得来就多谈，谈不来说上一两次话就尽可以放心大胆地把他“请”出 QQ，再说，大家之间因为没有任何利害冲突，毫无任何经济纠纷，所以才可以敞开了心地去和大家交往。陆婧婷也知道，她认识的这些网友并不能使她现有的生活改变什么，但他们却可以改变她沉闷的心情、忧郁的人生、悲观的情绪。

所以陆婧婷接纳所有闯进来愿意做她朋友的男人。

当然，陆婧婷不是绝对意义上的全部接纳，她的语言足以能把这些网友紧紧地拉到自己的身边，这让她有一种成就感，但是，她会定期地做出选择，她把自己的网友分成一二三等，一等的，是那些真喜欢她，她也喜欢的，能够聊到一起的，可以进行心与心的交流的，甚至可以在网上把性事谈得很深入的男人，网友们俗称为网上情人；二等的，就是那些喜欢她，可以聊，但没有心与心的交流，只是可以给她解闷的男人，网友们俗称为网上朋友；第三种，就是那些一上来就要问她多大年纪，就要和她交朋友，甚至想立刻进行激情视频的男人，一般来说，这第三种网友，她会在一次聊天后就冷酷地把他打入黑名单里删除掉。

这些日子来，陆婧婷已经有了三四个网上情人，也就是说，她从网恋中找到了一种疗愈自己伤口的良药，那是一种报复后的快感，但是，快感后带来的自疚似乎把她的心划得更深，她更加陷入了一种连自己都无法意识到的抑郁中，楼里自杀的那个女人、那个从天桥上飘下来的女人常常会混在一起。她常常感觉呼吸不那么通畅，胸部有压迫感，连视力都出现了障碍，她也会突然感觉身体某个部位疼痛、心慌神乱，再加上痛苦的失眠带来的头痛，肠胃失调引起的便秘，她想，自己是真的到了更年期。

不过，陆婧婷是那种善于把心里的压力自己消化的女人，她不想因为自己的表现影响别人，给别人带来压力。白天，她宛然一副幸福白领女人的姿态，踩着轻盈的步子上班，她和同事有说有笑，可是她怕晚上，晚上，顾名思义，就是没有了太阳，升出了月亮星星的时间，陆婧婷觉得那是自己被魔鬼拉入另一个世界的时间，一切都变了！她没有心情在网上多逗留，只与那个叫她宝贝的男孩聊了一小会儿就下线了。

“原原，你玩吧，我上楼睡去了。”陆婧婷把电脑让给了儿子。

“妈，有什么事喊我啊，我不会睡很早的。”田原嘱咐着。

陆婧婷答应着上楼去了。她走进卫生间，懒散地把牙膏挤到牙刷上，有一下没一下地在嘴里捅着，然后抬头从梳妆镜里看自己。

很有些日子了，陆婧婷不喜欢看到自己，尤其是镜中的自己，一个憔悴的女人，一个没有了往日风采的女人，一个被情字折磨得如同鬼一般的女人，她不知道那几个网上情人看上她什么了。

陆婧婷快速地漱了口，用毛巾擦了一下嘴，然后胡乱洗了一把脸，就上床了。

陆婧婷不敢关灯，她把台灯拧到最暗的光线，然后闭上眼，争取不想任何事情，“一只小绵羊，两只小绵羊，三只小绵羊……”陆婧婷在大脑里不停地掠过那一只只白白的浑身卷着毛的绵羊，一直数到三百多只的时候，她好不容易睡着了，她开始做起了梦：她先是被一个女人发疯似的追赶着，她的腿像是被什么东西绊住了，怎么也挪不动步子，不过，即便是这样，她还在跑。突然，她跌下了一个无底的旋涡，那个旋涡里看不见天看不见地，旋转在虚无中的感觉令陆婧婷害怕，她看到了那些龇牙咧嘴的鬼怪隐藏在旋转中的黑暗里，那里有小妹陆叶红阴沉的脸，她想停止旋转，可是做不到，她紧张得快要窒息了，想哭又哭不出声来，她不得不使劲地撕扯着自己胸前的衣襟，用手捶击着自己的头，她感觉到自己的胸被撕裂了，自己的头被捶打得流出了鲜红的血，那血顺着额头，顺着眼皮，顺着嘴唇流到了旋涡里，有一滴流进了嘴里，酸唧唧的，她使劲地吐出去。

像喷出去的一股血花，溅到了旋涡外，那股血花拽动着陆婧婷，把她拽出了旋涡。陆婧婷觉得身子一轻，便醒了。

陆婧婷真的很害怕在这种梦中永远不会醒，可是她更怕这根本不是梦。她思索着梦中的情景，恐惧地盯着黑暗中的窗帘。

有大滴大滴的雨点击打在窗玻璃上的声音。

下雨了。

已经很久没有听过下雨的声音了，霜降后的雨，陆婧婷总叫它冷雨，她觉得这个日子的雨，应该是一滴泓漉漉的灵魂，凄凉、凄清、凄楚、凄迷、凄然、凄美，它总是飞行在凄冷的夜里，或是站在孤寂的窗外向她呐喊，她的心也就随着冷雨而变得更加凄冷了。

来暖气前的日子，空气总是干燥冰冷的，像一条干涸的河套，这干涸从身外绵延到了心里。陆婧婷睡不着，像菜心里的虫子一样蜷在冰冷的被窝里静静地听外面唰唰的雨声。

天气很冷，被子几乎盖住陆婧婷的脸，露在被子外的鼻子是冰凉的。她拧亮台灯，粗粗地喷了口气，一缕白烟居然模糊了她的双眼，让她分不清是雾，是雨，还是泪。这唰唰的雨声与其说打在窗上，不如说敲进了她的心里。

陆婧婷看了看闹钟，已经凌晨了，田翼飞还没有回来。陆婧婷唯一能想到的就是田翼飞睡在了那个女人的床上。陆婧婷突然坐了起来，那个黑暗中的魔鬼又来到了陆婧婷的眼前。

“跟我走吧，一个没有男人可怜的女人，还需要为他活着吗?”魔鬼的模样很和蔼。

陆婧婷陡地就有了一种欲望，一种想要杀死自己的冲动，她总觉得自己活在另一个女人的巨大阴影之下，而她，总也不能将自己从这种阴影中拔出脚来。她对着魔鬼苦笑了一下，站起身，赤裸着脚就下了楼。过肩发披散在她的腮两旁，白色的睡衣因为她的消瘦已经像个空壳似的晃荡在她的身上，在她路过客厅的穿衣镜前时，她的余光看到了穿衣镜中那个白衣魔鬼的影子。

就是这个白衣魔鬼的影子悄悄地闪进了厨房，那里的刀架曾是她驻足观望过好多次的地方，刀架上有一把带锯齿的水果刀，很锋利，可以削断一截电线。如果割腕，一定很痛快地就能解决问题……那把刀子总在陆婧婷的脑海里浮现，她已经不止一次地去厨房转悠过了，她走过去，看着那把刀子发了一会儿呆，然后轻轻地拔出了那把水果刀。

4

就在陆婧婷犹豫着这把刀应该插向何处时，身子猛地被谁抱住了！陆婧婷回头，看到了儿子。

“妈，你要干什么？”田原夺下了陆婧婷手里的水果刀，把陆婧婷拉出了厨房。

陆婧婷望着儿子稚嫩的脸上现出的焦急，心里一阵感动，泪水哗哗地就流了下来。在离开厨房的瞬间，她又偷偷地拿过那把水果刀，连刀带手藏到了睡裤里。

“妈，你哭了！为什么？”见陆婧婷不说话，田原又问，“是因为我爸爸？”见陆婧婷仍旧不吭气，田原扔下陆婧婷就去给田翼飞打电话。

“爸，你在哪儿？”田原的口气急急的。

“在朋友家，晚点回去。”

“你能不能马上回来？我妈有些不对劲儿！”田原的口气开始生硬起来。

“几个朋友好不容易凑了一桌，总得打完了才能回去。”田翼飞有些不耐烦。

“难道麻将比我妈还重要？”田原恼了。

“你怎么这么不懂事啊？”田翼飞的话里带着恼怒。

田原终于急了，“她是你老婆，你不管是不是？”

“田原，你守着你妈，她不会有任何事的。”田翼飞似乎不想再说什么，他说了句“拜拜”就要挂机。

田原发了狠，“爸，你还是个男人吗？告诉你，我妈要是出了什么事，我就找你算账！”说完挂了电话。

田原把陆婧婷扶到沙发上坐下，给她倒了一杯水，让她喝下，然后就陪在她身边等着田翼飞回来。

壁钟嘀嘀嗒嗒地走着，田原静静地坐在陆婧婷身旁，嘴里不停地唤着，“妈，想开些啊，妈，没有人爱你，还有我呐，任何时候你都是我最爱的人。”爸爸妈妈的事，田原心知肚明。

陆婧婷的眼泪不停地落下，她感激儿子的体贴，她把自己蜷得像个孩子似的靠在儿子怀里。

此时的田原像个真正的男子汉似的搂着妈妈，他用手抚着陆婧婷的头，他不时地在陆婧婷的后背上轻轻拍着，像在哄一个受了欺负的大女孩。

大约半小时的工夫，田翼飞回来了，他的脸色很不好看。

爸爸回来了，田原的任务就完成了，他回自己的卧室去了。

田翼飞二话不说，拉着陆婧婷上了楼。

门一关上，田翼飞就没好气地说：“你想做什么啊，陆婧婷？”

望着田翼飞恶狠狠的样子，陆婧婷畏惧了，她慢慢地往后退缩着，不知道该说什么好。

“你总这样我多没面子啊！一个怕老婆的男人，叫人笑话啊！”见陆婧婷恐惧地呆望着他，田翼飞的气不打一处来，“你知不知道我的工作需要应酬啊？好好的一个牌局，就这样被你搅了！”

“田翼飞，不要在我面前装模作样！”陆婧婷突然发话，“和那个女人在一起的应酬吧？是我搅了你们的好梦吧？你这么离不开那个女人，就和她过去啊，不用再回这个家了！”陆婧婷瞪圆了眼的样子很可怕。

“你到底想要什么？该给你的我都给了，你还想怎么样？你把一个男人天天拴在你的裤腰上就踏实了吗？”田翼飞也急了，说出的话有些难听。

“我想要什么你不知道吗？不要在这里装模作样地假装圣人……”陆婧婷今天终于有勇气说出自己心里一直想说的话，她把这大半年憋在心里的所有话不管不顾地说了出来，“你根本就是一个满肚子坏水的男人，一个自私得想占有别的女人的男人，我最最看不起的就你这种卑鄙的小人！”

陆婧婷的话终于惹恼了田翼飞，他生气地嚷着：“你再说一遍！你再说一遍……”

“说一百遍都行，你是个卑鄙的小人！”陆婧婷豁出去了，她恨恨地咬牙切齿地说着……

田翼飞终于伸出了自己的手掌，向陆婧婷的左脸上扇去。

在听到那声“啪”的掌声后，陆婧婷捂住左脸愣在了那里，田翼飞打了她！田翼飞为了另一个女人打了她，那是怎样的一巴掌啊，大概是田翼飞用尽了平生最大的气力，很疼！火辣辣地疼，连耳朵里脑门子里都跟着疼起来。眼泪就那么不争气地流了下来，陆婧婷似乎已经看到那个魔鬼在一旁哈哈大笑着，鄙夷地乜斜着她，“这就是你爱的男人！这就是你愿意为他奉献自己的男人！”陆婧婷的心绝望了，她毫不犹豫地从睡裤里抽出她的手，举起那把一直握在手里的水果刀，朝着自己的腿上扎去。

瞬间，血顺着陆婧婷的腿流下来，在腿上开成了一片红色的血花。陆婧婷的泪水扑簌簌就掉了下来，滴在血花上，与血花融成一片。

看着那流下的血，陆婧婷像看到了杀向田翼飞头颅流下的血，她又冲自己举起了刀……

要不是田翼飞手快，抢下了陆婧婷手里的水果刀，陆婧婷会在自己腿上扎上许多刀。不过，这两刀已经让陆婧婷吃尽了苦头。不过这种疼痛，陆婧婷根本没有放在心上，她觉得自己很能够忍受这种来自肉体的疼痛，她不能忍受的是田翼飞扇在脸上的那一巴掌，打在脸上，疼在心上，且会疼上几十年，直到死。

因为这一巴掌,陆婧婷的抑郁情绪发展到一种可怕的境地,虽然事后田翼飞一个劲儿地向陆婧婷赔不是,但陆婧婷只是淡漠地一笑,摸摸左脸,咬牙切齿地说:“没关系,我会记住这一巴掌,记一辈子!”

陆婧婷冷漠的笑里有一种令田翼飞胆寒的东西,具体是什么,田翼飞说不清楚,陆婧婷也不会告诉他。

陆婧婷这些日子,想得最多的就是死亡二字,这是从陆婧婷的心灵与意识背后跑出来的东西,就像一种剧毒的细菌,占据了陆婧婷的身心。之前,陆婧婷只是在大脑里构思着种种死亡的计划,而现在,陆婧婷却从多年不翻的书堆里翻出一本绒面笔记本,把自己曾有的种种死亡计划写进了笔记本里,并开始研究起它们的可行性。

这种念头就像一块粘在身上的狗皮膏药,揭也揭不掉,陆婧婷觉得只有把它们写出来,心里才痛快些。其实她不仅仅是写,她还把这些构思与计划拿到网上与她的网友们讨论。

陆婧婷问“憨情默默”:“你想过死的问题吗?”

憨情默默:“没想过,生活这么美好,干吗要想这个问题? 有什么不开心的吗,宝贝?”

陆婧婷:“如果在晾衣绳上挂一根绳索,你觉得它能禁得住我吗?”

憨情默默:“不会吧,宝贝? 碰到什么伤心的事了吗? 来找我,或是我去找你,你可不要做什么傻事哦!”

见陆婧婷不作声,憨情默默又说:“记住了,宝贝,想不开的时候来找我,我就是那把斩断晾衣绳的屠龙刀,我要让你的脸儿绽放出全世界最开心的笑。”

这是一个比陆婧婷小的网友,每次上网,他的话语都是陆婧婷喜欢看到的。但是这次,她觉得憨情默默没能理解她内心的真正意图,她又和“两处闲愁”讨论起死亡这个问题,她对两处闲愁说:“听说最轻松的死法就是吃五十片安眠药,这会毫无痛苦,就像睡着了一样。”

两处闲愁:“宝贝儿,是晚上睡不着吗? 若晚上睡不着就来找我,躺在我的臂弯里,保你像吃了一百片安眠药一样。”

陆婧婷:“告诉我是不是这样?”

两处闲愁:“我没吃过,怎会知道!不过劝宝贝儿你也别试,这可不像坐飞机似的买张往返票到死亡世界走一遭还能回来的事,去了就再也回不来了,我会伤心死的。”

陆婧婷:“不可以试试吗?我很向往这种幸福。”

两处闲愁:“不可以试的,宝贝儿!!!来我这里,把那五十片安眠药送给我好不好?我妈最近正神经衰弱得厉害,她已经被失眠折磨了许多年,你就学做雷锋一次,把药贡献给一个可怜的老太太吧。”

陆婧婷的心软了:“好的,你明天来我单位拿吧。”

这是一个比陆婧婷大出十岁的网友,他的语言没有什么更华丽的辞藻,但他总能用一种非常平和的方式解决陆婧婷等待解决的一些小问题。

陆婧婷好不容易攒起来的五十片安眠药不得不学雷锋送给两处闲愁的妈妈了.其实她心里更清楚地知道,两处闲愁是在替她消灭这种接近死亡的隐患,她觉得有人在乎她的死,她感动得想哭。

但是两处闲愁并没有解决她对死亡所追求的那种真正含义,她又找了“萨克斯风”,问:“当火车从身上碾过去时,你想会有什么样的感觉呢?”

萨克斯风惊讶地问:“不会是你想去卧轨吧,心爱的女人?”

陆婧婷笑:“为什么不是呢?当火车风驰电掣般地从身上碾过时,会有怎样的快感啊!”

萨克斯风跟着笑:“浪漫的死法,不过我不要你去卧轨,来找我,我们俩坐火车一起去西藏,去享受西藏高原的风情,去做一对比翼双飞的西藏燕好吗?”

陆婧婷:“你不要你的老婆孩子啦?”

萨克斯风:“有你就够啦!背上我的萨克斯管,带上心爱的女人,人生还图什么?”

陆婧婷:“我们去做一对浪子浪女。”

萨克斯风快乐地大笑,“对,做一对浪子浪女。”

和萨克斯风聊天,陆婧婷不用担心自己不开心,在萨克斯风那里没有不开心的事情,他是个阳光一样的男人,把任何事情都做得潇洒野性,他那开放幽默的性格,很能吸引陆婧婷。

陆婧婷被萨克斯风的话语感动着,萨克斯风是个和陆婧婷一样年龄的男人,他总会有许多古怪精灵的想法,他总称陆婧婷为心爱的女人,就为他的话,陆婧婷觉得自己愿意从铁轨上爬起,擦干眼泪,跟他去西藏流浪。

不过,这是下下策,目前陆婧婷想要的是一个能够对死亡有同感的朋友,她最后找到“同舟共济”,问他:“当一个人从二十六层的高楼坠下时,会恐惧吗?”

同舟共济:“我想会的,宝贝,人在死亡的瞬间会退缩。”

不等陆婧婷说话,同舟共济忙问:“谁想从二十六层楼上跳下去呢?”

陆婧婷说:“是我!”

同舟共济快速地问:“为什么,宝贝? 遇到什么不顺心的事了吗?”

陆婧婷说:“我不想活了,我想让自己像一朵花儿一样从空中美丽地坠落。”

同舟共济生气了,“傻!!! 为了回避苦难做这种事的人最傻,把你家的地址告诉我,我好用我的身躯来接住你坠落的身体,即便是我被你砸成肉泥都心甘情愿。”

同舟共济是一个最能体贴陆婧婷的网友了,他总会用牺牲自己来博取陆婧婷的开心,那次,陆婧婷不仅仅是开心了,她哭了,哭得泪流满面,哭得稀里哗啦。因为同舟共济的一句关心语,因为朋友的爱是最能够颤动心灵里软弱部位的一种情感!

第十六章

1

其实，打完陆婧婷那巴掌后田翼飞也很后悔，可当时的情绪就是那么冲动，由不得自己来控制，事后，他用尽各种方法来弥补对陆婧婷的歉疚，但陆婧婷总会用一种死鱼般冷漠的目光乜斜着他，令他全身感到了一种凄冷的寒意。

这几天，田翼飞很想按时下班，早些回家陪陆婧婷，因为她的腿不方便。结果没想到，就这几天的事多，尤其是上面给了一个副处的干部名额，需要马上报上去。

就这么一个小小的副处级名额，竟一下子把局里几个处都翻腾了起来。

有一年多的时间不曾任免干部了，那些三十多岁的科长级人物都眼巴巴地盯在了这个副处的名额上，一时间，天天下班后都有人堵在田翼飞的办公室门口，要和田局长谈一谈。

田翼飞天天谈得口干舌燥，一个一个地说服，就这么一个名额，得处里先报上来，才能开会研究。可是那些科级人物还是不死心，又开始大包小包地提着礼品往田翼飞的办公桌上放。

这不明摆着是在贿赂吗！田翼飞只能又一个一个地说服，让他们把礼品拿走。

经过一轮的筛选，这个名额最后落在行政处和业务处，还需要再在两人中间选一个就可以了。

竞争的两个人是行政处的小马和业务处的周潇阳。最后拍板的大权落在田翼飞的手上。

从理智上和感情上来说，田翼飞更趋向于周潇阳，他不仅仅是业务处的骨干，他还是自己的小兄弟，所以他把行政处小马的名字划了去，仅留下了周潇阳一个人的名字。

那天刚一上班，田翼飞就拨了一个内线电话，“喂，让周潇阳过来一下。”

“他还没来呢，田局。”业务处的人说。

田翼飞有些恼怒，看看手表，“都几点了还没到？”

“一会儿他到了我让他马上过去。”

田翼飞搁下电话，开始签手头几个紧急的文件。

签完文件他又从抽屉里拿出一份干部考查表，准备让周潇阳填一下。

大约过了十分钟，田翼飞又给业务处打去了电话，周潇阳还没到。田翼飞的眉头皱了皱，嘴里骂了一句，“这个小混蛋，蜜月不是早就度完了吗？”

2

周潇阳觉得自己对沈川说的那一番话绝对真理，自己喜欢的女人，就要拼了命地去追，哪怕追一辈子，都是一种福气。他不用去追一辈子，他觉得自己轻而易举地就把沈梦阳追到手了，还让她成了自己的老婆。

新婚的日子何等幸福，沈梦阳像个小妇人似的每天早早起床，先在周潇阳的额头上送上轻轻一吻，再跑去厨房做早餐，然后把早餐放在一个托盘里端到床旁，对周潇阳甜甜地一笑，“哈，老公，起来吃早餐啦！”

眼光对视的刹那，周潇阳傻笑，一脸幸福陶醉的模样。

沈梦阳会用勺把馄饨一个个送进周潇阳的嘴里，周潇阳只咬去一半，另一半再努着嘴推回到沈梦阳的嘴边。一顿早餐，要花去一个小时。

那天早晨刚起床，周潇阳就打起了喷嚏，还直嚷嚷头疼。

这可吓坏了沈梦阳，她又是找体温计又是找药的，然后又去厨房冲来一杯淡淡的果汁，不停地说："潇阳，先量体温，然后吃药。"

周潇阳推开沈梦阳手里的体温计，"我没发烧，不过是有些感冒，不用这般大惊小怪，像是我已经病入膏肓。"

"不行，感冒不治好会得肺炎的，肺炎会死人的，我不要你死。"说着不管周潇阳同意不同意，愣拿出几粒药片，逼着周潇阳吃下去。

"哦，你这个小妖女！"周潇阳无奈地笑着咽下药片。

刚咽下药片，沈梦阳就问，"感觉好点了吗？头还疼吗？"

"天哪，你当这是神药啊，总得有个吸收的过程吧。"周潇阳一把拉过沈梦阳，双手托起她的身体把她扔到了床上，"你看我这样子像是有病的吗？"

沈梦阳咯咯地笑，然后双脚往空中一翘坐了起来，又一蹦站了起来，"好啦，你可以上班去啦。"沈梦阳拿起周潇阳的包放进他手里，走到门口，还不忘对周潇阳说，"抱抱我吧！"

周潇阳抱了抱沈梦阳。

沈梦阳又说："再亲我一下。"

周潇阳又亲了沈梦阳一下。

"再来一下。"沈梦阳不罢休，噘起了嘴，等着周潇阳亲她。

"好啦，沈梦阳，走吧，要迟到啦！"周潇阳拽开门，推搡着沈梦阳。

沈梦阳老大不乐意地白了周潇阳一眼，然后挽起他的胳膊一起走出家门。

周潇阳离上班的地方并不近，得坐一个多小时的公交车，当他赶到单位时，他发现已经过了八点，也就是说，他又迟到了！

单位的规章制度很严，每天上班下班都要打卡，每月迟到三次以上者要扣除工资，三次为一个单位，三次就要扣除一天工资，周潇阳已经迟到两次了，加上今天这次正好三次，他没有任何可以辩解的理由，一天的工资肯定是要扣除的了。他有些恨恨的，心里暗暗埋怨沈梦阳，要不是她逼着自己又量体温又吃药的，哪会迟到。

周潇阳并不是在乎被扣的一天工资，而是最近有一个副处的名额下来，田翼飞已经暗示过他，“小周，最近工作上努力些啊！上班早些来，下班别刚到时间就溜。”

周潇阳怎会不明白田翼飞的暗示，可自从和沈梦阳结婚以来，这个沈梦阳怎一个缠人，“再抱抱我，再亲我一下，就一下就出门……”哪次都得耽搁上十几二十分钟，沈梦阳才会被周潇阳拥着出门，赶上公交车顺，就能按点到单位，若是赶上公交车不顺，那就只有干着急等着迟到的份啦。有时周潇阳实在等不及，半道就下车，然后再打个出租，这样就能赶上时间了。

今天，无论如何也是来不及了，周潇阳不等电梯到，就直接从楼梯去办公室，他呼哧带喘地刚进办公室，就听到对桌的小陈对他说：“周哥，快点，李局找了你两次呢。”

“你怎么说?”周潇阳紧张地问。

小陈老实地回答：“我说你没来，大概又塞车了。”

完了，又被田翼飞发现他迟到了，周潇阳不等定下心来，忙扔下包就往田翼飞办公室跑。

也许是太紧张了，也许是跑晕了头，周潇阳居然忘了敲门就推开田翼飞的门进去，不过，他只是惊讶地啊了一声，扭头又跑出来，并把门带上了。

周潇阳把身体紧紧地靠在墙上，心吓得扑通扑通乱跳，嘴里却不停地骂着自己，“我怎么这么该死呢？我怎么能不敲门就进去呢……”

3

自从那次在外面和吕贞吃饭被周潇阳撞见后，田翼飞和吕贞的相处都是非常谨慎小心的，他从不让吕贞来单位找他，他觉得这种事情越少被别人知道越好。最近，他更是不想和吕贞来往，不是他厌倦了吕贞，只是觉得心里对不住陆婧婷，每每想着她那恍惚的眼神，他的心就像被一团棉花堵住了似的，闷闷的。

田翼飞已经隐隐约约感觉到，陆婧婷的神经出了一些毛病，白天的她还看不出什么异常来，一到晚上，她的眼神就呆滞起来，一个短信、一个电话，都会令她浑身发抖。

前天晚上，田翼飞又是被那些谈话者堵在了办公室门口，很晚才回家，当他急匆匆赶回家时，却发现陆婧婷神情憔悴地蜷缩在梳妆台和大衣柜的缝隙中，惊恐紧张的表情，无助无望的眼神死死地盯着推门进来的田翼飞，她的声音就像是从坟墓里挤出来的："我错了，我错了，我再也不会烦你了。"紧接着她就进入了一种恐惧不安、神经错乱的状态。

许久没有感觉到为一个女人心痛的滋味了，吓得田翼飞走过去紧紧地把陆婧婷拥在怀里，不停地安慰她："婷儿，你怎么了？你没有错，你没有烦我。"

陆婧婷的眼眶里不停地往下流着泪，她目光散乱地盯住田翼飞的脸，慌乱自责，烦躁不安，哽咽着嗓音，"我错了，翼飞，我再也不会烦你了……"陆婧婷的声音悲伤哀怨。

田翼飞也惶恐了，他把陆婧婷紧紧地搂在怀里，用手抚着她的脸，在她的额头上不停地吻着，"婷儿，你看着我，你知道我是谁吗？"

陆婧婷瞳仁里的光无法聚拢，她的视线在田翼飞脸上飘过来移过去，就是定不下来。

田翼飞的眼泪都快要掉下来了，他觉得自己真是造孽，他吻着陆婧婷眼里的泪，喊着，“婷儿，你看着我，眼神别动，你看清我是谁了吗？”

陆婧婷扑哧一声笑了，“你是翼飞，我认识你的。”

田翼飞的心都要碎了，他轻轻擦去陆婧婷眼角的泪花，温柔地说：“我们的婷儿说对了，我是翼飞，是你的丈夫，是最最疼爱你的丈夫，对吗？”

“不！”陆婧婷突然推开田翼飞，急吼吼地喊，“你走开，你不是最最疼爱我的丈夫，你疼爱的是那个女人！”说着眼泪又急急地流下来。

“婷儿，你不要这样。”田翼飞有瞬间的绝望，他抱起蜷在地上的妻，把她放到床上，让她靠在自己的怀里，然后告诉她：“老公爱你你知不知道？”

陆婧婷哭着摇头。

“我告诉过你的，你是我这辈子唯一爱的女人，我们同甘共苦一起建立了自己的家，我们一同风风雨雨走过了二十年，谁能把我们拆散呢？”田翼飞就像在劝说一个孩子，他不时地替陆婧婷擦去流至耳旁的眼泪，“一个男人可以把很多女人放在心上，但一辈子只有一个女人可以在他的心底；无论这个男人的身边有多少女人，他自己心里都清清楚楚地知道，自己最爱的是谁。婷儿，我心底里只爱你一个女人，我心底的女人才是我人生的支柱。”

陆婧婷已经渐渐地停止了歇斯底里的发作，她的气也喘得顺多了，她仰起满是泪花的脸，不信地望着田翼飞。

“相信我，我会好好爱你，好好疼你。”每当这时，田翼飞知道自己该如何去平息陆婧婷恐惧的神经，他的手轻轻解开了陆婧婷的衣扣……

可是，陆婧婷的手却一把推开了田翼飞的手，她眼神惊恐地盯着田翼飞的手，“不要……”

田翼飞只好用唇去亲吻陆婧婷，可是再一次被陆婧婷推开，她极其紧张地嚅动着嘴唇，“不要，不要啊……”

“你怎么了?”田翼飞不解。

陆婧婷突然瞪圆了眼珠,一句很伤人的话语从她嘴里冒了出来,“我怕你玷污了我的身体。”说完挣脱田翼飞的怀抱,又蜷缩到梳妆台和大衣柜的缝隙中,然后以一双不信任的眼神望着田翼飞。

田翼飞不知道这是怎样的一种悲哀,他想骂陆婧婷,不可能！他想解释给陆婧婷,也不可能！他只有捺着性子再次走到陆婧婷身边,拉她起来,就像个碎嘴婆娘似的,絮叨着,安抚她躺下,安抚她睡觉。

其实像陆婧婷这种神经质的发作已经不止一次了,尤其是田翼飞晚回去的时候,她更容易发作。说实在的,田翼飞被陆婧婷的发作弄得疲惫至极,他很担心陆婧婷的这种状态,每次,他都得费尽九牛二虎之力才能使陆婧婷安静下来。所以今天晚上,他会早些回去,很多日子了,他都没有和陆婧婷好好地围着餐桌吃一顿像样的晚饭了,今天,他要为陆婧婷炒上两个菜,然后没有任何人打搅地慢慢吃。

“吃什么呢?”就在田翼飞琢磨着炒什么菜时,桌上的电话响了起来。

“飞哥,我想你!”是吕贞。

吕贞嗲嗲的声音刚在电话里响起,田翼飞的头就大了,他只能敷衍着吕贞,“你好,宝贝,我也想你,不过最近很忙,实在是没有时间去看你,别生气啊,等我有时间了一定去找你。”

“好吧,亲我一个。”吕贞无奈地要求着。

田翼飞对着电话啵了一个,挂上电话,心里才觉得踏实了些。

令田翼飞没有料到的是,他刚搁了电话,就响起了敲门声,“进来!”他以为是周潇阳到了,今天,他想对周潇阳说说那个副处的事,刚才他已经找过他两次了,他没有到,他有些生气,那天都交代过了,他怎么还迟到!

谁知道,门开了,是吕贞走了进来。

“你怎么来了?”田翼飞不仅仅是意外,还有些猝不及防。

“我怎么不能来？”吕贞知道田翼飞喜欢她，她才不会在意他说任何不中听的话，她带上门，径直走到田翼飞的办公桌里侧，一屁股坐在了田翼飞的腿上，然后用胳膊搂住田翼飞的颈项，撒着娇埋怨道，“那么多天都不来看我，你肯定不爱我了。”

“宝贝，别这样，这是办公室，叫别人看到了不……”“好”字尚未出口，就听到门突然间被谁推开了。

周潇阳早不来晚不来，偏偏这个时候闯了进来，田翼飞已是尴尬至极，他猛地站起来，推开吕贞，刚想叫小周，没想到周潇阳就像一阵风似的，忽地进来，又忽地出去了。

“哎呀，吕贞啊，你算是把我坑了！”田翼飞一屁股坐在椅子上，眼神怔怔地盯住了那扇被周潇阳又猛地带上的门。

4

“我怎么把你坑了？”吕贞有些不依不饶，“是你的部下没规矩，进屋不敲门。”

“别这么不讲理。”田翼飞心里已经乱了，被部下看到他和一个女人在屋里搂搂抱抱，他觉得自己的尊严受到了严重伤害，吕贞，这个平时对他百依百顺、温柔至极的女人也突然变得蛮横不讲理，这实在是让他心里蹿起了一股想发作的火苗，“跟你说过多次，别到单位来找我，你就是不听，你看，这下好了，该传得全单位沸沸扬扬的，对我对你有什么好处啊？”

吕贞的眼眶里顿时噙满了泪，无限委屈地说：“你讨厌我了，烦我了是吗？”

“我说过这话吗？”田翼飞实在不想在单位里在办公室里上演这出偷情的戏，他是个事业与家庭都稳定富足的男人，他像很多的男人一样，渴望改变和征服，但不论他有什么样的欲望，这种种的变化应该是在他的控制范围内，如果偏离了他预期的方向，他的理性和理智会站出来纠正他。而此时的吕贞，的确偏离了他和她感情游戏的场所，这种由此带来的危险性让田翼飞又急又恼，所以他摇着头没好气地对吕贞说：“你不觉得你做得很过分很不理智吗？”

听到田翼飞这话，吕贞使劲地咬着下唇，生生地把眼泪憋回去了，她那刚强犀利的一面战胜了她平时在田翼飞面前做出的那些温柔的举动，她瞪圆了眼，一下子提高了嗓门，“你以为爱上一个人会有理智吗？”对吕贞来说，她爱上田翼飞这样一个有品位有耐心、又温柔又慷慨、人生经验与性经验都很丰富、谈吐衣着又都很得体的男人的确不会理智，虽然她常常会在田翼飞不来陪她的夜晚思忖自己的角色，但是感情这种东西就像是罂粟一样，会让人上瘾，让人欲罢不能，她也知道自己是那种被众人鄙视的小三，不过她心甘情愿地去做着这种小三的角色，她觉得自己是无奈的，如果她先在田翼飞妻子之前认识田翼飞，那么，田翼飞就一定是她独有的。那天，她就躺在田翼飞的怀里吃着葡萄问他：“如果你没有结婚，没有老婆，你会娶我吗？”

田翼飞呵呵一乐，不置可否地反问：“你说呢？”

“我要你说。”吕贞撒着娇，把一粒葡萄塞进田翼飞的嘴里。

田翼飞咽下那粒甜中带酸的葡萄回答道：“如果这种假设成立，也许就会娶你。”

“我不要也许。”吕贞不依不饶。

田翼飞觉得自己很虚伪，他如果此时此刻没有结婚，他也绝不会娶眼前这个女人做老婆，能随随便便去做别人情人的女人，怎能娶回家做老婆？他欣赏这种能干的女人，他可以让她做自己的情人，但他绝不会把她娶回家来做老婆，找老婆，找的是什么？找的是一份忠实稳定，一种放在家里没有后顾之忧，可以全身心做自己事情的感觉，而吕贞，她只能是他的情人！当然，他不会当着吕贞的面说出这种心底里藏得深深的东西，所以他只有虚伪地说：“那我就娶你做老婆。”

吕贞的心理似乎得到了平衡，但是她仍旧不肯罢休，她一扭身骑到了田翼飞的双腿上坐定，双手勾着他的颈项，“我知道你的无奈，我也理解你的不容易，所以我要你每个星期都来陪我一晚。”

“好的！”田翼飞在吕贞的前额处吻了一下。

“我还要你每天都给我发短信。”吕贞回吻了田翼飞一下。

“好的！”田翼飞又在吕贞的鼻头上吻了一下。

“我还要你每天都在心里想着我。”吕贞依旧回吻着田翼飞。

“好的！”田翼飞最后在吕贞的唇上吻着，问，“你还有完没完？”

吕贞笑了，很开心地笑，她把脸紧紧地贴在田翼飞的脸上，喃喃着把话送到他耳边：“我不是个坏女人，我不会拆散你的家庭，你要好好疼爱你老婆。周末了，带她去郊区散散心，你也好好休息一下。”

“你真是个可人心的宝贝。”吕贞的话很中听，田翼飞疼爱地把吕贞紧紧地拥在怀里。

吕贞是个聪明的女人，前夫的离婚使她变得更加睿智，她怎么会甘心和田翼飞每周一次的约会和那简简单单的几个抽象的条件，五年多，已不是个短日子，她相信自己最终会让田翼飞乖乖地从陆婧婷的身边来到她的身边，只是这需要一个不短的过程。

为了这个过程，吕贞必须得常常忍受着从陆婧婷的那碗羹里偷偷地舀出一勺来的滋味，这种滋味是痛苦的，是常人不能理解的，甚至连田翼飞都不能理解，所以他会说她不理智。

吕贞真的变得不理智起来，她皱起了眉，怒视着田翼飞说：“如果我理智的话，就不会做了你五年的情人，如果我理智的话，就不会在这种无期限的等待和矛盾的痛苦中煎熬。”吕贞的声音越来越大，“你以为我活得很开心是吗？”吕贞的脸上充满了凄楚的苦，“每每路过你家窗口的那片灯火，我多次胸闷地都快要窒息了。这五年的时光，为了你，我孤影清灯，有多少寂寞的日子没人陪伴。”有一种在心底压抑了很久的东西在吕贞的胸腔里复苏，她的话语越来越快，快得令田翼飞感到窒息。

“可我在五年前就告诉过你，我是个有家的男人，我有老婆和儿子，我爱我的老婆和儿子，我不会离开他们。”田翼飞振振有词，他似乎也忘记了这是在单位的办公室里，他的声音毫不逊色于吕贞。

“可是你也说过，你最爱的女人是我！”吕贞记得田翼飞说过的每一句话。

田翼飞在窃笑，他觉得吕贞和那些爱听好话的女人一样傻，在猎取女人时，几乎每个男人都会赞美女人，要么表达对你的喜欢，要么夸奖你的靓丽，但通常情况下，不管多动人的赞美，都不过是男人欲望勃发的催化剂，虽然不能说他对你没有喜欢，但那种喜欢不能和爱相提并论。当然，田翼飞不会把这些想法告诉吕贞，他心底里最爱的女人是谁，只有他自己心里最清楚，他装作赞同地对吕贞笑笑，点点头。

见田翼飞点头，吕贞觉得自己的委屈可以向他倾诉，“如果你最心爱的女人是我，你会让她受伤害吗？你为什么不和她天天在一起？”

“如果我没有家，我会和你天天在一起。”田翼飞觉得吕贞开始蛮不讲理起来。

吕贞从鼻腔里哼了一声，语气变得冰冷，“其实你最爱的人是你自己，你又不想失去原有的一切，又享受了婚外激情，你在两个女人的夹缝中同时享受家庭的温暖和刺激的偷情……”吕贞越说越激动，“你就像一个吸血鬼，吸光了两个女人的血。”

望着吕贞大有一种果断决绝的模样，田翼飞也有些怯场了，他曾想过了断和吕贞的这场婚外情游戏，但他清楚地知道拒绝吕贞会失去什么，那些工作上的业绩，那些在单位的个人威望和人生价值，这些被男人十分看重的东西，他怎会舍得放手呢。唉，男人就是这样一个无法两全其美的性别，他并非真想游戏，他的社会使命使他不能对第三者太认真；他并非没有感情，他的家庭使命只能让他对妻子负责任；他对妻子也许有愧疚，但他身为男人的虚荣让他不可能为这种愧疚做出牺牲；他在乎一个女强人对他的鄙视，但他身为男人的地位又让他无法为这种鄙视做出让步。这种矛盾的心理使他望着由于生气而涨红了脸的吕贞久久不能开口，可是进行了一番权衡利弊后，田翼飞终于把想发作出来的火压了回去，他走上前一把揽过吕贞的腰说："宝贝，今儿哪来的这么大的火，敢情是憋了五年啊。"

"别动我！"吕贞推开田翼飞的手，仍旧气咻咻地说，"我只不过是你想证明你自己价值的一个筹码。"说完，大步走向门口，拉开门，走出去，又"砰"的一声把门关上了。

5

田翼飞气得拿起桌上的一摞报纸狠狠地摔到地上，"什么东西！"田翼飞咬牙切齿地骂了一句，他有些失意，端起杯子，这半个上午，他连一口水都没顾上喝。

水尚未倒进嘴里，突然又响起了敲门声，田翼飞一阵惊喜，他几乎是跑着走到门口，一把拉开门，嘴里喊着："宝贝，对不起，知道你不会生我的气……"田翼飞话刚说了一半，便咽在了那里。

站在门口的并非吕贞，而是周潇阳举着敲门的手，进也不是，不进也不是。

"你要干什么？"田翼飞终于找到一个可以发泄的出口，他仰起下颏，一个字一个字地往外蹦着，"小周，就你这总迟到的毛病，还想做副处？"说完"砰"的一声关上了门。

周潇阳简直是要自己扇自己的耳光了，他今天一定是身上附了魔，第一次进田翼飞的屋，为什么不敲门，这不该让他瞧见的一幕偏偏让他瞧见了。既然第一次错了，为什么不赶紧走开，还要在门口执着地等待，还偏偏要再去敲第二次门，他听到了田翼飞的话，他知道肯定是田翼飞把他当成那个女人了。唉，周潇阳觉得他今天真是倒霉透了，他拉着脸回到了办公室。

“怎么样？谈了这么长时间？那个副处的名额铁定是你的吧?”小陈不知就里地问着。

“别提了!”周潇阳向小陈挥了挥手,他绝不能做傻事把看到的一幕说出来,那样的话,他知道大概连在这里混的理由也没有了。他一屁股坐在了椅子上。

这一天,周潇阳郁闷得干不进任何事,总在想着早晨那件倒霉事,尤其是田翼飞那句:“就你这总迟到的毛病,还想做副处?”其实他怎么能算总迟到呢？可是他知道今天早上的事已经成了他提副处的障碍,唉,周潇阳不停地叹气,为什么偏偏让他碰上这件事呢？他归结来归结去,最后把原因归结到了沈梦阳身上,要不是沈梦阳这样那样地拽着他,他会迟到吗？他要不迟到就什么都不会发生了。

小陈也被周潇阳的叹气弄郁闷了,“周哥,你能不能不唉声叹气啊？叹得我的心都堵得难受了。”

“唉——”周潇阳还在叹着气,拿来一本杂志胡乱翻着。

一直到下班,周潇阳突然拦住小陈,“别回家了,我请你吃饭,吃完饭去歌厅散散心。”

“就我们俩?”小陈惊讶地指着周潇阳和自己。

“笨呀？不会叫上销售科的那几个人。”周潇阳在小陈的后脑勺上敲了一下,“快去叫,要不然他们一会儿全走了。”

“请客的理由呢?”小陈有些婆婆妈妈地问。

“真是个榆木疙瘩脑袋！你就不会瞎编一个啊?”周潇阳有些愤怒地嚷了一句,“就说庆祝我蜜月结束。”

晚饭并没有什么复杂的,自己掏钱请的,又是一帮哥们儿兄弟,所以普通的饭馆就解决了,吃完饭后,周潇阳带着几个人又去了歌厅,包一晚上才三百元,啤酒管够。

大家吃了周潇阳的,喝了周潇阳的,所以都频频举杯向周潇阳敬酒,这个说:“周哥,干了这杯,祝你蜜月结束,恢复自由。”那个说:“老弟,幸福啊,干了这杯,希望幸福永远啊。”

刚刚在饭馆里,几个人已经喝下了三瓶斤装二锅头,舌头都大了,脑袋也蒙了,这时候又接着灌啤酒,几个人更是找不到东南西北了,周潇阳嘿嘿笑着自嘲道:“这个蜜月累坏了。”

大家都跟着呵呵乐个不停,小陈却直着眼问:“家务活全让你干啦?”

“说你傻你还真傻,等你结婚你就全知道了。”周潇阳照小陈脑袋上拍了一下,对大家说,“来,今天唱他一个通宵,谁也不许走!”

第十七章

1

沈梦阳整整等了周潇阳一夜，直到凌晨，才见周潇阳摇摇摆摆地回来。

“干什么去了？”沈梦阳气得把周潇阳堵在卫生间里追问。

“喝酒去了。”周潇阳似乎还在梦里。

“喝酒喝这么长时间？一晚上不回？”沈梦阳板着脸，没有好气。

“喝完酒就不能唱歌去啊？”周潇阳推开沈梦阳，“让我躺会儿。”

“唱歌唱一夜？”沈梦阳还是不信。

“不信你去问单位的小陈，喏，这是小陈的手机号。”周潇阳知道沈梦阳不会去问，他还知道自己越说得理直气壮，沈梦阳就越不会追问。

果不其然，沈梦阳不问了，她心疼地从周潇阳身后将两手插进他腋下，“不回来也不打个电话，让我担心一晚上。”沈梦阳埋怨着。

“对不起，喝酒喝多了，什么都忘了。大家都喝多了，唱着唱着就都睡着了。”

“下次可不许这样，不知道我在家等你吗？我等了几乎一夜。”沈梦阳一直跟着周潇阳走到床前，埋怨着帮周潇阳脱去衣服。

“嗯，对不起，梦阳，下次一定不会了。”这是周潇阳心里的真实想法，他内疚地在沈梦阳的脸上吻了一下，倒头便睡。

周潇阳的日子开始不好过起来，因为田翼飞对他的态度越来越不好。每次在单位见到田翼飞，他对周潇阳的态度都是不阴不阳，冰冷着脸，没有一丝丝温暖，而那个副处的指标，仿佛石沉大海，既没有给行政处的小马，也没有给周潇阳。

为了这个副处，周潇阳开始寝食不安，他认为当官，是一种生命力的证明，在现代社会，“爱当官”，还有更现实的意义，它表现出来的就是对政治的关心，对社会的责任，对民生的关怀。周潇阳喜欢那句被电视电影传来传去的老话，“当官不为民做主，不如回家卖红薯。”他觉得，当官是目标，其实也是人生历练。一个男人的心气有多高，将决定他能走多远，男人最怕失去斗志，而当官欲望可以强化这种可贵的进取心。

当官不仅与许多个人利益联系在一起，也是对自己价值的一种肯定，更是人生奋斗的目标。可是他有着这么崇高的目标，居然无法被田翼飞和局里领导看上。

这一个月来，周潇阳的心情越来越烦躁，每每烦躁得要发作时，他就去那个歌厅唱歌，似乎只有在那个歌厅才能让他忘掉眼前的烦恼。

周潇阳已经是经常性地晚回家，甚至是不回家，这就引起了沈梦阳的怀疑，她常常盯着周潇阳的眼睛问：“你老实告诉我，你外面是不是有人了？”

“说什么呢，梦阳？这不是心里烦嘛。”周潇阳没好气地回答着。

“心里烦就不回家？而且一夜一夜地不回，你究竟去了哪里？”沈梦阳还真有一股打破砂锅问到底的精神。

周潇阳瞥着沈梦阳，似乎要把这些日子来满肚子的怨气都撒到沈梦阳身上，“要不是你早晨天天缠我，我怎会迟到？要不是迟到，我怎会……”周潇阳把要说的话咽了回去，这可是要“掉脑袋”的事，于是他隔过那句话说，“那个副处的指标早就给我了。”

“这么说这没提副处都是我的不是啦！”沈梦阳火了，“如果你不喜欢我就早说，用不着拿这些东西来说事。”

周潇阳也有些不讲理起来,“当然是你的事,如果没有你,我早就提副处了。”

“好,那我走,让你当你的副处去。”沈梦阳说着就去收拾东西。

周潇阳一把拦住了沈梦阳,“用不着你走,这本来就是你的房子,我走。”说着推开门,嗵嗵嗵地一级级跑下楼去,他正好可以接着这个茬向田翼飞倒一下苦水。

“周潇阳,你想往哪里去?”沈梦阳跟了出去。

2

田翼飞好不容易安抚了沈梦阳和周潇阳,把两人劝回了家。这才推去应酬,回家来陪陆婧婷。他殷勤得像个尽职尽责的保姆,恨不能把饭菜都喂到陆婧婷的嘴里。

可是陆婧婷皱着眉头,嘴里不停地干呕着。

田翼飞立刻就觉出陆婧婷哪里有些不对劲儿,他揽过陆婧婷的头开玩笑地说:“怀孕啦?”

陆婧婷白了田翼飞一眼,推开他放到眼前的饭碗,看都不愿意看。

“你真病了?”田翼飞用自己的脸在陆婧婷的脸上轻轻蹭着,眼里满是心疼的神色。

“我没病,你才有病呢。”陆婧婷闭上眼睛,把头靠在椅背上。

好长一段时间了,田翼飞发现陆婧婷每天都是这副萎靡不振打不起精神的样子,不管对她说什么,她都没有兴趣,不看电视,讨厌声音,讨厌别人大声喧哗和说话,遇到一点不顺心的小事都会泪流满面。

田翼飞觉得自己已经处处小心了,可瞧陆婧婷的样子,仿佛心中充满了无限的委屈和悲伤,只要见着他,就是一副别别扭扭、惨淡绝望的模样。田翼飞偷偷地叹气,哄着陆婧婷说:“找个时间,带你去看看好吗?”

“好啊，看什么科？”陆婧婷睁开眼睛，随口应着，眼神有些茫然。

田翼飞想了想，“神经科吧。”

“什么？”陆婧婷的眼神一下子被神经科这三个字给拽了回来，她猛地站起，瞪着田翼飞，“我没神经病！你不会找个理由把我弄进精神病院吧？”

田翼飞被陆婧婷的猛然动作吓了一跳，他也跟着站起来，苦笑着摇头，“你想哪里去了？我觉得你最近真的有些不对头。”

见田翼飞说得真诚，陆婧婷只好垂下眼帘想了想，“是有不一样的地方，”说着，陆婧婷猛地抬头，一副怒不可遏的样子，“可是这些不正常都是你造成的，说到根子上，是你的原因！”

田翼飞没有理睬陆婧婷的发怒，仍旧心平气和地说：“不管是谁的原因，有病咱们就早些看大夫去，你病了你知道我有多心疼吗？”

陆婧婷斜视着田翼飞从鼻腔里哼了声，“你会心疼我？你如果心疼我就不会伤我这么狠了！”

“瞧你瞧你……”田翼飞不爱听了，“又来了不是？别胡思乱想，我真的爱你。”

“你爱的是另一个女人吧？”陆婧婷脸上布满了不信任。

“你不要把别人想得那么坏行不行？”田翼飞摇着头，每每听到陆婧婷提起吕贞，他的心都极大地不自在。

田翼飞做出来的表情让陆婧婷极为伤心，她实在想不通，明明是她的生活已经被田翼飞和吕贞败坏了，田翼飞却仿佛比她更委屈，就好像田翼飞是个保护家庭的清高的好男人，吕贞是个冰清玉洁的好女人，就只有陆婧婷她，是个泼妇是个怨妇是个无理取闹没有文化没情趣的坏女人！望着田翼飞的脸，陆婧婷觉得他和吕贞很阴险，明明是他们剥夺了她的平静和快乐，却非要站在贞节牌坊下判处她的死刑。她咽不下这口气，可又无处申冤，她只有让自己的泪水再一次噼里啪啦地掉下来。

“好啦好啦，别胡思乱想了！我真的只爱你，你相信我好吗?”田翼飞无奈地搂过陆婧婷，用嘴去吻她的泪水。

陆婧婷透过迷蒙的泪水望着田翼飞的脸，她觉得他很卑鄙，他对她说过的誓言犹在耳，可是他却可以转身就对另一个女人重复那些情话。

望着陆婧婷不信任的目光，田翼飞不得不再次耐心地向她解释：“如果我真的爱那个女人，疼那个女人，我早就会借故和你离婚了。”见陆婧婷不说话，田翼飞又说：“不管我有多么对不起你，我从来没有想过和你离婚，既然娶了你，就想和你过一辈子。我们一起走过银婚、金婚，一起牵手慢慢变老。”

陆婧婷撇着嘴，“这话怕是和那个女人一起说的吧?”

“你真的是钻进牛角尖里转不出来了，咱们结婚已经二十年了，你应该了解我是个什么样的人。”

陆婧婷斜了田翼飞一眼，“原以为我了解，可现在发现我根本就不了解你，你利用了我对你的信任我对你的感情来欺骗我，我根本不会再相信你的话。”

田翼飞无奈地一笑，“你不相信我没有关系，可我爱你我自己心里知道。”

“是吗?”陆婧婷不负责任地用鼻子哼了一声，“也许有一天我也不爱你了，我也会不在乎你爱不爱我，其实我现在就已经在开始尝试让自己不再爱你，这样，心里的痛苦也许就会少一些，再少一些，当我彻底不爱你时，我不会再和你一起生活在这所房子里了，或是我走，或是你走。”

“我走!”田翼飞很干脆地说，“我不会让你走，我会把所有的存折和财产都留给你，我只带着我自己的衣物离开，男人可以在任何地方落脚。”

“是啊，会有很多女人收容你，”陆婧婷连讽刺带挖苦，“那个女人的家不就是你常落脚的地方吗？你可以娶了她，你可以和她银婚金婚地去过，其实这是你们两个人幻想了五年的理想，我会退出来让给你。”

“哎，我是拿你没办法了！”田翼飞叹了口长气，“如果咱俩真的离婚了，我也不会再找了。”

陆婧婷冷冷地笑，“鬼才会相信你的话！男人，有了老婆还想有外遇，怎会一个人过？”

“嗨，信不信由你，不和你争了。时间不早了，早些睡好吗？再争下去的话你又该彻夜不眠了。”

陆婧婷闭了嘴，想说的那些话又吞回到肚子里，她躺下，背对着田翼飞。

田翼飞跟着躺下，从陆婧婷身后抱住她，在她的颈项上轻轻地吻了一下，悄声说：“不管你怎么想，这辈子我不会离开你，也不会让你离开我。”

陆婧婷的眼泪又忍不住要流出来，可是她突然想起了一首儿歌，“我不哭，因为含着眼泪的眼睛看不见太阳……”

3

不管田翼飞对陆婧婷说什么，陆婧婷眼里都会流露出一种不信任的神色，不仅如此，田翼飞还发现陆婧婷喜欢独自一人愣愣地站在窗前，他以为她在看什么，结果却发现她表情茫然，目光呆滞。田翼飞很恐惧陆婧婷的这种状态，他常常伸出手在陆婧婷的脸前来回地晃着，试图挡住那看不见的东西，没用，陆婧婷的目光似乎能穿透田翼飞的手。

田翼飞担心地问：“你在看什么呢？”

陆婧婷的目光慢慢地收回，思维仍沉醉在她自己的世界里，她的声音空空的，“我看到了一片美丽的草原，草原上开满了五颜六色的花，有一道门，用绳子做的，只要进了这道门就能够去到那片草原。”

“婷儿?”田翼飞的心猛地掉进一片沼泽,且在沼泽的泥潭里渐渐往下沉,“你没事吧? 怕不是病闹的?”田翼飞死死盯住陆婧婷的眸子,想从里面看出点什么。

陆婧婷咯咯地笑出声,“你才有病呢!”

见陆婧婷笑得并不勉强,田翼飞的心才从沼泽里爬出来,他从陆婧婷身后抱住她,关心地说:“如果你觉得哪里不舒服就早点去医院看看,比如,晚上总失眠的问题,你看你最近憔悴了许多呢!”

陆婧婷脸上的笑容顷刻间就消失了,她鄙夷地扭过头看着田翼飞的脸,“你觉得我能睡得着吗? 自己的丈夫爱上了别的女人,还能够香香甜甜地睡,那就是真有病啦。”

田翼飞被陆婧婷瞧得心里发毛,他觉得自己很对不住陆婧婷,可他又不想放弃和吕贞的关系,他只能暗自对陆婧婷的精神状态着急。他几次拉陆婧婷去医院看病,可陆婧婷总会拽给他一些难听的话。田翼飞不得不独自去了医院,他帮陆婧婷拿回了许多药,并和诊断书一起放到陆婧婷面前,“你看看大夫的诊断,再看看药的说明,如果你觉得对症,就吃吃试试看。我多么希望能看到过去那个有着阳光微笑的婷儿。”

陆婧婷拿过药,看了上面的说明,她拿药的手举了起来,她很想把这些药全部拽到田翼飞脸上,不过她被田翼飞带着希冀的眼神止住了,她默默地收下药放进床头柜里,“好的,我会吃的。”

陆婧婷腿上的伤口一天比一天好,但她的心情却一天比一天糟,那一巴掌留下的痛楚深深地刻在了她脆弱的心上,她陷入了从未有过的绝望中,她渴望着——自杀!

这个念头就像个影子般紧紧追随着陆婧婷,不管做什么,不管走到哪里,任何一件事都可能触发她自杀的欲念,她已经时时刻刻在想象着一种死亡的方法,而且越来越残忍,越来越粗暴。尤其是当她的情绪达到极其低落的点时,她甚至把想自杀当成一种开心的游戏来玩耍。玩耍后的快感使她沉醉在这种游戏中时，她的目光散乱了，眸神暗淡了，她常常是茫然地呆呆盯住空中一个地方，并从那里找到自杀的快感。

陆婧婷那种迷茫散乱的眼神，那盯住一个方向动也不动的眸子越来越令田翼飞惧怕，他脸上常常充满了焦虑的神色，他常常抱住陆婧婷担忧地问："没事吧？别让我着急好吗？"

陆婧婷总用一个假笑回答田翼飞，她心里根本没把田翼飞的着急放在心上，她觉得自己只有在儿子的电脑前坐下时才会正常，她在渴望得到那些来自于网友嘴里的"爱"。

其实田翼飞已经有所察觉，每次他应酬回来，陆婧婷都在儿子房间的电脑前，每次他进去时，陆婧婷都急急忙忙地关闭电脑。

"你在做什么呢？"田翼飞关心地问。

"没做什么，看看新闻。"陆婧婷故意做出一副神秘的慌乱，她希望田翼飞在意她的行为。

有关网恋的新闻，田翼飞经常听说，可他绝不会去怀疑陆婧婷会有网恋，他知道他不在家的时候，寂寞的陆婧婷会在网上找些快乐，不过是看看那些黄色的笑话，或是在 QQ 里找个什么人聊聊。他觉得自己有些残忍，一个爱老婆的丈夫，是应该推去那些不紧要的应酬，多回家陪陪妻子，尤其是推掉吕贞黏人的纠缠。

田翼飞回家吃晚饭的次数多了，吕贞自然就不高兴，她的短信有些不管不顾起来，常常是一晚上不停地发短信进来。尤其是当田翼飞和陆婧婷已经钻进被窝后，那短信来得格外不是时候。

"又是那个女人发来的吧？"陆婧婷鼻子不是鼻子眼不是眼地问。

田翼飞慌乱地看短信，然后镇定地回答："商业广告！"说完怕陆婧婷不信，又一字一句地念："欧陆经典，每平方米 34000 元起价……"

田翼飞只要打个磕巴，陆婧婷的眸子里就会发出一种幽幽的灰光，死死盯住田翼飞的脸，她能从他脸上看出掩饰不住的惊慌，她会怒火中烧地从田翼飞的被窝中回到自己被窝，然后瞪着田翼飞说："离婚吧，这种日子我过够了！别再刺激我啦！”陆婧婷的眼神是凶狠狠的。

每当这时，田翼飞总会努力隐藏自己的慌乱，他把口气放得温而又温，他搂过陆婧婷的头，把脸贴上她的脸，“别胡思乱想，我最爱的女人是你，不会把任何女人放在心上。”

“那第二爱的是谁？”陆婧婷不依不饶，她推开田翼飞的脸。

“胡搅蛮缠！”田翼飞的话一些底气都没有。

接下来就是陆婧婷不管不顾的语言发泄，而田翼飞总是不哼不哈地沉默着。

吵完了，看到田翼飞转过去的后背，陆婧婷又紧紧地贴上去，然后眼泪扑簌簌地掉下来，“别不理我翼飞，我爱你！”

这是怎样的一种情感折磨啊，爱一个人怎会拔不出来？恨一个人为何是在爱的基础上？这种爱恨交加的情感令陆婧婷常常会不知所措，她常常在田翼飞睡熟的夜里，独自一个人去到露台上，让风把自己的头发吹得飘起，让风鼓起她的衣衫，然后双手合十闭上双眼向天祈祷，“苍天啊，如果你真的能够显灵，那么就让这座楼宇突然坍塌掉……”每当此时，陆婧婷仿佛都能透过薄薄的眼皮，看到楼宇坍塌的情景，甚至能够听到人们惊呼尖叫的求救声，能够感觉到楼宇坍塌时的快感。而她自己，即在坍塌的过程中被深深地埋在地底。

陆婧婷觉得自己的心已经死去了，不，确切地说，是老去了，田翼飞的事，让她充分地感觉到，原来人的衰老并非是一年一年持续的进程，而是在瞬间发生的。老了，有了恐惧，有了害怕，怕抬头看人，哪怕是陌生的人，恐惧回家，回到这个熟悉的家，因为它给了陆婧婷太多的伤害。不抬头看人陆婧婷容易做到，不回家陆婧婷做不到，因为不回家能去哪里呢？再说这个家里泼洒了陆婧婷多少爽朗的笑、多少焦灼的期待！她爱它恨它，痛心它给她带来了太多斑驳的记忆。如今，她早就不知道笑为何物，即便是咧了嘴角，挑了眉梢，也清楚地知道，自己的笑容里有了太多的沧桑和悲凉，一种无能为力的悲凉。虽然世界上有那么多美丽的风景，可她却要被沦落在漆黑的夜色里，无法摆脱生命的痛苦层层叠叠。

还在陆婧婷和田翼飞谈恋爱谈得热火朝天时，曾有人向她讲述了这么一个故事：当人阴阳相隔的时候，在奈何桥头有一个老婆婆在做着一种汤，这种汤叫作忘情汤。每个去到阴间的人都要喝，以便他们忘掉前世的种种悲欢离合。有一天，一个小伙子怎么也不想喝这种汤，他说：我不想忘记她，她是这个世界上我最爱的女人。老婆婆无奈，只好用法术让他喝了。又是一个轮回，老婆婆问他：你还记得上辈子那个最爱的人吗？小伙子瞪着迷惑的眼睛说：我最爱我现在的妻子，谁也比不上她。老婆婆摇着头说：这就是人们所谓的爱情……

这个故事深深地刻在陆婧婷的心里，让她知道爱情在时间面前的无情，虽然短短的几十载她一次又一次地相信着、憧憬着、希望着那个爱她的男人不是这样，但事实却把她的美梦践踏得一无是处，她感到的不再是爱的伟大，而是彻骨的疼痛。

陆婧婷从没料到爱一个人会爱到心痛得抽搐。而那种因痛而起的爱意却会像野草一样疯长，根深蒂固地折磨着她的神经。

常常因为这种痛，陆婧婷会在三更半夜里从床上爬起，然后赤裸着身体走进卫生间，把水开得足足的，好让花洒下的水冲刷掉那痛苦的思维。

不管田翼飞是真的在撒谎，还是假的在作秀，他又出差去了。

陆婧婷几乎一个晚上都待在露台上，她趴在护栏上，举目远眺停留在天边的夕阳，还有在夕阳四周流动的那簇泼辣鲜明的火红，那红，红得耀眼，红得惊人，就像那天在楼外看到的那个女人，美丽的自杀时流出的血，那血，从她的身体里流出，却流进了她的体内，她常常被血红的颜色震惊着、感慨着。她不知道血色的夕阳会有如此魅力，在宽大的天幕中，如失去控制地在向外不断宣泄，放肆地把周遭的天空都染得灿烂，还竟然把这美艳的血色流放到了人间，让大地也镀上了一层红艳。

陆婧婷看着天边的夕阳渐渐地收敛了耀眼的光芒,看着那层红艳渐渐渗透到天际中,这才感觉到自己站累了,两只脚麻木了,她一纵身坐到了护栏上。

暮色已经从四面聚拢,尚未全黑的天空中有一个熟悉清亮的月亮从露台上两堵夹墙的中央渐渐升起。透过清丽的月光,陆婧婷看见栖息在最楼顶上的鸟儿骤然展开双翅,轻盈地在空中划一个漂亮的圆弧,振动着翅膀朝着远方飞去,一串清脆的鸣叫伴着鸟儿的身影渐渐消失在远方。

起风了,很凉的风,它一直吹透陆婧婷的肌肤,陆婧婷打了个寒战,这才回屋,她脱光了衣服走进卫生间。

打开花洒,温暖的水流顷刻浸满了全身,那暖渐渐地渗进皮肤里,又传进血液里。陆婧婷感觉到血液的缓动,那缓动变成一股暖流时,她走出卫生间,发梢滴落下的水珠与身上未擦的水珠汇成一支细细的水流落到地上,脚丫踏出的湿印一直延伸到卧室。

陆婧婷打开了三百瓦的镜前灯,站到了镜前。她从镜子里看到了一个面色苍白、眼神散乱的中年女人,羸弱的身材使她的锁骨形成了两个深深的窝,不再丰满的乳房已经开始下垂。那是一个不再性感、不再有吸收力的女人。

陆婧婷悲哀了,她把头抵住镜子,轻轻地凄苦地问:“镜子,你说我是不是全世界最丑的女人?”

镜子无语,它只是用沉默来反抗着陆婧婷的问话。

陆婧婷报以镜子一个苦笑,镜子还是默默地接受了,这么多年来,这面镜子总是这样默默地面对陆婧婷,面对田翼飞,他们的一言一行、一颦一笑、一苦一乐,镜子总是公正地记载下来。

陆婧婷收敛了脸上的痛苦,做出一个很舒心的微笑,公正的镜子立刻展现了陆婧婷的笑脸,恍惚间让陆婧婷也有一种错觉,以为她是一个沉浸在爱情滋润中的幸福女人。只是,她的眼角眉梢,她蒙眬的眼神里，仍有深深的伤感和孤寂。陆婧婷看着镜子里那个女人的伤感，觉得很心痛，不明白那个被她一心一意爱着的男人，为什么会忍心令她如此伤心。

陆婧婷的眼眶里又聚满了要滚落下来的泪，她努力地压下去了，她寒心地离开镜子，钻进了被窝，可是无来由的疲惫并不能使她入睡，她连着翻了几个身，最终又坐起来，穿上睡衣去了儿子的卧室，她端坐在电脑前。

4

一溜 QQ 头像里，只有一个头像亮着，是他！快乐无罪！

不知道为什么，看见快乐无罪闪动的头像，陆婧婷竟然有一种想哭的感觉，有一种想被他拥抱的感觉。她立即点击了快乐无罪的头像。

这个快乐无罪，认识他时，他很是博得了陆婧婷的喜欢，因为他从不问陆婧婷的年龄、长相，他也从不让陆婧婷与他视频，他说他就是喜欢用文字与别人交流。

也许正是他的不闻不问，才使陆婧婷对他有了一份更亲切的神秘感，陆婧婷觉得他是那种很能了解女人内心、又有思想、又很会与人交流的男人，好几次陆婧婷都想把自己和田翼飞的事告诉他，可是每次打出来那一片文字后，她又狠狠心把它们删掉了，不知为什么，她不愿意把田翼飞有外遇的事告诉任何人，甚至当快乐无罪问到她："老公对你好吗？"陆婧婷还会努力维护着田翼飞的尊严，"很好，老公很爱我疼我！"

"你爱你老公吗？"快乐无罪又问。

"当然，我也爱我老公，也很疼他的。"陆婧婷回答。

"你是个幸福的女人，你老公是个幸福的男人。"快乐无罪很开心的样子，"我喜欢看到你开心的样子，很美丽！"

“是啊,你老婆不爱你疼你吗?”陆婧婷装出一副快乐无比的样子,实际,她却在电脑前啜泣了起来。

快乐无罪似乎看到了陆婧婷的哭泣,他发了一个哭着的心情头像,说:“我从来没有感受到被女人疼爱的滋味。”

“为什么?”陆婧婷很是惊讶。

快乐无罪说:“妻子是一个只想自己的女人,我每天除了繁忙的工作外,从未感受过家庭的温暖。其实每个人心中都有一份幸福的渴望,我也幻想着拥有一个温柔体贴、有情感有情趣的女人来改变我的生活,可是我什么也没得到。”

陆婧婷发了一个难过的表情,“真同情你,婚姻本身就是一种束缚,如果有来世,我第一不结婚,第二不生孩子。”

快乐无罪:“连情人也不找吗?”

陆婧婷:“没有婚姻,没有家庭,并不是不要男人啊!”

快乐无罪笑:“不知我能否有幸做你的情人?”

陆婧婷:“那要看我们的缘分。”

快乐无罪:“对你有一种相见恨晚的感觉。”

陆婧婷:“我们并未见过面,如何相见恨晚?”

快乐无罪:“虽从未谋面,但我知道你肯定长得很美,成熟的气质背后又渗透着一种无法抗拒的魅力。”

陆婧婷:“那是你的感觉,其实我很丑呢!并无任何魅力。”

快乐无罪:“如果我能够接受你的丑,你能让我成为你的情人吗?”

陆婧婷的心情已经被快乐无罪调动了起来,她真的快乐起来:“也许你比我更丑呢。”

快乐无罪:“为什么有这种感觉?”

陆婧婷:“因为你从来没让我见你。”

快乐无罪笑了:“我敢向天发誓,我是个标准的男人。”

陆婧婷:“标准到什么程度?”

快乐无罪:“认识陈宝国吧？他标准吗？”

陆婧婷暗笑,她喜欢陈宝国这个演员,所以她很开心地说:“哈,很帅气的呢！多大啦？”

快乐无罪:“情分是不分年龄的,你若感觉我比你大,你就喊我哥,你若觉得你比我大,你就喊我弟。”

陆婧婷:“我不喜欢找比我小的男人做情人。”

快乐无罪:“那你就喊我哥吧,我觉得我配做你的哥哥。”

陆婧婷:“配不配不是用嘴说的呢。”

快乐无罪:“那你就看我的表现吧。”

陆婧婷哈哈大笑:“我可从来不和网友见面的呢。”

快乐无罪:“我尊重你的意见,但我会通过另一种方式向你表达我对你的爱与疼。”

陆婧婷由衷地笑了,她不知道快乐无罪会用何种方式表达他的爱与疼,但她喜欢看拜倒在她名下的网友。

陆婧婷真的陷入了与快乐无罪的网恋当中,快乐无罪是那么地知冷知热,那一句句温馨的问候,更是让陆婧婷感动得热泪盈眶,他真的像一个哥哥,使陆婧婷感觉到自己慢慢变小,小到十八岁以前……

尤其是快乐无罪的短信,会每天定时响起在陆婧婷走进办公室的瞬间。

“宝贝儿,早晨好！你今天的脸色不太好,是昨晚没有睡好吧！《圣经》上说,夏娃是上帝从亚当身上取下的一根肋骨造出来的,是亚当的骨中之骨、肉中之肉。所以夏娃高兴的时候,亚当也会感觉到高兴,夏娃痛苦的时候,亚当的心口也会难受。我就是亚当,此时此刻我的心在隐隐作痛,我想是为你。宝贝儿,碰到什么不顺心的事了吗？希望你能快乐起来,中午在桌上趴一会儿啊！”

陆婧婷纳闷了,从包里拿出小镜子照照脸,的确,她的脸色不大好看,她没法好看,昨晚田翼飞又有应酬,回来得很晚,只要是田翼飞有应酬的晚上，陆婧婷都会睡不好觉。不过，快乐无罪的短信却像一剂良药，一下冲淡了陆婧婷心里的烦闷，她立刻回了短信："谢谢你，快乐哥哥，你的关心真的给我带来了快乐！"其实陆婧婷的要求并不多，只是语言上的一些爱护、疼惜、小心及呵护就能快乐她的心，这一天，她无论对谁都是笑脸相迎。

安全监督处的老张来找陆婧婷。

老张是个话篓子，一句话的内容他能讲上半小时，平时大家唯恐避之不及，谁都不愿意和他搭腔。可今天的陆婧婷，不仅耐心地听着老张啰嗦的话语，居然还从抽屉里拿出巧克力来款待他。

把个老张激动得直伸出大拇指来夸："好人，小陆真是个好人，我知道大家都烦我这张嘴，可你就不嫌弃我，还拿出这么贵重的巧克力来送我吃。"老张边吃边说，"甜，真甜！好啦，办完事我绝不多说一句话，给你留个好印象，下次来你还给我拿好吃的。"老张说到做到，吃完巧克力和陆婧婷挥着手，一个劲儿地道拜拜。

老张刚走，监察室的小李又来了，她是部里某头头的千金，说起话来都带着嗲声嗲气的千金小姐的娇滴滴劲儿，平时，陆婧婷很讨厌她，连正眼都不愿意给她一个，可今天，她居然也拿出巧克力来款待她。

"陆姐，其实我家的巧克力一大堆呢，不过都没你的好吃。"小李娇滴滴地用牙小口地咬着巧克力，胖胖的脸上，眼睛鼻子嘴都乐得挤到了一起。

小李没走，马悦又来了。

"有什么好吃的也不叫我啊？"马悦说着扭过头，对小李说，"就知道吃，看你都胖成什么样子了，赶紧出去跑几圈吧。"

小李最不爱听的就是这句话，她气鼓鼓地把最后一点巧克力塞进嘴里，狠狠地瞪了马悦一眼，气咻咻地走了。

屋里只剩下陆婧婷和马悦，难得陆婧婷今天高兴，她又要从抽屉里拿巧克力，被马悦阻止了："和你开个玩笑，我不吃这些甜东西的。"看着陆婧婷收起巧克力，马悦才说，“马上就要十一了，局里让在十一前开个聚餐会，聚餐会后再组织大家去歌厅玩一通宵，通知下你们处的人。”

“可以不去吗？”陆婧婷并不是不想去，她只是这么随意地问了一句，因为每次的聚餐唱歌，都会有人提出这样的问题。

不料马悦却急了，“怎么？你不想去？”不等陆婧婷回答，马悦立刻劝道，“其实吃饭唱歌不是主要的，快一年了，大家都很辛苦，凑到一起聊聊，增加一下感情而已。”说完马悦紧张地盯着陆婧婷的脸，生怕她嘴里继续说出不去的话。

陆婧婷却扑哧一下笑了，“瞧你吓的，我又没说不去，别说一通宵，就是一周一月都没问题。”

马悦跟着笑起来，心情一下子就放松了，“别人去不去我不在意，可若是没你去，这个聚餐会就没有意思了。”

“我有那么重要？”陆婧婷的心里得到了一种满足，她渴望被别人在乎。

“当然重要，少了局花，就少了一道风景线，没有风景线的聚餐和歌厅会有什么意思？”马悦很认真地回答。

“都老太太了，还风景线呢。”陆婧婷开着自己的玩笑。

马悦摇摇头，“你在我心中，永远年轻。”说着拍拍自己的胸脯，好像在保证着什么。

“人能永远年轻吗？”陆婧婷想起田翼飞的外遇，她的情绪一下就被破坏了，可是在马悦面前，她不能表露出来，她只能抬起眼，对马悦轻轻笑了笑。

明明是笑意，眼底却有着深深的疲倦和忧伤，这种眼神令马悦心生怜爱，他悄悄地打量着陆婧婷。

今天的陆婧婷穿了条刺绣仔裤，一件薄薄的镂空黑衫，冷傲的眼神中有一丝不易捕捉的疲倦，还有若隐若现的忧伤。陆婧婷的美更多地来自于她的气质，有一种被岁月的酒酿成的飘逸，她的内涵使她看上去仍旧如梦般有着情思飘绕里的童稚和清澈善良的性格。马悦早已被陆婧婷的这种气质深深地吸引了，每每见到她，他都有些神思恍惚。

其实陆婧婷已经看到马悦失态的眼神了，她轻轻地叹口气，把心里的不快压下去，抿着嘴微笑着说："我一定去。"

5

陆婧婷不知道是巧合，还是马悦有意安排，他开着单位里那辆金杯拉上他们监督管理处的人员，聚餐时，他又和陆婧婷同坐一桌。

自从陆婧婷知道田翼飞有外遇后，快一年的时间了，陆婧婷总想找个机会让自己真正地醉一次。她觉得自己找到了这样的机会，有上级领导不停地向她敬酒，有同事不停地向她敬酒，所以她也理所当然地去各个桌向领导们敬酒，向同事们敬酒，甚至向那些比她年轻的男孩女孩敬酒。

"小陆，你蛮能喝啊！怎么早没发现呢？"局长惊讶地拍着陆婧婷的肩膀，"早知道你这么能喝，早把你调到办公室去啦。许多事也用不着这么费劲儿了！"

"是啊，现在调也不晚啊。"陆婧婷得意地笑着，她甚至佩服自己的酒量，这么多杯下肚，居然没有任何反应。过去，她从不轻易喝酒，即便知道自己不怵喝酒，也能抵制诱惑，可今天，她看着小小的杯子天空一般透明，这杯中透明的液体，分明又在她的腹中波涛汹涌，她之所以要喝，要醉，就是为了用酒洗平这近一年来心里被田翼飞划过的种种伤痕。陆婧婷和局长碰了杯，先把手里的酒一口倒进嘴里。

陆婧婷的豪爽让局长满嘴称赞，"小陆，你真是女中豪杰！来，敬你一杯。"局长笑眯着眼帮陆婧婷斟了酒，看着陆婧婷面不改色心不跳地又是一口喝下去，不禁竖起了大拇指。

陆婧婷的敬酒，引来所有人的回敬，聚餐到了一个高潮阶段，大家互相举起酒杯，没有了餐桌之分，没有了上下级之分，没有了男女之分，尤其是陆婧婷，她的腮上飞起了红霞，她的眼睛笑出了桃花，她的脸已变成了一个美丽的花园。她不知道自己喝了多少杯，她觉得今天的酒，才喝出些滋味，酒意中，她带着惹人的娇媚，频频向各个桌的同事送去微醉时流溢的眼波。

“好啦，这杯我替婧婷喝了。”

陆婧婷手中的杯子突然被谁夺了去，她有些生气，侧脸一看，是马悦，陆婧婷又去抢自己的杯子，“干吗要你替我喝呢？”

“你这么主动能喝，办公室主任岂不是要撤职啦？你还是给我留碗饭吃吧！”说着马悦一口喝干陆婧婷的酒，然后把晕晕乎乎的陆婧婷扶回桌前。

剩下来的酒全都是马悦替陆婧婷喝下的，虽说陆婧婷有些不悦，但心里仍然有些感动，她笑嘻嘻地坐到马悦身边，举起自己的酒杯，“马主任，谢谢你对我的关照，这杯酒敬你吧。”

马悦有些受宠若惊，他喝完酒，对陆婧婷抱了抱拳，“谢谢，这是你最后一杯了，不许再喝了。”说完把嘴贴近陆婧婷耳边，悄声地说，“听我的话好吗？再喝你就该被男人拐走啦。”

陆婧婷笑，很开心地笑，酒烧红了她的脸，她的举手投足间是那么婀娜迷人。

马悦被陆婧婷的美深深地打动，他摇着头对陆婧婷说：“你真美，这个世界已陷入混沌啦！”

陆婧婷就是在这种眩晕的蹒跚中跟着局里的男男女女去了歌厅。

酒，有时候是一种载体，承载着女人暂时的快乐与悲伤。其实，更多的时候，女人喝下的不仅仅是酒，而是感伤、悲痛与哀愁。陆婧婷就在这种感伤、悲痛与哀愁中扯起自己最高的嗓门吼起来，完全没有美感，完全不跟节拍，她只想吼，让自己在这种吼叫的过程中忘却塞满心头的伤心。

夜已经很深了，可是歌厅里的辉煌却是火热而性感的，歌舞霓虹、梦想和刺激、诱惑和欲望弥漫在空气中，渗透到来这里唱歌的每一个人的细胞里。歌厅的夜也是诡异的，如同妖女的眼睛，时刻放射出蛇一样的膻气，麻痹着来这里唱歌人的神经，不看时间绝不知道时间是在流逝的。已经是后半夜了，当同事们唱够了，吼尽了，大家一个个地离去了。最后只剩下陆婧婷与马悦，马悦是办公室主任，他要张罗着结账，等待最后一个人的离开。

“不回家吗？”马悦用餐巾纸擦去陆婧婷留在嘴角上的一滴啤酒，摸摸她的头。

陆婧婷微眯着双眼，使劲地摇头，“让我唱最后一曲吧，就一曲。”

“想唱什么？”马悦拿来歌单胡乱翻着。

陆婧婷斜睨着马悦想了想，“就那首《女人花》吧。”

马悦接过歌单为陆婧婷点了歌，屏幕上很快就响起了《女人花》的前奏。

马悦知道梅艳芳的，她是个寂寞的女人，这首《女人花》唱出了她一生所有的深邃。

马悦是第一次听陆婧婷唱歌，那一声声的吼叫，实在不敢恭维。所以他见陆婧婷一反常态地静静拿着麦，那双忧郁的眼神一动不动地盯住了屏幕，心里不禁一阵窃笑，不过，他觉得装模作样的陆婧婷很可爱，但等陆婧婷的嘴唇跟着音乐响起，深情地吐出了：“我有花一朵，藏在我心中，含苞待放意幽幽……”马悦才惊讶了起来。

和陆婧婷共事这么多年，马悦居然不知道陆婧婷会有如此优美的女中音，那般深沉，那般有穿透力，平时从来见不到她有一丝丝的幽怨哀愁，可此时的歌声却让人心痛，催人泪下。马悦的眼神定定地落在陆婧婷脸庞上，看她唱得那么投入、那么专注。

陆婧婷很喜欢梅艳芳这首歌，每次去歌厅都会点，她很同情梅艳芳的一生，不过，那只是心上的一点点感受而已，但今天，她唱的感觉却不同，“爱过知情重，醉过知酒浓，花开花谢终是空，缘分不停留，像春风来又走，女人如花花似梦。”陆婧婷在感慨自己的失落，在感慨自己的老去，月经的不正常更让她体味到了更年期的恐惧，这一生，她爱过，她醉过，她有快乐的童年，她有美丽的花季，她有骄傲的青春，她也有成熟的女人时期，每季的美丽都如梦一样匆匆闪过，女人如花，花期似梦，其实红尘里来来往往的各色红颜，谁不是在自己的花期轮回中芬芳，绽放，枯萎，凋落呢？她已经四十五岁了，她感叹这年龄的女人，能有几个幸福至今，几个被老公宠爱至今？女人对真情真爱的渴望和对现实的失落感，夺去了她们最后一点自信心。

似乎只是今日，陆婧婷才从《女人花》里，深深地读懂了梅艳芳的那种心境，她甚至觉得此时此刻的心情也像梅艳芳一样，盼望有一双温柔的手，来抚慰自己内心的伤感与寂寞。

马悦仿佛从陆婧婷的歌声中读懂了她的一切，他的手悄悄地环过陆婧婷的双肩，把她紧紧地拥在自己的怀里。

陆婧婷真的醉了，她任凭自己的身体倒在马悦的怀中，醺醺然。

马悦把陆婧婷抱在怀里，他的手穿过陆婧婷的黑发，抚摸她小巧的耳朵，并让嘴里的呼吸传递到她的耳朵旦，“婷，知道你是怎样一个女人吗？”

陆婧婷艰难地摇头。

“你是世界上最有魔力的妖女，你能让我的心情如阳光一样温暖如火一样热烈，你就做我心中的妖女吧，你就……”

陆婧婷已经苦了近一年，她早就想找个肩膀靠一靠哭一哭，但这样的肩膀很难找，因为田翼飞的肩膀已经被另一个女人靠了，她不知道自己失去了田翼飞的肩膀还能靠在哪一个肩膀上。而此时，她觉得自己似乎找到了另一个肩膀，那种靠上去的感觉非常美妙，那悄悄滑入耳际的声音更是如春天的雨柔和地洒在原野上，如纤纤的素手滑过琴弦，天籁从指尖轻轻落入她的心里。她把头静静地靠在马悦胸前，就像过去靠在田翼飞怀里一样，他的怀抱是属于她的，他说过，他就是喜欢他的婷儿像一只安静的猫那样腻在他身边。

马悦的声音越来越小，就像从天外飘来的天籁，一会儿滑入陆婧婷的耳朵里，一会儿飘向远处，一会儿又滑进陆婧婷的耳朵里，一会儿……

第十八章

1

陆婧婷终于什么也听不到了，她的灵魂已经飘到了另一个国度。

当陆婧婷终于睁开双眼时，她发现自己躺在一个陌生的地方，她吓得猛地坐起，却看到了坐在椅子上的马悦。

“马主任，我怎么会在这里？这是哪里？”

马悦坐到了床边，用手轻抚着陆婧婷的发丝，心疼地说：“你醉了，我不敢把这样的你送回家，只能先让你到这里来休息会儿。”

“谢谢你。”陆婧婷的眼泪掉了下来，她指着茶几上的水杯，“我渴。”

马悦忙去倒水，用嘴吹着，然后尝了一口，这才端到陆婧婷的嘴边。

陆婧婷喝干了杯里的水，水的温度正合适，她感激地冲马悦眨眨眼，又问：“这是哪里？”

“这是宾馆。”马悦又为陆婧婷凉上一杯水。

“我想回家。”陆婧婷不知道田翼飞有没有回家，大凡她不在家的时候，田翼飞也不会回家。

“你再歇歇。”马悦走上前来，从侧面紧紧地抱住了陆婧婷。

陆婧婷推开马悦，“放开我，我要回家。”

马悦没有放手，他的嘴在陆婧婷的颈项上轻轻地吻着，“你不是说过，愿意跟我走遍天涯海角吗？”

陆婧婷使劲地摇头，“我从未跟你说过这话。”

马悦把嘴贴在陆婧婷耳边，“鱼说：我看不到你眼中的泪，因为我在水中；水说：我能够感觉到你的泪，因为你在我心中。”

陆婧婷立刻醒悟，“你是快乐无罪？”

马悦笑着去吻陆婧婷的嘴。

陆婧婷躲开了，在网上，陆婧婷可以哥啊弟的呼唤，也可以把一张张飞吻的图片发给她的任何一个网友，可实际，她却做不到，她惊慌地一把推开马悦，快速地往后缩着。

马悦也畏惧了，他怔怔地看着惊恐的陆婧婷，不知道该如何是好。

看着马悦不知所措的样子，陆婧婷面前突然闪现出田翼飞，他是不是也常常和那个女人出入这种宾馆开房呢？他们在一起会是怎样的一种缠绵呢？想起田翼飞，一种深深的怨恨顿时就袭遍了陆婧婷的全身，有一种报复的欲望陡然间从心底最深处升腾起，她似乎又看到了那朵血花从空中盛开，慢慢地往下飘落。一种痛苦的笑声从陆婧婷的嘴里蹦出，“我看不到你眼中的泪，因为我在水中。”

马悦立刻接道：“我能够感觉到你的泪，因为你在我心中。”

陆婧婷很喜欢这句已经臭满大街的话，因为它常常能表达出她内心欲哭无泪的那种感觉，也能揭示出一个爱她的男人理解她心的感受。她的眼神渐渐变得柔和起来。

马悦跪在陆婧婷面前，双手抓住陆婧婷的手，轻声地说：“婷，知道我恋你有多久了吗？”

陆婧婷摇头，她并不关心马悦嘴里说的多久，她所在乎的是，还会不会有一个男人真心地来爱她。

马悦把陆婧婷的手贴在自己脸上，嘴里的声音就喃喃地震荡在陆婧婷的手心里，“整整五年！五年是个不短的时间，有一千八百二十五天呐。”

陆婧婷哭了，眼泪顺着她的脸颊流下来，一千八百二十五天，也就是说，田翼飞爱了那个吕贞也一千八百二十五天多了。这是个不能接受的时间，这是个不能原谅的时间，陆婧婷的心绞着似的疼，她从马悦的手中抽出自己的双手，捧起了马悦的脸，然后渐渐地使劲儿地往中间挤压。

马悦的五官由于陆婧婷手的挤压变了形，努起的嘴，耸起的鼻子，就像她常常这样挤住田翼飞的脸一样。陆婧婷在那张努起的嘴上轻吻了一下，放了手。

马悦慢慢伸出手，开始解陆婧婷的纽扣，他解得很慢，解开一粒，他就会在解开的地方吻上一下，然后再解一粒，再吻一下……

陆婧婷闭上双眸，她在报复田翼飞的背叛，她在感受一个男人对她五年的爱意，她也在品味一个网上情人对她的爱抚，她在找寻那种传遍全身的感觉。记得她和田翼飞谈恋爱时，她喜欢那种感觉，甜甜的，麻麻的，像触电一般的感觉，伴随着强烈的心跳。

马悦依旧在解着陆婧婷的纽扣，他的手有意无意间触到了陆婧婷的肌肤，可是，陆婧婷什么感觉都没有找到，连心跳都是那么平稳，仿佛什么事情都没有发生一样。

马悦？快乐无罪？陆婧婷不知道自己该把眼前这个男人定位在哪一个名字上更合适。马悦，那是一个热情的同事的感觉，快乐无罪，那是网上热恋的情人的感觉，两种感觉无论如何陆婧婷都不能统一到一起，她轻轻推开马悦，细细地打量着他的脸，直到今天，陆婧婷才发现，马悦真的是个很标准的男人，长得像陈宝国，而且比陈宝国更标准。

“你真的喜欢我吗？”陆婧婷问。

“不仅仅是喜欢，”马悦在陆婧婷的唇上吻了一下，“是爱！”

陆婧婷笑，“男人爱一个女人是不是很容易？有性就可以有爱？”

马悦摇头，“有性不一定有爱，有爱却一定会有性。”

陆婧婷点头，“可是女人却不同，有爱才会有性，无爱便无性。”

“那你爱我吗？”马悦问。

陆婧摇头，“除了老公，我从没有爱过任何男人。”

马悦失望的眼神落在陆婧婷脸上，“可是你在网上说过爱我的。”

“网络是虚拟的，网络里的爱也是虚拟的。”陆婧婷回答。

“那你不会和我做爱？”马悦眼里的失望在一点一点地增加，他手的动作也越来越慢。

“我没说不做。”陆婧婷在一种很矛盾的心理过程中挣扎着，她从心底里不想对不住田翼飞，但她的心理又需要另一个男人来平衡。

马悦不再说话，他已经卸除了陆婧婷的全部衣物，他就那么眼怔怔地盯住陆婧婷的裸体，眼里有一种不言而喻的赞赏，有一种野性的渴望，他开始解自己的衣扣。

衣服被扔到了地上，陆婧婷看到了浅古铜色的肌肤，那是和丈夫不同颜色的肌肤，很健康，很有男人气。

马悦拥住了陆婧婷，他在寻觅着陆婧婷的唇。

陆婧婷没有一丝丝反抗，她在马悦的热吻中找到了一种自然的平衡，一种报复后的快感，一种心灵上的释放。但就在马悦要进入陆婧婷身体的瞬间，突然，陆婧婷像个疯子似的一把将马悦推下自己的身体，“不要啊——”

马悦不甘心地跪在床上，眼里的委屈闪出些许泪花来。

陆婧婷的心又软了，她把眸子里的光放柔和了许多，轻轻地拉过马悦的手，她不知道是该鼓励他继续，还是让他停止这种说不清是何种类型的游戏。

“婷，我知道你是个好女人，我不会勉强你，可是你知道当一座火山要喷发出来时，是任何东西都阻挡不了的。”马悦说着把一件衣服盖在了陆婧婷的脸上。

那是马悦的一件内衣，上面有他身上的味道，和田翼飞不一样的味道，不过却也诱惑着她。陆婧婷猛地拿开了那件衣服，却看到了不堪入目的一幕，马悦像一只自虐的野兽，他在做着一件不齿的事情，他的脸被扭曲了，他……

陆婧婷惊呆了，她想到了田翼飞，想到了所有她认识的男人，然后看着马悦把那些污物全部泄到她的小腹上。

夜突然变得沉重起来，如浸了冰水的海绵压在陆婧婷的胸口上，湿漉漉的滴着血样的水。

2

陆婧婷陷入了一种深深的自责中不能自拔。

陆婧婷变得越来越不爱说话，连眼皮都懒得抬一下，天天像个木桩似的坐在一个地方不动窝，田翼飞找她说话，问什么回答什么，且字数珍贵得令人想到一字千金。

田翼飞开始担忧起来，他不得不把全部精力都放在陆婧婷身上。

"婷儿，下班了吗？"下班前打一个电话成了田翼飞的惯例。

"嗯！"

"想吃什么？我回家给你做。"田翼飞的口气完全是一个典型的模范丈夫的角色。

"随便！"陆婧婷永远是那副懒洋洋冷冰冰的回答。

"东城有个饭馆，里面的随便十八元钱一份，我给你带份回去？"田翼飞想开个玩笑，打破这种沉闷的气氛。

"嗯？"陆婧婷似乎没有在听田翼飞说话。

"你没听我说话？"田翼飞心恼了，可话语不敢恼。

这些日子来，田翼飞的性格已经温存到了极点，可陆婧婷就是不买田翼飞的账，这不，今天下班时，田翼飞再把电话打到陆婧婷的手机上时，她竟然关机。

大概回家了吧！田翼飞往家里拨了个电话，没人接听，田翼飞又往陆婧婷单位里拨了个电话，还是没人接听，田翼飞只好又往陆婧婷手机上再拨了一次，仍旧关机。田翼飞开始焦急起来，不知陆婧婷为何要关机？没电了？不可能，这不是陆婧婷的作风，她从来都是有备无患。回避自己？回家总要见面，没有任何意义。手机被人偷了？田翼飞摇摇头，他知道陆婧婷是个细心的女人，她的手机从不会放在口袋里，可是，她就是不接电话，似乎是故意这么做。田翼飞无奈地从兜里掏出烟，点燃，猛吸一口，然后把烟使劲地吞进肚子里，转一个圈，再吐出来，吐出来的烟就成了白色，他想在白色的烟雾中看到陆婧婷的脸，可是雾里什么都没有，只能透过雾，看到窗玻璃外的马路和马路上的车水马龙。

一支烟快吸完了，田翼飞又拿出一支续上。

这些日子来，田翼飞的烟吸得极勤，过去，一天一包烟还吸不完，现在两包都不够，他低垂着眼皮，看着手中的烟火一灭一亮，心也如同这烟火一样，一会儿抱有希望，一会儿又即刻熄灭。

当田翼飞准备续上第三支烟的时候，手机响了。他急急地掐灭烟，打开手机，他觉得应该是陆婧婷打来的。

可是田翼飞又失望了，是吕贞的。

“喂，飞哥，你在哪里啊？晚上一起吃饭吧？有事想和你说呢！是工作上的事，有个项目，可以是个很好的合作。”吕贞的话里一点也不带往日那种嗲嗲的劲儿。

田翼飞已经有过和吕贞快六年的交往了，她肚子里的那些小聪明，他知道得一清二楚，所以他拒绝了，“不好意思，改日行吗？”田翼飞对吕贞的项目合作没有表示出任何的热心。

“这句话你都说过好多次了，你是不是真的生我气了？”吕贞有些埋怨起来，上次她和田翼飞闹僵后，田翼飞一气之下好些天没有理她。这对田翼飞来说，是头一次这样待她，她突然间有了一种后怕的预感，于是她主动找到田翼飞道歉，后来，她不敢再对田翼飞那么放肆地甩脸子了。

田翼飞也不是那种得了便宜拿大的主，他仍旧宝贝长乖乖短地喊着，只是心里对她有了一些距离感。毕竟她不是自己的妻，妻可以在吵完架后不记老公的仇，可是田翼飞知道，吕贞完全是仗着他对她的宠爱而不把他放在眼里，是啊，他是靠着她才有了今天的成就，也就是说，他离开她就会什么都不剩下。所以田翼飞也不敢明目张胆地把吕贞一下子抛开。所以他很婉转地说，"我怎么会和你生气？是婧婷的身体状况不太好。"

吕贞有片刻的沉默，然后有些恨恨地说，"你真的开始讨厌我了是吗？"不等田翼飞回答，她又快语地说："我就知道会有这种结果。"

"贞贞，"田翼飞以一种焦虑的口气说，"别胡思乱想，我在找婧婷，她不知道哪儿去了，手机又关机。"

"可是你却没有顾及过我的感受！"吕贞的声音大起来，似乎她的眼泪已经掉下来，"等哪天我的手机关机，你也会这么找我吗？"

田翼飞默不作声，他不知道，他也没想过，也许，不会，因为，吕贞不是他一生想要陪伴的女人。

"田翼飞，我恨你！"吕贞甩下这句话就猛地挂了电话。

田翼飞却举着手机，半天没放下，他觉得自己有些对不住吕贞，可是，这种事是明摆着的，妻子比情人更重要。

陆婧婷已经彻底告别了那个纯真开朗的面孔，取而代之的是一副郁郁寡欢、茫然无措的脸，这张脸道出了她的心境，田翼飞知道这都因他而起，他尽自己最大的努力去弥补，可是这张脸却一天比一天阴沉，这张毫无笑意的脸仿佛一块千斤重的大石头压在田翼飞心上。

田翼飞推去一切可去可不去的应酬，甚至和吕贞每周一次的约会也取消了，"贞贞，以后不能常来了，不过我会争取每月来看你一次。"

吕贞一下子推开田翼飞，瞪大了眼珠，"你说什么？"接着又一下扎进田翼飞的怀里，噘着嘴问，"告诉我，是不是另有新欢了？"见田翼飞为难地沉默着，她掉泪了，"你是嫌我老了，不再爱我了，对吗？"

田翼飞苦笑着拍拍吕贞的左腮，"别胡思乱想，是婧婷的身体状况不太好，我心里着急啊！”

一听到田翼飞是为了老婆的事着急，吕贞哑了口，整整六年的时间，她早已将田翼飞的每一个神经和心思摸得透透的。她很清楚地知道，田翼飞心中的两个女人谁先谁后。

3

其实，这六年来，吕贞开始是抱着很大希望的，她觉得自己有能力把田翼飞从陆婧婷的身边夺来，虽然她口口声声地对田翼飞说，她不会破坏他的家庭，可是作为一个第三者插足的单身老女人，她的目标绝不会只是甘于做一个情人，一个什么也得不到的失败者，她的能力就是在于用时间让田翼飞慢慢地从陆婧婷身边逃离，然后归宿到她的身边，她很自信。但是，她由一个三十五岁的女人变成一个四十一岁的女人，整整六年的时间了，她已经清楚地看出田翼飞跟她的关系。田翼飞只是在玩一种成人的三者游戏，田翼飞理性，谨慎，一个不管在哪方面吸引他的女人只能成为他的奢侈品，他绝不会为这个第三者放弃他现有的婚姻。田翼飞的感情游弋于两个女人之间，他在攫取，攫取两个女人的爱，对陆婧婷，他的心是愧疚的，所以他会把他心里的爱和疼更多地给予他的妻子，而对于自己，田翼飞的心绝对是作为赠予者的角色来处理的，自己只是在弥补他生活中所缺少的和不足的东西而已。

田翼飞曾在吕贞怀里的那些承诺，吕贞已经开始不信了，她清楚地知道自己不是美女海伦，可以令一千艘战舰出海，而田翼飞，也绝非特洛伊，心甘情愿地为自己倾倒而直至毁灭。她耻笑那些相信有妇之夫的承诺并期待他们可以离婚然后来带她住进他那上百平方米的豪宅的第三者，她不是那种女人，她有自己的财产，她除了要一纸实实在在的婚约，什么都不会跟田翼飞要，反而，她的财产要比田翼飞多出几百倍，甚至是上千倍。她相信自己能够给田翼飞带来田翼飞想要的一切。

可是，吕贞知道自己想错了，算盘也打错了，因为用六年的时间考查一个人，是完完全全可以证明一个人的思想了。田翼飞不会和他的老婆离婚，记得今年的情人节，吕贞第六次从田翼飞的手中看到了一大棒彤红的玫瑰花时，她激动地像个拿到订婚戒指的少女般一下子扑到田翼飞怀里，在他的脸上使劲地吻着。就在田翼飞回吻她的瞬间，她的眼神一下子瞟到车的后座上还有一枝玫瑰花，是一枝包装精致的蓝色妖姬，花瓣上有清澈的露珠在闪着亮晶晶的光。吕贞的心当时猛地就沉了下去，她知道自己手里那一大棒红玫瑰是绝对抵不上那枝蓝色妖姬的，她也知道那枝花不会是田翼飞要送给别的女人的花，一定是送他妻子陆婧婷的。当时吕贞的心就开始嫉妒起来，不过她把那种情绪深深地藏在心底，她假装没有看到后座上的那枝花，她自然地坐到了副驾驶座上。

“想去哪里？”田翼飞心情很好，他抚摸着吕贞的头发问。

吕贞撒娇地把头歪向田翼飞，“我就想找个清静的地方，只有你和我。”

“那还是去你家吧。”田翼飞是不愿意在外面包房的，一是怕他的名字出现在宾馆的花名册上，二是这个世界太小，保不齐就会碰上熟人。

“好吧。”吕贞一歪头看到了操纵杆旁边一个新手机，“怎么？换新手机了？”吕贞记得自己刚送给他一个，如此短的时间如何又换了！

“那个手机最近有些不太好使。”田翼飞看看那个新买的黑色翻盖手机，“怎么样，还漂亮吧？”说着，踩下油门，车就开了出去。

“就是的，男人嘛，是应该常换手机的，我还准备等你下一个生日时再送你一个呢。”吕贞说着，随手拿过手机，打开了手机盖，如果说在她看到蓝色妖姬时心沉了下去，那么此时此刻，她的心猛地僵住了，就像电脑死机。因为她看到了手机屏幕上，一个女人的脸靠在门框上，一束阳光从侧面射来，使她有了一种忧郁的凄恻的美。吕贞见过这个女人的照片,她知道这个女人是陆婧婷。

吕贞默不作声地合上手机盖,放回操纵杆旁,心的感觉坏极了,她觉得有一种无比的伤感排山倒海似的向她涌来,令她无法自持。蓝色妖姬,阳光下的女人,不断地闪现在她眼前。

也许是见吕贞不说话,田翼飞侧过脸看了她一眼,当即就发现她情绪上的变化了,他什么也没问,因为他立刻就明白了她情绪低落的原因,他把手机拿起放进口袋里,想解释什么,但只是嚅动了一下嘴唇,到底没说。

一路沉默,到了吕贞家,田翼飞想打破这种沉默,就问:"公司里最近好吗?"

吕贞的心始终有一种刀割般的痛,她总认为手机屏幕上的那个图案应该是她,应该是一只快乐的小狗才对,因为他说过,她是他最疼爱的狗宝贝。

吕贞敷衍着田翼飞,木木地回答:"还行。"

见吕贞不想说话,田翼飞想方设法开始打破这种沉默,他说单位里的事,说酒桌上的事。

吕贞的嘴角始终在微笑着,但耳朵里却一个字也没听进去,她脑子里转悠的全都是那枝蓝色妖姬和手机屏幕上那张凄美的女人的脸,虽只是匆匆一瞥,但印象却极其深刻。

田翼飞还在说,吕贞仍在微笑,两人之间头一次没了亲热的动作。

田翼飞就那么走了,吕贞却躲在被窝里,痛痛快快地哭了一场,这是她认识田翼飞以来第一次流泪,这么多年,自己痴爱的一个男人,心里装的竟完全是他的妻。

也就是那个情人节的晚上,吕贞才明白,无论田翼飞嘴上说他怎样爱她,而在他的心里,他的妻永远比她重要。

其实,这个道理吕贞早就明白,社会上的那些婚外恋的传闻天天都在空气中蹿来蹿去,婚外恋的内容不同,可结局几乎大致一样,那些有妇之夫在热恋时总是信誓旦旦地许诺要与妻子分手，而与情人重结良缘。然而，现实生活中真正履行诺言的守信男子实在是太罕见了，那些个没有良心的男人都是以种种借口拖延时间，迟迟不把诺言付诸实践，他们开始时永远是喜新而不厌旧，到最后是不厌旧而弃新。这些男人，就在这种婚外情的过程中显示了他们的自私自利、虚情假意，甚至背信弃义！

眼下，又听到田翼飞正式提出要把每周一次的约会改为每月，她知道，他们的爱情开始走到另一条路上去了。她似乎又看到了那蓝色妖姬和花上的露珠，而且那枝花被一个靠在门框上的女人的手捏着。而她自己，就像陷在泥潭里的求生者，把心把情统统交出去，等到瓷瓶碎了，才发现碎片都扎进了自己内心的每一个角落，拾不起来，也扫不干净。

吕贞缓缓地离开田翼飞的怀抱，心痛得无以自持，她冷冷地一笑。就是这一笑，两人之间就凝聚了厚厚的积云。

田翼飞也感到了这积云的寒冷，他站起身，说了句："那我走了！"

"好吧，不送了。"吕贞的话继续透出冷意。

田翼飞下楼梯的时候，听到了身后那重重的关门声，他的心被关上了。

楼外，下起了今冬的第一场小雪。

路人有着兴奋的表情，那洋洋洒洒的雪花落在身上，有一种纯净的美、凄凉的美。

4

田翼飞把所有的精力都关注到陆婧婷身上，他翻了大量的书籍，又上网查看了陆婧婷的症状，他确定陆婧婷患了抑郁症，且越来越厉害，尤其是她更年期的提前到来更加深了她抑郁症的程度。他劝陆婧婷吃自己拿回来的药，可陆婧婷总是不屑地摇头，没有丝毫想吃的意思。

“知道你自己病了吗？”田翼飞像个大哥哥似的哄着陆婧婷。

陆婧婷点头，然后又摇头，“我没病。”

“哪天我带你去医院找个心理大夫看看好吗？”

陆婧婷的眼皮都不抬，她垂着眼帘，蹙着眉头说：“你以为大夫能治好我的心病吗？”

“别大意，精神上的疾病可不能耽误。”

一听这话，陆婧婷顿时一斜眼，一挑眉毛，翻着白眼看着田翼飞，“干吗？想把我送进精神病院？”

“瞧你说的，我怎么会把你送进精神病院？我是想让你去医院看看心理大夫。”

“哼——”陆婧婷从鼻腔里发出的哼声，很鄙视。

田翼飞从网上知道抑郁症的后果会发生些什么，他觉得自己不能再坐视不顾了，他偷偷地为陆婧婷找到一个有名的心理专家，并和他约好，带陆婧婷去看病。

为了能把陆婧婷骗到医院，那天刚吃了午饭，田翼飞就驱车到了陆婧婷的单位。

田翼飞的出现吓了陆婧婷一跳，“你来干什么？”

“我有些不舒服，想让你陪我去趟医院？”田翼飞编着瞎话。

看到田翼飞皱着眉头，一副难受的样子，陆婧婷请了假，坐上了田翼飞的车。这一年来，陆婧婷头一次关心田翼飞，“哪里不舒服？”

“这里，总觉得堵得慌。”田翼飞指着自己的心脏。

陆婧婷的眼泪顷刻间就掉下来，她伸出手在田翼飞右脸上摸了摸，自责地说：“都是我不好，总让你操心，对不起……”

田翼飞被陆婧婷的自责感动，他也做着自我批评，“不是你不好，是我对不起你，今后我会好好待你，不再让你……”

田翼飞的话尚未说完，一条短信的铃声就打断了他的话，他忙打开手机,是吕贞发来的,“飞哥,你不是说要找个好点的心理医生吗? 我已经帮你找了一个,你现在就可以去找他,他在……”

田翼飞暗暗骂了一句吕贞的操心,但他的脸上却装作平静地对陆婧婷笑笑,“一个朋友发来的……”

“是吗?”陆婧婷的气又喘得粗起来,“可以让我看一眼吗?”

“没什么事,我看完就删掉了。”田翼飞的手指头快速地按着,删完吕贞的短信,这才把手机放到陆婧婷手里。

“有必要删得那么快吗?”陆婧婷气咻咻地把手机扔进田翼飞两腿间,“又是那个女人来的吧?”

田翼飞装着若无其事地说:“你太敏感啦。”

“到底是不是那个女人来的?”陆婧婷的眼里又闪出恨意,她不依不饶地盯着田翼飞的脸。

田翼飞到底是被陆婧婷目光里的恨意击垮了,他吞吞吐吐地说:“并非你想象的那样,她真的是在为我帮忙,她为你找了个很好的心理医生,她……”

陆婧婷一挥手打断了田翼飞的话,大吼一声,“停车!”

“你要干什么?”田翼飞点了一下刹车。

“如果你再不停车,我就自己跳下去!”陆婧婷说着真的去拉车门。

吓得田翼飞只得把车停到路边。

陆婧婷下了车,扭过头,狠狠地拽下一句:“卑鄙的狗男女!”

陆婧婷骂完头也不回地冲进了车流中,不见了。

5

“混——蛋!”田翼飞骂的不是陆婧婷,他在骂吕贞,好不容易才把陆婧婷骗出来去医院,却被吕贞这个自以为是的短信给破坏了。

田翼飞不甘心,他一定要让陆婧婷去看心理医生,他不希望不该发生的一切在陆婧婷身上发生,他试着劝过陆婧婷几次,但每次陆婧婷听到让她去医院的话就怒气冲冲,"田翼飞,告诉你,不要把我的任何事都去和那个骚女人说,我的事不用她管,我就是死了,也不用她来为我操心。虚伪！其实她心里巴不得我早死呢！还有你,如果我的病真的让你如此担忧的话,你就离开她!"

田翼飞觉得陆婧婷在骂他,且骂得不是没有道理,可这种事哪里就这么简单呢？吕贞维系着自己的前途、自己的事业啊！他和吕贞,就是一种用男人的肉体买来的交易关系,这种关系,陆婧婷怎会了解？他觉得陆婧婷骂得对,他是卑鄙的,他也痛恨自己的卑鄙,可是对男人来说,这种想有前途的欲望、这种想当官的野心再正常不过,说好听一点,野心即为追求、理想,说不好听的,就是野心。田翼飞觉得野心是男人永远的梦想,野心体现的是男人的一种成就感。也正是因为有了吕贞,田翼飞的成就感才一天比一天强。虽然他的成功建立在与吕贞的交往与付出上,建立在陆婧婷的痛苦上,但他实在是不舍得放弃这种野心,他觉得自己只能从另一方面去弥补对陆婧婷的欠缺。只是,陆婧婷却不领情,这就让田翼飞感到为难了。

其实田翼飞并没有把自己与社会上那些找情人的男人归为一类,因为他从未有过和陆婧婷离婚的念头,也从来不想欺骗陆婧婷什么,他痛恨谎言。不过他也清醒地认识到,有时,谎言真的可以找出无数条挽救自己的理由,他从心底里来说是离不开陆婧婷的,其实也包含着对妻子习惯性的爱,尤其是认识了吕贞,依赖上了吕贞,他对陆婧婷的关心和爱意表达得越来越清晰,尤其是看到陆婧婷为感情的事痛苦不已时,田翼飞的心也如刀割般难受。但是,吕贞已经和他的事业画上了等号,田翼飞不舍得放弃眼前自己有前途的事业,他只能继续保持和吕贞关系的同时再去关心陆婧婷。

田翼飞绝不会任陆婧婷的病发展下去,他再一次地去医院替陆婧婷抓了药回来。他亲自兑了温水,和药一起递到陆婧婷手中。

陆婧婷疑惑地瞧瞧药，又盯着田翼飞的脸问："什么药？"

"专治你抑郁的，听说很管用。"田翼飞装作很轻松的样子捧起陆婧婷拿药的手，举到她嘴边，"吃吧，吃了就好了。"

陆婧婷把药举到眼前，仔细辨认着，可她看不出来这是些什么药，很小的药片，像人的瞳孔。陆婧婷蹙了眉头，"把药盒拿来我看看？"

田翼飞从口袋里掏出药盒。

陆婧婷捏紧了药，用拇指和食指拿着药盒看上面的说明。

当陆婧婷看到药品说明上写的"精神分裂"等字眼时，她猛地把药和药盒扔出了窗外，瞪圆了双眼怒视着田翼飞，"你知道什么叫精神分裂吗？"

田翼飞的火陡地就蹿上了头顶，这是他整整费了一上午的工夫才从医院拿来的药，不过几秒钟的工夫就被陆婧婷从二十五层窗户扔了下去。不过，田翼飞生生地又把火压了下去，他知道他发火的结果会是什么，他偷偷地咬了咬牙，然后又偷偷地把一腔怒气从鼻子里慢慢呼出来，"你想到哪里去了？我不是心疼你才为你去要的药吗？"

"不要虚情假意了！我没病！"陆婧婷偏着头，斜着眼，一副不屑的样子。

田翼飞最见不得的就是陆婧婷的这种神态，刚隐忍下去的那股火又在悄悄地试图往外冒，被田翼飞再一次压下去。他走到陆婧婷身边，轻轻揽过她的肩头，用温和的语气说："婷儿，你知道你得病了吗？"

陆婧婷先是慢慢闭上双眼，瞬间就有两滴眼泪顺着眼角滚落下来，继而，她猛地睁开双眼傻傻地笑起来，笑毕，推开田翼飞的手，径自去了厨房。

田翼飞跟了过去，他看到陆婧婷用手背抹去眼泪，然后躬身从冰箱里、碗柜里拿出一样样东西，似乎要做晚饭的样子。田翼飞想插一把手，可是不知从哪里插起好，因为陆婧婷把碗碟，把肉菜摆了一台子，看她犹豫的样子，她似乎也不知从哪里做起好，于是问："晚饭做什么？"

陆婧婷看也不看地回答:“不知道!”说完又把一台子的肉和菜一一地放回冰箱里,台子上只剩下两袋方便面。

这种吃方便面的日子越来越多,陆婧婷早就失去了过去好做菜的习惯,常常,晚上就是两袋方便面做晚餐。其实,这还算是好的,因为,如果田翼飞有应酬的时候,陆婧婷连方便面都不做,田翼飞不知道她是如何解决晚餐的,也许她什么也没吃,也许她只吃个苹果?田翼飞问过,她只是悲戚地摇头,回一句:“你会关心我吃的是什么吗?”

“我怎能不关心?瞧你越来越瘦的样子,这样下去你的身体会垮下来的。”

这是田翼飞的真心话,却又被陆婧婷硬邦邦的话给顶回去了,“当你和那个骚女人坐在一起幸福地吃着晚宴时你想过我吗?哼!”

田翼飞知道自己愧对陆婧婷,所以再也不敢询问陆婧婷晚餐吃的什么,而且,他听凭陆婧婷做任何晚餐端上桌。但是,田翼飞也见不得这样两碗清汤寡水的方便面,于是,他推了一把陆婧婷,“歇着去吧,我来。”田翼飞拿来锅,接了水,放在炉上。

陆婧婷一声不吭地走到沙发上坐下。

田翼飞顾不上陪陆婧婷说话,紧着忙乎,他从冰箱里拿出一个西红柿,洗了切了放进锅里,等水开了先把方便面放进锅里,等水再开时,他才把四个鸡蛋磕破放进锅里,等水再一次开时,他用筷子搅动了一下鸡蛋,盖上了锅盖,焖上五分钟,就可以吃了。

“婷儿,准备准备就吃饭了。”田翼飞去叫陆婧婷时,发现她两个眼神茫然地盯着窗外。田翼飞也顺着陆婧婷的视线往窗外望去,只有远处的楼房和灰蒙蒙的天空,田翼飞的心沉下来,一年多了,陆婧婷的日子天天都是这样度过,混沌,懒散。以往那个勤快温暖的妻子似乎再也回不来了。他不知道自己该用什么办法才能唤起陆婧婷对生活的信心,或许真的像陆婧婷所说,只有断了和吕贞的关系?那么他的前途和事业呢?

6

田翼飞觉得自己对陆婧婷已到了无计可施的地步，他不知道该去求谁才能劝动陆婧婷，就在他天天对着陆婧婷的后背和侧影发愁时，一个电话启迪了他。

那天刚吃过晚饭，陆婧婷二话不说就回卧室里躺下了。

田翼飞看看墙上的闹钟，才八点多，不过，他只能陪陆婧婷上床躺下，或许碰上她高兴时还能说上两句话。可是，陆婧婷那张苦瓜似的脸实在让田翼飞心里不舒服，看电视，他也不能踏踏实实地看进去，心里总想陆婧婷在床上睡着了没有，她的心情能否好一些……就在田翼飞难受地在熬着这段时间时，一个电话闯了进来。

“喂?”田翼飞很想在这个时候找个人说说话，所以只响了一下铃声，他就迅速拿起了电话。

“翼飞啊，婧婷在家吗? 她最近的手机总关机，找她好难啊。”是陆毓姗打来的。

“在呢，稍等!”田翼飞把电话递到陆婧婷手中。

一听到陆毓姗的声音，陆婧婷脸上立刻有了一丝丝笑模样，“大姐，好久没听到你的声音了。”

“你还想听我的声音? 连个电话都不给我打。”

“不好意思，最近好忙。你怎么样了? 一个人带着孩子好过吗?”

“唉，电话里一句两句也说不清，我都快要崩溃了，哪天出来一起坐坐，有很多话想对你说呢。”

“好吧，你定时间，我有些累了，想早点歇了，拜拜。”陆婧婷很干脆地打住了陆毓姗的话题，又躺下了。

田翼飞点着一支烟，一直在静静地听着陆婧婷和陆毓姗的通话，见她挂了电话，这才说:“我们请姗姗吃顿饭吧?”

“为什么?”陆婧婷眼都没斜,聚焦点停留在墙角上。

田翼飞顺着陆婧婷的视线望上去,既没有蜘蛛也没有什么值得看的,他不知道陆婧婷能从墙角上望出什么东西,他把视线停在陆婧婷那毫无表情的脸上,吐了口烟,和颜悦色地解释说:“姗姗离婚已有几个月了,自己带着孩子肯定很孤寂的,你是她妹妹,请她出来一起坐坐,说说话,岂不好?”

陆婧婷很淡然地说:“好吧,你请吧。”

管谁请,田翼飞的用意是为了让陆婧婷不再这样在家里沉寂下去,但他知道,如果自己说是为陆婧婷,陆婧婷一定不去的。

第十九章

1

陆毓姗没有接受田翼飞和陆婧婷的邀请，却让陆婧婷他们三口子周末去爸家吃饭。并告诉陆婧婷，她还会把陆叶红两口子叫上。

只要能把陆婧婷带出去走走，和朋友说说话，谁请谁吃饭对田翼飞来说并不重要。

陆婧婷懒洋洋的哪里都不想去，却生生被田翼飞和田原带到了父亲的四合院里。自从陆毓姗和沈川离婚后，她就带着女儿住在这里。

见了面，田翼飞和陆婧婷大吃一惊，陆毓姗仿佛变了个人，明显地瘦了、黑了，那张脸仿佛老了七八岁。

“怎么了？不是想沈川想的吧？”田翼飞故意开着玩笑。

“去你的，谁想他！”陆毓姗黑着脸瞪了田翼飞一眼，拉着陆婧婷和田原边进屋边问，“你也瘦了，怎么，在减肥？”

陆婧婷笑笑，不说话。

陆毓姗又看着田原赞叹：“瞧这个大儿子，越长越帅了呢，将来啊，身后跟一堆女孩子追呢。”

田原不好意思地笑，“大姨妈，您可别夸我，我妈总说我长得丑呢。”

“那是反义词，当妈的都觉得自己的孩子是天底下最漂亮最可爱的。”陆毓姗摸着田原的头，羡慕的眼神一直落在田原脸上。

“跟多少女孩都没关系，最要紧的是他要有一颗专一的心才行。”

陆婧婷的话里有话，田翼飞听出来了，他不想在这么多人面前谈两口子的事，于是话题一转，问陆毓姗："说说你自己，这婚你不是离得很解放吗，怎么又要崩溃了？"

"唉——"陆毓姗先是长叹一声，然后自嘲地笑笑，"在这个离婚和情人风行的年代，我赶了一回离婚的时髦，可是这个时髦赶得真苦。"陆毓姗一副苦不堪言的样子，"我已经被沈川折腾得怕了。"

"怎么了？"田翼飞忙问，"沈川又打上门来了？"

"婚都离了，他敢！"陆毓姗鄙视地哼着。

"那你怕什么？"

陆毓姗冷着脸，"他想复婚，天天来磨我，磨爸。"

"说明他还爱你呀。"田翼飞呵呵地乐。

陆毓姗狠狠地瞪了田翼飞一眼，"别幸灾乐祸。"

陆婧婷苦笑，"有这么一个爱你的老公，复婚吧。"

"你没被打过，哪里知道被打的滋味。"陆毓姗横了陆婧婷一眼，"你不知道一个被打怕的女人的心理，见到他我的心都紧张地发颤，眼神会不由自主地盯住他的手，生怕哪句话说得不对他的手就会扬起来。"说着陆毓姗又眼泪汪汪。

吓得田翼飞不敢再继续这个话题，连忙岔开道："咦，不是叶红两口子也来吗？怎么还没到？"

"哦，我来了！"是陈翔的声音，他一步跨进了门里。

"小妹呢？"田翼飞问。

"唉——"一提起陆叶红，陈翔的脸就拉下来，"她要嫁给她那些诗友啦，恨不能天天聚会。"

"女人在家里待着会生出许多家庭是非来，还是出去走走的好，她不正好喜欢诗歌吗，能有那许多的诗友也不见得是件坏事。"

陈翔点头，心里却一万个不好受起来，他总觉得陆叶红所谓的"诗友"不过是一种托词，可他又不便说出来，于是转过头去问陆毓姗，"老爷子最近怎么样?"

不等陆毓姗回答,就听门外有人敲门,"吃饭了。"

陆毓姗会意地冲田翼飞和陆婧婷一笑,"一会儿你们看就是了。"说着拉起陆婧婷和田原的手,对田翼飞说,"走,吃饭去,住过来后,不用自己做饭了,省了老大的事。"

餐桌前陆子义和果果已经正襟危坐地等在那里,见到陆婧婷,果果先跳起来,拉住陆婧婷高兴地喊:"二姨,坐我边上好吗?"然后又不好意思地看田翼飞,"二姨夫好。"叫完又羞涩地叫了田原一声哥哥好。

陆婧婷抚摸着果果的头,"瞧,长高了,喏,这是二姨夫和二姨送你的沙嗲牛肉干。"说着从身后变戏法似的拿出一大包牛肉干递到果果手里,把个果果高兴得直说谢谢。

陆子义也高兴地直冲田翼飞和陆婧婷点头,"来了? 快坐下,毓姗说你们要来,我让阿莹给你们炖了一砂锅酸菜排骨,烂烂的,酸菜是阿莹亲自腌的,排骨是阿莹亲自上超市挑的,阿莹炖酸菜排骨有一绝,是谁家也炖不出这味道来的,香而不腻,酸而爽口……"

陆毓姗不合时宜地打断陆子义的话,"算了算了,也不怕人家笑话,一口一个阿莹的。"

"爸,也给您带了两筒茶叶来,杭州龙井,味道特别好。"田翼飞说着把一个纸口袋递到陆子义手里,这才在陆子义旁边坐下。

"爸,给您买了两瓶一得阁的墨汁,您用,别再用现在那些臭墨了,好好的字都被那些臭墨毁了。"陈翔也不失时机地从包里拿出墨汁递到陆子义手里。

陆子义高兴地拿过茶叶和墨汁,左看右瞧,好不喜欢,然后对阿莹说:"去大衣柜里把我藏的那瓶好酒拿来,今天人全,大家都喝点。"说完,有些生气地看着陈翔,"这个叶红怎么回事? 一家人团聚难道比和诗友聚会还重要?"

"爸,叶红说了,哪天亲自来看您。"陈翔知道这是他编的谎话,但他不愿意让陆子义不高兴。

“哪也比不上一家人在一起开心啊!”

“算了,爸……”陆毓姗打断陆子义的话,“叶红都是小时候被你和我妈惯坏了,想怎么样就怎么样,从来不考虑别人的感受,知道了吧,惯坏的孩子就是这种结果。”

陆婧婷悄悄捅了陆毓姗一下,接过她话,“好了,不说这些不开心的事了,来,爸,您先端起酒杯,我们碰一下。”

“好好,看着你们都好,我心里就高兴,来,干了这杯。”

保姆阿莹就坐在陆子义另一边。

席间,陆毓姗一个劲儿地用眼暗示陆婧婷,其实不用陆毓姗暗示,陆婧婷早就看出来了,阿莹远远超出了保姆的职责,她不停地给陆子义夹菜,酸菜排骨里的排骨,她怕陆子义牙不好咬不动,她总是先放到嘴里咬一小口,看看肉烂的程度再放进陆子义的碗里,连汤都是先放到嘴边尝尝烫不烫然后再送到陆子义面前,然后就像哄小孩儿似的,“先把饭吃了,再喝汤,多吃些菜啊,不要光吃肉。”

陆子义满足地点着头对阿莹说:“你也吃,你也吃。”

陆婧婷很被阿莹对陆子义的态度打动,她想到了田翼飞,想到了沈川,也从陆毓姗的眼里看出那种嫉妒的羡慕。吃完晚饭,田原带果果玩去了,田翼飞、陈翔和陆婧婷回到陆毓姗的屋里,话题自然而然地就落在了陆子义身上。

“瞧我爸和阿莹……”想起父亲和阿莹的举动,陆毓姗摇摇头,“两人亲昵得不分场合。”

陆婧婷很羡慕地点头,“他们很幸福呢!”

“真让人嫉妒。”陈翔赞赏地夸着。

“是啊,你没看到我爸几乎回到童年了呢!”陆毓姗数落着陆子义,“他天天像个孩子似的缠着阿莹,要阿莹给他做这做那的。”

“人老了可不是老小孩嘛!”田翼飞插了一句。

陆毓姗同意地点头，“就是，那个阿莹也特会哄人，把我爸哄得开开心心的，说句良心话，我爸比我妈活着那时要快乐多了……”陆毓姗终于说了心里对父亲的感受，“刚开始回这里来住时，是很看不惯他和阿莹亲昵的关系的，像一对老不正经的恋人，为此，我常讥讽爸，还觉得阿莹对爸有所图，爸总是对我笑笑，不理我的讥讽，时间长了，我才发现，阿莹是真心地对爸好，她会把好吃的东西偷偷地留出来给爸吃，她还拿她自己的钱给爸买这买那的，这把年纪了，得一能够真正关心他的女人，还图什么？”陆毓姗的眼睛里总算泛出一些欣慰，她苦笑，“我连爸都不如呢。”说着，眼里竟汪着一堆泪水，而那泪水顷刻间就掉了下来。

2

陆毓姗离婚后，的确过了一阵轻松自由的日子，只是这日子一长，她才觉得生活中开始缺少一些什么了。

陆毓姗在报社副刊部好多年了，从一个编辑干到主任也有七八年，她不是那种想当官的女人，她的目标很简单，把自己喜欢的事业做好，可是，偏偏领导信任，偏偏领导说她有能力，每周的选题、每周的审稿和每周的版面几乎都是她说了算。领导常夸她利索，快捷，能干。

每每听到这话，陆毓姗都是很不在意地一笑，摇摇头，“无所谓，只要领导满意我的工作就已经是承认我的价值了。”

最近报社在提陆毓姗为报社副总编的事，本来提拔的材料都已写好，就等办公室盖个章交上去了，不料中间杀出个程咬金从中作梗，使陆毓姗的提拔问题一下搁了浅。

那个程咬金说：“陆主任作风有问题，怎能提为副总编？上不正下就邪，希望领导三思而后行。”

陆毓姗知道那个程咬金指的作风问题是什么，自从和沈川离婚后，就有好心人不停地给她介绍一些离婚的或是死了老婆的男人与她见面。开始时，陆毓姗是断然拒绝，她对婚姻已经有了一种恐惧心理，尤其是对男人有一种恐惧的心理，但每次的拒绝都会惹得朋友生气，或是朋友的朋友说出一些难听的话来，这使陆毓姗很为难，后来，有朋友向她建议，只当去约一次稿子，好就用，不好就弃之。

但说老实话，陆毓姗把离婚后的日子想得太简单。她以为自己带着孩子照样能过得很好，如果有合适的男人就找一个，没有就算了。然而事实上，她自己带着孩子的日子不但劳累，而且孤独。尤其是这些介绍对象的，就像对陆毓姗付出了多大的恩惠。

陆毓姗不想得罪自己的朋友和朋友的朋友，于是便在朋友们的介绍下，去与一个个不认识的男人见面。但毕竟那不是真的去约稿子，每次见面，她都诚惶诚恐，尤其是当被某个男人认可后，那个男人一定会上来拉住她手问寒问暖。可每次被男人摸过手或有亲昵的举动后，她都会找到朋友生气地大骂那个男人，“什么东西？心怀不轨！以后甭再把这些下三烂的男人介绍给我。”弄得那些朋友不得不在背后骂她，“甲醇（假纯），又不是没被男人摸过。”

气得陆毓姗直哭，难道婚姻就是一男一女像拉骡子拉马地配到一起就能成为夫妇吗！如果是这样，哪里还会有离婚这一说呢！她要找的是一个能够疼她理解她的丈夫，不是随便一个男人。也许是年龄的关系，也许是陆毓姗曾有过的婚姻，她发现自己对其他男人无比挑剔，明明是各方面条件都很好的人，她却怎么看都不顺眼，下意识里还会把他们跟沈川做比较，而且，往往还是拿别人的缺点和沈川的优点比……

也是的，已经和一个人生活了二十多年，再让陆毓姗去接受一个完全陌生的男人，重新开始感情和生活的磨合——想想就让她心惊胆战。

朋友们都嘲笑地对她说：“快五十岁的女人了，哪里还有挑选丈夫的余地，能够有男人喜欢你就是你的幸福呐！”

陆毓姗很讨厌听这种话，她暗暗下决心，一定要找个爱她的、她也爱的男人嫁了。不为自己,只为封住那些替她瞎操心瞎张罗的朋友们的嘴。

陆毓姗终于将自己的目标锁定在报社刚提拔上来的刘总编身上。

刘总编是个长相帅气的男人,高个子,眼睛严厉,却又时时给人一种迷离的温柔,这不是主要的,主要的是他曾离过两次婚,目前尚未找到合适的老婆。刘总编很喜欢陆毓姗,那天听到陆毓姗因为丈夫的暴力而离婚的消息后,曾开玩笑地对陆毓姗说:“像你这么漂亮有文化的女人,你丈夫怎么会舍得打你呢?离了好,如果你不怕委屈的话,就下嫁给我吧,我会把你含在嘴里捧在手心里。”

当初,陆毓姗刚离婚,并没有考虑到再婚的问题,所以只对刘总编笑笑,把他的话当作耳旁风一样地听过去了。可后来,当那些被朋友推到她面前的男人一个个出现后,她才觉得自己想真正地找一个疼自己爱自己的好男人嫁了,她需要每晚躺在那个疼她爱她的男人怀里去享受一个女人应该享受的幸福。她这才想到刘总编的那句说不清是玩笑还是真话的表白,她开始注意起刘总编了。

那天,陆毓姗刚上楼梯,就碰上了刘总编。

刘总编笑眯眯地站住,问:“中秋节买月饼了吗?”

“这几天正忙着编中秋节的稿子,没顾上。”陆毓姗老实地回答。

“那就别买了,我送你一盒。”刘总编说着下楼,刚走出去几步又停住了,回头补充道:“那东西,吃个意思,多了没人爱吃,少了还不行。”说完冲陆毓姗笑笑,下楼去了。

下班前,刘总编真的把一盒月饼用报纸包好放在传达室里,打电话给陆毓姗,让她下班时别忘了拿走。

那盒月饼拿回家至今未拿出来吃,陆毓姗舍不得,她觉得那是刘总编对她的一片情意,他为什么不送别人,偏偏送她呢?陆毓姗觉得那是刘总编对她的试探,为了答复他的试探,陆毓姗想了许多天,才想出如何回报刘总编对她的情意,她专门跑上街买了一瓶车用香水,她知道刘总编开车,只要他回家,或是出门办事,他都会闻到她送的香水味,那是她喜欢的味道，也就代表了她的味道。

那天陆毓姗加班，正巧刘总编看大样，陆毓姗是拿着报纸大样和香水一起进的刘总编的办公室，“刘总，也不知道你是不是喜欢这种味道。”陆毓姗先递上包装精美的香水，怕刘总编觉得突兀，便找了个借口说：“别人送了我一瓶车载香水，我又没车，就送你吧。”

刘总编打开包装纸，又打开香水瓶盖，放到鼻子下嗅了嗅，非常高兴地说：“啊，真好闻，我喜欢这种味道，那谢啦。”

陆毓姗心里别提有多开心了，这些日子来，她是第一次从心里感到了一种轻松的幸福，她又递上了报纸大样。

刘总编仔细地看过大样，欣赏地赞叹道：“嗯，这期的报纸做得好，版面活泼生动，标题起得醒目，可以评为最优版面了。”说着从一旁拿过一束被报纸包着的花递给陆毓姗，“也是别人送的，你拿回家养着去吧，我们家两个男人，没人会有时间去侍候它。”

陆毓姗说不出心里的激动，她乐呵呵地拿着花走出刘总编办公室，回到自己办公室，轻轻地揭开报纸，花的香气立刻沁入她的肺腑，她把脸贴在花上，使劲地闻着，心里在琢磨着刘总编的话，“你拿回家养着去吧，我们家两个男人，没人会有时间去侍候它。”陆毓姗觉得刘总编在意指着什么，他不好意思对陆毓姗说，“这花是送给你的”，刘总编比陆毓姗大出五岁，这年龄的男人，是学不来那些大姑娘小伙子的，所以他只能说，“你拿回家养着去”。而那句“我们家两个男人”却一定是在提醒她，他们家没有女人！

“没有女人！”这不就是在暗示陆毓姗什么嘛！陆毓姗动心了。

3

接下来的日子，陆毓姗始终工作在一种幸福的状态中，因为她发现刘总编是个很会暗示人的男人，他会在陆毓姗进他办公室的时候，不停地玩弄着手里的一串钥匙，时而，他把钥匙抛向空中，然后接住，时而，他把钥匙手心手背地接着，再时而，他挑出最大的一把钥匙，叼在嘴里甩着……

钥匙代表了什么？对中国人来说，谁都能猜得出来，钥匙代表了一个家！陆毓姗很快就琢磨出刘总编的含义：你嫁给了我，这个家就由你来当！陆毓姗的心已经开始激动了，她是那种喜欢当家做主的女人，为了表示她的诚心，她又去商场挑了一个同心结挂到刘总编的办公室里。

报社里已经有人开始议论纷纷了，有人说，“刘总编在追陆毓姗呢！”还有人说，“不对，是陆毓姗在追刘总编。”

不管谁追谁，好闹的编辑们已经开始有意无意地把他们两人往一起推了。出去吃饭时，他们有意让陆毓姗挨着刘总编坐，开会时，他们又故意把两人的椅子放到一起，甚至连那天晚上去歌厅唱歌，他们都故意给刘总编和陆毓姗只留了一个位置，并起哄让他们两个挤着坐。

其实，陆毓姗是不喜欢去歌厅唱歌的，只因为刘总编去了，她嚷着，“我不会唱歌，去干吗呢？”嘴上嚷着，身子也就跟着去了，而且听话地跟刘总编挤着坐到那一个位置上。不会唱歌，陆毓姗会听歌，她几乎是欣赏地、崇拜地听着刘总编的歌喉，并去琢磨他点的所有歌曲的含义。

刘总编点的都是些老歌，但每一首歌都是情意绵绵，直听得陆毓姗心里洋溢着一股暖暖的暗流，她头一次感觉歌厅是个好地方，它可以让一个人的心声通过歌曲传达到别人的心中，它可以让刘总编的心里话通过麦告诉她。

回家的第二天，陆毓姗就把刘总编唱过的所有歌曲都从网上下了，然后认真地听，她从那些歌曲中听到了刘总编的情意。

陆毓姗掉进了刘总编的爱河里！已经活了四十多年了，她从没有这种对一个男人牵挂时心里所产生的那种没着没落的感觉，和沈川的婚姻，别人介绍认识，结婚生女过日子，再加上沈川对她的暴力，她只知道为了果果而活着，可是现在，她知道了什么叫恋爱的感觉，一日不见如隔三秋，刘总编的一眼就能让她快乐上一天，而刘总编出差的日子便是她受尽煎熬的时光。她已经多次暗示刘总编，她愿意做那个替他掌管钥匙的女人。

可是，刘总编始终没有一个明朗的表示，也许他没有看出陆毓姗的暗示，反正，他还在继续着他对陆毓姗的暗示。

刘总编在他办公桌的玻璃板底下压上了一张并不太专业的手绘画，画中有四个人，一男一女两个大人，一男一女两个孩子。

“刘总，你画的？”陆毓姗问。

刘总编笑笑，“嗯，瞎画的，小时候特爱画画，长大了就丢弃了。”

陆毓姗不再说话，但她猜出，刘总编渴望有一个家，于是她说：“刘总，这期副刊正巧是家庭版，我帮你登到报上吧。”不等刘总编回答，陆毓姗又说，“题目就叫《温暖》。”说完就替刘总编把那幅图画从玻璃板底下拿出来，“我这就让照排室扫描去。”

等报纸出来后，陆毓姗仔细琢磨了那张画，刘总编对她说过，他们家里只有两个男人，而她家里，应该说只有她和女儿两个女人，如果两个人能够结合的话，不就是图中的那四个人吗。

陆毓姗多么希望刘总编能够痛痛快快地把他的心事对她说出来，她也会痛痛快快地答应他的要求，可是，刘总编就是不说，她猜想他有顾虑，因为他已经离过两次婚了，他不敢再向婚姻迈出第三步了。她呢？她有恐惧感，色胆包天这句话绝对不适用于她。

陆毓姗一下子就掉进了感情的旋涡中，且被这种感情折磨得快要疯掉了，她不知道该如何处理这件事，是主动地向刘总编表示自己的情感，还是继续在刘总编的暗示中让自己的感情疯长？

4

田翼飞、陈翔和陆婧婷听完陆毓姗这些日子来的苦恼后，田翼飞先是垂目沉思，许久才对陆毓姗说："大姐，我说出的话你别不爱听，我觉得你是得了狂想症！"

"什么？狂想症？"陆毓姗大吃一惊。

"是啊，你把一些并不存在的事情妄想成事实，这就是妄想症的一种。"

"不会吧！"陆毓姗无论如何也接受不了田翼飞的说法。

"大姐，我想问你两个问题。"田翼飞为了向陆毓姗说得更明白一些，他先问，"如果一个男人喜欢一个女人，他会做哪些事情？"

陆毓姗想了想回答："约会。"

"是啊！那么他约过你吗？"

"没有！"陆毓姗摇头，"大概他没这个胆量吧，他怕我会不同意。"

田翼飞继续问，"他请你吃过饭吗？"

"没有！"陆毓姗还在替刘总编辩解，"也许他怕被我拒绝吧。"

"请你看过电影吗？"

"没有！"陆毓姗的声音开始低沉，"或许他不爱看电影，看电影是要时间的。"

陆婧婷看了田翼飞一眼，很不屑地笑，"大姐，你是搞文字工作的，你比我们更清楚，如果一个男人喜欢一个女人，首先他就会主动请她吃饭，然后想方设法和她单独在一起，再然后就是想法和她上床，而你喜欢的那位总编，他什么都没有做，还能说明他喜欢你吗？"

陆毓姗哑然，她的眼神盯住了墙角，不知在看什么。

"大姐……"

田翼飞话未出口，就被陆毓姗摆手打断了，"翼飞，你没见过他，他完全不像你们说的那样，从他的眼神里，我能够看出他对我的喜欢，只是他也被婚姻折腾怕了，要不他不会向我做出那么多暗示的。"

"可是大姐……"田翼飞觉得陆毓姗像个小姑娘般单纯，他有些无奈地对陆毓姗说，"那位总编的所作所为绝不是什么暗示，那是你自己异想天开。”

“不会，他所暗示的东西不会那么巧合。”陆毓姗还在挣扎。

“你听我说大姐……”田翼飞不想给陆毓姗的热情泼凉水，可又不忍心看着她在自己设定的感情游戏上折磨自己，他尽量把口气放得温和，“我认为那盒月饼纯属他在楼梯碰上你，所以才给了你，如果他碰上的是别人，也许那盒月饼就送别人了。”

“他闲得没事干吗要买盒月饼送人玩啊？”陆毓姗很不服气的样子。

田翼飞笑，“你不知道，只要是个头头脑脑的，就会有人送这送那啊，尤其是中秋节前夕，送他月饼的人一定不少，他和他儿子哪里吃得完啊，他不是对你说过，月饼只吃个意思吗，他一定收了好几盒月饼，而且送你的那盒肯定是在楼下刚收的，正巧上楼梯时碰到了你，所以就送了你。”田翼飞转头问陈翔，“我说的对吗？”

陈翔使劲地点头。

“那是你猜测的。”陆毓姗不信。

“再说那束花……”田翼飞不管陆毓姗信不信，径直顺着自己的思路往下说，“是因为你送了他香水，他觉得无以回报，才拿起那束花送你，你应该想想那束花是谁送的他？男人是不会送他花的，普通的同事也不会送他花，一定是个喜欢他的女人送的，如果是一个他喜欢的女人，他会把这束花拿回家养起来，而他会随随便便地拿来送你，就说明送他花的女人并不是他喜欢的……”

“可是他送给了我。”陆毓姗也在强调着自己的理由。

“你觉得一个喜欢你的男人会把另一个女人送的花再送给你吗？”田翼飞继续解释着，“还有那串钥匙和那张图画，完全是你自己的臆想，如果他真的喜欢你，他一定会主动约你。连普通网友都知道约会，一个已经有过两次婚姻经验的男人怎会不知道这点呢。”

陆婧婷表情呆滞地听着田翼飞和陆毓姗的谈话，像个局外人。

而陆毓姗的心已经是沉甸甸的了，她不想再多说什么，她也说不出什么了，因为田翼飞的理由已经把她的心打击得七零八落，虽然她期望的是另一种结果。

田翼飞很同情陆毓姗，他不想看到陆毓姗被情折磨成这种样子，于是他只好安慰地说："大姐，其实我说的也不一定准，瞎猜测罢了，你再观察他一阵子，千万不要白投入自己的感情。"

"但愿你分析的有误！"陆毓姗算是开了句玩笑，但这句玩笑话一点也不好笑。田翼飞没笑，他看看墙上的闹钟，站起身，"饭也吃了，话也说了，我们要回去了，明天还要上班呢。"

"瞧你们两口子多好啊！"陆毓姗望着陆婧婷，"翼飞那么爱你疼你，你尽可以在他怀里撒娇。女人的命就是不一样啊。"陆毓姗感叹着眼睛又红了。

陆婧婷抓住陆毓姗的手使劲地捏了捏，苦笑着摇头，"大姐，过几天我来找你。"

第二十章

1

陈翔是带着一种自己也说不出来的感觉回家的,回到家后,陆叶红尚未回家,用一句话来描述陈翔今晚的心情:老天,祭奠一下我那可怜而可悲的所谓爱情吧!

一晚上,陈翔就像一只无头的苍蝇,从卧室踱到书房,又从书房走到厨房,再从厨房跑进卫生间,然后又从卫生间迈进客厅,他不知道在屋里走了多少圈,踱了多少遍,总之,他的腿也走酸了,脚也走累了,几次,他走到家门口,把耳朵贴在门上,听着楼道里的声音,看是不是陆叶红回来了。

他第一次觉得时间会漫长得令人发疯,墙上那个闹钟似乎静止了一般,好几次他都踩着椅子把闹钟拿下来,在手里晃晃,在耳边听听,看闹钟是不是坏了。头一次,陈翔觉得今晚是他一生中最痛苦、最落寞、最难熬的一晚。

陆叶红真的是去见诗友了吗?陈翔对着镜子摇头。

若陆叶红不是去见诗友,那她会去见谁?陈翔仍旧摇头。

一想起这个他不认识的谁,陈翔心里就开始挠心似的难受,他琢磨着陆叶红从什么时候开始这样的?似乎是从她出院后。这些日子,他被发生在陆叶红身上的变化折磨着,仿佛是一个梦魇,压得他喘不过气来,他总在想,这个不堪的伏笔从什么时候埋下的呢?

八年前，是陆叶红的父亲来找陈翔，“你都快四十岁的人了，叶红也快三十了，你们认识也有半年了，早些把婚结了，再晚叶红就生不出孩子了。”

陈翔听话地按照陆子义的想法，隆重地举办了婚礼，把陆叶红娶回了家。只是陆叶红说：“我不会要孩子的。”虽然陈翔很喜欢孩子，但他不想逼迫这个他一见钟情的女人，于是，结婚八年，他们还在二人世界中生活。

八年，陈翔和陆叶红的日子只能用极其平淡和索然无味来形容，但陈翔认了，只要不吵架，他觉得就比那些成天在家里吵架的夫妇幸福，再说，他喜欢陆叶红，他爱陆叶红，就拿她当个花瓶欣赏也是一件美好的事情。

陈翔没料到陆叶红会自杀，当时他内心自责、愧疚，恨不能也用刀在自己身上割上几刀才好，可是自杀后的陆叶红却像一个人死后，被别人的魂魄附体了一般，她变了，变得陈翔都感到惊讶，而且，陈翔察觉出陆叶红在开始编造谎话了。

陆叶红生日时，她收到两枚钻戒，一枚是陈翔送的，一枚是李昱铭送的。生日后，陆叶红只戴李昱铭送的那枚。于是陈翔就故意拉过陆叶红的手问：“这是我给你买的吗？怎么突然间好像长大了一些？”

陆叶红的脸就红起来，有些结巴地说，“哦，我也记不住哪枚是谁送的了，逮着哪个就戴哪个。”

陈翔不信，因为陆叶红根本就没戴过他送她的那枚。

那天上班时，陈翔吃完午饭，突然想给陆叶红打个电话，于是他往家里打了一个，结果电话响了半天没人接，陈翔只能打到陆叶红手机上。

“老婆，你在哪里？”陈翔故意把话说得甜蜜。

陆叶红犹豫了一下，“我……我在和诗友一起吃午饭呢。”

“我想问问晚上回家要带些什么菜回去吗？”陈翔找了个借口。

“哦，你随便吧。”不等陈翔回答，她追了一句，“没事我挂电话了。”说着挂了电话。

陆叶红匆匆忙忙的样子，倒叫陈翔起了疑心。陈翔看着手表，大概一刻钟的时间，他又给陆叶红打去电话，“要不要我来付账呢？”陈翔开了个玩笑。

陆叶红却慌张了起来，“不不，不用，你别再给我打电话了。”仍旧是陆叶红先挂了电话。

陈翔不解，若是和诗友吃饭，有必要如此慌张吗？他的疑心越来越重，于是半小时后，他继续找借口给陆叶红拨去电话，不料，陆叶红的手机竟关机，那声“对不起，您拨叫的用户已关机，请稍后再拨……”把陈翔的火点着了，他有些气急败坏地想把手机摔在地上，但手都举了起来，他又放下了。

陈翔就那么每隔十分钟就给陆叶红拨去一个电话，整整两个小时，陆叶红都没开手机。陈翔只能请了假回家，他就那么坐立不安地在家整整等了两个多小时，也就是在他每天下班到家前的半个小时，陆叶红哼着歌曲，满面红光地回来了。

陆叶红的一个电话尚未接完，“嗯，好的，好的……”但在见到陈翔的刹那，陆叶红大大地吃了一惊，“你怎么这么早就回来了？”

陈翔很想生气，很想对陆叶红发脾气，但在他见到陆叶红的瞬间，他把所有的火气都压了下来，他的笑很假，“你怎么这么晚才回来？”

“反正回来也没事，和诗友谈诗来着。”

“和诗友谈诗，关什么手机呢？我一直在找你。”

“我的手机不是没电了吗。有事吗？”

没电？进门时还看到陆叶红在接电话呢！陆叶红脸上有一种很镇定的表情，这种表情让陈翔明明知道是谎话却很难说什么。他就那么怔怔地望着陆叶红，一堆话几次滚到嘴边，都被他硬生生地咽了回去。

许是看到陈翔不满的面孔，陆叶红突然狠狠地问："找我做什么？对我有什么怀疑吗？"

陈翔咽了口唾沫，觉得还是不说的好，他知道话一旦出口，剩下来的日子，就只有吵架了。

陆叶红正是抓住了陈翔这一点，她偏着头斜瞅着陈翔，眼里做出一些不屑，"你在监督我？"

"没……没有……"陈翔一旦被陆叶红击中要害，他就感到尴尬，"我……"

"你要是不相信我，就别上班啊，天天在家守着我啊！"

听着陆叶红掷地有声的话音，望着陆叶红坚定无比的眼神，陈翔突然觉得自己有些无地自容起来，也许他真的是错怪了她。陈翔深深地叹了口气，无限柔情地搂住陆叶红，歉疚地说："对不起，我错了。"

"算了算了，我得给手机充电去了。"

望着陆叶红的背影欢快地朝屋里走去，陈翔感到自己的内心正处于崩溃的边缘。

第二天上班时，陈翔给李昱铭打去电话，"昱铭，有时间吗？一起吃个午饭吧？"

"怎么了，哥们儿？"李昱铭有些大大咧咧地甩出一句，这一句话在陈翔听来，很有些幸灾乐祸的意味。

"心里不痛快，想跟你叨唠叨唠。"

"这……我手里……"

"你要是没时间就算了！"陈翔听出李昱铭的话里透着犹豫。

"不不，什么事能比得上哥们儿的事儿重要！行，中午在你单位后街那家餐厅等我吧。"

陈翔觉得自己有些晕头转向地去了那家餐厅，因为他一直在想用什么方式试探李昱铭。

倒是李昱铭望着陈翔那不悦的脸色焦急地问道："怎么了？地球

要毁灭了?”

陈翔就耷拉着个脸摇头,“唉,一言难尽啊!”

“说来听听,也许能帮上你的忙。”

陈翔有意地瞧了李昱铭一眼,先自叹出一口气,说:“我觉得叶红很有些怪怪的……”陈翔就把陆叶红自打出院以来的种种不正常说了出来,“怕不是认识了新的男人……”

听了陈翔的话,李昱铭连忙打断,“别瞎说,陈翔,这种事可不能乱猜的。”

陈翔不停地叹气,“可是我觉得她最近的表现真的很怪,总之和原来的她完全不同……”

“你脑子有毛病了吧!即便如此,你也不能乱怀疑她,两口子最主要的就是一个信任。”李昱铭拍着陈翔的肩,不断地安慰他。

“信任?”陈翔盯着李昱铭的脸,他找不出李昱铭脸上有什么不自然,所以他开始怀疑是不是自己的脑子真的有毛病了,可是,对于陆叶红身上那种种的表现,他认为绝对不是空穴来风的事,他有些无奈地叹息着,“其实我从来没有怀疑过叶红,只是近来她……”

李昱铭打断了陈翔的话,“我说陈翔,不管叶红的短信多了也好,不管叶红爱打扮了也罢,她有你这么疼她爱她的丈夫,她不会蠢到用一生的幸福去赌一段和她情人没有明天的爱情吧!”见陈翔缄默不语,李昱铭淡淡一笑,“像叶红这么聪明的女人,孰轻孰重她很清楚。你不要被猜忌冲昏了头脑,还是想想今后怎么更融洽地生活吧!”

陈翔知道李昱铭的话说得没有一点错,但他心里的那个结却并没有解开,晚上睡觉时,看到陆叶红又在接短信,他憋了半天,终于忍不住地问陆叶红,“谁来的短信?”

“诗友。”陆叶红脸上有一丝不高兴。

其实陈翔一直在小心翼翼,但一听到诗友这两个字,他就感觉陆叶红在骗他,他把想说的话在肚中酝酿了一个来回,这才用一种非常平和的口气说："你这个诗友哪有那么多的话要说？前两天不是刚见过面的吗？"

陆叶红瞥了陈翔一眼，"我们就不能交流一下诗歌的心得体会吗？"

"用短信多慢，你不如一个电话过去，想说什么就说什么。"陈翔的话很直白，用短信能够交流心得体会吗？

陆叶红很清楚陈翔话的用意，她突然翻了脸，把手机往被子上一扔，"我不发了行吗？"

正巧一条短信进来，手机屏幕显示的是李昱铭三个字。

2

陆叶红很尴尬地又抢过手机，她希望陈翔没有看到李昱铭那三个字。她恼火地狠狠瞪了陈翔一眼，抱起被子回了书房。

"怎么了，叶红？我又哪里做错了？"陈翔很后悔自己的多嘴，他像个跟屁虫似的跟到书房门口。

陆叶红冷冷一笑，把被子往小床上一抛，"我不想被你天天追问！我连发短信的自由都没有吗？"

"不，叶红，你听我说，我没有多心，我只是随便问问，我……"

陆叶红走到门口，把陈翔推了出去，"我要睡了，我也不希望被你打扰。"说完把门砰的一声关上了。

陆叶红听到陈翔的脚步声慢慢回了卧室，她突然扑到床上，把脸埋在被子里，用牙咬住了被罩。

说心里话，陆叶红不爱陈翔，但她知道身为人妻的本分，可是她出格了，为了让心理道德的天平平衡，她把被子搬到大床上来了，她主动为陈翔做起了晚餐，主动给陈翔洗换下来的衣物。如果陈翔不追问这一切的起因，她会如此平和地和陈翔过日子，绝不提离婚二字。但她岂是傻子，他发现陈翔在怀疑她了，也许越住在一起就越容易被他发现可疑点，她不得不找个理由回到书房。

陆叶红开了窗子，让风灌进来。风掀起了陆叶红的衣摆，令她愉悦着，舒心着，她惬意地呼吸了一大口，不过是刚刚分手，她却又感觉是过了很多天很多天，她时时刻刻都盼着扑进李昱铭的胸怀，她想亲吻他，想被他紧紧地抱住，她知道，只是因为不能天天得到，所以才会有更深的欲望。

其实陆叶红的心也在纠结，若不是李昱铭的短信不停地发来，或许今晚她会纠结上一晚。她给李昱铭打去了电话。

“铭，我的心好纠结。”

“别想那么多宝贝，只要我们爱一天，我们就要好好享受这一天。”

“错爱掺杂着遗憾，又拥有太多美丽，使我逃不出用爱编织的温柔的网，其实我知道这种错爱不能给我们的爱画一个圆。”

“是啊，我们都爱着对方，也知道结局是什么！”

陆叶红痛苦地叹息，“我觉得我的心成了冷热的双面球，每次见到他，我的心都会难过得冰冷，可是我爱你，我想，这辈子从没有哪个男人让我如此动心过，这辈子也不会再有哪个男人会让我如此动心了。”

“我也从未见过如同你一样的女人，美丽聪慧、善解人意。”

“谢谢你对我的赞美，我已经把你当作这个世界上最亲的亲人了。”不知为什么，和陈翔在一起时，陆叶红的话很少，但只要对着李昱铭，她的话就像流水般地淌出，“不管哭还是笑都想在你面前，不管有什么委屈，都想对你说，你的一颦一笑、一蹙一恼，把一个女人一生修来的风韵淋漓尽致地牵拽了出来，我知道了牵挂到极致的苦，我清楚了爱如潮水的颤，我更明白了你会伸出那只有力的手，拉着我拼命地向前跑，我愿意被你的手拉着，跟你飘荡十年，一百年，一万年！可是我知道，你只给了我十年的期限，该满足了，合上眼的瞬间，我会长长地叹息一声，铭，我爱你！”

“我也爱你宝贝儿，你就是我的生命。”

“看到我给你写的信了吗？”

“看到了，很高兴。”

“也许你会笑我，但我想让你看到一个女人的痴情，看到一个傻女人对你每一天的思念与盼望，喜欢让你的心有一丝丝的悸动，那是一种能传遍全身的感动。”

“我怎么会笑你，我喜欢看你的信。”

“我总是会被某些事情感动，我会偷偷地掉眼泪，我会被你的情感动得抹眼泪，很可笑是吗？我知道我是个很多愁善感的女人，笑，会笑得忘乎所以，哭，也会哭得惊天动地，愁，会愁得死去活来，不知道这是怎样的一种性格，这种性格的女人大都活不长。”

“不许说这种话，宝贝儿！”

陆叶红的话有些不管不顾，“不知道为什么，我的每一个死亡念头都在深夜，听着应该是寂静世界里的喧嚣声，就会感觉到有一双手在牵拽着我，一步步走向那个或许是天堂或许是地狱的境地，我经常盘旋在死亡的梦里出不来，其实死对我来说没有什么可怕的，只是因为有许多的牵挂才一直活着，大概是尘缘未了吧，可是活着好累啊！”

“千万别这么想！我会爱你一生一世，绝不是那个十年。”

“一生一世？”陆叶红问。

李昱铭答：“是的，一生一世！”

一生一世，陆叶红记住了。

望着漆黑的夜，陆叶红又想起了那弯孤独的月亮和星星。

夜色淹没着陆叶红莫名的心酸。她曾把自己比喻为那弯明月，那么，李昱铭就是那颗孤寂的星。在山的那一面，在海的那一边，在眼前的那一闪，在背后的那一瞥，都留下了他的眼神，像天边那片蓝色的忧郁……

遥望星空，迎接陆叶红的既没有星星，也没有月亮，只有难耐的愁绪和无边的思恋。夜,还是那么静谧,却不见那些悠闲飘荡的或黑或灰的云朵。月,不知隐匿在何处,星,更不知遁迹在何方?

陆叶红对着夜轻轻地念道:“难道你不再愿做那颗守护月亮的孤星了吗?是否永远的守望却不能相依相偎让你销蚀了希望,于是决定遁迹星系,不再沐浴如洗的月光,不再守候月亮凄清的念想?”

黑夜不语。

陆叶红又念道:“当我遥望夜空想你的时候,你是否感觉到了我不可遏止的思念和无法排遣的忧伤?人间里有关你那么多的传说,却从不曾涉及我守望的痴念。乌云的遮掩,风雨的吹打,看似很近的守候,却有一段遥远的距离。”

这种望着窗外独自思念李昱铭的晚上,很令陆叶红着迷,她喜欢这种被黑夜静静守护的感觉,还有在淡淡的忧愁中慢慢回忆过去的苦涩,让那意外的幸福静静地如流水般潺潺划过心房那最柔软的地方,敲打着心壁,让心情飘摇在微风拂过的山谷,在一片静谧中酣然入梦……

月儿孤独星寂寥,在陆叶红的梦中荡来荡去,最后却化做李昱铭那双忧郁的眼睛,她的心里便涌起那片……不是凄凉,而是流于心底的温馨的爱恋。

陆叶红和陈翔又开始了以往的冷战,因为只有这样,陆叶红的生活才有更多的自由,她必须狠下心来对待陈翔,因为,她已经在和李昱铭策划着一起出外旅游了。

3

“我已经和诗友约好了出去玩几天,明天一早就走。”陆叶红和李昱铭的感情发展得很快,但面对陈翔,她还是得用谎话应对。

望着陆叶红那有些不自然的脸蛋,陈翔只动了动嘴皮,不想说什么。的确,结婚这几年来,他似乎从没想过要带陆叶红去什么地方玩玩开开心。其实不怪他，因为这几年里，陆叶红从不给他一个好脸，那些欲冒出来的想法也都被他统统地压了下去。

“这几天你就自己做饭吧，别瞎凑合。”

许是陆叶红的这句还显示着夫妻关爱的语言，陈翔说：“别担心我！跟了我这几年，也没带你出去玩过，我真是有些老土了。”陈翔勉强送给陆叶红一个微笑，“好好玩去吧，放松一下自己，或许你的诗歌就又会有一个飞跃。”

临睡前，陈翔交给陆叶红一个信用卡，“这上面还有几万块钱，拿着。”

“不用，我有钱。”陆叶红虽然没有工作，但她从没断了钱花，陈翔每个月都会拿出一半的工资交到陆叶红手里。

“拿着吧，出门在外，用得着的。”陈翔愣把卡塞进陆叶红的手里，又追加了一句，“明早我会叫你起床。”

陆叶红一晚辗转反侧，想着能和李昱铭有一次甜蜜的旅行，她很有些兴奋，但想着陈翔的关心，她又自责得几次掉下泪来，一晚上，她不停地叹气，也许人最难理解的就是自己吧！

清晨，当陆叶红被陈翔叫醒，吃了他为她备好的早餐，拖着行李箱走到门口时，陆叶红第一次拥抱了陈翔，“不能为你做饭了，别偷懒，善待自己。”

陈翔笑笑，过去的日子，不都是他为陆叶红做饭吗！他从来没想过偷懒。

“在家等着我，给你买好吃的回来。”

陆叶红打了个出租，避开陈翔的视线，到达了和李昱铭约好的地点。当汽车开出去时，陆叶红的头始终看着车后面，她有一种再也不想回来的感觉，她的心甚至有些伤感起来，人与魂儿似乎都被车带走了，“铭，真想你的车就这么一直开下去，开到车没了油为止。”

“没油了可以加油啊！”李昱铭笑了笑。

"我只想让你的车永远也别掉头,开到一个谁也不认识的地方。"

李昱铭似乎察觉出了陆叶红的心理,他拉过陆叶红的手,安慰地冲她笑笑,"几天就回来了,高兴点。"说着拉过陆叶红的手在唇上吻了一下,"我们先去农家乐体验一下淳朴的民风好不好?"

陆叶红点头,不过她还是给陈翔发了一个短信:

想我的时候,就给我来个短信,别让我忘了你!

陈翔很快就回了短信:

我一直在想你,可我不愿意做令你讨厌的丈夫。不讨厌我就不会忘记我!

陆叶红把心从陈翔身上收回,她知道她和李昱铭的爱情注定是悲剧,却非要飞蛾扑火。在陈翔的视线之外,她和他约会,他俩十指相扣,他们沉沦在肉体和灵魂之间,不能自拔。这次,她知道她做了一件多么离经叛道的事,可是她并不想罢手。

位于山区的农村,有着独特的风格。李昱铭和陆叶红来到了一座很有风味的农家院,农家院格局充满着浓浓的乡间风情,一下子就令陆叶红忘掉了所有的烦恼。

"铭,我喜欢这里。"

"我就知道你会喜欢这里,这里不仅仅是农村,还是一个很幽静的风景区呢。一会儿就带你去。"李昱铭拉着陆叶红的手,领她看屋里的大炕。

"这么大的炕,我们两个人睡?"陆叶红诧异地用手摸着大炕上的被褥。

李昱铭笑,"如果你觉得人少,可以把农家院里的女主人叫来一同睡啊!"

"你坏!"陆叶红狠狠地白了李昱铭一眼。

李昱铭呵呵乐着又领着陆叶红去看农家院里养的猪,正巧老母猪下了一窝小猪,小猪们都拱在老母猪的肚子下吃奶呢。

“哦,太可爱了!”陆叶红开心地叫起来。

李昱铭却揽着陆叶红的肩,把嘴贴在她的耳边,悄声地说:“嫁给我吧,你也给我生这么多的孩子。”

陆叶红扑哧笑出声来,“你以为我也是猪呢!”

“做一对快乐的猪未必不好!再有一群孩子就更好了,我们每天举着红旗领着小猪,嘴里唱着‘我们的队伍向太阳’,是多么开心的一件事。”

“很简单的幸福,却也是幸福。”陆叶红同意。

“吃完午饭,我就领你去看像《红高粱》电影里演的那种高粱地,当然,不会有小猪跟着我们去。”

“真的啊!”陆叶红喜欢高粱地,她不止一次地对李昱铭说过,她喜欢红高粱并不是因为她看过《红高粱》这部电影,而是因为茂密无边的高粱地里,会有此唱彼应的秋虫的唧令声,行走在高粱地的小路上,望着结满子儿的高粱穗子压得枝头“羞答答”地下垂,闻着一阵阵河风带着高粱秆特有的清香,那种扑面而来的味道实在是令陆叶红着迷。

“会让你流连忘返。”

“那我们马上就吃午饭,吃了饭就去看红高粱地。”

“来得及的。”望着陆叶红那孩子般的迫不及待,李昱铭情不自禁地吻了她一下。

尚未到高粱地,陆叶红就望见了如同一个个红布镶边的绿垫子般的高粱地,那株株都有两米多高的高粱挤挤挨挨,互相的撞击发出了唰唰的响声。

“快看!”陆叶红情不自禁地拉着李昱铭跑进了高粱地里。

“美吗?”

“太美了!”

陆叶红拉着李昱铭钻进了高粱地里，很快，他们的身影就被茂密的高粱淹没，上空，盘旋着他俩柔情的声音。

“我太喜欢这高粱地了，我真想让自己也变成一株高粱，与其他高粱融为一体，与它们一起享受这大自然的风、大自然的雨。”

“那我就变成你身旁的那株，与你永远相知相守。”

“知道吗？你让我窒息的吻最让我销魂。”

“我知道，你的存在使我多么像一条钻出了土层的蚯蚓，蠢蠢欲动。”

“我想在这红高粱地里得到你的吻。”

“我要吻遍你的全身。”

“人与心都给了你。”

“你身上有一种好闻的味道，我知道那不是香水的味道，且并不是每个女人身上都有这种让人心动的味道。”

“那就把这味道统统都留在你的心里。”

有风从高粱地的上空吹过去，把陆叶红的呻吟和李昱铭的发狠都深深地掩埋在深处，土地在摇动，庄稼和着微风也在摇动。

那悠扬的春声一次次从高粱地里飘出来，成群的蝴蝶与蜻蜓盘旋在高粱地的上空，或许它们也在惊讶高粱地里的故事。

有乌云移过来，先是淅淅沥沥的雨点，打在高粱叶子上，发出了沙沙的声响，像是江南的蚕贪婪地吃着桑叶。而陆叶红的呻吟声和李昱铭沉重的喘息声就在沙沙的声响里旋转着、滑润着、颤抖着。

雨大起来，噼里啪啦的雨点砸到高粱叶子上，发出啪啪的响声，而陆叶红的呻吟已变成了愉悦的呐喊，那一声声穿透高粱地，穿透风雨，直上云霄。

半小时的雨停了，曾闹得欢腾的乌云蹒跚着向远方移去，太阳从云的缝隙里撒出金色光线，把四周起伏的山岭和浩渺的高粱地都镀上了一层耀眼的光辉。

4

一周的时间并不长，但却令陆叶红享受了她一辈子也忘不掉的情爱，她跟李昱铭钻了高粱地，进行了令她记忆一生的性爱；她偎在李昱铭臂弯里睡大炕，听他讲他和前妻的故事；她被李昱铭带进了大森林，他们像两个孩子般地在里面捉迷藏。玩够了农家乐，李昱铭又驱车带陆叶红来到了海边。

看海，是陆叶红生平以来的梦想，今天终于如愿以偿。

蔚蓝的天空下，茫茫一片，海风卷起浪花拍打着沿岸，一群海鸥在天水之间自由翱翔，不远处的海轮正在起航。对面连岛的群山蜿蜒起伏，与大海构成了一幅壮丽的风景画。

陆叶红变得像孩子一样手舞足蹈，“快看，海面上有水鸟哩。”

望着陆叶红开心的模样，李昱铭也高兴地笑，他拉着陆叶红在沙滩上坐下，“来，你先欣赏一下大海的雄姿。”

陆叶红依偎在李昱铭怀里，望着海面上成双成对的海鸥，不禁赞叹，“我真希望我们两个能像这海鸥，高兴时欢腾雀跃，悠然时漂浮在海面，忽而低空飞翔，瞬间又腾空而起如离弦之箭，成为这众多海鸥中的一员。”

“可是你忘了，你还想成为那高粱中的一株，此时又想变海鸥了？”李昱铭没忘陆叶红在高粱地里说过的话。

“那又怎样？只要和你在一起，变什么都快乐。”

“真的？”

“谢谢你给了我精神上这么多快乐与安慰，不会忘记的，刻骨铭心！”陆叶红依偎在李昱铭怀里使劲地点头，“我这个人就喜欢生活在一种超脱现实的虚无缥缈中，不知道是因为写诗写的，还是因为天生脑子就如此杂乱无章，很多时候让你见笑了。”陆叶红抬起头瞟了李昱铭一眼，“可爱情这个东西真的会让人沉入一种很无序的泥潭中拔不出来，其实很愿意让自己陷入这种情感中，因为不是每个人都会坠入这种轻飘甜美心痛心悸的情感感觉中的，爱情也不会大度地降落到每一个人身上，老天眷顾我，给了我这许多，我便成了这个世上最幸福的女人，虽傻心里却甜，大概傻女人得到的总会比别的女人多些吧！”

“我还想给你更多更多的爱呢。”李昱铭亲吻着陆叶红。

陆叶红陶醉地闭上双眸，“真的，喜欢被你唤做宝贝心肝时的感觉，我时时刻刻都会在心里回味着这种美好的感觉。”陆叶红回吻了李昱铭一下，继续说道：“和你在一起的时候固然很幸福，但不在一起的时候，我的心绪就会不宁，坐卧不安，寝食不能，我总是在想，如果说思念是轻盈的，为何会燃烧着寂寞的午夜？如果说思念是快乐的，为何会给幸福带来忧伤？”

“这大概就是诗人的心理吧。”

“许是吧。我总是感到一种温馨的痛苦。有时望着月亮，我才能体会到，因为有了思念，月光才会被注入浓郁的情感，月亮弯的时候，思念才会跟着弯，月亮圆的时候，思念也圆。”

李昱铭呵呵地乐，“你要是不出名可真是冤屈得很呢，你能把自己所有的情感都与景与物联系起来。”

陆叶红也笑，“真的，实实在在的，思念是对昨日悠长的沉湎，把思念钩挂在月亮上面，在漆黑的夜里也能看得见；把思念偷偷地洒在风里面，在地球的对面也能听得见；不论是在哭着思念，还是在笑着思念，它总会露出一些淡淡的苍凉之美。”说完又补充了一句，“我喜欢苍凉的东西，更喜欢飘扬在风中的思念。”

李昱铭看着陆叶红的脸，缓缓地摇头，“我真不知道该怎么形容你才好？”

“说说看，你觉得我是个怎样的女人？”

李昱铭想了想，说：“你是一个林黛玉似的女人，多愁善感；你是一个薛宝钗般的女人，宽容大度；你是一个崔莺莺样的女人，从骨子里往外疯。”

“你不喜欢这样的女人吗？”

“喜欢。”

陆叶红把头贴到李昱铭的怀里，幸福地说：“知道你是怎样的一个男人吗？”

“说来我听听。”

陆叶红先敛了笑，严肃了一副面孔，“你是一个让我想嫁的、让我想与你生活一辈子的、让我爱不够的男人。”

“那就嫁给我，天天在一起。”

陆叶红沉默了，李昱铭为她做的每一件事，无不和浪漫连在一起，他的情调，会让陆叶红热血沸腾，不能自已；他的温情，使陆叶红感觉到性是一件美好的事情，他把性当作一件人间美事去布置，去创造，去享受，去陶醉。她做梦都想着和李昱铭过二人世界，但这需要她和陈翔离婚，只有离了婚才能永远地和李昱铭在一起。

一想到和陈翔离婚，陆叶红的心就开始挣扎起来，不管她爱不爱陈翔，离婚二字是说不出来的，因为陈翔没有对不住她的地方，但若让她就这么和陈翔过下去，她又很不甘心，她的生活、她的身心已经完完全全被李昱铭占据了。前天白天，她看着李昱铭强壮的裸体沐浴在森林的阳光下，一场前所未有的鱼水之欢伴着虫鸣响起在大自然里，让陆叶红体味到欲仙欲死的滋味；昨天晚上，她又感受了车里的亲昵，那种随着汽车晃动的高潮美妙了她的心，她觉得自己这一生都离不开李昱铭了，她甚至开始怀疑和陈翔的婚姻的正确性……

也许见陆叶红不吭声儿，李昱铭洒脱地一笑，拥了一下陆叶红，“开个玩笑的，不必当真。”

陆叶红抬起头来，她的表情很有些坚毅，“离婚是迟早的事，只要你肯等我。”

“不不，千万不能，我和陈翔是好朋友，已经很对不起他了，还要把他的老婆抢走，那我们就成了真正的死敌了。”或许是想到了和陈翔的关系，李昱铭脸上闪过一丝恐慌。

陆叶红扑哧笑出了声，“原以为你很拿得起呢，怎么还要被这些东西束缚着呢？”

“其实我的心里很矛盾，我不知道我该如何去做，爱情与友情我不知道该取舍哪一个？这几天的日子让我永生难忘。”

其实陆叶红的心里也很矛盾，可她嘴里却偏偏说：“没有爱情的生活才是最难的。这几天，我被你沐浴着，我被你呵护着，听着你在耳边轻轻地说‘宝贝我爱你’，心真的陶醉得不能自制！其实真正爱男人的女人要求很少，有一句暖心的话就足足可以幸福得死去，不后悔！”

“我不会让你后悔的，以后我会经常带你出来玩。”李昱铭紧紧地抓住了陆叶红的手，捏了捏。

“每晚听着你的鼾声，躺在你的怀里，拱在你的腋下，腿缠着腿，手绕着手，呼吸交融，肌肤相贴，真的如梦一般。”

李昱铭把陆叶红使劲往怀里搂了搂，“我就是要给你一个梦一样的生活。”

或许是因为李昱铭那个梦一样的生活，陆叶红那种想嫁给李昱铭的愿望就更加强烈起来，旅行回来后，她开始找陈翔的碴了。

那天，陆叶红故意没给陈翔做饭。

陈翔开完会回到家就去厨房，掀了几个锅盖，都不见晚饭，他便进书房问陆叶红，“晚饭呢？咱们不会是喝西北风吧？”陈翔故意地开着玩笑。

“我真成你保姆啦！”这个玩笑一点也不好笑，陆叶红挑了一下眉，有心和陈翔过不去。她希望陈翔能和她结结实实地吵一架，这样，她就可以狠下心来说出难听的话。

但陈翔这些年来也实实在在地侍候陆叶红侍候惯了，他并未因陆叶红的不做晚饭而生气，反而笑眯眯地说："对不起对不起，你在这里看书，我去下面条。"陈翔进了厨房。

听着陈翔在厨房里忙碌，陆叶红的心有些揪得慌，过去她从未因为陈翔的殷勤而自责内疚过，可此时，她却因为陈翔那体贴她疼爱她的性格，有些和自己过不去了。

其实，这段日子，陆叶红过得艰难，过得憋气，她的脑子里天天就想一个问题——离婚。陆叶红想了无数个离婚的理由和场景，她每天想得脑袋都大了，她总希望能有一个理由和场景最不伤害陈翔。但是，只要离婚，就会伤害陈翔，因为陆叶红找不到一个可以不伤害陈翔的离婚理由。陆叶红觉得自己必须豁出去。

那天晚上，陆叶红和李昱铭吃了饭，又唱了歌，回家时已经过了十二点。当她打开家门时，却发现陈翔坐在客厅的沙发上等她，灯火通明。

"还没睡？"陆叶红假装关心地问了句。

陈翔的嘴嚅动了一下，那话似乎想说，又说不出口。

陆叶红径直朝书房走去。

"叶红！"陈翔终于喊了一声。

陆叶红转过身，瞥着陈翔，"有事吗？"

陈翔的目光在陆叶红脸上足足停了十秒，仍旧未吐出一个字。

"没事我睡去了，你也早些睡吧。"陆叶红表情冰冷地扭身就要走，却又被陈翔叫住了。

"叶红，你告诉我实话，你是不是和某个男人约会去了？"说完这话，陈翔的脸有几分扭曲，他的表情里带着痛楚。

陆叶红觉得自己终于找到了和陈翔吵架、提离婚的机会，她突然走到陈翔面前，很不屑地看了他一眼，反问："我和谁约会必须得告诉你吗？我连出去玩的自由都没有吗？"

在陈翔眼里，陆叶红不属于那种泼皮的、不讲理的女人，他心里清清楚楚地知道陆叶红不爱他，但他不在乎，只要他爱就好。但此时，陈翔能够清楚地从陆叶红的话里感受到什么,那不仅仅是让他爱她就好的含义,他清楚地知道陆叶红的心已经跑偏,而他的好朋友已经不甘心只做他的好朋友去照顾陆叶红了,他已经在虎视眈眈地要夺他的"老公"之位了。

为此,陈翔的心变得痛苦起来,他躲开陆叶红的目光,不想再违心地去哄陆叶红了,于是他说:"我从来不会约束你去和谁约会,也不会限制你出去玩,我只是作为你的丈夫,问你是不是和一个男人约会去了,若不是,你完全可以像以前那样冷淡地告诉我,不是。"

这声"不是",陆叶红说不出来,因为她是在和一个男人约会,一个她从心底里爱的男人约会。陆叶红瞅了陈翔一眼,很有些鄙视地咧了一侧的嘴角,"你是我丈夫,可是我并不爱你,没有爱情的婚姻是很可悲的,不如我们离婚吧。""离婚"二字从陆叶红嘴里脱口而出。

陈翔愣怔了一下,感觉有些像在做梦,他偷偷地掐了自己大腿一下,疼。他又咬了下唇一下,也疼。陈翔知道不是在做梦,但他从没想到陆叶红会说出这两个字眼,虽然陆叶红对他有着诸多的不满,但一直以为他俩会偕老白头,结果……

陈翔抬起头来看陆叶红的脸,那上面并无半点戏谑之意。

说不离,对陈翔来说,这口气实在难下咽,虽然陆叶红平时并不能表现出半点的夫妻之情,但毕竟是结发夫妻,已经过了这么些年了,而且陆叶红既然已经说了离婚二字,定不会就此罢休。那就离吧,陈翔无奈地想。但那样不正便宜了那个跟他称兄道弟的哥们儿吗!而且最可气的是别人占了他便宜还不感激,或许背后还会嘲笑他软弱好欺,窝囊没骨气呢。

陈翔气急,很想当即就甩出一句:"离就离!明天就把手续办了。"但出嘴的话却是:"你不是头脑发热图一时之快吧?"

陆叶红哼了一声,"我什么时候会头脑发热?我又什么时候会图一时之快?你就说离不离吧?"

5

"这个……"陈翔犹豫了一下,"我要说不离呢?"

陆叶红的脸色变了一下又恢复了正常,她走到陈翔跟前,和颜悦色地说:"陈翔,我把你看作一个男人。在这个世界上最宽阔的是大海,比大海更高远的是天空,比天空更宽广的是男人的胸怀,既然两口子不能过到一起,就别勉强。"

陈翔摇头,"我从来就没有勉强地和你一起过日子!两口子过日子没有不吵架的,不要动辄就提出离婚,我爱你,但这爱不是说出来的,就像你说的,要有男人的胸怀,男人的胸怀就是对你的付出、理解和宽容。"

陆叶红总能抓住陈翔的话,"那么就希望你能理解我,我和你生活在一起并不幸福。"

"你以为风花雪月就是幸福吗?你以为浪漫就是日子的全部吗?"陈翔咽了口唾液,"其实生活在一起就是过日子,没有那么多的风花雪月,我们面对的就是柴米油盐。人没有十全十美,日子也没有全部顺心顺意,一个人不可能拥有这个世界上所有的幸福。"

陆叶红何尝不知道陈翔的话很有道理,但她现在有些进退维谷的感觉,前有李昱铭的爱在向她招手,后又有家庭像一座大山,横亘在道义责任面前,她很希望自己能够让问题简化,快刀斩乱麻。但是,一旦真的涉及离婚,她的心又开始乱起来。

也许是看到了陆叶红的犹豫,陈翔心里不禁一阵窃喜,他知道陆叶红的性格,她虽然是个无比执着的女人,但也有善良软弱的一面,陈翔虽然很气愤陆叶红的出轨,但打心里是不想离婚的。他不愿轻易放弃这个他和她精心营造起的家,最主要的,他不想让别的男人来伤害像陆叶红这样单纯的女人。于是他趁着陆叶红缄默的瞬间说:"天下的好男人的确不少，就算你能找到一个十全十美的男人，但是谁会保证再完美的婚姻不褪色，再激情荡漾的爱情不归于平淡？精神上的东西不能当饭吃，你再嫁的那个男人就能比我对你更好吗？”

此时，陈翔对陆叶红有些恨之入骨，但陈翔心里明白，之所以恨之入骨，就证明他还在意陆叶红，爱着陆叶红。于是他又补了一句：“我不希望你再提离婚这两个字。”

陆叶红恨恨地瞪了陈翔一眼，说：“这样吧，给我们俩三天的时间，我们好好想想，或许，离婚就是我们最好的选择。”

陆叶红回了她的小书房，陈翔回了卧室，一晚上的时间，谁都没有睡好，尤其是陆叶红，离婚两个字在她的大脑里跳跃了一晚上，“离不离婚？离不离婚？……”一直到天亮时，陆叶红还在这两个字中纠结，直到她看到窗缝中的晨曦，她才果断地对自己说：“离！”陆叶红已经被李昱铭的爱深深地牵绊住了，她深陷其中不能自拔。

清晨起来，陆叶红穿着睡裙走到阳台上，立秋了，站在露台上，睡裙被风吹得鼓鼓的，飘逸着，陆叶红喜欢享受被风吹着的时刻，那是一种让人心潮不能停止的感动，她会在这种时刻浮想联翩。尤其此时，因为昨晚的睡眠并不好，她感觉到头有些晕沉沉的，但却因为思念着李昱铭，她却感觉着幸福。

陆叶红想着此次一行，心里真的开心，她可以肆无忌惮地看李昱铭愉悦地喝酒；她能够在海里偷偷地与李昱铭亲近；她会当着李昱铭的面窃笑着他晚上的迫不及待，真的好浪漫，她不会忘记。

所以，回来的日子陆叶红才觉得日子不好过起来，她全部的心思都牵挂在李昱铭身上，她希望他保重，她害怕他生病，她愿意他的事业腾达，她盼望天天看到他的笑脸。她终于忍不住对李昱铭的思念，中午，她把李昱铭约了出来。

“我已经和他说了离婚的事。”

李昱铭的脸色顿时就变了，他急急地问：“他怎么说？”

"我们都考虑三天，过了这三天就会有一个结果。"陆叶红靠在李昱铭的肩上，她希望李昱铭会高兴。

不料，李昱铭却摇头，"不好，你没必要这样逼他，你们毕竟结婚这些年，怎么能说离就离了呢？"

"可是我想和你过日子。"陆叶红很坚定地瞧着李昱铭。

"其实我也想。"李昱铭笑着摇头。

陆叶红靠在李昱铭身上，喃喃地说："这些日子，因为有了你的陪伴，我找到了一种被呵护的感觉，悄悄地触碰，让我心里涌起阵阵幸福的悸痛。"

"小傻瓜，我会陪伴你到永远。"

陆叶红也笑，"其实，不仅仅你觉得我傻，连我自己都觉得自己很傻，总是傻得忘记了自我，虽然总在心里想着，明天不要变得这样傻，可是第二天仍旧还是这样傻。或许你在心里悄悄地耻笑我的傻，不过我知道，如果哪一天你嘴里不再挂着这个傻字，一切就都消失了。"

"可是你……"

陆叶红堵住李昱铭的嘴，不让他说，"心里总会悄悄地埋怨着母亲，为何会生下这么一个多情痴情多愁善感的女人，总是愿意掉进情沼中拔不出来，很痛苦的感觉，从没有过的感觉，不过我喜欢这种感觉，那天在海边，在小小的篝火旁烤着我们的腹背，那股暖意从你的心里蹿至我的心房，一直想着那首歌——'最浪漫的事，背靠着背坐在篝火旁，看看星星闻闻花香，你希望我越来越傻，我希望你陪我到天上……'"

"嗯，你就做一个小傻瓜，我就陪着这个小傻瓜'到天上'。"

陆叶红甜蜜地点头，"那天，坐在你骑的那辆四轮电瓶摩托车后，抱着你风驰电掣地奔跑在山坡上、土路上，真想永远不停下，就那么消失在天边海角……"

"这又是你的一个梦吧？"

"真不希望这是一个梦，即便是梦，我也希望我不要醒来，永远沉醉在这个梦中……”

“就因为是梦，总会醒的。”

“那我们私奔吧，找一个没人知道的地方，我们一起过日子。”陆叶红突然为这个建议兴奋，她等着李昱铭的回答。

李昱铭摇头，“这怎么行？我们都不算年轻了，我们没有精力再去开拓新的事业，你断了这个念头吧。就算是你不能离婚，我还会好好爱你，爱你一生一世。”

陆叶红被感动，她把脸埋进李昱铭的怀里，很真挚地说：“不能天天陪你，不能为你做那些妻子该做的事，心里很难受，要不你找个老婆吧，这样省得晚上一个人孤单。”

“不！”李昱铭很坚定地拥住陆叶红，“我心里只有你，怎么还能容忍别的女人住进来？”

“可是我不能容忍你一个人形影相吊的日子。”

“有你的短信，有你的电话，我很开心。晚上就枕着你的名字入睡。”

陆叶红的心当真的难受起来，一个男人，只凭着短信和电话打发孤寂的日子，她觉得自己不能这么残忍，于是她又说：“你等我三天，就三天。”

陆叶红把自己关在屋里，谁也不见，谁的电话也不接，整整三天的时间，她想清楚了，她一定要和陈翔离婚，因为不幸福的婚姻就是悲剧，她不想在悲剧中活一辈子，于是，她给李昱铭打去电话，告诉他自己的想法。

李昱铭的手机关机。

怎么了？出了什么事吗？

陆叶红又给李昱铭发去短信，告诉他尽快给她回电话。但是，那短信就像从手机中飞走了一般，不见李昱铭的回话。

没电了？不会！李昱铭不是那种会让手机断电的男人。

开会？也不会！他最多是静音，因为他随时都等着陆叶红的短信。

陆叶红很执着地不停地打着电话，发着短信，终于她在李昱铭重新开机的第一时间把电话打过去，她含着哭腔说："没事吧？"

李昱铭笑，"没事的。"

"你怎么可以关机？你怎么可以这样不理我？"

"我的手机没电了。"

"可是你不是个马虎的人。"

"我真的很忙，没事我就挂了。"

"别挂……"陆叶红急得要哭起来，"别挂呀！"

李昱铭的话传进陆叶红耳朵里，"好啦，你多保重。"

"啊，等一下，你今天还没说一句好听的呢！"

"爱你宝贝！"李昱铭很知道陆叶红喜欢听什么话。

"我也爱你。"陆叶红很想哭。

"乖，宝贝，听话，我真的挂了啊。"

"好，我会听话，你今天想我了吗？"

"当然想了。"

"想，怎么不发短信给我呢？"

"我今天真的很忙，到现在才把手里的活儿做完，饭还没吃呢。"

"那快吃去吧，再说一遍你爱我。"

"我爱你！"李昱铭重复了一遍。

可陆叶红能感觉出来，这句话说得很干涩，就像"你吃了吗"那么无味。

陆叶红的感觉没有错，因为接下来的日子，李昱铭关机的时间越来越多，他好像在有意避免着什么的。

过去，不管别人怎么说，陆叶红从不相信第六感的，可是现在，她却发现自己的第六感觉来了，因为她猜测到，李昱铭有了新的女人。

难道就是自己的那句"要不你找个老婆"的话使他动了心？她觉

得自己太不了解男人了,她想找人问问。她知道大姐虽然是副总编,但她对这种事不见得清楚,只有二姐的小日子过得幸福,问问二姐吧。陆叶红拨通了陆婧婷的手机。

第二十一章

1

从陆毓姗家回来，陆婧婷一反常态，变了个人似的，她一改往日低落的情绪、悲观厌世的态度，一早起来，竟拍着田翼飞的身子，“起床啦起床啦……”

田翼飞有些意外，猛地睁开眼睛，满脸喜悦地坐起来，“婷儿，睡好了吗？”

陆婧婷笑着点头，帮田翼飞拿过衣服，看他穿上，然后哼着一首歌，提着水壶给所有的花花草草浇了一遍水，她在几盆许久未照料快要枯死的花前喃喃自责起来：“对不起，好久没有照顾你们了，怨我了吧！”说着倾斜了壶，边浇边说：“今天让你们喝个饱吧。”浇完了水，陆婧婷又用抹布擦了一遍桌上茶几上的尘土才去上班。

晚上下班回来，陆婧婷又把柜里的一些可洗可不洗的衣物搜出来扔进洗衣机里，一锅一锅地洗净，然后，又给田翼飞的父母和她自己的父母拨了问候电话。

田翼飞看在眼里喜在心里，他暗暗埋怨自己的粗心大意，早就该带陆婧婷出去走动走动了，和吕贞好的这些年里，他真的疏忽了对陆婧婷的责任，想不到只是去陆毓姗家里吃顿饭，就能让陆婧婷的病有如此大的好转，这样的话，他会在五一节的时候，带她和儿子出去旅游一趟。

看到陆婧婷情绪上的好转，田翼飞开心极了，他开始策划起旅游的地点和时间来了，当然，他会作为一个惊喜送给陆婧婷。

陆婧婷开始每天往家带回一些中午从商场买回的东西，田翼飞和田原的裤衩袜子啦、田翼飞爱吃的荠菜馅速冻水饺啦、田原喜欢喝的果汁啦……甚至，那个周末，陆婧婷对田原说："把梅子带回来让妈妈看看，咱们全家一起出去吃顿西餐好吗？妈妈馋了。"

"嗯，我现在就去给梅子打电话。"田原兴奋得抱着陆婧婷的脖子使劲亲了一口，就忙着跑过去抓电话。

望着儿子激动的样子，陆婧婷由衷地笑，看着儿子把声音放低沉，她回避了。

一家人去了那个他们最爱去的西餐厅，晚饭的气氛很温馨，长条的西餐桌上点着红色的蜡烛，穿着白色制服的侍应生端着盘子来回穿梭在各餐桌之间，给整个西餐厅造成了一种既安宁又忙碌的气氛。

田翼飞殷勤地切着猪排、牛排，不停地给陆婧婷夹菜，连她掉在嘴边的红菜汤汁都拿餐巾纸帮她轻轻擦掉。

田原看到爸爸妈妈如此亲热，不禁红了脸，假装用手捂了脸，对陆婧婷说："妈，瞧你和爸，我都害羞了呢。"

陆婧婷笑，看着儿子笑，看着梅子笑，然后拿出一对玉坠，送给他二人，"人说男戴菩萨女戴佛，梅子，这块玉佛是叔叔阿姨送你的。"说着又对田原说，"这块玉菩萨送你，好好待梅子。"

"谢谢叔叔阿姨。"梅子很懂事地把陆婧婷送的玉挂到脖子上，然后又帮田原挂上，眼里有一种很幸福的感觉。

这一点一滴都被陆婧婷看到眼里，她瞧了田翼飞一眼，把目光停在田原和梅子脸上，"叔叔阿姨不是老传统，但是，你们面临着高考，所以你们两个人要互相帮助，互相鼓励，互相给对方压力，无论如何都要考上大学，这是你们将来能够自食其力的先决条件。"

田原很严肃地说："妈，我们知道。"

"叔叔阿姨，你们放心，我们知道这其中的利害。"梅子补充。

陆婧婷笑了，是那种很宽心的笑。

田翼飞却由于陆婧婷这些天来情绪上的转变也跟着笑了，是那种惊愕的笑，她是从来不主张儿子早恋的，可此时，她不仅仅把梅子叫来一起吃饭，还把自己出差买来送她的两块玉佩送了两个要参加高考的孩子。

为陆婧婷开心，田翼飞接受了。

这顿饭吃得最开心的是田原，他觉得自己好久好久都没有见到妈妈如此开心的笑容了，那些日子，看到爸爸妈妈之间发生的一切，他的内心也很痛苦，他的痛苦来自妈妈的痛苦，可是，他看得出来，妈妈把他当成了自己的主心骨，她的精神依靠全在他的肩上，所以他表现出来的是一种与年龄不相符的成熟与伪装，他不希望爸爸妈妈离婚，他们人生的一半都一起走过了，另一半也应该在一起。虽然他恨爸爸对待爱情的做法，但爸爸和妈妈一样地疼爱他，他们两个对他来说，都是缺一不可的。

而此时，他看到妈妈脸上久违的笑容，他的饭量陡地增大，他用叉子叉起两块牛肉，一口塞进了嘴里。

2

其实，陆婧婷不仅仅给田翼飞和田原一种惊愕，她也让办公室里的马悦惊诧了一下。

那天，陆婧婷主动去了马悦的办公室，把个马悦惊喜得忙倒茶倒水拖椅子，让陆婧婷坐下。

陆婧婷脸上没有一丝笑容，但并不是要找马悦算账的感觉，她先是问马悦："马主任，我的工龄有多长了？"说实在的，自那天单位聚餐唱歌被马悦带去了宾馆后，两人见面都有些尴尬，马悦有意在躲陆婧婷，陆婧婷也在躲马悦。今天算是那次从宾馆出来后第一次面对面相坐。

马悦自觉那次事后自己对不住陆婧婷，喜欢一个女人似乎不应该这样，可他也不知道自己那天晚上怎会做出那种事来，他一直下决心想当面向陆婧婷赔不是，可是他一直没敢。所以今天陆婧婷一进他的办公室，在椅子上坐下来，刚问了他一句，他就狠狠地扇了自己一个耳光，然后不敢抬头看陆婧婷的脸，把头垂得下巴都快顶到胸脯上了，“那天的事真的对不住。”

陆婧婷摇了摇头，“我不是来找你算账的，我想问问我的工龄，我记得好像已经满三十年了，我十五岁就参加了工作，今年已经四十六岁了，国家不是有政策吗，满三十年可以办退休。”

“你是不想再见到我了对吗?”马悦的眼眸里露出深深的惊讶和失望。

“不是!”陆婧婷继续摇头，“我身体不好，不想在这占着位置不干活。”

马悦从心底里认为是由于那天的事陆婧婷才提出来退休的，这意味着陆婧婷要躲开他，如果是这样，他以后就会很少或是很难再见到陆婧婷了，所以他诚心诚意地劝阻道:“没有谁嫌弃你占着位置，你还这么年轻，为什么就要早早地退休呢?”

“我老了，做不动了。”陆婧婷的口气里丝毫没有商量的余地。

马悦抬头望着陆婧婷的脸老半天，“我知道从那天起，你就开始讨厌我了，我真的是禽兽不如，可是我那天真的是喝醉了酒，不知道自己都做了些什么，原谅我好吗？不要用不上班来惩罚我好吗？这些天了，天天都见不到你的面，你知道我心里对你的牵挂有多少吗？我一直后悔那天对你的冒犯，总想当面向你赔罪。”马悦说着，眼睛竟有些湿润起来。

陆婧婷在马悦手上轻轻地拍了两下，却被马悦一把抓住。

陆婧婷没有收回手，见马悦一副自责得无地自容的样子，便轻轻地笑起来，“怎么，后悔了?”见马悦点头，陆婧婷轻轻地抬起马悦的脸，

“男人，就得敢作敢当。”

马悦还是不敢看陆婧婷的脸，他不知道陆婧婷此时是在贬低他还是在夸他，他的目光只敢落在陆婧婷刚刚抬起他脸的那只右手上，那并不是一只纤巧的手，但却顺直得像她的人一样丰腴耐看，尤其是那粉红色的指甲上，闪着快乐的光，马悦的心有些轻松起来，他偷偷地抬头，他的视线和陆婧婷的视线撞到了一起，他倏地收回了目光，心又轻松了许多，因为陆婧婷的脸上找不到一丝丝愠怒的表情，她的微笑，就像她温润的手，立刻抚平了他内心的恐慌，他终于抬起头，哑着嗓子说：“你不怪我？”

“干吗要怪你？快乐无罪啊！那天要不是你，我不定要出多大的洋相呢，我还得谢谢你把我送回了家。”

陆婧婷没有一丝作秀的成分，这让马悦踏实了许多，他终于吐出一口长气，不好意思地说：“这些日子来，我总是吃不好睡不好。”

陆婧婷歪着头看，马悦是比以前瘦了些，她知道这是为什么，于是安慰地说：“你也不年轻了，好好保重自己。”

像陆婧婷眼里闪过的一道彩虹，一下子就绚烂了马悦的心，“想让我好好保重自己，就不要离开我。”马悦宝贝似的把陆婧婷的手捧在自己手里。

“什么时候学得这么婆婆妈妈起来？”陆婧婷甩脱了马悦的手，摇摇头。

马悦笑，如同一个婴儿般，“是自从喜欢上你开始的，你没有发现吗？”

陆婧婷用一种忧伤的眼神看着马悦摇头，“男人就喜欢骗女人。”她眼里藏了深深的不安。

“真的，可是你从来都不正眼看我。”马悦有些埋怨地说，“我在你眼里不过是个普普通通的男人，你不会在意我。”

陆婧婷想了想，这些年来，她还真的没有太在意这个长相挺帅气的办公室主任。

见陆婧婷不说话，马悦急急地表白起来，"我喜欢你的气质，我喜欢你的开朗，我喜欢看到你的笑容，我更喜欢在某处听到你的笑声，那是一种能够穿透男人内心的笑声，让人心里舒服，温暖。"

陆婧婷扑哧乐起来，"没你说的那么好吧？"接着，陆婧婷的身子微微一震，抬头，欲言又止的样子，她想说，"若有你说的这般好，田翼飞也不会和另一个女人好了六年。"但话到了舌尖，她又咽了回去，她不想让任何人来怜悯她的处境。

许是错觉，马悦瞧见陆婧婷眼里仿佛蓄了一粒泪，以他敏感的心，还是隐隐觉出什么不对劲，不过他不好多问，便认真地瞪圆了眼说道："我没骗你，你在我心里真的很好，一天见不到你我都会心不在焉，不踏实。"

"谢谢你的喜欢……"陆婧婷的眼圈一红，感觉到眼泪已经从泪腺往外涌，自从知道了田翼飞的外遇以来，她的感情极其脆弱，看电视她会莫名其妙地哭，看报纸她会不知不觉地掉眼泪，听到男人一句喜欢，她也心酸地抑制不住自己的情感，她不清楚田翼飞知不知道有那么多的男人在喜欢自己，知不知道自己在男人心里的价值，难道那句"老婆永远是别人的好"的俗语真的是一句真理？陆婧婷深深地吸了一口气，阻止了那眼泪的流出。

陆婧婷和田翼飞的日子早已过得没滋没味儿了，虽然她知道自己离不开他，可她心里又是那么怨恨他，她总在寻找一种时机想要狠狠地报复他一下，这样她才会觉得心理平衡，可是自从那次和马悦的事后，她又从心里觉得对不起田翼飞，每当那种悔疚的心情升起时，她总是安慰自己说，田翼飞都和那个女人好了六年了，自己不就这一次吗，没什么大不了的。虽然这样劝慰着自己，可是她的心更沉了，她不知道这种心情可以和谁说去，她太想找个人能够把自己这一年来的事说一说，从心里释放出一些去，可是她却守口如瓶。

见陆婧婷的眼圈红起来，马悦又开始紧张，“不仅仅是喜欢，是爱。”

陆婧婷含着泪笑了，“如果你真的这么喜欢我，就帮我办退休吧。”

“你真的想退啊？不要退，你随时可以来上班，随时可以在家休息。”

陆婧婷知道马悦在利用职权之便，于是说：“你总不能帮我一辈子吧。”

“但我可以帮到我退休之日，我退休之前会把你的一切事都搞妥当。”

“不会哪天不高兴了，连我的档案都扔到垃圾桶里吧？”

马悦终于愉悦地笑起来，“要扔也是扔到我的保险柜里永久保存。”然后，看了一下手表，“已经是中午了，肯赏光陪我吃个午饭吗？”

陆婧婷点头。

马悦开车带陆婧婷去了离单位较远的一个餐厅，他给陆婧婷点了一大盆棒骨，记得那天聚餐时，陆婧婷说过她喜欢啃棒骨，吸棒骨里面的骨髓，马悦就记住了。

当陆婧婷看着服务员端上来一大盆棒骨时，喜形于色，“呀，你怎么知道我喜欢啃棒骨？”她早就忘记了那天微醺时说过的话。

马悦只是默默地笑，然后把啤酒倒进陆婧婷的杯子里。

“那我就不客气啦！”陆婧婷拿起啤酒杯和马悦碰了一下，一口气喝进肚子里，见马悦仍旧在盯着她笑，便不好意思地说，“我渴了。”

马悦又给陆婧婷续满杯子，仍旧笑盈盈地说：“没关系，你想怎样就怎样。”

陆婧婷随后拿起一根棒骨放到马悦碗里，又拿过一根放到自己碗里，这才拿起吸管，有滋有味地吮起来。

陆婧婷沉醉在吮那些棒骨上，并吮得很用心，甚至要把棒骨里面的骨髓都吮干净一样。

“你的手很好看。”马悦慢慢地呷着啤酒，欣赏地盯着陆婧婷沾满油花的双手。

陆婧婷头也不抬，“是吗？怎么好看？”

“大小，形状，绵软度，这样的手不多见。”

陆婧婷嗍了一下手指头，抬眼看着马悦，“你喜欢看女人的手？”

“不是的，我没有这种癖好，我只是喜欢看你的手，每每闭上眼睛，就能看到你的手在我眼前柔软地舞动着。”

陆婧婷笑笑，把一块脆骨放进嘴里，嘎吱嘎吱地嚼着。

马悦不再多说，他只是看着陆婧婷吃。

而陆婧婷却避开马悦的目光，把头扭向窗外。

窗外有两个穿红毛衣的女孩子在兴高采烈地说着什么，时而拉下脸又争执着什么。因为饭馆里在歌声的掩盖下，陆婧婷听不见窗外的人的声音，所以她俩的说话就仿佛是哑剧表演一样，似乎包含了无穷的寓意。然而陆婧婷却一点也看不懂。她只能把目光转向遮住了半扇窗户的那棵大树，树叶被风吹动得舞了起来，看得出来，那风很凉爽，凉爽得令人能感觉到田野的气息，那种味道非常令陆婧婷放松，她似乎能够感觉到自己的心也在慢慢地张开，她想起了陆毓姗。

3

吃过午饭，陆婧婷告别马悦，去找了陆毓姗。

陆毓姗正在审稿，见陆婧婷来，高兴得关上门一把抱住陆婧婷的胳膊直摇，“怎么有时间来这里找我？怕我想不开自杀还是怕我得狂想症疯掉？”说着竟咯咯地笑起来，边笑边给陆婧婷沏茶。

“嗯，看样子还是工作着的女性更美丽，心情更愉快啊。”陆婧婷在椅子上坐下来，郑重其事地问，“你的眼睛有没有变得明亮起来呢？”

陆毓姗知道陆婧婷指的是什么，摇摇头笑，“其实我平时不是个傻女人，可怎么现在变得傻乎乎的呢。从上次和你说了沈川和我们那个刘总编的事不过十来天，我又陷入了新的迷茫中。”

陆婧婷问：“怎么，又有新目标了？”

“不是啊，是那天翼飞说了我有狂想症后，我一夜没睡好。”陆毓姗唉声叹气，沉思了片刻，“我把离婚后这几个月发生的一切都想了个遍，老爷子的、阿莹的、大川子的、果果的、刘总编的，还有报社的，当然，还有你们一家的，我觉得我好像悟出点儿什么，可又觉得什么也没想明白。”

陆婧婷咯一声乐了，“连你这个天天与文字打交道的人什么也没想明白，那我岂不是更糊涂了？”陆婧婷端过陆毓姗为她沏的茶水，轻轻地把浮在上面的茶叶吹到一边，放在嘴边抿了一口。

“真的，婧婷。”陆毓姗脸色显得很沉重，“刚离婚那阵儿，我天天出了门就抬头看天，觉得天是那么的蓝，而我的心也好像那蓝天，轻松，开朗，如释重负。当时的感觉就是自己终于有了自尊，身子有了自由，那种解脱的感觉真好！”陆毓姗似乎在怀念那种感觉，她抿着嘴无声地笑着，并摇摇头，“可是我发现除了我的感觉好以外，别人的感觉都不好。”

“怎会？大川子把你打得太苦了。”陆婧婷替陆毓姗说着公道话。

“我不会原谅大川子的暴力，”陆毓姗说，“可是，你知道吗，婧婷，就在你们来过的第二天，大川子在报社门口堵住了我，那是我们离婚后的第一次见面。”

“他不是去过老爷子的四合院找过你吗？”

“每次都是老爷子出面把他撵走的。我不想再见到他。”陆毓姗的表情有些痛苦。

“他又在逼你复婚？”这话陆婧婷听陆毓姗说过，所以又问。

“他先说他要看看果果，想让果果跟他度个周末，我答应了他。”

“是啊，毕竟他还是果果的爸爸呢。”

“大川子每次都给果果买很多东西，吃的穿的玩的一大堆。反正只要果果高兴，我也没得说。”

陆毓姗皱了皱眉头继续说：“可是那天，他给我也送了礼物，一条绿花的纱巾，一条铂金项链，还有一件米白色的风衣，是我离婚前就想买的，可是一直没舍得。我看得出他的在意，因为，那些礼物虽小，却很精美，一看就是精心挑选的。”

陆婧婷很羡慕地揶揄道：“说明大川子还一直在爱着你啊。”

陆毓姗并不理睬陆婧婷的讥讽，只顾一个劲儿地往下说：“我当场就把那些礼物扔回到大川子的怀里，并质问他，‘这算是什么？’他却漫不经心地说，‘逛街给果果买东西，顺便给你买了，算是照顾女儿的辛苦费吧。’说老实话，我有些被感动了。”陆毓姗的脸色有些和缓，不过很快她就变了脸，“可是他后来却突然当着那许多进进出出的人，猛地跪在了我面前，把我弄了个措手不及。”

“他要干什么？想复婚也用不着这样啊。”陆婧婷皱紧了眉头。

陆毓姗一副恨恨的样子，“是啊，他说他要和我复婚，如果我不答应他，他就跪在那里不起来。”

陆婧婷骂道：“怎么这么没皮没脸啊！”

“我也骂了他，可他说他已经豁出去了，老婆都没了，还要脸做什么。”

陆婧婷却突然无语了，在她眼里，沈川和田翼飞完全是两个不同类型的男人，田翼飞可以没有老婆，因为会有女人爱他，他也会去爱另一个女人，而沈川，他却是个没了老婆就觉得塌了天的男人，在陆婧婷心目中，沈川的形象瞬间变得可爱起来，她突然间很想帮沈川说服陆毓姗了。

“大姐……”

不等陆婧婷说话，陆毓姗突然间把话题转到了果果身上。

“婧婷，你知不知道？没有父亲的孩子很可怜呢。”

陆婧婷不知道陆毓姗的意思，她只能附和地回答道："是啊。"

"那天，"陆毓姗突然说起了果果的事，"我听到果果在和同学打电话聊天，她说，'我周末跟爸爸去了石景山游乐场啦，可好玩了，爸爸给我买了好多的零嘴，中午还带我去吃了麦当劳呢！'其实，那个周末她哪里都没去，我去单位加班，她就待在姥爷家写了半天的作业，又看了半天的电视。我没有批评果果撒谎，我觉得果果是在掩饰内心的自卑，虽然她知道爸爸总打妈妈，可在她的心里，她还是爱她的爸爸，她从来没有告诉同学说她爸爸妈妈离婚的事……"

有人敲门，送来稿子，陆毓姗要做三审的工作。

陆婧婷有些不自在起来，她站起身，"大姐，如果你忙的话我就走了，不打扰你了。"

"没关系的，你好不容易来的，怎么会让你走，这些稿子我可以留到晚上看的，反正晚上又没事。"陆毓姗挽留着。

陆婧婷只好坐下来。

"唉——"陆毓姗长长地叹了一口气，"自从和大川子离婚后，果果的性格明显地沉默寡言起来，用古语说就是'喜怒不行于色''不以物喜，不以己悲'，无论考试成绩好坏，无论受到何种奖惩，她都无动于衷。开始我以为她长大了，懂事了，可是那天老师找了我，对我说，孩子最近有心事，总爱发呆，老师让他们写作文，题目是'我的爸爸'，果果没交作业，老师问她为什么，她却当着全体同学的面放声大哭起来。"

一说起果果，陆毓姗的心境更加沉重起来，陆婧婷知道为什么，所以她顺水推舟地说："如果你可怜果果，不如复婚得了，其实大川子真的是爱你的，只不过……"

"只不过他的心眼太窄了是吗？"陆毓姗接过陆婧婷的话，"其实是自卑毁了大川子，他的家境不如我好，他自卑；他的工作不如我好，他自卑；他的官不如我大，他自卑；他的应酬不如我多，他自卑……我也不知道他为什么要有那么多的自卑，就是因为有自卑他才借酒壮胆，又是因为有了酒,他才拿起一切能够让我自尊扫地的‘武器’打我,我可怜果果,可是我又惧怕大川子的暴力,所以有个男人对我好一点,我就会不知所措,就像那个刘总编……”

“怎么,那个刘总编还在向你暗示?”陆婧婷问。

“别再损我了!”陆毓姗不好意思地笑,“那天翼飞对我说了那番话后,我仔细一琢磨,觉得翼飞说得没错,再加上那天大川子来报社门口堵我,我们找了个茶馆谈了好长时间。”

陆婧婷终于听出来了,陆毓姗又把话扯回来了,她是编辑出身啊,知道一个话题的重点应该如何表达,她笑了,觉得自己有些替大川子担忧了,于是问道:“谈得怎么样? 是不是阳光一片?”

陆毓姗咯咯地笑,像蹦豆子似的,“大川子那天很理智,他向我做了极其深刻的检讨,他说这些日子来他看了许多法律的书,他的心里一直沉甸甸的,他知道他的行为已构成家庭暴力,他说他将一生都愧对我。”

“就是啊,”陆婧婷很同情地帮着沈川说,“人的一生,谁都会犯错,只要他不想把这个家拆散,想和你好好过,你就原谅他这一次吧。”

陆毓姗点头,“是啊,我也是这么想的,都这个岁数了,还折腾什么呀。”

陆毓姗止住笑,很沉重地说:“其实为了这个家,我和大川子都活得不容易。”想起婚后的日子,陆毓姗沉重地说,“离婚是两败俱伤的事,有大半年的时间我们都没法面对这个事实,我也试着去接触别的男人,可是,面对那些陌生的男人时,我却变得比做姑娘还要挑剔百倍,而且下意识地会和大川子比较,往往还是拿别人的缺点和大川子的优点比。我经常会想起大川子和我曾经的生活,心里有很多的怀念和留恋,结婚二十多年了,我因为工作忙,很少做饭,一直是大川子做给我和果果吃。”

“是啊,一个男人,如果不是爱,还有什么能够让他二十多年如一日地为你和果果做饭?”陆婧婷补充。

陆毓姗点头承认,“直到这时我才明白大川子一直是多么爱我,而我,也真的是不能离开他,因为有了他,我才可以那么踏实地去做想做的事情,才可以那么滋润地生活。”陆毓姗轻轻地吐了口气,“其实,离婚后我才发现,大川子就像一个熨斗,他在我们共同生活的那些年里,潜移默化地把好多东西一点一点地熨在我的身上、我的心里,慢慢地,已经成了不能抹掉和不能改变的了。其实,你仔细想想,婚姻就是这样,有的时候,你不觉得它是什么,一旦没有了,你才会感觉到,其实你已经习惯了婚姻里面的一切,已经没有它不行了。”

陆毓姗的话有些滔滔不绝起来,“婚姻使两个人最终变成一个人,一旦分开了,两个人都会带着另外半个去跟别人重新开始,许多离婚的夫妇都说,我们和新遇见的那个人怎么也不能融洽,是啊,就因为不是原来熟悉的那半个自己了,你说,这有多伤心?大川子也找过别的女人,他也是这样的感觉,我们都觉得重新找个伴儿是件极其艰难的事。”

“是的,”陆婧婷终于插了一句话,“与其这样,还不如对以前做个深刻反省,然后重新开始。更何况,你们还有共同的孩子呢。”

陆毓姗点头,“这些日子来,我一直在慢慢地调整心态,其实,记忆里的一些东西是不会因时间的消逝而消失的,有时记忆里的东西比生命里的更重要,而我的心更多的是停滞在往事里,那里有很多东西是我无法忘记的,它们如四季轮回一般出现在我的记忆里,美好的东西是封存不了的,美好的记忆也一样,就如种子,不管埋得多深,到了春天总会发芽。”

陆婧婷笑了,调侃道:“那你就像一棵落光了叶子的树,正在等待发芽呢。”

陆毓姗也跟着乐了,捶了陆婧婷一下,“别拿我取笑了。”

“不过你可得警告大川子,若再有暴力的事,绝不手软。”陆婧婷板着脸嘱咐着。

陆毓姗笑得脸上很开朗的样子，“大川子说了，以后会像哥哥般地让着我，疼爱我，哄着我。”

“那还犹豫什么？”陆婧婷替沈川高兴，“赶紧复婚得了。”

“那可不能操之过急。”陆毓姗的脸儿变得严肃起来，“我得让大川子知道，复婚是一种新选择，而不是回复原有的婚姻状态。”

陆婧婷点头，“对，夫妻就像两个合伙做生意的人，想继续合作下去，就必须信任、尊重对方。”

“所以啊，复婚要先复心，而不只是形式上的恢复，更重要的是感情上的恢复。”

“没错，只有复心才能不重复过去的老矛盾，才能再次达到感情和谐，相互信任地过日子。”

陆毓姗赞赏地看着陆婧婷，“哈，你也快成专家啦！”

“跟你学的啊。”陆婧婷打趣着补充着，“记着啊大姐，在正式办复婚手续前最好有一个适应性过渡阶段，看看两人还适合不适合生活在一起，若是不适合，趁早别复婚。”

“我想大川子不敢再那样了，他已经得到了教训，离婚的教训。”陆毓姗已经在替沈川说好话了。

陆婧婷无声地笑了，“为了果果，给他一次机会吧。”

“可是我……”

陆婧婷喝净了杯中的水，站起身，“你们离婚这几个月的时间，我想大川子早该想明白了，不用急着复婚，先试婚，我希望看到你能幸福，你能尝到男人对你的爱。”说着紧紧地抱了抱陆毓姗，“大姐，我走啦，真的希望你能幸福。”

4

离开陆毓姗单位回家的路上，陆婧婷眼尖地在一棵绿色银杏树后发现了一个写着“兴趣”的网吧，她抬手看了看表，离下班回家的时间还早，于是，她兴冲冲地进了“兴趣”网吧，里面的人并不多，她寻了一台电脑坐下，登录了自己的 QQ。

顿时，好几个小人头都闪起来。看着这些各自挑选的头像，陆婧婷总会揣想它们的后面是怎样的一个生命，它们的主人有着怎样耐人寻味的故事，网络人海茫茫，过客匆匆，像潮涨潮落，似过眼云烟。这些和陆婧婷互不相识的人，不断地加进来，不断地被陆婧婷删除，但总有几个，会被陆婧婷永远记住。因为她常常被他们的一个问候、一个关怀打动，也许对他们而言只是漫不经心地随口说说，但对陆婧婷而言，却受着深深的感动。

这些网友给她带来了怎样的安慰啊！田翼飞有“应酬”的日子，是他们，快乐她，陪伴她，排除她的寂寞，没有他们的日子，陆婧婷还真的很怀念他们呢！

陆婧婷一一地点着闪动的 QQ 头像，她看到了憨情默默、两处闲愁、萨克斯风和同舟共济给她的留言：

憨情默默问：“许久不见，快乐吗？那根上吊的绳子编得如何了？可不要让我看见哟，我这把屠龙刀很锋利的啊！”

两处闲愁问：“想你想得心疼，最近是不是又在为我妈准备安眠药？真是咱中国人的女雷锋，攒够了五十粒就告诉我一声，我好去取，钱我已经备好了，加上上次的，我准备了五百元，够吗？真想再次见到你那娇好的面容。”

萨克斯风说：“飘到哪里去了，心爱的女人？不是说好要跟我去做浪子和浪女吗？怎么，另有人选了？别相信那个人的话，别跟着那个男人走，因为我是你的最佳人选。”

同舟共济说：“为你我已经长了五斤肉出来，为的是托起你那美丽的身躯，可是你却从人间蒸发了，见不到你，心会痛，心会想。”

陆婧婷的眼睛里又噙满了泪花，这些网友也成了她放不下的牵挂，他们为什么要对她这么好？仅仅因为是网友？他们会不会也像田翼飞那样去对待他们的妻子呢？

陆婧婷的心忽地就又伤感起来，她不相信男人！不过，她还是一一地给这些网友回了话，“谢谢关心，不管我是从那根晾衣绳上找到另一个世界，还是被安眠药拽进天堂，抑或是从二十六层飘逸而下，我相信我的血都会开出一片美丽鲜艳的花，永别了！被你们唤作宝贝的女人。”

离开的时候，陆婧婷轻轻地吐出一口浊气，混乱的思绪依然混乱，迷茫的她依然迷茫。不过她清楚地听到自己的心跳声，感觉呼吸似乎有点难。

5

从网吧出来，陆婧婷的心是沉重的，连打开家门的钥匙仿佛都沉重得锈住了似的，她来回拧了好半天才把门打开。

田原听到开门的声音，立刻从屋里出来，看到陆婧婷，便说：“妈，梅子来了。”

梅子跟在田原身后，羞涩地喊了声阿姨。

看到梅子和田原，陆婧婷的心情很快就从沉重中走出来，她脸上填满了笑容，“你们晚饭想吃什么？我来做。”

田原歪着脑袋想了想说：“妈，我想吃你做的甜肉，还有锅塌茄子。好久没吃了。”说完后又扭头问梅子，“你想吃什么？”见梅子笑而不答，只好对陆婧婷说，“妈，梅子喜欢吃鸡蛋。”

“好的，我做去。”陆婧婷高高兴兴地进了厨房。

当陆婧婷把饭菜都摆上桌后，田翼飞也到家了，看着冷清了一年多的桌子，他惊喜地望着陆婧婷说：“今天不是什么节日吧？也好像不是谁的生日啊？”

"不是节日,不是生日就不能做好吃的啦?"陆婧婷反问着,叫了儿子和梅子出来。

像过节似的,全家人又是饮料又是干红地碰了杯,然后在田原和梅子的赞赏下,全家人吃得津津有味,尤其是田翼飞,不停给陆婧婷夹菜,边夹还边说:"尝尝,这道甜肉今天做绝了,甜咸适宜,颜色适度,不亚于饭馆里做的。"说着夹了一块放进嘴里,啧啧着,又对田原说,"瞧瞧这锅塌茄子,这可是你妈的独门手艺,谁能做得出来这种茄子,香而不腻,口感爽滑,好吃好吃。"说着夹了一块放进梅子的碗里,"梅子,多吃点,大街上的饭馆你可找不到这样的茄子吃。"

梅子笑,夹了块鸡蛋放进田翼飞的碗里,"叔叔你也吃,阿姨炒得蛋也很棒,可嫩呢!"给田翼飞夹完菜又夹了一块鸡蛋放进陆婧婷的碗里。

田原却急了,"梅子,你偏心眼儿,为什么不给我夹呢?"

梅子翻了田原一个白眼,"先大人后小孩啊,第三个才给你夹,瞧你就等不及了。"说着又夹了一块送至田原的嘴边。

田原一口咬住梅子的筷子,恨不能连筷子都吞进肚子里。

梅子笑得咯咯的,"别没出息了,连筷子都吃呐。"

看着两个孩子你侬我侬的样子,陆婧婷满意地笑了。

陆婧婷很疼爱儿子田原,但她从不让儿子跟在爷爷奶奶和姥爷姥姥的身边,她觉得老人会过分溺爱孙子,她不想让儿子在老人的溺爱中长大,当然,她也不希望让儿子在父母的声声叮咛中生活,她觉得要让孩子有自己的一片天空,有自己精彩的人生,能独立面对一些人生中必须面对的挫折,让孩子有自己的自信,有自己的判断,有自己喜欢的人生路。虽然儿子是她亲生的,但她总觉得孩子并不属于父母,他是一个生命个体,父母无法操纵他,无法为他安排一切,也不能把当初自己年轻时未完成的心愿与梦想附加到孩子身上,让孩子成为自己的延续,成为自己梦想的实现者。所以,她并不要求田原一定要出类拔萃,她希望她的儿子将来能够自食其力、身心健康就满足了。

此时，看着儿子与梅子亲昵的态度，她知道儿子已经长大了，他早晚要跨入这一步的，与其像有些父母那样不许孩子这样不许孩子那样，不如告诉儿子，应该这样应该那样，这样，儿子才会在人生路上去体验自己长大的快乐。

也许是见陆婧婷在怔怔地看着他和梅子，田原似乎明白了妈妈的心思，一脸坚毅地说："妈妈，你放心吧，我和梅子会好好学习的，你不是说我已长大了吗？我会像个大人一样处理好我们的关系的。"

"嗯，真的像个大人了呢！"田翼飞夸赞着。

陆婧婷看着儿子一副激昂的表情，装作若无其事的样子微笑着，可心里却涌动着几许对儿子的惊诧与安慰，又浮游着"儿子真得长大了"的悲伤与喜悦！

这顿饭，吃出了全家人的幸福。

一直等田原送走了梅子，陆婧婷才和田翼飞洗漱上床。

田翼飞看到陆婧婷今天的兴致这么好，便一把搂住了她，把嘴贴近她的耳边，"婷儿，我们好久都没有做爱了。"

陆婧婷斜眼看了看田翼飞，闭上眼，双手合十，嘟哝了一句："上帝，让我睡着后别再醒来吧。"

"又犯病了？"田翼飞用自己的脸在陆婧婷的脸上轻轻蹭着。

"我没病，你才有病呢。"陆婧婷睁开眼白了田翼飞一眼。

"好吧，就算我有病，你没病好吗？"田翼飞最近总在做着一个没人理的角色，有时，他会想，要是人没有了七情六欲那该多好，可以无心无肝，可以熟视无睹，可是这只是一个妄想而已。所以唯一的办法就是尽量不要让自己的七情六欲滥觞，用理智与智慧之火烤炼它。

陆婧婷缩进了被窝里，她在为自己的无情而伤感，是啊，心本有窍，那只是必需的，可如今却是千疮百孔，堵不胜堵，唯有慢慢地一一将其补上。可是等心补好了，她会怎样呢？再把心门紧锁？也许，心里面那种称为情感的东西也就被关住了，不会再轻易流出来，外面的也不能够轻易渗进去了。

田翼飞把胳膊伸进了陆婧婷的颈下，陆婧婷缩进了田翼飞的怀中，那本应是个温暖的怀抱，可此时，她的心仍旧在流着血，所以她需要时间来修补。而补心的过程将是一个漫长而痛苦的过程，也许还未等到全补完，心就因失血太多而麻木了。麻木也不一定是件坏事情，至少对于陆婧婷来说，能够尽量麻醉自己是暂时求得解脱的好办法，所以天天求醉，醉不成欢，终于浑浑噩噩，任心破损，任自己沉沦。

第二十二章

1

进入三月，天空总是晴朗不起来，灰白色的云总是深深浅浅地遮掩着天空，今天大风降温，明天又是雨雪交加，天气总令人不那么如意。

这是个星期一的早晨，在陆婧婷和丈夫田翼飞共同走出家门的瞬间，陆婧婷突然在门里站住了，她的眼神先是环视了一遍屋里，最后落在田翼飞的脸上，“翼飞，我想亲亲你。”

田翼飞当即就乐出了声，“你可是有一年不曾主动亲我啦！今天太阳打西边出来了！”说着，田翼飞的脸上就涌出一股甜甜的喜悦，他夸张地把脸凑到陆婧婷眼前，笑眯眯地等着陆婧婷来吻他。

陆婧婷望着这张她看了二十一年的熟悉的面孔，心底里有一种说不出的滋味，有些酸涩，有些甜苦，她曾对这张脸迷恋过，也许至今仍旧迷恋；她对这张脸恨过，并且至今仍旧恨着。就是这种爱与恨交织在一起的情感，她在这张脸的右腮上轻轻地吻了一下，又在左腮上吻了一下。

“你怎么突然心血来潮起来？”田翼飞实在是不明白陆婧婷的用意，他回吻了陆婧婷两下。

陆婧婷沉默着，继续用一种让田翼飞摸不着头脑的眼神打量着他。

近五十岁的男人的脸，似乎应该是这样的脸，陆婧婷想，伸出右手，用五个指头在田翼飞的脸上从上至下，从左至右地轻轻划过。田翼飞脸上的胡子虽然早晨刮过，但仍有几根未刮净的胡楂扎着了陆婧婷的手，她的心颤了一下,缩回了手,目光却执着地仍旧停留在田翼飞的脸上。

从这张俊朗的脸上,能够看到田翼飞经历了社会,经历了家庭,经历了从失败到成功,也经历了从幼稚到成熟的转变。大概正是因为经历了这许许多多坎坷和磨难,这张脸才懂得如何去伪装每一个笑脸和每一份悲哀,从不把喜怒哀乐示人。所以,在现实的舞台上,这张脸是多变的,在家的时候,是一张“怕老婆”的委屈的脸;在领导面前,是一张毕恭毕敬的愿意付出一切的笑脸;在情人面前,是一张讨好女人的唯命是从的媚脸;在功成名就面前,它就成了一张得意满足的自豪的脸了。

陆婧婷不喜欢有着千变万化的脸,像儿子屋里挂在墙上的假面具,她喜欢刚谈恋爱时田翼飞的那张脸,真诚、睿智、坦荡、坚强、脆弱,但是她已经有好多年都不曾看到面具后的那张脸了,她清楚地知道,再也不会有那么一张脸了,时代已经把每一个人都改造了几个来回。

陆婧婷自嘲地冲田翼飞笑笑,动了动嘴皮,心里说:“为什么自己就没有跟上时代的步伐呢?大概这就是自己该被时代淘汰的主要理由吧。”

也许是淘汰二字触动了陆婧婷的情感神经,她猛地伸出双手钩住田翼飞的颈项,朝他的嘴唇吻去。

曾经,接吻是一个非常美好的感觉,陆婧婷喜欢田翼飞那温厚的嘴唇和柔软的舌头向她展开的攻势,每次,她的血液都会从心里挤压上升,她的脸颊会红热得发烫,那是怎样一种期待啊!陆婧婷期待田翼飞那两片温暖的嘴唇靠过来的同时再感受他温热的气息扫在皮肤上痒痒的感觉,那种一触即离,再触再离,轻轻地触碰变成了轻衔的感觉酥软了陆婧婷的身心,田翼飞的双唇让陆婧婷陶醉,他衔起又放开,再衔起再放开,渐渐地,再也放不开的时候,轻衔变成了吸吮,陆婧婷和田翼飞之间不再有任何距离,舌的自然相接常常使他们的精神融为一体。

然而,整整六年,也许是七年八年,或许更长,陆婧婷不曾有这样的感觉了,她几乎忘记了世上还有接吻的感觉。今天,她却突然有着一种强烈的欲望，想重温一下这种感觉，所以她吻得主动，吻得投入，吻得田翼飞抱着她把她平放到沙发上。田翼飞紧紧地拥抱住了她，似乎要把她淹没，让她感觉喘不过气，不过他的怀抱真的很温暖厚实，是陆婧婷这一生都真正想要的。

“你今天怎么了?”田翼飞终于能够坐起来看着陆婧婷，一脸的疑惑。

陆婧婷仍旧不回答，站起身，整理一下被挤皱的衣服，捋捋头发，这才说:“想了，不可以吗?”说着拿起包，拉着田翼飞的手走出家门。

田翼飞开车把陆婧婷送到汽车站，一路上，田翼飞的右手一直抓住陆婧婷的左手，陆婧婷则把自己的右脸贴在田翼飞的手心里，她的眼睛恰好能够看到开车的田翼飞，那张胡子刮得很干净的脸颊和那张很性感的嘴唇。

陆婧婷一反往日的态度，收拾起冰冷的眼神，满眼柔情地望着田翼飞，整张脸上都写满了温柔与爱恋，结果惹得田翼飞差点撞到一辆大公共上，他抓过陆婧婷的手在自己的嘴上使劲儿地亲了一下，然后装作恶狠狠地说:“小坏蛋，今天晚上你就等着我的暴力吧。”

陆婧婷无声地一笑，算是默认。

“拜拜，路上小心啊!”田翼飞在公交车站旁停了车。

“你保重！照顾好自己!”陆婧婷挥着手，话语小得只有自己能够听得见。

一直等到田翼飞的汽车从陆婧婷的视线里消失，陆婧婷才转过身，又朝着刚离开的家走回去。

2

回到家后，陆婧婷整理了一下自己的思路，何去何从，就要在这瞬间的时刻决定了。只有她自己知道将要发生什么事情，从小到大都是小鸟依人般柔顺乖巧的她，不禁为自己这个大胆的想法激动不已，手都有些微微地颤抖，秀气的鼻尖上也渗出了细密的汗珠。她咬了一下牙，噔噔噔跑上楼。

陆婧婷开始有条不紊地收拾着东西，这是她在平时早已做好了准备的，她把没有必要留下的东西都已偷偷地销毁了，把要带走的东西也悄悄地整理好了，所以收拾起来并不费劲儿，她把一个一个收拾好的塑料袋放进旅行箱里，最后还不忘放进一瓶安眠药和一条结实的绳子。当她走到门口时，突然顿住，想起早晨和田翼飞的接吻，她脸上露出了犹豫的神色，她从包里拿出一个信封，走到客厅的茶几前，端正地放好，然后，她又走进儿子田原的卧室。

儿子的卧室里散发出青春期男孩子身上固有的味道，这种味道陆婧婷曾在田翼飞身上闻过，那时，田翼飞的衣服上、睡过的枕头上都留有这种味道，曾迷醉过她。但随着年龄的增长，这种味道渐渐消失了，现在，这种味道又从儿子身上散发出来，熟悉、温暖，让人割舍不下。

陆婧婷抱起儿子的枕头，把脸贴上去，深深地吸了一口，仿佛想把儿子身上的气息全部带走，可是那种气息大概也得经过好多年才能消失掉。她不舍得放下枕头，就那么抱着枕头走到电脑桌前，拿过儿子放在桌上的一张照片，那是前年她和田翼飞带儿子去沟崖时照的一张合影，三人都笑得像头顶上的阳光一样灿烂，尤其是田原，他一手搭在田翼飞肩上，一手搭在陆婧婷肩上，满脸幸福天真的笑。

望着儿子的照片，陆婧婷心乱如麻，刀割一般疼痛，儿子是母亲身上的一块肉啊，她不知道自己为什么会狠心扔下他要去实现自己的计划。可是那是一个让她无法动摇的计划啊！

“原原，你已经长大了，能够自己照顾自己了，别怨妈妈狠心，如果有来世，妈妈还会做你的妈妈，妈妈会做一个好妈妈。”陆婧婷说完，泪水已经滑落到襟前，她在照片里儿子的脸上吻了一下，放下照片，这才扭头走出儿子的卧室。

陆婧婷最后停留在大水族箱旁的一个小水族箱前。

小水族箱里是移居过来的那对恩爱的黑白神仙鱼。已经不知道它们孵了多少窝卵了，有一次，陆婧婷就像照顾一个产妇似的在鱼缸前整整坐了一个下午，她看着这对小夫妻仔细地啄着一片水草叶，然后开始由雌鱼产卵，接着雄鱼使卵受精，交替不断。两只飘逸的神仙在产卵叶上有规律地交替上下游动，那是一种多么默契而优美的场景啊！尤其是产卵后亲鱼对卵和仔鱼的呵护和关怀更是让人感动不已！产卵结束后，雌雄神仙会轮流在产卵叶前看护，他们用鳍划动水流为卵供氧，他们是那么尽责，几乎没有停下来的时候，小小的鱼缸中充满了父母对子女的慈爱。两三天的时间并不长，可是对陆婧婷来说，就像是她自己在等待生产一样，她焦急地等待仔鱼的孵出，她的心时刻提在嗓子眼里，不知道中途会有什么事情突然发生，而当那一天早晨她来到鱼缸前时，她激动地掉下了眼泪，因为她看到了产卵叶上密密麻麻一片小尾巴在不停地晃动着，她不仅仅是激动，她被这些小生命的冒出感动了，她感到了造物的奇妙与生命的可贵。

那些天，她只要有时间，就会久久地待在鱼缸前观看，看那些小尾巴在产卵叶上不停地晃动，如果有哪个小淘气尾巴晃得劲太大了，就会一下子从叶子上掉下来，这时候，经常会吓得陆婧婷叫起来，不过很快她就能看到小夫妻俩会把那些掉下产卵叶的仔鱼含在嘴里，然后再放回到叶子上去，她常常感叹父母对孩子的爱，不仅仅限于人类。七八天的时间过去了，那些小鱼儿们就开始跟着他们的父母在小小的鱼缸里畅游了。只是，陆婧婷从来没有养活过一缸小鱼，它们总是夭折在十天的时间里。

而此刻，那对小夫妻又在开始产卵了，陆婧婷知道没有了她的照顾，它们的宝宝还是活不下来。陆婧婷有些悲哀地转过头，拖起自己的箱子，锁上大门。

陆婧婷从容不迫地走出家门，她想尽快地逃离这个屋子，逃得远远的，逃得再也看不到田翼飞为止。她在走进电梯时，扭头看了一眼紧锁的房门，她的眼泪不争气地流出来，可是她似乎又看到田翼飞发现她失踪后的惊慌失措、后悔莫及、悲痛欲绝，这让她在心灵上稍稍得到一些慰藉，使得原本略显沉重的步子仿佛也变得轻快了许多。

阴霾的天空浮泛着几朵白云，一切都显得很安静。此刻的天气正如陆婧婷的心情一样，安静而忧郁。她不敢抬头看天，她怕在不经意间泪水会悄悄地滑落下来，她紧紧地闭上了眼睛，猛地想起了她责备过田翼飞的一句话：两个人能够生活在一起，真的不容易，既然能够踏上红地毯，就要走完一辈子，中途背叛的人是不负责任的人，不懂得什么是爱，什么叫珍惜。而此时，她正在做着背叛这个家庭的事情，可是她觉得自己因为太懂得爱了，所以才会如此。

是的，陆婧要在这里为自己申辩，她爱田翼飞，很爱很爱，爱到自己难以自已。就是因为这样的爱，让她不能容忍他同时爱着两个女人，她的爱是自私的。

陆婧婷咽下了涌到眼边的酸楚，她睁开了双眸。

一条人们平时散步纳凉的林荫小径，通往大路，道路两边树木繁茂，翠盖如伞，阳光从枝叶间挤进来，被分割得稀疏错落，微风徐来，枝条轻摆，点点光线竟如贪玩的孩子般调皮地眨着眼睛。

陆婧婷拖着旅行箱，慢慢地走上这条林荫小径，她来到了四通八达的马路上，大小车辆穿梭往来，都忙着各奔前程，陆婧婷伸了一下手，便有一辆出租停在她面前，她拉开门坐了进去，说了句“火车站”，便再也不想吭声了。

女人出走的时候，心是非常薄弱的，陆婧婷的视线一直到离开了自己住的那幢楼房，才扭过身来，说老实话，二十多年的夫妻了，说她一点都不留恋他是假的，只是因为在心里爱着他，她才要离家出走。他如果没犯这个错，在陆婧婷的心里，田翼飞是个绝好的丈夫。可是，他却在肉体上背叛了她，肉体上的背叛还会对陆婧婷有真爱吗？打死陆婧婷，陆婧婷也不会相信。

火车站很快就到了，因为离开车还有一个多小时，因为有一种身赴黄泉的使命，陆婧婷的心里有一种说不出的矛盾心理，她开始留恋起火车站的一切，她先走到食品柜台前，买了一大块她最爱吃的德芙巧克力，然后找了一个空椅子坐下，嘴里啃着巧克力，目光不眨地盯着眼前来来往往的各色旅客。

一对恋人手拉着手，亲亲密密地从陆婧婷跟前走过，他们灿烂的脸上透着幸福的阳光。

活着其实挺好的！现在回去还来得及。陆婧婷想，目光一直跟着那对恋人的背影，继而摇摇头，谁知道他们的将来是否还会这么亲密这么好，等到他们的情爱不再有时，先哭的是哪一个呢？活着其实并不幸福。这样活着是痛苦的，一个被丈夫抛弃的女人，没了疼爱，活在这个世上已经没有任何意义了！哀莫大于心死啊！与其活着受罪，不如离开这个世界。这样就可以摆脱一切烦恼了。

陆婧婷就这么看着眼前来往的旅客，脑子里激烈地斗争着。活与不活就像两个勇猛的武士，在做着最后的拼搏。

开往宜昌的火车已经开始检票了。

陆婧婷拉着旅行箱，随着人流，迟疑地、缓缓地走向检票口。

当陆婧婷走进检票口的刹那，她猛然回头，望着从检票口拥挤进来的旅客，望着大家提着旅行包匆忙往火车上急跑的焦灼，她的眼睛有些湿润起来，她扫一眼大厅，似乎看到了田原那双悲痛的眼睛在掉着眼泪，又似乎看到田原不顾一切地扒开人群向她冲来，大声地朝她嚷着："妈，还记得我给你发过的短信吗？做女人一定要想得开，要吃好，喝好，玩好。一旦死了，别的女人就会花你的钱，住你的房，睡你的老公，泡你的男朋友，还打你的娃。妈妈，你只想着，儿子爱你，你要为儿子保重自己才好。妈妈，我知道你怕别人打你的娃，因为那个娃是你的最爱。妈妈，为了我，好好活着。"

陆婧婷大叫了一声:“原原——”拼命地逆着检票口的人流朝外挤去。可是她终于没能抵过那些拥进来的人流,她又被挤回来了。她再次朝着大厅寻找儿子,可是无论如何再也看不到儿子那可爱焦急的模样了。

陆婧婷知道那是自己的幻觉,田原已经返回学校,他怎么会知道他的妈妈就在今天离开他呢?陆婧婷是舍不得儿子的,可是她活着能给儿子带来什么呢?

陆婧婷慢慢地收回自己的目光,扭转身,朝着火车的车厢走去。

陆婧婷顺利地上了车,找到了自己的卧铺。

陆婧婷放好行李,在窗前坐下,茫然地盯着窗外站台上拥挤不堪的人流,中国之大,人口之多,从火车站的这些人中就可以看出,那些白领模样的人躲开那些乡下人,朝着车厢门口一点点地挤,而那些想外出找工作的民工也因为无着落而盲目地随着熙攘的人扯着嗓门叫喊。陆婧婷听不到他们都喊了些什么,只能从表情上看出歇斯底里的着急。

一个小女孩好像找不到大人了,站在一边大哭起来,立刻有一个民警凑上前去询问。小女孩哭得满脸泪水,嘴里呼噜着不知说了些什么,民警把她带走了。

一个民工拿了两个比他本人还要大一倍的包袱,一个扛在肩上,一个提在手里,急匆匆地往车厢门口猛挤过去。大概是包袱太大,他的包袱终于被别人卡住了,而他也被自己绊倒了。他急得瞪圆眼睛直骂,也不知是骂自己还是骂包袱。还是那个民警,好像已经安置完那个找不到大人的小女孩回来,看到此景又是立刻走上前,帮那个民工托起大包袱送上他的肩,又帮着他把另一个包袱提到车门口。

“谢谢”声一直从车厢门口传进车厢里。

陆婧婷闭上眼睛,她想用闭眼来拒看窗外乱糟糟的景象,她也想用闭眼来拒听车厢里嘈杂的声音,她做到了,因为那些乱糟糟的声音渐渐成为她梦中支离破碎的景象……

3

陆婧婷睡着了，一年多了，她不知道睡觉的幸福是什么，可是今天，在这乱糟糟的环境中，她居然睡得很死，且做起了梦，光怪陆离的梦：

陆婧婷终于从熙熙攘攘的火车站大厅的人群中抓住了田原，“儿子，别乱跑，一会儿妈妈就找不到你了。”陆婧婷抓住田原的手握得很紧，她似乎看到田原手上被她捏红的皮肤。

“妈妈，我怕。”田原像个小孩般地仰起头，满脸都是惊恐。

“别怕，有妈妈呢。”陆婧婷搂过田原，一起跌跌撞撞往站台里走。

田原背着沉重的书包，边走边问：“妈，我们这是要去哪里？”

“天堂啊！”陆婧婷笑着回答。

“那爸爸呢？”

陆婧婷的心一沉，她摇头说道：“爸爸不喜欢那个地方，就我们两个人去。”

田原突然间像个小孩子似的放声大哭起来，“妈，我要爸爸！”

“来不及了，原原，火车就要开了，等我们到了那里再给爸爸打电话好不好？”陆婧婷从口袋里摸出两张火车票，拉着田原通过了检票口。

田原的脸始终冲着检票口外的大厅里。

“快走，原原，火车就要开啦。”

“妈，快看，那不是爸爸吗？”田原手指着大厅的入口。

“在哪里？”陆婧婷的视线在人群中搜索，可是并未发现田翼飞的身影。

“妈，我要找爸爸去。”田原说着猛地挣脱陆婧婷的手，冲出检票口，一下子就消失在人头攒动的人群中，只有他的一只手伸向空中，在空中不停地向陆婧婷招呼着。

“原原——”陆婧婷想冲出检票口拉住那只手，可是，拥挤的人群把她往站台上挤，最后又把她挤上了火车。

“儿子——”陆婧婷把脸使劲地贴在玻璃窗上，哭叫着呼喊着，她感觉到她的眼泪和鼻涕把她的脸紧紧地黏在玻璃上。

“原原……”陆婧婷哭得心都抽搐了起来，儿子就是她的命根子啊。

“醒醒，大姐你醒醒啊。”陆婧婷终于醒了。她睁开眼，看到了一个近四十岁的乡下女人在使劲地推她。

陆婧婷像一尊雕像，呆呆地看着那个乡下女人，脑子迷迷糊糊的，她还在想着梦里的情景。她在哪本书上看到过这样一句话：只有懦弱的人才会依恋做梦的绚丽。陆婧婷就觉得自己是那种懦弱的想要逃避现实、想要依恋泡影的人，因为梦里的她会很快乐，只是快乐，即使有被追逐的喘息，有被束缚的窒息，都是真实的快乐。

见陆婧婷睁眼，乡下女人不好意思地笑着说，“大姐，你在做梦吧？瞧你又哭又叫的，怪吓人的。”

陆婧婷终于醒过来，想想自己大概是叫梦给魇住了，努力地定了定心，拿出餐巾纸擦了眼泪鼻涕。直到这时她才发现，什么时候火车已经开了，且不知道开到何处了。火车里除了广播里播放的音乐外，还有旅客们天南海北的言谈声，她居然在这嘈杂的环境中睡着了！

真想睡觉啊！真希望自己就这样一睡下去便永远不再醒来！陆婧婷揉了揉眼睛。

死亡和睡觉会有区别吗？这个问题陆婧婷想过，睡眠只有一夜时间来造梦，而死亡的梦却是要用一生来完成。也许是个美梦，也许是比现实还糟糕的噩梦。这样一个可以永远不用醒来的梦，有多少人愿意用生命去交换呢？可是她却愿意。

有时候，陆婧婷就会想得糊涂了。她不知道自己是活在现实中还是活在一篇奇幻的小说里，抑或只是活在自己的一场梦里？其实这便是所有织梦者的悲哀，永远看不清自己，永远醒不了。即便是醒了，当猛然发觉自己这一生都只是自己的一场梦时，会选择什么？陆婧婷觉得自己只会选择再次睡去，在梦中告诉自己并不曾醒过，而且永远不会再醒了。大概，这种永远地睡去便是一种被称为“死亡”的东西了……

陆婧婷越来越觉得，自己只是一个睡着等待死亡的影子，只能在自己的坟墓中透过黑暗的缝隙，无神地看着外面苍白的光亮。

不过，这一觉睡得陆婧婷终于从自己的坟墓中爬了出来。

陆婧婷看看表，一年多了，她觉得自己一直没有睡过觉，脑子天天都是清醒的，又天天都是麻木的。此时一个多小时的睡眠，胜似一年的睡眠，她坐了起来，发现脚下蜷着一个小孩，他也正睡得香，嘴角的哈喇子流了很长，他不时地往嘴里吮吮，可是梦中的他并不能把那细长的唾涎吮进嘴里。

陆婧婷笑了，怜爱地抽出餐巾纸，帮那男孩擦去唾涎。

“谢谢你。”乡下女人凑过来坐在孩子身边，对陆婧婷笑笑，操着一口不是很能听懂的方言说：“他实在是困得受不了了，想跟你说一声的，看你也睡得香，所以就只好把他放到你的脚底下睡了。”

“没关系，让他睡吧。”陆婧婷摸摸小男孩的头，“多大了？”

乡下女人见陆婧婷主动问她，有些受宠若惊，“七岁了。”

“上一年级了吧？”

乡下女人不好意思地摇摇头，“我们那里穷，本来想进城找份保姆的活做，挣些钱让孩子在城里上学。可是人家看我带着个孩子，都不要我，我只好把他再带回老家。”

陆婧婷同情地叹气，“就是的，你怎么能带着孩子进城当保姆呢？他爸爸不能管他吗？”

乡下女人的眼睛就红起来，“不怕你笑话，孩子他爸爱赌个牌，家里还有个女儿要他管呢。”

“管一个和管两个不一样吗?”

见陆婧婷问,乡下女人就像找到知己一样絮叨着:“这个孩子小,什么也做不了,女儿有十岁了,会做饭洗衣,所以她爸就只管她了。”

“到底是谁管谁啊?”陆婧婷有些气愤起来,“让一个十岁的孩子给爸爸洗衣做饭,还要说是爸爸管女儿,你们家还有理可讲吗?”

“我们那里的男人忙完了地里的活,就天天凑到一起赌牌,孩子没有钱上学,孩子他爸也不管,我和孩子他爸狠狠地吵了一架带着儿子跑出来,城里的活儿倒是好找,可是谁也不愿意让我再带着个要上学的孩子,我只得把儿子送回去才能再回来找活儿干。我不舍得这个儿子,我多想让他像城里的孩子一样可以背着书包上学学知识,将来也能上大学,大学毕业了,在城里找份工作,再带个城里的媳妇回来,真美!”乡下女人瞥一眼正熟睡的儿子,脸上带着憧憬的幸福,但那种幸福的表情瞬间就消失掉了,“把他扔给他爸,我不放心,可是不进城挣钱,养不活两个孩子呢!”

“家在哪里?”陆婧婷问。

“宜昌,大山里,很穷呢。”乡下女人叹息着,“山里有个小学校,离家远,学费又高。我们那里很多孩子都不上学呢。”

“不上学干什么?”

“帮着大人做些山里的活,等大了,就出去打工,挣些钱回来再娶媳妇。”

“娶了媳妇生了孩子还这样过日子!”陆婧婷有些悲凉地笑笑。

“是啊,世世辈辈都这样!”乡下女人跟着笑,“我们山里人不同于你们城里人,我想让孩子跳出大山,可是很难,我抱着希望进的城,转了一圈,这不,又回来了。”乡下女人摸着熟睡的孩子,脸上突然闪现出坚毅,“日子再苦再难,我一定要让他上学,要让他上城里人的学校。”

陆婧婷的心轻轻地颤了一下,乡下女人的话就像一把锉刀,在她的心上锉了一下，她点点头，垂下眼帘去看那个孩子。

半天见陆婧婷不说话，乡下女人问："大姐这是去哪里呢？"

陆婧婷想起梦里对田原的回答，"天堂！"可是话到嘴边又止住了，她随口说道："旅游。"

"去三峡，还是神农架？"

"听说神农架更美？"

"有什么好看的。"乡下女人咯咯地笑，"你们城里人很有意思，就喜欢看这些山啦水啦树啦的东西，我们天天生活在山里，巴不得那些山一夜之间都变成平原，像你们城里一样，有高楼，有汽车，还有那么多的商店，这样我们就不会受穷了。"

"是啊，不穷还有不穷的烦恼。"陆婧婷想起那句富贵思淫的话，男人有了钱就变坏，田翼飞也是有了官后才有了外遇的。

"大姐开玩笑呢，谁还怕钱多吗？"乡下女人疑惑地望着陆婧婷，对她的话是一百个不理解，"孩子可以上学，娶媳妇，我也可以跟着做婆婆享福了。我盼着这种日子呢。"女人憧憬地笑。

陆婧婷知道她不会理解这些，能够填饱肚子，能够让孩子上学，能够让儿子娶上媳妇就是他们一生中最希冀的理想了。所以她换了个话题，问："去过神农架吗？"

"没去过！不过，县里的领导来我们山里的时候说过，我们那里的景不亚于神农架。"乡下女人有些自豪起来，"其实，大姐，你不如去我们那里旅游，就住在我们家，想玩多长时间就玩多长时间，等我安排好小水，我跟你一同回城里，这样，我在城里也算有个认识人了。"说完，乡下女人恳求地望着陆婧婷。

陆婧婷哪里是真的去旅游呢，她不知道该不该去。她只是想寻找一片宁静的地方，让自己安静地离开这个世界，可是，她有些神差鬼使的感觉，她冲着乡下女人点头，她突然很想让这个乡下女人陪着走完她离开这个世界前的最后一段时光。

4

陆婧婷跟着赵荣菊，就是那个乡下女人下了火车，走出车外，才发现傍晚的宜昌下起了雨。

“我们这里的早春就是雨多，你没带伞吧?”赵荣菊拿出一把伞递给陆婧婷。

“啊，不用，你给小水打着吧。”陆婧婷把伞撑开又塞回到赵荣菊手里。

“我们山里人，惯了，不怕的。”说着，赵荣菊又把伞塞回到陆婧婷手里。

陆婧婷只好一只手拖着箱子，一只手举起了伞，紧紧地贴着赵荣菊和小水，为三个人撑起了一片小小的天空。

雨点打在伞上噼里啪啦的，夜雨中，公路上的汽车像是总也划不着的火柴，一辆辆地划过。远远近近的霓虹灯在空旷的大街上落寞地投下幽幽的斑斓。近处的小街上有许多浅浅的积水，映照着淡淡的灯影，弥漫着夜的无依。远处，有几家楼上仍亮着灯，仿佛在等待着夜归人。谁能为我也点亮一盏灯，照亮这深沉的雨夜，照亮这人世间这说不清的缘?

陆婧婷的泪水在脸上静静地淌着，冰凉的手使心缩成了一团，她踉踉跄跄地跟在赵荣菊身后，耳朵却倾听着一家音像店里传出的林忆莲凄楚的《伤痕》：

有时爱美在无法永恒
爱有多销魂
就有多伤人
你若勇敢爱了就要勇敢分
夜已深

还有什么人

让你这样醒着数伤痕……

陆婧婷喜欢林忆莲的歌,那如泣如诉的歌声,带着深深的忧伤,一下子就钻入陆婧婷心的最柔软处,勾起了她隐藏在内心深处的痛楚。

"就到了,大姐……"赵荣菊像个向导似的一手提着包,一手拉着小水不时回头嘱咐着陆婧婷。

在这样的晚上,陆婧婷没有时间去痛苦自己的心灵,她得应着赵荣菊的话,把伞举到赵荣菊和小水的头上。

终于见到长途车站了,三个人狼狈地爬上车,安顿好座位。

大概是因为傍晚和下雨的原因,长途车上的人并不多。陆婧婷独自坐在一张两人的座位上。

"大姐,路远着呢,你就闭上眼睛歇会儿。"赵荣菊嘱咐了一句,拉着小水坐到了另外的座位上。

陆婧婷听话地将头靠在椅背上,闭上眼睛。车窗外的雨忽密忽疏地下着,重重轻轻,密密细细,点点滴滴,那苍凉的节奏,敲在车窗上,间间歇歇。

循着雨声,陆婧婷仿佛找回了自己的过去,一瞬间打开了所有尘封的记忆。从小,陆婧婷对雨就有着一种说不清道不明的迷恋,那些个下雨的日子仿佛一部电影似的在她眼前一一展现:

小时候,下雨的夜晚,她喜欢早早地钻进被子里,让妈妈帮她掖好被角,然后瞪着一双没有睡意的眼睛望着天花板,听着在灯底下缝着什么的妈妈的歌声,《红湖水浪打浪》是妈妈最喜欢的一支歌,陆婧婷常常在这首轻柔的歌声中入睡。上中学了,她喜欢在大街小巷里看那些花花绿绿的伞像盛开着的七彩花,她喜欢在夜晚躺在床上看着窗台上的花影映在玻璃窗上,她更喜欢静静地凝视着窗外的黑夜,出神地倾听着夜雨中深藏着的故事。尤其是夏日,夜雨的淅沥中总会有蟋蟀在唧唧地唱着好听的歌儿,她常把自己想象成一个雨的仙子,一会儿钻进蟋蜂的家里，一会儿又躲到花的瓣下。

做姑娘的日子，陆婧婷对雨更是有着一种特殊的喜爱，她常常会在雨天，撑起一把雨伞，走在那些人们不常去的路途小径，她喜欢听雨点击打雨伞的声音，喜欢用手去感觉雨点的力量，喜欢看雨水从她脚下流过，带走世俗的尘埃，给这个世界留下一方净土。若是雨太大了出不去时，她就在家里备上一些零食，然后捧起一本书，坐在阳台边，听着雨声吃着零食读书。那种享受被雨围绕着的幸福常常使她陶醉。

自从成为田翼飞的妻田原的母，陆婧婷把更多的时间和精力放在了丈夫和儿子身上，对雨的感觉少了很多，直到有一次田翼飞带她去看一个露天电影，看到半截，突然下起了大雨，田翼飞和陆婧婷没有任何准备，只能跟着四处逃散的人往停车场跑去。停车场离露天电影场很远，附近没遮没拦，陆婧婷拉住了田翼飞，“不管我们跑得多快，到了停车场，我们还是会被雨淋得透透，与其这样，不如我们就在这雨中开心一番。”

田翼飞马上领会了陆婧婷的意图，突然仰天大吼一声：“老天爷，下——吧！”说着拉起陆婧婷的手，两人咯咯地大笑起来。他们时而跑上一阵，时而站在雨地里望着匆匆逃去的路人说上一阵，又时而互相望着傻笑一番，再不，两人就唱起某一首描写下雨的歌曲。

“翼飞，”陆婧婷一路上不停地笑啊说啊，“我今天好开心啊，这一辈子都没有这么开心过。”

田翼飞望着陆婧婷使劲地乐，“婷儿，瞧你成什么啦？”

“什么？”

“落汤鸡啊！”田翼飞的笑声被雨中的风飘得很远。

“你才是落汤鸡呢！”陆婧婷抹一把脸上的雨水，甩向田翼飞。

田翼飞躲闪着跑向前，陆婧婷追去，扔下一长串的笑声在雨中。

那时候，陆婧婷觉得躺在田翼飞的臂弯中听雨是一种幸福。那种经过岁月沉淀下来的四季雨声，有时候风轻云淡、有时候飘飞如梦、有时候急风暴雨、有时候铿锵有声……

几十年了，陆婧婷总是禁不住雨声的诱惑，有时她甚至怀疑自己的灵魂已经被潇潇的雨声牵走了。屋檐下雨声滴答，空气中雨声淅沥。雨声在大地之间奏起了此起彼伏的神曲，而她的思绪，恰在这此起彼伏中涤荡。

而此时，那种超然娴静的生活思绪的碎片又被陆婧婷捡起来穿成一串串，把它从珍藏在记忆最深处的地方拽回……

那雨还在下着，那雨陆婧婷还在听着……

5

三个多小时的长途车，又走了半个多小时的山路，等到了山村里，天已经黑得不见了五指，赵荣菊背着孩子，拉着陆婧婷走进一个小小的院落里，然后推开一间亮着灯的屋门。

一个十岁左右的小女孩猛地跑上前来，喊了声“妈”，便扑到赵荣菊怀里，并从赵荣菊怀里怯怯地望着陆婧婷。

“你叫婉红对吗？”陆婧婷从赵荣菊怀里拉过小女孩，爱怜地搂到自己怀里。

婉红点头，眼神不停地看赵荣菊。

“山里的孩子不懂事。”赵荣菊说着，摸了女儿的头一下，催她，“快叫陆阿姨。”

婉红仰头，小小细细的声音，“陆阿姨好。”

陆婧婷的心有细微的颤抖，她冲婉红点头，“你爸爸呢？”

婉红不知所措地仰起头又看赵荣菊。

“肯定又是去打牌了对吗？”见婉红点头，赵荣菊气愤地说，“你瞧，他天天这样把孩子一个人扔在家里，自己出去玩到半夜。”

陆婧婷后悔问出这句话，在火车上赵荣菊不就说了吗，孩子的爸爸爱打牌,可是她没往心里去,现实里,她不想参与到赵荣菊的家庭矛盾里去,所以她打岔地说:"婉红,吃晚饭了吗?"见孩子摇头,她立刻从自己的包里拿出面包、香肠,然后对赵荣菊说:"凑合点吧,不早了,吃了早些休息。"

几个人三下五除二地就把陆婧婷的那点面包和香肠吃光了,小水嚷着没吃够,然后在自己的手指头上拼命地嘬,说别浪费手指盖里的那点香肠。逗得陆婧婷一个劲儿地劝慰他,"小水,等我回城的时候一定给你买一大包香肠,让你吃个够。"说完这话陆婧婷就觉得自己很虚伪,从她出来就没有过回去的打算,她觉得自己骗了一个单纯的农村小男孩,她有些后悔地拉过小水,帮小水用毛巾擦净手。

路上,小水就已经和陆婧婷混熟了,他伸出小拇指,钩住陆婧婷的小拇指,边拉边说:"拉钩上吊,骗人是小狗。"

"好了好了,别缠着陆阿姨啦。"赵荣菊拉开了小水,把陆婧婷引到了另一间屋子里,"大姐,你今天晚上就凑合一下,明天我在西院给你腾间屋子出来,你就能住了。"

当陆婧婷一切收拾停当后,她终于和衣疲惫地躺到被子上,大概这屋子很多年都没有住人的缘故,也大概是这新被子没有用过的原因,屋子和被子一齐透出了一股潮湿的味道,那股味道顺着衣服钻进骨头里,使陆婧婷打了一个冷战,这个冷战就像一年前的那个晚上,她知道了田翼飞的婚外恋后,从家里跑出去蜷在小区的一片灌木丛中所感受到的冰冷一样,当时,她不止一次地看到田翼飞寻找她的身影从自己眼前匆匆走过,她觉得自己的心冷了,碎了,死了,她就那么痛苦地看着田翼飞寻找了她整整一个晚上。如今,她真的跑出了家门,并且不打算再回去,她不知道,田翼飞会不会寻找她一辈子,他会为自己对她的背叛而后悔吗?

陆婧婷冷笑了一声,后悔怎样?不后悔又怎样?

第二十三章

1

田翼飞下班回家就看到了那个端正放在茶几上的信封——田翼飞亲启!

陆婧婷带回来的?田翼飞朝着楼上喊了几声,并没有陆婧婷回来的踪迹,田翼飞忙拆开信封,里面有一封折起来的信和一个存折,他先打开存折看了看,是以儿子田原的名义存的十多万人民币。他又打开信,信有两页,一页是离婚协议书,上面已经签上陆婧婷的名字了,另一页上写着:

> 亲爱的飞,让我最后一次这样唤你,以后你不会再听到这种呼唤了,因为我将离开你去一个很远很远的地方!
>
> 一条绳可以吊死一个人,一瓶药可以睡死一个人,一把刀可以杀死一个人,一段婚外情可以逼死一个人,我已经想好解脱的方式了,那个遥远的地方就是我的归宿!
>
> 存折是为儿子留的,善待他!把他培养成人!
>
> 永别吧,我把幸福留给你!
>
> 你曾爱过的婷儿

有一瞬间,田翼飞觉得自己的心脏停止了跳动,他的心被酸酸的泪水堵住,他从陆婧婷这封遗书上看到了她这一年多灰暗的世界,他不知道自己该用什么方式来责骂自己，来鞭笞自己。

田翼飞从包里拿出一包药，这包药他已经在包里放了许多天了，他忙，忙着工作，忙着应付情人吕贞的一次次纠缠，他总是在上班打开包的时候看到这些药，他也总会自言自语地说："今天回家一定别忘了把药拿出来，再忘的话就自己扇自己一巴掌。"可是，每天那么说，每天还总是忘。

田翼飞把药扔到桌子上，立刻拿起电话，拨了陆婧婷的手机。

"对不起，您拨叫的用户已关机，请稍后再拨。"

田翼飞又拨了陆婧婷办公室的电话，已经是下班时间，办公室里不会有人接听，他还不死心，又拨通了陆婧婷单位的电话，有人接了，田翼飞一阵高兴，立刻问："对不起，请问一下，陆婧婷在吗？"

"陆婧婷今天没有来，是不是请病假了？"

对方不肯定的回答，让田翼飞觉得有些希望，他又问："能知道她是向谁请的假吗？"

"她没有请假，大概还没顾上吧。"

"她没有跟任何人打过电话请假吗？"

田翼飞的询问立刻引起了对方的警惕，对方的口气一下子变了，"喂，你是谁？"

田翼飞知道问不出结果了，所以他先替陆婧婷编了个瞎话，"我是陆婧婷的爱人，她让我帮她请个病假，明天你别忘了说一声，等好了再上班去。"

田翼飞搁下电话，又静静地想了想，然后给陆毓姗打去电话，"大姐，婧婷去你那儿了吗？"

"昨天上班时来我单位里一趟，今天没有，她又失踪了？别急，翼飞，她不会是独自逛街去了吧？昨天她还说要我陪她逛街去呢。"陆毓姗咯咯一乐，"我说，翼飞，你可别把陪她逛街的权利出卖哦。"

田翼飞只能赔笑地说："是啊，她也跟我说过了，可我总是没有时间陪她逛去呢。好了，再聊。”田翼飞挂了电话，喃喃着，“婷儿，回来吧，以后不论工作多忙，我再也不找借口不回家。只要你肯回来，我立刻就陪你逛街去，给你买好多的衣服，给你买你想要的所有东西。”田翼飞的眼睛竟有些湿润起来，他总觉得陆婧婷在和他开一个玩笑，遗书里的话，这一年的日子里，她已经对他说过多次，他总以为，真正不想活的人是不会把死总挂在嘴边的，所以他并未在意她的话，可是今天……田翼飞不愿意相信陆婧婷的话是真的，也不敢不相信陆婧婷的话是真的，他立刻给陆婧婷的手机发短信，她总要打开手机的吧。

亲爱的婷儿，我保证这是我永远的称呼，因为我爱你。

一条绳除了可以吊死一个人，还可以解救一个人；一瓶药除了可以睡死一个人，还可以唤醒一个人；一把刀除了可以杀死一个人，还可以重生一个人；一段婚外情除了可以逼死一个人，还可以让一个人清醒自己到底要的是什么！我已经想好我的所要，所以我知道自己该如何去走！

儿子是我们两个的，要我们两个一起把他培养成人！

回来吧，婷儿，我把幸福留给你！

一直爱着你的飞

短信发出去后，田翼飞觉得踏实了些，他没有心情做晚饭，他一直走上二十六层的露台，让冷风顺着他的领口吹进他的衣服里。虽然已经是春分的节气，但天仍旧很冷，风吹进衣服里使他打了一个寒战，他把身子靠在护栏上，背对着风点着了一支烟，使劲地嘬了一口，喷出的烟雾立刻弥漫在他眼前，混乱了他的视线，他从烟雾里，似乎再一次看到含着伤心的泪水从家里跑出去的妻子。

2

露台上有一种令田翼飞内疚的东西袭击着他，他把抽完的烟蒂扔在地上，狠狠地用脚踩了一下，长长地吐出一口气，又走回屋里。

刚走了暖气，屋里透着一股阴森森的冷，打开灯，到处都充斥着陆婧婷的影子，他想起早晨那个莫名其妙的接吻，其实就是陆婧婷的告别，他怎么就没看出来呢！现在回想起来，陆婧婷嘴上的余温似乎还在，可她的人到底在哪里呢？

田翼飞无论如何也没有想到陆婧婷会走到这一步！当时田翼飞还一阵兴奋，觉得陆婧婷的病情开始好转起来，尤其是今天早晨还主动亲吻了他。想不到她竟突然离家出走了。

田翼飞只听说过一个将死的人有回光返照一说，谁知抑郁症病人也会有“回光返照”，不过，田翼飞知道，是他把陆婧婷逼到了漆黑的森林里、绝望的墙角里，所以他要把她找回来。因为这个家是他与她辛苦积累而成，他不可能放弃这些再去开创新的生活，他不舍，他也不会。

家里的凄冷使田翼飞有些受不了，他打开电视，打开电脑，为的是家里能够有些声音，然后他坐到电脑前，打开了一个碰球的游戏，这个游戏还是陆婧婷为他拷回来的，说是让他休息用的，他很少玩。现在手里有一搭无一搭地用鼠标点击着撞球，心里却在想着陆婧婷的好。

二十一年的婚姻，早已把两个人磨成了一个，你中有我，我中有你，就像左手和右手，谁也离不开谁，谁对谁也没有了新鲜感，但是一旦分开，这种谁也离不开谁的感觉才那么明显地突出出来。田翼飞从儿子桌上拿起那张合影，看着照片里陆婧婷的笑脸，竟有一滴眼泪从眼角里流出来。

电脑里的碰球已经 OVER 了好多次，田翼飞干脆关了电脑，走到客厅里，一屁股坐到沙发上。

田翼飞就那么坐在沙发上看着茶几上的一个旧手机，其实这款诺基亚手机并不旧，它大气，快捷，很适合田翼飞用，当田翼飞在商场里看到它的第一眼就喜欢上了它。吕贞毫不犹豫地就给他买了来，说送他的生日礼物，以生日作为借口的礼品田翼飞已经接到很多了，他曾开玩笑地对吕贞说:“人会生出许多次吗?我怎么那么多的生日呢?”

“这你就不明白了吧?”吕贞也振振有词,“咱们中国有阳历啊、阴历啊,还有闰月啊,如果你赶着一个闰月的话,你一年不就得过四个生日吗。”

吕贞是个很会说话的女人,她的话让田翼飞受用。

所以田翼飞觉得有些不拿白不拿的感觉了,因为他付出了感情,付出了以背叛陆婧婷为基础的代价,所以他拿得理所当然。而每次拿到礼物的回报当然就得去吕贞的家里过夜啦。那么妻子陆婧婷呢?田翼飞只能狠下心找个借口让陆婧婷独守孤夜了。

现在,陆婧婷也让他开始独守孤夜。田翼飞终于尝到了这种被人抛弃在一座大屋子里的感觉,他不知自己该做什么好,从客厅走到田原的屋门口,停下,又从田原的屋门口走到书房,然后再从书房退回来,最后他只能回到卧室里,可是他不想看电视,也不想睡觉,他拿起手机,开始给陆婧婷打电话。

“对不起,您拨叫的用户已关机,请稍后再拨。”

3

田翼飞终于尝到了那种被人抛弃后孤独抱枕以求睡眠的滋味。那种翻来覆去的滋味实在是不好受,他不得不开了台灯坐起来,目光在屋里所有的摆设上一一扫过,因为每一件东西上都有陆婧婷的气息。他的目光落在了床头的三张陆婧婷的照片上。

一张是陆婧婷靠在长城的砖墙上,笑得很甜蜜;一张是陆婧婷坐在电脑前沉思的模样;还有一张是陆婧婷趴在床上,仰着脸儿,阳光从窗外照进来,她略眯着眼,娇媚的样子。

田翼飞细细地看着陆婧婷的照片,他从来没有如此仔细地看过陆婧婷的照片,直到此时,他才发现,陆婧婷长得很美,是那种气质上的美，虽已中年，可眼角尚未见到一条鱼尾纹，那如杏核般的眼睛里，藏着一种神秘朦胧的感觉，她笑起来略为往上翘着的嘴角，有一种妩媚的韵味，加之年龄上的成熟与性格上的含蓄，使她有了与一般中年女人不一般的风韵。

吕贞绝对比不上陆婧婷漂亮，可是他却会和她神差鬼使地好了六年，现在想想，他的确不爱她，他是在利用一个女人身上的资源来作为自己前途的阶梯，他感到了自己的卑鄙，他也为自己的可耻而看不起自己。不过，人与人之间，男人与女人之间，不就是这种交易吗。吕贞需要他给予她爱，他也毫不吝啬地给了她六年，他和她之间就已经扯平了。不，不能说扯平，因为他失去了自己一直爱的妻子，他的付出要比吕贞的大。

田翼飞心里有一种得不偿失的感觉，他失意地在陆婧婷的照片上吻了吻，把照片放在陆婧婷睡过的枕头上，闭上双眼，逼迫自己睡觉。

过去，田翼飞从来不知道失眠为何滋味，可今天晚上，他确确实实失眠了。他本是睡得不知东南西北的时候，却猛然醒来，想着陆婧婷会去了哪里，然后又睡不着了。田翼飞看看墙上的闹钟，才十二点。

田翼飞像个僵尸一样躺在那里。

时间走得那么缓慢。夜的感觉让人心如止水，可田翼飞却心乱如麻，夜好像长得没有尽头，此时此刻，他才真正感觉到陆婧婷的离去，竟让他如此孤独。他越来越难入睡了，而且越躺越精神，他使尽了招数，什么数绵羊，数自己的脚指头，听音乐，听墙上的钟表嘀嘀嗒嗒地走，最后没办法入睡时，又起来看书，看那些平时最不爱看的书，还是没有睡意，他又下楼把剩下的半瓶五十六度的高度白酒喝掉，结果还是睡不着。他实在没办法，只能就那么睁眼躺着，一分一秒地等待天亮，结果他一直到第二天早上才勉强睡着，不过一两个小时的觉，整个人浑浑噩噩的，可他必须得去单位，很多事在等着他做。再说，在家能干什么呢？在家等不回来陆婧婷。

4

陆婧婷离家出走，这对田翼飞来说，是个很没面子的事，他不想让任何人知道，他想他可以用自己的真情唤回陆婧婷。只是，田翼飞的心已经被陆婧婷带走了，坐在偌大的办公室里，他什么也不想做，就那么呆呆地看着阳光慵懒地从窗口照进来光顾他杂乱无比的书桌。

周潇阳几次进来要汇报工作，都被田翼飞挡回去了，"别急小周，你那个副处的指标已经报上去了。"

"谢谢田局，其实也没什么值得说的，只是见你这些天脸色不太好，不是生病了吧?"为了这个副处的指标，周潇阳没少折腾，从那天被田翼飞骂了后，周潇阳就老实了许多，每天早来晚归。

"没事!"田翼飞装出一副无所谓的样子，冲周潇阳挥了挥手，"你把汇报留下来，我抽空看。"然后又皱着眉头扫了周潇阳一眼，"不过，还得有一年的试用期，记着，别让别人说闲话。"

田翼飞知道自己有短握在周潇阳手里，所以他还得把这个副处的名额留给周潇阳，两个人有些扯平的感觉，但他知道自己和周潇阳是赌不起的，周潇阳怕什么，一个副处算不了什么，但他不同，他已经是正局了，他还有下一个目标，他的赌注比周潇阳大多了。

其实田翼飞多虑了，因为周潇阳根本没往这方面想，虽然他发现了田翼飞和吕贞的秘密，但他觉得这是男人正常的社交，他感激田翼飞为他留出的这个副处的名额，他诚恳地冲田翼飞点头，"我知道的田局，您什么也不用担心，我会做好一切的。"

田翼飞怎么听都觉得周潇阳的话是双关语，不过，他喜欢这种双关语，这多少让他感到放心，于是他拍拍周潇阳的肩，"明白就好，去吧，好好配合处长把处里的事做好。"

周潇阳走了，田翼飞又开始拨陆婧婷的手机。

"对不起,您拨叫的用户已关机,请稍后再拨。"

陆婧婷的手机似乎一直没开过,田翼飞不知道是陆婧婷有意关机,还是手机丢了,或是没有电了。他希望是她有意关机,这样,他给她发的短信,她总能看到。

要不因为是周末,田翼飞是不愿意回家的,周末了,儿子会回来,眼下,只有儿子似乎才能给他一些安慰和支撑。为了儿子,田翼飞也要赶回家。

过去,田翼飞从没有抬头看窗的习惯,喜欢抬头看窗,那是从去年陆婧婷开始进入一种不良的情绪之后他开始有的。今天,他走到楼下情不自禁地看了一眼二十五楼自家的窗子,窗口亮着灯,突然间就有一种熟悉的温暖袭击了他的心,莫不是陆婧婷回来了?

所以一回到家,田翼飞就喊着陆婧婷的名字:"婷儿! 婷儿!"

没有回答,只有田原的声音从他的屋里飘出来。

"爸。"田原从自己的卧室里出来,接过田翼飞的包放到一边,然后看着田翼飞问:"我妈呢?"

田翼飞想说陆婧婷离家出走了,但是看到田原稚嫩的脸上轻松的表情,话到了嘴边又吞了回去,他说:"你妈出差去了,大概得半个来月。"

"这么长时间啊!"田原心无城府地摇头。

"是啊!"田翼飞撒着谎,忙岔开了话题,"饿吗? 我在饭馆里买了饭菜。"

"有米粉肉吗?"田原高兴地从田翼飞手里接过饭菜。

"有啊,爸爸从来不会忘记这道菜的。"田翼飞在餐桌旁坐下,看着儿子把菜一个个地打开摊在餐桌上,拿过两个碗,把米饭分开。

已经上高三的大男孩了,个子已经长到一米八,像个瘦豆芽似的田原大概是真的饿了,他大口小口地往嘴里扒着饭,问着田翼飞,"爸,我妈去哪里出差了?"

"南方,是去了南方。"田翼飞瞎编着。

"是她一个人,还是有同事?"

"和同事一起吧。"

"我妈身体不太好,能顶下来吗?"

"我已经嘱咐过她的同事了,你不用担心。"

田原嗯着,吃光了碗里的饭,然后把田翼飞和自己的脏碗放进碗池里,动手洗干净了,这才问田翼飞:"爸,还有什么事吗?"

田翼飞摇头,"玩你的去吧。"

"不要我陪你啦?那就让你也尝尝孤独的滋味吧。"田原开着玩笑,回自己屋里去了。

是个懂事的孩子!田翼飞在心里想着,坐在沙发上看着儿子的屋门,屋里传出了电脑的噼里啪啦声,显然,他已经忘掉了坐在沙发上的老爸。

田翼飞就那么呆呆地坐在沙发上,听着儿子屋里的噼啪声,听着窗外春天呼啸的风声,有一种极度的恐惧感一点一点地袭遍全身,他终于坐不住了,站起身,上楼回了自己的卧室。

田翼飞先是点着了一支烟,狠狠地吸上一口,再狠狠地吸上一口,然后把眼睛缓缓闭上。孤独!不错,就是孤独!那种难以言状的孤独感弥漫在整个烟雾中,而那烟雾是他自己吐出来的。痛苦!不错,就是痛苦!面对着这个能够在任何地方藏身的偌大世界,那种莫名的痛苦像要把田翼飞的心撕碎一般。

前半支烟,田翼飞一直盯着忽闪忽闪的烟头,也不弹落烟灰,任凭它增长、坠下。后半支烟,他索性就把它掐灭了,揉碎在烟缸里。

5

田翼飞不知道自己该做什么,他只能打开电视,手按着遥控器不停地换台，怎么也找不到一个可以吸引他看下去的台，于是，他靠在清晨起来未叠的被子上继续拨陆婧婷的手机号。

“对不起，您拨叫的用户已关机……”永远是这句话。

虽然田翼飞知道他听到的永远是这句话，但他仍然坚持自己的信念，他总会听到陆婧婷的声音，陆婧婷总有开机的那一天。

也许陆婧婷没有离开北京，也许在陆毓姗家？也许在陆叶红家？也许在陆子义家？田翼飞设想了许多个也许，其实这个想法田翼飞已经整整坚持了几天，他总不相信陆婧婷真的会如此绝情，也许她就躲在谁家呢！

田翼飞首先拨通陆子义家的电话。

“毓姗回她家里去了。”陆子义说。

田翼飞琢磨着“她家”是哪里，想了想把电话打到沈川家。

电话响了好半天，一个男人气喘吁吁的声音，“喂，找谁？”

“陆毓姗在家吗？”

“你是谁？”

那口气，田翼飞一下子就听出来了，是沈川的声音。想到那天沈川喝醉酒向他挥下的拳头，他忙停住话头，“不在就算了。”说着挂了电话。

田翼飞又给陆叶红拨去电话，陆叶红没好气地说：“不在！”

田翼飞不得不给陆婧婷发短信，他觉得她一定会收到他的短信。

田翼飞终于觉得该做的事都做完了，这才脱去衣服钻进被子里，“老天保佑，今晚让我好好地睡一觉吧。”

第二十四章

1

陆叶红收到田翼飞电话时正在生李昱铭的气，这些日子，她感觉得真真切切，李昱铭在有意躲着她。

陆叶红的心开始揪起来，过去的日子，她总以为，李昱铭会真的全心全意地爱她一辈子，即便是有了另一个女人。但是她错了，彻底地错了，因为，李昱铭的手机已经开始常常关机。陆叶红就会冷不丁地产生许多的想法来，他在做什么？和那个女人做爱吗？让那个女人躺在他怀里亲昵吗？其实不用陆叶红猜，也想得出来，李昱铭关机，是怕她的电话搅了他，那天用刀割破手腕的事又被她忆起，她不知道失去了李昱铭她会不会再来一次。

陆叶红瘦了，每天上秤都能看到数字在一天天地往下掉，直到有一天，陆叶红站到镜前，她才发现，她怎么可以瘦成这样，颧骨、肩胛骨、手肘、腰骨，处处露骨，处处刻骨。

她不停地给李昱铭发去短信，但李昱铭却不回信。

陆叶红不信，两个人那么深的感情，怎么会因为另一个女人的介入就烟消云散了呢？

陆叶红不信，她终于等到了李昱铭的电话，他上来就说："别乱想，宝贝，我还是你的我。"

"我要见你。"陆叶红有些不管不顾起来。

“好吧,明天我上班时,你来我单位门口等我。”

有句话,叫一旦等到失去了才知道珍贵。此时的陆叶红大概就是这种心情,她不知道男人的情爱会这么短,但她想挽回,因为她爱李昱铭,她投入了自己的全部感情,她把心把身都给了李昱铭,她甚至为李昱铭着想,让他找个老婆填补一下家里的寂寞,却不料,她其实是在给自己掘一座爱情的坟墓,把她和李昱铭的爱情埋葬了。

在见到李昱铭的瞬间,陆叶红的眼泪就情不自禁地流了出来,她哽咽着说:“铭,我不能没有你,我的心我的魂都在你身上,你却不想再理我了。”

李昱铭在咖啡馆里找了个偏僻的座位坐下,扯起嘴角笑着与陆叶红说:“怎么可能不再理你,你一直在我心里藏着呢。”

“可是你却关机,故意不听我的电话。”

“总是会有不方便的时候……”

“你有了新的女人对吗?”

李昱铭无奈地看着陆叶红,“我很孤独,每每自己一个人躺在被窝里时,我就可怜我自己,每每回到家时,都看不到有个女人在等我,我的心就空得慌,我真的很需要一个女人在我身边转悠着,哪怕我不爱她,我也愿意看到她的影子在屋里晃来晃去。”

“这么说你还爱我?”陆叶红的心很痛。

“爱呀！只是我不能像以前那样给你打电话和发短信了。”

“你离开她的时候也不能吗？可是你仍旧不愿意理我!”

“好了,别瞎想了,理解我,我总得找个可以过日子的女人对吧?”

“我不会阻止你找,可是你得理我,不能这么折磨我。”

“瞧你,不过几天的时间,就瘦了。”

看到李昱铭的体贴,陆叶红的泪落得更加厉害了,她的心情有些像搅烂的豆腐渣,乱糟糟的,不知怎的,就想起了昨晚的梦,心里有一种怪怪的感觉,也不知道为什么,总觉得李昱铭要离去了一样。她有些抽搐地耸着肩膀，看李昱铭一眼，还是那个她认识的男人，体贴，会哄女人高兴，可是她却觉得他脸上多了些什么，他的心少了些什么。是的，李昱铭曾对她说过，他喜欢女人瘦一点，陆叶红当时就怪李昱铭喜欢给她买那许多的甜食，害她瘦不下来。可此时，她知道自己真的瘦了下来，可李昱铭的心已经不在她身上了。

陆叶红靠在桌子前，不发一语，哭着，不动，只是直勾勾地瞄着李昱铭。

李昱铭同样没有表情地看着陆叶红。

其实陆叶红有许多的话想问李昱铭，可是她又觉得没有必要问出来，因为一生一世四个字可以从任何人嘴里吐出，她胖的时候，李昱铭可以说爱她一生一世，但现在的她瘦了，她瘦弱的背，如今只有李昱铭一半宽，骨头隔着外衣都隐约可见。李昱铭却不再想说一生一世了。陆叶红什么都明白，可是真正地做起来却做不到，她忽地拉过李昱铭的手，把脸埋在他的掌心里，哭着说："我要求不多，只是你别不理我就好，我希望你还能像以前那样经常给我短信，经常给我电话，希望我是你一辈子的宝贝，也让我宝贝着你。"

"会的会的，你本来就是我一生的宝贝……"

李昱铭什么都答应陆叶红，但实际却常常关机。

又是一个被李昱铭遗忘的日子！

陆叶红拖了把椅子坐在阳台上，任凭温吞吞的阳光晒着懒洋洋的她，自然而然地，她就想起了李昱铭，却突然感觉到，那种痴迷的恋、那种狂热的念似乎已经成为回忆，可是她不习惯他的不在乎，也不喜欢他的不经意，她觉得自己被李昱铭的定力攫走了她不该有的痴迷和狂热，现在，却把她抛在这里不理她了。

陆叶红猜想，李昱铭不想听到她的电话，一定是他爱上了另外一个女人。她知道他不爱听她电话的原因，是怕她缠他，他也知道，一旦被自己缠上了，就不会轻易解脱。

的确，陆叶红怎么会放弃这份好不容易得来的爱情，她要把自己的心情告诉李昱铭，她开始给李昱铭写信。

> 窗外的风，不知何时停止了舞蹈，剩下的是一个孤寂无眠的夜，仿佛一具冰冷的尸体，被风抛在寒气十足的夏日，窗外的炎热与屋内的寒冷撞击出黑色的火花，那火花像一块铅砣，封住了一个女人痴迷狂野的心。
>
> 多少天了，不想吃饭，不想说话，床上，电脑前，两点一线，我在沉闷的空气下呼吸着，忧郁着，艰难地思维着，我想着你的好，我想着你的坏，我的思维像一把利刃在解剖着你身上的每一个细胞……
>
> 我承认我是一个很傻的女人，我喜欢钻进死胡同里不出来，不撞得头破血流，不回头。明明看到了额头上流下的血，可是还要做着最后的挣扎……
>
> 这些天的心情总在一种极度的忧郁中被慢慢煎熬着，不知道自己想要什么，也不知道自己不想要什么，总有一种绝望的东西在控制着那颗空洞的心，一切都回到了最原始的状态，一切都显得那么无望，我好像在一种杂乱浮躁中沉沦着，心总是这么飘忽不定，思绪万千，多愁善感，自己折磨自己。一个女人有了这种性格一辈子都很痛苦，我跟陈翔说过这样的话："如果有一个男人能够让我的心快乐，我会毫不犹豫就跟他走，不管是天涯海角，不管他贵富贫贱……"当时陈翔用酸酸的眼光看我，我知道他心里的想法，可是我就是这样一个不切实际的女人，因为快乐对我有多么重要！

李昱铭给陆叶红打来电话，"叶红，不要自己折磨自己，我们都要认清现实，你不可能做我的老婆，我也不能就这么偷偷摸摸一辈子，我们可以做朋友，做最好的朋友，即便是我不给你去电话，你也在我心里。"

首先，陆叶红敏感地听出了李昱铭的话中没了“宝贝”二字，其次，陆叶红理智地分析出了那个朋友——最好的朋友的含义，她对着电话哭了，哭得伤心至极，她哽咽着对李昱铭说：“不——我不要做你的朋友，我要做你的情人，做你的老婆，我……”

李昱铭打断陆叶红的话，“我就知道你不会轻易放过我的，不闹个鱼死网破，你是不会愿意和我分手的。女诗人是不是就是这么极端偏激？告诉我，你到底要怎么样？你总不会想毁了我的生活吧？”

光从口气上，陆叶红就感觉到了李昱铭表情的可怕，可是她仍旧不愿意失去他，她抽咽着问：“你真的不爱我了？我们两个人的情是不是真的就这么断了？”

“怎么会呢？”李昱铭的口气总是那么轻松，“我把你藏在心里，永远。”

“虚伪！不爱我了就明着说，用不着拿这种借口来喜新厌旧，我原以为你是一个和别人不一样的男人，你是一个可以为爱付出一切的男人，你是一个……”

“叶红，别那么较真！你是我一生中最重要的女人，我可以为你赴汤蹈火。因为是你，让我知道了什么叫爱情，是你让我尝到了那种思念一个人的渴盼……”

陆叶红含着眼泪笑了，是那种轻蔑的冷笑，赴汤蹈火？如果李昱铭真有这种想法，他为什么不为俩人的爱情赴汤蹈火？他以为陆叶红真的傻到听不懂那话的含义。她擦去了流到嘴边的泪水，话语冷漠地说：“可是现在你厌倦了我对你的爱，你又去找了别的女人。也罢，就算我没认识过你。”陆叶红果断地挂了电话。

一次非常不愉快的交流。

但是，分手了，陆叶红还是放不下李昱铭，也许不知道还好，知道了，不能、不可以想象李昱铭把别的女人拥入怀中的情景。陆叶红不常喝酒，可那天晚上，她偷偷地在书房里把自己灌醉了。她开始吐起来，吐得到处都是，她歇斯底里地哭，她的哭声把陈翔引来了。

“这是怎么了？”陈翔吓得把蜷缩在地上的陆叶红扶起来，把她拖到卫生间，帮她清洗。

陆叶红只是拼命地号哭。

“对不起，叶红，如果你真的想离婚的话，就离吧，别这么痛苦。”陈翔以为陆叶红是因为他们约定的三天决定离婚的事宜推迟的缘故。

陆叶红把脸伏在陈翔胳臂上，仍旧在号哭。

陈翔心疼地拍着陆叶红的后背，“明天就去办离婚，没关系的，即便离了，我们仍旧是好朋友，你有什么需要，仍旧可以叫我来帮你。”

不料，陆叶红却突然抬起了头，泪水汪汪地命令陈翔：“抱着我！紧紧地抱着我！”

陈翔抱紧了陆叶红，他也流出了眼泪，原来离婚对陆叶红来说也如此困难！

2

陆叶红并未提离婚的事，那晚，她温顺得像只小猫，她乖乖地钻进了陈翔的被窝，静静地枕着陈翔的胳膊，脸贴在陈翔的胸前睡了一夜，直等清晨起床，看着陈翔被她枕麻的胳膊，她歉疚地笑笑，“对不起。”

陈翔激动地抱住陆叶红，“不怕的不怕的，就是枕到不能动弹了，我心里也高兴也幸福。”

“老公，今天你请个假，我们逛街去好不好？”

这一声老公，差点把陈翔的魂儿都叫飞了，他的头点得像鸡啄米，“没问题没问题，你想买什么我都陪着你。”

“真的？”

“只要你高兴，你想做什么都可以。”

“只要我看上的东西，你都帮我买！”

“一定的!”

结婚这么多年来第一次,陆叶红和陈翔一起上街购物。

西服、领带、外套、皮包……只要陆叶红拿来什么,陈翔就为陆叶红刷卡买什么。不过到最后,陈翔还是拽住了陆叶红,“叶红,你是在给我买还是给另一个男人买?”

陆叶红翘着嘴角笑,“你吃醋了?”

陈翔痛苦地点头。

陆叶红突然在大街上抱住陈翔,在他脸颊上亲了一口,“傻瓜,我再坏能当你面给另一个男人买东西吗?”

“这么说……”陈翔不信。

“给你买的。”

陈翔傻傻地笑,“可是这么多,我穿得过来吗?”

“怎么穿不过来,别总尽着一件衣服穿,要学会天天换衣服。”

陈翔有些悲哀地垂下头,他觉得是陆叶红想要补偿他,可陆叶红欠了他什么?一份感情,一份爱?不管她欠他什么,他都爱她。他望着手中一大堆的纸袋,“给你买几件吧?我的够了。”

“不行,再去挑点衣服。冬天快来了,挑点新上市的衣服,啊,还有鞋。”陆叶红不由分说拉着陈翔又钻进了一个服装店。

“这才几月份啊就买冬装?”陈翔有些执拗地站在服装店门口,不肯进去。

“听话啊,回去我们包饺子吃。”

头一次被陆叶红像个母亲般地哄,陈翔有一种被蜜齁着的感觉,不过这种感觉真好,他听话地跟着陆叶红为自己买了许多的衣物。能够在离婚前享受一下老婆的体贴,陈翔满足。

晚上,陆叶红真的让陈翔去买了猪肉、韭芽和虾仁,两个人一起包了饺子。当陆叶红把第一个饺子送到陈翔嘴边时,陈翔幸福地掉下了眼泪,“红,不管你怎样待我,不管你跟谁结婚,我都会爱你一辈子,我都会记得昨晚和今天。”

陆叶红哧哧地笑，那笑，看傻了陈翔。

那晚，陆叶红结婚以来头一次把一个赤裸裸的自己送到陈翔怀里，她吻着陈翔的胸毛，轻轻地问：“想要我吗？”

陈翔激动地点头。

“那还犹豫什么？”

陈翔有些不敢相信地瞅着陆叶红，只见陆叶红轻轻地闭上了眼帘，似乎在等待着他的亲昵。陈翔不再犹豫，他的吻落在了陆叶红的脸庞上、前胸上，他的吻还在往下走……

陆叶红呻吟起来，陆叶红的手紧紧地扣着陈翔的后背，陈翔就像对待一个易碎的珍品，他慢慢地、轻轻地爱抚着陆叶红，然后又小心翼翼地把陆叶红抱到身上，看着她紧闭双眸的脸、秀气的鼻翼，他噘起嘴亲吻着陆叶红通红的嘴唇，他缓缓地动作着自己的臀部……

一切都那么美好，当陈翔蜷缩在陆叶红身边沉沉睡去后，陆叶红却坐了起来，她睡不着，就那么望着陈翔。

陈翔的鼻翼一动一动地喘息着，偶尔会皱一下鼻子，咽一口唾液。

陈翔长得很普通，完全没有李昱铭那般潇洒帅气。从结婚起，陆叶红就不喜欢陈翔，因为不喜欢，所以她不愿意让陈翔碰她，她知道自己是个名不副实的妻子，但她清楚陈翔的心理，她是陈翔最喜欢和最爱的女人，所以不管她做出什么过分的事，陈翔都忍让着她，或许她就是仗着这种宠爱，她才对陈翔为所欲为？要不是因为李昱铭情感上的背叛，她也许永远不会拉陈翔逛街，和陈翔做爱。但既然主动了，她也没觉得有什么不好，男女两个人的事情，主动出击的感觉并不是很糟，甚至还有些兴奋。

不过，陆叶红的心自然而然地就转到了李昱铭身上。

和李昱铭经历了这场爱恋，虽然只有短短的一年，但陆叶红却感觉像恋了十年，李昱铭说过会给她十年的恋情，可是才一年就夭折了。陆叶红心有不甘，她恨李昱铭，但同时心里想着的都是李昱铭的好，或许，她离婚了，他会娶她？

可是陈翔怎么办呢？向他提出离婚？陈翔什么也没有做错，陆叶红说不出口。可是不离婚，她就不能和李昱铭过夫妻生活，过幸福的日子。再说，就这么和李昱铭偷偷摸摸地约会，别说陈翔一定会察觉，就算能瞒住他，她心里也觉得对不住他。

望着陈翔，陆叶红的手在他脸上轻轻地抚摩着。陆叶红了解陈翔的性格，只要她提出离婚，陈翔肯定会冷静地签离婚协议书，陈翔爱陆叶红，超过李昱铭爱她。

想起陈翔对她的好，陆叶红真的不忍心伤害他。

算了，要不就这样过吧！过去的八年不也过来了吗！

3

就在陆叶红打算不再和李昱铭有任何纠葛，要和陈翔好好过日子时，李昱铭给陆叶红打来了电话。

“宝贝儿，今天中午有时间吗？我们一起去看电影好吗？”

陆叶红的心有瞬间的犹豫，这些日子，她以为她已经把自己对李昱铭的感情抽剥了很多，她以为她可以渐渐地从两人的感情中跳出来，她以为她对李昱铭已经可以有许多的不在乎，她以为……可是她发现，她的魂无论如何也不能从李昱铭身上抽回来，那声宝贝叫得她的身子都酥了，她知道自己敌不过对李昱铭的爱，自从没了李昱铭的关怀，她对什么事都没了心情，她已经把自己活活地给弄丢了，其实不过十多天的时间，却像熬了十几年，她是那么的渴望见到他，哪怕一眼，哪怕听到他的一句话，哪怕……所以她赴约了。

“铭！”陆叶红扑进李昱铭的怀里不愿意抬头。

李昱铭疼爱地抚摸着陆叶红的脊背，“我们先一起去吃午饭，然后再去看电影好不好?”

陆叶红点头。

餐馆里,陆叶红坐在李昱铭身边,拉着李昱铭的手一直不肯放,仿佛一放手,李昱铭就会消失了一般。

李昱铭一直在笑,有一种胜利在脸上,有一种自信在眼里,他抚着陆叶红的脸问:“高兴吗?”

陆叶红不笑,却哭出来,“你坏……你总是欺负我,让我心一下子提到嗓子眼,一下子又落下去……”说着把眼泪蹭在李昱铭身上,“你不知道一个女人的爱会有这么深,深得让我犹豫,让我无措,让我牵肠挂肚,让我不管不顾,让我找不回自己,让我……”

“我怎么舍得欺负你!我心中,你最重,没有哪个女人能比得上你。”说着李昱铭紧紧地拥了陆叶红一下,把虾啦鱼啦一一地夹到陆叶红碗里。

陆叶红擦净眼泪,享受着被李昱铭爱抚的感觉,她问:“今天怎么有时间约我出来?”

“想你了!”

就这三个字,陆叶红就感动了,她紧咬着嘴唇,差点又哭出来。

这顿饭吃得断断续续,陆叶红不停地问李昱铭一些有关他和那个女人的事,然后又心酸地不停地说着自己的心情,一直到电影院里,陆叶红都把李昱铭的手抓得紧紧的。

“我跑不了的。”李昱铭呵呵地笑。

陆叶红也笑,是那种很凄美的笑,“抓着你的手,我才有安全感,才能感觉到你就在我身边。”

电影开始了,陆叶红的手仍旧死死地抓紧着李昱铭,她的目光并不去看屏幕上的电影,她不知道电影里都演了些什么,她的目光就是不想离开李昱铭,她看他眨着眼睛的睫毛,她看他手不时地在脸上某处轻轻地挠挠,然后就去想刚才李昱铭说过的那些他和那个女人的事情,这种思想，并不是一种幸福，是折磨。

终于感到了陆叶红的目光始终停留在他脸上，李昱铭转过头来，拉过陆叶红的手，却感到了她手上的潮湿。

“出汗了？”

“热。”

李昱铭的手就摸进陆叶红的衣服里，吃了一惊，“这么热的天就穿保暖内衣了？”

“你送我的。”

“那你也得等天凉了再穿啊。”

陆叶红的眼睛看也不看李昱铭，她只是把袖口举到鼻子前嗅了嗅，喃喃地说：“这衣服上有你的味道……”

“你……”李昱铭一把揽过陆叶红，他的吻留在了她的额头上。

李昱铭只能叹气自己是个男人，他可以爱陆叶红，可以爱她入骨，但不会把心掏给她，也不会让自己的身边没有女人。甚至，他不会让陆叶红搅进自己的生活中来，因为他是个男人，他的爱不会永恒。所以电影看完，李昱铭说：“我送你回家吧。”

陆叶红看看时间，离陈翔下班的时间还早，可是李昱铭已经想要和她分开了。她先是皱起眉头望着李昱铭，却突然一挑眉梢，脸上的失望和可爱全没了，只剩下成熟冷艳，“我对你一点诱惑也没有了是吗？”

其实如此埋怨李昱铭并不完全对，因为陆叶红的话音刚落，李昱铭就拉过了陆叶红的手，一年前的回忆又回来了，那个骨瘦如柴的身子，那个满嘴诗文的锋利嘴巴，那个充满着爱欲的一双眸子，再一次激发了李昱铭对她的欲望，他把陆叶红带回了家。

其实李昱铭把家收拾得看不到任何女人的痕迹，但陆叶红偏偏能嗅到那个女人的味道，她不想在沙发上坐下，因为那里被那个女人坐过，她不想喝水，因为那个茶杯或许被那个女人用过，她甚至不想上李昱铭的床，因为那上面被那个女人沾过……曾经被陆叶红那么熟悉的李昱铭的家，她突然觉得陌生了，突然觉得不想留下了。

“站在那里发什么愣呢？”李昱铭抱住陆叶红。

陆叶红勉强地笑，信口问道：“和那个女人什么时候认识的？”

“这个这个……其实在认识你之前就认识她了。”李昱铭杵着，话语有些支吾。

陆叶红差点背过气去，敏感地问：“这么说是我做了第三者？”

“不能这么说，原来我们只是好朋友。”

“好朋友？托词吧？”只是这话陆叶红并未吐出口，她把心中的一口气慢慢地吐在嘴里，不让李昱铭看出来。好久她的心才算平静下来，她真的是受到了打击，她难过地垂下头，轻声地问：“你喜新厌旧了是吗？”

“别胡思乱想，我只是寂寞，想身边有个女人能围着我转。”

陆叶红悲伤地点头，“是啊，想必我这没有离婚的就不如单身的有优势。”

“她也没有离婚。”说出这话，李昱铭大概觉得自己有些多嘴，于是又补充了一句，“她说她会和她老公离婚，让我等她几年。”

陆叶红有些听不下去，她推开李昱铭，冷冷地望着他的脸。

李昱铭有些无辜地蹙着双眉看着陆叶红。

什么十年的期限？什么永生永世？不过一年的时间里，当陆叶红还躺在李昱铭身边时他的心就飞走了。陆叶红为自己感到好笑，她一直怕他孤单寂寞，他却早就把别的女人抱到怀里了。陆叶红原以为李昱铭会因为爱她情浓放不下，却不料他根本就把那十年或是永生永世的承诺当成了儿戏，原来傻的是陆叶红她自己。在她以为李昱铭如何如何爱她胜过她爱李昱铭，分手后也念念不忘放不下她的时候，却发现放不下的是自己，李昱铭早已经放下了。其实这也是种背叛。

“我想走。”陆叶红现在根本不想再单独和李昱铭待一分钟！也许，陆叶红不再爱李昱铭。只是她习惯了被李昱铭宠，习惯了给李昱铭爱。也许,一年的情爱,连串的打击,她心里已经装不下对李昱铭的爱了。她怕再被伤害,她走到门口,去拉门。

“为什么?”李昱铭从陆叶红身后抱住了她,埋怨地说:“怎么,你也学会了我的本事,轻易就把我的心情撩拨得一下失落一下振奋?不过我知道你是故意在我面前装淡漠,你心里是爱我的对不对?”

陆叶红哭了,“你知道你在伤害我吗?你为什么要这样伤害我?你是凭着我对你的深爱,所以才可以这样肆无忌惮地伤害我啊!”

一句话,说得李昱铭灵魂一颤,他不由分说抱起陆叶红把她放到了床上。

有些爱,要到失去了才知道可贵。此时的陆叶红就是这种心情,她真的不想失去和李昱铭的爱,不管他这一年都和什么样的女人上过床,不管李昱铭是不是爱她,她内心最深处,只有一个愿望,要和李昱铭重新在一起。

李昱铭把嘴贴近陆叶红的耳边,“不,我真的爱你,我用生命发誓。”

瞬间,陆叶红被李昱铭的甜言蜜语融化了,仿佛李昱铭的手就是一根魔杖,只要在她身上轻轻一抚,那些恨那些不满都随即烟消云散。她突然觉得李昱铭并没做错什么,一个单身男人,他为什么不可以去寻找他的爱?难道要他把赌注下在一个没有离婚的她身上吗?陆叶红叹出一口气,她不想去思考那么多了,现在,她一定是重新属于李昱铭的。

陆叶红闭上了眸子,她要享受李昱铭给她的爱。

李昱铭的唇沿着陆叶红的脖颈、耳朵、后背往下走,陆叶红感到了温柔的触碰引发的激灵,瞬间,陆叶红甚至产生了眩晕感、沉醉感,她的心里只有一个念头——李昱铭是我的!

此时此刻,李昱铭真的就属于了陆叶红,他把温暖湿润的呼吸侵进陆叶红的耳朵里,他扶着陆叶红的腰让她骑到了他的身上,他凝视着陆叶红微闭的双眸和赤裸的全身。

陆叶红尽显妩媚，她面若桃花，嘴唇鲜红，神采奕奕，她的胸颈部位散发片片红晕。

是啊，这一刻的女人一定是最美、最漂亮、最充满生命力与爱的。李昱铭禁不住含住了陆叶红的那两朵花蕾，他陶醉在陆叶红的呻吟中，他令陆叶红的呻吟响起在这间温馨浪漫的卧室里。

陆叶红已经没有思想，她感到大脑变成空白，她感觉到自己的魂魄飞到了九霄云外。

当陆叶红平静下来躺在李昱铭的臂弯中时，她恨自己为什么要屈服在李昱铭的情欲中？她对他的爱恋为什么要如此浓烈？

4

婚姻生活中有很多无奈，陈翔遇到了最常见的一种，陆叶红正式向他提出了离婚。

也许在今后的日子，还会有许多麻烦接踵而至，但陈翔觉得，人生任何一种经历都是一份财富，这只有在岁月的累积中才会明白。他看着陆叶红的脸，眼也不眨地答应了。不过，他对陆叶红说："我知道，你得需要一万个理由才能爱我，你只要一个理由就可以放弃我。而我，我有一万个理由也不放弃你，只凭一个理由——爱，就可以同意你的要求。"

听了陈翔的话，陆叶红的眼泪差点掉下来。

陈翔帮陆叶红擦去在眼眶里打转的泪水，苦笑着说："你知道这周我有多开心吗？我做梦都是甜的。只是，我知道，有多开心就有多担心。我怕，美梦容易醒。不知道哪天你又会冷漠我，不知道哪天你又会回到你的小书房。所以和你在一起时，我觉得睡觉都是种浪费，所以我常常睡一小觉后就醒，然后拿这段时间静静地看着你。"

"对不起……"陆叶红哽咽着。

陈翔摇头，“是我配不上你。”

结婚这几年来，陈翔曾很爱很爱她：

陈翔爱她穿着袜子在屋里走来走去诵诗的样子；陈翔爱她把鼻头皱起好多褶子对着窗玻璃做鬼脸的样子；陈翔爱她背着手构思诗歌发呆的样子；陈翔爱她……

自从她认识了李昱铭后，陈翔曾很恨很恨她：

陈翔恨她为什么性冷淡最后却和别的男人上床；陈翔恨她把他抛在卧室那张两人睡的大床上自己却独自去睡小书房那张窄窄的小床；陈翔恨她……

陈翔的痛苦并不是他知道自己配不上陆叶红，而是当他知道陆叶红另有所爱时，他的心便刀割一般地疼。不过他知道，他真的在哪方面都不如李昱铭，陈翔身高只有一米六几，他的能力、性格和工作，他从来不敢和李昱铭比。

许是怕看陈翔的痛苦，许是怕自己会反悔，陆叶红说她要去外地散几天心。

“拿着！”陈翔把一张信用卡塞到陆叶红的手心里。

“我有钱我不要，你自己留着用吧。”陆叶红又塞回陈翔手里。

“我不能陪你一起去，你喜欢什么就买什么，算是我最后一次为你花钱吧。”陈翔再次把信用卡放回到陆叶红手中。

这话说得陆叶红潸然泪下，她差点就要反悔了。她毅然决然地收拾东西离开了家。

陈翔猜陆叶红是和李昱铭一起去的，但是否是一个人还是两个人似乎已经不重要了，因为陆叶红回来后，肯定会把一纸离婚书放到他面前的。

失而复得有多开心，得而复失就有多痛苦。当陈翔看着陆叶红拖着行李箱走出家门时，他完全崩溃了。他觉得陆叶红再也不会回来了，一辈子都不会再出现在他面前了。从那一刻起，他头昏、他眼花、他恶心，他的心总是怦怦跳得厉害，好像要蹦出来一样，他的手脚一直发凉，发麻。尤其是晚上，他睡不着觉，他不停地想给陆叶红打电话，他想告诉陆叶红，“我爱你，我发疯了般地爱你……”可是他总也不敢拨出去。他就那么一晚上一晚上地拿着手机坐在床上发呆。

上班时，下属看陈翔傻傻呆呆的样子，皱着眉头问他：“陈总，你这是怎么了？”

陈翔木木地回答，“老婆去外地了。”

“你舍不得她离开你是吗？”

陈翔点头。

“那你就请假跟她一起去呀！”

陈翔摇头，他怎么能做陆叶红和李昱铭的第三者呢！

“傻瓜，想老婆就给她打电话呀！”

陈翔捧起了手机，看一眼下属，拨一个号码，他的感觉居然像第一次和陆叶红见面后给她打电话一样，他清了清喉咙，想好了要说的词。然后慢慢地想：陆叶红会不会不接他的电话？陆叶红会不会冷淡地挂断他的电话？

下属的眼睛一直瞪着陈翔，没有表情，却目不转睛。

陈翔终于拨完了陆叶红手机的全部号码，但他又做了一个令下属目瞪口呆的事，紧接着，他把那一组号码删去了。

“你这个人真逗，你连个电话都不敢给老婆打？”下属一把抢过陈翔的手机，“我帮你拨。”

陈翔又把手机抢了回来，还是摇头，“算了，不打了，不就是去外地玩几天吗，很快就会回来的。”

下属扑哧笑出声，“你这个人呀，怪怪的。”

“我怪吗？”陈翔想不出自己究竟怪在哪里，但他的心就是没着没落的，仿佛被掏空了似的。

就在陈翔天天看着手机发呆要不要给陆叶红打电话时，陆叶红竟给陈翔打来了电话，“明天中午到，来机场接我一下。”许是为了证明自己真的是独自去外地散心似的，陆叶红头一次让陈翔去机场接她。

“好，一定。”陈翔有些受宠若惊的感觉，一晚上都没睡，想着见面后会有些什么样的语言，陆叶红还是坚持离婚吗？她会不会反悔？陈翔第一次感觉女人的心思那么难猜。

清晨起来，陈翔就觉得脑袋发胀。不过，他还是兴奋地提前去了机场。

陆叶红的情绪很好，对陈翔笑着讲她的所见所闻，可陈翔没有力气回答，他打着精神帮陆叶红拿行李，为她开车门，然后把保温杯送上。

“你怎么了？”陆叶红的手触到了陈翔的手，然后把手放到陈翔额头摸了摸，惊讶地叫起来，“你发烧了！病了就不用来接我啦。”陆叶红似乎被陈翔感动了，脸上流露出无限的温柔。

回家后，陆叶红照顾陈翔躺下，她给陈翔拿药、做饭。

陈翔昏昏沉沉地发着烧。

陈翔总是梦到陆叶红，他不停地在心里劝自己，不要再梦到她了，也不要再想她了，再怎么心痛，他和陆叶红都是无缘无分的两个人，这个，在结婚的那天晚上他就清楚。陈翔翻个身，接着迷迷糊糊地半睡半醒，还是想起了很多和陆叶红有关的事。

孽缘！

陈翔不愿说这么难听的词，可再没有比这更恰当的词可以用来形容他和陆叶红的婚姻。陆叶红和一个她不爱的男人过了这些年，要不是因为想不开，她能割腕自杀吗？就算是没死成，就她的性格，她早晚还是要做这种事的。可以说，她是被他的朋友李昱铭救下的，她带着她愤怨的心情投入到李昱铭的怀抱，何尝不是件好事？至少，有人继续疼她、爱她，而不是伤害她。陈翔知道自己是给不了陆叶红幸福的男人，既然如此，那么就让她寻找自己的幸福去吧。

只是，陈翔觉得自己的心在疼，虽然他用更多的退让、更低的姿态挽留他和陆叶红的感情，可受伤的心却不能平衡，他恨李昱铭，他恨陆叶红。他对他们两个有许多的憎恶，可是一想到要真正地分手，却又记起陆叶红对他的好来，他就更加地爱她。因为爱得痛苦，才愈加铭心刻骨。如此的孽缘几乎使陈翔崩溃。不过陈翔偶尔会清醒地想，高烧退了，一切都会好的。

5

该来的月经不来了，陆叶红清晨起来刚把牙刷放进嘴里就开始干呕起来。她趁陈翔上班时，偷偷地去医院做了个尿检，阳性。也就是说，她怀孕了。

根据医生的推算，她知道这个孩子是陈翔的，但她却拿着尿检单去找李昱铭。

“什么？你怀孕了？难道你每次都没有避孕措施吗？”李昱铭惊诧地喊起来。

接着陆叶红又把已经签了她名字的离婚协议书拿给李昱铭看。

李昱铭蹿了，“你这个女人怎么这么任性啊！陈翔是我哥们儿，陈翔是个好男人，他对你那么好，那么爱你，你怎么会真要和他离婚呢？”

“可是我不爱他。”陆叶红说出了真话，“我爱的人是你！”

“你……”李昱铭的脸阴沉着，不知该如何劝陆叶红才好。

“你只要告诉我，你究竟爱不爱我？”陆叶红也严肃着脸。

“我爱！但是我不能娶你。”

“为什么？”

“好女人是不能娶的，只能欣赏，只能做情人，娶回家后，就变成老婆了，变成老婆就要做那许多琐碎的杂事了。我要找的是老婆，我不舍得让你做那些老婆和保姆才做的事。”

“我会像保姆和老婆那样照顾你。”

“我不会舍得让你做任何事。”

“这就是你不娶我的理由?”陆叶红怎么也想不通,这算不算一条理由,似乎有理,但却不能服人。

“陈翔那么心疼你,你和他好好过日子,我想你的时候会找你一起坐坐,或是……”见陆叶红垂着头,李昱铭拉过陆叶红的手劝道:“听我的话,别任性,去做个人流,我陪你去。”

“不,我要把这孩子生下来。”陆叶红噘着嘴固执着。

“你疯啦?”李昱铭气得直跺脚,“你想让陈翔帮我把孩子养大? 你想用孩子拴住我一生? 你……”李昱铭已经气得不知道说什么才好。

陆叶红抬起头,望着李昱铭那张有些变形的脸,冷冷地笑,“我怎么会用孩子拴住你的一生? 而陈翔,就算让他帮我抚养你的孩子,他也会百分之百地心甘情愿。”陆叶红甩脱了李昱铭的手,很是冷静地说,“孩子我生定了,就算是你不管,我也会一个人扛起来,我要让你看到我的坚强。”其实陆叶红早就想好了,若李昱铭真的会娶她,她一定会先把肚里的孩子做了,如果李昱铭真的想要他俩的孩子,她会为他生一个。此时,只不过是试探李昱铭爱不爱她的一个理由。

“叶红,你听我说……”

李昱铭简直是在哀求,陆叶红却打断他的话,“我知道,你是真的不爱我了。”陆叶红吸了一下鼻子,深呼吸,抓住李昱铭的手。

李昱铭能够感觉出来,陆叶红的手在颤抖,他突然揽住她,“我爱你,我真的爱你,这一生一世都不会忘了你,只是,你不要如此任性好吗?”

陆叶红抱住李昱铭的腰,把头埋在他的怀里,喃喃地说:“我真的很想为你生一个孩子,我真的想和你一起过日子,我会和其他女人一样照顾你,我也会像保姆一样做好家里每一件事……”

陆叶红哭了,李昱铭只能看到她的背一耸一耸的,他拍着陆叶红的肩膀,声音里含着哭腔,“我知道你什么都能做的,但我不能娶你,真的不能娶,因为我不能再对不起陈翔了。”

陈翔,怎么就成了陆叶红和李昱铭结婚的一堵墙了呢?陆叶红突然咬牙切齿地低吼道:“陈翔,你等着!”

第二十五章

1

陈翔在马悦的办公室里。

陈翔从陆毓姗那里得知田翼飞一直在找陆婧婷，于是他直接去了陆婧婷单位。

马悦说："陆婧婷办了退休手续，我也不知道她会去哪里？或许是旅游去了？"

陈翔挠头，陆家三姐妹，他最喜欢和这个老二聊天，所以和陆婧婷走得最近，有什么事都喜欢和她商量一下，没料到，她却谁也不说一声，就离开了家。

"二姐，你在哪里呢？快快回来吧，省得二姐夫着急。"陈翔时常望着天想。

而此时的陆婧婷并不知道这个妹夫在祈祷着她早日回家。陆婧婷已经在赵荣菊家里住了下来。天一亮，她就自己偷偷地从赵荣菊的西屋里出来，独自一人往山里走去。

确切地说，这座山上并不能算美，山上有树，却零零散散的，完全不像人们描写的那些郁郁葱葱的山。山上的石头很多，尤其是那种很大的石头，更像是长在了山上一般。有些石头，突兀地立在山上。陆婧婷朝四周望了望，她没有别的选择，只有爬上这座山，因为要去别的山，也得经过这座山。因为有大块的时间，所以陆婧婷没有一些着急，她慢慢地往上爬着。

爬到半山腰时，陆婧婷看到了两个村民，像是两口子，他们站在一旁，目不转睛地盯着陆婧婷，仿佛没见过人似的，那眼神充满了天大的好奇。

陆婧婷避开那两个村民的目光，横着插到山的另一边，继续往上爬去。

这一年多的时间，陆婧婷由于身体和精神都受到了极大的创伤，所以，她的体力大大地不支，她费劲儿地往山上爬着，也不知道爬了多长时间，她看到了一处悬崖，很陡，很险，她有些兴奋地停下来，喘了几口气，仔细地从远处观察着那处悬崖。

垂直的悬崖顶端的石头冲天撅着，像一条朝天吼叫的望月狗，望月狗的下颌是凸凹不平的像狼牙一样交错的形状，那是一处极好的结束生命的去处。她轻松地吐出一口气，仿佛一下子找到了自己的天堂，迈开步子朝着悬崖的顶端爬去。

陆婧婷歇了几歇才终于爬到了悬崖上。

站在悬崖上的感觉令陆婧婷激动，风很大，视野也很开阔，站在这块大石头上并不觉得这块石头有什么特别之处，只是因为周围有很多平平的石头做铺垫，所以才显得这块大石头变得突兀起来，有一种高处不胜寒的感觉。她走到悬崖边，探出头，往下看，什么都没有看见。

陆婧婷已经累得气喘吁吁，她只能一屁股坐在大石头上，让凉风吹拂着她的脸，凉丝丝，却惬意。她环顾着四周，往北去有更高的山，往南去能够看到赵荣菊居住的村庄，东边和西边都有连绵起伏的山，她不知道这里是不是比神农架更美，但她能够肯定，这里也是一处令人流连忘返的景致，她喜欢这里，因为这里会比神农架更静，更适合她成为大山深处的一点尘埃。

陆婧婷觉得自己已经找寻到了成为大地泥土的最佳地点，她再看一眼山下，村庄像一些捏在手心里的模型，没有任何生气，而她，就将伴随着这座山永存了。

陆婧婷抬眼看天，南方的三月，天是湛蓝的，有云在天上轻轻地慢慢地移动，树是绿的，随风婆娑起舞，空气中有潮湿的味道。她真的很舍不得离开这个世界，世界很美，可是她的心却是苦的，苦得使她不想留在这个世上。她从口袋里掏出手机，打开。她想最后是否对田翼飞说上几句话，让他善待儿子，可是，刚打开手机，就有短信冒了出来。

婷儿，怎么自己一个人就出远门了呢？身上带的钱够吗？自己一个人会很辛苦，钱不够说一声，我给你汇过去。玩够了就回来吧，老公很想你，老公对不起你，给老公一个改过自新的机会好吗？

陆婧婷的眼泪瞬间就扑簌簌掉下来，她看了看发短信的时间，是昨天田翼飞下班后发的。陆婧婷不知道昨天晚上田翼飞是怎样度过的，他会想她吗？他会后悔吗？他会反省自己吗？想象着田翼飞孤独地在大屋子的楼上楼下转悠着，不知该如何是好的样子，陆婧婷哭出了声，她心如刀割，她不想把痛苦留给任何人。终于，陆婧婷放开嗓门号哭起来，在城里，她不敢，她怕被邻居家听到，可在这里，她什么都不用担心了，因为陪伴她的只有山和山里的树木，它们会默默地保守着她的任何秘密。

眼泪渐渐干涩在脸上，陆婧婷透过粘在一起的睫毛，看着远处的山，突然间苦笑了起来，然后责骂起自己："没出息的，你怎么知道田翼飞会为你着急？他可以不用再向任何人编造谎话，堂堂正正地去那个女人家里过夜，然后装模作样地跑进卫生间偷偷地给你发这条短信。"一想起田翼飞和那个女人，陆婧婷的心就开始痛，绞着似的痛。

说心里话，放弃感情、抛弃一个辛苦经营了二十年的家是件非常痛苦的事情，因为她的爱还在，但从理智的角度去想，她知道感情这种东西是没有对与错的，它是一种"缘"，缘在感情在，缘分尽了，一切就都到头了。不管田翼飞是个怎样的男人，在其他方面有多优秀，当他想有外遇时，当他想不顾孩子和家庭去爱另一个女人时，陆婧婷觉得他对自己来说已经没有任何值得留恋和惋惜的了，有谁说过的一句话，爱一个人就是要让他幸福，那么，就把幸福留给他吧，让自己在这个世界上消失吧。

陆婧婷把手机关了放进口袋里，然后站起身，拍拍屁股上的土，慢慢走到悬崖边。

悬崖下的景致是美的，有风吹树叶掀起的涛声，有鸟虫唧唧我我低低的鸣声，还有，陆婧婷似乎透过婆娑的树叶看到田翼飞和那个女人拥抱在一起，在窃窃私语地笑她，她的鼻头一酸，忍住了又要流出的泪水，从鼻子里轻轻地哼了一声，“田翼飞，我就成全你。”话刚说完，身子就被一双手紧紧地抱住了。

2

陆婧婷回头，抱住她身子的人是赵荣菊，赵荣菊身后跟着那对夫妻村民。

只见赵荣菊的手像一对箍子似的箍住了陆婧婷，并紧张地喘着粗气飞快地说“大姐，你这是要干什么？有什么想不开的？可不能做这种事！快走，我们离开这里！”

陆婧婷随着赵荣菊离开悬崖边，然后挣脱开她的手，看了一眼那两个村民问赵荣菊：“你怎么也来了这里？”其实陆婧婷知道是那两个村民指的道。

“一大早我就跟着你上了山，原以为你随便来遛遛的，想不到你……”赵荣菊憋住了下半句话。其实，从陆婧婷说要来旅游，赵荣菊就开始怀疑她了，一个中年女人，单独出来旅游，似乎有些过分了。尤其是想到她在火车上睡着后大喊大叫的情形，赵荣菊就有些怀疑陆婧婷旅游的目的了，所以她一大早发现陆婧婷独自上了山，就尾随着跟了上来，想不到，还真的被她猜中了，陆婧婷居然要跳崖！

“我就是来遛遛的。我在看风景。”陆婧婷争辩着。

“来遛遛要往悬崖边上去？”赵荣菊有些生气地嚷着，“我还没有带你去看真正的风景，你以为这里就是好风景？”

陆婧婷并不为赵荣菊的生硬口气恼火，她紧闭着嘴从鼻子里笑了一声，“这里的风景很漂亮啊！”

“哪天我带你去看看这里最美的风景，看完后你就再不会说这里的风景很美。”赵荣菊又拉住陆婧婷的手，“走，回去吧，我弄点早饭吃，吃完了我带你先到村里走走看看。”

陆婧婷笑笑，算是同意。下山回去的路上，陆婧婷一句话都不想说，她感激赵荣菊的及时相救，尤其是她感动被一个乡下女人的关心，她的泪再一次地流出。

而赵荣菊却像什么都没发生似的，她和那两个村民道别后，便带着陆婧婷往山下走去，边走边絮叨着：“去年，就在那块大石头上，后村的一个女人想不开就从那里跳下去了，因为她的丈夫去城里打工后，找了个也在城里打工的女人结了婚，并和她离了婚。”

陆婧婷专注地听着，并踉踉跄跄地跟在赵荣菊身后走着。

“其实有什么想不开的，”赵荣菊根本就没有让陆婧婷说话的意思，她继续说着自己想说的话题，“为这种男人去死，真是不值得，抛下个老父老母还有两个孩子，哭得那个凄惨。要我说啊，就要活出个样子给那个臭男人看看，再说就是为了两个孩子也不该去死啊。”

下山的路远比上山的路要快多了，陆婧婷一句话也不说，跟着赵荣菊身后，脑子里一直在旋转着那个从崖上跳下的女人，似乎就像她亲眼见到的一样，那被风吹起的头发，那伸展开的四肢，还有，她是不是戴着一块红纱巾，红得像血一样的纱巾被风吹得鼓了起来，当她轻飘飘落地时，那块红纱巾覆盖在她的躯体上，浸在她的血泊中，就像一个有生命的精灵般在风中抖动着。

赵荣菊还在说，但陆婧婷一个字也没听进去，她似乎看到了那个女人的一双儿女扑在母亲的尸体上声嘶力竭地哭号着，她似乎又看到了那个女人的丈夫站在那个女人的尸体旁狠狠地扇着自己的脸，后悔不已……

直到回了赵荣菊的家，陆婧婷才回过神来。

赵荣菊家里并没有什么好吃的，她熬了一大锅粥，用大碗盛了，一人面前放了一碗。赵荣菊的丈夫向陆婧婷点了个头，算是打过招呼，就捧着碗去了院外，婉红和小水坐在桌边喝得呼呼噜噜的，很香的样子。可陆婧婷却怎么也喝不下，她把粥倒回到锅里一大半，这才拿起筷子一点一点地往嘴里拨。

赵荣菊很不过意的样子，"大姐，真不好意思，我们这里早晨就喝粥呢。"

"没关系，我很喜欢喝粥的。"陆婧婷赶紧往嘴里拨了两口。

"瞧你那点猫食，还不够我塞牙缝的呢。"赵荣菊说着笑起来，笑得咯咯的。

婉红和小水也跟着笑，小水还学着妈妈的样子对陆婧婷说："阿姨，你这点粥就像猫食，还不够我塞牙缝的呢。"

看着小水的嘴边沾着几粒米粒，陆婧婷也笑了，她帮小水把米粒擦去，用手点着他的小鼻子说："你才像个小花猫呢，看你的脸上。"

婉红跟着陆婧婷去刮小水的鼻子，边刮边说："小花猫，小花猫。"

小水不干了，他放下碗，也举起手去刮婉红的鼻子，"你才是小花猫呢。"可是婉红不让他刮，两人就打闹起来。

看着两个孩子闹成一团，赵荣菊叹着气，"大姐，我想求你个事，不知你能同意不？"

"什么事？"陆婧婷喝光了最后一口粥，问。

"你看这两个孩子，"赵荣菊叹着气，"婉红十岁了，该上三年级了，可学校离这很远，婉红经常不能去学校，学习成绩非常不好，小水也七岁了，也该上学了，可也一直这么耗着，你如果不急着回去的话，就在我们家住下，给婉红和小水当当老师，没事了我带你去看看景儿，等玩够了再回去，那时，我也跟着你进城，日子再穷再苦，我多难多累，我也一定要让小水上学。”

陆婧婷望着赵荣菊坚毅的脸，心中有一种说不出的滋味，一个贫穷的山里女人，她的日子放在城里人的身上是无法活下去的，可是她却在这种贫瘠中放飞着自己那点点可怜的理想，陆婧婷不知道是什么东西在支撑着赵荣菊的精神，她觉得自己做不到，不过，她被感动了，望着两个天真无邪、在贫穷生活中活得津津有味的孩子，陆婧婷觉得自己没有任何权利拒绝赵荣菊的要求，所以她几乎是痛快地，也是痛苦地点了头。

看到陆婧婷点头，赵荣菊开心了，笑得脸上的皱纹都堆在了一起，“这敢情好，这敢情好！”然后又一把扯过两个孩子，“快叫陆老师啊。”

两个孩子有些腼腆地抬起头，唤了一声：“陆老师。”

不等陆婧婷答应，赵荣菊又有些不好意思地说：“陆老师，不过我们的学费……”

陆婧婷有些责怪地说：“你真是的，谁要你的学费啦？”

“那可不行？”赵荣菊摇摇头，“不能让你白教啊。”

陆婧婷哑然，心想，一个不想活的人还会想着要收孩子们的学费？带到天堂里去？交给上帝？可是这些她对赵荣菊解释不了，于是只好说：“怎么叫白教呢，我不是还吃着你家的饭嘛。”

赵荣菊笑了，歪着头看了陆婧婷片刻，说：“那就这样，你住在我们家，吃在我们家，然后给孩子当老师好吗？”

陆婧婷点头。

陆婧婷很讨厌自己懦弱的性格，她已经在死的边缘上来来回回地走了几次了，她知道自己贪恋生，也向往死，本来她是想找到一种更妥帖的死法才出来的，本来她是想在那个悬崖边上纵身跳下去，可是，却被赵荣菊及时地拉回了生的路上。“暂且苟活着吧。”其实这不是陆婧婷安慰自己的理由，她着着实实地是被赵荣菊那种在贫穷中挣扎的理想和精神感动了。就算是对这个山村里贫穷的赵荣菊的一点小小的回报吧。

3

陆婧婷不得不求助于大姐，她发短信，让陆毓姗帮自己买点课本来，语文的，数学的，英语的，因为婉红的课本都被她爸爸当卷烟纸烧掉了。

“什么爸爸呀！连孩子的课本都不放过！”陆婧婷气愤地骂着赵荣菊的丈夫张宝天。

赵荣菊呼应着陆婧婷的责骂，“就是，他一出去赌牌就要抽烟，急了找不到纸就从婉红的课本上撕纸，婉红吵过他多少次，他理都不理。”一提起丈夫，赵荣菊浑身上下都是气，“为这我也和他吵过多少次架，可他常常一把将我推开，从我手里抢过婉红的书就跑走了。为了那个牌，他眼珠子都是红的。”

“有一次，他连我要交的学费都抢走赌牌去了。”婉红也气愤地插着大人的话。

陆婧婷抚摸着婉红的头，“婉红，等课本寄来了，你要把它好好收藏着，别再让他抢走了。”

婉红使劲地点头，“我要把课本藏到一个他找不到的地方。”

小水也跟姐姐附和着，“我也要把课本藏起来，我要把它藏到床底下，爸爸钻不进床底下。”

小水的话把陆婧婷逗乐了。

当陆婧婷如期接到那几本小学课本后，兴奋得一晚上没有睡着觉，她在昏暗的灯光下，一页一页地翻看着课本，这是陆毓姗用特快专递寄来的啊！走了整整五天的时间，费了多大的劲儿啊！其实让陆婧婷兴奋的不仅仅是课本，因为赵荣菊把陆婧婷要给婉红和小水当老师的事告诉了村长，村长昨天来找陆婧婷，“陆老师，”俨然，村长已经把陆婧婷当成了真正的老师，“我们这个村子小，也穷，没有上学的孩子有十多个呢，你能不能捎带着把他们都教上？”

陆婧婷为难，因为她来的目的不是当老师，这只是她实施自己计划的一个停留点，所以她推辞着，“村长，我没当过老师，我只是来旅游的，待不了很久就会走的。”

见陆婧婷面露难色，村长一口一口地叹气，“这些孩子们都可怜，能教他们识一天字也是好的，省得将来出门打工去，连男女厕所都分不清。”

看着村长企盼的目光，陆婧婷答应了，不过仍旧强调地对村长说：“我只是来玩的，不定哪天就走了呢。”陆婧婷已经两次对村长说到那个“走”字，她明白那个“走”字的深刻含义。

村长又何尝不理解这个字的含义呢！他见陆婧婷答应下来，便呵呵地笑着，“你想玩去的时候就让荣菊陪着你，不想玩去的时候就教这些孩子们认几个字，别让他们整天像野狗似的满山跑，都跑疯了。”

陆婧婷的心终于释然，“好吧，寄来课本就上课。”

村长仍旧是呵呵地笑着，“我们这里穷，学费就让孩子的家里送点粮食充抵吧。”

“这个就算了，别为难那些孩子。”

“可你总要吃饭的。”

陆婧婷默然，“好吧，都交给荣菊吧，这些日子我住在她家里。”

山里的景色宁静而美丽，白天，伴着清风，踏着潺潺的流水节拍漫步是一种享受。夜晚，繁星缀在天幕如同晶莹的砖石在黑色的绒布上闪烁，阵阵虫鸣好似天籁。陆婧婷喜欢在这样的山村，她常常望着从山上蜿蜒而下的溪流绕村而过，心便被那清澈的水带走了……

不过，这个山村真是太贫穷了！这里的村民，有无穷无尽的磨难，拮据，辛苦，操劳，疲乏，养家糊口成为最伟大的理想和追求，一辈又一辈，山里的穷根仍没能刨掉，生命还是那样的贫瘠、枯萎……山里的草黄了，第二年又绿了，春天的花开了，又谢了，老人死了，年轻的一代又长成了，贫穷的山里自然的生命也永恒不绝……

陆婧婷常常听到那些蹲在墙根底下的老头们发出感叹："唉，这个穷山村，还活个啥哩。"说是说，可他们仍旧顽强地朝前迈，他们也在追寻着明日的曙光，他们也在寻找着出山的路。

其实，他们哪里知道，城里的生活也很艰难，那些去城里打工的乡下人，为冷暖温饱奔走，因不能出人头地烦心，每天是满脸的风尘，满鬓的霜雪，他们扛着肮脏的行李卷，吃着最简单的食物，像是一群群出窝的老鼠，没头没脑地到处撞着挣钱的运气，他们没有高的文化，没有出色的技能，甚至没有复杂的心计，只有爹娘给的一块结实的身子骨和并不吝啬的力气。于是，天底下最苦最累的活他们干了，天底下最少最可怜的工钱他们拿了，那钱分明便是血汗的结晶，是他们生命的透支啊。即使这钱，有时候也是拿不到手的，活干完了，包工头跑了，他们连回家的路费也没有着落，求助无门，有多少民工爬到高高的广告牌上向路人呼吁！又有多少叫天天不灵呼地地不应的民工顿足捶胸号啕大哭啊……

即使这样，还是有源源不断的乡下人被外面的世界诱惑着，他们也想象城里人那样攀上幸福的阶梯，抵达理想的天堂，将自己的梦想变为现实。

陆婧婷悲哀着。

4

山里人是淳朴的，毫无现代气息的山里人，他们辛勤地劳作，他们所有的希望都寄托在孩子身上。山里的贫穷落后让孩子们如梦般地渴望与外界联系……

所以当村长通知村里来了城里的老师时，所有能来上课的孩子都报了名。

村长是个热心的老头，他给陆婧婷安排好了一切，拿到课本的第二天，就开始上课了。

陆婧婷俨然做起了老师，在一间十几平方米的石头屋里，用长木头搭的桌椅，孩子们坐成两排，一个个用好奇的目光盯着陆婧婷。陆婧婷先在黑板上写下自己的名字，再用自己的认识写下孩子们的名字，然后帮着孩子们把名字写到了他们的课本上，讲课就这样开始了。

别看这些山里的孩子们野起来像条小疯狗，但他们也很胆怯，尤其是在陆婧婷面前，他们乖得像温顺的小猫，他们用不标准的普通话跟着陆婧婷念着黑板上的单词，用五音不全的嗓门跟着陆婧婷唱歌，一天的课程被陆婧婷安排得满满的，有语文、数学、音乐、体育，很充实，也很快乐。

当一天的课程结束后，当陆婧婷回到那间只有她自己的屋子里时，她才感到了一种宁静的孤独，她打开手机，很快，几条短信的铃声就蹦了出来。

有陆毓姗的一条，她问：

课本收到了吗？收到了回个话啊！不知道你和翼飞到底怎么了？能告诉我吗？

陆婧婷回了陆毓姗的短信：

课本已收到，所欠费用不日就可以还你，谢！

有单位办公室主任马悦的一条：

婷，退休后没有感到寂寞吗？多日不见，甚是挂念，要不要去看看你？无论如何请保重身体，有事吭声啊。

陆婧婷回了马悦的短信：

谢谢挂念，不用来看。

有田翼飞的一条：

婷儿，带的衣物够吗？你的腰和腿都不太好，多穿点，别让老公太担心了，抽空给我来个电话让我放心好吗？想你，爱你的老公。

陆婧婷深深叹口长气，眼里又聚满了泪水，心里有许多的不忍，她是舍不得离开丈夫的，可是在一起，她的心会痛，因为他不愿意只爱她一个人。她觉得她不是那种心里宽厚得能够容纳下丈夫情人的女人，所以，她退出来，她把幸福留给丈夫。

其实陆婧婷清楚地知道，发生在女人身上的这种事很多，她听到的或是看到的就有打架的、离婚的、杀人报仇的，不管有怎样的做法，无非是一种报复性的解气法，她也想报复田翼飞，也许，她的出走就是又一种报复，她不知道她的报复起到了什么作用，只是看着田翼飞的短信，心情略为好受一些。

在赵荣菊家里吃过晚饭，陆婧婷唯一能做的事情就是坐到院子里，望着远处黑乎乎的山峦沉思。赵荣菊家里没有电视，所以这些天陆婧婷就像个聋子似的不知道山外面的世界发生了哪些变化，不过，眼下她所关心的事就是自己如何选择一个机会，来实施她的计划。

想到死，陆婧婷长长地叹出一口气，也许可以在这个贫瘠的山村里做一个为孩子们服务的老师？直到死，一个孤苦伶仃死在穷山村的老人，没有任何人会知道她的身份，但这里的孩子们会记得她，这里的赵荣菊会记得她，是赵荣菊把她领进了大山里，是赵荣菊让她做了大山里的老师。

本以为来到这个小山村，陆婧婷能够从那苦恼的情感中逃脱出来，可是，情感这东西就像一贴狗皮膏药，黏着她不放，她又开始失眠，这几天晚上，她天天都是透过玻璃看着窗外的天，天上的星星，还有那在黑暗的云彩里忽隐忽现的月亮，然后去想和田翼飞共同度过的那些日日夜夜，他们一起躺在床上，有时是田翼飞把陆婧婷拥在怀中，有时是田翼飞躺在陆婧婷的臂弯里，有时两人一起仰卧两手相牵，有时两人侧卧，执手相看。就这样躺在床上一起聊婚姻、说孩子、回忆恋爱时的美好、憧憬未来一起变老、坐在摇椅慢慢聊的浪漫。

那是些怎样的日子，就那么在一夜之间消失了！又是一年怎样的折磨啊！想起这些，陆婧婷的心就隐隐作痛，就像有一双手在一点一点地撕扯着，让陆婧婷喘不过气来，让陆婧婷的大脑眩晕，让陆婧婷有一种生不如死的想法，她总是对着黑黢黢的天空发誓，“明天，明天我就走啦！”

5

陆婧婷睡不着，就这么一夜一夜地看，一夜一夜地想，想得难受了，干脆就爬起来到院里坐着，把玩着那个红黑相间的手机，来到这里，这个手机成了陆婧婷唯一的玩具。因为，那些她渴望的语言会从里面冒出来。

田原说：

妈妈，出差在外，注意身体，好好玩玩，散散心，喜欢看到你的笑容。祝你快乐！

田翼飞说：

婷儿，你真的把我抛弃了吗？你知道没有你的家有多么寂寥吗？回来吧，我在等着你，等你的每一个晚上。我爱你。

陆婧婷的眼泪就扑簌簌地掉下来，她给儿子回了一条短信，

原原，别担心，妈妈很开心，你自己照顾好自己。亲你。

陆婧婷又给田翼飞写了一条短信，

不是我抛弃了你，是你逼走了我，我不会回去，天涯海角都是我生根发芽的家。

不过陆婧婷没有发出去，她把它存在了“已存信息”里。

房间周围的草早已长出了绿绿的叶，有些温暖的山风嬉戏地拨乱了陆婧婷的头发，陆婧婷常常就那么呆呆地坐在那里，呆呆地望着那条进山的路，她不知道自己希望看到什么，因为她总想起田翼飞把她抛弃在家的那些日子。

想不到今天给孩子们上课的时候，一个小女生怯怯地举手，然后红着脸走到讲台前，把嘴贴近陆婧婷的耳边，声音小得像蚊子叫，“陆老师，你屁股流血了！”

陆婧婷一愣，下意识地用手摸摸屁股，她感觉到了那股黏黏的潮，伴随着浑身的潮热袭击了她。她轻轻地吐一口长气，然后小声地谢过那个女生，让大家先自习，她跑回屋里换了裤子。

一种无来由的思维，陆婧婷打开了手机，她也不知道自己在期待什么。说来也巧，就是打开手机的瞬间，一个陌生的电话传了进来。

陆婧婷不知道是谁的电话，她看着那个陌生的号，听着那急促的铃声，不知道该不该接。

就在陆婧婷想掐断来电的时候，她突然接通了电话。

“喂?”

“婷儿，是我！你还活着是吗？你在哪里？我去接你！”

是田翼飞的声音，陆婧婷有片刻的眩晕，她的眼泪噼里啪啦就掉了下来。

出来有十多天了，田翼飞每天都有短信传进来，可是她一个也没有回过，她不想动摇自己的信念，她也不想再回到那种被情感折磨的日子里去。虽然思念也时时噬咬着她的心，但她总算能在孩子们的身上找到一种解脱自己的方式。可是此时此刻，当她听到田翼飞的声音，她的心突然颤抖起来，她咬着自己的下唇，不想让自己发出任何声音。

“婷儿，说话呀！快告诉我你在哪里！让我去接你好不好？”田翼飞的声音有一种绝望的干号，就像一个被淹在水中挣扎的人发出的号叫声。

陆婧婷猛地关掉手机。

第二十六章

1

“喂?”

太出乎田翼飞的意料之外,他没想到除了那声“对不起,您拨叫的用户已关机”外,居然会听到陆婧婷的声音,虽然只是一个喂字,可是已经让他感动得泪流满面了! 那是数次的失望之后抓住的一线希望。陆婧婷的声音无疑让田翼飞听到了这一年里最美妙动听的声音,那个声音从天而降如天使抖落的羽毛轻轻拂过他的心底。

“婷儿,婷儿,你在哪里? 快回家好吗? 我在等你!”虽然陆婧婷猛地关掉了手机,但田翼飞不舍得把手机关掉,他还在听着那忙音,并继续着自己的话语,“婷儿,你知道我想你想得好苦,没有你的日子,就没了色彩,就没了味道,就没了……”田翼飞终于让手机离开耳朵,喃喃自语着,“没有你的日子就没了乐趣! 我要你回来,你回来好吗?”

田翼飞的手机仍旧传出忙音,但田翼飞的心却欣然兴奋起来,因为他知道陆婧婷还活着,其实一开始他就知道陆婧婷不会死,要不然他早就报警了。他清楚地知道陆婧婷爱他,因为爱,她才会痛苦,因为爱,她才会离家出走,还是因为爱,她才会为爱坚强地活下去,因为爱……

这些日子,田翼飞已经在开始检讨自己了,他觉得自己对陆婧婷,不,应该说是对妻子这个词理解得太浅薄了! 一场婚姻,一对夫妻,短短一天的时间,就完成了一场结婚的革命。那个对童话一般的婚礼有着憧憬的女人自从领到那个小红本本后，就成了那个死心塌地跟你过一辈子的妻子，也是唯一能把自己的一生交付给你的女人。她承载着妻子、女侍、母亲、护士等等角色；她年轻时玫瑰色的梦想会被生育与家务的操劳与职场的疲累日渐消磨掉，她已经不再性感；她的脸上出现皱纹，她的容颜日渐衰老，她的甜言蜜语也变成了不受用的唠叨，但是，不管她变成什么样的女人，她会是在你高兴的时候脸上最先露出笑容的人，她会是在你身心受到伤害时眼角第一个流下泪珠的人，她会是在你醉酒归来对其打骂还会侍候你就寝的人，她会是你出去后盼望你能早点回来的人，她会是你没有胃口而她却吃不下饭的人，她会是真正幸福着你的幸福快乐着你的快乐的人，她会是唯一能包容你所有恶习的人，她会是当你一无所有时还会陪伴在你身边的人，她会是…

其实，人性的一面是喜新厌旧，他会追求一些新的、刺激的东西。人性还有更深的一面，是恋故怀旧。田翼飞和陆婧婷共同生活了二十年，其间经历的每一个细节，就像血和肉一样长在一起，这个东西是无法转交，也无法遗传给后代的一种东西，只能两人拥有。这个东西，其实比那种一瞬间喜欢上谁要凝重许多，有价值许多。

婚外情，是挡不住的诱惑，但家却是避风的港湾，一个眼神一个亲吻，一杯热茶一条领带，都能成为诱惑，在你特别需要关爱的时候是非常容易的事，但是，你想忘掉一个人，彻底地从你的生活中抹掉一个人，一辈子都可能做不到。尤其是陆婧婷，她对田翼飞来说，不仅仅是妻子，她是他的家人和亲属，她是他这一辈子永远不可能抛弃的亲情。

对自己该如何去理解妻子这个词义，田翼飞觉得今天才刚刚明白过来，也许是因为明白了这个词义，所以他更加了解了另一个词的深刻含义，那就是情人。

老实说，田翼飞对情人这个词的理解早就深刻得浸入骨髓了，不然，他不会和吕贞好了那么长时间而不和她结婚。在他眼里，其实也是在大多数男人的眼里，情人只是一种补偿，补偿他想从妻子那得到却又无法得到的激情，情人永远不能代替妻子，因为她没有妻子的亲情，她是在你有权有势时麻将牌里那张可以黏附于任何一张牌的汇儿。

田翼飞不想再拥有这么一张混儿了，他不想和了。而此时此刻，她却对陆婧婷产生了一种初恋般的感觉，他那么挂念她，那么想念她，那种遏止不住的情感似乎就从那一声“喂”开始。

直到此时，田翼飞似乎才感到，能够用心去坚持一份感情才是人生该有的真正体验和信念。哪怕自己有过不忠，其实，那些不忠只能成为混沌者的一份礼物，收藏了这份礼物才知道什么是清醒。而只有清醒过来的人才知道什么是爱。混沌的人只知道欲望，欲望是简单的，无所不在，而爱是无所不能的。

2

十几天的时间如同十几年般漫长。

就像找到了走失十几年的妻子的线索一样，田翼飞高兴地在屋里跳着，从地上双腿蹦到床上，又从床上跳到地上，然后又噔噔噔地从楼上跑到楼下，再从楼下蹦到楼上，并以异样的视线打量着这个让他孤独了十几天的家。

显然，缺少了女主人的家里显得太凌乱了，充满了冰冷的生气，地上蒙了一层层薄薄的尘土，随手用过的东西随意地放在能够放置的平台，整座屋里深深地弥漫着一种寂寥的味道。

田翼飞使劲地吮着这种味道，似乎想从空气中吸吮到陆婧婷的味道，可惜那种温馨的味道似乎就在陆婧婷离开的那天被她带走了，空气中只有阴冷的双眼在注视着他傻傻的笑和举动。

田翼飞放了那首陆婧婷爱听的歌曲——刘若英的《一辈子的孤单》，然后他就穿着睡衣坐在楼梯上，双手托着下巴，痴痴地琢磨着陆婧婷的那声“喂”。

寂静的夜，沉默的夜，因为刘若英的歌曲，夜就显得更加忧伤，那幽幽的歌曲轻轻环绕在整座大屋子里，就像陆婧婷倾诉的声音在田翼飞的耳边回荡，更像是田翼飞倾听陆婧婷呼喊他的名字一般，是那种凄婉的深情的呼唤。

“婷儿，你在哪里呢？你知道我是多么地想你吗？”田翼飞轻轻从嘴里吐出这几个字，对陆婧婷的思念从来没有如此强烈过，就像长满心房的衰草，风拂过，哗哗地颤响。更像是长在野地里一种生命力极旺盛的植物，不知何时何人何种禽类播撒的种子，无人浇灌无人施肥无人看护，却茁壮成长，绿荫遍地，又满树结了累累果实，坠得你的心沉甸甸的。你想收割，却怎么也收不尽剪不断，总是拔了又长割了又结。其实田翼飞也知道，这种思念是二十年积累起来的，陆婧婷的笑、陆婧婷的哭、陆婧婷愤怒时的模样如刀刻般印在他的心里，成为他一生无法忘却的东西。

刘若英的歌曲还在幽幽地放着，田翼飞不想再听下去，他起身关了音乐，回到卧室，一屁股坐到陆婧婷喜欢睡的右半床边的床头柜前。

半开的窗帘，月光透过窗户洒进来，有一些朦胧和暧昧，田翼飞很喜欢这种意境，有一种让心灵得以释放的感觉，因为只有这时候，他才觉得自己可以冷静思考做回自己，更可以放心大胆地与心灵深处的另一个自己对话，问问自己想要什么？得到了什么？失落了什么？

田翼飞怔怔地想了一会儿，便狠狠地扇了自己一巴掌，打开床头柜的门，他想找出陆婧婷的相册，他记得她的相册就是放在这里的，相册里有她喜怒哀乐时的各种照片。田翼飞想把心里的自责向陆婧婷的相片倾诉。

可床头柜里空空的，相册已经不知道被陆婧婷转移到哪里去了，床头柜里有的只是田翼飞给陆婧婷买的药，还有一张心理医生写给田翼飞的一张诊断书和一封信，田翼飞记得当时是让陆婧婷好好看看的，看完了他会带她去找那个心理医生，他不知道陆婧婷看过了没有，他打开诊断书看着，诊断书写得很详细：

因子项目	(1)躯体化	(2)强迫症状	(3)人际关系	(4)抑郁	(5)焦虑	(6)敌对	(7)恐怖	(8)偏执	(9)精神病性	(10)其他(睡眠及饮食等)
分值	21	19	23	45	32	12	10	12	28	22
总计	总分:224 正常值:160 以下　阳性项目:54 正常值:43 以下									

那个心理医生大概怕田翼飞不明白，又在信里做了详细介绍：

田先生：你好！

从你填写的 PO 症状测评表来看，分值偏离（得分 224，正常 160 以下）阳性项目数稍多（阳性项目 54，正常值 43 以下）。异常因子分由高到低依次为：抑郁、焦虑、睡眠及饮食、精神病性、人际关系敏感、敌对、偏执、强迫症状、躯体化。诊症状及 SOL-PO 测查考虑论断为抑郁、焦虑状态。适合应用 X 归净疗法治疗，治疗方案见函诊说明。

主要问题中阐述了精神、躯体不好，忧郁及没有活下去的欲望与 SOL-PO 抑郁高因子分符合，原因为“感情变故”不详细，使医生无从下手，这个变故的情况及对您妻子的心理伤害，也不清楚发生于什么时间。是请您择时联系后来门诊心理交流还是通过电话，或网上交流更好，请考虑。

叙述、倾诉一些伤害、不快会引起一些痛苦的回忆，不可避免地增加了一些痛苦，但同时通过叙述、倾诉，把压抑宣泄出去，又是一种最好的放松，人们常言，心病还要心医就是这样的道理。

通过交流、倾诉、宣泄、放松心态，消除压抑，及时在医生的指导下调整好自己，使情绪稳定下来，走出低落，轻松快乐起来是非常必要的。希望通过我们共同努力，使您妻子的病一天天好起来。

祝

走出困惑，快乐人生

心理科医生崔XX

田翼飞后悔自己当时没有把陆婧婷带到心理医生那里，如果带去了，就不会有今天离家出走的事发生了。

不过，田翼飞觉得只要陆婧婷没有意外发生，那么就有挽回的可能，他又从口袋里掏出了手机，拨号，关机，再拨号，仍是关机，田翼飞决心给陆婧婷写一封长信。他就那么坐在地板上，背靠着右半床，开始了一封手机上的长信：

婷儿，你真的就这么离开我了吗？你真的能如此狠下心来一走了之吗？我知道我对不住你，我也想做个全心全意爱着你的丈夫，可是我的心却支使我做出了令你伤痛的事情，其实婷儿，我爱你的心一直没变，当那天回家看到你留的信，我才意识到我失去了什么！整整十几天，我的视线都不离开手机，我的手机械地做着这样一个动作：拨号、挂断、再拨号、再挂断……近似于疯狂的举动。我的大脑一片死寂，只有那几个数字闪现在眼前，手机已成了我的全部希望，可是，你一直关机……

男人的眼泪是懦弱的，好几个晚上，我独自躺在这张宽大的双人床上，哭了，哭得很伤心，知道这一生那份最珍贵的东西被我遗失了，右半床上的你能否回到我的怀抱？

眼泪滑过脸际，流到嘴里，咸的……

漫漫黑夜让我害怕，也许寂静的四周真的有鬼的存在，他们死死地盯着我，等着对我做出最后的判决。

夜深了，我推开窗，让冷风吹着我。时间已经很晚了，对面的楼上还有灯亮着，我以为他们会和我有着同一样的遭遇，可是就在我眨眼的工夫，他们的灯却突然灭了，我的心也灭了……

婷儿，你真的不爱我了是吗？

抬头仰望，天空远处的那颗孤星，就是我眺望你的眼睛。

我想对你说，我身上的每一个细胞都在念你想你，这种感觉每时每刻都在侵蚀着我的心灵。每每这时，我的心总会如潮水般汹涌，那种心酸的感觉就会悄然而至，是我深深地伤害了你！不知远方的你是不是也会有所感应？

这十几天来，只因为想你，我被孤独爱上了，因为爱你，我与等待相伴了。如果想你是孤独，我宁愿这样孤独的，如果爱你需要等待，我情愿用一生来等待！

我也养成了你的习惯，天天在露台上度过我的傍晚，我常常将皎洁的月光当成你温柔的眼光，追逐着一丝一缕你的气息；我也常常与你在梦中牵手相视，看着你笑得喘不上气来的模样，醒来却惆怅满怀……

我却忘不了你的一切一切。

我喜欢听你絮叨你单位的琐碎，喜欢看你快乐的表情，喜欢搂着你在身边的真切，喜欢抱着你距离的收缩，喜欢握你双手感受你的心情，喜欢抚摸你的头发闻你的香味，喜欢吻着你尝你的味道……

我不怪你的离开，要怪就怪我的背叛，只是当你累了，倦了，想回来时，记着，家的大门一直为你而开，床的右半边一直为你而留着……

3

周末，田原带着梅子兴冲冲地回来，一进家门就喊："妈，妈妈，回来了吗？我把梅子带来啦。"边喊边冲到楼上，当看到只有田翼飞一人时，沮丧地喊了声“爸爸”便要下楼。

“回来了?”田翼飞一把拉住田原，“连句话都不想和爸说?”

“不是。”田原噘着嘴，“想我妈了，她这次出差连个电话都不给我打。”

“生你妈气了?”田翼飞拍着田原的肩，看着梅子问。

田原摇头，梅子则躲在田原的身后，有些不知所措。

“她大概玩得乐不思蜀了。”田翼飞开了句玩笑，但他明显地感觉到自己的玩笑开得拙劣，又冲着田原补充道，“你妈妈难得出一次差，你就让她放心地在外面好好地散散心吧。”

田原悄悄抬头看了田翼飞一眼，心里十分清楚那句散心的含义，他知道这一年多，爸爸妈妈之间发生了许多的事，他更知道是爸爸的外遇伤害了妈妈的感情，他很想用自己的观点和爸爸谈谈，可是，他不知道该如何开口，大人的事，做孩子的根本参与不进去，他有些无奈地说：“爸，你今天晚上没有饭局吧?”

田翼飞笑，“有饭局还能这么安心地待在家里?”

田原扭头看了梅子一眼，挤挤眼，“那你今天尝尝我和梅子的手艺吧。”

田翼飞望着两个可爱的孩子，点头，“可别把糖当盐啦。”

“不——会!”田原话音还留在楼上，人已经拉着梅子下楼去了。

片刻，厨房里就传出了丁零咣啷的盘盏声。

不过是田翼飞抽了两支烟的工夫，田原就在楼下喊上了，“爸，下来吃饭吧!”

田翼飞觉得这两个孩子真是神奇，就像两个小魔法师似的变出了四菜一汤，梅菜扣肉、红烧带鱼、松仁玉米、凉拌黄瓜，还有一个鸡茸蘑菇汤，散发出阵阵香味。“天啊，这肯定是梅子做的，想不到梅子有这么好的厨艺。”

“叔叔，您过奖了，我不会做饭。”梅子笑盈盈地看着田原。

田原毫不在乎地说:“什么呀,爸!这是我和梅子去超市买的半成品,稍微一加工就好了,就是米饭是梅子焖的。”

“啊,真不错,来口酒吧。”田翼飞从橱柜里拿出一瓶二锅头,拿出三个杯子,然后问田原,“你们两个陪爸喝点酒吧。”不等田原回答,又从橱柜里拿出一瓶干红,“女孩子就喝点干红吧。”说着把三个杯子都倒了酒,他自己满满一杯白酒,田原半杯白酒,梅子半杯干红。

三个人热热闹闹地在桌前坐下,端起了酒杯。

田翼飞先举起了杯,“来,祝原原和梅子今年能考上大学。”

梅子附和地和田翼飞碰了杯,“祝叔叔身体健康,工作顺利万事如意。”

田原的神情有些伤感地看了看田翼飞身边的那个空座位,“如果妈妈没出差多好呀!”说着和田翼飞碰了碰杯,“那就祝妈妈出差早些回来,祝爸爸和妈妈能够白头偕老,长命百岁。”

田翼飞听出了田原的话中话,但他不想当着两个孩子的面说什么,点头道:“好,我们先干了杯中酒吧。”说着田翼飞一仰脖把一杯酒灌下了肚。

田原学着爸爸的样子,一口喝干了那半杯酒,梅子也很有女侠风度地把半杯酒倒进嘴里。两个孩子从嘴里往外哈着气,拼命地往嘴里夹菜。

田翼飞看着两个孩子直笑,他把干红放到田原和梅子的跟前,“你们两个就喝点红的吧。”说着又给自己倒了白酒,然后看着田原把干红倒进他自己和梅子的杯里。

梅子的脸喝红了,田原的脖子喝粗了,连田翼飞这个在酒场上拼搏了几十年的老“战士”也被白酒喝红了眼珠,他指着梅子说,“梅子是个好女孩,瞧她的饭,做得多好吃啊!现在的女孩哪有会做饭的,都是饭来张口,衣来伸手,家里有这么个女孩多幸福啊。”

田原摇着头,眼睛直勾勾地盯着田翼飞,“爸,可梅子在他们家一点也不幸福呢。”

“为什么?”田翼飞问。

梅子伸出手堵住田原的嘴,看着田翼飞说:“叔叔,我爸爸妈妈离婚了……”

“为什么要离婚?”田翼飞又问。

梅子深深地叹气,“从我记事起,他们两个就一直争吵,我妈妈总是骂那一句:我当初真是瞎了眼,怎么找了你这样的男人。”梅子似乎又回忆起了当时自己瞪着一双恐惧的眼睛、缩在角落里发抖的往事,她的眼睛睁得大大的,里面流露出悲哀,“爸爸妈妈的争吵在我十岁那年画上了句号,我被判给了爸爸。”

“你爸爸疼你吗?”田翼飞爱怜地摸着梅子的头。

梅子看着田翼飞摇摇头,“我不知道!那时我还小,什么也不懂,只知道从那天起就再也找不到妈妈的影子,感受不到妈妈温暖的怀抱以及她身上的香味了;只知道从那天起,当爸爸骂我,责怪我时再也没有人在一旁护着我了;只知道当天下起雨时,再也没有人给我送雨伞了,我只能一个人站在学校锁着的大门旁,听着雨的声音;只知道以后再也不会有人给我洗换下来的脏衣服了……”梅子说着说着,眼泪就涌上了眼眶。

“你妈妈又嫁人了吗?”

梅子点头,“妈妈不知嫁到哪里去了,再也没有回来看过我,爸爸也娶了后妈。”

“后妈对你不好是吗?”

梅子摇头,“说不上好还是不好,后妈也带来了一个女儿,因为妹妹不是我爸爸的亲生女儿,有时候我爸爸在大家面前不能很维护我,我就心里觉得特委屈。我妹妹在家里是叫爸爸妈妈的,我在家里一直是叫爸爸和阿姨的,走在外面,总感觉好像他们三个是一家人,我是另外的。”

田翼飞很伤感地看了田原一眼，他想起了陆婧婷，也想到了如果找不到陆婧婷，他们这个家怎么办？他会给田原娶一个后妈回来吗？有了后妈的孩子真的很可怜，他不会，他绝不会给田原娶个后妈回家。

梅子还在说着自己的事情，可田翼飞已经不想继续听下去了，他喝光了杯中的酒，把碗一推，“原原，爸爸有些醉了，今天的碗就你们洗了吧。”

梅子忙接过田翼飞的话，“叔叔，你休息去吧，我来洗，一会儿让田原送我走，我就不上去道别了。”

田翼飞点着头，上楼回到了自己的卧室，他和衣躺在床上，望着雪白的天花板，脑子里总回荡着梅子的话：“只知道从那天起就再也找不到妈妈的影子，感受不到妈妈温暖的怀抱以及她身上的香味了；只知道从那天起，当爸爸骂我，责怪我时再也没有人在一旁护着我了；只知道当天下起雨时，再也没有人给我送雨伞了，我只能一个人站在学校锁着的大门旁，听着雨的声音；只知道以后再也不会有人给我洗换下来的脏衣服了……”

酒已经麻木了田翼飞的大脑，可是他仍旧没有睡意，整整一个晚上，他在想着离家出走的陆婧婷，想着父母离异的梅子，想着将来的田原，直到天亮，他才入睡。

4

今天是愚人节，田翼飞收到了两个电话。

第一个是电话号码显示是陆婧婷的手机，他激动得想在办公室里放声大叫，他立刻接通了电话，“喂，婷儿吗？你好吗？快回来吧，老公想死你了，要不要老公去接你？”

不料对方却是一个男人操着一口听不懂的乡音问：“你是谁？快告诉我你是谁？”

“你是谁?”田翼飞的大脑片刻间有无数个疑虑,是陆婧婷的手机被盗?是陆婧婷在利用愚人节和他开玩笑?还是……

不等田翼飞想出答案,对方继续用焦虑的口吻在问:“快告诉我你是谁啊?你是陆老师的什么人?”

“陆老师?”田翼飞简直都快被这个电话弄糊涂了,“你是谁啊?你怎么会有陆婧婷的手机?”

“别问我是谁,你快告诉我你是陆婧婷的什么人?”对方继续在催促田翼飞回答。

一听到对方提陆婧婷的名字,田翼飞的大脑有瞬间的眩晕,莫不是陆婧婷出了事儿?田翼飞一下子慌了,有些结巴地说:“我是陆婧婷的丈夫,她怎么了?她在哪里?”田翼飞已经不知不觉地坐在了沙发上,满头是汗,手机把他的耳朵都挤疼了,可他一点也不知道,只是用心地听着手机里那陌生的土话。

“这就好了,这就好了……”对方长长地吐了一口气,“你快来吧,陆老师有些不对头,我们看不住啦!”

“陆婧婷在你那里?你那里是哪里?快告诉我,我这就去。”田翼飞心里一阵狂喜,终于找到陆婧婷了,不管多远,他都会去把她领回家。

“我们这里是……”

对方的乡音太浓了,浓得让田翼飞听不出来到底是哪里,他有些急,“你把地址用短信告诉我好吗?”

“我不会,这还是把陆老师的手机偷出来打的,得赶紧放回去了,要不然被她发现就不好了。”说着,对方又把地址说了一遍。

不管听得懂听不懂,田翼飞照着音先记了下来,然后千谢万谢过对方。

田翼飞开始验证这个地址,就在他被几个字弄得焦头烂额的时候,又响起了一个电话,他一看,是陆毓姗打来的,他接了。

“翼飞,有件事告诉你。”陆毓姗的口气挺严肃。

“什么事?”田翼飞想着是不是两口子又打架了,他知道陆毓姗已经在进行复婚前的试婚了,他知道陆毓姗一说起这件事又会没完没了,可他此时实在是没有时间去听他叙述,他还要证实陆婧婷所在地的地址,所以问完,他找了个借口说:“我在开会呢,快些说。”

陆毓姗的口气有些愧疚,“其实这件事早就该告诉你,可是婧婷不让说,所以我一直没对你说……”

“什么事? 婧婷不让你说?”

陆毓姗真的有些啰嗦起来,“婧婷离家出走的第三天,我接到了她的一个短信,她和我要几本小学课本。”

田翼飞一时没有想出来,“她要小学课本干什么?”

“我不知道她要干吗,不过……”

“就这事?”田翼飞觉得这不是什么值得说的事啊,于是打断陆毓姗的话道:“是不是没给你钱啊? 多少钱?”

“瞧你说的!”陆毓姗有些生气,“我哪里是和你要钱的? 有些事,我一直憋在心里,我们能不能找个时间出来坐坐?”

田翼飞有些不情愿地,“这……”

“好了,别推诿了,若是你的情人约你,你恐怕连声都不敢吭就颠颠儿地跑去了。”

其实陆毓姗在开玩笑,可田翼飞觉得陆毓姗是在故意说他,心里更是老大不愿意,他假装幽默地笑了两声,“大姐……”

“管你有事没事,你一定得来,下班后,我在天外天酒楼等你。”陆毓姗武断地挂了电话。

“这个女人!”田翼飞有些生气地叹了口气,想起了那个用陆婧婷手机打来电话的陌生人,立刻拨了一个电话:“喂,是机票售票处吗?给我订一张去宜昌的飞机票,越早越好……”

可是当田翼飞在沙发上坐下来后,又开始怀疑起这个电话了,因为今天是愚人节,不会是在搞恶作剧吧?

5

田翼飞开始安排工作，他请了一个小长假，他计划好了，把陆婧婷接回来后，好好地陪陪她。

当田翼飞安排好一切后，总算长舒了一口气，在沙发上坐下，他拿出手机，继续拨着那个想都不用想就能用手指头按下来的号码。

“对不起，您拨叫的用户已关机……”

田翼飞知道会是这句话，但他继续拨着，终于听烦了，他这才开始发短信。他想起用陆婧婷手机打来电话的那个带着乡音的话语始终在他耳边盘旋着：“你快来吧，陆老师有些不对头，我们看不住啦！”田翼飞猜不出那些人是怎么看着陆婧婷的，但是他能够猜出陆婧婷的不正常表现，就是那些人说的不对头。这些不正常的表现，其实是最令田翼飞担心和恐惧的，他得以最快的速度坐上飞机到达那个听也没听说过的山沟沟里，他一百个不希望在他到达之前陆婧婷会发生什么意外，但是，他不在陆婧婷的身边，他不能保证陆婧婷的安全。

怎么办呢？田翼飞整个脑子都在陆婧婷身上，局里赵副局长来告诉他去参加一个会议，他点着头答应了；小周拿来一个文件让他签字，他稀里糊涂地签了；吕贞打来一个电话，约他明天一起吃饭，有个项目要合作，他也满口应承了；办公室小青……总之，田翼飞一反常态地答应了所有人的事。当办公室终于安静下来后，田翼飞才想出一个能够保证陆婧婷人身安全的主意来。

第二十七章

1

在天外天酒楼，陆毓姗和沈川一起在那里等田翼飞。

一见到田翼飞，陆毓姗就不停地责问他："翼飞，你和婧婷到底怎么回事啊？婧婷为什么要离家出走？"

田翼飞实在是不知道该如何回答陆毓姗，他知道陆婧婷是个要面子的女人，她不会把两口子的事乱告诉别人，所以他也绝不会把陆婧婷不想告诉别人的事告诉陆毓姗。尤其是这件事，自己是罪魁祸首，所以他呵呵一乐，岔开她话问道："你叫我来到底有什么事？"

陆毓姗翻着白眼瞪着田翼飞，"当然是有事了！我觉得你和婧婷之间一定发生了什么，要不然婧婷怎么会一个人跑到那个穷山村去？她是个恋家的人，要不是发生了什么事，她绝不会离家出走！"

"别这么凶巴巴的。"沈川用手捅着陆毓姗。

"两口子吵架是常事啊！"田翼飞呵呵笑着，假装没事似的解释。

陆毓姗想想也是，就像她和沈川，别说吵架斗嘴皮子，过去，沈川不是动不动就打她吗！她不也是因为沈川的暴力也常常回父亲家吗！只是，她觉得陆婧婷走得太远了，不过，陆婧婷不像她，田翼飞疼陆婧婷疼得什么似的，有点小委屈对陆婧婷来说，就会让她受不了，所以她离家出走的事可以解释得过去，不过还有一点陆毓姗不明白，于是她又问："那么婧婷要那些书做什么？"

“大概去体验做老师的感觉吧。”这是田翼飞根据昨天那个电话得来的。

“做老师？”陆毓姗不解地斜着眼问：“他们单位有支援山区当老师的任务？”

“嗯……”田翼飞支吾着，“大概是借着有这个任务就离家出走一把吧。”

“开国际玩笑！这个婧婷，太任性了！”陆毓姗虽然嘴上在责备陆婧婷，其实心里有多羡慕，一个被丈夫疼着爱的女人可以随时耍点小脾气离家出走，还被丈夫如此地寻着找着放心不下。

“是啊，”田翼飞摇头，其实心里的痛苦只有自己知道，表面上还得装作很大度的样子，“她在我眼里从来都是个小女孩，等她想回来的时候我再去把她接回来。”

“你就放心让她自己一个人在那里做老师？”陆毓姗不解。

“当然不是！”田翼飞的脸立刻严肃了起来，脸上的焦虑一点伪装都没有地暴露了出来，“我找她都急白了头啦。”田翼飞说着指了指鬓角。

陆毓姗看到了两个鬓角上似乎是多了很多白发出来，同情地埋怨着陆婧婷，“这个婧婷啊，把她接回来狠狠地说说她，别身在福中不知福了。”

田翼飞宽容地笑笑，“算了，只要能把她找回来，我不还得把她捧在手里，含在嘴里？”

陆毓姗相信地点头，“我本该早告诉你婧婷地址的，是婧婷不让说，我才没说的。”说着转头看看沈川，“是大川子逼我让我把婧婷的地址告诉你的，大川子说不要让寻找老婆的男人变成疯狂的野兽。”

“是啊，是啊……”沈川笑容满面地附和着。

“是吗？”田翼飞感动地拍了拍沈川的肩，“谢谢大川子，今晚我请你喝酒。”

“哈，别客气了，大川子现在已经戒酒啦。”陆毓姗横了沈川一眼，口气里有着喜悦的轻松，“等你把婧婷接回来请我们吃饭吧。”说着，从包里取出手机，把陆婧婷给她的那个地址转发给了田翼飞。

“没问题，把婧婷接回来应该庆祝，应该庆祝。”田翼飞立刻把陆毓姗和所说的地址互相对了一遍，然后又向服务员招了招手，“上一瓶好酒。”

2

“不喝不喝……”沈川说什么也不喝酒，他的坚决态度深深地感动了陆毓姗，这句话如果早在十年前出现，说不定，她和沈川就不会有离婚和试婚的行程了，当然，失去过才会觉得珍贵，所以她知道沈川对这次复婚的重视了。不过，她很想试试沈川酒后的表现，所以她笑笑从田翼飞手里接过酒，给沈川倒了半杯。

“你瞧你，我说过不喝了，你还要给我倒，我可不想再次失去你。”沈川拿起酒杯，放到田翼飞面前，“不好意思，不能陪你喝了。”

“真改邪归正啦？”田翼飞有些挑衅地仰起头问。

沈川抿着嘴笑。

“算了吧，大川子，其实男人只要不借酒撒酒疯，即便喝醉了酒也是可爱的。”田翼飞扭头看着陆毓姗说，“其实，婧婷就喜欢我喝醉酒的样子，她说喝醉了酒的我更有男人的魅力，当然，她还说我喝醉了酒更色了。”田翼飞说完哈哈地大笑起来，眼下，只要提到陆婧婷的名字，他的心情就特别好，似乎明天他就可以把陆婧婷接回家。

陆毓姗和大川子也跟着笑，大川子拿过酒，看着陆毓姗。

“甭看我！”陆毓姗白了沈川一眼，“刚才我不是就让你喝了吗？”陆毓姗冲沈川撇撇嘴，对田翼飞说：“瞧他多会装，明明心里想喝得不得了，还要装出一副坚决不喝的可怜样子，其实，他只要心里想得敞亮一些，就不会把那些气借酒后撒出来。”

“是是是，今天我绝不会借酒撒酒疯，如果我再敢打你，你可以拿起你的包就走。”沈川一副信誓旦旦的表情，然后语重心长地对田翼飞说，“一个家庭破裂是很容易的事情，可要重新组合一个新家庭是多么难啊。”

“那你是怎么把大姐又追到手了呢？”田翼飞觉得自己似乎可以借鉴一下沈川的经验，因为目前的他也正需要把陆婧婷的心拉回到自己的身边。

沈川不好意思地挠挠头，看看陆毓姗，又嘿嘿地乐两声。

“你要不好意思说，我可就说啦——”陆毓姗激着沈川，她愿意在田翼飞面前表现出自己的魅力来，因为她不想让田翼飞说她是狂想症，为了那个副总编而误会的事。

“其实……”沈川吞吞吐吐地说，“我这人啊，真的很爱姗姗的，但正像姗姗说的那样，我的爱有些扭曲了，所以才会发生姗姗毅然决然离开我的事，我在一本书上看到过这么一段话，我记下来了，我觉得挺符合我的……”

陆毓姗却打趣地说：“哦，离婚倒离出个爱看书的丈夫来了。”

沈川不好意思地冲陆毓姗一乐，“是啊，你总说我的 IQ 不够高，总嫌我不爱看书，所以我吸取教训啊。”

“好啦，别表白了，快说你看了怎么一段话吧。”陆毓姗催促着。

沈川想了想说：“书上是这么写的，捧一把沙，握得越紧反而手中所剩越少，那从指缝间漏掉的，全是自己太用力，太珍惜，太想留住的缘故。其实手上握的沙和漏掉的沙并没有什么不同，可现实往往是，人们得到了握在手心的，却恋恋不舍从自己手指间漏掉的。道理谁都明白，可为何人们总想要珍惜失去了的或是等到失去了才懂得珍惜而不是珍惜现在所拥有的呢？”

陆毓姗赞赏地拍了拍沈川的肩膀，“行啊，大川子，有长进呢！”

田翼飞心有感触地点头，想不到一个工厂里的工人都比他有长进，但他不能表现出自己的失态，他悄悄地叹了口气，赞同地说："人就是这样一种怪物，总要等到失去了才懂得珍惜。"田翼飞说着，又看看陆毓姗，"大川子是怎样打动你的呢？你怎么就想到要回心转意了呢？"

"真的想听？"陆毓姗斜着眼问。

"当然想听！"田翼飞肯定地点点头。

"那我就说啦？"陆毓姗转头瞅瞅沈川，见沈川只是一味地笑着，便放心地对田翼飞说，"那我就告诉你吧。"

3

离婚了，陆毓姗没想过还会和沈川复婚，虽然沈川对离婚的事悔恨不已，并且一而再再而三地纠缠陆毓姗，向她提出复婚。但陆毓姗总是忘不掉那二十多年的暴力婚姻，只要一想起他曾对自己拳打脚踢就满心怨恨，所以她总是以不理不睬将他拒之于门外。

沈川就是那种特别有"恒心"的男人，打老婆打了二十几年，算是有毅力有恒心了，若再求起陆毓姗，他就更有恒心了，他天天都给陆毓姗发短信，每信必向她承认自己的错误。当然，他也忘不掉那些节日啦、生日啦，给陆毓姗发个短信，什么"生日了，快乐吗？是否还记得以前咱们约会的那个餐厅，希望你能赏脸再共进一顿烛光晚宴，我会为你送上一束鲜艳的玫瑰，代表着我爱你的心依旧。"什么"五一了，还在劳动吗？抽出点时间带果果出来玩玩吧，离婚了，咱们还是朋友啊，我还是果果的爸爸啊，咱们去郊区游玩一次啊！"

因为果果是两个人共同的女儿，陆毓姗觉得没必要把关系搞得和阶级敌人似的，开始，她只是和沈川经常通个电话，闲聊一下果果，有时沈川问一下陆毓姗的近况，陆毓姗也如实聊一下自己近来的生活情况，但感情上，陆毓姗是不接受沈川的。

陆毓姗开始接受沈川是从那次田翼飞说她有些狂想症开始，那时，沈川对陆毓姗展开了猛烈的进攻，他请陆毓姗看电影，他请陆毓姗吃饭，陆毓姗都没去，恰巧一次陆毓姗的朋友请她一起去郊游，到了目的地，陆毓姗才发现沈川也在，她劈头盖脸地就把沈川一顿臭骂："你在搞什么鬼？我讨厌你做这种不明不白的事。"然后又一把拉过朋友质问，"姜二伟，是不是你和沈川特意安排好的？"

"老婆，你真是冤枉我啊，我怎么知道姜二伟约了谁来玩呢！"沈川打死不承认，他满脸无辜地看着陆毓姗。

姜二伟也一脸冤枉地瞪着陆毓姗，"毓姗，你可别青天大白日地瞎冤枉人，谁知道你俩离婚了，要是知道的话打死我也不会做这种尴尬的事。不信你问问他们。"姜二伟指着另外的朋友。

"是啊是啊，谁知道你们离婚了，为什么也不告诉我们一声，至少离婚宴也请我们去撮一顿啊……"

陆毓姗无奈地叹着气，既然来了，也不能就那么不给面子地一走了之，于是只好跟着他们一通瞎玩，好在是和沈川已经离婚，沈川不会对她看管得那么严。只是在玩的过程中，沈川始终像个跟屁虫似的跟在陆毓姗身后，一口一个老婆地呼着，一会要帮她拎包，一会儿又拿出自己带的零嘴给陆毓姗吃，那些零嘴都是陆毓姗爱吃的。

虽然陆毓姗觉得老婆的称呼有些别扭，可当着朋友的面她不好驳沈川的面子，于是很大度地把沈川送的零嘴分给大家一起吃，居然还在一个很难爬上去的大石头面前让沈川拉了她一把，因为那帮朋友都跑前面去了，不知是有意，还是无意，总之，后面自始至终都只有她和沈川两人。

"老婆，你看看，还是我疼你吧。"沈川终于找到了表扬自己的机会，他把陆毓姗拉上了大石头，然后不肯撒开他的手，就那么抓住陆毓姗的手往前走。

陆毓姗甩开了沈川的手，不屑地哼了一声。

沈川并不在乎陆毓姗的表情如何，他嬉笑着从包里掏出一个小盒塞进陆毓姗的手里，然后挡住她的去路，“姗姗，送你的，打开看看。”

“别拿这些小恩小惠的来笼络我。我不要！”

陆毓姗把小盒送回去，沈川又推回来，就这么推推搡搡，一块大石头冷不丁就把倒着往后走的沈川绊倒了。只听沈川哎哟一声，当时就捂住了头。

“你没事吧？”陆毓姗忙去扒沈川的手，结果发现沈川的头上磕破了，流出了鲜红的血，“哎呀，别动，流血了！”陆毓姗吓得一声惊叫，忙从包里掏出纸巾捂在了沈川磕破的头上。

沈川嘴里“哎哟哎哟”地叫着，然后又“疼死我啦，我要死啦！”地嚷着，直嚷得陆毓姗把沈川的头垫在她的腿上，沈川才闭上眼睛不嚷了。

“怎么样啊，大川子？不要紧吧？很疼吗？”陆毓姗焦急地询问着。

可是沈川却紧闭着双眼半天不说话。

“这可怎么办……”陆毓姗嘀咕着，抬起头，看着远处大声地喊起来，“姜二伟，快过来一下，大川子受伤了！”

姜二伟他们早就不知道走出多远了，总之，陆毓姗喊了半天，却一点回音也没有。

“这可怎么办啊？”陆毓姗着急了，她想掀开纸巾看看沈川受伤的情况，又怕掀开纸巾血流得更厉害，所以她只能不停地喊着：“大川子，你醒醒，你感觉怎么样了……”

不料，沈川的肩膀却突然颤动起来，嘴里发出了呜呜的哭声。

“怎么了，大川子？很疼吗？”陆毓姗着急地问着。

沈川猛地抱住了陆毓姗，把头埋在陆毓姗的怀里，呼噜着嗓音说：“姗姗，就让我死去吧，就这样死在你的怀里，与其让离婚分开我们，不如就让我在你的怀里停止呼吸吧。”

陆毓姗想挣脱沈川的两只手，可是她的一只手必须得捂住沈川头上的伤口，另一只手才能去推沈川的两只手。“你别这样，大川子，有话好好说……”

“姗姗，我只希望你能最后给我一次机会，我会让你看到另一个我的。”沈川终于睁开眼睛说。

陆毓姗无奈地摇头，“你别这样，有话好好说，这算是什么呀！”

“你答应了我，我就起来。”沈川有些死皮赖脸。

“可是我已经怕了，二十多年的创伤，没这么快就恢复的。”陆毓姗痛苦地叹着气。

“姗姗，”沈川望着陆毓姗的脸，轻声地问：“果果是不是我们共同的女儿？”不等陆毓姗点头，沈川又坚定地说，“我不会再是那个记吃不记打的大川子了。我会抚平你的创伤，我会在我们以后的日子里给你幸福。”

陆毓姗很是有些心动，尤其是面对沈川的苦苦哀求于心不忍……

“姗姗，”沈川看陆毓姗这次没有拒绝他，又缓了一步说，“我们可以不用先复婚，你带着果果搬回来，你们娘俩住那间大屋子，我住在小屋子，我们先处一段时间好不好？”

陆毓姗摇摇头，她知道搬回来后会发生一些什么事。

“姗姗，我已经不是过去的我了，那时的我脑子里一片混沌，常常是身体往左，心灵往右，我总是会感觉到身上好像有两个我重叠在一起，随时要撕裂我。可是经过这半年多的反思，我已经看清了我自己，我想我再不会那样了，我只求你最后给我一次机会。”

陆毓姗长长地叹气，“给我点时间，让我想想吧。”

4

就是这句“想想”给了沈川天大的希望，他开始约陆毓姗去看电影，逛公园，带她去游泳，一个月的时间里，他们做了很多恋爱时曾做过的事情。每次，陆毓姗都会眼巴巴地在家的胡同口等着那个穿蓝白条T恤的沈川从胡同口冒出。因为有一种新鲜的恋爱的感觉渐渐地侵袭了陆毓姗，很美，很惬意。

那天晚上，沈川约了陆毓姗出去遛弯，他俩一路上基本不说话，因为每次出来时，陆毓姗都不想说话，她只是在感受，在听着沈川说，听沈川在检讨，在描绘未来，那天晚上也是如此，只是沈川也突然间变得不想说了，他们俩就那么默默地走着，走了很远很远，一直走到了一座筹建中的小公园前，小公园的铁门上落了锁，里面漆黑一片。

沈川在铁门前停住了，他悄声地征求着陆毓姗的意见，"咱俩翻进去？"

陆毓姗反驳了一句，"什么？你当咱们是小孩子啊？"

沈川指指铁门旁的一处刚盖了一半的矮围墙："你瞧那围墙不高的，没问题的。"说着拉起陆毓姗的手走到那截矮围墙前，"来，我托着你，你先上去。"

陆毓姗暗暗好笑着，听话似的攀上了矮围墙，然后又伸出手拉了沈川上去。

沈川翻跳到公园里，然后又接住了跳下来的陆毓姗。

两人相视一笑，然后手拉着手往那片闪着星星粼光的湖边跑去。一直跑到湖边才停脚。陆毓姗一屁股坐在了湖边，把脚伸进了湖水里。

沈川在陆毓姗身边坐下，揽过她的头靠在自己肩上。

黑暗中，只有湖水在静静地诉说着什么，陆毓姗和沈川一句话也不说，任心在黑暗中静静地随着湖水飘曳着。陆毓姗陶醉在一种无言的情绪中，她从未想过，承载她头的就是那个她毅然决然离开的男人，她甚至感到了巨大的窒息感，她轻轻地啜泣了起来。

"怎么了，姗姗？"说完沈川又轻轻地抚摸着陆毓姗的头，把嘴贴近她的耳边，"姗姗，都是我不好，让你受了这么多年的委屈，你也打我几下，让你出出气好吗？"说着抓起陆毓姗的手在自己的脸上狠狠地甩了一巴掌。

"我不——"陆毓姗抽回自己的手，把脸紧紧地贴在沈川的手掌上，泪水就那么顺着沈川的手流下来,就好像千头万绪都在心里纠缠着。

“姗姗,相信我这一次,我们还有几十年的日子可以活,所以,我不会再浪费这几十年了。”沈川在陆毓姗的脸上使劲地吻着,吻得陆毓姗喘不过来气,陆毓姗也回应着沈川。就那天晚上,陆毓姗在心里重新开始接受沈川了,她觉得不管过去发生过什么事情,希望沈川能跟她过完后半生。

“姗姗,跟我回家吧,让我们比以前多一些相互体谅。”沈川紧紧地抱着陆毓姗,像找到了一件失而复得的珍宝。

陆毓姗轻轻地摇头,“大川子,别急,等我们重新是夫妻的时候我立刻就提着行李回去。可是现在我不想。”

对于复婚,陆毓姗始终是有顾虑的。她觉得这条路并不像想象的那般好走,两个曾经那么近的人,分开了,再回去,怎么说过去的那种认识也还在,说重新谈一次恋爱、重新认识、把对方当成一个新的人,到底是不现实的。复婚是在阴影和废墟上重新盖起一座高楼,过去受伤的痕迹还在,搞不好第二次互相伤害,比第一次还要严重。

沈川似乎看出了陆毓姗内心的想法,他不急不慢地说:“姗姗,我们可以试婚啊!”

陆毓姗接受了沈川这样的说法,第二天她就带着女儿果果和沈川在一起吃了一顿团圆饭,十三岁的果果欢声笑语地穿梭在陆毓姗与沈川的言语之间,一副天伦之乐的融融幸福样。

饭后,陆毓姗和果果跟着沈川回到了他们原先的那个家,果果开心地到处翻找着她自己的东西,而陆毓姗却站在客厅里,满怀感慨地注视着家里熟悉的一切,这是他们离婚后她第一次回家,那么熟悉又那么陌生。

他们把果果哄睡后,重新躺在了一起,陆毓姗心里既激动又委屈。她对沈川的爱抚中透着一丝扭捏,他们既像久别的老夫妻,又像刚结婚的小两口……

沈川捧着陆毓姗的脸,深情地盯着她看,生怕一松手,她就会消失。

"瞧,你这样瞧我都有些受不了了。"陆毓姗用手挡住了沈川的视线。

沈川捏住陆毓姗的手边亲吻着边咯咯地乐,"以后我会天天这样看你。"

"漂亮的时候不看,都这么老了,有什么好看的?"

"嗯,我觉得天底下的女人都不如你好看,有人给我介绍过好几个女人,我怎么看都不顺眼,看来看去还是你好。"

"你就是嘴甜!要不我也不会跟了你这些年。"陆毓姗像个小姑娘似的把头拱进沈川的怀里。

经过了一个月的试婚,陆毓姗和沈川复婚了。办手续那天,沈川对陆毓姗说:"姗姗,漂亮话我就不说了,说多了你说我嘴甜,说多了还显得矫情,就是我跟你说过的那句话,以后我一定好好和你过日子,我要撑起这个家,这就是我们以后的幸福。"

就像在听一个动人的故事,田翼飞被深深地打动了,他拍着沈川的肩膀,"大川子,好好珍惜重新得来的幸福吧,人犯错误不可怕,可怕的是认识到了还要犯。"

沈川呵呵地笑,"放心,我再也不会做蠢事了。"

田翼飞赞赏地点头,却突然又问:"小妹和陈翔怎么样了?他俩最近是不是也有些不正常。"

一说起陆叶红的事,陆毓姗就唉声叹气起来,"别提他俩了,那天小妹给我来电话,说她要和陈翔离婚。"

"怎么又冒出一个离婚的?"田翼飞惊讶了。

5

用不着田翼飞惊讶,陆叶红已经想好了,她必须和陈翔离婚。那天,一回到家,陆叶红就把那张签了自己名字的离婚协议书递到陈翔手里，“签上你的名字吧。”陆叶红尽量把话说得平和。

陈翔拿过那张离婚协议书，陆叶红能够看出，陈翔的手在抖，她把目光转向别处。

“我爱你。”陈翔说，“从你嫁给我的那天起，我就深深地爱上了你，甚至在知道你和李昱铭的恋情后，我仍旧不变地爱你，因为爱，我希望你能幸福。”陈翔说着颤抖着手去包里找笔。

有瞬间的工夫，陆叶红想对陈翔说算了，但她想起了李昱铭，一想起李昱铭，陆叶红的心就变得硬起来，她瞅着陈翔那张惨白的脸，自顾自地说：“没有爱情的日子真的很难熬，要不我也不会想离开这个世界，是你把李昱铭送到了我的面前，他守着我，陪我说话，喂我吃饭，劝我不要自暴自弃。他给了我想要的爱……”

听陆叶红说话，真是种折磨。可陈翔知道，若是离婚了，连这种折磨也没有了，所以他耳朵听着，手继续在包里翻着那支签字笔。

“我知道我做了对不起你的事，可爱情这事，不是一个人可以控制得了的，那种浪漫、那种美妙，是你我之间不会发生的，也是你想象不出来的，不管我笑，还是我哭，都会成为一种幸福的回忆……”

陈翔终于翻出那支笔，他看了陆叶红一眼，陆叶红的目光仍旧停留在他脸上，她头一次和陈翔说这么多的话。

“我们从一结婚起就没有爱，不管你对我的感觉如何，可是我不爱你，我会为李昱铭痴狂，却对你没有一点点感觉，所以这对你来说是不公平的，你是个好人，可是好人并不等于是我需要的男人，我想，也许离婚对你我来说都是好事，因为你也可以去寻找那个爱你的女人。”

陈翔拔下笔帽，在离婚协议书上签字。大概是笔在包里搁久了的缘故，总之，签字笔一点水也不出，陈翔写了两遍，都没有把自己的名字签上去。

“什么破笔！”陆叶红拿过自己的包，找笔，没有！陆叶红又去小书房找，没有！

陈翔就那么呆呆地坐在沙发上看着陆叶红像个疯子般地满屋子找笔,心里却在默默祈祷:千万不要找到,千万不要找到……

陈翔感谢上苍对他的怜悯,陆叶红气咻咻地走到陈翔跟前,“怎么家里没有一支笔?”

“对不起,前天收拾屋子,看到那几支笔都不出水了,所以就统统扔掉了。”见陆叶红脸上积着厚厚的不满,陈翔小心翼翼地说,“我去邻居家借一支吧。”

陆叶红不吭声儿。

陈翔便拿上离婚协议书和钥匙出了门。他走到邻居家敲了敲门,没有声音,似乎不在家,他又去敲另一家,还是没有人,他把同一层邻居家的门都敲了,都没有人。

“这不会是天意吧?”陈翔心里说不出是高兴还是悲哀,他走回到自家门前,犹豫了一下,又离开了,他坐上电梯,无意识地按了一层。

单位有笔,去单位拿一趟吧,反正在家待着也是折磨。陈翔走出楼道去开车,却发现了那辆熟悉的越野吉普,他一下子想起来了,这是李昱铭的车。

陈翔也不知道是一种什么心理驱使着他,他直愣愣地走到越野吉普车旁,猛地一下拉开了车门。

李昱铭尴尬地从车里出来,一脸的内疚,“对不起,陈翔!”

陈翔却苦苦地笑了一下,“有笔吗?”

李昱铭不明就里地连忙从车里拿出笔,递到陈翔手里。

陈翔把那张离婚协议书铺在车身上,用李昱铭给的笔在上面签下了自己的名字。

“对不起,陈翔,我不是来和你抢老婆的,我……”

陈翔瞪了李昱铭一眼,把离婚协议书举到他脸前,“看好了,我签字了,你可以和他结婚了。”

“陈翔,我真没这意思,你千万别误会,你……”

“什么都不要说，走，我们喝酒去。”陈翔不由分说地坐进了李昱铭的车里，看着还在车下发愣的李昱铭，催促道，“走啊，你请客。”

席间，陈翔和李昱铭没有一句话，他只想把自己灌醉，他做到了。

当李昱铭把陈翔送到楼门口时，陈翔把李昱铭推开了，他红着眼指着李昱铭，嘎嘎地笑，“你小子，哪辈子修来的福，被我家叶红看上了？”

李昱铭不知道说什么，他有些手足无措地望着陈翔，嘴里喃喃着，“别误会，陈翔，我错了，可是我并没有想从你手里抢走叶红的意思，事情都过去了，我会让叶红好好地和你过日子的。”

陈翔仍旧在笑，“别到我面前装好人了，叶红爱的人是你，你得答应我，好好疼她好好爱她，她值得你爱的。”

“我知道我知道，叶红是个好女人。”

陈翔冲李昱铭挥了挥手，“你走吧，去买束玫瑰向叶红求婚吧。”陈翔把李昱铭关在了楼门外。

第二十八章

1

当陆叶红看到醉醺醺的陈翔回到家后，她气愤了，她冲着陈翔嚷道："你到哪里去了？你去邻居家借的笔呢？"

陈翔把离婚协议书展到陆叶红面前，彸是委屈地说："我签字了，你可以拿着这张纸去民政局领离婚证书了。"

也许是觉得自己刚才的态度有些过分，陆叶红不好意思地瞅了陈翔一眼，拿过那张离婚协议书，放缓了口气，"我们明天就去办，今天我先收拾东西。"说完轻轻地叹息了一声，"你多保重，一定要找个爱你的女人，你这么好的男人，你会幸福的。"陆叶红竟流出了眼泪。

陈翔的眼圈也红了，他知道自己即将失去陆叶红，他看她一眼，被她脸上的泪水打动，他说："你放心，我会活得好好的，只要你幸福。"陈翔使劲控制着自己，他不想在陆叶红面前流泪，他指着屋子，"这房子留给你了。"

"留给我你住哪里？"

"男人四海为家，哪里不能睡觉。"陈翔甩甩头笑了起来，他终于把就要流出的眼泪逼了回去。

"陈翔……"陆叶红突然扑进陈翔的怀里，呜呜咽咽地哭起来，边哭边说，"你干吗要对我这么好？我不值得你爱的，你应该恨我才对，我不是个好女人，我……"

陆叶红的哭声像锥子般地刺进陈翔的心里，他推开陆叶红，深情地看了她一眼，一扭头跑出了家门。

当大门咣当一声关上时，陆叶红止住了哭。

瞬间静下来的家只有陆叶红戳在那。陆叶红的目光扫视着这个生活了八年的家，这才发现，家里哪里哪里都有陈翔的影子：陈翔哼着小曲穿着大裤衩子在屋里收拾的身影；陈翔甩着抹布爬低登高的姿态；陈翔挥着锅铲在厨房大展身手的模样。家里到处到处都有陈翔的气息：卧室，是陈翔叠的被褥；书房，是陈翔布置的书架；厨房，是陈翔洗的碗筷；卫生间……陈翔的气息就像空气一样弥漫着整座屋子，它给陆叶红带来了一个整洁、舒心、宁静的生活环境，它使陆叶红专心地去写她的诗歌去搞她的创作去思她的浪漫，陆叶红的的确确习惯了这种被陈翔宠爱被陈翔侍候的生活，此时，想想如果离开陈翔，她能够适应新的生活吗？她和李昱铭固然有爱，她可以为他牺牲一切去照顾他，可是爱情过去以后呢？李昱铭会像现在这般地待她吗？李昱铭不会去找新的女人吗？像他那般花心的男人靠得住吗？

陆叶红抚着肚皮，眼泪扑簌簌掉下来。她拿出那张离婚协议书，目光透过泪水看过去，她看到了熟悉得不能再熟悉的那两个字——陈翔，陆叶红突然放声大哭起来。

陆叶红刻骨地爱过一次，又伤心到绝望，她不明白人的心思为什么会变，会变得没有灵肉。她爱李昱铭，她会觉得李昱铭哪里都好，她不爱陈翔，她就看不惯陈翔的一切做法，可是，陈翔除了没有李昱铭帅气的外表，他又哪样不好呢？

陆叶红坐在沙发上抽抽咽咽地哭，她的脑子里却转悠着一首诗歌：

走进屋
忽地就被一种空落落的感觉攫取
仿佛被你抛弃
抛弃在这间偌大的屋子里

我哭了
泪水滑落到襟前
渗进了衣中
沾湿了你吻过的肌肤
便化成一片疼痛
钻进心里

空荡荡的屋
我在寻找
我的袋鼠
是不是从窗的隙中逃走
我的幸福
是不是也被那只蹦蹦跳跳的袋鼠带走

孤寂的屋发出了孤寂的声
在噬咬着我的灵魂
我渴望着这个不安分的灵魂能够飘出万里
能够追寻那追不上的声

爱
有多重
情
有多深
只有蜷缩在袋鼠的袋中
那爱才会被滋润

就在陆叶红哭着喃喃自语自己的诗歌时，门被谁敲响了。

一种油然而生的惊喜使陆叶红飞快地蹿到门前，猛地拉开了门。

李昱铭走了进来，他捧着一束通红的玫瑰，他抱住了陆叶红，他温和的声音响起在陆叶红耳边，“宝贝，嫁给我吧！”

陆叶红扑进李昱铭的怀里，泪流满面。一场经过一年磨砺的感情最终将有结果。陆叶红推开李昱铭，一双眸子痴痴地望着李昱铭，这个令她魂牵梦萦的男人此刻就站在她面前，她的心脏快要停止跳动，她即将要和她最爱的男人生活在一起，她已经无法用任何语言来形容此刻她激动的心情。但是，陆叶红定了定心，问：“她怎么办呢？”

李昱铭懂得这个她是谁，他答：“我让她走。”

“你不爱她吗？”

“你才是我心头的最爱，我只爱你。”

不爱，怎可以同居在一起？爱了，怎可以拒绝？陆叶红有些搞不懂，不过，她觉得自己不必要去懂，因为李昱铭的心思，她永远猜不透，李昱铭的爱，她永远不会懂。

陆叶红轻轻地笑，她从身边拿起那张离婚协议书，对着李昱铭念起来：

“亲爱的铭，请允许我最后一次这样称呼你！我想我们的关系就此结束！”

“为什么？”李昱铭喊，眼睛去瞟那张离婚协议书。

陆叶红看一眼李昱铭，脸上仍旧挂着淡淡的笑意，“因为我不想总对你抱有希望，得到的却是一次又一次的很可笑的拒绝理由！你也用不着再绞尽脑汁找借口来敷衍我，以后，你就是你我就是我，我们没有任何关系。”

“这到底是为什么啊？”李昱铭皱紧了眉头瞪着陆叶红。

陆叶红缓缓地摇头，“我不想做一个让你瞧不起的女人，我有自知之明，我还没下贱到非要和你睡觉不可的地步，感情没了就是没了，我不会做你的鸡肋，我也不是做鸡肋的女人！”

“我没有瞧不起你，我真的爱你。”李昱铭手抚胸口辩解着。

陆叶红走上前，双手捧起李昱铭的手放到自己胸前，很淡定地说：“原以为我们的感情真的会如你所说，天长地久；原以为你真的和别的男人不一样，会爱一个女人至死；原以为我会永远是你的宝贝，也让我宝贝着你。我错了！世间真的没有天长地久的爱；你也和别的男人一样；你的心里不会把我当成永远的宝贝，你也不需要我来宝贝着你，一段刻骨铭心的爱情就这样被我们这些俗人掩埋了！”

“叶红，我这不是拿着玫瑰来求婚了吗？是你不爱我了吗？难道你舍得下我吗？”

陆叶红摇着头轻笑，“我不舍得，真的。要放弃对你的爱，我知道我的心很疼，可是我愿意用刀斩去那些带着你体味的肉！时间会抚平我心中的创伤，我会平平静静地活下去！我会把这一段感情忘得干干净净！我就是我——一个把爱看得很重，也可以把爱一脚踢出去的女人！”

李昱铭没料到这个爱他爱得发狂的女人居然会拒绝他，他喃喃自语着：“你忘不掉我的，我也忘不掉你。”

陆叶红的眼里噙着泪花，她缓慢地走到门口，把门打开，做了个请的手势，“今天，是个结束一切的日子！”

李昱铭不解地望着陆叶红，慢慢地走出大门，他嘴里小声地嘟囔着：“你怎么了？你想要的不就是这种结果吗？”

“你多保重。”

陆叶红轻轻地点头，轻轻地关上门，她不知自己该不该相信这种生命中已经有过几个女人的男人，还有无数个不重要，抑或想得起，抑或想不起的女人的男人。但她知道，自己的这个残酷的决定却是对的，她捂住脸，无声地哭了。她不想再受到他的伤害，她的生命已经不能承受住任何的意外喜悦和伤害了，她想起一个诗友的话：我不要一个和我在一起，心里却想着别的女人的男人。不要！

陆叶红哭了，她放声大哭，她在哭她的最爱真的失去了，她在哭她放弃了一段永生永世也难忘怀的爱情。

陆叶红开始写短信，一个长长的短信。

铭：最后一次称呼你。但我会把这个字留在心的底层，让它成为回忆，毕竟它给了我一年的快乐和幸福，谢谢你给予我的一切，它总是会让我泪流满面。其实从一开始就知道自己会给自己掘一座坟墓，一座埋藏爱情的坟墓，但这座坟墓不管如何总是要掘的，因为它涉及一个人的善与恶的良心，所以我会掘得很深，我会把一切都埋得严严实实，不让自己有流泪的理由，不让自己有伤心的理由。你没有错，我也没有错，只是心不会随着正确的方向走，它竟是那么脆弱，它总是让我情不自禁，但我觉得一切都可以过去，许多的风雨艰难、许多的坎坷痛苦我不是都跌跌撞撞地闯了过去吗，我会变得坚强。不管怎样，在我最痛苦的时候我爱了，也得到了爱。够了，我满足了……我想这应该是我给你写的最后一封信了吧，因为明天的日子还要继续，我衷心地祝你幸福，真的！想起被你当宝贝似的捧在手心里的日子，我又哭了……

这时，大门被推开了。

陆叶红泪眼婆娑地抬起头，她看到陈翔提着大包小包地回来了，他怀里，还抱着一束粉色的百合。

许是看到陆叶红哭红的双眸，陈翔心疼地把大包小包扔到沙发上，走上前来为陆叶红擦去眼泪，“这是怎么了？和昱铭致气了？”说着把花送到她手里，“好了，昱铭答应过我会好好地爱你疼你，你就别和他使小性子了，让他为难。”

陆叶红忽地伸手，一把堵住陈翔的嘴，“从此后不许再跟我提李昱铭三个字！”

陈翔苦笑，哪里还会有以后。他指着沙发上的大包小包咕噜着说，

“这是我给你买的食物，有你喜欢吃的零嘴，有你喜欢吃的猪耳朵，还有……”

不等陈翔说完，陆叶红突然委屈地大哭起来，边哭边说：“你不想要我了是吗？”

陈翔心酸地答：“怎是我不想要你！”

“想要我就抱紧我，别让我和你离婚！”

陈翔怔住了，他不知道这是不是陆叶红在和他开一个天大的玩笑，他捧起陆叶红的脸，“你再说一遍！”

“傻瓜！抱着我，一辈子也别让我离开你！”陆叶红哭得惊天动地。

陈翔觉得他要疯掉了，是那种激动的疯，是那种开心的疯，他哈哈大笑，继而又嘎嘎地笑，再接着，就是嘻嘻地笑，他的笑已经停不下来了，因为最后，变成了傻笑。

陆叶红终于哭够了，把嘴贴近陈翔耳边，悄悄地说：“傻老公，你摸摸我的肚子。”

陈翔不知就里地把手放到陆叶红的肚皮上。

“告诉你一件事，你将要做爸爸了。”

陈翔真的傻了，他看看陆叶红的脸，没有嬉戏的成分，再看看陆叶红的肚皮，也没有鼓起的痕迹，可是他能猜到，那里面孕育了一个小小的生命，那个生命将是他的血脉。

“我的孩子？我们的孩子？”陈翔掉下了眼泪，但是他却放声大笑起来，他紧紧地抱住了陆叶红，“我们的孩子！你和我的孩子！”

“是啊是啊！”

“我的孩子！我们的孩子！”陈翔疯了般地笑，笑得不可遏制。

2

一大早，陈翔就兴奋地带着陆叶红来找田翼飞。

"二姐夫，告诉你一个好消息。"陈翔看到了田翼飞在收拾行李，惊讶地问，"又要出差？"

"是啊！下午的飞机。"看到陆叶红和陈翔手拉着手地到来，田翼飞先是一惊，因为他刚听陆毓姗说，他俩正在闹离婚呢，怎么这么快就手拉手地跑来了？哪里有半点要离婚的意思，于是他吃惊地瞪大眼珠看着二人问："什么好消息？"

陈翔有些不好意思地瞧了一眼陆叶红的腹部，自豪地说："我就要做爸爸了。"

"什么？"对田翼飞来说，这真是一个天大的喜讯，一个即将出生的小宝宝居然就能把一对即将离婚的人撮合到一起。

"我就要做爸爸啦！"陈翔故意放慢语速又说了一遍。

"祝贺祝贺！"田翼飞看看陆叶红，又瞧瞧陈翔，高兴得不停地点头，"这样日子就全乎了，孩子是父母爱情的桥梁啊！"

陈翔偷偷地瞅瞅陆叶红的脸，心里感激着她肚里的那个孩子，若不是这个孩子，他不知道陆叶红会不会撕碎那张他已经签了字的离婚协议书，或许他已经漂泊着去找出租房了。他赞同地冲田翼飞点着头，却问："知道二姐去哪里了吗？"

"这不就是去接她的吗。"田翼飞有些惭愧地苦笑了一下。

"你和我二姐……"

陆叶红的话尚未问出，就被陈翔打断，"你们回来后，我们好好地聚一下，一家人在一起热闹热闹。"其实陈翔也想知道陆婧婷到底因为什么离家出走，但男人的面子和男人的心理他多少还是知道的，于是悄悄地捅了捅陆叶红。

陆叶红瞪了陈翔一眼，话未出口，包里的手机响起来。

"喂，大姐。"

"叶红，快来父亲家，有急事。"是陆毓姗在电话那头风风火火地说。

“什么急事啊？反正什么事到了你这里都是急事。”陆叶红不急不慌地笑。

“爸查出了肝癌，但他死活就是不要去住院，我正在这里和他生气呢。这一生，他最宠你，你过来劝劝他。”

“什么？爸得了肝癌？”陆叶红的眼泪唰的就掉下来。

“别哭，叶红，你怀了孩子，是不能悲伤的。”陈翔急得跟什么似的帮陆叶红擦眼泪。

“我们赶过去看看吧，这老爷子，脾气从来就是那么犟。”田翼飞说着拿起包就和陈翔两口子离开了家。

一行人去了陆子义家，陆子义躺在床上，脸色平和。

陆毓姗却坐在床旁的一张椅子上，她脸上还有泪痕，却也挂着气愤。

“爸，怎么会这样？”陆叶红一进屋就扑过去抱住了陆子义的胳膊，急急地问，“你的身体一向不是好好的吗？会不会是医院查错了？”

陆毓姗拿出几张化验单，含着眼泪说：“其实今年我们给爸过生日时，爸的情况就不好了，他就是不说，要不是那天阿莹给我打电话，说爸不行了，他还要继续瞒着我们。”

“好了，不要说了，我们现在就把爸送进医院，好歹让大夫看看，我们能尽多大力就尽多大力。”田翼飞说着就去帮陆子义穿衣服。

陆子义却烦了，他想瞪眼珠，已经没了气力，他只能摆摆手，“算了算了，就是不想让你们操心才没说的，反正这种病怎么都是个等死，就让我自己承受得了。”

“爸——”陆毓姗和陆叶红一起哭起来。

田翼飞却不由分说地给陈翔和沈川使了个眼色，三个男人上前，穿衣服的穿衣服，背的背，愣把陆子义拉到了医院。

当医生说出那句“立即手术”的话时，陆子义就蹿了，“庸医！就知道宰钱，我才不会上你的当呢！”

陆子义的不讲理，让田翼飞一行人很是尴尬，他们只能跟大夫商量，先让陆子义在医院里住下，然后再劝他做手术。

“他已经晚期了，只有立即手术才能拖延生命。”大夫走到门口时悄悄地对田翼飞说了这句话。

于是田翼飞坐到陆子义身旁，和颜悦色地说：“爸，咱还是把手术做了吧，反正有医保，不能报的那些钱，我给你掏了。”

“反正做不做手术都会死，你为什么要掏这十几万块钱呢？不做！”

“爸……”

陆子义不耐烦地努力瞪了田翼飞一眼，“婧婷呢？她怎么不来？”

“这……”田翼飞打了一个磕巴，“她到郊区开会去了，后天就回来，回来我就让她来看您。”

“我要听她的声音，你给她打个电话吧。”陆子义望着田翼飞一直攥在手里的手机，“别告诉她我病了。”

有瞬间工夫，田翼飞脸上露出了为难的神色，不过他很快就恢复了正常，他痛快地答应着陆子义，拨了陆婧婷的电话。

先是那首陆婧婷最喜欢的《女人花》，然后就是“对不起，您呼叫的客户已关机，请稍后再拨……”

其实田翼飞知道自己拨不通陆婧婷的电话，不过，他不想让陆子义失望，他等手机里没了声音，便对着手机说：“婧婷，方便接电话吗？”

“什么？在开会？有你的发言？”

“开完会给来个电话，爸想和你说话。”

“好吧，你忙吧，千万想着给我们来个电话。”

田翼飞挂了电话，不好意思地冲陆子义笑笑，“爸，真不巧，婧婷在开会，有她的发言，等她忙完了就给您来电话。”

陆子义叹出一口气，闭上了眼睛。

几个人你瞅瞅我，我瞧瞧你，都轻轻地呼出一口气。

整整一下午，陆子义都很安静地躺在病床上，能够看出他的难受来，但他只是皱紧了眉头轻轻地哼几声。田翼飞逮着机会就和他说做手术的事，但他总是不吭声儿。有时能听见他嘴里轻轻地喊出一声"婧婷"，但随即又不吭气儿了。

田翼飞不时地到门口去给陆婧婷打个电话，那声音很大。

"你怎么还没开完会呀？"

"再忙也得抽个打电话的时间呀！"

"什么？不让我烦你？"

陆毓姗走出去，她一定要把父亲病倒的事告诉她，她要让陆婧婷立即赶回来。但当陆毓姗看到田翼飞在门口对着墙上喊叫时，她疑惑了，她瞪着田翼飞，指了指田翼飞手里的手机。

田翼飞并没有理睬陆毓姗，仍自顾自地说着，"什么？领导找你谈事？"

一边的陆毓姗看得目瞪口呆。

"好吧好吧，你这什么破会，快些开完吧。88"

田翼飞说完话，下意识地抬头，看到陆毓姗脸上错愕的表情，突然把食指放在嘴边，示意她别出声。

陆毓姗恍然大悟，原来，田翼飞的电话不是打给陆婧婷的，而是"打"给病床上的陆子义的。

3

田翼飞要赶飞机，中午饭都没吃就走了。他刚走，陆子义的病情就恶化了。

陆子义回光返照，其实陆子义早就知道会有今天，他把几个儿女叫到身边，看看这个，摸摸那个，然后笑着问："想听听你们妈妈的故事吗？"

"姥爷，我想听姥姥的故事。"果果跑到床边，抱住陆子义的头，小脸在陆子义脸上蹭着。

陆子义疼爱地拉过果果的手，"当初，我和你姥姥差点没做成夫妻。"

"为什么？"果果问。

陆子义看看大家，其实这故事，他已经不知道跟陆毓姗他们讲过几次，所以他们都默不作声地听着。

陆子义嘿嘿一乐，"当初你姥姥看上的是另一个男孩，他和我的名字就差一个字，义和烨，她让好朋友去帮她说明，不料好朋友却说错了人，说给了我，我当时高兴坏了，有这么一个漂亮大方的女孩喜欢我，我都快疯了，什么都没想就同意了。"

"姥姥没后悔呀？"果果的话不轻不重。

陆子义闭上眼睛想了想，"后悔也来不及了，那时的女孩哪有现在的女孩这么大方，说出的话，即便错了，也不好改了，所以我才有了你的妈妈你的二姨小姨，你的妈妈才有了你。"

话很绕，但果果却听得懂，"所以我们就有血缘关系啊！我和二姨小姨也就有血缘关系啊。"

许是提到了二姨两个字，陆子义问陆毓姗，"婧婷到底去哪儿了？翼飞呢？这两个人在闹什么呢？婧婷的那个会就真的那么重要吗？翼飞也来不了吗？"

陆毓姗支支吾吾，想着怎么圆这话，陆子义却难受地摇头，"阿莹，把我的那个包拿来。"

阿莹掏出了包里面的东西，有一份遗书，有两个存折，他看了孩子们一眼，把一个存折给了阿莹，"阿莹对我照顾很好，要不也不会多活这半年，这六万块钱，就算是我送阿莹儿子上大学的费用。"

"不，子义，我不要你什么钱，只要你好好活着。"阿莹哭了起来，把存折塞回陆子义手中。

陆子义生气地白了阿莹一眼，"拿着，这是你该得的。"

“你就拿着吧，阿莹。”陆叶红从陆子义手里把那个存折放回到阿莹手中。

阿莹只顾着抽抽咽咽地哭。

陆子义又举起另一个存折，“这里面的钱，是我炒股和卖书法字挣来的，这些钱你们不要用，是我专门为一个患白血病的孩子筹集的医药费，那个孩子是个弃儿，不管他能活多长时间，我只想给他一份我自己的爱，阿莹会带你们去看那个孩子，如果你们有时间的话，希望你们能常去看看那个孩子，如果你们有条件的话，也希望能为那个孩子出一份力。”说完又展开那份遗书，“这是给你们姐仨的，你们看看。”

果果先哭了起来，“姥爷，你不要死，我还要你给我讲故事，教我写大字呢。”

果果一哭，陆毓姗几个人都跟着掉下眼泪。

“爸，你看着我们，”陆毓姗拉住陆子义的手，先指了陆叶红，“你马上又要有一个小外孙了，你不想看到他吗?”

陆子义的手伸向陆叶红。

陆叶红蹲到病床前抓住陆子义的手。

陆子义看了陈翔一眼，勉强地笑笑，“好好地和陈翔过日子，他是个好男人。”

“我知道，爸，你放心，只要你好起来，我会常回去看你的。”陆叶红泣不成声。

陆子义的手已经被所有人抓住了，他又看着阿莹，看看陆毓姗，又瞅瞅陆叶红，然后说：“我想婧婷，她怎么不来看我呢?”

陈翔和沈川走上前来，一人拉住陆子义一只手，陈翔说：“爸，您撑着些，二姐夫已经开车去接二姐了，说不定明天一早就回来了。”

沈川也说：“就是的爸，明天一早，他们家三口子都会来的。”

陆子义笑了，闭上了眼睛，嘴里喃喃着：“好久没见到老二了，不知道她现在怎么样了。”

4

陆婧婷正儿八经地做了二十多天的乡村老师，孩子们都叫她陆老师，越是看着孩子们那天真无邪的笑容，她的心里越是沉重，她给他们希望，可是这种希望终归会被自己活活地毁掉，与其这样，不如早些结束这种希望。

陆婧婷终于给自己放了半天假，那天上午上完课，她对孩子们说："同学们，下午老师有事，放半天假。"她没说明天来不来上课，孩子们也没问。

陆婧婷在赵荣菊家吃过午饭，回到屋里，她重新梳理了头发，画了一些淡妆，涂了一点淡淡的口红，是那种水晶超炫璀璨唇膏，粉红色的，闪着水晶般的光泽，然后她又穿上了那件她最喜欢的紫色长裙，配上那件田翼飞给她买的白色的开领小衫，拿上一个小手包就悄悄地离开了村子。她再一次独自爬上刚来那天登过的悬崖峭壁处，因为身着长裙，所以很费劲，但她终于爬上去了，她的嘴角泛出梦幻般的笑容。

刚下过雨的空气中，飘逸着潮湿的泥土芬芳还有淡淡的青草香，四野空旷，风中传来云朵和阳光在旷野穿梭的声音，静静地传递着一种暖暖的气息。

陆婧婷深深地吸了一口带着土腥味的空气，望着隐藏在薄雾中的远山，似乎听到了风中轻轻回旋的歌声和哭泣的声音。她的身边，有明亮的阳光，有随风摇曳的花朵，风把细碎的花瓣吹到她的头上、脸上，空气中花朵淡淡的幽香浸袭了她，可是她的心却怎么也找不到一种幸福的感觉。生命的目的不过是寻找自己的快乐，可是一个人如果无法再承受现实的一切，那么，是否应该换一种方式生活呢？

陆婧婷在感叹自己的命运，如同一出悲剧。几十年的时光，一切都是那么短暂。年轻的时候，想象着在自己爱的男人手心里渐渐老去，那种感觉是很温馨很幸福的，那时候真是单纯得犯傻，因为那时并不理解什么是老，以为那是一种至深的浪漫。而现在，当岁月无情地在脸上留下皱纹，当背叛残酷地在心里刻下伤痕，这时，才发现苍老是一个多么可怕的魔鬼。然而，自然的规律总是让一个女人从年轻到衰老，从美丽到丑陋，谁不是在蓦然惊觉中才发现自己的失败！偶尔的风光只是过眼云烟，而那种无奈的心痛和失败才是形影相伴阴魂不散的缘分。

陆婧婷在感叹自己命运中会有那么浓重的多愁善感，那些承受不了的挫折令她的心如此容易受伤，如此容易破碎。她身上那些无依的灵魂开始到处寻找依靠，寻找归宿，寻求一种叫作“淡定”的境界。

陆婧婷知道自己找不到，所以她就不想找了。

陆婧婷漠然地在大石头上坐下，她觉得自己是在从生的这一端走向另一端，人生已不存在希望，宛如过一座铁桥，拖着滞重的步子，落脚沉闷。她打开手包，掏出一本黑皮日记本，又拿出手机，打开了手机，顿时，几条短信拥挤着冒出来，都是田翼飞发来的，且在同一个夜晚。

第一条：

婷儿，我知道你恨我，可不管你如何恨我，我爱你的心未变，请最后相信我一次好吗？

第二条：

婷儿，你走了快一个月，每次儿子从学校回来都心事重重的，今天晚上，他把梅子带了回来，他们给我做了晚饭，我们三个人都喝了酒，原原的心情好像很压抑，虽然他从来没有说过有关你我的事，可我看得出来，其实儿子的心里清清楚楚，晚上，他去送梅子送了很长时间，我不放心地跟着出去了，我看到儿子独自一人站在月光下，脸上有两行晶莹的东西在闪亮，我知道他哭了，也许是在悲哀父母的感情断裂，也许是在悲叹自己的命运不幸，他才十八岁啊，正在面临着高考，似乎不该有这样的遭遇，在他走进考场的时候难道不期盼着父母在考场外的等候吗！父母是缺一不可的！

第三条：

婷儿，我不知道我已经失眠第多少个夜晚，我的失眠不值得同情，应该叫罪有应得，但原原的失眠就令我不忍了，我去他屋里看了一眼，凌晨两点，他仍没有睡，在玩游戏，我看得出来，他敲键盘的手在暗暗地使劲儿，仿佛要把郁积在心中的不快都用手指头发泄出来，他的眼圈周围有淡淡的郁青，我顺手在他桌子上看到了一本日记本，便拿上楼看了，他在日记里写道：自从妈妈出差后，我就觉得妈妈不会再回来了，梅子父母的离异已经让梅子失去了许多，那么我呢？这将是我人生中最忧郁的阶段，妈妈，快出差回来吧！儿子在想你。

第四条：

婷儿，其实不仅仅是儿子在想你，那天我在镜子里看到了我自己，我的眼神、我的表情充满了哀伤、失落和自责，我对着镜子哭了，泪水冲不走我心中的忧郁、烦恼和痛苦，看着长长了的头发，想起同事们的提醒，建议我去理个发，可是我不想，我要等到你回来后才能去理发，我要让你看看，我的每一根发丝都聚集着对你的爱、对你的思念。

陆婧婷的心真的被田翼飞的这几条短信动摇了，她的泪水噼里啪啦地掉在手机上，出来快一个月了，哪一天，田翼飞和田原的影子不在她的脑海里旋转，哪一天，丈夫和儿子这两个词不把她折磨得死去活来，田翼飞曾有的好，田原的可爱就像长在墙角的野草，在她心里不停地疯长着，从一个角落充塞到每一个血管细胞。尤其是对儿子的思念，儿子的一颦一笑，一抿嘴一蹙眉都常常影像般地在陆婧婷眼前一一闪过：

“妈妈，妈妈，快来看我的画呀！”儿子还小时，房间里，到处都有儿子那双小胖手留下的痕迹，墙上的机器人，门上的小老鼠，还有儿子走到哪里都离不开的甜甜的喊声：“妈妈，妈妈……”

陆婧婷的眼泪涌了出来，幻影里晃动出儿子可爱的模样，那双大大的眼睛，那头浓密有些自来卷的棕色头发，每每从幼儿园里回来都总是抱着陆婧婷的脖子，骄傲地说：“妈妈是世界上最漂亮的妈妈，等我长大了，我就和妈妈结婚。”

那时的陆婧婷多么自豪啊，她总是拒绝地对儿子说：“宝贝，我可不能和你结婚。”

“为什么？”儿子总是不解。

“因为我已经和你爸爸结婚了啊！”

儿子伤心地哭了，他把陆婧婷的脖子搂得更紧了。“可是，”儿子抽咽着，“可是你结婚的时候为什么不带上我？连喜糖都不给我吃。”

陆婧婷笑得肚子都疼了，她安慰着儿子：“明天妈妈就给你买糖吃去好吗？”

儿子含着泪水就笑出了声，并嘱咐着陆婧婷：“那你下次和爸爸结婚时别再忘了带我，别忘了给我留喜糖。”

那些天真无邪的话语似乎都还在陆婧婷的耳旁萦绕，可儿子已经长大了，不在自己的身旁了，她真心地希望马上要高考的儿子如愿考上大学，她更希望没有了妈妈的儿子能够度过这种心理时期，去迎接另一个人生的到来。

在这个世界上，陆婧婷觉得除了儿子，她什么都不曾拥有过，什么都没有给过她真实的实在感，她觉得自己最最舍不下的就是儿子，可是她却不得不离开儿子。漫无边际的伤感向她涌来，心里默默数着1、2、3……努力不让眼泪流下来，可眼泪就那么随心所欲地顺着脸颊往下流着，她觉得自己应该给儿子留下几句话，于是，她翻开那本日记本。

这是陆婧婷一年来记下的有关自己哀伤情感的回忆，里面的每一个字都嵌着她的血，几滴泪珠滚落到日记本上，有几个字立刻就洇湿了，陆婧婷一页一页地翻着，她再次把那结了痂的伤口撕裂开来，然后把那些蜇人的盐再细细地撒进去，她掀开裙子，两个深紫色的刀疤像两条蠕虫般立刻呈现在眼前，她立刻感到了一阵阵的痛楚袭来，其实她感觉到的不是腿的刀疤在疼，而是心在疼，她回避不了那段日子给她带来的痛楚，那些可以成为小河的泪水，并不能洗刷掉心里的悲哀，她在心里希望，那个伤口永远也不要愈合。因为她自己也成了一本小说故事里的人物。

陆婧婷深深地体味着心的疼痛，慢慢地站起身，慢慢地走向悬崖边。

那个从崖上跳下的女人似乎就在前面，陆婧婷仿佛看到了她那被风吹起的头发，那伸展开的四肢，还有，她那红得像血一样的纱巾在一点一点柔软地往崖下的深渊飘去，边飘边传出哭泣的声音，在陆婧婷耳边久久不肯散去。

其实，很多时候，陆婧婷都分不清她究竟什么时候活在故事里，什么时候活在现实中，她的记忆和现实总是发生冲突，她常常把现实当作梦境，以为那是自己的虚构，又常常把梦境当作现实，为梦里发生的一切悲痛欲绝。偶尔，她会冷静地细想走过的日子，才会突然发现，一切都是发生过的，无论是田翼飞的背叛，还是自己绝望地走到了今天，一切都是真实的，如鲜血一样醒目刺眼，痛彻心扉。

陆婧婷就是带着这种伤痛，走到了崖边上。

“儿子，妈妈对不起你，但妈妈爱你，就是到了天国，妈妈也在爱你。”陆婧婷哽咽着，仰面朝天，她又看到了田原站在天空扯着嘶哑的嗓子在冲她喊：“妈妈，做女人一定要想得开，一旦死了，别的女人就会花你的钱，住你的房，睡你的老公，泡你的男朋友，还打你的娃。妈妈，我知道你怕别人打你的娃，因为那个娃是你的最爱。妈妈，为了我，好好活着。”

陆婧婷哭出了声，哑着嗓音喊起来："妈妈不想死，可妈妈活着有多么痛苦啊！儿子，原谅妈妈，妈妈爱你——"

透过婆娑的泪眼，陆婧婷最后一次仰望了天空，远眺了群山，她仿佛又看到了盛开在群山中的血花，鲜红鲜红的，从一朵渐渐漫延至数朵，无数朵，那些血花像一个个降落伞似的从空中飘下，美极了……

陆婧婷轻轻地说："儿子，妈妈爱你！"陆婧婷又大声地说："翼飞，我——爱——你——"那是一种豁出一切的绝念，陆婧婷眼睛一闭，纵身跳下悬崖……

5

陆婧婷终于找到了那种一了百了的感觉，可是那种飘飘欲仙的感觉却仿佛在顷刻间就凝固住了，那朵在空中开放的血花也瞬间静止了。她似乎站在空中，却听到了田翼飞声嘶力竭的呼唤："婷儿，婷儿，你要做什么？"

陆婧婷闭着眼睛笑，"翼飞，我去了，善待我们的儿子！"

"若没了妈妈，儿子长不大啊！"还是田翼飞哽咽的声音。

"陆老师，你这是要做什么啊？那些个孩子，你不管啦？"响起了赵荣菊的声音。

陆婧婷蹙起了眉，"荣菊，把小水送到城里念书，让他上大学。"

"可是你把他的希望给断送了！"赵荣菊的声音十二分地不满。

陆婧婷摇摇头，"对不起，荣菊，谢谢你带我来到了这个美丽的地方，就让我与它永存吧。"

"婷儿，你睁开眼看看啊！"

陆婧婷感觉到自己躺在一个温暖的怀抱里，就像过去她躺过的那个怀抱，有心的跳动，有熟知的气味，还有……那是怎样的一个怀抱啊！陆婧婷是舍不得离开的，可是那个怀抱却被另一个女人占据了，所以她不想再赖在那里，就让给那个女人吧，就让自己带着这些无奈走吧。

陆婧婷猛地一使劲儿，挣脱了这个熟悉的怀抱，她想用最短的时间去她选择的世界里，可是，她的身子被那双有力的臂膀紧紧地抱住了。

“放开我！让我去！”陆婧婷终于睁开了双眼，她看到了田翼飞在紧紧地抱着她，眼睛里流露出绝望的光，那光竟化成泪水，一点一点地淌下。

“婷儿，别离开我！跟我回家吧，我们重新再来！”

陆婧婷只是看了一眼田翼飞，又把头转向远山，她看到漫山遍野都开满了通红的血花，艳得耀眼。

“婷儿，我会好好爱你，疼你，给你你想要的一切！”

陆婧婷摇摇头，淡淡地笑，“翼飞，让我走吧，我什么都不要了。”

“可是我要你！我再也不会让你受伤害！如果我的承诺不兑现，就让我从这座悬崖上跳下去。”田翼飞把脸紧紧地贴在陆婧婷的脸上。

二十几个日日夜夜的思念化作了两行清泪，融化在田翼飞宽阔而有力的臂弯里，陆婧婷终于哭了，那抽抽搭搭的声音像个女孩。

“哭吧，把这一年的苦楚都哭出来。”田翼飞紧紧地拥着陆婧婷，不停地吻着她脸上的泪水，“是我不好，可是你没有权利糟蹋自己的生命！你的生命是你父母给你的，它不是属于你一个人的，你的儿子、你的姐姐、你的妹妹，还有我，你的丈夫，和这些虽和你素不相识，却给了你朴素的爱的人。我不是个好丈夫，我不值得你付出这么大的代价，可是以后，我会做一个好丈夫，就算是为了儿子，你也要好好活下去，因为儿子是不能没有妈妈的，我妈妈在我小时候就说过这样的话，宁要一个讨饭的妈，不要一个当官的爸，可见，妈妈对儿子有多重要。”

陆婧婷哭得很委屈，但她却听话地在田翼飞怀里使劲地点头。

赵荣菊望着这一幕，听着他俩的对话，似乎什么都明白了，她走上前去，扶起陆婧婷，对田翼飞说：“我们回去吧，这里山风大，会冻感冒的。”

陆婧婷把目光转向赵荣菊,有些不好意思地说:“荣菊,对不起,让你跟着担惊受怕了。”

“不说这些客套话了,我们回去吧。”

三个人一路往山下走去,田翼飞紧紧拉着陆婧婷的手,生怕陆婧婷再次离开似的跟在赵荣菊的身后。

结　尾

陆婧婷带着赵荣菊和小水，跟着田翼飞告别了村长，告别了那几个做了她近一个月学生的孩子，拖起自己的行李箱离开了小山村。

村长派了一辆带斗拖拉机去长途车站送陆婧婷他们。

“唉——”村长被拖拉机颠得话音直颤抖，他长长叹出的气也跟着抖，“这里待不住人的，村里能干的人都出去了，谁愿意往这个穷山村来呢？”

陆婧婷内疚地低着头，她自己早就责怪起自己来了，一个寻死觅活的人，怎会在一个小山村待这么长时间？若不是赵荣菊给过她一线生的希望，若不是那些纯朴可爱的孩子们，也许她早就去了那个悬崖，她得感谢赵荣菊和那些孩子，可是，她又奇怪田翼飞如何找到了她，于是她悄声地问田翼飞：“你怎么找到这里来的？”

田翼飞笑，“你就是走到天涯海角，我也会找到你。”见陆婧婷一脸受宠若惊的表情，田翼飞紧紧地搂着她，在她耳边轻声地说：“我再也不会让你离开我了。不过，你回去后我先带你去看病好吗？”

陆婧婷听话地点头。

小水也把小小的身子紧紧地靠在赵荣菊的怀里，眼睛一眨不眨地盯着陆婧婷和田翼飞，有些害羞地小声说：“妈，陆老师被那个叔叔抱着哩！”

赵荣菊把小水的头扭到自己的怀中，“小水，不许看，那个叔叔是陆老师的爱人。”

“爱人就是爸爸对吗?”小水从妈妈的胳膊缝里偷偷地看田翼飞。

村长乐了,“爱人就是丈夫,就是城里人说的老公。”

“那我将来也能做爱人,做丈夫,做老公是吗?”

田翼飞笑了起来,一把把小水拉到自己和陆婧婷的怀中,“不过小水要先上学,等上完大学,有了工作才可以做爱人,做丈夫,做老公的。”

小水也学着陆婧婷的样子乖巧地点头。

长途车站终于到了,半个多小时的山路,颠得陆婧婷的骨头都快散了,不知来时她是怎么走进山村的。

“回去后来个信,闲着了想出来玩时再来这里,还有很多漂亮的风景你没看过呢。”村长有些恋恋不舍地冲陆婧婷和田翼飞挥着手。

陆婧婷和田翼飞坐上了长途车,从车窗向村长摆着手。

“回去吧,村长。”陆婧婷觉得自己有愧于这些山村里的孩子们。

长途车开了,村长慈祥地摆摆手,陆婧婷的眼泪就不自觉掉下来,她一直在想,要不是村长和赵荣菊他们偷了她的手机给田翼飞打去了电话,她大概就真的跳下了悬崖,可此刻,她觉得还是活着好,她从心里感激村长和赵荣菊,不过,回去后的日子会如田翼飞说的那么好吗?

一路上,陆婧婷都在思考这个问题。直到飞机落地。

下飞机的瞬间,陆婧婷看到大姐小妹姐夫妹夫还有两个孩子都来了机场,当她疑惑他们为什么要如此隆重时,却突然发现,每个人的胳膊上都戴着一个黑箍。

“怎么……”

田翼飞一下就猜到是陆子义去世了,于是先抱紧了陆婧婷,把她的脸按到自己的胸前,“婷儿,听我告诉你,爸走了。”

“什么? 爸走了? 去哪里了?”

“天堂。”

“怎么会? 怎么会? 我离开家时他还好好的,怎么突然间就会走了呢?”

“回家后慢慢告诉你。”田翼飞搂紧了陆婧婷,“你哭吧,就在我的怀里。”

失去父亲的悲痛令陆婧婷的哭声从田翼飞怀里挤了出来。

“爸,爸……”